Căminul mult visat

Special pentru sora mea,

Te iubesc! >:D<

Să o citești toată! ☺

[illegible]

Lynn Austin

Căminul mult visat

Traducere de Lavinia Cernău

roman

Editura Casa Cărții, Oradea
2010

Căminul mult visat
de Lynn Austin
Copyright © 2010 Editura Casa Cărții
O. P. 1, C. P. 270,
410610 Oradea
Tel. / Fax: 0259-469057; 0359-800761; 0722-669566
Email: info@ecasacartii.ro
www.ecasacartii.ro

Traducerea: Lavinia Cernău
Editarea: Simona Tămaş
Tehnoredactarea: Vasile Gabrian
Coperta: Adrian Mihocaş

Descrierea CIP a Bibliotecii Naționale a României

AUSTIN, LYNN
Căminul mult visat / Lynn Austin. — Oradea : Casa Cărții, 2009
ISBN 978-973-8998-90-2

821.111-97=135.1

Familiei mele:
soțului meu, Ken;
copiilor mei, Joshua, Benjamin,
Maya şi Vanessa;
mamei şi tatălui meu;
şi surorilor mele, Bonnie şi Peggy

LYNN AUSTIN a câştigat de patru ori premiul Christy pentru romanele sale istorice *Tărâmuri ascunse, Lumina din întuneric, Stâlpul de foc* şi *A Proper Pursuit*. Pe lângă faptul că este autoare, Lynn este o oratoare celebră la conferinţe, în aziluri şi la diferite evenimente bisericeşti şi şcolare. Împreună cu soţul ei, locuieşte în Illinois şi are trei copii.

PARTEA ÎNTÂI

Suedia

IANUARIE 1897

E bine să ajungi la capătul călătoriei,
dar până la urmă, călătoria în sine
contează cel mai mult.

URSULA K. LE GUIN

CAPITOLUL 1

Elin Carlson intră în şopron şi avu sentimentul că întreaga lume i se dăduse peste cap. Sora ei, Sofia, se oprise din treabă şi stătea scăldată într-o rază de lumină; iar aproape de ea, vorbindu-i încet, era unchiul Sven. Mâna lui se odihnea pe părul Sofiei, care-i atârna pe spate într-o coadă lungă, împletită, de culoarea spicelor de grâu. Elin îşi aminti greutatea mâinii lui pe creştetul ei şi, pentru o clipă, simţi că nu mai are aer.

Să nu mai spui nimănui, Elin.

Frica ei se dezlănţui într-un urlet gâtuit.

— Sofia!

Sora ei tresări. Sofia era atât de timidă, îi era groază de întuneric şi de gâştele mătuşii Karin şi uneori, chiar de propria-i umbră. Sofia îşi duse mâna la piept şi se întoarse către Elin.

— M-ai speriat!

— Elin se furişează mai ceva ca un şoricel, nu-i aşa? zise unchiul Sven râzând binedispus şi aşezându-şi şapca înapoi pe cap. El păşi cu paşi mari pe lângă Elin, atingându-i umărul în treacăt în timp ce părăsi grajdul, iar paiele scârţâiră sub cizmele lui grele.

Să nu mai spui nimănui...

Lui Elin îi bătea inima mai să-i sară din piept. Ţintuită locului, Elin nu reuşi nici să se mişte, nici să scoată vreun cuvânt. Aburul respiraţiei ei tăiate străpungea aerul rece de iarnă. Între timp, Sofia îşi reluase treaba, dar după o clipă se opri şi îşi ridică din nou privirea.

— Ce s-a întâmplat, Elin?

— Nimic.

Totul.

Sofia avea şaisprezece ani, aceeaşi vârstă ca şi Elin în urmă cu trei ani, când unchiul Sven şi familia sa veniseră să locuiască cu ele. Elin trebuia neapărat s-o avertizeze pe Sofia, să-i spună ce s-ar putea întâmpla, ce aproape că se întâmplase azi. Dar Sofia era atât de mică, atât de nevinovată. Atât de fericită. În urmă cu trei ani, şi Elin fusese la fel.

— Ce s-a întâmplat? o întrebă Sofia din nou.

Elin dădu din cap şi ieşi în grabă din grajd, alergând după unchiul ei, încercată de frică şi mânie în acelaşi timp. Cizmele ei muşcau din stratul de zăpadă în timp ce fugea. Elin îl ajunse din urmă când acesta se opri lângă stiva de lemne. El se întoarse încet către ea.

— Doreşti ceva, Elin?

Cum îndrăzneşte să pretindă că nu ştie. Cum îndrăzneşte să zâmbească ca şi cum nu s-ar fi întâmplat nimic, niciodată. Elin deschise gura, dorindu-şi cu ardoare să strige: *Las-o pe Sofia în pace!* Dar nu fu în stare să articuleze niciun cuvânt.

Unchiul Sven se uită la ea, cu privirea pironită în ochii ei, zâmbindu-i netulburat, după care se aplecă ţinând toporul într-o mână şi un buştean în cealaltă. Sven aşeză buşteanul în picioare pe butuc şi îl crăpă dintr-o lovitură.

Dacă spui cuiva, vei regreta amarnic.

Mânia lui Elin dispăru, acum simţea doar frica. Pur şi simplu nu mai avea cuvinte. Era cu totul neajutorată.

Elin îi întoarse spatele şi alergă spre şopron, conştientă că totul se schimbase. De acum înainte, trebuia să-şi păzească sora zi şi noapte. Nu mai putea s-o lase niciodată pe Sofia singură cu el. Şi nici pe Kirsten. Kirsten era sora lor mijlocie, de numai optsprezece ani – oare reuşise unchiul lor să facă în aşa fel încât să fie singur şi cu ea?

Teama îi cutremură pieptul în timp ce o privea pe Sofia care punea fân proaspăt în boxele vacilor. Afară se auzea sunetul constant al loviturilor de topor ale unchiului lor. Tremurând, Elin trase adânc aer în piept, luptându-se să-şi menţină o voce calmă.

— Ajunge pentru azi, Sofia. Du-te în casă.

— De ce? Ce-i cu tine? Eşti palidă ca varul.

— Nimic. Elin înşfăcă furca din mâinile Sofiei şi o sprijini de perete. Vin cu tine.

— Te porţi atât de prosteşte câteodată, zise Sofia încruntându-se.

N-o să te creadă nimeni, Elin. Vor zice că eşti nebună.

Dar poate chiar era nebună. Apăsarea din suflet crescu, dar Elin trase din nou aer în piept şi încercă să vorbească normal.

— Ce făcea unchiul Sven aici?

— N-o să ghiceşti niciodată! Ochii de un albastru deschis ai Sofiei străluceau de bucurie. Mi-a spus că dacă vreau, pot să merg cu el în sat mâine. Că îmi cumpără ceva dulce de la magazinul lui Magnusson – orice vreau eu.

Deci aşa avea să înceapă pentru Sofia. Sofiei îi plăceau dulciurile foarte mult; la fel de mult cum tânjise Elin să fie consolată după moartea părinţilor lor. Unchiul Sven avusese cuvinte mângâietoare pentru Elin, îmbrăţişări calde şi un umăr pe care să plângă. *Eşti deosebită, Elin. Ştii lucrul ăsta? Fetiţa mea deosebită.* Acum, încrederea Sofiei avea să fie cumpărată cu bomboane de mentă şi batoane de lemn-dulce.

— Nu te poţi duce cu el, Sofia. Trebuie să mă ajuţi la... la... Am nevoie de ajutorul tău mâine.

— Dar unchiul Sven a spus că...

— O să mergem noi două în oraş, altă dată. Acum vino în casă cu mine. Elin încercă s-o ia de braţ pe Sofia, dar Sofia se trase înapoi. Expresia de fericire de pe chipul ei rotund şi dulce se transformase în mânie.

— Nu trebuie să fac ce zici tu. Nu eşti mama mea!

— Ştiu, ştiu... Dar la urma urmei, ce faci aici în şopron? Credeam că e rândul lui Kirsten să facă asta. Unde e Kirsten? Şi nu trebuia să ai grijă de copii pentru mătuşa Karin?

— Kirsten i-a luat la o plimbare în pădure. Mi-a promis că spală vasele timp de o săptămână dacă facem schimb de sarcini.

După cum o ştia Elin pe Kirsten, ea şi cei trei verişori ai lor urmăreau elfi prin pădure sau porniseră la vânătoare de troli.

Pentru Kirsten, orice plimbare prin pădure era o aventură, orice bolovan – un trol cocoşat, orice adiere cu foşnet de frunze – un elf care se furişa grăbit. Lui Elin îi veni rău când îşi aminti de câte ori lucrase Kirsten singură în şopron în ultimele două săptămâni.

Dar nu, unchiul Sven nu va putea s-o amăgească pe Kirsten, nu-i aşa? În primul rând, ea făcea tot timpul ceva, nu stătea locului o clipă, aşa că nu avea cum să fie ademenită cu minciunile lui. În al doilea rând, Kirsten era la fel de hotărâtă şi îndrăzneaţă ca strămoşii lor vikingi, rareori respectând regulile cuiva şi purtându-se tot timpul mai degrabă ca un băiat decât ca o fată. Kirsten mai degrabă s-ar fofila de la treburile casei şi s-ar aventura în pădure, decât să stea lângă foc şi să brodeze. Chiar şi părul ei de culoarea paielor era de neîmblânzit, mereu reuşind să se sloboade din ace şi cosiţe şi să fluture la fel de liber ca şi ea.

Nu, unchiului lor i-ar fi mai uşor s-o momească pe Sofia, care era blândă şi timidă, cu un caracter liniştit şi ascultător. Sofia era plămădită ca şi Elin, cu oase fine şi delicate. Elin îşi aminti ziua în care unchiul ei îşi strecurase degetele groase în jurul taliei ei, şoptindu-i: *Ia te uită, Elin. Zveltă ca o nuieluşă. Aş putea foarte bine să-ţi rup oasele, uite aşa.* Dar ameninţările astea au venit mai târziu, după ce Elin mai crescuse şi începuse să se îndepărteze de el.

Elin îşi dădu seama brusc că nu se mai auzeau loviturile de topor. Inima începu să-i bată mai tare.

— Hai în casă cu mine, Sofia. În momentul ăsta!

— De ce eşti atât de furioasă?

— Nu sunt furioasă. Doar că... doar că nu-mi place când tu şi Kirsten faceţi schimb de sarcini. Întotdeauna profită de tine. Elin o conduse pe Sofia afară din şopron, aruncând o privire spre stiva de lemne. Unchiul Sven nu mai era acolo. Elin cercetă cu privirea hotarele pădurii ce mărginea ferma, în căutarea lui Kirsten, convinsă că putea să-i zărească haina roşie şi şorţul cu dungi albastre, dar nici pe ea nu o văzu.

Ăsta era un alt motiv pentru care unchiul ar alege-o pe Sofia. Kirsten putea să se facă nevăzută la fel de repede ca un spiriduş de pădure, în schimb micuța şi timida Sofia nu făcea nimic pe grabă. Ea trecea prin viață în vârful picioarelor, ca şi cum o iță nevăzută era acolo s-o împiedice să cutreiere împreună cu toți ceilalți, pe drumul către viitor. Sofia ar fi fost o pradă uşoară.

Elin ştia că era doar vina ei că Sven îşi îndreptase atenția spre Sofia. În ultimele luni, Elin îl evitase, rezistând avansurilor sale, disperată să scape de el. O ştia şi el foarte bine.

— Trebuie s-o ajutăm pe Elin să-şi găsească o slujbă în oraş, îi spusese el mătuşii Karin. Elin merită să aibă un pic de libertate şi să aibă propriii bani de cheltuială, nu crezi? Unchiul Sven făcea să pară ca şi cum i-ar fi făcut o favoare lui Elin – şi până azi, Elin abia aşteptase să plece de acasă. Acum, Elin nu mai îndrăznea. Deşi îşi dorea din tot sufletul să plece cât mai departe posibil de el, nu putea să le lase în urmă pe Sofia şi pe Kirsten.

Apropiindu-se de căsuță, Elin şi Sofia auziră râsete la distanță. O clipă mai târziu, o văzură pe Kirsten ieşind din pădure împreună cu cei trei verişori ai lor. Elin se simți un pic mai uşurată ascultând râsetul vesel al lui Kirsten şi văzând-o pe ea şi pe copii bătându-se cu bulgări de zăpadă. Kirsten părea mult prea fericită şi fără griji ca să fi simțit apăsarea minciunilor unchiului Sven.

Sofia se desprinse de Elin şi fugi către Kirsten prin nămeții de zăpadă.

— Până unde ați mers? Copiii sunt înghețați! Mătuşa Karin o să fie furioasă când o să vadă ce uzi sunt.

— Am ajuns tocmai până la drum. Şi uite ce am adus. Kirsten băgă mâna în interiorul hainei şi scoase un plic mic, alb, pe care îl flutură în aer. Eram în drum spre casă, zise ea fără să respire, când ne-am întâlnit cu Tor Magnusson. A bătut tot drumul din oraş până aici ca să ne dea scrisoarea asta. E din America!

— Dă-mi să văd. Elin întinse mâna după scrisoare, dar Kirsten o înhăță înapoi în ultimul moment şi o ascunse la spate.

— Cât îmi dai pentru ea?

— Nu-ți dau nimic. Dă-o încoace, Kirsten. Elin era prea supărată de ceea ce descoperise în şopron ca să mai aibă răbdare pentru jocurile lui Kirsten.

— De la cine e? întrebă Sofia, care se uită atentă din spatele lui Kirsten, înclinându-şi capul în timp ce încercă să citească.

— De la un faimos şef indian! zise Kirsten râzând.

— Trebuie să fie de la unchiul Lars, zise Elin. Pe cine altcineva mai cunoaştem noi în America? Elin se întoarse, deschise uşa casei şi scuturându-şi zăpada de pe cizme, înainte să intre în bucătărie.

— Nu ştii să te distrezi deloc, zise Kirsten, întinzându-i scrisoarea. Sofia şi cei trei verişori răbufniră pe uşă în spatele lui Elin, ca nişte cățeluşi, şi căzură pe podea unul după altul, apoi începură să-şi scoată hainele ude.

— Grăbeşte-te, deschide scrisoarea odată, o imploră Sofia în timp ce îşi scotea cizmele. Citeşte-ne-o cu voce tare.

Elin găsi un cuțit pentru filé cu care deschise cu grijă plicul, apoi scoase scrisoarea. Unchiul lor din America era supărat să afle de la Elin că fratele lor mai mare, Nils, plecase de acasă. Asta se întâmplase tot din vina unchiului Sven. El şi Nils se certaseră atât de des, încât Nils se hotărâse să plece la Stockholm să-şi găsească de lucru, chiar dacă ferma era a lui de drept. Elin îl implorase pe Nils să o ia cu el, dar el refuzase, nevrând să „aibă obligații", după cum se exprimase. Nils nu le trimisese nicio scrisoare.

Nils ar trebui să vină în America, scria unchiul Lars. *Aş putea să-i găsesc o slujbă aici. Sau, dacă vrea să aibă o fermă a lui, şi în America este destul pământ. Măcar atât pot face pentru fiul surorii mele.*

— Şi cu fiicele surorii lui, cum rămâne? se întrebă Elin cu voce tare. Acela fu momentul în care Elin realiză că trebuia să se ocupe ea singură de tot şi de toate. Nici fratele ei, nici nimeni altcineva nu avea să le salveze. Kirsten şi Sofia nu mai erau în siguranță în casa asta. Odată ce unchiul Sven ar fi obligat-o pe Elin să plece de acasă, aşa cum se descotorosise de Nils, surorile ei ar fi devenit prada sa. Elin trebuia să le ajute să scape. Trebuia să-i scrie unchiului Lars în America.

Elin se prăbuşi pe un scaun din bucătărie, simţindu-se deodată obosită. Asta era casa ei dragă, plină de amintirile cu părinţii ei şi cu momentele fericite, când fuseseră cu toţii împreună. Dar acum, amintirile neplăcute le goneau pe cele frumoase – înmormântări, lupte şi secrete de nedezvăluit. Elin era copleşită de ruşine ori de câte ori se uita la unchiul Sven.

Elin luă cuţitul pe care-l folosise să deschidă plicul şi îl strecură în buzunarul de la şorţ. De acum înainte îl va ţine la ea, până ce vor fi toate trei în siguranţă, departe de aici. Dacă unchiul ei se va mai apropia de ea, Elin era hotărâtă să-l folosească ca să se apere.

Iar dacă şi-ar pune vreodată mâinile ticăloase pe Sofia sau pe Kirsten, Elin îl va ucide.

CAPITOLUL 2

Kirsten Carlson ştia foarte bine că nu curăţase îndeajuns separatorul de smântână, dar trebuia să se grăbească şi să-şi termine treburile ca nu cumva să rateze să-l vadă pe Tor. Dacă mai sosea azi vreo scrisoare pentru Elin, el i-o va aduce oricând de-acum înainte. În ultimele două luni surorile primiseră multe scrisori din America, iar Tor Magnusson ieşea întotdeauna din magazinul tatălui său din oraş ca să le aducă. Şi ca s-o vadă pe Kirsten.

Una dintre piesele aparatului îi alunecă printre degete în timp ce încerca să o reataşeze şi Kirsten răbufni frustrată. Chestia asta dura prea mult. O să termine mai târziu. Kirsten lăsă separatorul neasamblat şi se furişă din şopron în lumina magnifică a soarelui de sfârşit de martie, luând-o pe scurtătură către pădure. Kirsten cunoştea drumul cu ochii închişi şi probabil l-ar fi putut străbate pe întuneric sau într-o noapte fără lună, mai ales dacă ştia că Tor o aştepta.

Kirsten o luă la goană prin pădure, dând la o parte ramurile care i se agăţau de păr şi de fustă. Când ajunse la drum, îl văzu pe Tor în depărtare, venind cu paşi mari spre ea. Kirsten se opri să-l aştepte şi să-şi tragă sufletul, savurând mireasma jilavă a pământului şi a pinilor din pădure. Părul îi era încâlcit, cosiţele încurcate i se eliberaseră din ace. Kirsten îşi culese o frunză rătăcită de pe flanelă şi îşi îndepărtă şuviţele rebele de pe faţă. Noroiul de pe tivul fustei îl putea curăţa foarte bine mai târziu.

Tor alergă spre ea cu o mână ridicată în aer, fluturând un plic mare.

— Uite, Kirsten! O scrisoare mai groasă, de data asta. Tor se opri să-şi tragă sufletul şi Kirsten îi luă plicul din mână. Era mult mai gros decât toate celelalte şi mult mai greu. Ce crezi că e în el? o întrebă el.

— Nu ştiu. Elin nu ni le mai citeşte şi nouă. Zice că-s personale. E foarte secretoasă cu privire la asta.

— Poate că are un prieten acolo în America.

— Ha! Nu Elin, zise Kirsten cu un hohot de râs. Nu, după adresa expeditorului, e de la unchiul Lars din Chicago. Totuşi, e tare zdravăn, să ştii. Kirsten pipăi plicul ca să-şi dea seama ce era înăuntru.

— Hai să-l deschidem puţin şi să ne uităm înăuntru. Tor rânji maliţios, prefăcându-se că înhaţă scrisoarea. Kirsten îl plesni peste mână.

— Nu, nu putem. Elin o să mă ucidă.

— Îi spunem că s-a rupt pe drum. Tor râse, şi râsul lui o făcu pe Kirsten să-şi simtă inima bătând mai tare decât îi bătuse când alergase prin pădure. Se părea că Tor avea efectul ăsta asupra ei, în ultimul timp. Kirsten crescuse cu el şi îşi petrecuse mai mult timp cu el şi cu fratele ei, Nils, decât cu oricare prietene. Însă de la plecarea lui Nils, Tor devenise mult mai mult decât un prieten. Iar el părea că simte acelaşi lucru pentru ea.

— Hai încoace, zise el, apucând-o pe Kirsten de braţ şi trăgând-o spre el. Am nevoie de un sărut după ce-am bătut tot drumul până aici.

Kirsten se uită în susul şi în josul drumului.

— Aşteaptă... nu aici, în văzul lumii. Dacă vine cineva? Kirsten o porni pe cărarea deja cunoscută, şi se lăsă de bunăvoie în braţele lui de îndată ce se aflară la adăpostul codrului des. Kirsten ştia că fetele cuminţi nu le permiteau băieţilor asemenea libertăţi, dar el nu era unul oarecare – era Tor. Iar Kirsten era îndrăgostită până peste urechi de el.

— Eu m-am săturat să ţinem secret că... ştii tu... că suntem împreună, zise Kirsten când se opriră să respire. Hai să stăm unul lângă altul în biserică, duminica viitoare.

— Nu putem. Zâmbetul lui Tor se pierdu într-o mină frământată. Tata spune că trebuie să stau cu familia mea.

— Dar ai douăzeci de ani, Tor. Nu poţi să stai oriunde vrei tu?

— Bineînțeles că pot. Dar el vrea să stau cu familia mea, aşa că...

— Aşa că, de acum înainte, o să stau cu tine şi cu familia ta. Kirsten îi ridică mâna lui Tor, care o strângea pe a ei, şi îi sărută dosul palmei, aşteptându-se ca el să o ia în brațe şi s-o sărute din nou, în schimb el îi dădu drumul mâinii şi făcu un mic pas înapoi.

— Nu poți să stai cu noi, Kirsten. Nu ştii cum e tata.

— Eu ştiu că e un bătrân ursuz care urlă la toți copiii care trec pragul magazinului ca să caşte gura la bomboanele lui. Kirsten încercă să-şi păstreze un ton degajat şi sâcâitor în timp ce îi îndepărtă de pe frunte şuvițele de culoarea nisipului.

— Lasă-mă. Tor îi dădu mâna la o parte. Dintr-un motiv sau altul, deveni foarte serios, iar ochii lui albaştri erau întunecați acum.

— Ce s-a întâmplat? îl întrebă ea. Ți-e teamă să-i spui tatălui tău despre noi?

— E prea curând. O să aibă nevoie de timp ca să se obişnuiască cu ideea că... că noi doi suntem împreună.

— Dar de ce nu mă place? Ce am făcut, Tor?

— Dar n-am zis că nu te place...

— E ca şi cum ai fi spus-o! Tu nu vrei să stai cu mine, iar eu nu pot să stau cu tine – ce altceva aş putea crede?

— Hai, Kirsten... Tor încercă s-o ia din nou în brațe, dar ea îl îndepărtă.

— Nu. Gata cu sărutările, Tor. Dacă ți-ar păsa cu adevărat de mine, nu ar conta ce zice tatăl tău. Kirsten îşi încrucişă brațele peste piept, aşteptând o explicație.

— Tatăl meu este şi şeful meu, parcă n-ai şti asta. Dacă îl supăr, mă dă afară şi n-o să mai găsesc nimic în sat. E greu să găseşti ceva de lucru în toată Suedia, ştii bine. De-asta a plecat şi Nils, nu-i aşa?

— Ne-am putea muta şi noi la Stockholm, ca Nils. Aşa am putea fi împreună.

— Am putea, zise el, dar după expresia feței lui, Kirsten realiză că el nu voia asta. Ascultă, trebuie să ştiu care este planul tatei pentru moment, asta dacă vreau să moştenesc magazinul într-o zi. Putem să continuăm să ne vedem în secret şi... şi între timp o să încerc să-i schimb atitudinea. Bine?

Tor îşi deschise braţele către ea, iar Kirsten îl îmbrăţişă, agăţându-se de el. Ce minunat era să fie ţinută aşa, să se sprijine de pieptul lui şi să-i simtă braţele în jurul ei. Kirsten nu mai voia să-i dea drumul niciodată.

— De ce nu mă are la suflet tatăl tău? murmură ea.

— Hai să nu mai vorbim despre tata. Şi-aşa petrecem foarte puţin timp împreună. Şi mai am încă patru scrisori de livrat.

Kirsten îl lăsă să o sărute din nou, până ce veni vremea ca el să plece.

— Promite-mi că nu vei spune nimănui despre noi, o imploră el, luându-şi rămas bun. Nu încă, cel puţin!

— Promit.

Kirsten se întoarse în pădure cu paşi mărunţi, îmbătată de dragoste, dorindu-şi să se mărite cu Tor Magnusson în clipa aceea şi să fugă împreună la Stockholm. Kirsten încă se mai gândea la sărutările lui Tor şi se întreba de ce oare nu o plăcea domnul Magnusson, când aproape că se ciocni cu Elin în uşa bucătăriei. Elin înhăţă plicul voluminos din mâna lui Kirsten fără niciun cuvânt de mulţumire şi urcă scările ca s-o citească în dormitorul lor din pod. Kirsten nu află ce era în misteriosul plic decât mai târziu în acea seară, când ea şi surorile ei se pregăteau de culcare, sus, sub jgheaburi.

— Am ceva să vă spun amândurora, începu Elin, care stătea încovoiată pe marginea patului de parcă ar fi avut un şal în jurul umerilor, care s-o protejeze de un vânt aspru. Elin se ghemuia mereu aşa, chiar şi în cea mai caldă seară de vară, iar acum strângea plicul cu ambele mâini, ca şi cum acesta ar putea zbura dacă nu l-ar ţinea strâns între degete.

— De ce vorbeşti în şoaptă? o întrebă Sofia în timp ce se urca în patul pe care-l împărţea cu Kirsten.

— Şşşş! Nu vreau să ne audă nimeni.

— Ce e în plic? o întrebă şi Kirsten.

— O să vă arăt imediat. Elin trase aer în piept fără să se grăbească, iar lui Kirsten i se păru că era ca o femeie matură - îmbătrânită înainte de vreme - chiar dacă Elin era doar cu unsprezece luni mai mare decât Kirsten.

— Spune-ne odată, zise Kirsten, gesticulând nerăbdătoare. Elin o privi încruntată, dar într-un final începu să vorbească.

— Acum că unchiul Sven a preluat conducerea fermei, suntem cam mulți şi îngrămădiți pe aici. Şi-apoi, noi nu avem niciun viitor aici, în sat. Mama voia o viață mai bună pentru noi, nu-i aşa? Înainte să moară, mama ne-a implorat să nu ne despărțim şi să avem grijă una de alta. Aşa că...

— Ar trebui să mergem toate trei la Stockholm, să stăm la Nils, zise Kirsten. Apoi se strecură în pat lângă Sofia şi încercă să-şi aranjeze perna.

— Cum să facem asta? întrebă Sofia. Nici măcar nu ştim unde e Nils.

— Nu mă întrerupeți, le spuse Elin. Lăsați-mă să termin.

— Şi nu te mai foi atâta, Kirsten, adăugă Sofia. Strici tot patul.

Kirsten o ciupi de braț, făcând-o să țipe.

— Eşti o plângăcioasă şi o pedantă, Sofia. La tine orice fir de păr, cută şi tiv, trebuie să fie perfect aranjate.

— Şşşş! Tăceți odată amândouă şi ascultați-mă. I-am scris unchiului Lars în America şi l-am întrebat dacă ne putem duce acolo să locuim cu el.

— În America? Sofia făcu ochii mari, speriată. Ai înnebunit, Elin? Nu putem pleca de-acasă.

— Da, în America, întări Elin. Şi astăzi am primit astea de la unchiul Lars. Elin goli conținutul plicului pe pat. Uitați-vă – bilete de tren şi de vapor cu care vom pleca din sat până în Chicago, în America. Ne-a trimis bilete pentru toate trei.

Kirsten înşfăcă unul din bilete şi se holbă la el, apoi îl trânti pe pat.

— Eu nu merg. Kirsten era îndrăgostită de Tor Magnusson, iar el o iubea. Urmau să se căsătorească. Kirsten i-ar fi spus lui Elin adevărul pe loc, dacă Tor nu ar fi făcut-o să promită că va păstra secretul încă o vreme.

— Nici eu nu merg, zise Sofia cu vocea tremurândă şi cu lacrimile gata-gata să-i ţâşnească din ochi. Tu poţi să pleci dacă vrei, Elin, dar eu rămân aici.

— Ascultaţi-mă amândouă. E o ocazie incredibilă. Toată lumea care a plecat în America spune că acolo e un paradis. Fermele sunt imense, iar recoltele cresc de două ori mai mari decât în Suedia.

— Nu-mi pasă ce spune lumea, zise Sofia. Eu nu plec de acasă.

— Poţi să rămâi cu mine şi cu... Kirsten aproape că zise Tor, dar se opri la timp.

— Nimeni nu rămâne acasă, zise Elin hotărâtă. Noi suntem o familie. Am mai rămas doar noi trei, şi n-o să ne despărţim.

— Dar nu eşti tu şefa, Elin, zise Kirsten.

— Dar cum poţi să te gândeşti la plecare? întrebă Sofia, cu vocea crescândă. Aici e casa noastră. Nu avem ce căuta în America. Sofia se făcu mică, sub pături, ca şi cum totul ar fi fost stabilit, apoi adăugă: Eu nu plec!

— Şşşş! Nu vreau să ne audă nimeni.

Avertismentul lui Elin veni prea târziu. Surorile auziră scârţâitul treptelor, semn că cineva urca la ele şi, o clipă mai târziu, unchiul Sven intră în odaie.

— Ce se întâmplă aici, hm?

— Nimic, zise Kirsten. Apoi se uită la Elin şi o văzu că ascunse biletele sub o pernă. Sofia e supărată fiindcă am răvăşit cuverturile, dar le aranjez înapoi. Kirsten nu ştia sigur de ce minţise, dar ceva din felul în care unchiul lor le privise o făcu să vrea să-şi tragă plapuma până la bărbie. Voia ca el să iasă din dormitorul lor.

— O să treziţi copiii, fetelor.

— Ne pare rău, unchiule Sven. N-o să mai facem gălăgie, zise Kirsten.

Unchiul mai zăbovi câteva momente, ca şi cum n-ar fi vrut să plece.

— Bine, atunci... noapte bună, fetelor.

Elin fixă cu privirea uşa deschisă până ce unchiul Sven părăsi camera. Elin părea şi mai gârbovită decât înainte. Când scoase în sfârşit din nou biletele, mâinile îi tremurau.

— Ce s-a întâmplat? o întrebă Kirsten. Tremuri toată.

— Nu-l putem lăsa să ştie că plecăm decât în ultima clipă, le şopti Elin, altfel o să încerce să ne oprească. Mai degrabă aş trăi în pădure decât să stau aici cu el.

— Cum poți să spui aşa ceva? o întrebă Sofia, ridicându-se în capul oaselor. Te porți de parcă ar fi un căpcăun sau aşa ceva.

Elin închise ochii pentru un timp.

— Nu vreți măcar să vă gândiți la plecarea în America? le întrebă pe surorile ei când deschise ochii din nou. Avem biletele...

— Nu, îi răspunse Sofia. Eu nu vreau să plec! exclamă ea şi se trânti pe burtă făcându-şi loc sub cuverturi ca un şoricel care aleargă în gaura sa.

Kirsten nici nu mai trebuia să stea pe gânduri. Ea nu se putea muta în America pentru că urma să se căsătorească cu Tor şi să locuiască cu el. Tor o va salva de îndată ce Kirsten i-ar spune despre planurile lui Elin. El îşi va înfrunta tatăl şi îi va declara în sfârşit dragostea. Tor n-ar accepta niciodată ca ea să se mute în America, unde n-ar mai vedea-o defel. Kirsten abia avea răbdare să aştepte trei zile până să-l vadă, darămite să-l părăsească pentru totdeauna. Însă acum trebuia să aştepte până duminică ca să-i povestească despre noutățile lui Elin, căci nu avea niciun pretext să meargă în oraş până atunci.

Duminică dimineața, în timpul slujbei de la biserică, Tor stătea ascultător alături de familia lui, iar Kirsten stătea cu surorile ei. După slujbă, în timp ce toți ceilalți enoriaşi se foiau pe afară, Kirsten îi făcu semn lui Tor să vină să se întâlnească cu ea în spatele uneia dintre clădirile anexe. În momentul în care fură singuri, Tor încercă s-o tragă spre el, s-o sărute.

— Nu, aşteaptă, Tor, ascultă-mă, îi spuse Kirsten. Elin vrea ca eu şi Sofia să ne mutăm împreună cu ea în America. Asta era în plicul mare din ziua aceea – bilete spre America cu vaporul. Pentru toate trei.

Kirsten aşteptă ca Tor să protesteze vehement, să-şi declare dragostea, dar Tor pur şi simplu se holba la ea, ca şi cum nu ar fi înțeles.

— I-am spus lui Elin că nu merg. I-am spus că rămân aici. Vreau să fiu cu tine.

— Cu mine?

— Da! De ce oare era atât de greu de cap? Kirsten ar fi vrut să-l scuture bine, să-şi revină. Noi ținem unul la altul, nu-i aşa, Tor? Tu nu vrei să fim împreună pentru totdeauna? Va veni oricum şi ziua când ne vom căsători.

Tor făcu ochii mari, tulburat.

— Oh, Kirsten... Tor făcu un pas înapoi. Nu... noi nu putem să ne căsătorim.

— Bine, poate nu acum, dar mai târziu.

— Nu... nici atunci.

— Dar de ce nu? Şi nu-mi spune că e din cauza tatălui tău.

— Nu. E din cauza tatălui tău.

Acum fu rândul lui Kirsten să facă ochii mari, nevenindu-i a crede.

— Din cauza *tatălui meu*? Dar tatăl meu este mort.

— Da... s-a sinucis.

— *Poftim?*

Cuvintele ieşiră din gura lui Tor toate deodată, ca şi cum ar fi vrut să le arunce la pământ şi să fugă.

— Tata nu mă lasă să mă căsătoresc cu tine pentru că sinuciderea este un păcat, şi zice că ar aduce ruşine familiei noastre şi magazinului dacă...

— Tatăl meu *nu* s-a sinucis! E o minciună! Numai laşii se sinucid, iar tata nu a fost niciodată un laş. Nu ştiu de ce ar zice tatăl tău un lucru atât de îngrozitor, dar nu e adevărat şi eu nu îl cred! Tata a făcut o greşeală, atâta tot. Gheața era prea subțire, el a căzut şi s-a înecat.

Tor dădu stingherit din umeri şi îşi mută privirea de la ea.

— Nu-mi spune că şi tu crezi minciuna asta! A fost un accident, Tor. Tata nu ne-ar fi lăsat singure în felul ăsta. Ne iubea.

— Nu contează ce cred eu. Contează ce crede tatăl meu. Şi o grămadă de oameni din oraş cred, de asemenea, că e adevărat.

— Ei bine, oamenii ăia se înşală. Recunosc că tata suferea uneori de astenie de iarnă, dar asta a fost tot. Mulți oameni se simt la fel înainte să vină primăvara. Spune-i tatălui tău că se înşală!

Tor se uita în jos şi se juca lovind o pietricică cu piciorul.

— Şi fratele tău Nils crede că a fost sinucidere.

— Nu-i adevărat! E o minciună, şi te urăsc pentru că-mi spui asta!

Kirsten făcu stânga-mprejur fără să se uite înapoi, luând-o în grabă pe drumul spre casă. Se aştepta să audă paşii lui Tor în spatele ei, rugând-o să-l aştepte, să-l asculte. Dar Tor nu fugi după ea. Nu încercă s-o oprească.

Acuzația că tatăl ei s-ar fi sinucis îi ardea sufletul. Dar Tor o rănise şi mai tare prin faptul că lăsase să intervină ceva în calea dragostei lor. Asta nu putea să însemne decât un lucru: Tor nu o iubea cu adevărat. Iar conştiința acestui lucru o durea la fel de mult ca moartea mamei ei. Kirsten reuşi să-şi stăpânească lacrimile până ce ajunse la marginea oraşului, dar în final, nu se mai putu abține.

Se îndrăgostise de un bărbat care nu-i împărtăşea dragostea. Şi se făcuse de râs în fața lui, acceptându-i sărutările şi mângâierile, crezând că însemnau ceva, crezând că o iubea şi voia să se căsătorească cu ea.

Kirsten mai avea câteva sute de metri de mers până acasă, când familia ei o ajunse din urmă cu căruța.

— Ce s-a întâmplat? îi şopti Elin după ce Kirsten se urcă în spatele căruței, lângă ea şi Sofia.

— Îți spun mai târziu, murmură Kirsten. Dacă ar fi vorbit acum despre Tor, sau şi dacă s-ar fi gândit numai la el, ar fi izbucnit în lacrimi. Elin aşteptă până ce fură singure în şopron în după-amiaza aceea, înainte s-o întrebe ce se întâmplase. Kirsten trânti cu zgomot găleţile de lapte goale, pe care le ţinea în mâini.

— Ştii ce vorbesc oamenii în oraş? Ei cred că accidentul tatălui nu a fost de fapt, un accident. Ei cred că a murit intenţionat.

Elin puse mâna pe umărul lui Kirsten.

— Nu-ţi aminteşti ce trist era tata către sfârşit? Ce mult a plâns după mama? Tata a încetat să trăiască cu mult înainte să înceteze să respire.

— Ştiu, ştiu. Cu toţii am fost trişti după ce a murit, dar asta nu înseamnă...

— Eu cred că tata s-a hotărât s-o urmeze în mormânt.

— Nu! Eu nu cred aşa ceva! A fost un accident. Gheaţa a fost prea subţire.

Elin o apucă de mâini.

— Gândeşte-te, Kirsten. Tata ştia cum să încerce gheaţa mai bine decât oricine. Doar ne-a învăţat pe toţi cum să ascultăm cu exactitate sunetul perfect, îţi aminteşti? În dimineaţa aceea a ieşit din casă şi s-a îndreptat direct către lac. N-ar fi putut să se înşele. Pur şi simplu nu a vrut să mai trăiască.

Kirsten îşi acoperi obrajii cu palmele.

— De asta nu a fost înmormântat alături de mama în cimitir, zise Elin. N-au vrut să permită lucrul ăsta.

— Dar n-ar fi putut să ne lase singure!

— Dar ne-a lăsat singure, Kirsten. Şi acum nu ne avem decât una pe cealaltă.

Kirsten se sprijini de sora ei şi începu să plângă. Tatăl lor nu le iubise. Nu voise să fie cu ele, şi din cauza lucrului ruşinos pe care-l făcuse, Tor nu voia să se căsătorească cu ea.

— Ce-am să mă fac? plângea ea cu hohote. Iubea un bărbat care nu o voia.

— Trebuie s-o luăm de la capăt, departe de aici, zise Elin încet. Oamenii nu-l vor ierta niciodată pe tata pentru ce a făcut, şi nici nu vor uita. Elin îi dădu drumul şi o ţinu de umeri. Trebuie să plecăm în America.

— Singure? Atâta drum?

Elin încuviinţă.

— Sofia o să vină cu noi, odată ce se obişnuieşte cu ideea.

Dar nici Kirsten nu voia să plece de acasă. Nu putea să-l lase pe Tor. Cu toate acestea, dacă rămânea, cum avea să dea ochii cu el la biserică, pe străzile din sat, zi după zi, pentru tot restul vieţii ei?

CAPITOLUL 3

Sofia Carlson se trezi când abia se crăpase de ziuă în acea dimineață memorabilă de aprilie, în care o ceață deasă învăluise ferma într-o pătură umedă şi gri. Sofia trase perdeaua ca să se uite pe fereastra mansardei pentru ultima dată. Forma familiară a şopronului era neclară şi încețoşată. În spatele lui, micuța lor cireadă de vaci dispăruse de pe pajişte ca şi cum ar fi furat-o spiritele pădurii. Era ultima dimineață în care Sofia mai putea privi de la fereastra dormitorului. Nu avea să mai vadă priveliştea asta niciodată. Cu timpul, formele bine cunoscute ale pământului i se vor şterge din memorie, la fel ca şi chipul familiar al mamei.

Elin îi spusese Sofiei să se îmbrace frumos pentru călătorie. În timp ce îşi îmbrăca juponul şi fusta şi îşi încheia nasturii de la cămaşa scrobită de duminică, Sofia mai păstra încă speranța că nu va pleca pentru totdeauna, că totul era doar un coşmar. *Te rog, Isuse, fă să fie doar un vis.*

Dar nu era un vis. Elin şi Kirsten se hotărâseră să plece în America, şi o făceau pe Sofia să meargă cu ele. Bagajul lor era pregătit. Azi vor pleca de acasă, pentru totdeauna. Sofia se întrebă ce-ar face Elin şi Kirsten dacă ea s-ar decide să se țină strâns de stâlpii uşii şi să refuze să plece. Oare ar târî-o cu forța în America?

Dar nu, Sofia îşi va însoți surorile oriunde ar hotărî ele să meargă. Ele erau singura familie pe care o mai avea. Elin şi Kirsten fuseseră alături de ea de când se ştia pe lume. Oricât de îngrozitoare ar fi situația, sau oricât de neagră ar fi noaptea, Sofia putea să înfrunte orice dacă ele erau lângă ea. Elin părea să ştie întotdeauna când Sofia avea nevoie de ea şi îi va lua în continuare mâna în tăcere şi i-o va strânge într-a ei. Mâinile cu oase delicate ale lui Elin nu erau mai mari decât ale Sofiei, dar odată ce erau împreunate, Sofia se simțea protejată, în siguranță. Indiferent dacă erau bătăuşi, ori câini ce lătrau, ori bărbați nemernici în întunericul nopții, Elin va avea grijă de ea. Surorile ei erau mai mari şi mai inteligente decât ea, şi mult mai curajoase. Sofia şi-ar fi dorit să fie ca ele.

Cu toate acestea, Sofia era foarte supărată pe ele pentru că o forțau să facă o alegere imposibilă. Sofia nu voia să plece de acasă, dar nici nu voia să se despartă de surorile ei. A fost destul de rău că mama, tata şi Nils o părăsiseră cu toții. Sofia nu putea suporta să fie abandonată şi de Elin şi Kirsten.

Fetele fură gata de plecare mult prea curând. Cei trei verişori ai Sofiei încercară să se suie în spatele căruței unchiului Sven să meargă şi ei până la gară, dar unchiul Sven îi goni.

— De ce nu pot să vină şi ei cu noi? îl întrebă Sofia.

— Mă tem că drumurile vor fi împotmolite după cât a plouat, iar geamantanul vostru e deja destul de greu pentru cai.

Sofia se gândi că adevăratul motiv era faptul că unchiul Sven era supărat pe ele pentru că plecau. Cine se va ocupa de acum înainte de toate treburile casei? Unchiul Sven semăna cu tatăl ei, dar era foarte diferit de el. Stătea rigid în căruță, pe locul pe care îl ocupase tatăl ei, o amintire crudă a faptului că rămăseseră orfane, pasate de la un unchi la altul ca o boală nedorită.

Sofia o îmbrățişă pe mătuşa Karin de rămas bun şi simți aceeaşi durere şi apăsare în suflet ca în ziua în care îi murise mama. Îşi îmbrățişă strâns la piept verişorii, ştiind că nu-i va mai vedea niciodată. Kirsten plângea şi ea, în schimb Elin se îndreptă către căruța încărcată fără nicio privire înapoi.

— De ce nu te sui aici, Sofia? zise unchiul Sven, bătând cu dosul palmei locul de lângă el.

— Nu, refuză Elin înainte ca Sofia să apuce să deschidă gura. Vreau să stea aici în spate cu mine, zise ea, apoi îi întinse mâna Sofiei şi o făcu să stea pe bancheta din căruță, lângă geamantanul lor. Sofia stătea aşezată cu spatele la cai, cu privirea ațintită la lumina slabă, liniştitoare, care strălucea la ferestrele căsuței. Însă după nici două sute de metri, luminile se topiră în ceață, ca și cum mătușa Karin ar fi stins toate lămpile.

Ceața se contopea cu lacrimile Sofiei, estompând călătoria spre oraș, făcând ca totul să pară nefamiliar și amenințător. Sofia își petrecuse copilăria în pădurea asta, iar brazii înalți, tăcuți, fuseseră mereu prietenii ei. Acum însă, ei se înălțau într-o tăcere distantă, ascunzându-se în spatele unui văl de ceață gri, ca și cum i-ar fi plâns plecarea. Ciori invizibile urlau la ea din adăpostul vârfurilor de brazi.

Nimeni nu scotea un cuvânt, chiar și Kirsten părea neobișnuit de supusă, cu picioarele atârnându-i din căruță, pe drumul bine cunoscut către oraș. De când fusese de acord să se mute în America, Kirsten nu se mai purtase în felul ei îndrăzneț și furtunos. Mai mult, Kirsten fusese la fel de mâhnită și agitată cum era Elin de obicei. Deodată, Kirsten se lăsă să alunece în față și sări din căruță.

— Ce faci? o întrebă Elin în timp ce căruța își continua drumul. Întoarce-te în căruță în clipa asta!

Sofia își ținu răsuflarea, sperând că în cele din urmă Kirsten se răzgândise și nu mai voia să plece în America. Dacă Kirsten rămânea în Suedia, atunci și Sofia ar putea să rămână. Sofia se apropie milimetric de marginea băncuței, gata să sară din căruță și să fugă acasă cu sora ei.

Te rog, Doamne, fă să se răzgândească.

Însă Kirsten se ghemui lângă un mănunchi de flori sălbatice de primăvară și începu să le culeagă, formând un buchet. Unchiul Sven nici măcar nu încetini căruța, ca și cum nu i-ar fi păsat că tocmai pierduse un călător. Kirsten fu nevoită să fugă după căruță ca o școlăriță, ca să-i ajungă din urmă, ridicându-și fusta și sărind înapoi lângă surorile ei.

— Într-o zi o să-ți rupi vreun picior făcând asta, o certă Elin.

— Cui îi pasă? îi răspunse Kirsten îndepărtându-și șuvițele de păr de pe chip și dându-i Sofiei buchetul de flori. Uite. Le-am cules pentru tine. Poți să le presezi într-o carte, ca să-ți amintească de casă.

Îndurerată, Sofia îşi înăbuşi un nod în gât.

— Dar în America nu sunt flori sălbatice?

— Bineînţeles că sunt, îi răspunse Elin, aşa că nu mai fi bosumflată, Sofia.

Sofia se uită la bobocii delicaţi ce fuseseră smulşi din pământul de lângă drum, apoi îşi puse capul pe genunchi şi începu să plângă.

Încă de când îi murise mama, cu cinci ani în urmă, frica şi tristeţea se cuibăriseră în sufletul Sofiei ca nişte lupi care abia aşteaptă să se năpustească. Iar de când tatăl ei o urmase pe mama în mormânt, după mai puţin de un an, lupii îşi dublaseră numărul, devenind nişte animale uriaşe, lacome, care ameninţau s-o înghită pe Sofia de vie, mai ales dacă se confrunta cu ceva nou. Sofia învăţase să ţină aceste bestii în frâu făcând totul exact la fel, zi după zi, neîndepărtându-se de lucrurile familiare.

Bestiile se domoliseră un pic după ce mătuşa Karin şi unchiul Sven se mutaseră la fermă, dar în clipa în care Elin îi arătase biletele către America, Sofia îşi simţi frica şi tristeţea crescând şi transformându-se în nişte monştri giganţi care o urmăreau pretutindeni, cu ghearele lor înspăimântătoare şi colţii fioroşi. Sofia îşi dorea nespus să ştie cum să-i facă să dispară.

Când căruţa ajunse în sat, soarele începuse să se arate de după nori. Sofia îşi dorea din toată inima să sară din căruţă şi să fugă la cimitirul din spatele bisericii, ca să vadă mormântul mamei sale pentru ultima oară. Dar în loc de asta, Sofia îşi luă rămas bun în tăcere, de la biserică şi de la cimitir, de la şcoala de lemn în care învăţaseră ea şi surorile ei, de la magazinele curate, aliniate pe strada principală. Era zi de piaţă, iar sătenii îşi vedeau de treburi ca de obicei, instalându-şi chioşcurile în piaţă, scoţând brânza şi ouăle la vânzare.

Kirsten se strecură din nou din căruţă, înainte ca aceasta să se oprească în gară.

— Mă întorc imediat, strigă ea.

— Nu, întoarce-te înapoi, îi strigă Elin. O să pierzi trenul!

— Nu-ți face griji, o să aud fluierul.

Sofia sări din căruță în spatele lui Kirsten.

— Aşteaptă-mă! Vin cu tine. Dacă Kirsten s-ar decide brusc să rămână acasă, atunci Sofia ar rămâne şi ea. Sofia îşi ridică poalele fustei deasupra noroiului şi se grăbi s-o ajungă din urmă pe Kirsten, încă ținând strâns în mână buchetul de flori sălbatice, ignorând protestele lui Elin.

Kirsten fu iritată să o vadă pe Sofia alergând în spatele ei.

— De ce-ai venit după mine? Unde crezi că mergi?

— Nu mă urc în trenul spre America decât dacă te urci şi tu.

— Nu fi prostuță. Bineînțeles că o să mă urc în tren. Nu ne putem răzgândi acum. Eu... eu vreau doar să-mi iau rămas bun de la cineva.

— Şi dup-aia putem trece pe la cimitir? Vreau să văd mormântul mamei pentru ultima dată. Cu ceva noroc, se gândi Sofia, vor pierde amândouă trenul.

— Bine, zise Kirsten, apucând-o pe Sofia de mână. Hai.

Kirsten o trase după ea pe trotuar, gonind prin zona pieței fără să se oprească să salute pe cineva. Dacă Kirsten se îndrepta spre biserică, atunci ăsta era cel mai lung drum, trecând prin fața magazinelor de pe strada principală, în loc să o ia pe drumul cel mai drept. Kirsten se opri brusc în fața magazinului lui Magnusson, unde fiul proprietarului, Tor, tocmai mătura trotuarul de lemn.

— Rămâi cu bine, Tor, i se adresă Kirsten mâhnită. Astăzi plecăm spre America şi nu mă vei mai vedea niciodată. Niciodată. Plecăm de îndată ce ajunge trenul, şi nu ne mai întoarcem.

Zicând acestea, Kirsten făcu stânga-mprejur înainte ca Tor să apuce să spună ceva, păşind atât de repede, încât Sofia abia ținea pasul cu ea. Sofiei i se păru c-o vede pe Kirsten ştergându-şi ochii. Tor se întoarse la măturat.

Kirsten nu se opri până ce nu ajunseră la mormântul mamei lor.

— Grăbeşte-te şi ia-ți rămas bun, îi spuse Sofiei, altfel o să pierdem trenul.

Ochii Sofiei se umplură de lacrimi în timp ce îngenunche să pună pe iarbă florile sălbatice ofilite. Era pentru ultima oară când își putea vizita mama. Sofia venise aici să se roage în fiecare săptămână de când murise mama lor și își petrecuse fiecare duminică din ultima lună - de când primiseră biletele - implorându-și mama să vorbească cu Isus ca să facă o minune și să rămână toate în Suedia. Ar fi bine ca minunea să se întâmple cât mai curând.

Sofia își ridică privirea către Kirsten care aștepta după ea cu mâinile încrucișate.

— Cum s-o lăsăm pe mama?

— Dar mama nu-i aici, să știi, îi răspunse Kirsten nerăbdătoare. Mama e în rai. Nu te aude când îi vorbești.

Sofia își pierdu firea.

— De unde știi tu dacă mă aude sau nu?

— Păi, dacă te aude aici, sunt absolut sigură că te va auzi și în America. Acum vino. Kirsten începu să meargă spre poarta cimitirului.

— Nu ai deloc sentimente, Kirsten! strigă Sofia, luptându-se să se ridice în picioare. Ai sufletul de gheață!

Surorile alergară înapoi spre gară, iar când ajunseră, gâfâind după atâta efort, Elin era atât de furioasă, încât le întoarse spatele și nu vru să le vorbească nici în ruptul capului. Când Kirsten se lăsă pe o bancă pentru a aștepta, Sofia alese în mod intenționat o altă bancă, holbându-se la spatele lui Elin. Era vina lui Elin că plecau. Și a lui Kirsten.

Unchiul Sven umbla încoace și încolo pe peron așteptând să vină trenul, trecându-și degetele prin păr și uitându-se la șine ca și cum ar fi dornic să scape de ele pentru a-și putea vedea mai departe de treburile lui. Sofia se simțea ca un prizonier, exilată pentru o crimă pe care nu o comisese.

Când fluierul trenului se auzi în sfârșit în depărtare, Sofia se temu că s-ar putea să i se facă rău. Se uită la Kirsten în timp ce trenul oprea cu o bubuitură și se rugă de ea în minte să se răzgândească şi să rămână. Kirsten avea obrajii foarte roz, iar codițele începuseră deja să se elibereze din ace, însă îşi luă geanta şi se ridică în picioare.

— Rămas bun, fetelor, le spuse unchiul Sven deasupra sunetului asurzitor al trenului. Noroc!

Sven se întinse spre ele să le îmbrățişeze, dar Elin se trase deoparte. Sofia se duse în brațele lui de bunăvoie.

— Să ştii că poți să rămâi aici cu mine, micuțo, îi spuse el. Nu trebuie să pleci. Unchiul Sven încercase s-o convingă să rămână încă din momentul în care Elin îi spusese de bilete, dar Elin fusese neclintită şi insistase ca Sofia să meargă cu ea.

— Mulțumesc, îi răspunse Sofia, dar trebuie să merg cu surorile mele.

— Haide, Sofia, îi strigă Elin, luând-o de mână şi ținând-o strâns în timp ce se îndreptau spre tren. Gata. Plecau cu adevărat de acasă şi nu se mai întorceau niciodată.

— Adio, încercă Sofia să rostească, dar nu reuşi decât să şoptească. Adio...

CAPITOLUL 4

Trenul huruia şi şuiera ca un dragon în timp ce Elin se îndreptă spre el, ţinându-şi strâns sora de mână. Sofia plângea în hohote, şi chiar şi Kirsten îşi trăgea nasul şi îşi ştergea ochii. Însă Elin era atât de uşurată să ştie că atâta timp cât va trăi nu-l va mai vedea niciodată pe unchiul Sven, încât nu vărsă nicio lacrimă.

Elin o ajută pe Sofia să urce în tren, şi apoi o ghidă pe culoar, printre rândurile de scaune. Kirsten se urcase în tren prima, şi găsise nişte scaune faţă în faţă.

— Stai cu spatele, ca mine, Sofia, îi spuse ea. O să poţi vedea mai multe.

Sofia dădu din cap şi se rezemă de Elin, căutând consolarea surorii ei. Când fluierul trenului sună strident pe neaşteptate, Sofia ţipă de frică. Elin o strânse la piept. Niciuna dintre ele nu mai călătorise cu trenul.

— O să fie bine, le linişti Elin. O să vedeţi.

Elin se străduise să fie curajoasă pentru surorile ei, dar exista un punct mort înăuntrul ei care nu credea că va mai învia vreodată. Acum era prea târziu să se răzgândească. Nu putea să renunţe. Elin se întrebă dacă tatăl lor simţise la fel atunci când gheaţa îi cedase sub picioare şi se afundase în lacul întunecos, fără fund.

Lui Elin tot nu-i venea să creadă că pleca de acasă. Îi plăcea ferma lor mică, aşa sărăcăcioasă şi ponosită cum era, iubea pădurile, izvoarele şi dealurile line care înconjurau pământul familiei sale. Munciseră cu toţii atât de mult după moartea mamei lor, având grijă ca ferma să funcţioneze... Mama obişnuia să le spună că cele mai de preţ comori ale unei femei sunt casa şi familia ei, iar Elin credea asta cu tot sufletul ei. Dar nu putea să rămână. Trebuia să le ducă pe Kirsten şi Sofia într-un loc sigur.

Ele nu ştiau nici acum adevăratul motiv pentru care plecau de acasă. De fapt, nimeni nu ştia.

Trenul porni din staţie scoţând aburi, iar Kirsten îşi deschise geamul şi se aplecă în afară, privind lung în urmă la satul lor şi la pământurile ce-l înconjurau, care dispăreau treptat în ceaţă. Pe obraji îi curgeau lacrimi. Elin se aşezase cu spatele la sat, cu faţa spre viitor, refuzând să privească în urmă.

— O să fim bine. O să fim bine, spuse ea, deşi se îndoia că Sofia o credea.

Durerea o amorţise pe Elin – probabil că le amorţise şi pe Sofia şi Kirsten. Elin privea peisajul ce rămânea în urmă, vrând să-şi întipărească în memorie locurile natale. America s-ar putea să arate cu totul altfel.

— Se face frig deja, zise Elin după un timp. Sofia îşi freca braţele ca să se încălzească. Mai bine ai închide geamul, Kirsten.

Kirsten îl închise cu o smucitură şi se aşeză la loc. Călătoriseră de mai bine de o oră, dar lacrimile curgeau încă rostogolindu-se pe obrajii lui Kirsten.

— Eşti bine? o întrebă Elin.

Kirsten îşi şterse faţa cu dosul palmei.

— Sunt bine. Aerul rece m-a făcut să lăcrimez.

— Am auzit că sunt mulţi bărbaţi necăsătoriţi în America, zise Elin încercând să readucă zâmbetul pe chipul lui Kirsten. În schimb, nu reuşi decât s-o scoată din fire.

— Şi în satul nostru erau o grămadă de bărbaţi neînsuraţi, dar niciunul dintre ei nu s-ar căsători vreodată cu noi, din moment ce toţi din oraş şuşoteau pe la spate cum că... Kirsten aruncă o privire spre Sofia şi se opri brusc. Sofia încă nu ştia că moartea tatălui lor nu fusese un accident. Dar Kirsten spusese deja prea multe.

— Ce vrei să spui? o întrebă Sofia. De ce ne vorbeau oamenii pe la spate? Spune ce voiai să spui. Elin încercă să facă cumva să evite întrebările Sofiei, când Kirsten îi sări în ajutor.

— Nu vreau să vorbesc despre căsătorie, spuse ea.

— Mai târziu, îi şopti Elin Sofiei, punându-i un deget pe buze, şi sperând că Sofia va uita de asta între timp.

Surorile se cufundară din nou în tăcere, la kilometri distanţă una de alta, cu toate că genunchii şi umerii li se atingeau. Nici Elin, nici surorile ei, nu mai călătoriseră niciodată atât de departe de casă. Pe măsură ce orele zburau şi trenul le ducea tot mai departe, peisajul începea să se schimbe treptat, arătând din ce în ce mai nefamiliar. Elin închise ochii, cu dorinţa de a-şi aminti de casă, temându-se că avea să uite cum era acasă.

— Dormi? o întrebă Kirsten după o vreme.

— Nu, mă odihnesc doar. Elin se îndreptă de spate şi se întinse după sacoşa cu mâncare pe care o pregătiseră. Vrea cineva de mâncare?

Kirsten clătină din cap.

— Nu, mulţumesc, răspunse Sofia.

După răspunsul afectat al Sofiei, Elin ştiu că era încă supărată pe ele pentru că nu primise niciun răspuns la întrebările ei. Sofia putea să poarte duşmănie mai mult decât oricine.

Kirsten se ridică în picioare şi făcu câţiva paşi ca să se dezmorţească.

— Cred că merg să mă uit pe aici. Sofia, hai cu mine.

— Nu, mulţumesc.

— Nu cred că ai voie să umbli pe aici, îi zise Elin.

— De ce nu? De pierdut nu mă pot pierde, decât dacă cad din tren, nu?

— Nu asta e ideea. Nu ştim ce fel de oameni sunt în vagoane. Mai bine ai sta aici.

Kirsten îi întoarse spatele şi păşi ţanţoşă până în capătul culoarului. Elin îşi ţinu respiraţia, sperând că sora ei nu va încerca să deschidă uşa ca să meargă în celălalt vagon de persoane. Însă Kirsten se întoarse şi se plimbă cu paşi mărunţi pe lungimea culoarului în cealaltă direcţie, înainte de a reveni la locul ei, unde se prăbuşi cu un acces de mânie.

De ce trebuiau Kirsten şi Sofia să fie atât de dificile – acum, mai mult ca oricând? Elin se frământase luni de zile, temându-se să creadă că vor putea să scape cu adevărat. Protejarea surorilor ei de unchiul Sven fusese o corvoadă istovitoare, care necesitase o veghe permanentă. Dar acum Elin schimbase frica ei bine cunoscută cu altele şi mai necunoscute. Dacă se dovedea ca unchiul Lars să fie un monstru şi mai mare decât fusese unchiul Sven?

Dar nu, unchiul Lars plătise pentru toate biletele lor şi se ocupase de tot. El avea să ia povara asta grea de pe umerii lui Elin şi să le ofere la toate un nou cămin. Promisiunea unui acoperiş deasupra capului, a odihnei şi a ajutorului pe care-l va primi o ajutase pe Elin să se descurce. Tot ce-şi dorea era ca surorile ei să înţeleagă lucrurile astea şi să fie recunoscătoare pentru alegerile pe care le făcuse, în loc să fie supărate.

Elin îi întinse lui Kirsten o bucată de *knäckebröd** din sacoşa cu mâncare. Sofia dădu din cap că nu voia, când Elin îi oferi şi ei o bucată.

— Ia măcar o înghiţitură, insistă Elin împingând o bucăţică în mâinile Sofiei. O s-o mănânce şoriceii, dacă n-o vrei tu.

Sofia şovăi, şi în cele din urmă luă o îmbucătură. Nici Elin nu prea avea poftă să mănânce. Durerea pe care o simţea în stomac o făcea să se simtă ca şi cum ar fi înghiţit o grămadă de pietre.

— Pâinea va avea acelaşi gust în America? întrebă Sofia o clipă mai târziu.

— Bineînţeles, prostuţo, zise Elin, înghiontind-o uşor în coaste. Cel care coace pâinea îi dă gustul, nu locul în care e coaptă.

Câteva lacrimi căzură pe pâinea nemâncată din mâinile Sofiei.

— N-o să-mi placă deloc în America.

— Oh, nu mai fi copil, îi zise Kirsten. Dacă vei continua să fii aşa de morocănoasă toată viaţa, voi plăti eu personal ca să te

*Pâine crocantă folosită în Suedia şi în ţările nordice, conţinând în special făină de secară. Este populară în unităţi militare, în şcoli şi în călătorii lungi pentru că este uşoară şi poate fi depozitată în locuri uscate, păstrându-se proaspătă şi bună de mâncat pentru mai mult timp. Este o mâncare de bază şi a fost considerată multă vreme dieta săracului, (n.ed.).

trimit înapoi în Suedia. Crezi că nouă ne este mai uşor? Elin îşi dădu seama că Kirsten abia se stăpânea să nu plângă.

— Ascultaţi-mă, peste câteva luni vom fi bucuroase că am părăsit acest loc, le spuse Elin. Sau voiaţi să fiţi servitoarele mătuşii Karin pentru tot restul vieţii voastre, ştergându-le copiilor nasurile murdare şi fundurile ude leoarcă?

— Măcar mătuşa Karin ne lasă să ne ridicăm şi să ne plimbăm încoace şi încolo, zise Kirsten. De-acum o să fim servitoarele tale.

— N-am putea, vă rog, să încetăm să ne mai certăm? zise Elin oftând. Vă rog!

Drept răspuns, Sofia îşi trase nasul. Kirsten rupse o altă bucată din pâinea uscată şi o mestecă încet.

— Dar la urma urmei, cine i-a invitat pe unchiul Sven şi pe mătuşa Karin să se mute la noi? întrebă Kirsten cu gura plină. Noi ne descurcam foarte bine singure, dar de îndată ce s-au mutat cu noi, totul s-a schimbat. Se presupunea ca ferma să fie a lui Nils, nu? I-au furat ferma.

— Nils a zis că nu o vrea, zise Sofia. L-am auzit eu cu urechile mele. Cred că nu voia nici să-şi bată capul cu noi.

— Ei, toate astea ţin de trecut, spuse Elin. De-acum înainte nu vom mai privi în urmă, ci înainte, spre viitor. Cred că unchiul Lars o duce foarte bine acolo în America, dacă a putut să ne cumpere toate biletele astea. Şi el era fratele preferat al mamei. Se va purta cu noi ca şi cum am fi propriile lui fiice, nu servitoarele lui.

— Pun pariu că nu va mai trebui să muncim nicio zi din viaţa noastră, zise Kirsten. N-o să mai trebuiască să mulgem vacile dac-o să vrem un pahar cu lapte, şi nici să gonim găinile de pe cuibare de câte ori o să vrem nişte ouă. O să luăm totul din magazine.

— Şi ce-o să facem toată ziua? întrebă Sofia. Vocea ei lină îi amintea lui Elin de căderea fulgilor de zăpadă.

— Nimic. O să fim exact ca doamna Olsson, cea din sat, cu servitoare care să facă toată treaba. Kirsten se aplecă plictisită peste scaun, prefăcându-se că ridică o ceaşcă de ceai cu degetul ei roz întins.

— Kirsten! Ți se vede juponul, o atenționă Elin, aranjându-şi fusta peste glezne.

Kirsten o ignoră.

— În scurtă vreme vom uita că am trăit vreodată într-o căsuță înnegrită de fum, la o fermă ruinată.

— Nu era ruinată! se răsti Sofia.

— Bine. Crezi ce vrei. Kirsten se ridică în picioare şi îşi aranjă fusta cu un aer de aroganță. Foarte curând o să uităm de toți oamenii ăia nerozi şi mârşavi din oraşul ăla plictisitor şi urât.

Trenul ajunse în oraşul Gothenburg după-amiaza târziu. Elin privi lung pe geam afară, la oraşul ăsta atât de mare, încât i se părea că-i ia o veşnicie să ajungă de la periferie la gara din centru. Kirsten deschisese geamul ca să se aplece în afară, dar îl închise repede la loc.

— Vai! Pute-a peşte stricat.

— Da, păi oraşul e la malul oceanului, spuse Elin. Piața de peşte de aici e foarte vestită.

Tatăl lor fusese o dată în Gothenburg şi i-l descrisese atât de frumos lui Elin – strigătele pescăruşilor, suspinul valurilor oceanului, mireasma sării care se simțea atât de tare în aer, încât o puteai simți pe buze. Dar probabil că oraşul se schimbase de când îl vizitase tatăl lor, căci Elin nu auzi niciun pescăruş, doar sunetul strident, huruit şi şuierat al trenului. De asemenea, nu putea să guste sarea, doar duhoarea peştelui, a fumului şi a aburilor.

Kirsten se ridică în picioare înainte ca trenul să se oprească, apucându-şi geanta de parcă era gata s-o ia la sănătoasa. Elin aşteptă până când trenul opri, dar chiar şi când se ridică în picioare, simți ca şi cum ar fi încă în mişcare.

— Compania White Star Steamship a trimis o trăsură ca să vă preia de la gară, le zise conductorul în timp ce coborau din tren. Vă va duce la o pensiune de lângă dig, ca să petreceți noaptea acolo.

— Vedeți? Unchiul Lars s-a gândit la toate, zise Elin. Şi totul este deja plătit. Elin spera să-şi asigure surorile – şi pe ea însăşi – că vor fi bine îngrijite.

Peronul vibra sub picioarele ei în timp ce un alt tren ieşea pufăind din gară. Hamalii îngrămădiseră deja bagajele tuturor pe peron, iar călătorii îşi căutau fiecare bagajul prin grămadă. Elin căută şi ea prin morman după geamantanul lor, dar nu-l găsi. Nici urmă de geamantan, nici chiar după ce mormanul de bagaje dispăruse.

Elin începu să se îngrijoreze şi străbătu întregul peron uitându-se la fiecare cutie şi ladă, dar niciuna dintre ele nu era a lor. Ce aveau să se facă fără valiză? În ea erau toate lucrurile lor şi toată mâncarea pentru călătorie. Elin se zori să ajungă înapoi la locul unde o aşteptau surorile ei.

— Bagajul nostru lipseşte! Trebuie să mă ajutați să-l găsesc!

Vreme de câteva minute îngrozitoare şi nesfârşite, Elin şi Kirsten alergară încoace şi încolo cuprinse de spaimă, în timp ce Sofia se prăbuşise pe o bancă, copleşită de milă pentru situația în care se aflau.

— De ce nu ne ajuți? o întrebă Kirsten.

— Pentru că sper că într-adevăr l-am uitat acasă. Aşa, am putea să ne suim în următorul tren şi să mergem acasă.

Elin se întrebă dacă unchiul Sven păstrase geamantanul la el intenționat, ca s-o pedepsească şi să se asigure că se vor întoarce acasă. Gândul acesta o înfurie de-a binelea.

— Nu ne întoarcem acasă, Sofia. Mai degrabă las totul în urmă şi rabd de foame în următoarele două săptămâni, decât să mă întorc.

Dar puteau oare să lase totul în urmă? Elin revăzu mintal conținutul valizei, încercând să-şi amintească ce împachetaseră. Puteau foarte bine să înlocuiască hainele şi paltoanele de iarnă şi aşternuturile – deşi Elin nu-şi imagina de unde vor avea bani să cumpere altele. Elin pusese în bagaj şi câteva lucruri pe care le moştenisera, chiar dacă acest lucru însemnase sacrificarea altor lucruri ca să le facă loc. Ibricul de aramă pentru cafea, pe care mama lor îl folosise mereu când avuseseră oaspeți, era în valiză, la fel şi cărțile cu cântece religioase, prosoapele de pânză şi şorțurile şi şervetele pe care mama ei le brodase pentru lada ei de zestre.

Elin mai împachetase şi mojarul cu pistil cioplit de tatăl lor, o vază pictată cu *rosemaling** şi o faţă de masă din pânză albă care fusese a bunicii lor. Nu era nimic de valoare mare, şi cu toate acestea, pierderea geamantanului era o altă suferinţă după atâtea altele.

— Uite-l! strigă deodată Kirsten. Elin fugi într-acolo şi văzu geamantanul pe care-l crezuseră pierdut, ascuns sub una dintre căruţele de la White Star. Elin răsuflă uşurată şi îi făcu semn Sofiei, care stătea încă pe bancă.

— Haide! L-am găsit!

Sofia se ridică în picioare şi se îndreptă fără nicio tragere de inimă către trăsura care le aştepta. Afară se înnoptase şi era prea întuneric ca fetele să vadă mare lucru din oraşul pe care-l traversau în drum spre camerele pe care le pusese la dispoziţie compania de cale ferată. Elin se simţea sleită de puteri. Închise ochii, ascultându-le pe Kirsten şi pe Sofia care vorbeau încet lângă ea.

— De ce nu vrei să te muţi în America? o întrebă Kirsten pe Sofia.

— Uite-aşa. Unchiul Sven mi-a spus că ar trebui să vă las pe tine şi pe Elin să plecaţi fără mine. A zis că pot să rămân cu el.

Vorbele Sofiei o înspăimântară pe Elin.

— Unchiul Sven nu e atât de binevoitor pe cât crezi, îi spuse ea cu o voce tremurândă.

— Din cauza lui a plecat Nils de acasă, nu mai ţii minte? adăugă Kirsten. Şi l-am auzit spunând că Elin îi va urma lui Nils. Voia să o facă să se mute de acasă şi să-şi ia o slujbă în oraş.

— Aşa că, în loc de asta, a trebuit să ne mutăm *toate trei*? întrebă Sofia. Nu mai înţeleg nimic.

— Eu mă dau bătută, Sofia, spuse Kirsten. Continuă să fii tristă dacă aşa vrei. După aceea, niciuna dintre ele nu mai spuse nimic tot restul drumului.

---

*Denumirea unui model specific de pictură decorativă care ilustrează flori şi care îşi are originea în zonele de câmpie din estul Norvegiei, în preajma anului 1750, (n.ed.).

Camera lor din pensiune mirosea a transpirație învechită. Kirsten încercă să deschidă fereastra minusculă, dar nu reuşi cu niciun chip. Cele trei surori se dezbrăcară şi rămaseră în lenjeria de corp şi, după ce îşi aşezară cu grijă hainele astfel încât să nu se şifoneze, Sofia şi Kirsten se urcară în pat. Elin, însă, era prea necăjită ca să doarmă, aşa încât stinse lampa cu gaz şi aprinse o lumânare.

— Vă supărați dacă îmi iau un răgaz să scriu? Promit că nu stau mult.

— Numai să nu dai foc la cameră, îi spuse Kirsten înainte să-şi tragă perna peste cap.

Elin îşi deschise jurnalul şi începu să scrie.

Suntem într-o pensiune în Gothenburg după o zi istovitoare de călătorie. Odaia noastră mică, sărăcăcioasă, cu pereți goi şi paturi înguste pare nimerită. Tot ceea ce odată îmi încălzea şi proteja viața mi-a fost luat; geamantanul nostru adăposteşte rămăşițele vieții mele. Mă simt la fel de goală şi de fragilă ca o oiță de-a tatei după ce a fost tunsă. Îmi tot spun că aşa sunt mai uşoară, mai liberă. Va veni şi ziua în care voi recupera tot ce-am pierdut, nu-i aşa? Voi avea din nou o familie şi un cămin. Poate că totul va lua o altă formă, ca şi lâna tunsă a unui miel, care devine o pereche de mănuşi sau un şal sau un pulovăr cald de iarnă, însă sunt hotărâtă să nu mă mai simt niciodată atât de pustiită şi pierdută.

Mâine vom lua vaporul şi vom străbate Marea Nordului până la un oraş numit Hull, în Anglia. Acolo ne vom sui într-un alt tren şi vom traversa ținutul până la Liverpool. De-acolo ne vom îmbarca pe un vapor cu aburi pentru călătoria de două săptămâni peste Oceanul Atlantic, către New York, în America. Dar călătoria noastră nu se va sfârşi acolo. Va mai trebui să mai luăm un tren cu care vom ajunge la unchiul Lars, în Chicago. Îmi amintesc că l-am întâlnit o dată pe unchiul Lars, când eram foarte mică, şi tocmai pleca din sat ca să-şi găsească norocul în America.

Elin se opri, întrebându-se ce să mai adauge. Kirsten adormise deja, dar Sofia doar se prefăcea că doarme. Ea îşi îngropase faţa în perna moale şi gri ca să nu se audă, dar Elin ştia că Sofia plângea. Elin simţi imboldul de a se sui în pat şi de a plânge şi ea, dar nu, ea trebuia să fie tare de dragul surorilor ei. Elin trase aer adânc în piept şi expiră încet, încercând în acelaşi timp să se elibereze de sentimentul de frică pe care îl avea.

Cu toate că Sofia şi Kirsten sunt cu mine, mă simt pierdută şi singură. Dacă aş fi avut o altă alternativă la călătoria asta lungă şi de neimaginat către un loc atât de îndepărtat, aş fi ales-o bucuroasă pe aceea. Dar înainte de a se duce, mama m-a rugat stăruitor să am grijă de surorile mele, şi singura posibilitate, singurul mod în care ştiam să fac asta, era să plecăm de acasă şi să ne mutăm în America.

Într-un fel, simt că am dezamăgit-o, dar nu am ştiut cum altfel să fac şi trebuia să iau o decizie. Sper doar că am luat decizia potrivită.

Elin închise ochii, dorindu-şi să se poată ruga aşa cum obişnuia mama ei să se roage, însă între ea şi Dumnezeu era o prăpastie adâncă, plină de vinovăţie şi regrete. El cunoştea toate lucrurile rele pe care ea le făcuse. Prăpastia era de asemenea, plină de furie. De ce n-o protejase Dumnezeu de unchiul Sven? Elin fusese silită să găsească singură o cale de a scăpa de el. Dacă nu i-ar fi scris unchiului Lars rugându-l să le lase să meargă în America, nu ar fi fost niciodată salvate. Ea trebuise să găsească o cale să înceapă o nouă viaţă pentru ea şi pentru surorile ei. Iar acum trebuia să facă cumva să-şi adune curajul să ducă la capăt misiunea asta. Elin se aplecă din nou asupra jurnalului.

Mi-aş dori să nu fiu eu sora mai mare. Mi-aş dori ca cineva să aibă grijă de mine, în loc să fiu nevoită să am eu grijă de toată lumea. Aş vrea să nu trebuiască să iau eu toate deciziile şi să fac primii paşi şi să fiu îndrăzneaţă şi curajoasă şi inepuizabilă.

Înțeleg cum se simte Sofia, pentru că şi eu îmi doresc nespus să mă sui în tren mâine şi să mă întorc acasă – la casa şi la viața de acum cinci ani. Tot ce vreau să fac e să stau în căsuța noastră şi să împletesc ciorapi lângă foc, şi s-o ascult pe mama citind cu voce tare din Biblia ei mică, cu mireasma pâinii abia coapte umplând odaia.

Dar viața aceea nu mai există. Eu sunt cea mai mare dintre surori, iar Sofia şi Kirsten depind de mine. Nu putem da înapoi. Şi-apoi, eu tânjesc după un loc mai sigur atât pentru ele, cât şi pentru mine. Nu ştiu ce ne va aştepta la capătul călătoriei, dar poate oare să fie mai rău decât ce am lăsat în urmă – este oare posibil?

Elin şterse o lacrimă ce căzuse pe pagina jurnalului, apoi îl închise şi suflă în lumânare. Abia aştepta să se bage în patul cald, pentru că îi era foarte frig şi i se părea că nu se poate opri din tremurat.

CAPITOLUL 5

O bubuitură de tunet o făcu pe Kirsten să tresară din somn. Se ridică în capul oaselor şi privi în jur, prin odaia nefamiliară, neştiind cu certitudine unde era. Apoi o scăpărare de fulger învălui în lumină pereţii văruiţi şi Kirsten îşi aminti de sosirea la pensiune în seara dinainte, după nesfârşita călătorie cu trenul către Gothenburg. Ea şi surorile ei fuseseră conduse în camera asta sărăcăcioasă de la etaj de proprietarul care se arătase foarte ostil.

În depărtare, tunetul hurui ca o locomotivă cu aburi. Pe cer, alte scăpărări de fulger. Lui Kirsten îi reveni în minte ultima ei întâlnire cu Tor, despărţirea de el şi durerea pe care o simţise, ca şi cum cineva i-ar fi despicat sufletul şi l-ar fi smuls pe Tor afară cu un cuţit pentru filé. Kirsten sperase că suferinţa din pieptul ei se va domoli pe măsură ce călătoria o purta tot mai departe de casă, dar în dimineaţa asta durerea era mai adâncă decât ieri. Când îşi luase rămas bun de la Tor, el îşi ferise privirea şi evitase să se uite la ea.

O altă scânteiere de fulger, un alt bubuit de tunet, mai departe de această dată. Kirsten îşi dori s-o lovească un trăsnet şi să-i curme chinul. Se dădu jos din pat şi trase deoparte perdelele grele. Afară se luminase se ziuă, însă furtuna adusă de mare întunecase răsăritul. Vijelia biciuia pervazurile cu vânt şi ploaie şi dezlănţuia valuri albe uriaşe în port.

— E dimineaţă deja? o întrebă Elin, cu vocea înăbuşită de sub cuverturi.

— *Ja**. Însă mă îndoiesc că feribotul nostru va pleca azi din port. Ar trebui să vezi ce-i afară!

---

*În suedeză, *da*, (n.ed.).

În copilărie, Kirsten își dorise din tot sufletul să aibă parte de aventuri, invidiindu-și strămoșii vikingi care porniseră atât de curajoși să exploreze alte tărâmuri. Însă chiar și Erik Roșcatul ar fi rămas în port într-o zi ca asta.

— Plouă? întrebă Elin.

— Toarnă cu găleata! Să vezi ce valuri gigantice sunt!

Pași grei tropăiră pe scări în sus spre dormitorul lor și, o clipă mai târziu, ușa zurui de o bătaie puternică.

— Feribotul pleacă într-o oră, doamnelor.

— Mulțumim. Ne-am trezit, strigă Elin înapoi, întinzându-se către celălalt pat s-o trezească pe Sofia. Ai auzit? Haide, Sofia. Trebuie să te trezești și să te îmbraci.

Sofia răspunse printr-un mormăit.

O rafală de vânt biciui casa din lemn, șuierând prin fiecare crăpătură și făcând să duduie sticla din geam. Kirsten simțea odaia tremurând.

— Ascultă numai vântul! Nici nu vreau să ies afară pe o vreme ca asta, darămite să mă mai urc și într-un vapor.

— Ei bine, trebuie să facem ce ne spun oamenii care au organizat călătoria. Unchiul Lars a trimis instrucțiuni...

— Și ce dacă? De ce trebuie să hotărască tot alții pentru mine? Când o să iau și eu o decizie în numele meu?

Elin se ridică și își puse mâinile în șolduri, luându-și expresia aceea autoritară pe care Kirsten nu o putea suferi.

— Nimeni nu reușește mereu să facă numai ce vrea. Nici măcar oamenii mari.

— Da, bine, păi asta nu se cade deloc, să știi!

Surorile se îmbrăcară, își adunară lucrurile și luară în grabă un mic dejun cu pâine și hering în sala de mese de la parterul pensiunii. Kirsten își puse un șal pe umeri și deschise ușa, strângându-și brațele în jurul ei ca să se protejeze împotriva vântului. Elin o luă pe Sofia de mână și o trase după ea pe ușă, în urma celorlalți pasageri, în mijlocul furtunii.

— Vaporul nostru o să se scufunde! se auzi vocea Sofiei deasupra şuieratului vântului.

— O să fim bine, insistă Elin. Marinarii şi căpitanii ştiu cum să navigheze pe mare pe o vreme ca asta. Nici n-ar porni la drum dacă nu am fi în siguranță.

— Prostii, zise Kirsten. Vasele se scufundă tot timpul!

Cele trei surori se luară de braț, ținându-se una de alta ca să nu le sufle vântul în timp ce treceau strada de la pensiune către drumul ce ducea la doc. În fața lor, valurile se spărgeau de dig şi se revărsau pe trotuar, amintindu-i lui Kirsten de un cazan în care clocotea apa. În fața portului erau aliniate rânduri de căruțe încărcate cu lăzi, butoaie şi cufere, toate îmbibate de ploaia torențială şi rece. Kirsten voi s-o ia la fugă pe chei în jos şi să se urce în feribot, dar Elin o opri.

— Aşteptați-mă aici. Mai întâi trebuie să găsesc geamantanul şi să mă asigur că-l vor încărca. Tot ce avem e în el şi nu vreau să-l pierdem din nou.

Kirsten se lipi de Sofia sub ploaia vijelioasă în timp ce Elin vorbi cu cei care se ocupau de bagaje. Vase de toate formele şi dimensiunile se clătinau şi se izbeau unul de altul, iar lui Kirsten i se făcu rău să le mai privească. Aerul umed în care plutea mireasma de peşte era cel mai infect care-i ajunsese vreodată la nări. Sofia îşi strânse nasul între degete ca să nu mai simtă nimic.

Mirosul îi aduse aminte lui Kirsten de ziua aceea înăbuşitoare de vară, când a mers la pescuit împreună cu Nils şi cu Tor, la lacul în care se înecase tatăl lor. Kirsten, Nils şi Tor au curățat peştii pe care-i prinseseră şi le-au scos măruntaiele, pe care le-au aruncat peste grămada de gunoi, unde au putrezit sub soarele arzător. Unchiul Sven fusese foarte furios pe ei, reproşându-le că putoarea se putea simți până în oraş. Nils şi Tor au râs, imitându-i umerii aplecați şi mersul crăcănat de îndată ce unchiul le întoarse spatele şi se îndepărtă.

Amintirea râsului lui Tor o zdruncină pe Kirsten de parcă cineva i-ar fi dat o lovitură în stomac. Kirsten se uită în jur după

Elin, care căuta încă geamantanul, şi dădu cu ochii de acoperişul proeminent al magaziei pentru bagaje, care se afla în apropiere.

— Hai să aşteptăm sub acoperiş. Aici ne udăm leoarcă. Ea şi Sofia se grăbiră să ajungă la adăpostul dărăpănatei clădiri. Acum nu le mai uda ploaia, dar erau încă nevoite să îndure asaltul vântului.

— Mai ştii poveştile pe care le citeam la şcoală despre *nacks* de apă? întrebă Kirsten în timp ce ploaia răpăia pe jgheaburile de deasupra lor.

— Nu. Ce-s alea *nacks*?

— Hai, chiar nu-ți aminteşti? Sunt nişte creaturi misterioase care trăiesc în mări şi îi atrag pe oameni în regatele lor, la moarte sigură...

— Opreşte-te, Kirsten, zise Elin, care ajunsese la timp ca să audă ce spunea Kirsten. Nu eşti de niciun ajutor.

— Tot ce vreau să zic e că dacă există astfel de creaturi *nacks* de apă, atunci asta din portul Gothenburg pare foarte furioasă în dimineața asta. Cred că e hotărâtă să ne înece pe toți.

— Încetează.

— Când o să-ți dai seama ce greşeală e călătoria asta tâmpită şi o să ne duci acasă? o întrebă Sofia.

— Vezi ce-ai făcut, Kirsten? Ai speriat-o.

— Păi şi eu sunt speriată, în caz că nu ți-ai dat seama. Numai nişte oameni nebuni s-ar îmbarca într-o zi ca asta.

— Sunt sigură că marinarii ştiu ce fac.

— Da, sigur... mormăi Kirsten ca pentru sine, problema e că tu nu ştii ce faci.

Pasarela către vapor se legăna în sus şi în jos, făcând îmbarcarea foarte periculoasă. Valurile mânioase îi udară lui Kirsten fusta şi pantofii şi făceau ca vaporul să se balanseze dintr-o parte în alta şi să se izbească de doc. Hurducătura asta o amețea pe Kirsten în timp ce încerca să păşească, de parcă avea febră. Cele trei surori se clătinară şi se legănară pe punte ca nişte săteni beți, agățându-se de tot ce găseau în drumul lor. Kirsten se prăbuşi pe prima bancă goală pe care o întâlni în cale. Sofia căzu pe genunchii ei.

— Feribotul ăsta o să se scufunde înainte să apuce să iasă din port! fu de părere Sofia.

Elin o mângâie pe spate ca s-o liniştească.

— Cu siguranţă căpitanul va aştepta ca vremea să-şi revină înainte să se aventureze din port.

Însă căpitanul nu aşteptă. Se auzi ţipătul strident al fluierului, carena gemu greu şi motoarele zăngăniră trezite la viaţă. Vasul porni din port exact în mijlocul furtunii.

Sofia vomită de trei ori într-una din găleţile împărţite încoace şi încolo de marinari, şi plângea neconsolată.

— Te rog, Elin, te rog. Nu putem pleca acasă? Bineînţeles că răspunsul era nu, dar Elin nu se mai obosea să-l rostească cu voce tare.

— Odată ce-ai să vezi America, n-o să mai vrei să te întorci acasă, îi spuse Kirsten. Îi părea rău că o speriase pe Sofia aducând vorba de creaturile *nacks* şi voia să se revanşeze. O să fie aşa de frumos acolo, că o să ne dorim să ne fi mutat mai repede. Numai uită-te la toţi ceilalţi călători. Sunt sigură că majoritatea o să continue drumul spre America, la fel ca noi. Chiar crezi că ar bate atâta drum către America, dacă acolo nu ar fi un paradis?

Sofia îşi şterse lacrimile.

— Cum o să fie acolo? întrebă ea.

Kirsten nu ştiu cum să descrie un loc pe care nu-l văzuse niciodată, dar putea cel puţin să inventeze poveşti cu care să-şi liniştească sora.

— O să ne căsătorim toate cu nişte soţi bogaţi, o să stăm toată ziua în căldura soarelui şi o să mâncăm căpşuni şi frişcă.

— Nu mai pomeni de mâncare! o imploră Sofia, aplecându-se din nou peste găleată.

Kirsten avu aceeaşi senzaţie de greaţă când adusese vorba de mâncare, iar când pomenise de soţi, un junghi neaşteptat o lovi în piept. Kirsten îşi jură în minte să nu-şi mai ofere dragostea nimănui după modul în care Tor îşi bătuse joc de ea. Şi-apoi, Kirsten se îndoia că ar mai putea iubi pe cineva atât de mult cum îl iubise pe el.

— Trage adânc aer în piept, îi spuse Elin Sofiei care încă suspina. Elin îi amintea lui Kirsten de mama lor, care obişnuia să le spună să inspire adânc ori de câte ori una dintre ele se simţea rău. Lui Kirsten îi era dor de ea. Îi lipseau şi tatăl ei şi Nils, chiar dacă amândoi le abandonaseră. Mama lor nu avusese de ales, dacă să moară sau să trăiască, dar tatăl lor şi Nils aleseseră în mod intenţionat să plece. Amândoi o respinseră la fel de necruţător ca Tor.

— Gândeşte-te la toţi banii de mâncare pe care o să-i economisim dacă ne e prea rău ca să mâncăm, zise Elin. Pâinea şi brânza ne vor ţine mult mai mult în acest fel.

Sofia înhăţă găleata de parcă ar fi fost un colac de salvare, şi gemu.

— O să mor. Dacă vaporul spre America saltă şi se clatină ca ăsta, o să mor cu siguranţă de rău de mare – asta dacă nu ne înecăm întâi.

Elin o mângâie pe Sofia pe spate şi îi aranjă şuviţele de pe frunte.

— Nu-ţi face griji, îi spuse. Oceanul va fi mult mai liniştit decât Marea Nordului. Şi-apoi, o să călătorim pe un vapor cu aburi, imens, nu pe un vas înghesuit ca ăsta. Vaporul va înfrunta valurile mult mai bine. O să vezi.

Kirsten o privi pe Elin deasupra capului aplecat al Sofiei şi îi puse întrebarea: *E adevărat?* Elin ridică neputincioasă din umeri.

La câteva ore de la plecarea din port, lui Kirsten îi fu la fel de rău ca Sofiei, vomitându-şi micul dejun într-o găleată. Când criza îi trecu, Kirsten se întinse peste rândul de scaune crestate de lemn, la fel ca Sofia. Kirsten nu dormise foarte bine noaptea trecută la pensiune. Şi nici noaptea de dinainte.

Majoritatea celorlalţi călători se îmbolnăviră şi ei pe feribotul care se legăna şi sălta, azvârlit ca o jucărie de valurile imense.

Kirsten îl văzu pe unul dintre mateloți curățând puntea cu o cârpă, şi îi veni în minte imaginea lui Tor, măturând trotuarul din fața magazinului tatălui său. Tor se oprise din măturat, mirat s-o vadă, însă după ce ea îşi luase rămas bun de la el şi se întorsese cu spatele, Kirsten auzise sunetul măturii sale dinapoia ei, semn că el îşi continuase treaba. Kirsten îşi aduse genunchii la piept ca să-şi domolească durerea dinăuntru.

Ea, Tor şi Nils fuseseră prieteni de când se ştia ea pe lume. Apoi Nils fugise la Stockholm, lăsându-i pe ea şi pe Tor în urmă. Lui Kirsten îi fusese dor de fratele ei, la fel de mult ca de părinții ei – şi aşa se regăsise în brațele lui Tor într-o după-amiază, plângând după toți cei pe care-i pierduse. Tor o consolase murmurându-i încet la ureche. *Şi mie mi-e dor de el, Kirsten.*

În clipa următoare, Tor îşi lipise buzele de ale ei, şi se sărutaseră. Kirsten fusese copleşită de nişte senzații puternice, ca şi cum ar fi deschis o uşă secretă şi ar fi descoperit un nou tărâm. Kirsten nu voise ca Tor să se oprească. Chiar şi acum, amintirea aceasta o făcea să se înmoaie. Sărutările lui Tor fuseseră ca şi cum ar fi gustat ciocolată pentru prima oară şi nu s-ar mai fi săturat.

Oare Tor doar se prefăcuse că o iubeşte?

Kirsten se întoarse pe partea cealaltă a băncii inflexibile şi îşi ascunse chipul în palme. Oare cum se putea să urăşti pe cineva şi în acelaşi timp să-l iubeşti?

CAPITOLUL 6

Când Sofia se trezi din somn, știu că trecuseră multe ore de când erau pe mare. Cineva micșorase lumina lămpilor cu gaz din salonul feribotului, iar oamenii dormeau întinși în jurul ei, răspândiți pe bănci și gârboviți pe scaunele lor. Ploaia nu se mai auzea răpăind pe acoperișul cabinei, iar marea părea mult mai liniștită, ceea ce era un lucru bun. Sofia își simțea stomacul ca și cum o turmă de vite l-ar fi călcat în picioare, dar îndrăznea să creadă că poate nu va muri, totuși.

Sofia se ridică și se uită pe o fereastră. Priveliștea de afară se schimbase din nori de furtună gri și denși și valuri năvalnice, într-un întuneric nemărginit, încât se părea că vasul se scufundase pe fundul oceanului, unde nicio lumină nu-l putea ajunge. Singurul lucru vizibil în cadrul ferestrei întunecate era propria-i reflexie palidă.

Kirsten dormea întinsă pe banca din fața ei, cu genunchii strânși la piept. Și ei îi fusese rău toată după-amiaza, iar obrajii ei, care străluceau de obicei de la soare, erau albi ca varul. Buzele îi erau lipsite de culoare, ca cele ale unui mort.

Elin adormise în picioare, iar chipul ei păstra o expresie de îngrijorare, chiar și în timpul somnului. Sofia știa că ea cauzase o parte din acea neliniște prin faptul că se certase cu Elin. Sofia voise să o pedepsească pe Elin pentru că le smulsese din căldura casei lor, dar acum îi părea rău, mai ales când văzu cât de palidă și obosită arăta Elin.

Sofia își trase geanta mai aproape, atentă să n-o tulbure pe Elin, și căută prin ea până ce găsi Biblia mamei ei, învelită și protejată de unul dintre cele mai frumoase șorțuri ale mamei. Biblia era îndeajuns de mică ca Sofia s-o poată ține într-o singură mână și avea o copertă din catifea neagră înrămată în alamă, cu o încheietoare din alamă ca să stea închisă. Tiparul ondulat era vechi şi foarte mic. Tatăl lor i-o dăduse mamei lor ca dar de nuntă.

Mama lor obişnuise să le citească cu voce tare din Biblie în fiecare seară, iar Sofiei i se păruse că emoţionantele cuvinte şi promisiuni săriseră din pagini ca nişte icre de peşte, ajungând până în inima ei. Însă ori de câte ori încercase să citească ea însăşi Biblia, cuvintele nu căpătaseră niciodată înţeles. Sofia nu găsise nicio promisiune care s-o liniştească, numai cuvinte mari şi avertismente îngrijorătoare ca *orice pom care nu face roade bune, este tăiat şi aruncat în foc.*

De când murise mama lor, ori de câte ori încercase să se roage în biserică sau noaptea în pat, Sofiei i se păruse că rugăciunile ei zburau fără ţintă, ca nişte porumbei prinşi în capcană, ce băteau din aripi izbindu-se de tavan, incapabili să zboare mai sus. Singurele rugăciuni care se ridicau spre cer fără prea multă greutate erau cele pe care le rostea în şoaptă în cimitir, la mormântul mamei sale. Iar acum, mulţumită lui Elin, Sofia nu mai putea merge acolo să se roage.

Pe măsură ce se crăpa de ziuă, salonul se lumina din ce în ce mai tare. După un timp îndelungat în care stătuse nemişcată, Sofia se hotărî să închidă ochii şi să deschidă mica Biblie la întâmplare şi să citească pasajul pe care îşi va pune prima dată degetul. Sofia avea de gând să nu se oprească din citit până ce nu va găsi cuvinte de mângâiere şi încurajare. Amintindu-şi că toate povestirile despre Isus erau pe la sfârşitul Bibliei, Sofia deschise cartea către sfârşit, însă când deschise ochii, titlul alarmant din capul paginii era *Naufragiul lui Pavel. Soarele şi stelele nu s-au văzut mai multe zile, şi furtuna era aşa de puternică încât la urmă pierduserăm orice nădejde de scăpare.*

Sofia închise Biblia cu zgomot. Şi unde era consolarea în asta?

Treptat, vederea de pe hublou se schimbă dintr-una înnegurată într-una cenuşie. Ceilalţi pasageri începură să se mişte. Sofia mai avea încă Biblia închisă pe genunchi când Elin şi Kirsten se treziră.

— Ce noapte! exclamă Kirsten în timp ce se întindea şi căsca. E o minune că nu ne-am scufundat în Marea Nordului pe furtuna aia.

Elin veni lângă Sofia.

— Cum te simţi? o întrebă ea, aranjându-i părul de pe frunte.

— Încă mi-e greaţă, răspunse Sofia, punându-şi mâna pe burtă.

— *Ja*, şi mie, zise Kirsten. Dar priveşte partea bună a lucrurilor. Cel puţin mâncarea pe care am luat-o cu noi ne va ţine mai mult aşa.

— Poate că ce a fost mai rău a trecut, zise Elin. Şi măcar un lucru e sigur: Nu va mai trebui să trecem niciodată Marea Nordului.

Sofia îşi muşcă buza. Ea ar trece din nou bucuroasă marea tulburată de vânturi şi ar îndura din nou furtuna, dacă asta însemna că putea să se întoarcă acasă, însă îşi ţinu gândurile pentru ea; era evident că Elin făcea eforturi să o înveselească.

Cele trei surori se spălară şi se aranjară pe rând în lavaboul pentru femei. Aproape toţi pasagerii avuseseră rău de mare şi lăsaseră toaletele murdare, mirosind în ultimul hal. Sofia se mişcă repede, nerăbdătoare să iasă din încăperea îngrozitoare.

Mai târziu, în acea după-amiază, Sofia stătu afară cu surorile ei, la balustrada feribotului, în timp ce vasul se apropia de Hull, Anglia. La început nu văzură decât o pată întunecată la orizont care începu treptat să se limpezească şi să ia forma unor siluete de pământ, de clădiri, de catarge şi de carene ale celorlalte vase. Debarcaderele se întindeau ca nişte degete pentru a le primi în port. Cerul avea nuanţa aceea de gri tulbure, de peşte mort, iar Sofia se gândi că va ploua din nou, însă când norul dens ce plutea deasupra oraşului nu se mişcă deloc, Sofia îşi dădu seama că era de fapt funinginea şi fumul care se ridicau de la înaltele şi numeroasele coşuri ale fabricilor. Copacii din oraş arătau de parcă cineva le-ar fi înmuiat frunzele în vopsea cenuşie ca să se asorteze cu apa şi cu cerul, iar aerul nisipos îi stătea în gât ca şi cum tocmai ar fi terminat de măturat vatra de acasă.

Sofia abia aştepta să părăsească puntea mişcătoare şi să păşească din nou pe uscat, dar i se păru că ţine o veşnicie până ce marinarii să se lupte cu funiile groase și cu lanțurile rigide ca să oprească nava în siguranță.

— În sfârşit! exclamă ea uşurată, în timp ce picioarele ei atingeau pământul tare. Nu mai vreau să mă urc într-un vapor cât trăiesc!

— Atunci bănuiesc că o să trăieşti aici tot restul vieții, îi spuse Kirsten.

— Ce vrei să spui?

— Anglia e o insulă, prostuțo. Singura modalitate să ajungi undeva e să te urci într-un alt vapor. Doar nu vrei să trăieşti aici şi nu în America, nu?

— Eu vreau să merg acasă, zise Sofia. Auzind-o, Kirsten îşi dădu ochii peste cap.

Unul dintre matelоți le verifică biletele şi le îndrumă către un şir de căruțe şi trăsuri puse la dispoziție de compania White Star Steamship. Când geamantanul lor fu încărcat în siguranță în căruță, aceasta porni la drum pe străzile aglomerate, mişcându-se atât de încet, încât Sofia fu convinsă că dacă ar fi sărit jos şi ar fi luat-o pe jos, s-ar fi deplasat mult mai repede. Intersecțiile erau pline de trăsuri şi cai, iar oamenii mişunau în fiecare spațiu liber. Toată lumea părea că strigă. Sofiei îi era dor de sunetul muzical şi cadențat al limbii ei, căci engleza suna ca un stol de ciori care se atacau una pe alta.

— Oraşul ăsta zici c-a fost ridicat de troli, îşi dădu Kirsten cu părerea. E atât de murdar şi de gălăgios! Ba chiar miroase a troli.

Sofia se trezi zâmbind fără să vrea, închipuindu-şi troli dolofani ce călcau apăsat pe trotuare cu meloane şi toiege.

Căruța îşi croi drum prin oraş şi după o oră ajunse în gara din Hull, unde harababura şi zgomotul o înfricoşară pe Sofia. Trenurile huruiau în gară ca nişte furtuni de vară cu trăsnete, vărsând potopuri de călători pe peroanele deja împânzite, apoi se îndepărtau cu şuierături îngrozitoare şi dăngănit de clopoței. Afişe uluitoare atârnau peste tot, iar Sofia ştia că probabil conţineau nişte lucruri importante, dar nu putea să citească niciunul. Sofia o luă pe Elin de braţ şi toate trei se uitară în dreapta şi-n stânga dezorientate.

— Cum o să ştim care e trenul nostru? întrebă Kirsten.

Elin îşi îndreptă umerii ca şi cum şi-ar fi adunat ultima rezervă interioară de curaj.

— O să aflu eu cumva. Tu și Sofia găsiți un loc unde să stați jos, îi spuse ea lui Kirsten. Și să nu pierdeți din ochi valiza.

Sofia îşi dorea din tot sufletul să fie la fel de curajoasă ca Elin, dar ghiarele fricii o înconjuraseră din toate părţile şi ei îi era teamă să se mişte.

— Ce o să faci? o întrebă pe Elin.

— Unchiul Lars mi-a dat o scrisoare, în caz că ceva merge prost, răspunse ea, căutându-şi prin geantă. E în engleză şi explică toate aranjamentele pentru călătoria noastră, destinațiile şi alte lucruri. O să stau la coadă acolo şi o să o arăt la cineva.

— Dar cum o să înțelegi ce-ți vor spune? o întrebă Kirsten.

Surprinsă, Elin deschise gura să zică ceva, dar înghiți în sec.

— Mă descurc eu.

Elin se îndepărtă în grabă, ținând strâns în mână scrisoarea de la unchiul lor. Sofia se aşeză lângă Kirsten şi lângă geamantan, uitându-se la Elin care stătea la coadă şi înainta treptat către ghișeul funcționarului.

Sofia își împreună mâinile pe genunchi, ca să nu îi mai tremure.

— Spune-mi adevărul, Kirsten! Ție ți-e la fel de frică ca şi mie?

— Adevărul? Kirsten făcu o pauză, uitându-se peste tot în jur, neliniştită că cineva ar putea-o auzi. Uneori mi se pare că am făcut o greşeală imensă. Elin ar putea foarte bine să fie surdă şi mută. Nu poate să comunice cu nimeni și nu înțelege niciun cuvânt.

— Crezi... adică... ce s-ar întâmpla dacă am recunoaşte că am făcut o greşeală și ne-am întoarce să plecăm acasă?

— Nu se poate, Sofia. Trebuia să părăsim satul. Kirsten îi răspunsese cu acelaşi ton iritat pe care îl adopta şi Elin când vorbea cu ea. Sofia era furioasă să vadă că cele două surori ale ei se întorceau împotriva ei şi o tratau ca pe un copil.

— Eu tot nu înțeleg de ce! De ce trebuia să plecăm? Şi vreau să ştiu la ce te-ai referit zilele trecute când ai spus că oamenii din oraş ne vorbeau pe la spate.

Kirsten clătină din cap, refuzând să-i răspundă, cu privirea aţintită la podeaua cu plăci din ceramică şi muşcându-şi buzele.

Sofia se uită la ghişeul de bilete. Venise în sfârşit rândul lui Elin, care îi dădu scrisoarea funcționarului. Câțiva alți suedezi din feribot o urmaseră pe Elin, iar acum erau strânşi în jurul ei, vorbind şi gesticulând. Sofia fierbea de frustrarea de a nu fi înțeleasă, de a nu fi auzită, într-atât încât îi venea să țipe.

— Cred că am dreptul să ştiu de ce a trebuit să plecăm de acasă! îi strigă ea lui Kirsten.

— Pentru că suntem orfane! îi răspunse Kirsten strigând înapoi. Gata! Acum eşti mulțumită?

— Şi ce legătură are faptul că suntem orfane cu plecatul de acasă? Sau cu găsitul unor soți?

— Noi nu avem un tată sau o mamă care să ne apere sau să ne găsească o partidă bună în sat. Şi nimeni nu vrea să se căsătorească cu nişte orfane.

— Asta-i o prostie. Nu e vina noastră că mama şi tata au murit. Dacă i-am pierdut nu înseamnă că avem vreo boală sau ceva.

— Dar exact aşa ne trata toată lumea – de parcă familiile lor puteau muri şi ele, dacă fiii lor se căsătoreau cu una dintre noi.

— Şi ce dacă? Mie nici măcar nu-mi pasă dacă mă mărit sau...

— Într-o zi o să-ți pese, îi spuse Kirsten cu asprime. Și atunci?

Elin se întorsese. Era trasă la față, dar zâmbea cu curaj.

— De ce, ori de câte ori oamenii nu reuşesc să te facă să-i înțelegi, încep să strige la tine – de parcă numai volumul vocii ar putea rezolva problema?

Kirsten făcu nişte gesturi de nerăbdare, învârtindu-şi mâinile în aer, ca şi cum ar roti un ghem de ață.

— Deci? Ai aflat ceva despre trenul nostru?

— Da. A trebuit să ne punem toți suedezii capul la contribuție ca să ne dăm seama, dar în mod evident, trenul a plecat fără noi.

Sofia fu cuprinsă de teamă şi din ochii ei țâşniră lacrimi. Avea acelaşi sentiment de părăsire pe care-l trăise la înmormântările părinților ei. Sofia se simțea abandonată, încă o dată.

— Dar de ce a plecat trenul fără noi? întrebă ea. Doar aveam bilete!

— Furtuna a făcut ca feribotul nostru să întârzie, răspunse Elin luând mâna Sofiei în mâna ei, iar trenul trebuia să-şi respecte orarul.

— Bine, dar ce ziceți de unul dintre astelalte trenuri? Nu putem să luăm unul dintre ele?

— Anglia e un loc mare, Sofia. Niciunul din trenurile astea nu merge la Liverpool, unde se află vaporul nostru. Va trebui să aşteptăm până mâine ca să-l luăm pe următorul.

— O să pierdem şi vaporul spre America? întrebă Kirsten.

— Hai să mergem mai bine acasă, zise Sofia.

— Nu, ascultați-mă. Vaporul nostru nu porneşte din port decât poimâine. Şi chiar dacă s-ar întâmpla ceva şi l-am pierde, unul dintre suedezi a zis că probabil putem lua următorul vapor – aşa cum luăm acum următorul tren. A zis că probabil biletele noastre vor fi încă bune.

— Deci trebuie să petrecem noaptea aici? întrebă Kirsten. Cu trolii?

— Aşa se pare, îi răspunse Elin. Unii dintre suedezi pleacă din gară în căutarea unui loc unde să mănânce şi să doarmă la noapte.

— Putem să mergem şi noi?

— Noi nu avem bani pentru asemenea desfătări, Kirsten. Şi apoi, cum o să ne descurcăm să găsim un hotel şi să ne întoarcem înapoi? Niciuna dintre noi nu vorbeşte engleza şi nu ştie să citească afişele. Dacă o luăm pe un drum greşit şi ne pierdem? Cine o să ne ajute?

— Îți faci prea multe griji, îi spuse Kirsten. Hai, eu cred că ar trebui să mergem în cercetare.

— Nu, se împotrivi Sofia. Nu vreau să mă pierd. Sofia simțea presiunea lacrimilor care amenințau să iasă la iveală şi dorea să fugă la o toaletă pentru femei unde să plângă în voie. Dar cum vor găsi una? Pe cine ar putea întreba? Cum se vor face înțelese?

— Vreau la toaletă, zise ea, plângând înăbuşit.

— Păi n-ar trebui să fie greu să găsim una, zise Kirsten, care se şi ridică pe vârfuri, scrutând gara. Mă duc să arunc o privire pe aici.

— Nu, Kirsten, tu stai aici cu valiza noastră. Mă duc eu cu Sofia.

Elin o luă pe Sofia de braț şi plecară împreună să cerceteze perimetrul, găsind într-un final toaletele. Imensa toaletă cu ecou era surprinzător de elegantă pentru un loc public, deşi pardoseala din plăci de ceramică era murdară şi uzată.

— Nici nu miroase aşa de rău, zise Elin.

Sofia se desprinse de Elin şi fugi către una din boxe, trântind uşa în spatele ei. Se aşeză pe scaun şi îşi îngropă fața în fustă, eliberându-şi în sfârşit durerea şi teama. Era orfană. Sătenii nu le doriseră, iar acum ea şi surorile ei erau pierdute şi singure într-un oraş străin. Sofia se simțea ca şi cum ar fi fost împinsă într-un râu cu curenți repezi şi lăsată să se înece în timp ce aluneca tot mai departe în aval. Plânse în tăcere timp îndelungat, ținând tristețea înăuntrul ei.

— Sofia? Eşti bine? îi strigă Elin într-un final.

— Da, răspunse ea, trăgându-şi nasul. Ies imediat.

Sofia evită să se uite în oglindă, uitându-se în schimb în jos. Ea şi Elin se întoarseră în locul în care o lăsaseră pe Kirsten şi o găsiră stând alături de doi băieți suedezi, de vreo douăzeci de ani. Sofia îi recunoscu din noaptea trecută de pe feribot.

— Oh, iată-le şi pe surorile mele, zise Kirsten când le văzu apropiindu-se. Elin şi Sofia, vi-i prezint pe Eric şi pe Hjelmer. Sunt verişori dintr-un sat aproape de Stockholm, şi merg şi ei în America.

— Încântat să vă cunosc, domnişoarelor, zise Eric, ducându-şi mâna la pălărie.

— Nu-i aşa că suntem norocoase că sunt alţi câţiva suedezi naufragiaţi aici cu noi? întrebă Kirsten. Măcar o să avem cu cine să vorbim în afară de troli.

Băieţii păreau foarte prietenoşi şi drăguţi, însă Sofia îşi dădu seama că Elin era furioasă după felul în care îşi strângea buzele.

— Mă scuzaţi, nu vreau să fiu nepoliticoasă, domnilor, zise Elin, dar aţi putea să aşteptaţi în altă parte? Am ceva de discutat cu surorile mele. În particular.

— *Ja*, sigur… putem să ne ducem mai încolo. Însă băieţii nu se grăbiră deloc. Cel pe nume Eric păru chiar ofensat.

— Ne bucurăm că v-am cunoscut, zise Hjelmer în timp ce se îndepărtă aplecat.

Kirsten privi urât la Elin până ce fu sigură că băieţii nu le puteau auzi, având trupul încordat ca şi cum ar aştepta să se năpustească asupra ei.

— Ce-i cu tine, Elin? De ce i-ai trimis de aici?

— Pentru că nu ştim nimic despre ei. Nu ştii cum sunt ei în realitate.

— Şi ce? Tocmai de aceea vorbeam cu ei – ca să văd cum sunt! Şi ei sunt departe de casă, la fel ca noi. Ce are dacă ne împrietenim cu ei şi…

— Ce *are*? întrebă Elin furioasă. Suntem singure, Kirsten. E periculos să vorbim cu străinii…

— Eric şi Hjelmer nu sunt periculoşi! Sunt foarte drăguţi. Dacă nu ai mai fi aşa bănuitoare faţă de toată lumea şi ai vorbi cu ei, ai vedea şi tu.

— Sigur, ne împrietenim cu băieţii ăştia, ca dup-aia să nu-i mai vedem niciodată! Nu ne-am luat deja destul rămas bun?

Preţ de o clipă, Kirsten rămase înmărmurită, apoi se mâhni.

— *Ja*… Mulţumesc foarte mult că mi-ai amintit, zise ea cu amărăciune, încrucişându-şi braţele ca şi cum s-ar fi îmbrăţişat şi se prăbuşi înapoi pe bancă.

— Îmi pare rău, zise Elin, dar nu putem vorbi cu străinii, după care se întoarse cu spatele şi se aşeză pe una din băncile de vizavi, lăsându-le pe Kirsten și pe Sofia aşezate una lângă alta.

Sofia se simțea încă amenințată de lacrimi, chiar şi după criza de plâns din lavabou, în schimb Kirsten vorbea necăjită de una singură, bombănind alături de ea.

— Cum anume îşi închipuie că o să ne găsim soți odată ajunse în America? Oare n-o să fie *cu toții* nişte străini? E aşa de proastă uneori. O să ajungem toate nişte fete bătrâne pentru că Elin n-o să ne lase niciodată să vorbim cu *nimeni*.

Sofia înghiți în sec.

— Şi în America o să ne fie greu să ne găsim soți, din cauză că suntem orfane?

— Nu ştiu... dar cel puțin nimeni de acolo nu va şti cum a murit tata.

— Ce vrei să spui? A cedat gheața sub el şi s-a înecat. Ce legătură are asta?

— Hmm... niciuna. Las-o baltă.

Kirsten se întoarse repede într-o parte, însă Sofia apucă să vadă privirea vinovată de pe chipul ei. Kirsten îi ascundea ceva.

— Nu, n-o las baltă. Îmi ascunzi ceva, Kirsten. Încetează să mă mai tratezi ca pe un copil.

— Atunci nu te purta ca un copil.

— Am dreptul să ştiu totul!

Sofia fu surprinsă să o vadă pe Kirsten ştergându-şi o lacrimă.

— Nu pot, Sofia. Am aflat şi eu de una singură, şi... doare prea tare.

Sofia aşteptă.

— Te rog, spune-mi, o rugă ea încetişor.

Kirsten oftă din greu și rămase tăcută atât de mult timp, încât Sofia se gândi că va trebui s-o scuture bine, ca să-i spună adevărul. Dar, într-un final, Kirsten se hotărî să-i spună.

— Oamenii... oamenii spuneau că tata s-a dus pe gheață intenționat. Că a vrut să moară.

— Nu-i adevărat!

— *Ja*, Sofia. Cred că e adevărat.

— Tata nu ne-ar fi lăsat niciodată singure... Nu dinadins!

— Nu-ți amintești ce trist era tot timpul? Abia mai vorbea cu noi. Eu cred că a vrut să moară.

— Nu... nu, nu, nu...

Sofia clătina din cap, nevrând să creadă ce tocmai îi spusese Kirsten. Dar undeva în adâncul ei, știa că era adevărat. Kirsten o îmbrățișă cu toată puterea.

— De asta nu a fost înmormântat în cimitirul bisericii. Și de asta a trebuit să plecăm de acasă. Toată lumea crede că ce a făcut tata este un păcat îngrozitor, iar rușinea lui ne-ar fi urmărit mereu.

Sofia crezu că nu mai avea lacrimi să verse, dar teribilul adevăr o făcu să plângă și mai tare decât înainte. Elin țâșni de pe banca dinaintea lor.

— Ce e? Ce s-a întâmplat?

— I-am spus despre tata.

— Kirsten!

— Sofia are dreptul să știe, Elin.

După o vreme, Sofia se trase înapoi și își șterse obrajii, fixând-o pe Elin cu o privire acuzatoare.

— Ce altceva mi-ai ascuns?

— Ni-nimic, Sofia. Însă Elin evită să se uite în ochii ei.

Fetele petrecură noaptea în gară, silite să doarmă pe niște bănci tari de lemn pentru a doua oară. Sofia și Kirsten stăteau întinse amândouă, cu șalurile în chip de perne, în timp ce Elin era așezată pe bancă între ele, scriind în jurnal.

Sofia încercă să se roage, dar rugăciunile ei nu ajungeau nicăieri, ci pluteau ca fumul către tavanul înalt și arcuit al gării, incapabile să se elibereze. Sofia se simți îngrozitor de singură, cu toate că Elin și Kirsten erau chiar acolo, alături de ea.

CAPITOLUL 7

Elin era amorțită de oboseală. Trecuseră doar trei zile de când erau pe drum, dar ei i se părea că erau trei ani. Povara responsabilității pe care o purta o făcea să se simtă ca și cum și-ar fi cărat surorile în spate întregul drum. Și poate chiar așa și era. Oare nu o târâse pe Sofia după ea, împotriva voinței ei, pe toată durata călătoriei? Și chiar și Kirsten fusese ostilă. Sofia și Kirsten dormeau amândouă întinse pe bancă, lângă ea, dar lui Elin îi era teamă să închidă ochii. Erau înconjurate de străini în gara aceea imensă și oricine ar fi fost atent, și-ar fi dat seama că ea și surorile ei călătoreau singure.

Elin se uită la Sofia și îi netezi șuvițele aurii care stăteau dezordonate pe obraz. Prima amintire a lui Elin era ziua în care se născuse Sofia. Elin avea pe-atunci aproape patru ani, iar când auzise țipetele mamei ei în chinurile facerii, se arătase furioasă pe bebelușul care îi pricinuia atâta durere. Mai târziu, mama ei îi dăduse voie lui Elin să intre în cameră. Mica Sofia dormea în brațele mamei sale, iar dragostea din ochii ei în timp ce își privea copilul, o făcuse pe Elin să explodeze de gelozie. Elin simțise imboldul de a o împinge pe Sofia pe podea și de a-i lua locul, dar tocmai atunci, mama ei își ridică privirea spre ea.

— Vrei s-o ții în brațe pe surioara ta? o întrebă ea.

Mama nici nu mai așteptase ca Elin să-i răspundă, ci îi făcuse repede loc să stea sprijinită de perne. Elin încă își amintea greutatea trupușorului cald al surorii sale lipit de al ei, foindu-se plin de viață. Elin mângâiase puful blond deschis care acoperea căpșorul Sofiei. Părea atât de fragilă și vulnerabilă.

— Tu ești sora ei mai mare, Elin, îi spusese mama ei. Va trebui să ai grijă de ea. Și Sofia și Kirsten au nevoie de tine.

Elin se simțise puternică în clipa aceea. Nu voia să-şi dezamăgească mama. Din acel moment, Elin şi surorile ei fură unite cu nişte corzi invizibile care, pe măsură ce anii trecură, se micşoraseră ca o haină nouă din bumbac, apropiindu-le şi mai mult. Şi chiar dacă Elin ar fi vrut să rupă legăturile, nu şi-ar fi putut imagina viața fără Sofia şi Kirsten. Ele erau parte din ea, parte din mama şi tatăl ei, iar ea trebuia să fie tare de dragul lor. Ea le va proteja, va veghea asupra lor şi va găsi un cămin sigur pentru toate trei în America.

Pe măsură ce se înnopta, gara devenea tot mai întunecoasă, îmbiind-o pe Elin la somn. Însă nu, în efortul de a rămâne trează, Elin răscoli printre amintiri, rememorând vremuri mai fericite de la fermă, când erau cu toții împreună. Numai că în cea mai neagră parte a nopții, gândurile lui Elin rătăciră către unchiul Sven. Lucrurile pe care le făcuse păreau să țină de tărâmul întunericului şi al secretelor. Elin se simți copleşită de ruşine şi alungă toate gândurile despre el – tot aşa cum ar fi trebuit să-l respingă de la bun început. Nu ar fi trebuit să aibă nevoie de el, ar fi trebuit să ştie că nu e bine.

De îndată ce soarele începu să se ridice pe cer, gara se umplu treptat de oameni care forfoteau în jur ca nişte furnici într-un muşuroi, în graba lor de a prinde trenurile. Când surorile ei se treziră, păziră geamantanul și merseră pe rând la toaletă să se împrospăteze, după care Elin scoase *knäckebröd,* brânza şi salamul cu cartofi pe care le aduseseră de acasă şi pregăti un mic dejun rapid. La vederea mâncării, ochii Sofiei se umplură de lacrimi.

— Te simți rău iarăşi? o întrebă Elin.

— Nu... Salamul ăsta era preferatul tatei, şi... şi... Of, nu putem să ne întoarcem acasă?

Sofia pusese întrebarea asta de atâtea ori deja, încât Elin se săturase s-o mai audă. Voia să țipe *Nu!* iar sunetul strigătului ei să răsune în gara imensă. De le-ar putea spune Sofiei şi lui Kirsten adevărul despre felul în care căminul lor devenise un infern pentru ea în ultimii trei ani, adevărul despre cum le salvase pe amândouă de la suferința la care ar fi fost supuse împreună cu ea, în acel iad. Dar bineînțeles că Elin nu ar țipa niciodată într-un loc public. Şi nici nu le-ar fi spus adevărul. Niciodată. Elin trase adânc aer în piept şi expiră încet, făcând mari eforturi ca să se controleze.

— Nu, Sofia, nu ne putem întoarce în Suedia. Aşa că pune-ți în cap să priveşti spre viitor de acum înainte, în loc să te uiți mereu înapoi. Ştiu că deocamdată nu avem o casă, dar o să găsim una, vă promit. Noi nu plecăm de acasă, noi mergem spre casă. Acasă este locul unde suntem iubite şi dorite, unde putem să râdem în timp ce împletim lângă foc în fiecare seară, și să cântăm în timp ce ne facem treaba în fiecare dimineață. Jur că o să avem din nou un cămin aşa.

— Cum poți fi sigură de asta?

Elin ezită o fracțiune de secundă, dându-şi seama cât de pierdute şi ale nimănui erau de fapt în acel moment.

— Pentru că o să mă asigur eu că aşa se va întâmpla. Şi-apoi, chiar şi gara asta e casa noastră acum, pentru că ne avem una pe alta.

Surorile mâncară în tăcere în timp ce trenurile veneau şi plecau cu zgomot din gară, făcând să tremure pardoseala şi băncile pe care stăteau. Murmurul vocilor şi goana oamenilor din jurul lor erau ca o maree, cu flux şi reflux. Cu atâtea trenuri care veneau şi plecau, Elin începu să-şi facă griji că-l vor pierde pe al lor în toată zăpăceala aceea. Tocmai se pregătea să se ducă din nou la funcționarul de la ghişeul de bilete, când unul dintre băieții suedezi cu care se împrietenise Kirsten, veni la ele zâmbind şi fluturând o bucată de hârtie în aer.

— Uitați-vă aici, domnişoarelor. Englezul mi-a explicat orarul trenului prin desenele astea.

Băiatul le arătă o schiță cu cele două fețe ale orologiului.

— Vedeți? Trenul nostru va ajunge aici la 11:15 şi va pleca la 11:45. Tot ce trebuie să facem este să fim atenți la ceasul din gară, zise el, arătând spre ceasul uriaș de deasupra ghişeelor de bilete.

Trenul lor nu ajungea decât peste câteva ore. Elin era atât de obosită după ce stătuse trează toată noaptea, încât se hotărî să închidă ochii un minut. Când îi deschise din nou, văzu că trecuseră două ore. Adormise în şezut, chiar în mijlocul gării zgomotoase. Kirsten se mutase pe banca opusă ei, vorbind şi râzând cu Eric, tânărul suedez care le arătase desenele.

Elin înțelegea motivul pentru care acesta era atras de Kirsten. Kirsten era o fire veselă care iubea distracția şi care astfel, atrăgea oamenii ca un magnet. Râdea şi îl tachina pe băiat la fel cum obişnuia să-i tachineze pe Nils şi pe Tor, prietenul fratelui lor. Probabil că ea nici nu-şi dădea seama că flirta cu el, însă cu siguranță Eric interpreta voioşia ei ca pe un flirt.

Kirsten avea un păr blond, sănătos şi frumos. Pe timpul lunilor de vară, petrecea atât de mult timp pe afară, încât soarele îi decolora părul, făcându-i-l aproape alb, iar ea strălucea de sănătate şi vitalitate. Dacă Kirsten şi-ar fi permis o rochie la modă, în loc de obişnuitele ei haine de lucru, cu siguranță ar fi oprit soarele în loc. Kirsten era mai înaltă şi mai bine făcută decât Elin, cu forme feminine – chiar dacă încă era doar o copilă în atâtea privințe. Între ea şi Elin erau doar unsprezece luni şi, cu toate acestea, Elin se simțea în vârstă în comparație cu ea. Când se uita în oglindă, Elin vedea o femeie îmbătrânită, apăsată de povara ruşinii – şi de aceea Elin evita oglinzile.

Măcar dacă i-ar putea explica lui Kirsten ce li s-ar putea întâmpla fetelor prea încrezătoare. Însă chiar dacă ar avea curajul să-i spună despre unchiul Sven, Kirsten nu ar crede-o niciodată.

Elin îi surprinse privirea lui Kirsten şi îi făcu semn. Când Kirsten se ridică în picioare şi se îndreptă spre ea, băiatul o urmă.

— Îți mulțumim că ne-ai ajutat în această dimineață, îi spuse ea, dar îmi dai voie să vorbesc cu Kirsten între patru ochi?

— Ăă... *ja*... Ne vedem mai târziu, Kirsten, zise el, îndepărtându-se şovăitor.

Kirsten era furioasă.

— De ce a trebuit să faci asta?

— Eşti tânără şi naivă, şi mult prea credulă. Singurii băieți pe care-i cunoşti sunt cei din sat. Tu nu ştii ce i se poate întâmpla unei femei prea prietenoase – iar eu nu ştiu cum să-ți explic lucrurile astea.

— Nu e treaba ta să fii câinele meu de pază, Elin. Nu eşti mama mea.

— Ştiu, oftă Elin. Crede-mă, mi-aş dori ca mama să trăiască, ca să nu trebuiască să-ți spun eu ce să faci, dar ea m-a rugat să am grijă de tine şi de Sofia şi eu i-am promis că aşa am să fac.

— Tu chiar nu vrei să mă simt şi eu bine.

— Ascultă-mă, băieții ăştia au viața lor, iar noi o avem pe a noastră. America e o țară imensă, ştii? E de zece ori mai mare ca Suedia, aşa că e foarte probabil ca odată ce ajungem să nu-i mai vedem niciodată.

— Dar am putea să-i întrebăm încotro merg, nu? Poate că...

— Nu, Kirsten. Aş prefera să nu mai vorbeşti cu ei de acum înainte.

Kirsten bătu din picior.

— De ce? De ce să nu mai vorbesc cu ei?

— Ți-am spus deja de ce, îi răspunse Elin cu calm, realizând în acelaşi timp că Kirsten nu o auzea şi nu îi asculta cuvintele.

— Eşti invidioasă, asta e! îi strigă Kirsten, lovind geamantanul cu piciorul.

Elin încercă să-şi păstreze calmul.

— Kirsten, pantofii ăia sunt luați la mâna a doua şi sunt aproape uzați deja, iar dacă vei continua să-i toceşti şi să faci abuz de ei, se vor rupe şi vei ajunge desculță în America.

— Nu-mi pasă!

— Hai să brodăm un pic, ca să treacă timpul mai repede.

Elin căută în sacoşă după setul de cusut al mamei lor, sperând să-i distragă atenția lui Kirsten. Ba chiar voia s-o lase să folosească prețiosul degetar de argint al mamei. Însă Kirsten se strâmbă.

— M-am săturat să-mi spui ce să fac. M-am săturat să stau jos. Mă duc să mă plimb prin zonă, să-mi întind picioarele.

— Stai! Elin o apucă de fustă ca s-o împiedice să plece. Nu poți să rătăcești pe aici complet singură.

Kirsten îi îndepărtă degetele de pe fustă, ca și cum ar fi pus mâna pe niște scai.

— Pot să fac orice vreau, Elin.

— Dar... dar trebuie să stăm împreună. Sofia doarme și nu ne putem lăsa lucrurile aici...

— Eric și Hjelmer pot să vină cu mine. Băieții stăteau pe un rând de bănci la mică distanță de ele. Când Kirsten începu să le facă cu mâna, Elin o apucă de mână și i-o trase în jos.

— Fii cuminte, Kirsten.

— De ce să fiu? Tu poți să stai aici toată dimineața dacă vrei, dar eu mă duc să mă plimb, zise ea eliberându-și mâna și îndepărtându-se.

Elin nu voia să strige la ea și să se uite oamenii la ele, însă nici nu putea s-o lase singură pe Sofia ca s-o urmărească pe Kirsten. Se uită necăjită la Kirsten care măsura gara cu pași mari, furioși, ca de bărbat. Era atât de mânioasă, încât Elin se gândi că va fi în siguranță – niciun străin nu va îndrăzni s-o abordeze.

Elin stătu cu un ochi pe sora ei și cu celălalt pe ceas până ce mai trecuse o jumătate de oră. Kirsten își va toci fără îndoială pantofii cu mersul ei apăsat și zgomotos prin preajma clădirii. Probabil că și ea fusese cu ochii pe ceas, fiindcă cu câteva minute înainte ca trenul lor să ajungă în gară, Kirsten se întoarse în sfârșit înapoi și se prăbuși bosumflată pe bancă, alături de Elin. Elin voia să facă pace.

— Îmi pare rău, Kirsten. Nu vreau să fac pe șefa, dar uneori aștepți să-ți spun ce să faci, iar alteori nu-ți place când o fac. Cum să-mi dau seama când e în regulă și când nu?

— O spui de parcă îți fac o grămadă de probleme, răspunse Kirsten supărată. După mine, tu îți faci singură probleme prin faptul că îți faci atâtea griji. Eu pot să am grijă de mine, să știi. Și ar fi timpul să n-o mai dădăcești nici pe Sofia atât de mult, și s-o lași să aibă și ea singură grijă de ea.

Sofia se trezise de câteva minute, iar Elin se aşteptă să se apere, pentru că nu-i plăcea să fie considerată un copil. Însă Sofia se uita țintă la podea, fără să spună nimic. De fapt, abia scosese un cuvânt toată dimineața.

— Hai să nu ne certăm, te rog, spuse Elin, întinzându-se să-i ia mâna lui Kirsten. Spre surprinderea ei, ochii lui Kirsten se umplură de lacrimi. Ce s-a întâmplat?

— Mi-e dor de mama şi de tata şi... şi de Nils. Dacă nu ne părăseau, nu ne aflam în gara asta urâtă şi... şi...

Elin se ridică în picioare şi o îmbrățişă. Kirsten fusese foarte apropiată de fratele lor Nils şi de prietenii lui, petrecându-şi tot timpul ei liber cu ei. Nu era de mirare că simțea nevoia să flirteze cu băieții ăştia noi şi să le câştige atenția.

— Şi mie mi-e dor de toți, îi spuse Elin în timp ce o îmbrățişa strâns. Îmi vine să-l strâng de gât pe Nils pentru că a plecat de lângă noi. Ar fi putut măcar să ne scrie şi să ne spună unde este.

Kirsten râse uşor şi se desprinse din brațele lui Elin, ştergându-şi lacrimile.

— Te-aş ajuta cu plăcere să-i vii de hac.

Trenul lor ajunse în sfârşit în gară, exact la timp, şi surorile găsiră locuri într-unul din vagoane, cu cei doi băieți suedezi aşezați chiar vizavi de ele.

În timp ce trenul îşi începu călătoria leneşă prin regiunile rurale ale Angliei, Elin încercă să le facă pe surorile ei să vorbească cu ea, dar Sofia îi întoarse spatele şi privi posomorâtă afară pe geam, iar Kirsten era mult mai interesată să vorbească cu băieții, şi oricât de mult ar fi vrut Elin s-o împiedice să mai vorbească cu ei, ştia că nu putea. Elin îşi scoase jurnalul şi începu să scrie:

Suntem din nou în tren, cu o zi întârziere. Peisajul de țară este minunat, mult mai frumos decât oraşul din care tocmai am ieşit, dar mi-e teamă că monotonia călătoriei cu trenul mă va adormi. Şi nu îndrăznesc să închid ochii.

Eric, noul prieten al lui Kirsten, încearcă s-o vrăjească, iar ea îi cade în mreje, se arată tot mai prietenoasă şi îi povesteşte totul despre viața ei, care de fapt, nu-l privește deloc. Nu știu unde merg băieții ăștia în America, dar sper că într-un loc departe de Chicago. Doar nu ne-am dat viețile peste cap și n-am plecat de acasă pentru ca Kirsten să cadă în mâinile unui străin din tren. Am plecat pentru ca ea să fie în siguranță – pentru ca noi toate să fim în siguranță.

Mi se pare că durează o veșnicie călătoria asta. De câte ori locomotiva primește forță de la aburi și prinde viteză, trebuie să încetinească din nou pentru următoarea stație. Oprim, pornim, oprim, pornim. Oamenii coboară și urcă, mă întreb încotro se îndreaptă cu toții. Unii au fericirea și speranța întipărite pe chip, ceea ce îmi spune că pleacă acasă. Aproape că pot să le văd inimile bătând de nerăbdare, în timp ce își strâng lucrurile și se aliniază pe culoare ca să se dea jos într-una din gări. De cum coboară pasagerii din tren, oamenii se grăbesc să-i întâmpine și aud strigăte de bucurie, înecate apoi de sunetul fluierului ce anunță plecarea trenului.

Încerc să-mi imaginez că și unchiul Lars și mătușa Hilma ne vor întâmpina așa când vom ajunge în sfârșit în Chicago. Pe fețele lor vom vedea niște zâmbete calde, iar acasă la ei ne va aștepta o masă bogată.

*— Välkommen**, *va spune mătușa Hilma îmbrățișându-ne. Bine ați venit acasă. Și astfel, toate durerile și greutățile noastre vor fi uitate.*

Te rog, Doamne, dă să fie așa.

Mi-e cam somn acum, așa că cred că mă voi odihni un pic. Mai avem multe ore de mers până s-ajungem în Liverpool. Surorilor mele nu li se poate întâmpla nimic rău pe tren – nu-i așa?

---

*În suedeză, *Bine ați venit!*, (n.ed.).

CAPITOLUL 8

Încercarea de a-l uita pe Tor Magnusson se dovedea imposibilă. În unele zile, lui Kirsten îi era mai uşor, dar azi era una din zilele grele. Eric şi Hjelmer aveau locuri de cealaltă parte a culoarului, iar Eric îi amintea de Tor. Avea aceeaşi frunte înaltă şi lată ca Tor, acelaşi păr blond nisipiu şi sprâncene deschise la culoare. Dar Tor era mai înalt şi mai zvelt... şi îi călcase dragostea în picioare.

Kirsten nu putea înțelege de ce se supăra Elin ori de câte ori vorbea şi râdea cu băieții ăştia. Cum să-i explice că dacă n-ar fi ei, ea ar plânge tot timpul? Elin nu fusese îndrăgostită niciodată.

Oare dacă Tor ar vedea-o vorbind cu doi băieți frumoşi, nu ar fi gelos? Încă o dată, ochii i se umplură de lacrimi la gândul că Tor nu o iubise destul ca s-o roage să rămână.

Kirsten reveni în prezent şi îşi dădu seama că Eric o întrebase ceva.

— Îmi pare rău... ce spuneai?

— Mă întrebam ce-o să găsim de făcut în următoarele două săptămâni. Cel mai probabil o să călătorim cu acelaşi vapor, ştii?

— Ah... sunt sigură că ne vom distra cumva. Cel puțin vom avea mai mult spațiu să ne mişcăm pe vas, decât în trenul ăsta.

Eric îşi rezemă cotul pe cotieră şi bărbia în palmă, uitându-se la Kirsten aşa cum obişnuia şi Tor să se uite.

— Şi unde anume în America mergeți voi, domnişoarelor?

— Avem un unchi care locuieşte într-un oraş numit Chicago, şi o să stăm la el.

— Am auzit că Chicago e un oraş imens – chiar mai mare şi mai modern decât Gothenburg, cu multe fabrici şi altele. Mie nu mi-ar plăcea să locuiesc acolo. Prefer să locuiesc la țară, de-asta mergem în Minnesota.

— Ăsta e tot un oraş mare?

— Nu, răspunse el râzând, Minnesota e un stat, nu un oraş. O să ne angajăm undeva să tăiem lemne iarna asta, ca să câştigăm nişte bani, iar apoi o să ne stabilim undeva şi o să ne cumpărăm fermele noastre. Am auzit că poţi cumpăra o bucată de pământ pe nimic – patruzeci, şaizeci sau chiar o sută de acri, dacă vrei. Şi e pământ bun.

— Dar de ce ar da gratis aşa de mult pământ? Care-i şmecheria?

— Nu-i nicio şmecherie. America e un ţinut imens şi au nevoie de mulţi oameni care să-l populeze.

Kirsten se gândi din nou la Tor. Poate ar trebui să-i scrie şi să-i spună despre pământul oferit gratuit. Dacă nu voia să fie fermier, poate şi-ar putea deschide propriul magazin în America şi... Dar nu. Nu îi va scrie. Nu se va umili şi mai mult decât s-a umilit deja.

— Dacă nu-ţi place Chicago, îi zise Eric, poţi oricând să te muţi în Minnesota, cu mine.

Kirsten îşi sprijini capul de spătar, înclinându-şi bărbia, ca să nu-şi lase lacrimile să-i cadă pe obraji.

— Nu ştiu dacă mai vreau să trăiesc la o fermă, răspunse ea. E prea multă treabă de făcut la o fermă. Eu şi surorile mele ne vom îmbogăţi în Chicago şi vom avea servitori care să facă totul în locul nostru.

— Servitori? Şi-atunci ce-o să faci toată ziua?

— Orice vreau eu – sau nimic. Însă Kirsten nu-şi putea imagina că nu va face nimic. În tren nu avea ce să facă, decât să se uite pe geam sau să lucreze la broderia aia stupidă, iar faptul că nu făcea nimic o plictisea. Acasă îi plăcuse la nebunie să se aventureze în pădure cu Nils – şi Tor. Încă o dată, Kirsten rezistă eroic atacului propriilor lacrimi.

— Nu ţi-e teamă? îl întrebă ea pe Eric. Mă refer, la faptul că te muţi atât de departe de casă, într-un loc pe care nu l-ai văzut niciodată.

— *Nej**, cred că e emoţionant. Locul în care mergem a fost deja organizat de câteva familii din satul nostru din Suedia, aşa că nu

*În suedeză, *nu*, (n.ed.).

vom locui cu nişte străini. O să avem prieteni şi rude acolo. Cu toții spun că e ca şi acasă, ba şi mai bine, pentru că fiecare va avea bucata lui de pământ... indiferent că e fiul mai mare din familia respectivă sau nu.

— Asta-i bine.

— Ascultă, am vorbit serios când am spus că ar trebui să vii cu noi în Minnesota. Odată ce voi termina construcția la casa mea, îmi voi căuta o fată frumoasă ca tine pe care s-o iau de soție.

Kirsten nu ştiu ce să spună şi ar fi vrut ca Tor să-l audă pe Eric cerând-o de nevastă. Gândul la Tor, amintirea vremurilor în care fusese fericită, o făcură să simtă din nou o durere ascuțită în piept.

Eric se aplecă spre ea.

— Pun pariu că acasă, la uşa tatălui tău, îşi făceau apariția zeci de admiratori. Probabil că tatăl tău a trebuit să-i gonească cu mătura ca să-i facă să plece.

Durerea din sufletul lui Kirsten o ardea ca nişte cărbuni încinşi. Kirsten clătină din cap.

— *Nej*, n-am avut niciun admirator.

— Asta-i greu de crezut. O fată frumoasă ca tine?

Kirsten îi curmă cuvintele cu o ridicare din umeri, prefăcându-se că nu-i pasă. Tor îi spusese de nenumărate ori că era frumoasă, în timp ce se sărutau în pădure.

— Spune-mi tot ce ştii despre America, îl rugă ea, nerăbdătoare să schimbe subiectul. Ea şi Eric vorbiră despre America toată după-amiaza – cum va fi, cât de mare era țara, cât de diferit va fi față de acasă.

— În America există locuri unde e întotdeauna cald, îi spuse Eric, şi unde nu ninge niciodată, nici măcar în ianuarie.

Kirsten nu putea să înțeleagă lucrul acesta. Pe măsură ce Eric îi spunea mai multe despre noua lor casă, Kirsten devenea tot mai interesată, molipsindu-se de visul lui ca de o febră, ca şi cum speranța lui pentru viitor ar fi fost contagioasă. Kirsten ştia că ea plecase de acasă nepregătită, fugind de vechea ei viață în loc să călătorească spre una nouă, aşa cum făceau Eric şi vărul lui. Măcar dacă nu i-ar fugi gândul la Tor la fiecare câteva minute, căci asta o aducea iarăşi în pragul suferinţei.

Mai târziu, în acea după-amiază, Hjelmer îşi scoase armonica din bagaj şi cântă nişte cântece folk ca să mai treacă timpul. Avea talent, iar Kirsten şi Eric începură imediat să cânte împreună cu el. Elin broda, abia ridicându-şi privirea, purtându-se atât de rece şi de rigidă ca un stâlp de fier în luna ianuarie. Sofia era cufundată într-o tristeţe tăcută – ceea ce era surprinzător, având în vedere că acasă, ei îi plăcea foarte mult să cânte.

Kirsten nu le băga în seamă pe niciuna dintre ele, ci stătea pe culoar lângă Eric, bătând din palme pe ritmul muzicii. Cântând cântecele astea vechi, familiare, făcea să treacă mai repede nesfârşita călătorie cu trenul. Aproape că putea să uite că nu era acasă, în Suedia, cu Tor.

— Mâine vom începe să traversăm oceanul, zise Eric când se lăsă seara, iar Hjelmer puse armonica deoparte.

— *Ja*. Sunt foarte entuziasmată.

— De vreme ce o să fim pe acelaşi vas, spuse el, coborându-şi vocea, crezi că am putea să petrecem mai mult timp împreună? Poate putem să mergem în cercetare pe vapor – fără surorile tale.

— Ăă... Kirsten ezită, uitându-se la Elin.

— Nu cred că sora ta mă place, îi şopti Eric. Cred că va trebui să pleci pe furiş de lângă ea.

Gândul de a face ceva interzis îi plăcu lui Kirsten, la fel şi ocazia de a explora. Şi-apoi, Elin nu era şefa ei.

— Voi face tot posibilul să scap de ea, îi răspunse Kirsten. Dar dacă vaporul e atât de mare pe cât spui şi transportă atâţia oameni, cum ne vom găsi?

— Nu-ţi face griji, spuse el zâmbind larg. Te voi găsi eu.

După căderea nopţii, ajunseră în Liverpool. Compania de vapoare cu aburi le puse din nou la dispoziţie trăsuri şi cazare pentru noaptea aceea; bărbaţii la o pensiune, femeile la alta. Kirsten le spuse noapte bună lui Eric şi vărului acestuia, şi se sui în trăsură alături de surorile ei. Era prea întuneric să mai vadă ceva, iar oraşul mirosea şi mai urât decât celălalt.

— Sper că Chicago nu pute aşa cum put oraşele din Anglia, zise Kirsten în timp ce caii mergeau la trap pe străduţa îngustă. Şi sper că are mulţi copaci. Mi-e dor de pădurile şi de pinii giganţi de acasă, vouă nu?

Cam târziu, Kirsten îşi dădu seama că faptul că pomenise de casă putea s-o facă pe Sofia să plângă din nou. Se uită la sora ei şi văzu că Sofia avea privirea aţintită înainte, în întuneric. Abia scosese un cuvânt toată ziua. Kirsten o înghionti cu cotul.

— Hei, te simţi bine? Nu ţi-e rău, nu?

Sofia clătină din cap, în semn de răspuns.

Cămăruţa lor de la pensiune avea un singur pat. Proprietara părea că vrea să le dea două camere identice, aflate faţă în faţă pe hol, dar nici Kirsten, nici surorile ei, nu vrură să se despartă şi să petreacă noaptea singure, aşa că se hotărâră să se înghesuie toate trei într-o cameră. Sofia se dezbrăcă repede şi se urcă în pat fără să le spună nici noapte bună.

— Cum se poate să fii obosită? o întrebă Kirsten. Doar ai dormit în tren aproape toată ziua.

— Păi, pur şi simplu sunt, îi răspunse ea.

Kirsten o privi trăgându-şi cuvertura peste cap şi simţi un fior de teamă. Şi tatăl lor dormise aproape tot timpul, către final. Şi nici el nu mai vorbise cu nimeni.

— Crezi că e bine? o întrebă pe Elin în şoaptă.

Elin dădu din umeri. Nici Elin nu spusese mare lucru toată ziua. Uneori surorile ei o enervau, dar ele erau singura familie pe care o mai avea pe lume, şi nu era bine să se culce supărate una pe alta. Asta fusese una dintre regulile mamei lor.

— Eşti supărată pe mine pentru că am vorbit cu Eric şi cu Hjelmer? o întrebă Kirsten în timp ce îşi scotea pantofii.

— Sigur că nu.

— Dacă ţi-ai face timp să vorbeşti cu Eric, ai vedea ce drăguţ este. Şi ei pleacă de acasă, la fel ca noi. Ne-ar putea ajuta.

În timp ce vorbea, Elin se juca cu uşa, deschizând-o şi închizând-o şi apăsând mânerul.

— Ceea ce mi se pare ciudat, Kirsten, este că ai încredere în străinii ăştia, şi nu ai încredere în mine, propria ta soră, că ştiu ce e mai bine pentru tine. Eu doar încerc să-ți port de grijă.

— Ştiu, ştiu... Agitația lui Elin o enerva pe Kirsten.

— Ce tot faci cu mânerul ăla?

— Nu pot să-mi dau seama cum se închide uşa asta. Proprietara nu ne-a dat nicio cheie.

— Lasă-mă să văd. Kirsten înconjură patul ca să ajungă la uşă. Nu cred că are încuietoare, dar sunt sigură că va fi bine.

— Dar... dar e periculos să dormim cu uşa neîncuiată. Ar putea să intre oricine peste noi în timp ce dormim. Cum vom cere ajutor? Nici măcar nu ştiu cum se spune *ajutor* în engleză.

Kirsten îşi înăbuşi un oftat şi se întoarse cu spatele pentru ca Elin să nu vadă că-şi dădea ochii peste cap.

— Poate că *ajutor* ar trebui să fie primul cuvânt în engleză pe care să-l înveți, dacă e atât de important pentru tine.

Kirsten se dezbrăcă, îşi împături frumos hainele şi le aşeză deasupra hainelor Sofiei, pe singurul scaun din cameră. Elin continua să meşterească la uşă.

— De ce nu împingi pur şi simplu patul în fața uşii, dacă-ți faci atâtea griji? o întrebă Kirsten într-un final.

— Ce idee bună! Mă ajuți?

— Eu glumeam, Elin, dar dacă aşa n-o să te mai agiți şi o să te culci, merită efortul.

Sofia nici nu se mişcă în timp ce Kirsten şi Elin împinseră patul şi blocară uşa. Cum era prea greu să-l ridice, picioarele patului scârțâiră cu zgomot pe podeaua din lemn.

— După asta, cu siguranță proprietara va da fuga pe scări în sus să vadă ce facem, zise Kirsten chicotind. Mai ții minte că unchiul Sven urca scara la cel mai mic zgomot?

Elin nu zâmbi la amintirea asta, în schimb o fixă pe Kirsten cu ochii mari de spaimă.

— Crezi că patul ăsta va împiedica lumea să intre?

— Ar trebui – asta dacă persoana respectivă nu e slabă cât un băț. Ușa se deschide înăuntru, nu în afară, iar tăblia patului o blochează ca o poartă.

Dar chiar şi după ce uşa fu închisă, Elin nu se sui în pat, ci aprinse o lumânare şi se aşeză pe podea, sub fereastră, să scrie în jurnal.

— Te deranjează? întrebă ea. Poți să dormi de lumânare?

— Da, sunt destul de obosită, îi răspunse Kirsten căscând, după care urcă în pat lângă Sofia, lăsându-i lui Elin loc la margine. Dar Kisten nu adormi decât după multă vreme. Îi era dor de Tor. În camera întunecoasă nu era nimic care să-i distragă gândul de la el. Nu putea decât să zacă în patul plin de cocoloaşe şi să-şi lase lacrimile să-i curgă pe obraji, în timp ce asculta zgomotele necunoscute ale oraşului de dincolo de fereastră, şi sunetul creionului lui Elin care zgâria hârtia jurnalului ca nişte picioruşe de şoricei.

CAPITOLUL 9

Sofia nu mai văzuse ceva atât de mare ca vaporul care era acostat pe cheiul din Liverpool. Cum putea oare să plutească? Întregul ei sat, cu toate magazinele, casele şi bisericile, putea să încapă în acel vapor. Şi oamenii! Se părea că erau mai mulţi oameni decât în toată Suedia, înghesuiţi pe chei în hainele lor sărăcăcioase, cu legăturile şi sacoşele lor zdrenţăroase, sporovăind entuziasmaţi într-o grămadă de limbi.

Cu cât călătorea mai departe de casă, cu atât mai imposibil i se părea Sofiei să se mai întoarcă vreodată. Tocmai se pregăteau să treacă un ocean care era atât de întins, încât avea să dureze două săptămâni până să ajungă de cealaltă parte. La gândul acesta, Sofia simţi o durere acută în stomac. Niciodată nu-şi imaginase o lume atât de mare şi de copleşitoare ca asta – şi încă nici nu ajunseseră în America. Elin le promisese că într-o zi vor avea din nou un cămin. *Te rog, Doamne, fă să fie adevărat.*

Sofia prinse cu o mână geanta, iar cu cealaltă unul dintre mânerele valizei în timp ce intrară în mijlocul gloatei şi înaintară încet ca să se îmbarce. Ca de obicei, Kirsten o luase înainte, de capul ei.

— Kirsten, întoarce-te şi aşteaptă-ne, îi strigă Elin. O să te pierzi.

— Nu-ţi mai face atâtea griji, îi strigă ea înapoi. Cum aş putea să mă pierd? Kirsten se ridică pe vârfuri, uitându-se împrejur, ca şi cum ar căuta pe cineva.

— Cred că îi caută pe băieţii ăia pe care i-a cunoscut, zise Elin. E hotărâtă să se facă de râs cu ei.

— Eu cred că îi e dor de Nils şi de prietenul lui, Tor, îşi dădu Sofia cu părerea. Era mereu cu ei, îţi aminteşti?

— Probabil, oftă Elin. Dar îi place şi să mă necăjească. Flirtează cu ei ca să mă enerveze.

— Poate se simte singură.

— Ar putea să vorbească cu noi, Sofia. Şi ar putea să ne ajute cu bagajul ăsta.

Toată lumea avansă cu încă vreo doi paşi, apropiindu-se de rampa de îmbarcare. Sofiei nu-i plăcea să fie înghesuită cu atâţia străini laolaltă. Se loveau de ea din toate părţile, venind atât de aproape, încât nu mai putea respira. Nu auzi pe nimeni vorbind în suedeză. Sofia ajunse la capătul cheiului şi stomacul i se strânse. Mai aveau puţin şi urcau pe punte, ca să se îmbarce pe vapor, când Sofia puse jos capătul ei de valiză.

— Ce s-a întâmplat? o întrebă Elin.

— Sper că drumul ăsta nu va fi la fel de greu ca cel cu feribotul.

— Nu va fi, o asigură Elin. Uită-te în sus, ce frumos e cerul! Vezi? Fără furtuni de data asta. Abia vezi un nor.

Sofia prinse din nou de capătul ei de geamantan şi începu să urce rampa. Se simţea recunoscătoare pentru că de data aceasta, la îmbarcarea pe vas, nu mai simţea balansul acela care îi făcuse greaţă. Mulţimea se împinse peste o punte îngustă, apoi printr-o poartă, ajunse pe vas. Înghesuiala călătorilor deveni şi mai teribilă odată ce se adunară toţi înăuntru. Măcar afară cerul fusese senin şi se simţise briza cu mireasmă de peşte, însă culoarele înguste, cu tavan jos o făceau pe Sofia să sufere de claustrofobie în timp ce îi urma pe ceilalţi pe holurile nesfârşite, coborând pe scările abrupte de metal, până în măruntaiele vaporului.

— O vezi pe Kirsten pe undeva? întrebă Elin.

— E acolo. Îi văd vesta roşie.

— Aş vrea să ne aştepte.

Sofia nu mai ştia câte scări coborâse, dar ştia că se afla cu siguranţă sub nivelul mării.

— Suntem sub apă? întrebă ea. Ura gândul că era înconjurată de apa întunecată, îngheţată, care o împresura din toate părţile.

— Nu ştiu... nu cred, îi răspunse Elin.

— Minţi.

Urmară alte coridoare, până ce Sofia se temu că se pierduseră şi vor ajunge în vreo cală de depozitare. Nu voia decât să facă stânga-mprejur şi să fugă afară la lumină şi aer proaspăt, însă holurile erau înțesate de oameni. Abia putea să se mişte, darămite să se mai şi întoarcă. Ceilalți pasageri erau gălăgioşi şi murdari, iar mirosul părului şi a trupurilor nespălate o făcu pe Sofia să vrea să se țină de nas. Dacă Kirsten credea că străinii din tren erau nişte troli, oare ce-ar fi spus de oamenii ăştia?

Într-un final, şuvoiul de oameni se pierdu într-un dormitor imens, plin cu sute de paturi ca de cazarmă. Sofiei îi veni să plângă la gândul că va trebui să stea în locul ăsta pentru următoarele două săptămâni. Însoțitorii îi direcționau pe bărbați într-o parte, iar pe femei şi copii în cealaltă parte, dar Sofiei i se părea că erau mult prea mulți oameni pentru spațiul acela – erau cel puțin o mie într-o încăpere destinată doar pentru jumătate din numărul acela. Sofia simțea că se sufocă.

— Eu nu pot să stau aici două săptămâni, îi spuse ea lui Elin. Nu sunt ferestre… nu pot să respir!

— Sunt sigură că odată ce ne instalăm putem să urcăm pe punte şi să ne plimbăm pe undeva pe-aici. Nu va trebui să stăm aici tot timpul. Dar chiar şi Elin părea şocată la vederea încăperii enorme, în ciuda asigurărilor ei.

Kirsten fugise înainte pentru a rezerva trei paturi, aruncându-şi geanta şi şalul pe un pat de sus şi pe unul de jos, şi aşezându-se alături pe un altul. O femeie cu pielea măslinie, cu o eşarfă brodată pe cap îşi aşeză lucrurile lângă Kirsten. O ceată de copilaşi roia în jurul femeii, care se încruntă supărată în timp ce dădu drumul la un val de ordine, ordine pe care copiii le ignorară, comportându-se de parcă nu ar fi înțeles-o, aşa cum nici Sofia nu o înțelesese. Mama se întoarse către Kirsten, cu o întrebare în voce şi în ochi, gesticulând şi bolborosind, arătând către paturi. Drept răspuns, Kirsten nu putu decât să clatine din cap, indicându-i clar care anume dintre paturi erau ale ei.

— Haideți, grăbiți-vă, spuse Kirsten, făcându-le semn Sofiei și lui Elin. Stați jos și ocupați-vă paturile până nu vi le ocupă altcineva.

— Ne-ai fi putut ajuta cu bagajul ăsta, îi spuse Elin. Vrei patul de jos sau cel de sus? o întrebă apoi pe Sofia.

— Pe cel de jos, cred.

— Bine, căci eu îl voiam pe cel de sus, zise Kirsten, urcându-se în pat de parcă s-ar fi cățărat într-un pom, în timp ce Sofia și Elin se așezară pe paturile de jos, ținându-și strâns gențile.

Copiii se cățărau peste tot în spațiul înghesuit, sărind pe paturi ca să testeze saltelele, împingându-se și sâcâindu-se reciproc. Sofia încercă să numere câți erau ai femeii cu eșarfă - cel puțin cinci sau șase - dar era ca și cum ar fi încercat să numere boișteni într-o apă curgătoare. Unul dintre cei mai mici băieți căzu în timp ce încerca să se urce într-un pat cu frații săi, aterizând pe dușumea cu o bufnitură. Sofia se întinse către el din instinct, ca să-l liniștească, însă femeia îl înhăță repede și-l trase sus.

Un alt copil, o fetiță de vreo patru ani, începu să se urce în patul Sofiei, însă Sofia o goni.

— Nu, pleacă. Ăsta-i patul meu, du-te și găsește-ți și tu unul.

Fetița mai sări pe salteaua Sofiei timp de alte câteva secunde, după care sări pe un alt pat. Toți copiii, cu excepția băiatului cel mai mare, se jucau de-a tumba pe paturi, ignorându-și mama. Băiatul, despre care Sofia bănuia că are vreo opt ani, avea o tuse supărătoare și nu părea să se simtă bine. În loc să sară prin jur cu ceilalți copii, băiatul se întinse pe patul de jos de lângă cel al lui Elin și își duse brațul peste față ca să-și protejeze ochii. Instinctiv, Sofia își acoperi gura și nasul, întrebându-se cum s-ar putea feri să nu ia boala pe care acesta o avea, în asemenea condiții de viață înghesuite.

— Locul ăsta e îngrozitor, zise Sofia. Oamenii ăștia sunt atât de murdari! Oare nu se spală niciodată?

— Nu au ce să facă dacă sunt săraci, zise Elin. De asta merg în America – pentru o viață mai bună.

— Păi nici noi nu suntem bogate, dar măcar folosim săpun.

Kirsten se aplecă din patul ei peste cel al Sofiei.

— N-ar fi atât de săraci dacă n-ar avea atâția copii. Uitați-vă la ei, sunt ca nişte purceluşi.

— Nu fi insensibilă, Kirsten, o certă Elin încruntându-se.

— De ce? Oricum nu înțeleg o iotă din ce spun.

Mirosurile deveniră mai puternice pe măsură ce tot mai mulți călători năvăliră în încăpere, învârtindu-se dintr-un loc în altul şi aruncându-şi bagajele pe paturi.

— În locul ăsta miroase mai rău decât în grajdul nostru! exclamă Sofia, ridicându-se în picioare şi abținându-se să nu fugă afară.

— Nu, nu-ți părăsi încă patul, o avertiză Elin, făcându-i semn cu mâna să stea jos. O să ți-l ocupe cineva, dacă pleci.

Sofia se aşeză la loc, ținându-şi un colț de şal peste gură şi nas, ca să blocheze duhoarea. Pasagerii continuau să năvălească în cameră, uitându-se peste tot după paturi libere.

— Nu ai nicio intimitate aici, se plânse Elin. Cum vom dormi?

— Lasă intimitatea; e prea mult zgomot ca să mai şi dormi, zise Kirsten.

Elin se întinse către Sofia şi o mângâie pe genunchi.

— De ce nu faci ceva, ca să mai uiți de miros? De ce nu brodezi, de exemplu?

Sofia clătină din cap. Mâinile îi tremurau prea tare ca să mai mânuiască un ac şi ață. Se gândi să citească din Biblia mamei, pe care o avea încă în geantă, dar ultima dată când o deschisese şi citise despre un naufragiu, se simțise mai rău, nu mai bine. Sofia ştia că în Biblie mai era o poveste despre un om care fusese înghițit de un peşte uriaş. Nu, nu voia să mai citească din Biblie. Sofia ascultă vocile copiilor şi țipetele constante ale mamei lor, întrebându-se ce limbă vorbeau.

Treptat, valul de călători se reduse considerabil, apoi se opri. Însoțitorii ajutară câteva familii care se învârteau pe-acolo, să-şi găsească paturi aproape unii de alții, până ce, într-un final, toată lumea găsise un pat pe care-l şi ocupase. Sofia vru să se ridice din nou în picioare, dar durerea ascuțită din stomac o împiedică să se mişte.

Un zgomot intermitent şi profund se auzi de la motoarele vaporului, şi Sofia simți o trepidație constantă sub picioare. Se întrebă cât va dura până ce se va obişnui cu tremurul continuu şi dacă acesta va creşte în intensitate odată ce nava se va pune în mişcare. Elin îşi scosese broderia, dar Sofia avea gândurile într-o mie de părți şi nu se putea concentra, aşa că se întinse pe pat şi îşi închise ochii.

Te rog, Doamne, Te rog...

Sofia nu putu să-şi termine fraza. Nici nu ştia pentru ce se ruga. Îşi dorea să se trezească şi să-şi dea seama că totul fusese un coşmar.

Se auzi în sfârşit fluierul.

— Pornim, zise Kirsten, lăsându-se să alunece din patul de sus. Haideți să urcăm pe punte şi să ne uităm.

— De ce? întrebă Elin. Acum nu plecăm de acasă şi nu avem pe nimeni care să ne facă cu mâna, şi-apoi, nu ne putem lăsa geamantanul.

Kirsten bătu din picior.

— Să nu-mi spui că în următoarele două săptămâni o să ne ții aici să păzim valiza aia idioată. O să înnebunesc!

— Tu şi Sofia puteți urca dacă vreți, eu rămân aici.

Oricât de mult ar fi vrut să simtă aerul proaspăt şi spațiul deschis, Sofiei îi era teamă să se mişte din pat.

— C-cum o să ştim să ne întoarcem înapoi? O să ne rătăcim!

Kirsten o trase de mână.

— Of, hai cu mine, cât de greu poate să fie? O să urcăm pe scări până ajungem la capătul lor şi apoi o să ne întoarcem la fel cum am venit. Dormitorul ăsta e atât de zgomotos, încât sunt sigură că o să auzim hărmălaia de la un kilometru distanță.

Sofia o lăsă pe Kirsten să o ducă prin labirintul de coridoare şi ajunse să se convingă că nu vor mai găsi niciodată drumul înapoi, însă simţi în sfârşit aerul rece, sărat, care sufla dinspre casa scării şi văzu cerul albastru şi lumina soarelui de deasupra. Puntea era plină de călători, înghesuiţi mai ales de-a lungul balustradei, dar măcar Sofia putea să respire aerul proaspăt şi să vadă norii albi purtaţi de briză deasupra ei.

Când Sofia şi Kirsten reuşiră în sfârşit să avanseze şi să-şi găsească loc lângă parapet, Sofia făcu greşeala de a se uita în jos, la apă. Erau atât de sus, încât oceanul părea la kilometri dedesubtul lor. Sofia simţi că se prăbuşeşte. Se agăţă de parapet şi închise ochii, luată de ameţeală. Când îi deschise din nou, Sofia se hotărî să se uite direct înainte, la linia orizontului, în loc să se uite în jos, la mare. Ea simţea briza adiind plăcut pe faţa ei, iar soarele o încălzea de deasupra. Coasta scădea în depărtare, pe măsură ce întinderea de apă dintre vapor şi portul Liverpool se făcea din ce în ce mai mare.

— Nu-i minunat? întrebă Kirsten.

Sofia nu putu să scoată un cuvânt, cu nodul pe care-l avea în gât.

— Spune ceva, Sofia.

— M-mi-e dor de casa noastră. Mi-e dor să merg dimineaţa în grajd, să mulg vacile şi să beau lapte cât încă e cald. Mi-e dor să mă duc la coteţul găinilor după ouă şi să le mănânc la micul dejun, şi să mănânc peştele pe care Nils obişnuia să-l prindă pentru cină. Mi-e dor să mă duc la biserică duminica... şi să mă rog la mormântul mamei...

— Ştiu, ştiu. Dar nu-i şi asta distractiv, într-un fel? Faptul că străbatem oceanul şi explorăm locuri noi? Acasă totul era mereu la fel.

— De-asta îmi plăcea.

— Mă dau bătută, oftă Kirsten. Fii nefericită tot restul vieţii, dacă aşa vrei. Mi-e totuna. Nici eu nu am vrut să-mi las... ăă... prietenii – dar acum suntem aici şi eu am de gând să profit de fiecare clipă.

În următoarele zile, Sofia încercă şi ea să profite de fiecare moment, dar oriunde s-ar fi dus, dădea peste mulţimi de oameni care puţeau a transpiraţie, lipiţi de ea ca heringii în conservă. Când era vreme bună, toată lumea se înghesuia pe punte, iar bărbaţii fumau ţigări tari, ceea ce făcea ca aerul curat al oceanului să fie imposibil de respirat. Sofia se bucurase de un aer dulce şi proaspăt toată viaţa ei, iar acum tot ce-şi dorea era o mireasmă de fân sau de pini sau chiar de grajd.

Jos, la bucătărie, mirosul de usturoi şi de alte condimente necunoscute era atât de puternic, încât Sofia nu mai avea nicio poftă să mănânce din mâncarea pe care o aduseseră de acasă. Apa de pe vas avea gust de conservă ruginită, aşa că trebuia să se forţeze s-o bea. Latrinele rămaseră curate doar în prima zi, după care începură să miroasă şi ele, obligând-o ca în fiecare dimineaţă şi seară să se spele cât de repede putea şi să iasă de acolo. Aerul infect şi umed ce venea de la clasa a treia îi provoca mâncărimi la scalp.

Mirosurile din dormitor erau şi mai intense în timpul nopţii, când aerul devenea rece şi umed de la numărul prea mare de oameni care transpirau. Sofia se mişcă încoace şi încolo în pat, abia putând să închidă un ochi din cauza sforăitului bărbaţilor şi a plânsetelor copiilor. Nu ştia din ce era făcută salteaua plină de cocoloaşe şi învelită în pânză de saci, însă cu siguranţă mirosea ca şi cum sute de oameni săraci dormiseră pe ea înaintea ei. Elin scosese din geamantan propria lor lenjerie de pat şi, la început, aşternuturile groase de olandă răspândiseră un miros plăcut de soare şi adieri cu iz de pin, precum şi mirosul săpunului pe care-l foloseau mereu acasă. Însă nu trecu mult timp, şi mirosul de acasă începu să se piardă, iar duhoarea saltelei începu să urce prin aşternut, până în nările Sofiei.

— De ce vorbeşte toată lumea atât de tare? se plânse Kirsten în timp ce mâncau seara următoare. Elin întindea întotdeauna o faţă de masă peste geamantan şi apoi aşeza mâncarea, de parcă valiza era masa lor de bucătărie de acasă. Înainte să mănânce, își aplecau capul și spuneau o rugăciune – deși Sofia nu înțelegea de ce Dumnezeu s-ar hotărî deodată să le binecuvânteze mâncarea după ce că nu îi răspunsese la niciuna dintre cererile ei.

— Oare numai familia noastră vorbea mai încet, sau toată lumea din Suedia era mai liniștită decât oamenii ăștia? întrebă Kirsten. Nici nu mai reușesc să-mi amintesc.

— Nu, ai dreptate, răspunse Elin, rupând o bucată de *knäckebröd*. Acasă, oamenii nu vorbeau niciodată așa de tare. Elin îi întinse Sofiei o bucată, dar aceasta clătină din cap. Nu avusese poftă de absolut nimic de când se îmbarcaseră.

— Ba da, ia-o, insistă Elin. Trebuie să mănânci ceva.

— Poți întotdeauna să-ți dai seama care sunt germanii – uitați-vă doar la familia de acolo, continuă Kirsten, arătând din cap în direcția lor. Pare că sunt supărați atunci când vorbesc, chiar dacă nu sunt. Iar italienii vorbesc foarte repede și toți deodată, gesticulând mereu cu mâinile, așa. Kirsten imită niște mișcări ample, care tăiau aerul, până ce Elin îi trase mâinile în jos.

— Ai grijă, o să dai peste mâncare.

— Mi-e dor de liniștea profundă din pădurile de acasă, zise Kirsten oftând. Uneori era atât de liniște, încât puteai auzi fulgii de zăpadă căzând din crengile copacilor și făcând zgomotul acela șuierător când aterizau pe pământ, vă amintiți? M-am săturat până peste cap de gălăgia asta – oameni care se ceartă, copii care plâng și femei care țipă la copiii lor. Eu nu-mi amintesc ca mama să fi țipat la noi tot timpul, voi?

Kirsten îi adresase întrebarea Sofiei, însă drept răspuns, aceasta dădu din umeri și clătină din cap. Elin o mângâie pe Sofia pe obraji, după care îi ridică bărbia, forțând-o să-și ridice privirea.

— Vorbește cu noi, Sofia. Abia mai scoți un cuvânt în ultimul timp.

— Nu am chef, murmură ea. Dacă ar fi vorbit, ar fi podidit-o lacrimile, iar dacă începea din nou să plângă, Sofia se temea că nu va mai putea să se oprească niciodată. Şi-apoi, nu avea nimic de spus, în afară de "Vreau să merg acasă", iar Elin se supăra ori de câte ori rostea cuvintele astea.

Sofia văzu că Elin şi Kirsten făcură schimb de priviri. Cele trei surori îşi terminară masa de seară, după care Elin împachetă şi puse deoparte mâncarea care rămăsese, se ridică în picioare şi o luă pe Sofia de mână, făcând-o să se ridice şi ea.

— Hai să mergem toate trei sus pe punte, să ne plimbăm.

Oferta ei o surprinse pe Sofia. De obicei, Elin rămânea în dormitor ori de câte ori ea şi Kirsten mergeau afară la o gură de aer. Şi Kirsten păru la fel de surprinsă.

— Chiar? întrebă ea.

— Condu-ne, Kirsten. Elin o împinse pe Sofia înainte, afară din cala suprapopulată a clasei a treia şi apoi pe scări în sus.

Odată ajunse afară, Sofia se bucură că ieşise. Nu ştia cum se făcuse, dar măcar o dată, puntea nu era supraaglomerată, iar cerul era încărcat de milioane de stele. Luna era aproape plină şi stătea agăţată la linia orizontului ca o farfurie ciobită, uriaşă, aruncând o panglică de lumină peste valurile care clipoceau cumpătate. Apa arăta ca şi cum ai putea umbla pe ea.

— Uită-te în sus, îi spuse Elin Sofiei. Aceleaşi stele şi aceeaşi lună strălucesc şi deasupra casei noastre din Suedia. Ne conduc la noua noastră casă.

— Ştiţi ce-i azi? întrebă Kirsten. Ajunul *Walpurgis*[*].

— Ai dreptate, răspunse Elin. Aproape că am uitat ce zi este, iar mâine e prima zi din luna mai.

— Probabil că acasă, toată lumea se adună în jurul focului din sat, spuse Kirsten, uitându-se în zare, ca şi cum s-ar fi aşteptat să vadă în depărtare o coloană de scântei urcând spre cer.

---

*Un festival tradiţional de primăvară sărbătorit pe data de 30 aprilie sau 1 mai în multe părţi ale Europei Centrale şi de Nord. Celebrarea acestui festival este asociată cu dans şi focuri în aer liber. Numele festivalului este dat după Sfântul Walpurga (cca 710–777 / 779). În suedeză, *Valborgsmässoafton* sau simplu, *Valborg*, (n.ed.).

Sofia era cea mai bucuroasă când se adunau împreună cu prietenii şi cu familia în Ajunul *Walpurgis* ca să sărbătorească întoarcerea soarelui şi a vremii calde. Îi plăcea să cânte cântecele vechi şi bine cunoscute prin care îşi lua rămas bun de la nopțile lungi şi întunecate de iarnă. Lacrimile care îi umplură ochii la amintirea aceasta de acasă făcură ca stelele să strălucească şi să se rotească ca nişte fulgi de zăpadă.

— Aşa că, spuse Elin după o pauză lungă, trecutul este în urma noastră, la fel ca iarna rece şi nesfârşită. E timpul să ne facem noi planuri. Hai să ne uităm după o stea căzătoare şi să ne punem fiecare o dorință. Tu ce ți-ai dori, Sofia?

— Ea vrea să plece acasă, zise Kirsten imitând vocea plângăreață a Sofiei.

— Tu taci, şi las-o să spună. Hai, Sofia.

— Să spună Kirsten prima, murmură ea.

— Bine, oftă Kirsten. Hai să vedem... Îmi doresc... îmi doresc să mă căsătoresc cu cel mai minunat bărbat din toată lumea asta mare şi să fiu bogată ca o regină, doar ca să le arăt la toți idioții ăia din sat că nu am nevoie de niciunul dintre ei. Vreau să regrete toți că au considerat că nu suntem îndeajuns de bune să ne măritām cu fiii lor urâți şi proşti - dar până atunci, va fi prea târziu.

— Asta-i dorința ta? o întrebă Elin. Ştii că ai putea să-ți pui absolut orice dorință, nu? Şi tu alegi să te răzbuni?

— Oh, ştii la ce mă refer, zise Kirsten dând din mână. Îmi doresc ca această călătorie să ne aducă lucruri noi şi ca oceanul pe care-l traversăm să ducă departe tot ce e vechi. Îmi doresc un cămin nou împreună cu unchiul Lars şi mătuşa Hilma şi un sat nou în care să trăim. Şi multe aventuri!

— Aşa-i mai bine. E rândul tău, Sofia. Uită toate lucrurile prin care am trecut şi gândeşte-te la viitor. Visează visuri mărețe. Ce-ți doreşti când ajungem în America?

— Nu ştiu, răspunse ea, dând din umeri.

— Hai, Sofia, trebuie să-ți doreşti ceva.

— Vreau ca lucrurile să fie aşa cum erau când mama şi...

— Nu, Sofia. Nu poţi să trăieşti în trecut. Chiar dacă am fi rămas în Suedia, nu am fi putut-o aduce pe mama înapoi, iar lucrurile nu puteau fi niciodată la fel cum au fost. Schimbarea face parte din viaţă, nu înţelegi? Îţi aminteşti cât de repede s-a schimbat totul după ce a murit mama? Apoi tata a renunţat, iar ferma a căzut în ruină şi lucrurile s-au schimbat din nou. După aceea a venit unchiul Sven şi... situaţia a fost foarte diferită. Nimic nu rămâne la fel, niciodată. Încearcă să-ţi aminteşti la ce visai înainte ca mama şi tata să moară.

Sofia se gândi mult şi bine şi îşi dădu seama că nu avea niciun vis şi o necăjea faptul că nu voia aventuri ca şi Kirsten sau un nou început, ca şi Elin.

— Tot ce-mi doresc..., zise ea încet, cu privirea la stele, tot ce-mi doresc este ceea ce am lăsat în urmă – o căsuţă la o fermă, văcuţele şi găinile mele şi o bucăţică de pământ cu pajişte şi copaci. Vreau să plantez cartofi şi flori şi să iau cina cu familia mea în jurul mesei, în fiecare seară. Vreau să simt mirosul supei aburinde pe plită şi cel al pâinii ce se coace în cuptor, peste care să pun unt proaspăt bătut... Sofia se opri, înecată de emoţia dorului de casă pe care-l resimţea. Elin o luă de după umeri.

— Într-o zi, poţi să ai toate astea, Sofia. Poţi să întâlneşti un om bun cu care să te căsătoreşti atunci când eşti pregătită şi cu care să ai din nou un cămin, o familie, văcuţe. Şi copii. Nu-i aşa că-ţi doreşti să ai copii într-o bună zi?

Sofia încuviinţă şi îşi şterse lacrimile, amintindu-şi cum îşi strângea acasă verişorii la piept.

— Şi tu, Elin? o întrebă Kirsten. Ce-ţi doreşti în America?

— Aş vrea să mă simt în siguranţă, veni răspunsul lui Elin, atât de repede încât parcă-l exersase dinainte.

— Să te simţi *în siguranţă*? repetă Kirsten. Păi suntem în siguranţă şi acum, nu-i aşa? De ce ţi-e atât de frică?

— Nu mi-e frică. Nu am vrut să sune aşa. Dacă mi-ar fi fost frică, nu aş fi pornit în călătoria asta, nu? Doar că trebuie să avem grijă, pentru că suntem singure. Trebuie să ne folosim bunul simț când vine vorba de străini.

Kirsten își întoarse capul spre Sofia și își dădu ochii peste cap. Niciuna dintre ele nu mai spuse nimic, cu privirea la cerul înstelat. Oceanul părea imens, întunecat și fără capăt. Cu cât se uita mai mult, Sofia se simțea o picătură tot mai mică, pierdută și singură într-un univers fără margini. Sofia închise ochii, dorindu-și să se întoarcă înăuntru.

— Vă amintiți psalmul pe care ni-l citea mama tot timpul? întrebă Kirsten. Ceva despre uitatul la cer noaptea, gândul la Dumnezeu și la motivul pentru care ne-a creat?

— Cred că da, răspunse Elin. Ar trebui să-l căutăm în Biblie cândva.

Și Sofia și-l amintea și voia cu ardoare să-l găsească, dar îi era teamă să mai deschidă Biblia.

Cerul nesfârșit și oceanul fără fund o făceau să se simtă neînsemnată, amintindu-i că Dumnezeu și toți ceilalți o părăsiseră – toți, în afară de surorile ei. Sofia o strânse mai tare de mână pe Elin, fiindu-i teamă să-și imagineze ce s-ar întâmpla dacă și ea ar abandona-o.

— Spune ceva, Sofia, o îndemnă Elin. Spune-ne la ce te gândești.

— E frig aici, răspunse ea. Vreau să mă întorc înăuntru.

CAPITOLUL 10

Elin n-ar fi crezut că uşile unsuroase de la clasa a treia puteau să devină şi mai unsuroase de cum erau, însă acest lucru se întâmplă. Vaporul fu surprins de o furtună, iar călătorii care aveau rău de mare puseră la grea încercare latrinele deja mult abuzate. Toată lumea trebuia să stea sub punte, altfel oamenii riscau ca ploaia şi marea să-i ude până la piele. Jos la clasa a treia, mişcarea valurilor care se ridicau şi coborau producând greaţă, era şi mai puternică decât pe feribot. Elin nu avusese încă nevoie de o găleată în care să verse, dar dacă nu făcea ceva ca să nu se mai gândească la greaţa care o copleşea, cu siguranţă va avea nevoie de una.

— Eu urc pe punte, zise Kirsten în cea de-a treia zi de furtună, şi se lăsă să alunece cu zgomot din patul ei de sus.

— Aşteaptă, Kirsten.

— Acum ce mai e? întrebă Kirsten cu mâinile în şolduri şi cu o privire exasperată, întorcându-i vorba lui Elin. Kirsten îşi regăsise prietenii, pe Eric şi pe Hjelmer, în a doua zi de călătorie, şi petrecea prea mult timp împreună cu ei. Elin dorea tare mult să-i spună ce se putea întâmpla fetelor care erau prea încrezătoare, dar se temea că lucrul acesta ar putea duce la întrebări stingheritoare despre propria-i experienţă – întrebări la care nu voia să răspundă. În loc de asta, Elin căută scuze ca s-o ţină pe Kirsten departe de ei.

— Parcă ziceai că nu te simţi bine.

— Aşa e, dar Eric spune că răul de mare se agravează dacă stai sub punte. Într-o vară a lucrat la o barcă de pescuit şi zice că ajută dacă stai la aer, unde poţi să-ţi ţii privirea pe linia orizontului.

— Dar plouă. Nu poţi merge să stai în ploaie.

— Puntea are un fel de acoperiş şi o să stau sub el.

— Dar dacă valurile sunt mari şi te uzi toată? Cum o să-ţi mai usuci hainele atunci?

— Vrei te rog, să nu-ţi mai faci atâtea griji? Mă înnebuneşti deja.

— Aş vrea să nu mergi acolo...

— Ei bine, eu aş vrea ca tu să mergi! De ce vrei să stai închisă aici, când sunt atâtea lucruri interesante de văzut pe vasul ăsta?

Când Elin nu răspunse, Kirsten îi spuse:

— Ştii, am fost atât de ferite toată viaţa. Lumea noastră era ferma şi familia noastră. Cea mai mare aventură era plimbarea până în sat. Dar acum suntem aici, cu toţi oamenii ăştia, pe vaporul ăsta imens, pe oceanul ăsta nemărginit, iar eu nu pot să înţeleg de ce vrei să stai numai într-un loc, când sunt atâtea de văzut. De ce ţi-e atât de frică?

— Nu mi-e frică...

— Dar te porţi ca şi cum ţi-ar fi. Şi cu cât ţi-e ţie mai frică de toţi şi de toate, cu atât mai curajoasă vreau să fiu eu. Nu-mi doresc să fiu ca tine, Elin.

— Nici nu trebuie să-ţi faci griji în privinţa asta, pentru că pur şi simplu te arunci cu capul înainte!

Kirsten se întoarse înapoi la Elin care stătea pe pat. În loc de zâmbetul care îi însenina de obicei chipul, Kirsten avea buzele strânse de mânie.

— Nu înţeleg cum ai putut să fii atât de curajoasă acasă, în Suedia, când ne-ai spus că asta o să fie o aventură incredibilă şi ne-ai convins să străbatem aproape toată lumea ca să începem o viaţă nouă – iar apoi să te porţi atât de precaut cu toată lumea pe care o întâlnim.

— Oamenii ăştia sunt nişte străini, iar băieţii ăia cu care stai tot timpul sunt mai mari şi mai zdraveni decât tine.

— Şi ce-i cu asta?

— Ar putea să profite de tine.

Kirsten clătină din cap, nevenindu-i să creadă.

— Nu eşti în toate minţile!

Elin se cutremură auzind-o. Dacă într-adevăr era nebună? Sperase că dacă va pleca de acasă, va găsi linişte, siguranță şi odihnă, dar temerile ei păreau să se înmulțească cu fiecare zi ce trecea. Uneori îşi făcea griji că-şi pierde mințile.

— De ce eşti atât de bănuitoare cu toată lumea? o întrebă Kirsten. Cine ar vrea să-şi trăiască viața în felul ăsta? Kirsten se întoarse să plece, dar Elin o apucă de fustă.

— Aşteaptă, ia-o şi pe Sofia cu tine.

— Nu, gemu Sofia, nu vreau să mă ud.

— Sofia, te rog du-te sus cu ea, o rugă Elin, coborându-şi vocea. Mă îngrijorează faptul că petrece atât de mult timp singură cu băieții ăia. Te rog! Pentru mine?

— Dar dacă mă îmbolnăvesc din nou?

— De ce nu mergi sus să vezi dacă Kirsten are dreptate? Poate o să te simți mai bine la aer curat.

— Poți să vii şi tu, să ştii, îi spuse Kirsten lui Elin.

Elin scutură din cap.

— Nu de data asta.

— Nu înțeleg de ce stai tot timpul în locul ăsta îngrozitor. De fapt, nu te înțeleg deloc!

— Ei bine, nici eu nu te înțeleg pe tine, îi replică Elin. Uneori chiar se întreba cum se putea ca ea şi Kirsten să fie surori - având aceeaşi părinți, crescând în aceeaşi casă - şi cu toate acestea să fie atât de diferite. Şi n-o înțelegea nici pe Sofia care plângea pe la toate colțurile de parcă era sfârşitul lumii. Elin îşi aminti cum se purtase tatăl lor spre sfârşit - dormea mult, refuza să mănânce, abia le vorbea - şi vedea acelaşi comportament la Sofia. Gândul acesta o făcu să se cutremure.

— Duceți-vă amândouă, le îndemnă Elin, şi întoarceți-vă şi spuneți-mi cum e vremea.

Elin le urmări cum pleacă, şerpuind printre paturi şi îndreptându-se spre scări. Imensa cameră părea mai tăcută azi decât de obicei, cu atâția pasageri bolnavi. Elin îşi făcuse griji că numeroasa şi gălăgioasa familie din paturile de lângă ea, va fi de necontrolat pe durata întregii călătorii, dar acei copii se îmbolnăviseră şi ei cu toţii. Băiatul cel mare se simţise rău încă din ziua în care lăsaseră în urmă oraşul Liverpool, când vremea fusese încă însorită şi navigaseră liniştiţi. Însă chiar înainte ca vaporul să dea de furtună, încă trei fraţi de-ai lui se îmbolnăviseră, unul după altul, cu febră şi tuse. Acum şi ceilalţi doi zăceau la pat cu febră.

Zile la rândul, Elin o urmărise pe femeie având grijă de ei, sperând că nu aveau nimic mai grav decât difterie sau pojar, boli pe care ea şi surorile ei le avuseseră deja. Elin îşi dorea să ştie cum să învingă bariera limbii şi s-o ajute pe zbuciumata mamă, însă în cele mai multe zile, Elin fusese prea preocupată cu surorile ei ca să-i mai fie de ajutor femeii.

Elin oftă şi-şi scoase la iveală jurnalul. Faptul că scria în jurnal o ducea într-un loc în care îşi putea uita temerile şi senzaţia de greaţă pe care i-o dădea marea tulburată. Când încă trăia, mama lor ştiuse exact unde să caute în mica ei Biblie, toate răspunsurile de care avea nevoie, toate cuvintele potrivite care să-i potolească temerile. Dar mama lor nu mai era, iar Biblia ei nu mai folosea la nimic. Ruşinea pe care o simţea Elin o închisese mai ermetic decât încheietoarea de alamă a coperţilor. Învăţase în schimb să-şi aştearnă temerile în jurnal. Elin deschise la o pagină nouă şi începu să scrie:

Navigăm pe oceanul Atlantic, departe de pământ, iar vasul nostru e o bucăţică de lemn şi oţel pe o mare nemărginită, aidoma peste tot. Până acum n-am mai locuit într-un loc fără copaci, şi nu-mi place deloc. Acesta este un loc străin, neroditor, fără păsări sau animale – doar apă cenuşie cât vezi cu ochii. Tot ce era familiar a dispărut, iar când urc pe punte mă simt ca şi cum aş fi murit şi nu mă mai aflu pe pământ. Poate că am lăsat iadul în urmă, însă nu pot să nu mă întreb ce mă aşteaptă de acum – şi dacă voi fi pedepsită pentru păcatele mele.

Kirsten mă imploră să urc sus şi să explorez vaporul împreună cu ea, iar eu inventez scuze. Adevărul este că nu pot să fac faţă nesfârşitei întinderi de apă. Se întinde cât vezi cu ochii, în orice direcție, și știu că este atât de adâncă, încât m-aș putea cufunda în ea timp de o oră sau mai mult și tot nu i-aș atinge fundul. Ori de câte ori urc pe punte, mă cuprinde frica, așa că stau aici ca să-mi țin frica la distanță. Acesta e modul meu de a supraviețui, nu un mod de a-mi neglija surorile.

Kirsten l-a regăsit pe prietenul ei, Eric, și știu că ori de câte ori nu e aici jos, își petrece timpul cu el. Temerea mea în ceea ce o privește este mare, dar frica mea de oceanul nemărginit este și mai mare. Nu pot să văd oceanul. Și-apoi, sunt atâția oameni înghesuiți pe punte împreună cu ea și cu băieții, încât Kirsten abia se poate mișca. Sper să fie bine.

În timpul zilei, aici la clasa a treia e foarte mare gălăgie, iar zbârnâitul interminabil al motoarelor îmi pulsează în vene. Noaptea aud geamătul carenei, ca un bătrân care se stinge în somn. Uneori mă trezesc din coșmaruri și, în timp ce zac în întuneric, am senzația că vaporul se scufundă pe fundul oceanului și îmi voi găsi sfârșitul într-un mormânt rece, marin.

Totul în călătoria asta pare o imagine a vieții mele. Nu mă mai aflu pe pământ solid, ci am fost azvârlită pe o apă schimbătoare, nestatornică. Când mama și tata erau în viață, parcă nu trecea nicio zi în care soarele să nu strălucească și cerul să nu fie albastru. Însă furtunile au început să se dezlănțuie de îndată ce-am coborât-o pe mama în mormânt, și începând de atunci, viața mea a stat în bătaia vântului.

O parte din greața pe care o simt este provocată de mișcarea vasului, însă cea mai mare parte vine din spaima chinuitoare că am făcut o greșeală groaznică. Poate că sunt ca fata aceea prostuță care a fugit de un șarpe și a dat peste un urs. Dacă viața noastră în America va fi mai grea, în loc să fie mai ușoară? Când unchiul Sven a venit să locuiască împreună cu noi, am crezut că lucrurile se vor îmbunătăți, și uite ce s-a întâmplat. Poate ar fi trebuit să caut o altă cale de a ne salva.

În orice caz, nu le pot lăsa pe Kirsten și pe Sofia să știe cât de teamă îmi este de ceea ce ne așteaptă în America, de cum se va purta unchiul Lars, de cum va fi viața noastră. Trebuie să las frica deoparte și să fiu puternică – de dragul lor. Trebuie...

Elin auzi pe cineva plângând și se opri din scris. Se uită în jurul ei și o văzu pe femeia cu pielea măslinie din patul de lângă ea, ținându-și copilul cel mai mic în brațe, legănându-l înainte și înapoi, și plângând. Micuțul zăcea moale și fără viață în brațele ei.

Oare murise? Elin se cutremură de groază.

Își lăsă jurnalul deoparte și se duse să stea lângă femeie. Băiatul deschise ochii când salteaua se mișcă sub greutatea ei, apoi îi închise din nou. Elin se simți ușurată, însă înlăturând o șuviță de păr negru de pe fruntea copilului, simți că are febră.

— Mi-aș dori să știu ce să vă spun... cum să vă ajut, murmură Elin către mama copilului. Pot să văd...?

Elin ridică cu grijă cămașa băiatului și văzu că avea o erupție de un roz pal pe piept. Elin o ajutase pe mătușa Karin să-i îngrijească pe cei trei copii ai ei când aceștia avuseseră pojar, dar erupția aceasta nu semăna cu pojarul.

Femeia continua să plângă, iar Elin își trecu brațul în jurul umărului ei, în semn de compasiune. Îndată ce o atinse, simți prin haine febra pe care o avea și mama.

— Oh, biată femeie, sunteți bolnavă și dumneavoastră, nu-i așa? Nu-i de mirare că plângeți.

Elin arătă spre pieptul copilului și apoi spre pieptul femeii. Aceasta încuviință din cap drept răspuns, hohotind și mai tare și acoperindu-și ochii cu o mână. Corpul ei începu să tremure cu fiori reci.

— Nu vă faceți griji, vă voi ajuta, îi spuse Elin, luând copilul din brațele femeii și făcându-i semn să se întindă pe pat. Apoi așeză copilul lângă ea și îi acoperi pe amândoi cu o pătură. După câteva minute, mama și copilul adormiră.

În următoarea oră, Elin nu avu timp să-și facă griji pentru surorile ei, deoarece îi spălă cu apă rece atât pe mamă, cât și pe toți cei șase copii ai ei pentru a le scădea febra, și se asigură că fiecare dintre ei băuse ceva. Toți copiii aveau aceeași erupție, cu pete mai întunecate la copiii care se îmbolnăviseră primii, acoperindu-le tot trupul în afară de palme şi tălpi. Unii din copii tuşeau şi toți gemeau şi delirau, inclusiv mama.

Elin tocmai se hotărâse să mute copiii şi saltelele din paturile de sus pe podea, ca să nu cadă, când Kirsten şi Sofia se întoarseră.

— Oh, ce bine că v-ați întors. Puteți să mă ajutați? Încerc să ajut familia asta năpăstuită. Mama s-a îmbolnăvit şi ea de boala pe care o au copiii şi...

Kirsten făcu un pas înapoi.

— Nu cred că ar trebui să te apropii de ei, Elin. Dacă te îmbolnăveşti şi tu?

Elin ignoră preocuparea ei.

— Eu am avut toate bolile obişnuite ale copilăriei, şi tu la fel.

— Dar ce crezi că au?

Elin ezită, nevrând să recunoască faptul că erupția nu semăna cu nimic din ceea ce văzuse ea.

— Nu ştiu, dar ascultă-mă: ajută-mă să mut copiii din paturile de sus pe podea, ca să nu cadă. Durează doar un minut.

Atât Kirsten cât şi Sofia ezitară, însă Elin adăugă:

— Haideți, vă rog. Nu putem să-i lăsăm să sufere. Trebuie să-i ajutăm. Dacă am fi noi bolnave şi am avea nevoie de ajutor?

— Bine, zise Kirsten în silă. Tu ridică copiii, iar eu iau saltelele. Dar las-o pe Sofia să plece, ca măcar una dintre noi să nu se îmbolnăvească.

— Nu ne vom îmbolnăvi. Cred că familia asta era deja bolnavă dinainte să se îmbarce. Îți aminteşti ce fără viață era băiatul cel mai mare?

— Te rog să ai grijă, Elin, o sfătui Kirsten.

— Voi avea.

Când terminară cu mutatul copiilor şi al saltelelor, Elin îi spuse lui Kirsten să se îndepărteze, şi continuă să aibă grijă de ei singură. Zilele treceau, iar Elin îşi petrecea tot timpul îngrijind familia. Niciunul dintre ei nu arăta semne că şi-ar fi revenit. Elin se trezea de mai multe ori pe noapte şi începuse să fie obosită, însă refuză să le lase pe Kirsten şi pe Sofia să o ajute, temându-se că vor lua şi ele boala. Sarcina de care-i era cel mai groază era schimbatul scutecelor bebeluşului, care trebuiau spălate şi atârnate la uscat în fiecare zi. Mirosul de la clasa a treia era destul de insuportabil deja şi fără scutecele murdare.

La început, majoritatea călătorilor de la clasa a treia suferiseră din cauza răului de mare şi nu băgaseră de seamă boala pe care o avea familia. Dar odată ce furtuna se opri şi marea deveni din nou liniştită, Elin văzu că toată lumea era rezervată cu familia, păstrând distanţa faţă de membrii săi – şi faţă de ea. Frica era vădită pe feţele oamenilor.

— Cred că ar trebui să chemi pe altcineva să-i ajute, îi spuse Kirsten. Pe vasul ăsta trebuie să fie şi un doctor, nu crezi?

— Nu ştiu... I-am promis femeii că o voi ajuta...

— Cum să-i fi promis ceva? întrebă Kirsten. Nu înţelege un cuvânt din ce spui. Şi-apoi, dacă au ceva contagios, trebuie să fie luaţi de aici, până nu se îmbolnăveşte toată lumea din jur.

— Nu ştiu... tu ce crezi că ar trebui să fac, Sofia?

Sofia dădu din umeri.

— Mie nu-mi pasă dacă mă îmbolnăvesc şi mor, murmură ea.

— Taci, Sofia! Să nu mai vorbeşti aşa, m-ai auzit? Elin fusese atât de preocupată în ultimele zile, încât nu observase dispoziţia din ce în ce mai proastă a Sofiei, iar acum, pe lângă toate celelalte, acesta era încă un lucru pentru care trebuia să-şi facă griji.

În final, Elin nu a fost nevoită să raporteze boala de care suferea familia. Altcineva trebuie să le fi spus autorităţilor de pe vas despre ei, pentru că într-o seară, doctorul coborî la clasa a treia şi consultă copiii. Elin nu înţelese o boabă din ce spunea doctorul, dar acesta ordonă însoţitorilor de bord să îi transporte pe mamă şi pe copii pe tărgi, iar apoi să le strângă toate lucrurile şi să le elibereze paturile.

Când totul fu strâns, doctorul se întoarse către pasagerii care ocupau paturile din jur, inclusiv către Elin şi surorile ei şi începu să îi consulte, pipăindu-le frunţile să vadă dacă au febră, punând întrebări pe care niciuna dintre ele nu le înțelese. Era evident că familia avea o boală foarte gravă din moment ce doctorul făcea tot efortul acesta. Dacă aflase că ea îi ajutase? Dacă o luau şi pe ea?

— Nu pot să-mi las surorile, îi spuse ea doctorului, chiar dacă acesta nu o putea înțelege. Vă rog, lăsați-mă să rămân. Noi trei nu avem nimic.

Elin răsuflă uşurată văzându-l plecând, dar pe măsură ce zilele treceau, nu putu să scape de senzația că ceilalți pasageri o urmăreau. Elin nu avea nicio îndoială că o vor raporta autorităților în clipa în care ea sau surorile ei ar fi arătat vreun semn de boală. Sofia era atât de ofilită mai tot timpul, încât Elin se temu că depresia ei va fi interpretată ca o boală. La fiecare oră, atingea fruntea Sofiei ca să vadă dacă nu face febră şi încerca s-o înveselească.

— Vorbeşte cu mine, Sofia. Spune-mi ce gândeşti. De ce eşti atât de tăcută?

— Nu am nimic de spus.

— Eşti sigură că nu ai nimic? Nu ți-e rău, nu? Elin întinse mâna să-i pipăie fruntea încă o dată, dar Sofia o îndepărtă.

— Lasă-mă în pace! Ți-am spus că nu sunt bolnavă!

— Atunci hai să mergem pe punte toate trei. Elin se ridică în picioare, îşi îndreptă fusta şi apoi îi întinse mâna Sofiei. Haide.

— Asta-i ceva nou, zise Kirsten, bălăbănindu-şi picioarele pe podea. Eşti sigură că *tu* te simți bine?

— Sigur că da. Haideți, arătați-mi şi mie cum e acolo sus.

Împreună, Elin şi Kirsten o dezlipiră pe Sofia de pe pat şi o luară cu ele. Şi oricât de obosită ar fi fost, oricât ar fi detestat vederea mării, teama lui Elin pentru Sofia fu mai tare decât orice. Elin îşi luă sora de mână şi o urmă pe Kirsten pe scări în sus.

CAPITOLUL 11

Toată lumea vorbea că va fi ultima noapte pe vas, ultima noapte pe mare. A doua zi, Kirsten şi surorile ei vor ajunge în America. Cu atâtea limbi care se vorbeau pe vas şi atâta confuzie, Kirsten nu-şi putea imagina cum se transmisese vestea, însă entuziasmul călătorilor era contagios.

— Haideți cu mine seara asta pe punte, îşi rugă ea surorile după cină. Va fi ultima noastră noapte pe vapor şi trebuie să sărbătorim împreună. Vă rog!

— Da, cred că am putea merge, zise Elin.

Sofia le urmă fără un cuvânt.

Deasupra lui Kirsten, bolta cerului era încărcată de nenumărate stele, iar sunetul muzicii şi a râsetelor umplea aerul rece al nopții. Oamenii porniseră o petrecere spontană, sărbătorind începutul unei noi vieți. Lui Kirsten îi venea să-şi ia surorile de mâini şi să danseze de bucurie, dar pe puntea supraaglomerată abia avea loc să se mişte, darămite să mai danseze.

— Se pare că nu suntem singurele bucuroase că au ajuns la capătul călătoriei, zise Kirsten. Şi în seara asta nici măcar nu trebuie să vorbim aceeaşi limbă. Bucuria e universală!

Elin încuviință din cap. Părea să studieze mai degrabă podeaua punții decât să observe cât de strălucitoare era marea în lumina lunii ce-i aurea valurile. Sofia rămase la fel de gravă şi neînsuflețită ca un pin. Kirsten îşi dorea să-i împărtăşească fericirea.

Numai de-ar fi Tor aici – de-ar fi putut să împărtăşească această aventură cu el! Lui i-ar fi plăcut la nebunie petrecerea asta imensă. Dar Kirsten refuză să lase amintirile cu Tor să-i strice bucuria, aşa că îşi întinse brațele cât putu în spațiul înghesuit, şi se roti în cerc.

— Îmi va fi dor de ocean. Nu-i minunat? E atât de puternic – e ca şi cum ar fi viu! Iar noi ne târâm pe suprafaţa lui ca un purice pe un urs.

Surorile ei se uitară la ea cu privirea pierdută. Kirsten îşi dorea să le scuture bine. Poate ar fi trebuit să urce singură pe punte. În jurul ei, Kirsten auzea sporovăiala celorlalţi pasageri, adunaţi în grupurile lor etnice. Mulţi sărbătoreau cu mâncare şi, judecând după râsul lor hârâit, băuturi alcoolice. Copiii săreau în toate părţile ca iepurii. Apărură şi instrumente muzicale: o vioară, un acordeon, o mandolină. Unii cântau, în timp ce alţii îşi făcură loc ca să danseze.

— Oh, uite-i pe Eric şi pe Hjelmer, spuse ea, zărindu-şi prietenii. Iar Hjelmer şi-a adus armonica. Haideţi să mergem să vorbim cu ei.

Kirsten le trase pe Elin şi pe Sofia după ea prin mulţime, la locul unde băieţii vorbeau cu familia Lindahl, o altă familie suedeză care imigra cu cei trei copii ai lor. Kirsten îi cunoscuse cu câteva zile înainte, şi le prezentă pe surorile ei.

— Nu mi-am dat seama că mai sunt şi alţi suedezi pe vapor, zise Elin surprinsă. Kirsten se abţinu să nu-i amintească lui Elin că dacă s-ar fi deranjat să urce pe punte mai des, i-ar fi putut întâlni. Unde staţi? îi întrebă Elin. Nu v-am văzut la clasa a treia.

— *Ja*, tot acolo stăm şi noi, zise domnul Lindahl, însă cred că e uşor să te pierzi într-un loc atât de mare.

În scurt timp începură să vorbească despre America – cum va fi acolo, ce le scriseseră rudele despre America, care erau speranţele şi visele fiecăruia odată ajunşi acolo. Judecând după poveştile pe care le auzise Kirsten, străzile din America erau pavate cu aur. Ea avea să trăiască ca o regină acolo. În America orice era posibil. Pe măsură ce fiecare îşi împărtăşea propria viziune despre ţară, imaginea finală era a unui paradis.

— Voi, domnişoarelor, sunteţi foarte curajoase să călătoriţi singure spre America, îi spuse doamna Lindahl lui Elin.

— Păi nu prea am avut de ales. Părinții noştri au murit, şi ne-ar fi fost prea greu să ținem ferma singure.

— Nu aveți alte rude care să vă ajute? întrebă domnul Lindahl.

— Fratele nostru ne-a părăsit, răspunse Elin. A plecat de acasă şi nu ne-a scris să ne spună unde este, iar unchiul Sven şi familia lui au preluat ferma, aşa că... Aproape că nu-i mai auzeai vocea. Elin părea să se ofilească ca un boboc de floare sub soare, chiar sub ochii lui Kirsten.

— Aşa că mergem la Chicago să locuim cu celălalt unchi al nostru şi cu soția sa, continuă Kirsten. Şi dumneavoastră? V-a fost greu să plecați de acasă?

— *Ja,* am lăsat în urmă mulți, mulți prieteni şi membri ai familiei, zise domnul Lindahl. Dar deja avem o familie şi în America. Mă săturasem să fim săraci şi să ne luptăm din răsputeri să supraviețuim dintr-un sol sărac, cu ierni grele. Se spune că în America, pământul este foarte bun şi că poți să-ți găseşti o slujbă bună dacă nu-ți place să lucrezi la fermă. În orice caz, vom mânca la fel ca nişte regi în curând.

— Însă ne-a fost foarte greu să plecăm, adăugă doamna Lindahl. Am plâns foarte, foarte mult. Probabil nu-i vom mai vedea niciodată pe cei dragi nouă... Doamna Lindahl se opri, înroşindu-se, ca şi cum şi-ar fi amintit brusc că părinții surorilor erau morți. Dar voi, fetelor, ştiți cum e. N-ați spus că mama voastră e în rai?

— *Ja.* A murit în urmă cu cinci ani, zise Elin.

— Îmi pare atât de rău... Mi-e puțin teamă cu venirea asta în America, zise doamna Lindahl, dar sunt şi entuziasmată. Se uită la Sofia, care nu rostise niciun cuvânt, şi o întrebă: Şi tu, draga mea? Eşti nerăbdătoare să debarcăm mâine?

— Elin zice că viețile noastre nu vor fi niciodată la fel, răspunse Sofia morocănoasă.

— Nu-i adevărat, zise Kirsten. Elin a spus că depinde de tine, Sofia. Viața ta va fi aşa cum ți-o vei construi.

Kirsten observă că Eric şi vărul lui se uitau în toate părţile, ca şi cum ar fi fost plictisiţi de discuţie şi nerăbdători să se alăture petrecerii. Hjelmer îşi ridică armonica şi ciupi câteva corzi.

— Uitaţi-vă la toţi oamenii aceştia, zise el, arătând spre mulţime. Suntem cu toţii atât de diferiţi – limbi şi haine diferite, chipuri diferite. Însă cu toţii avem aceleaşi speranţe pentru viitor.

— Fratele meu din America spune că aşa e acolo, adăugă Eric. Oameni de toate naţionalităţile care devin o nouă familie.

— *Ja,* şi în curând vom fi toţi americani, zise domnul Lindahl. Odată ce debarcăm, nu vom mai fi suedezi.

Afirmaţia lui îi dădu lui Kirsten o senzaţie ciudată. Nu-şi putea imagina că nu va mai fi suedeză.

Discuţia continuă încă o vreme, până ce copiii familiei Lindahl se simţiră obosiţi.

— Cred că e timpul să-i ducem la culcare, zise doamna Lindahl. Ne aşteaptă o zi mare mâine, şi trebuie să arătăm cu toţii cât mai bine, ca să trecem de inspecţia de imigrare.

— Nu ne-ai spus nimic de nicio inspecţie, îi şopti Kirsten lui Elin, dar cuvintele ei se pierdură în aer în timp ce familia le spunea tuturor noapte bună şi plecă. Eric şi Hjelmer se îndepărtară şi ei.

— Mi-e frig, zise Sofia, frecându-şi braţele. Vreau să merg înăuntru.

— Dar nu vrei să te alături celor care cântă? Ţie îţi plăcea să cânţi. Sofia scutură din cap drept răspuns. Oh, haide, o imploră Kirsten. Petrecerea abia a început.

— Şi eu mă simt cam obosită, zise Elin. Şi cum a spus şi doamna Lindahl, trebuie să fim odihnite mâine.

— Nu te îmbolnăveşti, nu? o întrebă Kirsten.

— Nu, dar am pierdut multe ore de somn în zilele când am avut grijă de familia aceea.

Pe Kirsten încă o deranja faptul că mama şi copiii ei nu se întorseseră.

— Ce boală crezi că au avut? întrebă ea.

— Nu poate fi nimic grav, zise Elin îndreptându-se uşor către uşă, altfel ar fi un adevărat vacarm pe vas. Tu nu vii cu noi? o întrebă pe Kirsten.

— Nu, eu vreau să mai stau, nu sunt deloc obosită. Kirsten îşi dădu seama că Elin căuta un motiv ca s-o facă să vină cu ele, aşa că îşi încrucişă mâinile sfidătoare, şi aşteptă. Nicio sută de troli înfuriaţi n-ar fi putut-o forţa să se întoarcă în temniţa aceea într-o seară atât de frumoasă. Râsetele şi cântecele umpleau aerul nopţii, iar cineva începu să cânte la armonică. Kirsten nu se putu abţine să nu bată ritmul cu picioarele.

— Te rog, lasă-mă să rămân, se rugă ea.

Elin oftă.

— Să nu stai prea mult.

Din clipa în care Elin şi Sofia plecară, Kirsten îşi făcu loc prin mulţime şi ajunse lângă Eric. Un grup de oameni se adunase în jur ca să-l audă pe Hjelmer cântând la armonică, iar Kirsten ascultă şi ea, şi chiar cântă unele din cântece. Acesta era cel mai fericit moment al ei de când îl părăsise pe Tor cu mai bine de două săptămâni în urmă. Kirsten se gândea la el, când Eric îşi strecură mâna într-a ei.

— Vrei să explorăm vaporul împreună? îi şopti el.

— Dar nu cred că avem voie să explorăm, nu? N-au spus că pasagerii de la clasa a treia trebuie să rămână pe puntea asta?

— De unde să ştiu eu? spuse el, zâmbind. Nu pot să citesc semnele. Dacă ne prind, spunem că n-am ştiut. Şi-apoi, noi nu înţelegem engleza, nu-i aşa?

Kirsten era încântată de ideea unei aventuri, aşa că îl urmă de bunăvoie în timp ce el trecu poarta, intrând pe teritoriul interzis.

— Unde mergem?

— Eu şi Hjelmer am explorat deja puţin. În acest fel am aflat drumul secret care duce spre puntea pasagerilor de la clasa întâi. Ar trebui să vezi ce frumos e acolo, cu scaune confortabile pe punte şi sală de mese cu vase din porţelan şi pahare din cristal. Au până şi o sală de bal. Vino cu mine, o să-ţi arăt.

Kirsten îl lăsă să o conducă, dar de îndată ce zări pasagerii bogați, în rochii de bal din satin și smochinguri, se opri, trăgându-l pe Eric de mână.

— Își vor da seama că aici nu e locul nostru. Uită-te la hainele lor – și uită-te la ale noastre.

— Și ce? Doar n-o să ne arunce peste bord. Ascultă... auzi muzica din sala de bal? Au o întreagă orchestră care cântă.

Kirsten își ținu bărbia în sus, iar vântul le aduse acordurile unui vals.

— Se aude destul de tare ca să dansăm, zise ea.

— Șșșș... vine cineva! Eric o trase în umbră, plonjând în spatele unei bărci de salvare în timp ce un marinar trecu grăbit. Când omul nu se mai văzu, ea și Eric rămaseră acolo, unul lângă altul, ascunși în spatele bărcii de salvare.

— Nu ți-e frig? Eric nici nu-i așteptă răspunsul, că își și trecu brațul peste umărul ei și o trase mai aproape ca s-o încălzească. Inima lui Kirsten începu să bată mai tare. Simți forța cu care o apucase Eric și, pentru o clipă, simți un fior de teamă la gândul că era singură cu el. Își aminti avertismentul lui Elin: *Băieții ăia sunt mai mari și mai zdraveni decât tine... Ar putea să profite de tine.*

Însă bătăile inimii își încetiniră din nou ritmul, iar frica ei dispăru în timp ce privea marea împreună cu el. Apa spumega în dâra lăsată de elice, iar valurile străluceau în lumina lunii.

— Oceanul e atât de frumos, murmură ea. O să-mi lipsească.

— Iar mie o să-mi lipsești tu. Vocea lui Eric sună răgușită și înecată. M-am tot întrebat dacă și tu simți la fel ca mine.

— Eu... ăă... nu știu ce simt. Kirsten voia să-i explice despre Tor și să-i spună că încă era îndrăgostită de el, dar mândria nu o lăsa să recunoască faptul că Tor nu o iubise. Ne cunoaștem doar de două săptămâni, Eric, îi spuse ea, în schimb.

Eric o îmbrățișă și mai strâns.

— Mie mi se pare că a trecut mult mai mult. Nici nu vreau să mă gândesc că s-ar putea să nu ne mai vedem niciodată.

— Niciodată?... Dar locurile în care mergem sunt foarte departe unul de altul?

Eric îşi schimbă poziţia corpului ca să o privească în ochi.

— Kirsten, hai cu mine în Minnesota. Ai spus că te-ai săturat de sora ta care face pe şefa. Mâine poţi să-ţi iei rămas bun de la ea şi să vii cu mine şi cu Hjelmer.

— Cum să vin cu tine? Am bilet de tren către casa unchiului meu în Chicago.

— Pun pariu că compania feroviară ne va lăsa să-l schimbăm cu un bilet către Minnesota.

— Dar Elin ţine toate biletele noastre în geanta ei.

— Aşteaptă până ce adoarme şi ia-l pe al tău. Te-ai distra mult mai mult dacă ai veni cu noi.

— Asta-i adevărat, dar... nu ştiu. Eu şi Elin nu ne înţelegem întotdeauna şi m-am săturat de dispoziţia proastă a Sofiei... dar ele sunt singura mea familie, Eric. Nu cred că aş putea să le părăsesc.

— Haide, Kirsten. Nu suport gândul că n-am să te mai văd de mâine.

Kirsten îl privi şi bătăile inimii i se accelerară. Tor nu o voise, dar Eric da. La lumina lunii, părul lui arăta ca şi cum era ţesut din aur, iar ea nu rezistă imboldului de a-şi trece degetele prin el. În clipa următoare, se trezi că Eric o săruta. Kirsten închise ochii şi îşi imagină că era Tor.

Însă în următoarea secundă, Kirsten realiză că Eric o săruta foarte diferit de Tor. Eric o ţinea prea strâns şi o săruta prea posesiv. Pe Tor îl ştia de-o viaţă, iar pe Eric doar de două săptămâni. Kirsten îşi întoarse faţa şi-l împinse la o parte.

— Trebuie să ne oprim, îi spuse ea. Nu e bine ce facem.

Pe calea asta mai fusese cu Tor – şi o dată chiar mersese prea departe cu el – iar idila aceea se sfârşise cu o inimă zdrobită.

Dar Eric nu voia să se oprească. O trase pe Kirsten din nou aproape de el şi o sărută cu forţa. Lui Kirsten îi fu teamă. Îl împinse cu mâinile cât putu de tare şi îşi întoarse faţa de la a lui, conştientă de faptul că dacă ar vrea, el ar putea foarte uşor să o domine.

— Lasă-mă, zise ea îndeajuns de tare ca lumea din apropiere s-o audă. Din fericire, el o ascultă.

— Kirsten, ce s-a întâmplat?

— Trebuie să plec. Kirsten se urni din loc, iar Eric o urmă.

— Aşteaptă... Ce s-a întâmplat? Am făcut ceva greşit?

— Da, nu trebuia să mă săruţi.

— Nu înţeleg. Am crezut că ne plăcem unul pe altul.

— Asta-i tot ce voiai – să fii singur cu mine ca să ne sărutăm?

Şi Tor voise acelaşi lucru şi, cu toate acestea, era evident că nu o iubise. Poate că toţi bărbaţii erau la fel. Kirsten se uită la Eric şi la părul lui auriu şi ochii lui de un albastru deschis şi îşi jură în gând să nu mai aibă niciodată încredere în declaraţiile de dragoste ale unui bărbat. Va trebui ca acel bărbat să-şi dovedească dragostea cu mult mai mult decât cuvinte, înainte ca ea să-l creadă.

— Adio, Eric. Kirsten se întoarse şi fugi repede de el, sperând că nu va veni după ea, sperând să găsească singură drumul înapoi către puntea clasei a treia. Nu aruncă nicio privire în urmă.

— Haide, Kirsten... nu pleca. Eric o urmă aproape tot drumul, implorând-o să-l asculte, dar renunţă când ea ajunse pe puntea aglomerată de la clasa a treia şi îşi făcu loc prin mulţime. Oamenii încă dansau şi râdeau, petrecerea era în toi.

Kirsten dorea tare mult să rămână şi să se alăture distracţiei, dar în loc de asta, alergă pe uşă şi pe scări în jos, treptele de metal răsunând goale în urma paşilor ei. Kirsten îşi ţinu respiraţia în timp ce trase perdeaua ce despărţea zona de dormit a bărbaţilor de cea a femeilor, sperând că Elin şi Sofia erau deja în pat, ca să nu trebuiască să vorbească cu ele. Dacă Elin i-ar vedea chipul şi i-ar observa lacrimile, ar vrea să ştie ce s-a întâmplat.

Kirsten răsuflă uşurată când văzu că luminile erau stinse şi că surorile ei erau în pat, sub pături, însă ştia că Elin nu adormea niciodată până ce ea nu se întorcea.

— M-am întors, şopti ea, atingând umărul lui Elin.

— Îți mulțumesc că nu ai zăbovit prea mult, murmură ea. *God natt**.

Kirsten se dezbrăcă încercând să nu facă prea mare zgomot, şi se urcă în patul de sus. Numai atunci, cu suspinele înăbuşite în pătură şi în pernă, îndrăzni să-şi elibereze tristețea. Se îndrăgostise până peste cap de Tor Magnusson – pe care încă îl iubea. Dar el o mințise de la bun început.

*În suedeză, *Noapte bună,* (n.ed.).

CAPITOLUL 12

Elin stătea în pat şi asculta zarva din jurul ei. Azi era ziua în care vasul va ancora în America. Ar fi trebuit să se ridice, să scoată micul dejun şi să se îmbrace cu cele mai frumoase haine, dar se simţea prea obosită să se mişte, îi era prea greaţă ca să mănânce. Capul îi pulsa în ritmul zgomotului produs de motoare, şi nu-şi dorea decât pace şi linişte. Dormitorul de la clasa a treia era la fel de întunecat şi sumbru ca întotdeauna, însă ochii o dureau de câte ori îi deschidea, ca şi cum cineva i-ar fi aprins o lumină strălucitoare în faţă. Probabil că durerea de cap se datora vacarmului, îşi spuse ea. Sau poate nervilor.

Elin se ridică şi aruncă o privire către Sofia, surprinsă să vadă că era deja îmbrăcată şi stătea pe pat cu mâinile împreunate pe genunchi.

— De când te-ai trezit? o întrebă Elin.

Sofia dădu din umeri.

— De ceva vreme. Habar nu am cum poate cineva să doarmă în gălăgia asta.

— Cred că eram frântă de oboseală. Elin trase aer în piept şi îşi scoase încet picioarele afară din pat, bâjbâind după geanta cu mâncare. O durea tot trupul.

— Nu te îmbolnăveşti, nu? o întrebă Sofia, urmărindu-i mişcările tărăgănate.

— Nu, doar că sunt obosită în dimineaţa asta. Şi mă doare foarte rău capul. Vrei să mănânci ceva, Kirsten? întrebă Elin scuturând uşor umflătura din patul de sus.

— Nu! Kirsten răspunse mult prea repede şi prea energic, trăgându-şi pătura peste cap ca şi cum ar fi vrut să-şi accentueze refuzul. Comportamentul ei i se păru ciudat lui Elin.

— Kirsten, mă mir că nu eşti prima în picioare azi, gata pentru toată agitaţia. Te simţi bine? Elin se ridică în picioare pe marginea patului şi se întinse să atingă fruntea lui Kirsten, să vadă dacă nu are febră. Kirsten îi împinse mâna înapoi.

— Vrei te rog, să nu mai faci asta? Nu sunt bolnavă!

— Atunci de ce nu vrei să mănânci nimic?

— Pentru că locul ăsta pute mai rău ca niciodată. Chiar şi un trol şi-ar pierde pofta de mâncare aici.

— Ei bine, ar trebui să încerci să mănânci ceva, oricum. Cred că va fi o zi foarte lungă şi cine ştie când vom mai apuca să mâncăm.

Elin se aşeză pe patul de jos lângă Sofia şi îi aranjă părul de pe faţă, folosindu-se de gest ca scuză să vadă dacă nu are fruntea caldă. Dar şi Sofia îi împinse mâna la o parte.

— Mă întreb ce s-a întâmplat cu ei, zise Elin, arătând cu capul către paturile goale ale vecinilor lor. Nu s-au mai întors.

— Sper că n-au murit, spuse Sofia.

Elin simţi un gol în stomac la acest gând. Îşi aminti felul în care femeia îşi protejase ochii cu mâna, ca şi cum camera i se păruse prea luminoasă, şi o trecu un fior de spaimă. *Nu* se putea îmbolnăvi – în niciun caz astăzi.

— Haideţi să luăm micul dejun, zise ea, încercând să fie veselă. Apoi ne vom îmbrăca cu cele mai bune haine de duminică şi vom ieşi afară, la aer curat, ca să vedem America pentru prima oară. Hai, Sofia, ajută-mă te rog să scot mâncarea. Kirsten, trebuie să «mănânci pentru foamea care va veni», după cum zicea mama.

— Mergem toate trei pe punte? întrebă Sofia.

— Da, cred că ar trebui să mergem, nu? Este una din cele mai importante zile din viaţa noastră şi trebuie să ne bucurăm de ea. Elin va lupta cu senzaţia asta dureroasă, care o ţinea în loc şi nimic n-o va împiedica să debarce astăzi în America, şi va face tot posibilul ca surorile ei să nu se îmbolnăvească şi ele. Fortificându-le organismul cu mâncare era un bun început.

Elin se simţi mai bine odată ce ieşi în lumina soarelui, respirând aerul sărat şi proaspăt. Kirsten şi Sofia părură şi ele însuflețite. Cerul era de un albastru clar, fără nori, iar oceanul părea calm şi liniştit. Dar atâția pasageri entuziasmați blocară puntea, încât Elin abia se putea mişca. Majoritatea celorlalți oameni se îmbulziră înainte, încercând să fie primii care să vadă America, împingându-le pe Elin şi pe surorile ei în spate. Surorile se uitară în zare peste o mulțime de capete mişcătoare. Elin îşi menținu privirea pe cer, şi evită să se uite la valurile care spumegau necontenit. Toată lumea aştepta primul semn de pământ, şi chiar şi Elin avea inima strânsă de emoție.

— Eric zice că ne vom putea da seama când suntem aproape de pământ, pentru că vom începe să vedem păsări, le spuse Kirsten.

Elin se uită în jur, întrebându-se unde erau Eric şi Hjelmer în dimineața aceasta, şi de ce Kirsten nu se dusese să-i caute ca de obicei, dar se hotărî să nu pomenească de ei.

— Mi-a fost dor să aud cântecul păsărilor în fiecare dimineață, zise Elin.

— Ştiu ce vrei să spui, zise Kirsten. Mie mi-a fost dor până şi de cucurigul cocoşului nostru dimineața. Credeți că unchiul Lars şi mătuşa Hilma au vreun cocoş prin curtea lor?

— Iar mie mi-e dor de cântecele Sofiei, zise Elin. De ce nu mai cânți pentru noi, Sofia?

Sofia dădu din umeri.

Chiar atunci, mulțimea fu străbătută de un murmur de entuziasm.

— Uitați-vă! strigă Kirsten, arătând spre cer. Cred că acelea sunt păsări!

Elin îşi feri ochii de lumina orbitoare a soarelui. Durerea de cap i se accentuă în timp ce se concentră asupra cerului strălucitor.

— Ai dreptate, spuse ea după o clipă. Uitați-vă câte sunt! Iar aerul parcă e diferit, nu-i aşa?

Kirsten sărea în sus de emoție.

— Nu-i minunat? Momentul în care o să punem piciorul în America, va fi un nou început pentru noi.

— Mie mi se pare că e sfârşitul, nu începutul, zise Sofia cu tristețe.

Elin o luă de după talie.

— Hai, Sofia, înveseleşte-te. Călătoria noastră se apropie de sfârşit. Şi ca să fiu sinceră, mă voi bucura când se va sfârşi. În după-amiaza asta o să fim pe tren către Chicago, unde ne aşteaptă noua noastră casă. Doar atunci va găsi Elin adevărata linişte şi va putea să se relaxeze.

— Nu vom mai vedea Suedia niciodată, murmură Sofia.

Elin se hotărî să-i ignore proasta dispoziție şi îşi luă privirea de la cerul aprins de soare, observând astfel că familia suedeză pe care o cunoscuseră cu o seară înainte, se apropia de ele.

— *God morgon**, domnule şi doamnă Lindahl. Va fi o zi mare pentru toată lumea, nu-i aşa?

— *Ja*, va fi o zi foarte mare, răspunse doamna Lindahl. Lui Elin i se păru că aude mai mult teamă decât emoție în vocea femeii, şi se întrebă dacă nu cumva ideea de a imigra fusese a domnului Lindahl şi nu a ei.

— Sunt atât de emoționată, că nu pot să stau locului, zise Kirsten. Vedeți punctele acelea pe cer? Sunt păsări. Asta înseamnă că ne apropiem de pământ.

Domnul Lindahl încuviință din cap, fără să se uite în sus. Nici el nu părea să împărtăşească entuziasmul lui Kirsten.

— O să mă simt mai bine după ce vom trece cu bine de imigrare, zise el.

— Ce vreți să spuneți? întrebă Kirsten. Ce trebuie să facem? Nu putem pur şi simplu să coborâm din vapor când ancorăm?

— *Nej*. Mai întâi trebuie să trecem prin centrul de imigrare de pe Insula Ellis şi să trecem de inspecție, ca să ne lase să intrăm în America.

— Inspecție? repetă Kirsten. Nu cred, ați născocit asta.

— Nu, e adevărat. Rudele mele care au venit de ceva vreme, mi-au povestit tot. Pe Insula Ellis sunt doctori care te consultă să

---

*În suedeză, *Bună dimineața*, (n.ed.).

vadă dacă eşti sănătos. Se uită la ochi, la scalp, se uită să vadă dacă nu eşti schilod sau dacă ai vreun defect, sau dacă suferi cu inima. Toată lumea primeşte o fişă de consultaţie medicală, iar dacă descoperă că ceva nu e în ordine cu tine – afară! Domnul Lindahl făcu un gest peste umăr cu degetul mare. Nu te lasă să intri în America.

— Ei bine, noi suntem sănătoase, zise Elin, aşa că nu cred că avem de ce să ne facem griji.

— După examenul medical, continuă domnul Lindahl, va trebui să aşteptaţi la coadă ca să prezentaţi documentele şi să fiţi chestionate de un ofiţer de la imigrări, care vă va pune să citiţi ceva să vadă dacă ştiţi carte.

— Unchiul Lars nu mi-a pomenit de aşa ceva, zise Elin. Sper că nu va trebui să citim în engleză.

— *Nej*, ne vor da un pasaj în suedeză.

— Păi, asta-i bine... Ce fel de întrebări vor pune?

— Nu sunt sigur, dar prietenii mei spun că este important să-i convingi că eşti capabil să munceşti şi să te întreţii singur. Iar dacă te întreabă câţi bani ai, spui că ai douăzeci şi cinci de dolari.

— Dar... dar noi nu avem atâţia bani, zise Elin. Temerile domnului Lindahl începeau să se răsfrângă asupra ei.

— Nu contează. Nu vă vor cere să le arătaţi banii. Cel mai bine este să le spuneţi că aveţi rude care vă aşteaptă.

— Noi avem, zise Elin. Noi mergem în Chicago, la casa unchiului nostru. Avem biletele de tren şi tot.

— Atunci, atâta vreme cât treceţi de consultul medical, zise el dând din umeri, totul va fi bine.

— Mulţumim pentru informaţii. Elin se simţi liniştită din nou. Capul încă îi pulsa, dar cu siguranţă nu va pica la examenul medical doar din cauza unei dureri de cap. De unde să ştie ei că o doare capul?

Surorile rămaseră pe punte până târziu în dimineaţa aceea, până ce Elin nu mai putu suporta durerea pe care i-o provoca lumina soarelui şi se duse să se adăpostească sub acoperişul punţii, umbrindu-şi ochii cu mâna, dar tot o durea.

— Încă te mai doare capul? o întrebă Kirsten.

— E atâta lumină aici, încât mă mir că nu ne doare pe toți capul. Nu știu dacă mai pot să stau afară mult timp.

— Să nu le spui celor de la imigrări, o avertiză domnul Lindahl. Să nu le dai motive să te rețină.

Elin se hotărî să mai stea un pic, de dragul surorilor ei. Apoi, tocmai când începea să-i fie greață de la durerea care nu o mai lăsa, se auziră urale de la pasagerii din cealaltă parte a punții. Pământ! Cineva zărise pământul. Toată lumea se înghesui înainte, împingându-se ca să vadă. Elin văzu o pată întunecată în zare, care putea fi o adunătură de nori.

— Asta e! strigă Kirsten. Asta-i America!

Elin își îmbrățișă surorile. Toată lumea avea lacrimi în ochi, dar Elin bănui că lacrimile Sofiei nu erau de bucurie. Pe măsură ce timpul trecea, peticul de pământ se făcea tot mai mare și mai vizibil, atrăgându-le atenția și căpătând formă. În zare apărură tot mai multe nave. Uralele crescură în intensitate, până ce Elin se temu că-i va exploda capul.

— Mă duc jos să adun lucrurile. Veniți după mine când ne apropiem. Va trebui să mă ajutați cu geamantanul.

Elin se clătină pe scări în jos, cu ochii închiși, agățându-se de balustradă ca să se ghideze, recunoscătoare pentru faptul că holurile erau goale și slab luminate. Dormitorul de la clasa a treia era și el aproape gol. Elin se întinse pe pat și își închise ochii, căutând o alinare care nu veni.

Nu putea să cadă bolnavă, nu acum, când erau atât de aproape de destinația lor. Trebuia să mai reziste câteva ore, să treacă de inspecție și să ia trenul spre Chicago. Elin se întrebă ce s-ar întâmpla dacă nu ar trece de inspecție, dar se temuse să-i pună domnului Lindahl această întrebare.

Elin se trezi într-un zumzet de voci entuziaste și se ridică în capul oaselor, dezorientată. Nu voise să adoarmă. Se uită în jur și îi văzu pe ceilalți pasageri împachetându-și lucrurile și pregătindu-se să le care pe scări, sus pe punte. Asta ar trebui să facă și ea.

Elin se dădu încetişor jos din pat şi termină de pus totul în valiză, tocmai când Kirsten şi Sofia coborâră să o ajute.

— Grăbeşte-te, Elin, o îndemnă Kirsten. Aproape c-am ajuns în America. În orice minut ar trebui să vedem statuia aceea din Franța.

Le-a luat destul de mult timp făcând tot felul de manevre cu geamantanul lor trăgându-l şi împingându-l în sus pe nenumăratele scări, mai ales că pe Elin o durea îngrozitor tot corpul.

— Să-l coborâm a fost cu siguranță mai uşor, zise ea.

Afară, lumina soarelui părea şi mai orbitoare decât înainte, însă în fața lor, vizibil în ceața aburilor, era oraşul New York. Se întindea în depărtare cât puteai vedea cu ochii, cu clădiri care păreau că urcă spre soare. Elin nu mai văzuse atâtea vapoare în viața ei, ancorând şi navigând în sus şi în jos pe râul larg. Şi copaci! Era uşurată să vadă că în America erau copaci. Zarea era verde datorită lor.

— Uite! Acolo-i statuia, exclamă Kirsten, arătând peste capetele tuturor. Statuia Libertății.

Pasagerii alergară spre partea stângă a vasului ca s-o vadă, silind-o pe Elin să se ridice pe vârfuri, şi să se ridice printre capetele oamenilor care nu încetau să se mişte, ca să vadă şi ea. La început, era ca o umbră de aramă ce arăta spre cer, deasupra copacilor, dar odată ce se apropiară de Insula Libertății, statuia se făcu tot mai mare şi mai mare. Elin se uită cu admirație la imensul piedestal de piatră şi la figura grațioasă. Bărbații îşi scoaseră pălăriile în semn de respect.

Doamna Libertății* purta o coroană ca din stele pe cap, iar rochia ei lungă şi elegantă atârna în falduri minunat drapate. Într-o mână ținea o tablă şi în cealaltă o făclie, sus deasupra capului, ca şi cum ar lumina drumul spre port.

— E frumoasă, murmură Elin.

---

*Prin personificarea „Doamna Libertății", autoarea face referire la Statuia Libertății, (n.ed.).

La început, mulțimea privea aproape tăcută, apoi cineva începu să bată din palme, după care începură și alții, și sunetul dobândi putere până ce deveni asurzitor. Bucuria și speranța sunau la fel în orice limbă.

— Parcă visez, zise Kirsten. Suntem în America! Am ajuns, în sfârșit, în America!

Elin se uită la Sofia ca să-i vadă reacția, dar sora ei nu era veselă, ci privea încruntată statuia. Lui Elin îi fu teamă s-o întrebe ce gândea. Renunțase să mai încerce să-i ridice moralul. Timpul va trebui să-i vindece tristețea. Până atunci, Elin se alina cu gândul că o salvase pe sora ei de la un viitor prea îngrozitor ca să fie exprimat în cuvinte.

Vaporul navigă pe lângă monument. Doamna Libertății era atât de aproape, atât de mare, încât părea că umple cerul. Pentru prima oară, Elin îndrăznea să spere la libertate – față de trecutul ei și față de unchiul Sven. Se afla cu adevărat în America, și nu va mai trebui să-l vadă niciodată. Lacrimi de bucurie îi alunecară pe obraji.

— De ce plângi? întrebă Sofia.

— Nu știu... e Doamna Libertății și e aici să ne întâmpine. N-aș putea să-ți spun de ce plâng.

— E o imagine frumoasă, zise emoționată Kirsten. N-am mai văzut niciodată ceva atât de imens și minunat. America trebuie să fie un loc foarte bogat... Tu ce crezi despre ea, Sofia?

Sofia nu spuse nimic. Elin o privi din nou și o văzu uitându-se posomorâtă în depărtare.

— Știu că la început nu am vrut să vin cu tine, îi spuse Kirsten lui Elin, dar mă bucur tare mult că am venit. E atât de emoționant totul! Nu cred că aș mai putea să trăiesc niciodată la mica noastră fermă, atât de departe de oraș. Oh, dacă... Kirsten se opri.

— Dacă ce? întrebă Elin.

— Nimic. Nu-mi vine să cred că am ajuns în sfârșit. Sunt atât de emoționată că simt că amețesc! Ce părere aveți despre statuie, doamnă Lindahl? întrebă Kirsten. Familia înaintase în mulțime ca să stea alături de ele, din nou.

— Este cu adevărat o minune. N-am mai văzut nimic asemănător în viața mea – și probabil nici nu voi mai vedea.

— Am auzit că există o inscripție pe piedestal, zise domnul Lindahl, care spune cum îi întâmpină statuia în America pe toți oamenii săraci și suferinzi din lume. Ține făclia sus ca să le lumineze calea.

Elin încă nu-și putea stăpâni lacrimile. Se simțea atât de slăbită și tremurândă dintr-odată, încât trebui să se așeze pe geamantan, să se odihnească. I se trăgea probabil de la toată agitația din jur.

Vaporul lor se îndepărtă încet de statuie, străbătând râul până în portul orașului New York. Lui Elin America i se părea atât de mare și de frumoasă, cerul și apa atât de albastre – ca într-un vis. Semăna cu paradisul. Și ce era și mai bine – că ea și surorile ei vor fi în siguranță.

CAPITOLUL 13

— Abia aştept să cobor de pe vaporul ăsta, zise Kirsten, lovind parapetul cu piciorul. Ştiu că au fost doar două săptămâni, dar mi se pare că am trăit în dormitorul de la clasa a treia mai bine de o sută de ani.

Toţi ceilalţi pasageri erau şi ei nerăbdători să coboare, şi se înghesuiau cu lucrurile lor, împingându-se în balustrade şi unii în alţii. Însă chiar şi după ce vasul fu ancorat în docul din New York şi toate funiile şi ancorele şi pasarelele fură securizate, bariera care ţinea mulţimea pe puntea de la clasa a treia, rămase închisă. Aşteptarea era îngrozitoare.

— Era evident că-i vor lăsa pe toţi oamenii bogaţi cu bilete la clasa întâi să coboare primii, mormăi Kirsten în timp ce priveau la mulţimea de pasageri bine îmbrăcaţi care debarcau. Aş vrea să se grăbească.

— Dar noi nu coborâm aici, le spuse domnul Lindahl.

— Nu?

— *Nej*. Toţi pasagerii de la clasa a treia sunt trimişi la centrul de imigrare de pe Insula Ellis.

Kirsten se înfurie la auzul veştii. Elin arăta mai slăbită şi mai bolnavă cu fiecare clipă, şi judecând după felul în care îşi umbrea privirea cu mâna, durerea ei de cap trebuia să fie insuportabilă. Dacă nu treceau de examenul medical în curând, Elin nu va mai putea să pretindă că se simţea bine.

Kirsten ştia că era aproape ora prânzului, căci soarele încălzea ca focul deasupra lor. Începea să se simtă puţin ameţită şi îşi dori să fi mâncat la micul dejun.

— Unde e Insula Ellis? Cât e de departe?

Domnul Lindahl dădu din umeri.

— Nu sunt sigur. Însă vor începe să strige numele pasagerilor în curând şi să ne dea fişe de debarcare cu numere pe ele. Trebuie să fim atenţi când ne strigă numele, căci americanii nu ştiu să ne pronunţe corect numele.

Valul de pasageri de la clasa întâi şi a doua se termină într-un final, până ce la bord rămăseseră numai pasagerii de la clasa a treia. Strigarea după liste dură foarte mult, căci autorităţile de pe vas strigară fiecare pasager după nume, unul câte unul. Bărbaţi şi femei cu tichii şi basmale de muncitori ieşiră înainte, trăgându-şi copiii după ei, aşteptând ca hârtiile de debarcare să le fie prinse cu acul de haină. Kirsten nu mai putea de nerăbdare.

Autorităţile strigară familia Lindahl, apoi pe Eric şi pe Hjelmer. Kirsten îşi feri privirea, ca să nu se uite în ochii lui Eric. El o evitase cu succes toată dimineaţa, ceea ce ei îi convenea.

— Carlson! strigă ofiţerul. Elin Carlson... Kirsten Carlson... Sofia Carlson... Kirsten o ajută pe Elin să se ridice, ţinând-o de braţ şi ieşind astfel în faţă.

— Mă simt ca un produs de vânzare în magazinul lui Magnusson, zise Kirsten în timp ce autorităţile îi agăţau o etichetă pe haină. Sperase că gluma ei o va face pe Elin să zâmbească, dar nu se întâmplă aşa. Elin arăta tot mai rău cu fiecare minut ce trecea, chipul ei avea o paloare mortală. Eşti bine? o întrebă Kirsten în şoaptă.

— Am doar emoţii. Acesta-i ultimul hop de trecut.

— Ei bine, ciupeşte-ţi puţin obrajii, pentru numele lui Dumnezeu. Arăţi de parc-ai fi văzut o fantomă.

În cele din urmă, bariera se deschise, dar în loc să lase pasagerii să pună, în sfârşit, piciorul pe pământul Americii, autorităţile îi înghesuiră pe toţi pe feriboturi.

— Ajută-mă cu valiza, o rugă Kirsten pe Sofia. De obicei, Elin avea grijă de geamantan, dar arăta prea slăbită ca să le ajute să-l tragă după ele la bord. Sofia nu arăta bolnavă, doar îmbufnată şi încăpăţânată. Putea să facă mutre cât voia; nu era treaba lui Kirsten s-o înveselească.

Feribotul era mic şi aglomerat până peste poate. Era foarte instabil pe apă, legănându-se înainte şi înapoi şi lovindu-se de doc ori de câte ori un alt vas naviga în sus sau în jos pe râu, lăsând o dâră în urmă. Când fiecare centimetru fu acoperit de pasageri şi bagaje, se porniră motoarele şi nava pufăi încet îndepărtându-se de doc şi, luând-o din nou în aval, înapoi la statuie, pe râul larg. Apa era atât de agitată, încât era aproape imposibil să rămâi în picioare fără să te ţii de ceva.

— Oh, nu, oftă din greu Kirsten. Nu o altă călătorie cu zdruncinături. Sper că nu trebuie să mergem departe.

Nu era nici jumătatea drumului pe râu, când lui Kirsten începu să-i fie rău. Nu se putea îmbolnăvi tocmai acum, când trebuiau să treacă de o inspecţie. Kirsten se uită în jur şi văzu că toată lumea era afectată de balansul feribotului. Îşi fixă privirea în zare, aşa cum o sfătuise Eric. Feribotul părea că se îndreaptă direct către statuie.

Apoi Kirsten văzu o grămadă de bărci mici aşteptând să ancoreze la malul unei alte insule, nu departe de statuie. Pe măsură ce se apropiară, o structură de lemn cu trei etaje se arătă vederii. Părea un castel din poveste, cu acoperiş din placă de ardezie albastră şi patru turnuri foarte frumoase cu vârfuri ascuţite. Faţadele erau decorate cu zeci de ferestre cu stâlpi. Kirsten o înghionti pe Elin.

— Uită-te la locul acela. E ca un palat sau ca un hotel imens sau ceva.

— America trebuie să fie o ţară foarte bogată, zise Elin, dacă aşa îi întâmpină pe oamenii săraci ca noi – întâi cu o statuie gigantă şi apoi cu asta.

Motoarele încetiniră şi apoi se opriră. Feribotul se alinie în spatele altor feriboturi, iar vasul deveni o sală de aşteptare plutitoare. Cu excepţia bebeluşilor care plângeau, ceilalţi pasageri erau neobişnuit de tăcuţi. Probabil aveau şi ei emoţii. Kirsten îşi dori să vorbească cu ceilalţi imigranţi şi să-i întrebe de ce şi-au părăsit locurile natale şi ce anume îşi doreau să facă în America.

Dacă i-ar fi cerut cineva să-şi spună povestea, ea ar fi mărturisit că fugise de bârfa unui orăşel şi de un iubit mincinos. Ce îşi dorea în viitor? Dorinţa ei era imposibil de îndeplinit. În ciuda a tot ce se întâmplase, ea încă îl iubea pe Tor.

Soarele încălzea din ce în ce mai tare cu fiecare minut. Privirea lui Kirsten începu să se înceţoşeze. Dacă mai trebuiau să aştepte mult, se temea că s-ar putea să leşine. Căută în geantă după ceva cu care să-şi facă vânt. Elin stătea pe valiza lor cu ochii închişi.

Într-un sfârşit, feribotul lor se apropie de doc. Marinarii trântiră pasarela la loc şi toată lumea se înghesui spre rampă, luptându-se cu bagajele împovărătoare şi copiii fără astâmpăr. Pe fiecare chip se citea teama, emoţia şi speranţa. Kirsten îşi dorea să fie prima persoană care să coboare din feribot, prima care să treacă de inspecţie, însă Elin abia mai putea să stea în picioare, darămite să mai traverseze puntea instabilă a feribotului.

— Stai jos, îi spuse ea lui Elin. N-are rost să ne grăbim. Va trebui oricum să ne aşteptăm rândul. Elin se prăbuşi din nou pe geamantan. Părea uşurată. Drumul ăsta pe râu m-a ameţit, zise Kirsten. Şi după ce-am auzit tot ce-a spus acel domn Lindahl, cred că mi-e şi un pic frică. Încă o dată, se gândi că ar fi fost bine să mănânce de dimineaţă. Prea târziu acum.

Când în sfârşit puseră piciorul pe pământ uscat, lui Kirsten i se păru că uitase să meargă. După atâta timp pe mare, capul îi vâjâia, iar genunchii parcă-i erau din cauciuc. Kirsten făcu eforturi să-şi recapete echilibrul, clătinându-se ca o femeie beată. Bine că şi ceilalţi se mişcau la fel de încet ca şi ea, altfel americanii ar fi crezut că ceva nu e în ordine cu ea. Ar fi vrut să-şi închidă ochii, dar ea şi Sofia trebuiau să tragă valiza după ele, în clădire. Surorile se bălăbăniră cu ea pe debarcader şi apoi se aliniară şirului lung de oameni care aşteptau sub acoperişul de la intrare.

Kirsten văzu mai mulţi bărbaţi în uniformă care stăteau în picioare între doc şi intrarea în clădire şi speră că erau însoţitori care le vor ajuta cu bagajul, însă bărbaţii nici nu se mişcară de la posturile lor, căci supravegheau cu atenţie mulţimea. Kirsten îşi aminti ce spusese domnul Lindahl despre procesul de inspecție. În mod clar, acesta începuse deja. Ea şi Sofia ridicară valiza şi o aşezară între ele, trăgând-o câteodată pe jos, apoi împingând-o în sus pe rampă.

— Nu te încrunta, îi şopti Kirsten Sofiei. Încearcă să pari puternică şi sănătoasă.

— Dar eu sunt sănătoasă, mormăi ea. Tu şi Elin sunteți cele care păreți bolnave.

Era adevărat. Elin nu arăta deloc bine. Şi era mult prea tăcută. Se agăța de brațul Sofiei, cu ochii strânşi ca să evite strălucirea soarelui.

— Am ajuns? murmură Elin.

— Aproape c-am ajuns la clădire, zise Kirsten, şi-apoi va mai dura vreo oră sau cam aşa până când vom fi în trenul spre Chicago.

Înăuntru, o sală imensă pentru bagaje ocupa aproape tot nivelul principal al clădirii. Mormane de cufere, de valize, de coşuri de răchită şi lăzi de toate mărimile şi formele aduse de pe vapor umpleau mai tot spațiul, iar nişte bărbați în uniformă direcționau valul de imigranți către nişte scări nesfârşite şi abrupte, aflate în centrul sălii. Kirsten văzu câțiva oameni lăsându-şi bagajele acolo, în timp ce alții le târâră după ei, pe scări. Kirsten ştia că nu aveau cum să urce valiza sus decât dacă o împingeau şi o trăgeau toate trei, şi nici nu vru să se gândească la asta, însă mai ştia şi că din prima zi a călătoriei, Elin refuzase să piardă valiza din ochi.

— Cred că ar trebui să ne lăsăm valiza aici, zise Elin cu o voce obosită. Kirsten şi Sofia căscară gura mirate.

— Eşti sigură? o întrebă Kirsten.

— Da, sunt sigură. Ne-ar fi imposibil să o cărăm singure pe scările alea. Văzând că surorile ei continuau să se holbeze la ea, Elin adăugă: Ştiu că am fost obsedată să nu pierd prostia asta din ochi, dar nu văd cum am putea s-o împingem mai departe. Uitați-vă cât de abrupte sunt scările alea.

— Slavă Domnului. Sofia dădu drumul capătului ei de geamantan şi acesta căzu pe podea.

— Mulţi alţii şi-au lăsat lucrurile aici, aşa că trebuie să fie în siguranţă, spuse Elin.

Kirsten înmână bucuroasă valiza greoaie unuia dintre agenţii de la bagaje şi primi în schimb un bilet pe baza căruia îşi putea recupera valiza, apoi se alătură din nou cozii şi îi urmă pe ceilalţi spre scări. Alţi funcţionari îi opreau pe oameni să le verifice etichetele prinse de haină.

— Cred că ştiu cum se simţeau vitele când mergeau la licitaţie în ziua târgului, zise Kirsten când un bărbat îi verifică şi ei eticheta.

— Kirsten... şşşş... o avertiză Elin.

— Nu înţelege nimeni ce spun, zise ea. Deşi mi-aş dori să mă poată înţelege. Mi-aş dori să mă ridic şi să spun: „Hei! Sunt o persoană, ştiţi? Am sentimente!"

— Taci! O să creadă că eşti nebună şi o să te trimită înapoi acasă.

— Foarte bine, murmură Sofia ca pentru sine.

— De ce fac să fie atât de umilitor? întrebă Kirsten. Te împing încoace şi încolo, strigă la tine dacă faci ceva greşit – ca şi cum înfuriindu-se, ne ajută să ne dăm seama ce vor să spună. Şi de ce poartă toată lumea uniformă? Parc-am fi cu toţii în închisoare sau ceva de genul.

— Nu e o închisoare, zise Elin. Însă cu atâţia oameni, bănuiesc că cineva s-ar putea pierde. Cred că etichetele îi ajută şi pe ei, dar şi pe noi, la fel de mult.

— Şi-apoi, aici pute de-ţi mută nasul, se plânse Kirsten. Pun pariu că mare parte din oamenii ăştia n-au făcut o baie în viaţa lor.

Mirosul sutelor de trupuri nespălate, intensificat de căldură, o făcea să-i fie greaţă din nou. Kirsten se uită în jur la toate chipurile preocupate şi aproape că putu să miroasă şi cât de teamă le era.

Kirsten ştia că autorităţile îi verificau pe oameni în drumul lor pe scări în sus. Funcţionarii opriră deoparte o femeie mai în vârstă care zăbovi să-şi recapete suflul la jumătatea scărilor. Kirsten şi surorile ei trecură de inspectorii de la scări, dar în capul scărilor le aşteptau un şir de medici cu haine albe. Primul doctor studia oamenii din cap până-n picioare, după care îi trimitea la următorul. Dacă oamenii aveau pălării sau basmale, acesta le cerea să şi le scoată, ca să le verifice scalpul. Marea majoritate era direcţionată către următorul doctor, însă o femeie care avea un semn făcut cu creta pe reverul hainei, fu dusă într-o cameră laterală. Cel de-al treilea doctor avea un instrument care semăna cu un cârlig, pe care îl folosea să împingă pleoapele fiecăruia ca să-i cerceteze ochii.

— Eu tot n-am văzut nicăieri familia bolnavă de pe vapor, voi? le întrebă Kirsten în timp ce-şi aşteptau rândul.

— Bieţii de ei, murmură Elin. Mă întreb ce s-a întâmplat cu ei. Elin se sprijinea cu toată puterea de braţul Sofiei, încă strângând din ochii închişi.

— Încearcă să fii bine, Elin. Te rog, o imploră Kirsten. Aproape c-am reuşit.

Bărbatul îi examină întâi ochii. Instrumentul care semăna cu un cârlig o pişcă pentru un moment scurt şi dureros, apoi gata. Kirsten se întoarse şi se uită cum îi examina ochii Sofiei, după care veni rândul lui Elin. În clipa în care doctorul îi atinse ochii, Elin suspină de durere. Se clătină înapoi şi îşi acoperi chipul.

— Nu, Elin, nu... şopti Kirsten ca pentru sine. Rezistă... nu-l lăsa să-şi dea seama că eşti bolnavă...

Însă durerea lui Elin era evidentă. Elin îşi acoperi ochii şi plânse. Medicul o făcu să-şi ridice capul şi îi puse o întrebare. Niciuna dintre ele nu înţelese ce întrebase. Medicul vru să-i examineze din nou ochii, dar Elin îi înlătură mâna. Se străduise atât de mult să fie bine, dar nu era. Pe Elin o treceau fiori reci în clădirea supraîncălzită şi Kirsten ştiu că făcea febră. Era evident că şi medicul îşi dădu seama.

Acesta îi însemnă lui Elin umărul şi îi făcu semn cu mâna să meargă în camera din stânga, nu în faţă, cu toţi ceilalţi. Sofia şi Kirsten o urmară. Pentru prima oară de când intraseră în clădire, lui Kirsten îi era cu adevărat teamă.

— Ce se întâmplă? De ce merge toată lumea în cealaltă parte? întrebă Sofia.

— Îmi pare rău. Îmi pare atât de rău, zise Elin. Trebuie doar să mă aşez undeva. Fusese palidă toată dimineaţă, iar acum obrajii îi ardeau de febră. Kirsten îi luă mâna şi o conduse către un scaun în mica sală de aşteptare. Locul emana un miros înţepător de săpun. Kirsten simţea căldura nefirească din corpul lui Elin, chiar dacă ea tremura de frig. Îmi pare rău, repetă ea.

— Nu-ţi face griji... O să fim bine, o linişti Kirsten.

Într-un final, apăru o asistentă care o luă pe Elin de braţ şi o duse într-o altă sală. Atât Sofia cât şi Kirsten se ridicară în picioare să meargă cu ea, însă asistenta le bolborosi ceva şi le făcu semn să stea jos.

— Sunt sigură că mă voi întoarce imediat, zise Elin. Aşteptaţi-mă aici.

Sofia nu-şi mai putu reţine lacrimile.

— Elin, nu! strigă ea. Vreau să vin cu tine! Sofia era îngrozită.

— O să fii bine, Sofia, zise Elin. Kirsten o să aibă grijă de tine.

Kirsten o văzu pe Elin poticnindu-se pe coridorul lung şi dispărând în altă cameră. Apoi, Kirsten se prăbuşi pe un scaun, zdruncinată. Elin era cea puternică, cea înţeleaptă. Ea ştia ce să facă şi unde să meargă. Cum vor trece peste încercarea asta fără ea?

— Eu nu vreau să merg în America fără Elin, se smiorcăi Sofia.

— O să fie bine, ai să vezi. O s-o aducă imediat înapoi. Kirsten îşi dori să-şi creadă şi ea propriile cuvinte.

— Dacă o trimit înapoi în Suedia, eu mă duc cu ea.

— Şşş, nu mai vorbi aşa. Nu se întoarce nimeni în Suedia.

Kirsten şi Sofia aşteptară multă vreme ca Elin să se întoarcă, dar Elin nu se mai întoarse. Alţi imigranţi veniră şi plecară, stând în sala de aşteptare un timp, până ce asistentele îi chemară, dar nimeni nu veni după Sofia şi Kirsten. Şi nimeni nu le spuse ce se întâmplase cu Elin.

— Ce-o să ne facem? întrebă Sofia după mai multe ore. Kirsten nu răspunse. Nu ştia ce să-i spună. Surorile se ţinură de mână, în aşteptare. Sofia arăta atât de mică şi neputincioasă. Avea doar şaisprezece ani şi chiar dacă Kirsten era doar cu doi ani mai mare, ea trebuia să aibă grijă de amândouă acum. Povara acestei responsabilităţi o îngrozea. Biata Elin. Ea cărase povara tuturor întreaga călătorie, şi era doar cu unsprezece luni mai mare decât Kirsten.

— Nu-ţi face griji, se va întoarce curând, murmură Kirsten, încercând să se liniştească pe sine. Ea nu credea asta. Şi bănuia că nici Sofia nu credea.

Pe măsură ce orele treceau, camera părea că se încălzeşte tot mai mult, iar mirosul săpunului devenea tot mai puternic. Kirsten se uită în jur, căutând cu privirea o fereastră care se putea deschide. Cu cât stătea aşezată mai mult, cu atât îi era mai greaţă, căci căldura, mirosul de săpun şi teama crescândă începeau să o copleşească.

— Aerul e atât de sufocant, zise ea, făcându-şi vânt cu mâna. Crezi că ne lasă să deschidem fereastra?

— Mie mi-e bine, spuse Sofia. Tu eşti bine? Nu te îmbolnăveşti şi tu, nu-i aşa?

— Bineînţeles că nu. Sunt bine. Dar Kirsten nu era bine. Căldura îi slăbea puterea.

— Eşti palidă, Kirsten. Poate ar trebui să mănânci ceva.

În momentul acela, când Sofia pomeni de mâncare, se întâmplă. Kirsten îşi duse mâna la gură şi se ridică în picioare.

— O să vomit...

Însă când încercă să facă un pas, Kirsten se prăbuşi la podea şi îşi pierdu cunoştinţa.

Când îşi reveni, Kirsten se trezi întinsă într-un pat într-o altă cameră. Totul era alb, inclusiv uniforma asistentei care se aplecă peste patul ei ca să-i pună o compresă rece pe frunte. Aici, mirosul săpunului era şi mai puternic. Kirsten îşi acoperi din nou gura, simţindu-şi stomacul întors pe dos. Dar nu putea să vomite, căci stomacul îi era gol. Kirsten se gândi să respire adânc.

Când îi trecu senzaţia de greaţă, Kirsten încercă să se ridice.

— Ce s-a întâmplat cu Sofia? Unde e?

Însă asistenta clătină din cap, silind-o să se întindă la loc.

— Mă simt bine. Nu sunt bolnavă. Vreau să mă duc în cealaltă cameră cu sora mea. Nu pot s-o las singură pe Sofia!

Răspunsul femeii sună liniştitor, dar din felul în care o apucase, Kirsten îşi dădu seama că trebuia să rămână întinsă. Se întrebă dacă Sofia era îndeajuns de aproape de ea, ca s-o audă.

— Sofia? Eşti acolo? strigă ea. Femeia se supără când o auzi strigând şi clătină din cap, cerându-i să păstreze liniştea, refuzând s-o lase pe Kirsten să se ridice, insistând să stea întinsă.

Kirsten îşi spuse că nu trebuie să se sperie. Ştia că nu era bolnavă; nu avea febră şi nici nu o durea capul ca pe Elin. Era doar slăbită şi avusese parte de prea multe emoții pe stomacul gol. Sau poate că de vină era balansul acela îngrozitor al feribotului. Dacă stătea calmă, doctorii vor constata că era bine şi o vor lăsa să se întoarcă în sala de aşteptare, la Sofia.

Biata Sofia. Probabil era tare speriată.

După o lungă aşteptare, sosi un doctor care îi ascultă bătăile inimii şi îi luă pulsul. Kirsten ştia că trebuie să fie mare, şi de ce n-ar fi? Era supărată din cauza lui Elin, captivă în camera asta, şi îngrijorată pentru Sofia. Kirsten îşi dori să-i poată explica doctorului toate astea. Doctorul îi puse termometrul sub braț, ca să-i ia temperatura. Aşa. În felul ăsta, va şti că nu are febră. În timp ce aştepta, doctorul îi examină pielea, verificând probabil dacă nu avea vreo erupție. După spusele lui Elin, femeia bolnavă şi copiii ei aveau erupții peste tot. Kirsten se întrebă dacă nu cumva şi Elin avea una. Îşi închise ochii, rugându-se lui Dumnezeu pentru sănătatea lui Elin.

Când doctorul termină, se uită la eticheta de debarcare a lui Kirsten, îi spuse ceva asistentei, după care plecară amândoi. Kirsten se ridică şi îşi aranjă fusta, însă probabil că se ridicase prea dintr-odată, căci o luă un alt val de ameţeală. Kirsten se prăbuşi din nou pe pat şi închise ochii, dorindu-şi să nu fie bolnavă. Mai aşteptă o vreme, care i se păru o veşnicie.

În cele din urmă, în cameră intră o altă femeie, îmbrăcată în haine de stradă şi nu într-o uniformă albă. Kirsten se ridică în capul oaselor, încet de data aceasta.

— Kirsten Carlson? o întrebă femeia.

— Eu sunt.

— Vorbeşti suedeza, nu-i aşa?

Kirsten se simţi incredibil de uşurată.

— Da! Da! Slavă Domnului că au trimis pe cineva care poate să mă înţeleagă!

— Îmi pare rău că a durat atât de mult. Au mai fost câţiva imigranţi suedezi pe vaporul cu care ai venit şi a trebuit să traduc pentru ei în Biroul de Înregistrare. Eu sunt doamna Bjork de la Societatea de Ajutorare a Imigranţilor Suedezi. Cum aş putea să te ajut?

Kirsten îşi vărsă amarul într-o secundă.

— Trebuie să le spuneţi că nu sunt bolnavă! Vă rog, spuneţi-le că mă simt bine acum. Am ameţit puţin de la călătoria cu feribotul şi de la căldură, atâta tot. Trebuie să mă întorc în sala de aşteptare, s-o găsesc pe sora mea, Sofia. Pe cealaltă soră a noastră, pe Elin, au dus-o într-una din camerele astea, după care m-au adus aici şi au lăsat-o pe Sofia acolo, singură-singurică. Îi va fi tare teamă şi...

— Înţeleg. E înfricoşător când eşti atât de departe de casă şi nu ştii ce se întâmplă.

— Atunci le veţi spune că nu sunt bolnavă? Pot să plec acum?

— Încă nu. Autorităţile de la imigrare voiau să-ţi spun că o familie de pe vaporul dumneavoastră s-a îmbolnăvit de tifos.

Lui Kirsten i se zbârli pielea. *Te rog, nu Elin.*

— Dar eu sunt bine! Nu am boala aceea, şi nici Elin nu o are.

— Poate că da, dar autorităţile trebuie să fie foarte precaute, să nu lase alţi pacienţi cu tifos să intre în ţară. Este o boală foarte gravă şi nu vor să dea naştere unei epidemii, motiv pentru care au dus-o pe sora dumneavoastră la spital.

— La spital? Va fi bine?

— Îmi pare rău, dar e prea curând ca să se ştie.

Pe Kirsten o durea sufletul pentru Elin, însă își spuse că trebuie să-și păstreze calmul.

— Mai am o soră, Sofia. E în sala de așteptare și are doar șaisprezece ani și...

— Probabil e tot acolo, asta dacă nu s-a îmbolnăvit și ea. Voi vorbi cu ea și îi voi spune ce se întâmplă după ce termin cu dumneavoastră.

— De ce nu se poate să mă duc eu să vorbesc cu ea. Mă simt bine, să știți.

— Asistenta a spus că ați leșinat, domnișoară Carlson. Din cauza pericolului izbucnirii unei epidemii de tifos, medicii au hotărât să vă ducă și pe dumneavoastră la spital.

Kirsten fu îngrozită.

— Nu, vă rog! Nu se poate să ne despărțiți!

— Ascultați-mă. Nu vă necăjiți. În spital veți fi consultată de doctori și veți fi ținută sub observație, iar dacă ajung la concluzia că sunteți sănătoasă, veți fi adusă înapoi, la sora dumneavoastră.

— Dar nu puteți să-i convingeți că sunt bine? Nici măcar nu am febră...

— Îmi pare foarte rău, dar nu eu decid. Tot ce pot să fac este să vă explic ce se va întâmpla. Eu nu pot să fac nimic să-l fac pe medic să se răzgândească. Îmi pare rău.

Kirsten își acoperi chipul. Dacă s-ar termina odată coșmarul ăsta și s-ar trezi. O clipă mai târziu, femeia îi atinse umărul.

— Acum mă voi duce să vorbesc cu cealaltă soră a dumneavoastră.

Kirsten își șterse obrajii.

— Vă rog spuneți-i că sunt bine... și spuneți-i să nu-i fie frică.

— Așa voi face.

În ciuda tuturor eforturilor ei, Kirsten nu putu să se oprească din plâns. Nu o lăsară să meargă pe propriile-i picioare, transportând-o în schimb pe scări în jos pe o targă, afară din clădirea imigranților pe o ușă din spate, după care traversară mica insulă şi ajunseră la o clădire mai mică, cu două etaje. Kirsten nu mai fusese niciodată până atunci într-un spital.

Coşmarul ăsta era din ce în ce mai îngrozitor, cu fiecare oră. *Tifos?* Kirsten mai auzise vorbindu-se de boala asta, dar nu ştia nimic despre ea. Oare oamenii care aveau tifos puteau să moară? Kirsten era înspăimântată pentru Elin.

Odată ajunsă în spital, Kirsten aşteptă vreme îndelungată într-o cabină în spatele unor perdele albe. O asistentă o făcu să se dezbrace şi să îmbrace o cămaşă de noapte. Kirsten mai aşteptă încă o vreme, încercând să se convingă să nu mai plângă. De la plâns i se umflau ochii şi îi curgea nasul, şi vor crede toţi că e bolnavă.

Într-un sfârşit, veni un doctor care o consultă. Kirsten se hotărâse să vorbească cu el, indiferent că o înţelegea sau nu.

— Eu chiar nu am nimic – aşa cum veţi vedea în curând. Am crescut la o fermă, şi întotdeauna am fost puternică şi sănătoasă. Toate suntem puternice şi sănătoase. Nici măcar nu am mai fost într-un spital, niciodată. În oraş aveam un doctor, bineînţeles, care venea la fermă când aveam pojar sau altceva, dar...

Medicul îşi puse degetele pe gură ca s-o facă să tacă, apoi o ascultă cu stetoscopul. Întreaga consultaţie era umilitoare, însă Kirsten era dispusă să îndure orice dacă o lăsau să se întoarcă la Sofia. Când medicul termină, Kirsten îşi căută hainele în jur. Cineva i le luase. Nu avea de ales, trebuia să stea pe masa de consultaţie şi să aştepte.

Kirsten nu mâncase nimic toată ziua. Şi Sofia? Mâncarea lor era în geamantan, în sala de bagaje.

În cele din urmă, Kirsten auzi un zgomot în afara încăperii, care suna ca un cărucior foarte instabil fiind împins pe hol. Probabil era mâncarea, se gândi ea, pentru că mirosul de cartofi fierţi şi carne se intensifica tot mai tare cu fiecare clipă care trecea. Lui Kirsten îi era foarte foame. Însă când perdeaua se dădu la o parte şi apăru un bărbat scund cu părul negru, care îi întinse o tavă cu mâncare, Kirsten numai ce simţi mirosul ei că îi şi veni să verse. Omul strigă şi două asistente veniră degrabă în cameră.

— Nu sunt bolnavă! Sunt doar supărată şi îngrijorată. Protestele lui Kirsten erau zadarnice. Ea nu-i putea face să înțeleagă, şi nici ea nu-i înțelegea pe ei. Însă Kirsten nici măcar nu putea să se uite la tava cu mâncare fără să-i vină să vomite, darămite să mai guste din ea.

Asistenta o duse pe Kirsten afară din cameră cu ajutorul unui cărucior şi intră cu ea într-un salon mare, cu trei rânduri de paturi, toate ocupate de femei bolnave.

— Elin? strigă ea în timp ce o împingeau pe culoar, printre rânduri. Elin, eşti aici?

Asistenta îi făcu semn să tacă.

— Îmi caut sora, pe Elin Carlson. Cred că au adus-o aici. Kirsten vorbi destul de tare, ca Elin s-o audă în cazul în care se afla în salon, dar nimeni nu îi răspunse.

Asistentele o ajutară pe Kirsten să se urce într-unul din paturile albe de fier, lângă o fereastră. Kirsten zări o bucată de cer şi îşi dădu seama că soarele apunea. Aveau de gând să o țină aici toată noaptea. Ce se va întâmpla oare cu Sofia? Ce va mânca? Unde va dormi? Kirsten şi-o imagină pe sora ei singură şi pierdută în clădirea aceea imensă, printre toți străinii aceia, şi izbucni în lacrimi. Biata Sofia. Era atât de timidă şi ruşinoasă, îi era teamă de toată lumea şi de tot. În momentul de față, cu siguranță era înspăimântată. Elin i-o încredințase pe Sofia lui Kirsten, iar ea îşi dezamăgise surorile.

Doamne, Te rog, fă-i să vadă că nu sunt bolnavă, se rugă ea. Era singurul lucru care îi veni în minte să-l facă. *Te rog, trimite pe cineva s-o ajute pe Sofia... şi Te rog, Te rog, fă ca Elin să fie bine. Te rog adu-ne împreună din nou.*

Kirsten regreta că o necăjise pe Elin, îi părea rău că fugise ca să flirteze cu Eric şi cu vărul său. Îşi dorea să-i spună lui Elin că avusese dreptate când îi spusese să nu aibă încredere în Eric, dar era prea târziu. În ce vis urât se transformase totul.

Biata Elin. Dacă avea într-adevăr tifos?

Dacă murea?

CAPITOLUL 14

Oh, Doamne, Te rog nu-mi face asta.

De ce se temuse Sofia, nu scăpase. Toți cei dragi ei o abandonaseră şi acum era singură. *Singură.* Faptul că surorile ei nu o părăsiseră din voia lor, nu conta deloc. Nici mama lor nu murise din voia ei.

Cum putea Dumnezeu să-i facă asta? Cum putea să-i îndepărteze de la ea pe toți cei pe care-i iubea? În sala de aşteptare, Sofiei îi bătea inima mai să-i sară din piept. Nu putea să se oprească din plâns. Dacă Elin şi Kirsten nu se făceau bine? Dacă mureau şi ele?

Te rog, Isuse, Te rog, nu lăsa ca Elin şi Kirsten să moară. Fără ele nu ştiu ce m-aş face.

Sofia tremura ca şi cum ar fi stat dezbrăcată afară, într-o lună de iarnă. Nu se putea stăpâni. Niciodată nu se simțise atât de singură. Nu ştia unde să meargă sau ce să facă, nu avea pe nimeni care să aibă grijă de ea, pe nimeni cu care să vorbească. Nu putea înțelege o boabă din ce spunea lumea.

Sofia îşi aminti de o zi de vară, acasă, când era la cules de fructe în pădure, cu familia ei. Găsiseră zeci de tufişuri încărcate de fructe de pădure, şi fără să-şi dea seama, Sofia se rătăcise de ceilalți, preocupată să-şi umple găleata. Într-un final, când îşi ridicase privirea, descoperise că era singură. Nu văzuse pe nimeni. Era doar pădurea, şi nenumărații copaci ce o înconjurau. Singurele zgomote care se auzeau era cântecul singuratic al păsărilor şi adierea vântului printre ramuri.

Acum, Sofia era cuprinsă de acelaşi sentiment de panică paralizantă. Era abandonată şi singură într-un loc străin. Acasă, în ziua aceea de vară, Sofia strigase: *Mamă! Mamă, unde eşti?* şi în câteva minute, mama ei venise şi o salvase. Însă chiar dacă Sofia se afla într-o clădire plină de mii de oameni, de data aceasta nimeni nu îi auzea strigătele. Nimeni nu o putea înțelege. Nimeni nu îi putea spune ce urma să se întâmple.

În timp ce aştepta zadarnic ca Elin şi Kirsten să se întoarcă, fiarele spaimei şi ale tristeții care o hăituiseră pe Sofia aproape toată viața, o încercuiră, aşteptând să o facă bucăți. Sofia voia să fugă, dar nu avea unde. Fiarele o vor urmări oriunde ar fi fugit, aşa cum o urmăriseră pe tot drumul spre America. Sofia se ridică în picioare şi aruncă o privire pe uşa deschisă, uitându-se după una dintre asistente sau după un funcționar în uniformă, cu care să vorbească. Când pe hol apăru o asistentă, Sofia o strigă.

— Mă scuzați... Vreau să ştiu unde sunt surorile mele. Vreau să ştiu dacă sunt bine. Vă rog, mă poate ajuta cineva?

După chipul fără expresie al asistentei, Sofia îşi dădu seama că nu înțelesese nimic. Asistenta mormăi ceva drept răspuns, de neînțeles, şi o conduse pe Sofia înapoi în sală, arătându-i un scaun şi exprimând foarte clar faptul că voia ca Sofia să se aşeze şi să rămână acolo.

— Poate cineva să-mi spună ce se întâmplă, vă rog? imploră ea. Vă rog, nu ştiu unde să merg sau ce trebuie să fac!

Drept răspuns la rugămințile ei, Sofia primi o altă replică ce însemna în mod clar *Stai jos şi aşteaptă.* Sofia nu voia să plângă, dar nu se putea abține. Se întrebă dacă nu cumva ar trebui să se prefacă că este şi ea bolnavă, ca să fie dusă la surorile ei. Sau asta ar înrăutăți oare lucrurile? Sofia îşi aminti de mama de pe vapor cu cei şase copilaşi din paturile alăturate lor. Doctorii îi luaseră pe toți de acolo, iar familia nu se mai întorsese. Dacă Elin şi Kirsten dispăruseră şi ele?

Te rog, Doamne... Te rog nu lăsa să li se întâmple nimic rău! Şi Te rog, Te rog, ajută-mă!

Pentru o clipă, Sofiei i se păru că aude vocea lui Kirsten strigând-o de departe. Sofia sări în picioare țipând: *Kirsten? Kirsten, tu eşti?... Unde eşti?* Nimeni nu-i răspunse. Sofia privi încordată pe uşă afară, uitându-se în toate direcțiile şi strigând: *Kirsten?*

Într-un sfârşit, Sofia se aşeză din nou. Trebuia să fie calmă. Doar nu o vor lăsa în sala asta la nesfârşit, nu-i aşa? Trebuiau să facă ceva cu ea când îşi vor da seama că ea nu era bolnavă. Dar dacă surorile ei nu se vor întoarce, oare autorităţile o vor obliga să meargă la Chicago fără ele? Sofia ar fi preferat de mii de ori să se întoarcă acasă, în Suedia. Dar de unde să ia banii pentru bilet?

Poate că dacă stătea şi se ruga din tot sufletul, Isus o va ajuta. Sofia scoase Biblia mamei sale şi o ţinu pe genunchi, mângâind coperta catifelată ca să se liniştească. Măcar dacă ar putea-o deschide şi să-L audă pe Dumnezeu vorbindu-i, spunându-i ce să facă, însă îi era groază s-o deschidă. Ultimele cuvinte pe care le citise vorbiseră de moarte. Încă şi le amintea: *la urmă pierdusem orice nădejde de scăpare.*

Sofia nu ştia cât timp trecuse când, în sfârşit, o asistentă se opri în pragul uşii şi îi făcu semn să vină. Sofia luă toate trei genţile – Kirsten şi Elin şi le lăsaseră acolo – şi o urmă pe femeie într-o cameră mai mică. După câteva minute, asistenta se întoarse cu un medic care începu s-o consulte pe Sofia, luându-i temperatura, ascultându-i bătăile inimii, examinându-i ochii şi gâtul. Sofia se înroşi când medicul îi făcu semn să-şi descheie nasturii de la bluză ca să-i examineze pieptul, dar se gândi că medicul voia să vadă dacă nu are o erupţie, la fel ca familia de pe vapor.

Sofia îşi dori să înceapă să se simtă rău, ca să fie dusă unde fuseseră duse şi surorile ei. Însă când medicul termină, asistenta o conduse pe Sofia înapoi în sala de aşteptare şi îi făcu semn să se aşeze din nou. În sală venise între timp o femeie mai în vârstă, care ţinea un bebeluş pe genunchi şi aştepta şi ea.

Ziua trecu în timp ce Sofia stătea aşteptând şi îngrijorându-se, întrebându-se ce să facă. În spatele uşii, murmurul vocilor din încăperea principală se auzea ca vuietul necontenit al unei cascade. Sofia se gândi că nu mai avea lacrimi să verse, însă ele continuară să i se prelingă pe obraji.

Sala de aşteptare se umplu şi se goli de nenumărate ori. O femeie stătea cu ochii închişi, atingând cu degetele un rozariu în timp ce se ruga în tăcere. Sofia încercă şi ea să se roage, dar singurele cuvinte care-i veneau în minte erau *Te rog, Doamne, Te rog,* pe care le repetă în minte încontinuu.

Ori de câte ori în sală intra o asistentă, Sofia se ridica în picioare, dar de fiecare dată, în timp ce aduceau înăuntru alți oameni cu chipurile frământate de griji sau îi conduceau afară, asistentele clătinau din cap şi îi făceau semn să stea jos. Sofia studie străinii care aşteptau împreună cu ea. Aceştia erau îmbrăcați diferit față de ea şi vorbeau limbi diferite, însă teama, singurătatea şi tăcerea îi făceau să semene. Oare şi ea arăta la fel de speriată ca şi ei? Oare şi ea vorbea ca şi ei, bolborosind cuvinte pe care nu le putea înțelege nimeni?

După o vreme, frica Sofiei se transformă în furie. Era furioasă pe surorile ei pentru că o târâseră atât de departe de casă, forțând-o să îndure călătoria asta îngrozitoare, ca pe urmă s-o abandoneze. Şi, în primul rând, de ce trebuise Elin să ajute familia aceea bolnavă? Ce treabă avea ea dacă erau bolnavi? Elin n-ar fi trebuit să se amestece. Ar fi trebuit să se gândească mai întâi la binele surorilor ei.

Însă treptat, furia se transformă din nou în mâhnire. Elin nu avea nicio vină că se îmbolnăvise. De fapt, poate că Sofia era singură chiar din propria-i vină. Poate că Dumnezeu o pedepsea pentru că fusese atât de prost dispusă şi antipatică.

— Îmi pare rău, Doamne..., murmură ea, în caz că El o mai asculta încă.

Sofiei îi păru rău că fusese atât de dificilă cu Elin, regreta faptul că nu vorbise cu surorile ei zile întregi. Ar da orice ca să poată să vorbească cu ele acum, orice ca să-şi audă din nou limba maternă. Numai de le-ar aduce Dumnezeu înapoi la ea, sănătoase şi tefere, Sofia ar fi veselă de acum încolo. Poate că încă nu-i plăcea aici în America, dar avea nevoie de surorile ei!

Te rog, Doamne... Te rog....

Câteva ore mai târziu, o femeie blondă care arăta de parcă ar fi fost taman din satul Sofiei din Suedia, intră în sala de aşteptare.

— Sofia Carlson? întrebă ea.

Sofia sări în picioare.

— Da? Da, eu sunt Sofia.

— Eu sunt doamna Bjork de la Societatea de Ajutorare a Imigranților Suedezi. Tocmai am vorbit cu sora ta, Kirsten, şi voia să ştii că e îngrijorată să te ştie singură aici.

Tonul liniştitor din vocea femeii care vorbea într-o limbă pe care Sofia o putea înțelege, o făcu să izbucnească din nou în plâns. Sofiei îi venea s-o îmbrățişeze pe femeie.

— Pot să merg s-o văd? imploră Sofia. Unde este? Şi unde e Elin?

— Haideți să ne aşezăm, de-acord? Şi să luăm fiecare întrebare pe rând.

Sofia se aşeză chiar pe marginea scaunului ei, aşteptându-se la veşti proaste.

— Mă tem că nu veți putea să vă vedeți surorile deocamdată, domnişoară Carlson. Autoritățile de la imigrare mi-au spus că au fost câteva cazuri confirmate de tifos pe vaporul cu care ați sosit şi sunt îngrijorate că surorile dumneavoastră ar fi putut să contracteze boala, aşa că va trebui ca ele să stea izolate.

— Tifos? repetă Sofia. Auzise de boala aceasta, de obicei oamenii vorbeau în şoaptă despre ea, dar nu ştia cât de gravă este şi îi era teamă să întrebe.

— Surorile dumneavoastră au fost internate în spitalul de pe insulă. După ce doctorii le vor consulta, vă voi putea spune mai multe despre starea lor, însă deocamdată, va trebui să stați izolată de ele.

Sofia îşi acoperi chipul şi începu să plângă. Femeia aşteptă şi nu făcu niciun gest ca s-o liniştească. Poate că şi ei îi era teamă să nu contracteze boala.

— Ce trebuie să fac eu? întrebă Sofia când în sfârşit îşi ridică privirea.

— În următoarele zile veți fi reținută aici, pe Insula Ellis.

— Singură? Sofia se simți încolțită de fiarele ce mârâiau şi amenințau s-o înghită.

Femeia schiță un zâmbet.

— Nu veți fi singură, în permanență sunt câteva sute de oameni reținuți aici.

— Am vrut să spun fără surorile mele. Ați... ați putea să-i întrebați pe medici dacă pot să mă duc la spital și să aștept acolo cu ele? Vă rog...

— Mă tem că nu. Tifosul este o boală gravă și pacienții care suferă de tifos trebuie să stea izolați. Dacă vreți să veniți cu mine, zise ea ridicându-se în picioare, vă voi arăta unde veți sta.

— Nu pot întâi să vorbesc cu Kirsten? Mai e în camera alăturată?

— Este deja pe drum către spital, unde au dus-o și pe cealaltă soră a dumneavoastră.

Sofia luă toate trei gențile și urmă femeia afară din sala de așteptare și coborî pe un coridor lung. Sofia făcu eforturi să fie curajoasă, însă îi era aproape imposibil, căci frica nu se lăsa de ea. Femeia și Sofia urcară niște scări și ieșiră într-un balcon îngust care dădea spre sala principală. Jos, nenumărate rânduri de oameni așezați pe bănci de lemn, așteptau cu boccelele împrăștiate la picioare. Într-un capăt al sălii se afla un rând de birouri înalte, adăpostite sub un steag american uriaș, iar în spatele fiecărui birou stătea un bărbat în uniformă. Semăna foarte bine cu o imagine a Zilei Judecății, cu funcționarii care hotărau cine va fi primit în rai și cine nu.

Sofia și surorile ei ar trebui să fie aici, așteptând la coadă împreună cu ceilalți oameni. Procesul de inspecție trebuia să dureze câteva ore doar, după care ele vor fi pe drum spre Chicago. De ce se întâmplau lucrurile acestea? Sofia se înfurie din nou pe Elin, pe moment. Mai bine nu i-ar fi ajutat pe oamenii ăia bolnavi de pe vapor.

Doamna Bjork se opri în fața unei uși deschise și îi făcu semn Sofiei să intre.

— Acesta este dormitorul femeilor, unde veți sta atâta timp cât sunteți reținută, îi explică ea.

Era mai rău decât fusese dormitorul de la clasa a treia – o celulă de închisoare unde va fi silită să doarmă cu o mulțime de străini. Încăperea era garnisită cu hamacuri făcute din țevi şi pânză, suspendate cu lanțuri de tavan. Cele trei şiruri de paturi erau atât de aproape unul de altul, încât abia era loc pentru o persoană să se întindă în spațiul îngust, darămite să se mai şi ridice. Hamacurile nu aveau saltele, doar o bucată de pânză întinsă de-a lungul şi o pătură subțire. Pătura Sofiei era în geamantanul lor, în sala de bagaje, la fel ca mare parte din mâncare. Pe un perete erau trei chiuvete de porțelan alb – trei chiuvete, pentru toate paturile acelea.

— Arată ca o închisoare, murmură ea.

— Ei bine, se numeşte centru de detenție, dar nimeni de aici nu este pedepsit. E doar un loc de aşteptare. Când dumneavoastră şi surorile dumneavoastră veți primi aprobarea medicală, veți fi libere să părăsiți Insula Ellis. Acum veniți pe aici, să vă arăt sala de mese. Veți primi trei mese pe zi pe toată durata aşteptării.

Era o încăpere mare, însorită, cu multe ferestre şi rânduri întregi de mese şi bănci lungi. Cei de la personal se plimbau printre rânduri aşezând farfurii, boluri şi pahare de porțelan. Sofia simți mirosul de mâncare ce se pregătea undeva, iar stomacul îi chiorăi de foame. Nu mâncase nimic după micul dejun.

— Cred că cina se serveşte în jurul orei şase, zise doamna Bjork.

— Cum-cum voi plăti pentru toate astea?

— Oh, nu trebuie să plătiți. Totul vă este asigurat gratuit. De fapt, costurile sunt facturate companiei navale care v-a adus aici. Ei trebuie să se asigure că toți pasagerii pe care îi transportă în America sunt sănătoşi. Dacă unei persoane îi este refuzată intrarea în țară, compania trebuie să-i plătească transportul înapoi acasă.

— Se poate să se întâmple asta? Ne pot trimite înapoi acasă?

— Dacă dumneavoastră sau surorile dumneavoastră nu treceți de inspecția medicală, da. Veți fi trimise acasă cu următorul vapor care pleacă.

Sofia se uită țintă la doamna Bjork, neștiind cum să reacționeze la vestea pe care i-o dăduse. Oare nu se rugase ea să se întoarcă acasă? Însă gândul că va trebui să călătorească atâta drum înapoi, o făcu să se simtă istovită. O apucă din nou teama când își aminti ce bolnavă păruse Elin. Dacă ea și Kirsten mureau? Ce ar face ea atunci? Toți din familia ei muriseră, în afară de Nils – și poate și el era mort, nu aveau de unde să știe. Nu le scrisese niciodată să le spună unde era și ce se întâmplase cu el.

— Oare se vor însănătoși surorile mele? o întrebă ea pe doamna Bjork. Sofiei îi era groază să întrebe dacă era posibil ca ele să moară. Cât de gravă este boala pe care este posibil s-o aibă?

— Eu nu sunt medic, domnișoară Carlson, dar voi afla pentru dumneavoastră. Mă voi întoarce peste o zi sau două, când voi ști mai multe. Trebuie să anunțați pe cineva despre întârziere? Cineva de aici, din America, care vă așteaptă să sosiți?

— Da... unchiul Lars din Chicago.

— Dacă aveți adresa dânsului, vă pot ajuta să-i trimiteți o telegramă.

Sofia trebuia să stea să se gândească. Elin avusese grijă de ele de data aceasta, luând toate hotărârile și făcând toate aranjamentele. Sofia nu fusese atentă la niciun detaliu și nu știa nici măcar unde era Chicago, darămite unde locuia unchiul lor. Însă brusc, își aminti că Elin își lăsase geanta când asistentele o luaseră cu ele. Sofia așeză toate trei gențile pe podea și se aplecă să caute în geanta lui Elin, unde găsi numele și adresa unchiului lor în pachetul cu biletele.

— Iat-o... dar eu nu știu cum să trimit o telegramă.

— O voi trimite eu pentru dumneavoastră.

— Cât costă? În momentul acela, Sofia realiză din nou cât de dependentă fusese de Elin. Se purtase ca un copil, când ea era aproape un adult.

— Societatea de Ajutorare a Imigranților Suedezi va suporta costul telegramei pentru dumneavoastră. Acesta este scopul nostru – să-i ajutăm pe călătorii ca dumneavoastră.

— Vă mulțumim, zise Sofia, în timp ce femeia copia informațiile de pe plic. Şi mulțumiți-i şi Societății.

— Cu plăcere. Acum, fiindcă este o zi atât de frumoasă de primăvară, vă voi arăta unde puteți ieşi la aer şi să faceți puțină mişcare.

Sofia o urmă pe doamna Bjork pe o uşă, direct în curtea de afară, de unde putea vedea râul de dincolo de zidul despărțitor şi, ca în ceață, oraşul New York.

Doamna Bjork se întoarse către Sofia ca să-şi ia la revedere.

— Trebuie să vă las acum, domnişoară Carlson. Ştiu că aşteptarea este grea, dar aici veți fi în siguranță, şi veți avea tot ce vă trebuie. Voi reveni să vă văd peste o zi sau două.

Doamna Bjork se îndepărtă, lăsând-o pe Sofia singură.

Cele trei genți începeau să devină grele în mâinile Sofiei, aşa că traversă curtea şi se instală pe o bancă neocupată, lăsând gențile să cadă jos la picioarele ei. Era înconjurată de sute de străini, dar studiindu-i preț de câteva minute, Sofia îşi dădu seama că şi ei erau speriați şi tulburați. Puțini dintre ei aveau cu cine să vorbească, care să le înțeleagă limba.

Sofia nu putea suporta gândul că-şi va petrece tot restul vieții singură, în felul acesta. Dacă Elin şi Kirsten chiar ar muri, poate ar trebui să sară pur şi simplu în râu. Oare nu asta făcuse şi tatăl lor? Poate că şi el simțise singurătatea aceasta dureroasă după ce mama lor murise. Şi poate că şi el simțise teama asta necruțătoare. Poate că îl hăituise şi pe el.

Te rog, Doamne, nu ştiu ce să fac. Mi-e atât de frică, am nevoie de ajutorul Tău.

Sofia trase adânc aer în piept şi se hotărî să deschidă din nou Biblia mamei sale la întâmplare. Dacă se deschidea la vreun pasaj care vorbea despre moarte, atunci acesta va fi răspunsul ei. Va sări în râu şi-şi va curma viața. Sofia scoase Biblia, închise ochii şi îşi trecu degetul printre pagini. O bună bucată de vreme îi fu frică să se uite. Dar când în sfârşit îşi deschise ochii, degetul ei arăta Psalmul 66: *Înălțați lui Dumnezeu strigăte de bucurie, toți locuitorii pământului! Cântați slavă Numelui Său, măriți slava Lui prin laudele voastre!*

Ochii Sofiei se umplură de lacrimi. Acasă, în Suedia, îi plăcuse să cânte, iar la biserică, oamenii erau încântați de vocea ei frumoasă şi o rugaseră să le cânte. Chiar în dimineața aceasta, Elin îi spusese că îi fusese dor de cântecele ei.

Cântați slavă Numelui Său...

Sofia nu se mai simțise cuprinsă de bucurie de foarte mult timp. Cum se aştepta Dumnezeu ca ea să cânte?

Sofia continuă să citească din Psalm. *Căci Tu ne-ai încercat, Dumnezeule... Ne-ai adus în laț, şi ne-ai pus o grea povară pe coapse.* În această situație se afla Sofia acum – în închisoare, singură-singurică, ținută prizonieră pe insula aceasta. *Ai lăsat pe oameni să încalece pe capetele noastre, am trecut prin foc şi prin apă: dar Tu ne-ai scos şi ne-ai dat belşug.* Sofia reciti ultima frază. Oare aceasta era o promisiune? Oare Dumnezeu chiar o va duce într-un loc cu belşug, unde va înălța din nou strigăte de bucurie?

Sofia închise Biblia, apoi îşi închise ochii, copleşită de toate emoțiile prin care trecuse. *Te rog, ajută-mă, Doamne,* se rugă ea. *Te rog, Te rog, ajută-mă...*

CAPITOLUL 15

Sofia simți o mişcare bruscă şi se trezi. Nu voise să ațipească, iar acum, alături de ea pe bancă stătea un bărbat. Sofiei i se tăie respirația şi sări în picioare, însă străinul se ridică şi el, gesticulând şi clătinând din cap în timp ce bolborosea într-o altă limbă. Sofia îşi dădu seama că îşi cerea scuze pentru că o deranjase şi îi spunea să se aşeze la loc, că el va pleca. Sofia se uită în jur, la curtea aglomerată. Toate celelalte bănci erau ocupate.

Elin nu ar vrea ca ea să stea lângă un străin. Se îngrijorase mereu, ori de câte ori Kirsten petrecuse timpul singură cu străinii de pe vapor. Însă Sofia se simțea atât de tristă, încât nu îi păsa ce i se va întâmpla. Oare nu-i trecuse prin cap să sară în râu, cu puțin timp mai devreme?

— Nu, e în regulă, îi spuse ea bărbatului. Puteți să stați aici cu mine. Sofia se mută în celălalt capăt al băncii, făcându-i loc, apoi lovi uşor banca cu mâna, făcându-i semn să se aşeze.

El încuviință şi se aşeză încet, învârtindu-şi pălăria între degete şi punând-o pe genunchi. *Danke, Fraulein**, spuse el. Sofia se gândi că poate vorbea în limba germană. Ochii săi profunzi aveau o nuanță neobişnuită de auriu-maroniu, însă erau blânzi. Străinul începu să-i vorbească cu glas scăzut şi liniştitor, ca şi cum şi-ar spune povestea.

— Îmi pare rău, zise Sofia, când într-un final, el se opri. Nu vă înțeleg. Eu şi surorile mele suntem din Suedia. Trebuia să mergem la Chicago, dar Elin şi Kirsten s-au îmbolnăvit şi a trebuit să fie duse la spital, şi...

Sofia se opri. Oare să-i povestească acestui străin totul despre familia ei? Ce mai conta acum? Probabil că nici el nu înțelegea o

---

*În germană, *Mulțumesc, domnişoară,* (n.ed.).

iotă din ce-i spunea ea. Şi era atât de bine să poată să vorbească cu cineva. Zile întregi de-abia le vorbise lui Elin şi lui Kirsten, iar acum îi părea rău că fusese atât de capricioasă şi de supărăcioasă.

— Aş da orice ca surorile mele să se întoarcă şi să pot să vorbesc cu ele, zise ea cu voce tare.

Străinul începu să vorbească din nou de parcă s-ar putea înţelege unul pe altul fără nicio problemă, iar vocea lui delicată şi profundă o linişti. Sofia îşi ridică privirea spre el, dorindu-şi ca el să ştie cât de mult se bucura de compania lui, dorindu-şi să-l facă să înţeleagă ce-i spunea.

— Mulţumesc pentru că staţi alături de mine, spuse ea.

Sofia nu ştia să aprecieze vârsta oamenilor foarte bine, însă se gândi că bărbatul avea o vârstă apropiată de a lui Nils, care avea douăzeci şi unu de ani. Sofia ştia şi că bărbatul era înalt, tot ca Nils, pentru că, aşezaţi cum erau pe bancă, trebuia să-şi ridice privirea ca să-i vadă chipul. Avea barba rasă şi maxilarul puternic, şi cu toate acestea, chipul său avea o expresie blândă.

Bărbatul stătea cu picioarele întinse şi era îmbrăcat cu un costum maro, sărăcăcios, care arăta de parcă fusese purtat de o bună bucată de vreme. Avea părul şi sprâncenele negre şi dese, o culoare intensă precum cafeaua pe care obişnuia să o bea tatăl ei. Părul îi era puţin prea lung şi cam avea nevoie de o tunsoare, căci se cârlionţa peste urechi şi îi atingea gulerul cămăşii la ceafă. Poate că americanii îl reţinuseră atât de mult timp, încât nu putuse să se tundă.

Bărbatul arătă spre Biblia de pe genunchii ei şi îi puse o întrebare. Sofia auzi un cuvânt care suna ca şi *Biblia*.

— Da, este Biblia mamei mele, zise ea, întinzându-i-o. El o răsfoi încuviinţând din cap, apoi se întinse către geanta de piele uzată de la picioarele lui şi scoase o carte pe care i-o dădu în schimb.

— *Die Bibel**, spuse el, arătând către Biblia sa şi apoi către a ei.

---

*În germană, *Biblia*,(n.ed.).

— Da, sunt la fel, oftă Sofia. Aş vrea să ne înțelegem unul pe altul. Aş vrea să mă poți ajuta să găsesc toate promisiunile pe care mi le citea mama. Cu cât mă ajută Biblia mea, ar putea la fel de bine să fie scrisă în germană, franceză sau în orice altă limbă.

Bărbatul se uită cu atenție la ea în timp ce vorbea, cu capul înclinat într-o parte, ca şi cum şi el şi-ar dori să înțeleagă ce spunea ea. Sofia putea să-i povestească despre temerile şi supărările ei, fără ca el s-o condamne, doar nu înțelegea o iotă din ce spunea.

— Mama Îl iubea pe Isus şi ne citea mereu din Biblie, îi spuse ea. Biblia aceasta a fost a ei. Când ne întorceam acasă de la biserică, Îi cântam imnuri lui Dumnezeu, iar muzica şi cuvintele preotului erau întotdeauna atât de frumoase. Însă acum, că mama nu mai e, nu mai găsesc cuvintele acelea frumoase în Biblie – niciuna din promisiunile pe care mi le arăta ea.

El o privea foarte absorbit, iar din ochii ei începură să cadă lacrimi. Sofia văzu compasiunea din privirea lui şi asta o făcu să plângă şi mai tare. Apoi vorbi el un timp, iar vocea lui era alinătoare şi blajină. Deodată, el se opri, iar chipul lui străluci de emoție, ca şi cum i-ar fi venit o idee. Deschise amândouă Bibliile pe genunchii lui, comparându-le sumarul, şi dădu paginile fiecăreia până la Evanghelia după Ioan din Noul Testament, după care scotoci în geantă după un creion şi o hârtie pe care scrise 20:15. Sofia îşi dădu seama că el voia ca ea să caute în Biblia ei acelaşi pasaj pe care el îl găsise în Biblia sa.

Sofia îşi şterse lacrimile şi citi versetul: *Femeie, i-a zis Isus, de ce plângi? Pe cine cauți?* Sofia se surprinse zâmbind la umorul situației şi la inocența lui, chiar dacă pasajul îi amintise de situația ei grea.

— Pe surorile mele, zise ea. Plâng pentru că surorile mele sunt în spital şi... Sofia voia să găsească un verset care să-i explice, dar nu cunoştea Biblia suficient de bine. Ignoranța ei o făcu să-i fie ruşine. Singurele surori din Biblie despre care îşi amintea că citise erau Maria şi Marta, dar nu ştia unde să le găsească. Sofia se duse înapoi cu câteva pagini, citind toate titlurile din susul fiecărei pagini şi se opri când ajunse la capitolul 11, la Lazăr. *Un oarecare Lazăr... era bolnav...* Sofia îi arătă capitolul şi versetul şi aşteptă ca el să le găsească în Biblia lui. Puţin mai jos, versetul zicea *Maria şi sora ei, Marta.*

Cum să-i explice că surorile ei erau cele bolnave? Sofia gesticulă în van. Privindu-l îşi dădu seama că era nedumerit.

— Las-o baltă, murmură ea.

Sofia închise Biblia şi îşi lăsă capul în jos, însă străinul continuă să-şi răsfoiască Biblia, oprindu-se când ajunse la Psalmi. Notă numerele 22:1–2 şi îi făcu Sofiei semn cu cotul. Sofia căută versetele: *Dumnezeule! Dumnezeule! Pentru ce m-ai părăsit, şi pentru ce Te depărtezi fără să-mi ajuţi şi fără s-asculţi plângerile mele? Strig ziua, Dumnezeule, şi nu-mi răspunzi: strig şi noaptea, şi tot n-am odihnă.*

Sofia îl privi ţină, apoi dădu din cap, apăsându-şi pieptul cu mâna.

— Da, exact aşa mă simt. De unde ai ştiut?

Străinul arătă către sine, apoi către verset, vorbind şi dând din cap. Probabil că şi el se simţea uitat. Sofia se întrebă de ce era reţinut acolo şi îşi dori să-l poată întreba. Atunci, el îi arătă un alt verset, Iosua 1:9: *Întăreşte-te şi îmbărbătează-te! Nu te înspăimânta şi nu te îngrozi, căci Domnul, Dumnezeul tău, este cu tine în tot ce vei face.*

Când Sofia îşi ridică din nou privirea, el zâmbea.

— Aceasta este una dintre promisiunile despre care m-a învăţat mama mea, zise ea, zâmbindu-i la rândul ei. În timp ce-şi ştergea lacrimile, Sofiei îi veni în minte o cale prin care ar putea comunica cu el. Luă creionul şi bucata de hârtie din mâna lui şi începu să deseneze şase beţe. Sofia nu se pricepuse niciodată la desen, însă îi desenă pe mama şi pe tatăl ei, apoi pe Nils, Elin, Kirsten, şi pe ea însăşi în josul lor. Tatălui ei şi lui Nils le făcu bărbi, iar femeilor le făcu fuste lungi şi cocuri. Străinul o privea atent, căutând să înţeleagă.

— Mama, spuse Sofia, arătând spre prima femeie şi tăind-o cu un X. Tata, zise ea, făcând acelaşi lucru. Fratele meu, Nils... sora mea Elin.... sora mea Kirsten şi eu. Arătă către figura desenată, apoi către sine. Când Sofia termină, figura ei era singura nemarcată cu un X. După cum vezi, am rămas singură.

Sofia arătă spre cele trei genţi de la picioarele ei.

— Asta e a mea, zise ea, ridicând-o. A lui Kirsten... şi a lui Elin. Sofia arătă către genţile lor şi apoi către figurile marcate cu X, după care îi arătă trei degete şi cele trei figuri, coborând apoi încet două degete. El păru să fi înţeles în sfârşit, şi încă o dată, Sofia văzu compasiune în ochii lui.

Apoi începu el să vorbească repede, ca şi cum ar fi vrut să se descarce, gesticulând către clădirea imigranţilor din spatele lor şi către oraşul de peste râu. După aceea, trase o linie neagră, groasă, sub desenele ei şi începu să deseneze. Desenă şi el sus nişte figuri care reprezentau un tată şi o mamă. *Mutter... und Vater**, îi spuse el. Apoi desenă cinci figuri de bărbaţi dedesubtul lor, rosti patru nume şi arătă spre fiecare, iar când ajunse la ultima figură – cea pe care o desenase mai mică decât pe celelalte – arătă spre sine. Era cel mai mic din cinci fraţi.

Străinul căută apoi un alt verset, Matei 13:3, şi aşteptă ca Sofia să-l găsească în Biblia ei. *Iată, semănătorul a ieşit să semene...* Desenă un cerc mare în jurul figurilor şi arătă către verset. Pe el nu se inclusese în cerc. Sofia crezu că el îi spunea că membrii familiei lui erau toţi fermieri şi, dintr-un motiv sau altul, el nu putea sau nu voia să fie fermier.

El o privi o vreme, ca şi cum s-ar fi hotărât dacă să continue sau nu, apoi îşi ridică pantalonul pe un picior şi lăsă să se vadă o cicatrice urâtă şi mare. Muşchiul gambei îi era uscat. Oare de aceea fusese reţinut? Domnul Lindahl le spusese că niciuna dintre persoanele care era schiloadă sau avea vreun defect şi nu putea să muncească nu era lăsată să intre în America.

---

*În germană, *mamă... şi tată*, n.ed.

Străinul răsfoi din nou Biblia, oprindu-se la povestea fiului risipitor din Luca 15:13. *Nu după multe zile, fiul cel mai tânăr a strâns totul, şi a plecat într-o ţară depărtată.* Arătă către sine. Plecase de acasă.

— America! zise el, arătând cu mâna către oraşul de peste râu. Apoi îşi întinse braţele şi clătină din cap, arătând spre picior. Autorităţile nu voiau să-l lase să intre din cauza asta.

— Oh, îmi pare rău, îi zise ea. Asta înseamnă că va trebui să te întorci acasă? Ce vei face?

Ca şi cum ar fi înţeles-o, el mimă că înoată şi zâmbi larg. Ea râse. Era aşa de bine să râzi, în loc să plângi.

— Dar e prea departe ca să străbaţi râul înot, îi spuse ea. Poate ar trebui să te gândeşti la un alt plan.

La rândul lui, bolborosi şi el ceva şi îşi ridică mâinile în aer, deznădăjduit. Sofia se întrebă dacă va pune vreodată piciorul în America. Şi de fapt, dacă va pune şi ea piciorul vreodată în America.

El zâmbi şi arătă către sine.

— Ludwig Schneider.

— Bună, Ludwig Schneider. Eu sunt Sofia Carlson.

— Sofia Carlson, repetă el.

— Mă bucur tare mult să te cunosc, Ludwig. Îşi zâmbiră unul altuia, apoi se lăsară din nou pe spate pe bancă şi priviră bărcile care se plimbau în sus şi în jos pe râu.

— Înainte să te aşezi, îi spuse Sofia, mă simţeam atât de singură, atât de disperată să mă ajute cineva. Toată lumea m-a părăsit şi încă nu ştiu dacă îmi voi mai vedea vreodată surorile. Mi-e atât de teamă că ar putea muri, şi nu ştiu ce voi face dacă se întâmplă asta. Avem bilete de tren spre Chicago, unde locuieşte unchiul meu, dar mai degrabă m-aş întoarce în Suedia... doar că e atât de departe şi... nu am bani să mă întorc. Mi-e atât de dor de surorile mele. Şi aşteptarea e atât de grea.

Ludwig începu să răsfoiască din nou prin Biblia lui, căutând un alt verset în timp ce ea vorbea. Când îi arătă Psalmul 27:14 şi ea îl citi în Biblia ei, Sofia nu putu decât să-l privească cu ochii mari de uimire. Versetul spunea: *Nădăjduieşte în Domnul! Fii tare, îmbărbătează-ţi inima, şi nădăjduieşte în Domnul!* De unde ştiuse? Oare îi citise gândurile?

Ludwig îi arătă un alt verset din Isaia 40:27 şi 31. *Pentru ce zici tu, Iacove, pentru ce zici tu, Israele: Soarta mea este ascunsă dinaintea Domnului, şi dreptul meu este trecut cu vederea înaintea Dumnezeului meu?... cei ce se încred în Domnul îşi înnoiesc puterea, ei zboară ca vulturii; aleargă şi nu obosesc, umblă, şi nu ostenesc.*

— Îţi mulţumesc, murmură Sofia. Era convinsă că Ludwig o înţelesese, chiar dacă nu vorbeau aceeaşi limbă. El zâmbi şi arătă către cele două Biblii ale lor, întrebând-o ceva. Dacă mai voia să-i arate? Da! Da, te rog, mai arată-mi. Sofia luă hârtia şi creionul şi începu să-şi noteze referinţele pe care i le dădea el, ca să le citească din nou când era singură.

El îi arătă Psalmul 42:11: *Pentru ce te mâhneşti, suflete, şi gemi înăuntrul meu? Nădăjduieşte în Dumnezeu, căci iarăşi Îl voi lăuda; El este mântuirea mea şi Dumnezeul meu.*

Apoi Psalmul 46:1–2: *Dumnezeu este adăpostul şi sprijinul nostru, un ajutor, care nu lipseşte niciodată în nevoi. De aceea nu ne temem, chiar dacă s-ar zgudui pământul, şi s-ar clătina munţii în inima mărilor...* Apoi versetul 11: *Domnul oştirilor este cu noi. Dumnezeul lui Iacov este un turn de scăpare pentru noi.*

În următoarea oră dacă nu şi mai mult, Ludwig îi arătă Sofiei versete din Scriptură, fiecare dintre ele promiţându-i că nu este singură, că Dumnezeu era cu ea. Frica şi singurătatea începeau să dispară până ce Sofiei îi fu ruşine la gândul că îi trecuse prin cap să se arunce în râu.

Elin o avertizase de nenumărate ori pe ea şi pe Kirsten să stea departe de străini, dar Ludwig nu părea a fi un străin. Şi-apoi, Sofia se simţea ca şi cum Isus ar fi stat pe banca aceea împreună cu ei. Sofia Îl simţea aproape, la fel cum Îl simţise şi când mama sa era în viaţă. Când se aşezase pe bancă, Sofia se rugase lui Dumnezeu să o ajute, iar Dumnezeu i-l trimisese pe acest străin.

— Cum de ştii toate versetele acestea? îl întrebă ea, gesticulând către el şi către Biblie, apoi arătând către fruntea lui. Pari să cunoşti Biblia atât de bine.

El oftă şi îşi roti mâna în aer, indicând spre întreaga insulă. Arătă către vest spre soarele care apunea acum, apoi către est, unde avea să răsară a doua zi. Ludwig desenă traiectoria imaginară a soarelui, trecând de la est la vest tot mai repede, încercând să-i spună Sofiei că fusese reținut acolo de multă vreme. Ludwig oftă din nou şi ținu Biblia sus, întorcându-i încet paginile. Avusese o grămadă de timp la dispoziție ca s-o citească.

— Oh, zise ea. Îmi pare atât de rău. Eu sunt aici doar de o zi şi m-am comportat ca un copil... Numai că sunt tare îngrijorată pentru Elin şi Kirsten. Dac-aş şti măcar că sunt bine... Ochii i se umplură de lacrimi.

— *Nein... nein*, Sofia, zise Ludwig, clătinând din cap, apoi îşi ridică mâna dându-i de înțeles să aştepte în timp ce el începu să scotocească din nou în geanta lui mare de piele. Sofia se întrebă dacă voia să-i dea o batistă, în schimb el scoase un obiect lung, înfăşurat într-o cârpă moale şi cenuşie. El desfăşură cârpa şi dădu la iveală o vioară şi un arcuş.

Ludwig îşi luă un răgaz să strângă corzile arcuşului, apoi aşeză instrumentul sub bărbie şi cântă câteva note de început, ajustându-şi cheile de întins corzile, după care puse instrumentul în poală şi se gândi un moment. Când îl aşeză din nou sub bărbie, Ludwig închise ochii şi începu să cânte.

O melodie calmă şi înduioşătoare se revărsă din instrument ca lacrimile, scăldând-o pe Sofia în toată frumusețea ei. Sofia era vrăjită. În urmă cu multă vreme, înainte ca Dumnezeu să înceapă să îndepărteze pe toată lumea de la ea, muzica şi cântecul îi umpluseră viața. Sofiei îi plăcuse să asculte muzica plină de însuflețire a orgii din biserică, să-I cânte lui Dumnezeu din toată inima. Dar cântecul din sufletul ei începuse să se estompeze după moartea mamei ei, iar când ea şi surorile ei plecaseră de acasă, cântecul dispăruse cu totul.

Acum, toate emoțiile pe care le simțise în ultimele două luni – sentimente de tristețe, de pierdere, de frică și de singurătate – curgeau din vioara lui Ludwig. El înțelegea exact ce simțea ea, mai bine ca oricine, mai bine chiar decât surorile ei. Ascultându-l cântând, rana din sufletul ei începea să se vindece. Sofia nu voia ca el să se oprească. Când în cele din urmă el se opri, Sofia își sprijini brațul pe mâna lui, simțind căldura soarelui pe cămașă.

— A fost minunat, Ludwig. Îți mulțumesc.

El arătă spre cer, cântă câteva note, apoi arătă în sus din nou. Cânta pentru Dumnezeu. Sofia își aminti versetul pe care-l găsise la întâmplare, cu câtva timp înainte ca Ludwig să se așeze lângă ea. *Cântați slavă Numelui Său, măriți slava Lui prin laudele voastre!*

Sofia răsfoi Biblia până la Psalmul 66 și i-l arătă. Ludwig citi versetul în Biblia lui și zâmbi.

— Mai cântă, îl îndemnă ea, imitând cântatul la vioară. Te rog, mai cântă. El zâmbi timid și ridică din nou vioara. În următoarea jumătate de oră, Ludwig cântă mai multe melodii, alerte și lente, vesele și triste. Sofia îl ascultă și simți prezența Domnului în cântecele lui Ludwig, la fel cum Îi simțise prezența în biserică, când mama ei era încă în viață. În sufletul ei, Sofia cânta în tăcere, alături de el.

— Îți mulțumesc, Ludwig, spuse ea când, într-un final, el păru să fi cântat toate cântecele pe care le știa. Ludwig se uită la soarele care cobora spre asfințit și îi puse o întrebare, gesticulând ca și cum ar mânca. Sofia clătină din cap. Nu prea am poftă de mâncare. Puținele minute de bucurie se estompaseră odată cu muzica, lăsând-o din nou cu stomacul strâns de supărare.

Ludwig își înfășură vioara pe care o puse înapoi în geantă, apoi se ridică în picioare și îi făcu semn să-l urmeze, făcând aceleași mișcări ca și cum ar mânca. Poate că și el se simțea la fel de singur ca și ea. Fusese atât de bun cu ea. Nu ar trebui să-l refuze.

— Bine, zise Sofia, ridicându-se în picioare și aranjându-și fusta. Merg cu tine. Sofia ridică gențile surorilor ei odată cu a ei, însă Ludwig luă imediat două dintre ele, ajutând-o să le ducă.

Sofia îl urmă prin labirintul de coridoare din clădire, dându-şi seama că singură nu s-ar fi descurcat să găsească sala de mese. Fusese prea supărată pentru a acorda atenţie doamnei Bjork când îi arătase încăperile mai devreme. Sofia observă un uşor şchiopătat în mersul lui Ludwig şi un umăr puţin mai jos decât celălalt, în timp ce mergea alături de ea. Şi autorităţile de la imigrare observaseră lucrurile acestea, fără îndoială.

La intrarea în sala de mese se adunase deja o mulţime de oameni care, de îndată ce se deschiseră uşile, se îmbulziră înăuntru. Ludwig o ţinu deoparte pe Sofia, ca să nu fie împinsă şi îmbrâncită, aşteptând să treacă valul, apoi găsi două locuri neocupate la una din mese.

Cina uşoară consta în fasole gătită, prune fierte, pâine de secară şi ceai. Ospătarii le serveau copiilor biscuiţi şi lapte. Majoritatea imigranţilor se întinseră şi apucară mâncarea, părând să nu ştie ce să facă cu şerveţele albe de la fiecare loc, însă Ludwig luă masa cu nişte maniere impecabile.

După cină, Sofia şi Ludwig ieşiră din nou afară şi se bucurară de aerul mai răcoros. Pe măsură ce se lăsa seara, priviră răsăritul lunii şi stelele aprinzându-se pe cer, una câte una. Peste râu, în depărtare, se vedeau licărind slab luminile New Yorkului. America părea foarte departe. Sofia îl convinse pe Ludwig să scoată vioara şi să cânte din nou. În jurul lui se adunară alţi imigranţi reţinuţi, care îl aplaudară după fiecare melodie. Toată lumea se oprea să găsească alinare în muzica lui.

Mai târziu, Ludwig o conduse pe Sofia către dormitorul ei, ducându-i cele două genţi. Sofia aruncă o privire la încăperea unde dormeau bărbaţii, în timp ce treceau pe lângă uşa deschisă, şi i se păru chiar mai aglomerată decât dormitorul femeilor. Ambele camere erau atât de zgomotoase, încât Sofia se întrebă cum va reuşi să adoarmă printre atâţia străini. Măcar la clasa a treia fusese liniştită pentru că surorile ei erau aproape de ea.

Ludwig trebuie să fi văzut ezitarea ei, căci puse jos toate lucrurile lor şi începu să-i vorbească cu o voce blândă, încercând să o liniştească. Îşi puse mâinile pe umerii ei şi o privi direct în ochi, cu o privire de îndrăgostit. Sofiei îi plăcură fiorii pe care i-i dădură atingerea lui. Elin ar certa-o pentru că avea încredere într-un străin, însă Elin nu era acolo.

Când Ludwig îşi termină monologul, îşi scoase din nou Biblia şi o îndemnă pe Sofia să-şi deschidă şi ea Biblia, răsfoind până la Psalmul 4:8. Ochii Sofiei se umplură de lacrimi citind cuvintele: *Eu mă culc şi adorm în pace, căci numai Tu, Doamne, îmi dai linişte deplină în locuința mea.*

— Mulțumesc, Ludwig, murmură ea. Eşti cel mai bun om pe care l-am cunoscut vreodată... un dar de la Dumnezeu.

El zâmbi, ca şi cum ar fi înțeles, şi spuse: *Gute Nacht**, Sofia.* Ludwig dădu să plece, apoi se întoarse şi îi ceru din nou Biblia. O deschise la cartea lui Rut şi aşeză Biblia în mâna Sofiei, apoi îi puse cealaltă mână deasupra ei. Îi spunea s-o citească. Mâna lui, cu degete lungi, conice, o acoperea pe a ei cu totul.

— Mulțumesc. O voi citi. *God natt.*

Singurul pat liber pe care-l mai găsi Sofia, era jos şi se întrebă cum va dormi cu două femei suspendate deasupra ei, la doar câțiva centimetri distanță. Sofia îşi puse gențile pe pat, dar îi era imposibil să se aşeze pe el. Patul care atârna deasupra lui era mult prea aproape. Sofia îşi descheie nasturii de la rochie, însă se hotărî să n-o dea jos, cu gândul să poată să fugă din încăperea fără aer, dacă ar fi fost nevoită.

Şiruri de femei aşteptau să se spele la cele trei chiuvete. Femeile care dormeau în paturile de lângă Sofia miroseau de parcă nu ar fi făcut baie niciodată. Sofia se întrebă de cât timp erau reținute aici şi dacă în timp va mirosi şi ea la fel de urât ca ele.

Sofia se aşeză pe podea, cu spatele sprijinit de pat şi deschise Biblia la pagina pe care i-o arătase Ludwig. La început, Sofia nu înțelese de ce voise el ca ea să citească cartea lui Ruth. Nu găsi nicio promisiune de-a lui Dumnezeu în ea – numai tragedie. Însă

---

*În germană, *Noapte bună,* (n.ed.).

continuând să citească, Sofia realiză că Ruth pierduse mulți dintre oamenii care-i erau dragi – pe soțul său, părinții, familia sa din Moab – pe toată lumea, cu excepția soacrei sale, Naomi. Iar Naomi recunoscu că era furioasă şi necăjită pentru toate pierderile.

Ca şi Sofia, şi Ruth îşi lăsase țara ca să înceapă o viață nouă într-o altă țară. La început, viața ei se dovedi a fi foarte grea, însă apoi, povestea lui Ruth se transformă într-o poveste de dragoste. Un om binevoitor şi blând pe nume Boaz, avu grijă de Ruth şi, mai apoi, o luă de soție. Avură un copil. Ultimele versete ale cărții spuneau că bebeluşul lui Ruth era un strămoş al Regelui David, autorul atâtor psalmi minunați. Dumnezeu fusese cu Ruth şi îi transformase supărările în bucurii. Şi speranță.

— Mulțumesc, Ludwig, şopti ea.

O doamnă respectabilă stinse luminile. Sofia se urcă în patul îngust şi, orbecăind pe întuneric, se simți îngrozitor de singură. Nu mai avea nimic în viața ei – nici părinți, nici cămin, nici țară – iar acum îşi pierduse şi surorile. Însă când îşi închise ochii pentru rugăciune, Sofia ştiu că Dumnezeu era cu ea, în întuneric.

CAPITOLUL 16

A doua zi dimineață, Kirsten se trezi în salonul din spital, îngrozită să-şi dea seama că se afla într-adevăr în acea încăpere, şi că nu era un vis urât. Îi veni din nou greață, la fel cum i se întâmplase pe feribot, în toiul furtunii. Era din cauza grijilor – şi oare cine nu s-ar fi necăjit? Doar se trezise cu un coşmar. Se făcea că era singură şi speriată – îi era teamă pentru Sofia şi pentru Elin şi pentru ea însăşi. Nu avea pe nimeni cu care să vorbească. Nimeni nu înțelegea niciun cuvânt din ce spunea.

Asistentele împărțiră tăvi cu mâncare, iar Kirsten primi şi ea una, însă când mirosul ouălor fierte îi ajunse la nări, îi veni să vomite. Kirsten împinse tava deoparte şi îşi acoperi gura ca să nu vomite. O asistentă veni în fugă la ea. Femeia ținu farfuria cu ouă în fața ei, ca şi cum ar fi insistat ca ea să mănânce. Kirsten îşi simți stomacul întors pe dos şi îi veni greață din nou.

— Nu pot să mănânc, spuse ea când îi trecu răul. Vă rog, vreau doar să plec de aici şi să mă întorc la surorile mele.

Asistentele luară mâncarea şi chemară un doctor ca s-o consulte. Medicul îi pipăi abdomenul, apăsând-o în mai multe locuri, şi ascultând cu un instrument special. Când termină, Kirsten se întinse înapoi pe pat, încercând să se roage. Îşi aminti Rugăciunea Domnească de la biserică şi o repetă întruna în timp ce dimineața se scurgea încet.

Într-un final, traducătoarea de la Societatea de Ajutorare a Imigranților Suedezi veni din nou să vorbească cu ea.

— Cum vă simțiți astăzi, domnişoară Carlson? întrebă ea.

Ochii lui Kirsten se umplură de lacrimi la auzul sunetului familiar al limbii ei.

— Sunt bine. Vă rog să le spuneți doctorilor că sunt bine. Vreau doar să mă duc la surorile mele. Sofia trebuie să fie înnebunită deja, ea care a fost întotdeauna atât de temătoare şi de timidă. Sofia are nevoie de mine! Puteți, vă rog, să le întrebați pe asistente unde sunt hainele mele? Kirsten încercă să-şi scoată picioarele din pat, însă doamna Bjork îşi ținu mâna ridicată, împiedicând-o.

— Aşteptați. Medicii vor să rămâneți în pat, vă rog.

— De ce? V-au spus de ce trebuie să rămân aici?

Femeia se uită la teancul de hârtii pe care-l avea în mâini, apoi spuse:

— Ieri mi-ați spus că mai aveți o soră, Elin Carlson?

— Da. Se simte bine? Unde este?

— Este tot în acest spital, dar într-un alt salon. Medicii au ajuns la concluzia că este bolnavă de tifos.

— Tifos? Vai, nu! Teama pentru Elin îi dădu fiori lui Kirsten.

— Aşa cum am spus ieri, pe vaporul cu care ați venit s-au înregistrat mai multe cazuri confirmate de tifos.

— O să fie bine?

— Este tânără, puternică şi, în afară de asta, sănătoasă. Medicii au încredere că îşi va reveni, dar va dura un timp. Vor să se asigure că nu veți lua şi dumneavoastră boala.

— Dar trebuie să mă întorc la Sofia. Vă rog... unde-mi sunt hainele?

— Sunt la dezinfectare acum. Tifosul se transmite prin păduchi, şi se poate să vă fi intrat în haine.

— Oh, nu... vă rog..., oftă Kirsten. Nu voia să înceapă să plângă, dar nu se putu stăpâni. Se simțea ca o prizonieră. Ea nu avea nimic. Când vor termina cu hainele mele, mă vor lăsa să plec? Sora mea, Sofia, este singură şi are nevoie de mine. Are doar şaisprezece ani.

— I-am explicat ieri Sofiei situația şi sunt sigură că se va descurca. Noaptea doarme în dormitorul din centrul de imigrare, iar de mâncat, mănâncă în sala de mese.

— E un adevărat coşmar, gemu Kirsten. Suntem atât de departe de casă şi trebuie să ajungem la casa unchiului nostru din Chicago. De ce ni se întâmplă asta? Kirsten nu se putea opri din plâns. Ştia că traducătoarea o privea, aşteptând să-şi stăpânească lacrimile. Kirsten îşi şterse obrajii cu dosul palmei. Îmi pare rău, îmi pare rău... dar trebuie să ştiu cât mai trebuie să rămân aici.

— Medicii au hotărât să vă mai țină câteva zile...

— Nu! strigă ea. Nu, nu se poate.

În salon se făcu o linişte de mormânt la izbucnirea ei, iar câteva asistente îi făcură semn să tacă.

— Doctorii sunt foarte îngrijorați pentru faptul că vărsați tot ce mâncați, zise doamna Bjork încet.

— Ei bine, e vina lor! Sunt supărată pentru că mă țin aici. Nu-i de mirare că nu pot să mănânc. Şi sunt îngrijorată până peste cap pentru surorile mele. Nu puteți să le spuneți asta doctorilor? Spuneți-le că mă voi simți bine dacă mă vor lăsa să plec de aici.

— Le voi spune, promise ea, dar mă îndoiesc că va avea vreun efect. Poate dacă ați încerca să mâncați ceva...

Kirsten se strădui din răsputeri să mănânce toate mesele din acea zi, să arate sănătoasă, să le demonstreze că era bine. În zadar însă. Doctorii o ținură în spital încă o zi, plus o noapte întreagă.

Biata Elin. Şi biata Sofia. Probabil că e înnebunită deja. *Te rog, Doamne, să fie bine amândouă.*

A doua zi dimineață, lui Kirsten încă îi era greață, iar medicul o consultă din nou. Dacă i-ar înapoia hainele şi ar lăsa-o să se întoarcă la Sofia.... Kirsten aşteptă toată ziua; iar când veni interpreta să vorbească cu ea, era deja după-amiaza târziu. Lui Kirsten îi venea să țipe de nervi.

— Medicii spun că sora dumneavoastră, Elin, se simte mult mai bine, îi spuse doamna Bjork lui Kirsten. Iar cealaltă soră a dumneavoastră, Sofia, este bine şi ea. Am vorbit cu ea în această dimineață. Sofia este bine îngrijită în centrul de detenție.

— Când mă vor lăsa doctorii să plec de aici?

— Cel mai probabil, în câteva zile. Trebuie să se asigure că vă hrăniți bine şi că nu mai sunteți slăbită. Însă despre altceva trebuie să vorbim, domnişoară Carlson. Doamna Bjork coborî vocea, chiar dacă amândouă ştiau că nimeni din salonul de spital nu înțelegea un cuvânt din ce spuneau. Kirsten îşi simți stomacul strâns de teamă.

— Ce s-a întâmplat?

— Doctorul care v-a consultat crede... ăă... că aşteptați un copil.

Poftim? Kirsten încremeni toată. Era aceeaşi reacție şocantă pe care o simțise când Elin îi spuse pentru prima dată că gheața cedase sub tatăl lor şi se înecase. Un copil? Se înşală. Nu... nu, nu poate fi adevărat...

Femeia aşteptă răbdătoare, în timp ce Kirsten continua să scuture din cap, refuzând să creadă aşa ceva. Doctorii o confundaseră cu o altă pacientă. Femeile căsătorite erau cele care aveau copii – nu fetele necăsătorite ca ea.

— Nu se poate, insista ea. Însă în timp ce femeia aştepta calmă, adevărul se insinuă încet în starea de şoc a lui Kirsten. Odată, când fusese singură în pădure cu Tor, se lăsaseră duşi de val. Doar o dată... sau poate de două ori... dar atât. Se iubeau unul pe celălalt. Tor o asigurase că nu era nimic rău în a fi împreună pentru că se iubeau unul pe celălalt. Tor îi spusese că într-o zi vor fi soț şi soție.

— Nu-nu poate fi adevărat, murmură Kirsten.

Dar era.

Într-o fracțiune de secundă, Kirsten simți că se sufocă de căldură. Obrajii îi luaseră foc de ruşine. Interpreta îi evită privirea, ca şi cum îi era jenă de ea, apoi îşi drese glasul.

— Ştiu că este greu, domnişoară Carlson, şi nu vă judec. Nici doctorul nu vă judecă. Însă mi-e teamă că trebuie să acceptați adevărul.

Kirsten îşi acoperi fața cu mâinile şi începu să plângă. Femeia aşteptă în tăcere până ce Kirsten începu să-şi revină.

— Nu ştiu ce să fac, murmură ea. Sunteți sigură că sunt...? Oh, ce mă voi face?

— Nu pot să vă spun ce să faceți, domnişoară Carlson, însă situația este următoarea, şi vă rog să mă ascultați cu atenție:

femeile nemăritate şi însărcinate nu sunt lăsate să intre în ţară. Oficialităţile de la imigrare le declară „PPP" – potenţială povară publică – de vreme ce nu au soţi care să le întreţină. Ele sunt trimise înapoi în ţara lor. M-aţi înţeles?

Kirsten încuviinţă din cap, cu lacrimile continuând să-i scalde obrajii. Încă nu ştia dacă asta era o veste bună sau proastă. Dacă se întorcea înapoi în Suedia purtându-i copilul, Tor va trebui să o ia de nevastă. Însă Kirsten nu putea suporta gândul de a călători tot drumul acela înapoi spre casă. Şi Elin şi Sofia? Ce-ar putea să le spună? Elin nu va vrea să se întoarcă în Suedia, dar Sofia da – şi atunci se vor despărţi. Vor suferi toate trei pentru păcatul lui Kirsten.

— Şi… şi surorile mele vor trebui să se întoarcă acasă?

— Depinde. Femeile necăsătorite şi femeile măritate dar neînsoţite nu sunt lăsate să părăsească Insula Ellis decât dacă un membru al familiei de sex masculin vine după ele. Acest lucru este valabil în toate cazurile, nu doar în această situaţie. Mă mir că nu vi s-a explicat acest lucru.

— Unchiul Lars a plătit pentru călătoria noastră şi s-a ocupat de toate aranjamentele. El locuieşte în Chicago, iar eu şi surorile mele avem bilete de tren de aici la Chicago şi vrem să mergem la el de îndată ce plecăm din New York. Totul este plătit. Vom locui cu el, iar unchiul nostru va avea grijă de noi.

— Înţeleg. Aşa e bine. Odată ce sora dumneavoastră primeşte aprobarea medicală, va putea să ia trenul către Chicago.

— Iar eu nu!

— Ei bine, din nou, depinde. De exemplu, dacă tatăl copilului vă aşteaptă în Chicago, sunt sigură că vi se va da voie să intraţi în ţară. Kirsten începu să spună ceva, însă femeia o opri. Nu, ascultaţi-mă. Dumneavoastră decideţi ce doriţi să le spun eu medicilor şi autorităţilor. Eu sunt doar interpreta, la urma urmei. Eu nu trebuie să fiu la curent cu informaţiile dumneavoastră de natură personală. Însă dacă tatăl copilului vine să declare că vă întreţine, situaţia se schimbă.

Kirsten ştia că nu e bine să mintă. Ştia şi că ce făcuseră ea şi Tor nu era bine. Nu avea nicio scuză pentru faptul că se lăsase dusă de val cu el, doar că îl iubise – şi crezuse că şi el o iubise, la rândul lui. Ce să se facă acum?

Singura soluţie era să se întoarcă în Suedia. Elin şi Sofia vor decide în numele lor ce să facă. Kirsten trebuia să-i scrie o scrisoare lui Tor şi să-i explice situaţia în care se afla. El trebuia să aibă grijă de ea şi de copilul lor.

Copilul lor. Lui Kirsten nu-i venea să creadă.

— Dacă nu ne vor lăsa să intrăm în America, cât de repede vom fi trimise acasă?

— De îndată. Dacă vă este refuzat accesul din motive medicale, veţi fi îmbarcată pe următorul vapor al companiei White Star Line care se întoarce în Europa.

Sarcina lui Kirsten nu putea fi mai avansată decât o lună. Oamenii din sat nu trebuiau să ştie că se întâmplase în afara căsătoriei. Tor nici nu trebuia să-i spună tatălui său.

— Nu trebuie să vă hotărâţi chiar acum, îi spuse femeia văzând-o că ezită. Mă voi întoarce în câteva zile, când doctorii vor fi pregătiţi să vă externeze, şi-mi veţi spune atunci care sunt planurile dumneavoastră.

— Aţi putea... adică... vreau să trimit chiar acum o scrisoare în Suedia şi să anunţ despre... ştiţi dumneavoastră... Kirsten încă nu înţelegea că va avea copilul lui Tor. Nu părea adevărat.

— Nu aţi vrea să trimiteţi mai degrabă o telegramă? Ajunge mult mai repede.

Sosirea unei telegrame din America ar fi o veste mare în sătucul lor. Kirsten şi-i imagină pe toţi în magazinul lui Magnusson, adunaţi de jur împrejur s-o citească, şi roşi până-n vârful urechilor de ruşine.

— Nu, cred că e mai bine să trimit o scrisoare. Ştiţi de unde pot să iau nişte timbre poştale şi ce mai trebuie?

— Le voi spune asistentelor să vă găsească nişte hârtie şi ceva de scris. Iar data viitoare când voi veni vă voi aduce un timbru internaţional.

— Vă mulțumesc.

— Mă voi întoarce când vă vor externa.

Kirsten se întinse la loc pe perne. Supliciul o extenuase. Oare chiar era însărcinată? Ce le va spune surorilor ei? Îi venea să-şi îngroape fața în pernă de umilință, la gândul că le făcuse de ruşine. Mai întâi tatăl lor le dezonorase familia sinucigându-se, iar acum asta. Kirsten nu numai că îşi distrusese propria-i viață, ci probabil că le distrusese şi viețile lui Elin şi Sofia.

Nu putea să le spună adevărul. Pur şi simplu nu putea. Trebuia să inventeze un motiv pentru care nu-i dădeau aprobarea medicală.

Între timp, îi va scrie lui Tor şi îi va spune că se întoarce acasă. *Sunt însărcinată cu copilul tău, Tor, şi nu ştiu ce să fac,* va scrie în scrisoare.

Kirsten şi-l imagină primind scrisoarea în magazinul tatălui său, deschizând plicul şi citind vestea. Tor îşi va înfrunta tatăl şi îi va explica de ce trebuie să se însoare cu Kirsten. Tor va face ce se cuvine – nu-i aşa?

CAPITOLUL 17

Sofia le urmă pe celelalte femei care ieşeau din dormitor şi coborau spre sala de mese, pentru micul dejun, sperând să-l vadă din nou pe noul ei prieten, Ludwig Schneider. Când îşi aminti cum îl întâlnise în ziua precedentă, inima începu să-i bată cu putere – dar nu de frică, ca de obicei, ci de nerăbdare. Şi iată că el o aştepta la uşă – cu un cap mai înalt decât majoritatea celorlalţi imigranţi – cu zâmbetul pe buze la vederea ei.

— *Guten Morgen**, Sofia.

Sofia îi zâmbi la rândul ei.

— *God morgon*. Sper că nu m-ai aşteptat prea mult. Şi sper că a mai rămas mâncare. Mi-e foarte foame în dimineaţa aceasta.

Ludwig bolborosi ceva drept răspuns şi o conduse în sala de mese care era înţesată de oameni. Ceilalţi imigranţi mâncară din nou ca apucaţii, ca şi cum aceasta ar fi ultima lor masă, însă Ludwig părea să ştie care erau locurile cele mai bune şi ce să facă ca să fie serviţi, şi se asigură că amândoi aveau suficientă mâncare. După felul în care se descurca şi prietenia care se observa între el şi ospătari, Sofia ghici că Ludwig era reţinut de ceva vreme aici, şi îşi dori să-l poată întreba de când.

După micul dejun, Sofia îl urmă pe Ludwig sus pe scări, unde el îi arătă un acoperiş aglomerat. Aici, celor reţinuţi li se permitea să iasă la aer curat. Câteva minute mai târziu, Sofia o văzu pe interpreta cu care vorbise cu o zi înainte, îndreptându-se spre ea. Stomacul i se strânse de teamă, dar doamna Bjork zâmbea amabil, şi asta o mai linişti pe Sofia.

— Sper că aveţi veşti bune despre surorile mele, nu?

— Îmi pare rău să vă spun asta, dar surorile dumneavoastră vor mai rămâne în spital. Totuşi starea lor pare să fie stabilă.

---

*În germană, *Bună dimineaţa,* (n.ed.).

— Slavă Domnului. M-am rugat să se facă bine. Cât timp vor mai trebui să stea?

— Doctorii nu sunt siguri, însă vă voi anunța de îndată ce aflu.

Pentru Sofia era ciudat să audă vorbindu-se din nou suedeza după ce ascultase peste tot în jurul ei sporovăiala în limbi pe care nu le înțelegea – şi chiar mai ciudat să o vorbească chiar ea, cu cineva care o înțelegea.

— Dacă i-aş scrie o scrisoare lui Elin, ați putea să i-o duceți pentru mine? Ştiu că este foarte îngrijorată pentru mine, pentru faptul că sunt aici singură, şi vreau să ştie că sunt bine.

— Mă pot asigura că va ajunge la ea. În dimineața aceasta trebuie să ajung jos, la Biroul de Înregistrare, ca să traduc. Cu vaporul de azi se aşteaptă să sosească mai mulți pasageri suedezi. Doamna Bjork arătă din cap către râu, unde primul din nenumăratele feriboturi se aliniase lângă bărcile pline de imigranți. Însă vă voi căuta înainte să părăsesc insula în după-amiaza aceasta şi îi voi duce scrisoarea dacă va fi gata.

— Vă mulțumesc foarte mult. Elin îşi va lua o grijă de pe suflet. Îşi face atâtea griji pentru mine şi pentru Kirsten...

— Dacă Societatea de Ajutorare a Imigranților Suedezi vă poate ajuta şi cu altceva, zise doamna Bjork îndreptându-se încet către scări, vă rog să-mi spuneți.

— De fapt, am o întrebare, zise Sofia, mergând în urma ei. Am întâlnit pe cineva care a fost reținut aici timp îndelungat, şi mă întreb ce se va întâmpla cu el.

— Oamenii cărora li se refuză accesul pot să-şi prezinte cazul în fața Comisiei de Apel, care se reuneşte periodic. Poate că aşteaptă să facă asta, sau dacă cererea sa a fost deja refuzată, aşteaptă probabil următorul vapor care să-l ducă în țara de origine.

— S-a purtat foarte amabil cu mine, m-a ajutat şi a făcut ca totul să-mi fie mai uşor. Aş vrea să-i mulțumesc, dar cred că vorbeşte limba germană. Ați putea...

— Regret, însă eu vorbesc doar suedeza şi engleza.

— Aş putea să-i scriu un bilet pe care dumneavoastră să-l traduceţi în engleză, iar apoi el să-l dea altui traducător, care să-l traducă în germană şi...

Doamna Bjork zâmbi, însă clătină din cap.

— Îmi pare rău, dar ar fi un proces lung şi meticulos. Şi nu sunt autorizată să fac lucruri din acestea.

Sofia se uită peste umăr, unde o aştepta Ludwig. Voia să-i spună atâtea lucruri, iar în privirea lui citea aceeaşi ardoare, ori de câte ori încercau să vorbească unul cu altul.

— Dar... nu există vreo cale...

— Îmi pare rău, dar mă tem că nu vă pot ajuta. Trebuie să plec acum, dar mă voi întoarce mai târziu să iau scrisoarea pentru sora dumneavoastră.

— Da. Mulţumesc. Sofia o privi pe femeie îndepărtându-se, fiindu-i deja dor de sunetul limbii ei, şi îl văzu pe Ludwig uitându-se la Statuia Libertăţii ce se afla la mică distanţă, pe o insulă din apropiere. Toată lumea care sosea în America scosese strigăte de bucurie la vederea statuii care îi întâmpina în această ţară, luminându-le calea spre o viaţă nouă. Acum, toţi oamenii de pe acoperiş aşteptau să vadă dacă îi vor lăsa să intre, sau vor fi trimişi acasă.

— Surorile mele se însănătoşesc, îi spuse Sofia lui Ludwig, zâmbind şi arătându-i cele două genţi ale lor. Poate ne vor lăsa în curând să plecăm de aici.

Ludwig îi răspunse în germană. Sofia nu înţelese ce îi spusese, dar îi plăcea să-i audă vocea liniştitoare şi profundă. Îi va fi dor de el. Sofia îşi ridică privirea spre chipul lui blând, uimită să-şi dea seama cât de tare îi va lipsi. Îşi făcuse un prieten, care o ajutase să treacă peste o situaţie grea – şi odată ce va părăsi Insula Ellis, nu-l va mai vedea niciodată.

— De ce îmi iau tot timpul rămas bun de la oameni? murmură ea. De ce trebuie să fie viaţa atât de grea?

El îi întoarse privirea îngrijorat, ca şi cum ar simţi tristeţea din vocea ei. Sofia zâmbi ca să-l liniştească şi făcu semn cu mâinile rugându-l să-i cânte la vioară.

— Nu voi irosi timpul pe care-l avem azi făcându-mi griji pentru mâine, zise ea.

Ludwig găsi un loc unde să se aşeze şi scoase vioara din geantă. La început, doar exersă, ca şi cum ar fi vrut să-şi încălzească degetele. Apoi vioara începu să cânte din nou - melodii triste, sfâşietoare, apoi vesele, imnuri şi cântece folk şi de dans. Toată lumea de pe acoperiş părea că se bucură de prestația lui, căci oamenii îl aplaudau după fiecare cântec, strângându-i mâna şi mulțumindu-i în nenumărate limbi. La un moment dat, Ludwig obosi şi puse vioara jos, iar Sofia se aşeză pe bancă lângă el. Sofia scoase Biblia şi i-o dădu.

— Îmi arăți te rog, unde găsesc alte versete în Biblie?

Ludwig încuviință din cap, răspunzându-i în germană şi luându-şi şi el Biblia din geantă. Nu aveau ce să facă altceva, şi aşa le trecea timpul mai repede, timp care părea să stea în loc pe Insula Ellis.

Primul verset pe care i-l arătă fu Ioan 14:23: *Drept răspuns, Isus i-a zis: Dacă Mă iubeşte cineva, va păzi cuvântul Meu, şi Tatăl Meu îl va iubi. Noi vom veni la el, şi vom locui împreună cu el.*

Sofia păstrase bucata de hârtie din ziua anterioară ca s-o ajute să găsească versetele mai târziu, însă Ludwig i-o luă cu blândețe şi începu din nou să deseneze. Sub desenele cu familiile lor, Ludwig schiță o căsuță simplă şi pătrată cu ferestre, cu un acoperiş înalt şi cu un coş din care ieşea fum.

— *Ein Haus**, îi spuse el, arătând spre desen şi apoi spre verset. Ludwig oftă, arătând spre oraşul de peste râu şi apoi către sine.

— Şi eu vreau o casă, mai mult decât orice, îi zise Sofia. Elin m-a întrebat ce îmi doresc să am în America şi asta e tot ce vreau – o casă. Crezi că noi vom avea vreodată o casă, Ludwig?

Din nou, el simți amărăciunea din vocea ei, şi dădu o pagină înapoi în Biblia lui, la începutul capitolului, arătându-i versetul 14:1: *Drept răspuns, Isus i-a zis: Dacă Mă iubeşte cineva, va păzi cuvântul Meu, şi Tatăl Meu îl va iubi. Noi vom veni la el, şi vom locui*

*În germană, *o casă*, (n.ed.).

împreună cu el. În casa Tatălui Meu sunt multe locaşuri. Dacă n-ar fi aşa, v-aş fi spus.

— Deci tu crezi că Dumnezeu are un loc pentru noi – nu numai în rai, într-o bună zi, ci şi acum, pe pământ?

După expresia chipului lui, Sofia îşi dădu seama că el nu o înțelesese, în schimb răsfoi Biblia până la Romani 8:28: *De altă parte, ştim că toate lucrurile lucrează împreună spre binele celor ce iubesc pe Dumnezeu, şi anume, spre binele celor ce sunt chemați după planul Său.*

— E adevărat oare? şopti ea, mai mult pentru sine decât pentru Ludwig. Oare Dumnezeu lucra într-adevăr pentru binele ei în mijlocul atâtor pierderi pe care le suferise? Sofia voia atât de mult să creadă lucrul acesta... Dar moartea mamei lor? La ce bun servise moartea ei?

Sofia încercui versetul pe hârtie cu gândul să-l mai cântărească înainte să se hotărască dacă să creadă că era adevărat. Îşi ridică privirea către Ludwig, vrând să-i ceară să-i mai arate şi alte versete care s-o ajute să înțeleagă, însă el zărise lângă scări o femeie pe care o cunoştea şi îi făcea cu mâna. Ludwig strecură Biblia pe genunchii Sofiei şi se ridică în picioare, făcându-i semn să aibă grijă de geanta lui şi de vioară.

Femeia plinuță şi nu tocmai frumoasă ținea în brațe un vraf de hârtii, întocmai cum avea şi traducătoarea Sofiei, doamna Bjork. Poate că femeia era traducătoarea germană a lui Ludwig.

Ludwig discută cu ea o vreme, iar când se întoarse, îi arătă Sofiei un verset din Faptele apostolilor 17:31: *Pentru că a rânduit o zi, în care va judeca lumea după dreptate, prin Omul, pe care L-a rânduit pentru aceasta.*

Probabil că Ludwig se referea la Comisia de Apel de care pomenise doamna Bjork. Poate că situația lui Ludwig va fi hotărâtă în curând.

— Mă voi ruga pentru tine, Ludwig, îi spuse ea, împreunându-şi mâinile şi aplecându-şi capul ca să-i arată ce voia să spună. Ludwig încuviință din cap şi îşi împreună şi el mâinile în rugăciune.

Trecură zile întregi, dar Sofia descoperi că nu o deranja deloc să aştepte. Surorile ei se însănătoşeau, iar între timp, ea îşi petrecea fiecare zi împreună cu Ludwig, ascultându-l cum cânta la vioară, mâncând împreună cu el, plimbându-se în curtea reţinuţilor împreună cu el, până unde le era permis să meargă. Ei se uitară la vasele care veneau şi plecau şi la imigranţii care păşeau pe mal stingheri şi speriaţi, umplând apoi imensul Birou de Înregistrare de la parter. Câteva ore mai târziu, cei norocoşi plecau cu feriboturile către continent, să-şi înceapă noua viaţă, pe când cei mai puţin norocoşi se alăturau ei şi lui Ludwig în centrul de detenţie.

Într-o dimineaţă, Sofia şi Ludwig se aflau pe acoperiş, când el o zări din nou pe traducătoarea lui şi alergă spre ea ca să-i vorbească. Sofia o văzu explicându-i ceva, însă Ludwig, cu cât asculta mai mult, cu atât devenea mai agitat, trecându-şi mâinile prin părul întunecat şi mărşăluind cu paşi grei în faţa femeii. Când traducătoarea termină ce avea de spus, Ludwig începu să-şi pledeze cauza, clătinând din cap şi arătând către oraşul de peste râu, vocea devenindu-i din ce în ce mai puternică, până ce Sofia îl putu auzi, chiar de la distanţa la care se afla. Într-un final femeia se îndepărtă, iar Ludwig se prăbuşi pe bancă lângă Sofia. Sofia văzu cum dezamăgirea lui se transforma încet în disperare.

— Îmi pare atât de rău, Ludwig, îi zise ea, atingându-i braţul. Mi-am dat seama că ai primit veşti proaste. Mi-aş dori să pot face ceva pentru tine. M-ai ajutat atât de mult.

Timp de mai multe minute, Sofia şi Ludwig stătură în tăcere, în timp ce el se lupta cu sentimentele care-l copleşeau. Geanta lui Ludwig era deschisă la picioarele lui, cu vioara deasupra, iar când privi în jos şi o văzu, îndesă vioara în geantă. Apoi luă Biblia de la Sofia şi o îndesă lângă vioară, închizând catarama de la valiză cu zgomot. Sofia aşteptă, iar când Ludwig fu pregătit să vorbească, vorbele lui se rostogoliră afară ca un val.

Sofia auzi amărăciune şi furie în vocea lui. Ludwig gesticulă către America de cealaltă parte a râului, apoi clătină din cap, arătând către sine. Ludwig oftă, apoi arătă cu un gest energic spre vărsarea râului în Oceanul Atlantic şi făcu cu mâna în semn de rămas bun. Nu voiau să-l lase să intre în America. Îl trimiteau acasă.

— Nu... oh, Ludwig, nu. Îmi pare atât de rău. E atât de nedrept. Nu se poate face nimic?

Ludwig vorbi timp îndelungat, mai rar acum, descărcându-şi toată supărarea, la fel cum făcuse Sofia în prima lor zi împreună. Sofia nu-i înțelegea cuvintele, dar ştia ce însemnau – şi mai ştia că Ludwig avea inima frântă. Într-un sfârşit, când se opri, Ludwig se uită în jur să vadă dacă îl vede cineva, apoi mimă din nou că va trece râul înot.

— Nu poți să înoți atât de departe. O să te îneci.

Ludwig clătină din cap şi îşi întinse brațele ca şi cum ar fi spus: *Nu am de ales*, apoi mimă iar înotatul. Sofia se întrebă cum avea să reuşească să înoate atâta distanță cu piciorul bolnav. Râul era prea larg chiar şi pentru un înotător puternic. Ludwig îşi împreună mâinile şi le puse sub obraz ca pe o pernă, închizându-şi ochii şi mimând somnul, apoi mimă din nou înotul.

— Nu... Nu poți merge noaptea! Va fi şi mai periculos! Ludwig, te rog, nu o face. Însă Sofia îi văzu hotărârea în privire şi ştiu că el nu-i asculta rugămințile – cu toate că era convinsă că le înțelegea.

— America, rosti el ferm, arătând către oraş. Ludwig Schneider, zise el, dând din cap hotărât. Sofia îşi dădu seama cât însemna America pentru el, cât de mult voia să rămână, şi regretă că nu apreciase eforturile lui Elin de a le aduce până aici.

Sofia deschise Biblia la versetul din Romani pe care Ludwig i-l arătase cu o zi în urmă.

— Spune că Dumnezeu va face ca totul să lucreze pentru binele tău, Ludwig. Nu crezi asta?

Ludwig se întinse spre ea şi îi închise delicat Biblia, clătinând din cap. Sofia îşi dorea să ştie cum să-l încurajeze. Se uită pe lista ei de versete pe care el i le arătase, căutând unul care să-i dea încredere, şi îi arătă Psalmul 27:14: *Nădăjduieşte în Domnul! Fii tare, îmbărbătează-ți inima, şi nădăjduieşte în Domnul!*

Ludwig o privi şi clătină din cap, nevrând să-şi deschidă şi el Biblia. Sofia îşi dorea să-l ajute aşa cum o ajutase şi el, dar nu ştia ce să facă. El o binecuvântase cu muzica lui de vioară, iar singurul lucru pe care îl putea face ea în schimb, era să cânte. Ce va crede el despre vocea ei? El era un muzician talentat, iar ea era doar o amatoare care le cânta vacilor şi găinilor de acasă.

Sofia era pe cale să renunțe la idee, când îşi aminti versetul la care deschisese Biblia în prima zi: *Înălțați lui Dumnezeu strigăte de bucurie, toți locuitorii pământului! Cântați slavă Numelui Său, măriți slava Lui prin laudele voastre!* Ludwig îi dăduse speranță cu muzica lui şi o ajutase să regăsească promisiunile lui Dumnezeu. Dacă singurul lucru pe care i-l putea oferi în schimb era un cântec, atunci va cânta. Sofia îi atinse brațul şi îl privi în ochi.

— Ludwig? Vreau să-ți cânt ceva. Era imnul preferat al mamei mele; de aceea l-am memorat. Se numeşte *Tryggare kan ingen vara** [Copiii Tatălui ceresc]. Nu... nu am mai reuşit să-l cânt de când a murit, dar... dar vreau să fie darul meu pentru tine.

Sofia îşi drese glasul, privind în jos o clipă, întrebându-se dacă va reuşi să-l cânte. Apoi îşi ridică bărbia şi începu să cânte privindu-l în ochi:

— *Mai sigur şi mai fericit decât copiii lui Dumnezeu / nu poate fi nimeni, / nici steaua pe bolta cerească, / nici pasărea în cuibuşorul ei.*

Ludwig o asculta atent, neluându-şi nicio clipă privirea de la ea. Sofia evita să-l privească, ştiind că altfel, nu şi-ar putea stăpâni lacrimile şi n-ar mai putea să cânte. Cu toate acestea, în timp ce începu al doilea vers, Sofia ştia că el încă o privea.

— *Domnul Se-ngrijeşte de credincioşii Lui / în grădinile sfinte ale Sionului, / Se îndură întotdeauna de ei / şi-i poartă-n brațe părinteşti.*

Sofia înghiți greu, străduindu-se să continue să cânte, amintindu-şi sentimentul ocrotitor al brațelor Domnului în jurul ei, în prima noapte petrecută în dormitorul acela îngrozitor. Ludwig o

*Cântec suedez compus de Lina Sandell-Berg (1832–1903), (n.ed.).

ajutase să regăsească acea alinare, iar acum el era cel care avea nevoie de mângâiere.

— *Nicio suferință și niciun necaz / nu vor putea să-i smulgă din mâna Lui / El e Cel dintâi prieten care / cunoaște grijile copiilor Săi.*

Lacrimi curgeau încet pe obrajii Sofiei. Sofia știa ce înseamnă amărăciunea și pierderea, însă pentru prima oară în viața ei, înțelegea cu adevărat puterea dragostei lui Dumnezeu pentru ea. Dumnezeu era cu ea aici pe Insula Ellis, atât de departe de casă. Ea și Ludwig erau amândoi în mâinile Lui. Orice s-ar întâmpla, Sofia putea să se încreadă în Dumnezeu.

Sofia se întoarse cu fața la Ludwig și cântă ultimul vers atât pentru ea, cât și pentru el.

— *Și dacă ia, și dacă dă / El rămâne același Tată / și țelul Lui este acela de a dori / adevăratul bine pentru copiii Săi.*

Ludwig nu își luase privirea de la ea de când începuse să cânte, dar când Sofia se opri, își închise ochii. Sofia își dădu seama după felul în care îi tremura bărbia puternică și pătrată, că în Ludwig se dădea o luptă interioară. Când își deschise din nou ochii, Ludwig luă mâna Sofiei și o duse la buze, sărutând-o.

— *Danke**, Sofia, șopti el. *Danke.*

Ludwig arătă cu mâna spre o pasăre care se oprise pe gardul din apropiere, apoi spre ea, zâmbind. Ludwig Schneider avea un zâmbet minunat, chiar dacă în ochii lui se mai putea citi durerea.

— Cu plăcere, îi răspunse Sofia, realizând surprinsă – și bucuroasă în același timp – că tocmai cântase primul ei cântec în America.

---

*În germană, *mulțumesc*, (n.ed.).

CAPITOLUL 18

Elin nu ştia unde era sau cum ajunsese acolo. Era întinsă pe un pat alb de fier, într-o cameră de un alb strălucitor, în timp ce moartea avea putere asupra trupului ei, încercând să-i distrugă şi ultima licărire de viaţă. O durea capul. O durea tot corpul. Febra o înnebunea de-a dreptul. Din când în când, veneau femei şi bărbaţi îmbrăcaţi în alb ca s-o examineze. Oamenii din paturile din jurul ei erau la fel de bolnavi ca şi ea.

Câteodată, îşi amintea de Sofia şi de Kirsten şi încerca să le strige pe nume. Eforturile ei se soldau cu crize de tuse, şi o asistentă alerga la patul ei s-o liniştească. Ce se întâmplase cu surorile ei? Unde erau? Oare erau la fel de bolnave ca şi ea? Nimeni nu înţelegea ce vorbea şi nu putea să-i răspundă.

Venirea în America fusese o greşeală imensă. Planul ei fusese să-şi salveze surorile de unchiul Sven, dar nu reuşise decât să le amărască vieţile, nu să le facă mai bune. Elin îi promisese mamei sale că va avea grijă de Kirsten şi de Sofia, şi uite că acum nu mai ştia nimic de ele. Zăcând neajutorată în pat, Elin nu putea decât să-şi încredinţeze surorile în grija Domnului – şi realiză că trebuia să fi făcut lucrul acesta de la bun început.

Uneori, Elin se întreba dacă va muri. Merita să moară, ca pedeapsă pentru că ceruse alinare de la unchiul Sven, pentru că îi permisese să facă ceea ce făcuse. Unchiul Sven îi apărea într-unele din visele sale delirante, ducând-o în locuri atât de îngrozitoare şi pline de frică, încât Elin era convinsă că ajunsese în iad. În alte rânduri, visele ei o duceau în nişte locuri atât de minunate, încât se întreba dacă era în rai şi dacă îşi va vedea mama în curând.

Pe măsură ce febra începea să-i scadă, Elin devenea din ce în ce mai conştientă de ceea ce era în jurul ei, în camera de spital, şi de grija pe care i-o purtau asistentele. Elin nu înțelegea niciun cuvânt din ce-i spuneau, dar vocile lor erau blânde, iar gesturile delicate în timp ce-i dădeau să bea înghițituri de apă, îi udau fruntea cu apă rece şi aranjau pernele şi cuvertura. Din când în când, Elin încerca să le vorbească, sperând că una dintre ele o va înțelege.

— Ați putea afla unde sunt surorile mele? le imploră ea. Sofia e prea mică să fie singură şi nu am fost niciodată despărțite. Cu siguranță e îngrozită.

De fiecare dată, asistentele îi răspundeau într-un limbaj nedesluşit, liniştitor, dar în acelaşi timp, de neînțeles.

Elin nu ştia câte zile trecuseră, dar se gândi că era demult în spital. În câteva rânduri, încercă să se ridice în şezut şi să se uite în jur la celelalte paturi, să vadă dacă nu cumva erau şi surorile ei acolo. Când nu le văzu, se consolă cu gândul că, dacă nu erau acolo, însemna că nu erau bolnave, că nu luaseră şi ele boala pe care o avea ea. Dar ce se întâmplase cu ele, atunci?

Te rog, Doamne, fă să fie amândouă bine. Pedepseşte-mă pe mine, nu pe ele.

Veni în sfârşit şi ziua când febra îi dispăru cu totul şi Elin putu să gândească din nou limpede. Se ridică în şezut şi reuşi să mănânce puțin.

— Trebuie să-mi găsesc surorile, îi spuse Elin asistentei. Trebuie să ştiu ce se întâmplă şi unde sunt, şi dacă au fost şi ele bolnave.

Asistenta zâmbi şi îşi ridică palma în sus, cerându-i să aştepte. O oră mai târziu, o interpretă de la Societatea de Ajutorare a Imigranților Suedezi veni să vorbească cu Elin.

— Amândouă surorile dumneavoastră sunt bine, o informă femeia. Vă aşteaptă aici, pe Insula Ellis. Autoritățile de la centrul de detenție le-au asigurat trei mese pe zi şi un loc de dormit.

— Este un loc sigur?

— Da, bineînțeles că da. Una dintre surorile dumneavoastră v-a scris un bilet cu câteva zile în urmă, dar nu vă simțeați destul de bine ca să-l citiți. E lângă patul dumneavoastră, dacă doriți să-l vedeți.

— Oh, da! Vă rog! Elin recunoscu scrisul Sofiei de îndată ce văzu scrisoarea. Elin despături foaia de hârtie și începu să citească.

Dragă Elin,

Am fost foarte îngrijorată pentru tine și mă rog în fiecare zi să te faci bine. Eu sunt bine, nu sunt deloc bolnavă, dar mi-e dor de tine. Zilele sunt foarte lungi și întotdeauna la fel, iar așteptarea este grea. Știu că probabil și pentru tine timpul trece greu. Însă mâncarea este bună, iar paturile sunt curate, și camera unde dorm are chiuvete unde pot să mă spăl, așa că totul este bine.

Mă rog să te însănătoșești curând ca să ne continuăm călătoria. Aproape c-am ajuns. Vreau să-ți spun cât de rău îmi pare pentru felul în care m-am purtat pe durata călătoriei noastre. Și mai vreau să știi că dacă te grăbești să te faci bine, îți promit să nu mai fiu posomorâtă și să nu mai plâng toată ziua. Ești sora mea, ești familia mea, și vom începe împreună o viață cu totul nouă, în America.

În fiecare zi văd mii de oameni venind și plecând de pe Insula Ellis și cu toții își doresc atât de mult să trăiască în America, încât ar face orice să rămână. Chiar dacă la început nu am vrut să vin, vreau să știi că mă bucur că ai găsit o cale pentru ca noi, toate trei, să ne mutăm aici. Și îți promit să nu te necăjesc cu faptul că mi-e dor de casă.

Te rog să te faci bine repede și să nu-ți faci griji pentru mine. Sunt bine.

Cu toată dragostea,
Sofia

Elin lăcrimă ușurată, apoi citi scrisoarea încă o dată. Sofia era bine. Era în siguranță. Nici măcar nu era înspăimântată de moarte, așa cum își imaginase Elin că va fi. Acum, Elin nu trebuia decât să se însănătoșească ca să fie din nou alături de ea. Și ce era şi mai bine, Sofia acceptase în sfârşit faptul că de acum înainte, America va fi casa lor.

Elin nu îşi dădu seama că Sofia nu pomenise deloc de Kirsten decât după ce citi scrisoarea pentru a treia oară. Dar de ce nu-i scrisese şi Kirsten o scrisoare? Elin simți un fior de teamă, apoi îşi aminti că interpreta spusese: *Amândouă surorile dumneavoastră sunt bine. Vă aşteaptă pe Insula Ellis.* Elin trebuia să aibă încredere că totul era bine şi cu Kirsten, până ce doctorii îi vor da voie să se întoarcă la ele.

Curând, Elin se sătură să stea în camera aceea albă şi deprimantă. Era atât de mare şi de impersonală, încât îi dădea impresia că fusese înghițită de o furtună de zăpadă. Abia aştepta să vadă din nou copacii, să audă păsările cântând şi să simtă vântul bătându-i în față. Patul ei era prea departe de fereastră ca să poată să vadă ce era afară, însă Elin observă că ori de câte ori una dintre asistente mergea printre rândurile de paturi să îngrijească pacientele, camera părea transformată. Asistentele îi aminteau de mama ei, care avusese acelaşi efect asupra pacientelor ei, transformând orice salon posomorât de bolnavi într-unul plin de veselie, prin simpla ei prezență. Mama ei le distrase pe Elin şi pe surorile ei ori de câte ori fuseseră bolnave.

Mama ei lucrase şi ca moaşă, mergând la casele vecine ca să ajute femeile să nască şi având grijă după aceea de noile mămici şi de bebeluşii lor. Timp de doi ani înainte ca să moară, mama ei o luase cu ea. Munca aceasta o fascinase pe Elin, astfel că o rugase pe mama ei să o lase să stea acasă şi să nu meargă la şcoală când ştia că urma să se nască un bebeluş.

— Dumnezeu te-a înzestrat şi pe tine cu darul vindecării, îi spuse mama ei. Poate vrei să fii moaşă într-o zi?

Elin aşa credea. Niciodată nu mai simțise o bucurie comparabilă cu cea pe care i-o dădea faptul că ajuta la aducerea unei noi vieți în această lume. Însă apoi mama se îmbolnăvise şi nici medicamentele, nici dragostea cu care fusese îngrijită, nu o salvaseră. După aceea, Elin căutase alinare în locul nepotrivit, la persoana nepotrivită – unchiul Sven. Acum, ideea de a avea „darul vindecării" părea ridicolă.

Dar Elin voia ca asistentele din acest spital să știe cât de mult aprecia dăruirea cu care o îngrijeau. Când femeia de la Societatea de Ajutorare a Imigranților Suedezi veni din nou la ea, Elin o rugă să le mulțumească tuturor asistentelor în numele ei.

— Asistentele spun că nu este necesar să le mulțumiți, îi spuse doamna Bjork după ce le traduse acestora cuvintele lui Elin. Insistă că le place ceea ce fac și că este de datoria lor.

— Și cum poate cineva să obțină o slujbă ca aceasta aici, în America?

— Multe spitale din orașe mari ca New Yorkul au școli de asistente unde femeile primesc o instruire specială.

— Școli de asistente? Există asemenea școli și în Chicago?

— Este un oraș foarte mare, așa că sunt convinsă că trebuie să fie. Credeți că v-ar plăcea să fiți asistentă, domnișoară Carlson?

— Eu? Cred că este imposibil... Elin nu îndrăznea să viseze la ceva ce era atât de departe de posibilitățile ei. Ea era doar o fată amărâtă de la sat, săracă și fără familie. Nici măcar nu știa limba engleză.

— Cum reușesc asistentele să nu se îmbolnăvească? o întrebă Elin. Pe vapor, am avut grijă de o femeie bolnavă și de copiii ei, probabil așa am luat tifos.

— Mi s-a spus că tifosul se răspândește prin păduchii pe care oamenii îi poartă în haine dacă nu se spală foarte des. Bănuiesc că asistentele învață la școală cum să fie precaute și să mențină totul curat.

Din nou, Elin se gândi la mama ei, care știa atât de multe despre cum să aibă grijă de oameni și cum să aducă copii pe lume. Înainte să se îmbolnăvească, mama ei începuse să-i împărtășească aceste cunoștințe, însă ani întregi de înțelepciune și experiență se pierdură odată cu moartea ei.

— Trebuie să plec, zise doamna Bjork, dar mă voi întoarce când vă veți simți suficient de bine ca să fiți externată. Sper ca atunci să vă puteți continua călătoria împreună cu surorile dumneavoastă.

— Vă mulțumesc. Ne vom îndrepta spre Chicago şi... Oh, nu! Tocmai mi-am amintit! Unchiul meu ne aştepta să sosim cu câteva zile bune în urmă. Probabil se întreabă ce s-a întâmplat cu noi.

— Nu vă faceți griji. Am ajutat-o pe sora dumneavoastră să trimită o telegramă ca să ştie că veți întârzia. Îi vom mai trimite una ca să-l anunțăm când veți ajunge.

— Cum aş putea să vă mulțumesc?

— Nu este nevoie. Am fost şi eu odată o imigrantă speriată, la fel ca dumneavoastră, şi nişte oameni foarte drăguți m-au ajutat. Puteți să-mi mulțumiți ajutând pe altcineva care va avea nevoie de ajutor într-o bună zi.

— Da... Mi-ar plăcea să fac asta. Însă Elin se întrebă dacă va veni vreodată vremea când nu va mai fi neajutorată şi nu va depinde de ceilalți, vremea când va putea ajuta ea pe cineva.

CAPITOLUL 19

— Hainele mele! Oh, slavă Domnului! Kirsten nu-şi aminti să fi fost vreodată mai fericită să-şi vadă fusta şi cămaşa făcute acasă la fermă. Era aşa de bine să stea în picioare şi să se îmbrace cu ele în loc să zacă întinsă în pat toată ziua, cu cămaşa aceea subţire de spital. Când asistenta îi aduse hainele, Kirsten presupuse imediat că urma să fie externată din spital. Traducătoarea, doamna Bjork, îi confirmă presupunerea imediat ce ajunse.

— Medicii v-au dat un certificat de sănătate curat pe fişa medicală, zise ea, dar pe fişă apare şi că sunteţi însărcinată. Autorităţile de la imigrare vor hotărî dacă vă vor permite sau nu accesul în ţară. Dumneavoastră puteţi să-mi spuneţi ce doriţi să spun mai departe despre tatăl copilului, care ar putea să le influenţeze decizia. Însă dacă ei hotărăsc că sunteţi o «potenţială povară publică», veţi fi trimisă acasă pe cheltuiala companiei navale.

— Nu-nu ştiu...

Doamna Bjork îşi ridică mâna în aer.

— Veţi mai avea timp să vă gândiţi la răspunsul dumneavoastră în timp ce aşteptaţi ca celelalte surori ale dumneavoastră să se facă bine.

— Surorile mele vor afla despre copil?

— Acest lucru depinde de dumneavoastră. Eu voi traduce pentru dumneavoastră, aşa că ele nu vor şti ce le voi spune oficialilor în limba engleză – sau ce vă vor răspunde aceştia. Eu nu voi pomeni de copil în faţa surorilor dumneavoastră decât dacă dumneavoastră doriţi acest lucru.

— Deocamdată nu vreau. Însă dacă voi fi trimisă acasă, surorile mele vor trebui să se întoarcă cu mine?

— Acest lucru depinde de ele. Aprobarea lor medicală este determinată separat de cea a dumneavoastră. Acum, dacă sunteți gata, vă voi conduce înapoi la clădirea imigranților.

Afară, după-amiaza de mai era însorită şi răcoroasă, exact ziua de primăvară care-i plăcuse atât de mult lui Kirsten acasă, în Suedia. Kirsten îşi aminti cum explora pădurile împreună cu fratele ei, cum se bucura de noua viață ce înmugurea peste tot în jurul ei. Acum însă, Kirsten se afla pe o insuliță plictisitoare, într-o țară străină şi ciudată.

— În după-amiaza aceasta au nevoie de mine la Biroul de Înregistrare ca să traduc, îi spuse doamna Bjork. Vă voi arăta unde mă puteți găsi dacă mai aveți întrebări. Iar sora dumneavoastră vă poate arăta unde veți dormi şi unde veți lua masa.

Gândul la mâncare îi făcu din nou greață lui Kirsten care ştia că era un lucru obişnuit pentru femeile gravide şi se întrebă cum va mai suporta o altă călătorie lungă înapoi spre Suedia, închisă la clasa a treia, cu toate mirosurile acelea dezgustătoare. Şi oare ce va mânca pe drum dacă îi va fi foame? Mâncarea pe care şi-o puseră cu ele în Suedia trebuie să fi trecut.

De cum se apropiară de clădirea principală, Kirsten o văzu pe Sofia aşteptând-o în spatele unui gard, făcându-i semne cu mâinile deasupra capului şi sărind în sus şi în jos. Surorile se îmbrățişară, amândouă cu lacrimi în ochi.

— Oh, ce bine-mi pare că te văd! exclamă Sofia. Cum te simți? Eşti mai bine acum? Au spus că nu ai tifos, dar au aflat de ce te simțeai rău? Parcă ai fost plecată o sută de ani!

Kirsten râse.

— N-ai mai vorbit atâta de când am plecat din Suedia. Dar crede-mă, ştiu ce bine e să ai pe cineva cu care să vorbeşti. Sunt bine acum... n-aş putea fi mai sănătoasă de atât. Kirsten evită cu bună ştiință întrebarea Sofiei despre ce fusese în neregulă cu ea, sperând că Sofia nu va observa, sperând că nu va fi nevoită să mintă.

— Haide. O să-ți arăt unde am stat până acum. Sofia luă cele trei genți şi îi întinse una lui Kirsten. De-acum poți să mă ajuți cu genţile astea. M-am săturat să le car după mine oriunde merg, dar ştiam că Elin nu ar fi vrut să le las nesupravegheate.

Kirsten îi zâmbi. Se aşteptase ca mica şi timida Sofia să fie agitată şi panicată după ce, de câteva zile bune, fusese azvârlită într-o ţară străină cu toţi necunoscuţii aceia. Însă Sofia părea să fie incredibil de fericită şi mult mai mulţumită decât fusese de când plecaseră de acasă.

— Condu-mă tu, îi spuse Kirsten.

Sofia îi arătă lui Kirsten împrejurimile de afară, sala de mese şi, la sfârşit, dormitorul femeilor, vorbind aproape tot drumul.

— De ce au atâtea reguli şi paznici peste tot? o întrebă Kirsten. Parcă suntem ţinute prizoniere. Doar suntem pe o insulă, n-am putea evada nici dac-am vrea.

— Nu ştiu, poate e pentru propria noastră siguranţă.

Kirsten îşi lăsă geanta pe unul dintre paturile libere.

— Pfuuu, m-au ţinut în pat prea mult. Nu sunt obişnuită cu toată mişcarea asta, urcând trei şiruri de trepte. Te superi dacă ne odihnim aici un pic?

— Bine, dar e mai frumos afară... Sofia se aşeză pe podea, cu spatele sprijinit de perete. Kirsten se uită în jur şi îşi dădu seama că de fapt, podeaua era singurul loc unde putea să se aşeze. Era imposibil să stai confortabil pe paturi, având în vedere că paturile de deasupra lor atârnau atât de jos. Kirsten se aşeză lângă Sofia, cu picioarele încrucişate.

— Ascultă Sofia. Vreau să te întreb ceva... Mai vrei să te întorci acasă în Suedia?

— Dar ce contează ce vreau eu? Doar suntem deja aici, nu-i aşa?

— Ei bine, să presupunem că se întâmplă ceva şi una dintre noi se răzgândeşte. Să presupunem că eu sau Elin hotărâm să ne întoarcem acasă.

— Elin n-ar vrea să se întoarcă niciodată.

— Ei bine, să presupunem că vreau eu să mă întorc. Tu ai vrea să rămâi aici, sau ai vrea să vii cu mine?

— Eu nu vreau să ne despărțim. Am venit până aici împreună şi cred că ar trebui să rămânem împreună. Dacă una dintre noi se hotărăşte să rămână sau să plece, ar trebui să facem toate acelaşi lucru.

Kirsten îşi pierdu răbdarea.

— Să presupunem că eu aş fi trimisă înapoi. Să presupunem că, dintr-un motiv sau altul, nu m-ar lăsa să imigrez, dar v-ar accepta pe tine şi pe Elin. Ai vrea să rămâi cu ea sau ai vrea să vii acasă cu mine?

— De ce mă întrebi ceva atât de stupid? Au descoperit cumva doctorii că e ceva în neregulă cu tine?

— Nu e nimic în neregulă cu mine. Doar că ştiu că la început nu ai vrut să vii în America, şi te-ai plâns şi ai fost posomorâtă tot drumul. Mă întrebam doar dacă...

— Promit să nu mai fiu posomorâtă şi să nu mă mai plâng, însă trebuie să rămânem împreună.

— Bine, o să rămânem împreună, zise Kirsten oftând. Ascultă, putem să ne întindem şi să tragem un pui de somn? La spital nu am dormit foarte bine. Te superi? o întrebă Kirsten, şi fără să mai aştepte răspunsul, se întinse pe un pat de jos.

— Nu mă supăr. Dar aş vrea să ies afară cât timp dormi tu. E o zi minunată. Iar dacă rămâi aici, poți să ai grijă şi de gențile noastre?

Încă o dată, Kirsten se minună că timida Sofia voia să rătăcească singură pe o insulă plină de necunoscuți. Se întrebă ce anume determinase această schimbare bruscă, însă înainte să apuce s-o întrebe, Sofia se strecură pe uşă afară.

Kirsten reuşi să doarmă puțin, dar îl visă pe Tor şi se trezi plângând. Îşi dorea să poată prevedea dinainte ce reacție va avea el când va ajunge ea acasă aducând vestea despre copilul lor. Kirsten îşi dorea ca el s-o iubească la fel de mult cum îl iubea ea.

Kirsten se dădu jos din pat, hotărâtă să nu se mai gândească la Tor. Spre surprinderea ei, simți deodată că-i este foame. Poate că va găsi ceva de mâncare în geanta lui Elin. Kirsten îngenunche pe podea să cotrobăie în geantă – şi scoase în schimb jurnalul lui Elin.

Elin cărase jurnalul acela vechi şi zdrenţăros peste tot, chiar şi înainte de a pleca de acasă. Caietul modest, fără linii, arăta ca un caiet de şcoală. Kirsten nu-şi aminti de cât timp începuse Elin să scrie în el, dar credea că era după moartea tatălui lor.

Kirsten răsfoi cu degetul mare capetele paginilor umflate şi văzu pete de apă şi urme rotunde de ceşti de cafea şi locuri în care Elin ştersese cu atâta ardoare, că hârtia se rupsese. Elin scria întotdeauna cu creionul şi totuşi, literele ei micuţe şi corecte arătau îngrijit şi ordonat – la fel ca ea. Scrisul ei de mână o ducea pe Kirsten cu gândul la o broderie splendidă – aţă cenuşie pe pânză albă. Cuvintele umpleau paginile, de sus până jos, iar spaţiul de pe margine era de-abia cât lăţimea unui creion.

Elin scria neîncetat în jurnalul acesta, adesea ignorând pe toată lumea în timp ce-şi vedea de scris.

Uneori, după ce se certau, spunându-şi lucruri dureroase şi aruncând cu cuvinte dure ca pietrele, Kirsten obişnuia să stătea în celălalt capăt al dormitorului lor din pod, cu spatele la Elin, întrebându-se ce lucruri îngrozitoare scria Elin despre ea în paginile jurnalului. Dacă Kirsten îşi întorcea capul, Elin se oprea şi se uita la ea cu o sprânceană ridicată, apoi continua să scrie, încă şi mai repede.

Chiar şi pe drumul spre America, Kirsten îşi aminti că stătuse întinsă pe pat, încercând să adoarmă, în timp ce Elin era trează şi scria la lumina lumânării, creionul ei scârţâind pe pagină. Pe vapor, Kirsten o rugase pe Elin să iasă cu ea afară pe punte, la aer curat, dar Elin dădu nerăbdătoare din mână în stilul ei caracteristic şi rămase jos, scriind.

Acum, Kirsten ţinea jurnalul lui Elin în mâini, iar ea nu era de faţă să o împiedice să-l citească, dar chiar şi aşa, i se părea că nu e bine să-i invadeze gândurile fără permisiunea ei. Elin fusese mereu atentă să-şi ţină jurnalul ferit. Însă poate că dacă îl va citi,

Kirsten o va înțelege mai bine pe Elin. Poate că în sfârşit va înțelege ce o determinase pe Elin să facă lucrurile pe care le făcuse, şi cum făcuse alegerile pe care le făcuse, şi de ce era atât de rigidă şi inflexibilă câteodată. Kirsten nu-şi înțelegea sora; acesta era un lucru cert. Trecuseră prin atâtea împreună, iar ea era mai apropiată de Elin decât de oricine pe pământ, şi totuşi Kirsten simțea că nu o cunoştea deloc.

Kirsten se uită la jurnal, nesigură de ce ezita. Îşi aminti că într-o seară de iarnă, acasă în Suedia, stăteau în jurul şemineului şi, ca de obicei, Elin scria în jurnalul ei stupid. Kirsten se ridicase în picioare să ațâțe buştenii ce ardeau mocnit, şi din şemineu săriră nişte scântei ca nişte elfi din pădure, Elin se uită la ea şi îi spuse: „Kirsten! Promite-mi că vei arunca jurnalul ăsta în foc dacă mi se întâmplă ceva – fără să-l citeşti! Îmi promiți?"

Kirsten zâmbise când o auzise vorbind cu atâta seriozitate şi insistență şi o întrebase: „De ce? Ce scrii acolo de e aşa de important?"

„– Lasă tu asta. Îmi eşti datoare, Kirsten... Acum, promite-mi!"

„– *Ja*, sigur. Promit." Însă Kirsten îi făcuse cu ochiul Sofiei şi îşi ținuse degetele încrucişate la spate, unde Elin nu le putea vedea.

Kirsten îşi trecu mâna peste coperta zdrențuită. Ştia că nu era bine să citească jurnalul lui Elin... dar poate o va ajuta într-un fel să înțeleagă de ce se hotărâse Elin să vină în America. Şi poate o va ajuta să se hotărască dacă să-i spună sau nu lui Elin adevărul despre copil şi motivul pentru care trebuia să se întoarcă în Suedia.

Kirsten deschise jurnalul la prima pagină.

O oră mai târziu, Kirsten închise jurnalul încet, fără să fi ajuns la capăt şi îl puse înapoi în geanta lui Elin, cu mâinile tremurânde. Adevărul despre unchiul Sven o năuci. Kirsten nu voia să creadă, refuza să-şi imagineze că Elin suferise în tăcere atâta timp. Cum putuse unchiul Sven să facă un lucru atât de groaznic, ademenind-o şi amăgind-o în felul acela?

Dar oare Tor Magnusson nu făcuse acelaşi lucru, spunându-i lui Kirsten că o iubea şi că voia să se căsătorească cu ea, doar ca să obţină ce voia?

Lui Kirsten îi păru rău că citise jurnalul, nu doar pentru că îi încălcase lui Elin intimitatea, ci şi pentru că povara secretului lui Elin cântărea prea greu pe umerii ei. Nu era de mirare că Elin arăta atât de bătrână, obosită şi sluţită. Nu era de mirare că îşi făcea atâtea griji. Nu era de mirare că era atât de temătoare. Dacă unchiul Sven, un membru de încredere al familiei, putuse să facă nişte lucruri atât de îngrozitoare, Elin era îndreptăţită să nu se încreadă în străini.

Însă ceea ce aducea lacrimi în ochii lui Kirsten, era cunoştinţa faptului că Elin le iubea pe ea şi pe Sofia atât de mult, încât găsise o cale să le salveze şi pe ele, în loc să fugă pur şi simplu de unchiul Sven şi să le lase în urmă, aşa cum făcuse Nils. Kirsten îşi dorea să-i poată mulţumi lui Elin şi să-i spună cât de recunoscătoare îi era, dar nu putea să-i mărturisească faptul că descoperise adevărul. Dacă Elin ar şti că secretul îi fusese descoperit, lucrul acesta ar distruge-o. Ruşinea şi vina pe care le simţea Elin răzbăteau din fiecare pagină a jurnalului ei.

Nu, de-acum înainte Kirsten va duce povara secretului lui Elin alături de greutatea secretului ei. Şi un lucru era sigur: nu ar putea niciodată să-i ceară lui Elin să se întoarcă în Suedia. Şi nici Sofiei. Dar ce s-ar întâmpla dacă Kirsten s-ar întoarce acasă ca să devină soţia lui Tor, iar Sofia ar insista să meargă cu ea? Sofia nu ar avea unde să locuiască în Suedia, decât cu unchiul Sven.

Kirsten oftă din greu, copleşită de dilema în care se afla. Ea trebuia să se întoarcă acasă şi să se mărite cu Tor; iar Elin şi Sofia trebuiau să rămână aici. Dar dacă tatăl lui Tor refuza şi acum să-i lase să se căsătorească? Ce va face ea atunci? Nu putea să-l înfrunte pe tatăl lui Tor de una singură. Kirsten contase pe unchiul Sven să o sprijine şi să insiste ca Tor să facă ceea ce se cuvenea. Dar acum nu mai voia să aibă de-a face deloc cu unchiul ei.

Singura soluție care îi veni în minte era ca Tor să se rupă de tatăl lui şi să vină în America să se căsătorească cu ea. Trebuia să-i scrie o scrisoare şi să-i explice situația. Tor trebuia să vină de îndată. Poate că i se făcuse atât de dor de ea între timp, încât regreta că o lăsase să plece. Odată ce Tor va afla de copil, cu siguranță va face ceea ce trebuia să facă. Kirsten era aproape convinsă de asta.

Kirsten trebuia s-o găsească pe traducătoare şi să-i spună ce hotărâse. Ştia că era greşit să mintă, la fel cum greşise citind jurnalul lui Elin şi având un copil cu Tor. Va mai adăuga la păcatele ei mințind autoritățile de la imigrare, dar era disperată. Cumva-cumva, trebuia să descurce harababura pe care o crease. Va încerca să-şi țină povestea cât mai aproape de adevăr posibil.

— Ştiu ce vreau să le spun oficialilor, zise Kirsten când o găsi pe doamna Bjork la parter, în afara Biroului de Înregistrare. Spuneți-le că... am un soț. Numele lui este Tor Magnusson. Spuneți-le autorităților că ne-am căsătorit în secret în Suedia şi că Tor are de gând să vină în Chicago de îndată ce va putea. Nu ne puteam permite ambele bilete, aşa că eu am plecat prima, cu surorile mele. În acest fel, unchiul meu de aici din America plăteşte pentru călătoria mea. De îndată ce Tor va câştiga destui bani, va veni încoace şi el, şi atunci vom fi împreună.

— Aveți o copie după certificatul de căsătorie? Autoritățile ar putea cere să-l vadă.

— Certificatul este la Tor, în Suedia.

Femeia nu o privi nicio clipă pe Kirsten, ca şi cum nu ar fi vrut să-i vadă chipul în momentele când mințea.

— Le voi spune despre soțul dumneavoastră, domnişoară... Vreau să spun... Doamna Bjork se opri, jenată.

— Magnusson. Doamna Tor Magnusson.

— Faptul că dumneavoastră şi surorile dumneavoastră aveți bilete către Chicago şi un sponsor care vă aşteaptă ar trebui să conteze. Voi vedea ce voi putea face.

Kirsten se încredinţase trup şi suflet acestei decizii. Odată ce oficialii de la imigrare îi vor permite să intre în ţară, nu va mai avea cum să se întoarcă în Suedia. Dar dacă rămânea aici şi Tor nu venea? Copilul ar rămâne fără tată. Ea şi copilul ei vor fi nişte paria. Cu siguranţă Tor nu va vrea să se întâmple aşa ceva.

— Rămâi cu bine, zise doamna Bjork, întorcându-se să plece. Fie ca dumneavoastră şi soţul dumneavoastră să vă creşteţi copilul să devină un american de bună-cuviinţă.

Kirsten rămase surprinsă auzind-o pe doamna Bjork. Copilul ei va fi cetăţean american, nu suedez.

Nu numai că-şi alesese propriul viitor, dar îl alesese şi pe cel al copilului ei.

— Vă mulţumesc, murmură ea. Aşa va fi... cu voia Domnului.

CAPITOLUL 20

Sofia stătea pe pământ, la picioarele lui Ludwig, ascultându-l cântând la vioară. Din momentul în care aflase că va fi deportat, Ludwig îşi exprimase mâhnirea prin intermediul viorii, şi în fiecare cântec trist punea o parte din sufletul lui. Sofia nu ştiuse că o dramă putea să dea naştere la atâta frumuseţe sau că muzica avea o putere vindecătoare. Cu ochii închişi, Sofia asculta fiecare piesă şi se lăsa învăluită de sunetul muzicii. Însă când Ludwig termină, şi ea deschise ochii, o văzu pe Kirsten ieşind din clădire.

— Oh, nu, murmură ea. Vine sora mea. Ea şi Ludwig se obişnuiseră să-şi vorbească cu voce tare fiecare în limba lui, chiar dacă nu se înţelegeau unul pe altul. Sofia o văzu pe Kirsten cercetând atent sutele de chipuri din mulţime, uitându-se peste tot după ea.

— Greşesc dacă-mi pare rău că sora mea s-a întors? întrebă Sofia. Adică, mă bucur că ea şi Elin sunt mai bine, dar asta înseamnă că nu te voi mai vedea. Sofia oftă şi se ridică ca să-i facă cu mâna lui Kirsten. La apropierea ei, Ludwig se ridică de pe bancă şi se înclină uşor în semn de salut.

— Kirsten, el este noul meu prieten, Ludwig Schneider. Ludwig... sora mea, Kirsten. Sofia scoase din Biblie desenul cu figurile familiei ei şi arătă către una din figuri, apoi către sora ei.

— Pentru ce-i desenul ăsta? întrebă Kirsten, smulgându-i-l din mână. Şi ce-i cu toate numerele astea?

— Ludwig nu înţelege suedeza, aşa că am desenat asta ca să-i povestesc despre familia noastră.

— Drăguţ din partea ta să mă tai cu X, zise Kirsten cu o sprânceană ridicată.

— Tu erai în spital. Încercam să-i explic lui Ludwig că tu şi Elin nu mai eraţi şi eu rămăsesem singură.

— Sofia! De ce i-ai spune unui străin că ai rămas singură? N-ai învățat nimic de la Elin?

— Ludwig n-ar face rău niciunei muşte. El cântă la vioară şi...

— Da, văd şi eu asta. Hei, când se serveşte prânzul? Sunt lihnită de foame.

Sofia îşi ridică privirea spre cer.

— În câteva minute. Te superi dacă Ludwig mănâncă cu noi? El e de ceva timp aici şi e de mare ajutor în sala de mese. Prânzul este întotdeauna cea mai bogată masă, iar majoritatea celorlalți oameni n-au nici urmă de maniere la masă.

— Nu ştiu, Sofia. Nu cred că e înțelept să te apropii foarte mult de străini.

— Ei bine, cu siguranță ți-ai schimbat atitudinea! Parc-ai fi Elin. Cum rămâne cu băieții aceia suedezi cu care ai stat tot timpul pe vapor?

— Păi uite că s-a întâmplat să mă răzgândesc. Am văzut o altă latură a acelor oameni, care nu mi-a plăcut deloc. Iar dacă petreci şi tu destul timp cu acest bărbat, s-ar putea să-i vezi o latură diferită. Oamenii nu sunt întotdeauna ceea ce par să fie.

— Şi uneori sunt exact ceea ce par să fie. Ludwig m-a ajutat mai mult decât orice altă persoană. Nu-ți pot explica, dar eram singură şi speriată şi el a devenit prietenul meu, mi-a arătat promisiunile lui Dumnezeu din Biblie, spuse Sofia, fluturându-i în față hârtia cu desenele şi versetele din Biblie. Asta reprezintă numerele astea, Kirsten. Versete din Biblie.

— Dar asta nu înseamnă că trebuie...

— Nu-mi spune ce să fac. O să continui să mănânc împreună cu el şi să-l ascult cântând la vioară, iar tu poți să ni te alături – sau nu.

Kirsten se holbă la ea o vreme, ca şi cum ar fi cântărit-o din priviri.

— Te-ai schimbat, Sofia.

— Poate că era şi timpul să o fac.

Sofia făcu exact ce voia. Continuă să ia masa cu Ludwig şi îşi petrecu după-amiaza şi seara cu el, chiar dacă Kirsten stătea aproape de ea mai tot timpul. În noaptea aceea, în dormitorul femeilor, pe când se pregăteau să doarmă, Kirsten se întoarse spre Sofia şi îi spuse:

— Eşti pe cale să te îndrăgosteşti de bărbatul acela, nu-i aşa?

Inima Sofiei începu să bată mai tare decât de obicei. Sofia o privi pe Kirsten cu gura deschisă, neputând să articuleze niciun cuvânt. Nu-i trecuse niciodată prin minte că ar fi îndrăgostită de Ludwig, până ce Kirsten îi spuse asta – dar într-o clipă, ştiu că era adevărat. Sofia rămase fără replică.

— Am observat felul în care îl priveşti, continuă Kirsten. Şi felul în care te priveşte şi el.

Din nou, Sofia ştiu exact ce voia să spună Kirsten. Sofia observase privirea blândă şi tandră din ochii lui Ludwig ori de câte ori se uita la ea.

— E din cauză că nu ne putem exprima prin cuvinte, spuse ea. Comunicăm doar cu ochii.

— Cum s-a întâmplat, Sofia?

— Nu-nu ştiu... Sofia se sprijini de perete, simţindu-şi genunchii moi dintr-odată, dorindu-şi să fi avut un scaun pe care să se aşeze. Am stat împreună încă din prima mea zi pe insula asta. Ludwig e atât de blând şi drăguţ, iar când cântă la vioară pentru mine... Sofia nu putu să-şi termine fraza. Nu existau cuvinte care să descrie ceea ce simţea pentru el. Cuvântul *dragoste* părea nepotrivit.

— Oh, Sofia, zise Kirsten încet. Ce-o să faci?

— Ei bine... cred... sunt sigură că ne vom revedea după ce plecăm de pe insula asta şi...

Sofia se opri. Ludwig nu pleca de pe insula asta, căci urma să fie trimis înapoi în Germania. El ameninţase că va înota de-a lungul râului mai degrabă decât să se întoarcă înapoi, dar cum putea el oare să înoate atâta distanţă? Cum putea oricine altcineva?

Spre surprinderea Sofiei, ochii lui Kirsten se umplură de lacrimi. Kirsten o îmbrăţişă strâns pe Sofia, ca şi cum nu voia ca ea să vadă că plângea.

— Ar fi trebuit să-ţi spun să nu te îndrăgosteşti, Sofia. Ar fi trebuit să-ţi spun că te alegi întotdeauna cu inima frântă.

De unde ştia Kirsten despre dragoste şi inimă frântă? Se îndrăgostise de unul din băieţii de pe vapor? Sofia era pe cale s-o întrebe când, deodată, îşi aminti un şir de evenimente de acasă pe care nu le înţelesese atunci. Sofia îşi aminti cum Kirsten îşi neglija sarcinile sau o convingea pe ea să le facă în locul ei, astfel încât ea să poată petrece timp în pădure cu Tor Magnusson. Sofia îşi aminti cum, de fiecare dată când Tor venea la fermă să aducă o scrisoare, Kirsten se îmbujora de plăcere, sau cum ea şi Tor făceau cumva să se întâlnească duminica după biserică. Şi îşi aminti cum, în ultima zi petrecută în sat, Kirsten sărise din căruţă doar ca să-şi ia rămas bun de la Tor – o despărţire cam ciudată. Sofia o împinse uşor pe Kirsten din braţele ei ca să se uite la ea.

— Tu erai îndrăgostită de Tor Magnusson, nu-i aşa? Durerea din ochii lui Kirsten o dădu de gol. Probabil că Tor ţi-a frânt inima, altfel nu l-ai fi părăsit niciodată.

— Ce mai contează acum? zise Kirsten, ferindu-şi privirea. Doar că nu vreau să ţi se întâmple acelaşi lucru. Nu te încrede în promisiunile acestui bărbat, Sofia, chiar dacă-ţi spune că te iubeşte. America este o ţară mare, şi e posibil să nu vă mai vedeţi niciodată.

— Nu spune asta! Sofia îşi duse mâna la gură, ca să-şi stăpânească lacrimile. Nu putea suporta gândul că nu-l va mai vedea niciodată pe Ludwig Schneider.

— Ascultă, Sofia. Trebuie să înfrunţi adevărul. E frumos că ţi-ai făcut un prieten, dar doamna Bjork spune că Elin va ieşi în curând din spital, şi atunci vom pleca de pe insula asta. Probabil că nu-l vei mai vedea niciodată.

— Ştiu, murmură ea, ştiu… Dar Kirsten… e mai bine să nu te îndrăgosteşti deloc, sau să iubeşti pe cineva un timp, chiar dacă trebuie să te desparţi de acea persoană?

— E mai bine să nu te îndrăgosteşti, răspunse Kirsten dintr-o suflare. Despărțirile sunt groaznice. Tata nu a putut îndura să se despartă de mama, îți aminteşti? Nu a putut să trăiască fără ea. Nu vreau să treci printr-o asemenea suferință sau să te simți aşa cum mă simt eu, iubindu-l pe Tor şi fiind nevoită să-l părăsesc.

Mărturisirea lui Kirsten o surprinse pe Sofia. La fel ca tăria sentimentelor ei pentru Ludwig Schneider.

— E prea târziu, Kirsten. Deja îl iubesc pe Ludwig. Sofia ştia că era adevărat în clipa în care rosti cuvintele. Şi mai ştia şi răspunsul la întrebarea ei. Poate că nu-l voi mai vedea niciodată, dar bucuria şi speranța pe care mi le-a dat merită orice suferință care ar putea veni.

— Spui asta acum, dar tu nu ştii...

Sofia o trase pe Kirsten în brațele ei şi surorile se ținură strâns din nou. Când Sofia reuşi să vorbească, spuse:

— Indiferent când va trebui să-mi iau rămas bun de la Ludwig, mă va durea. Dar până atunci, vreau să fiu cu el cât mai mult timp posibil. Te rog, Kirsten, lasă-mă să fac asta. Vom fi în văzul tuturor, tot timpul. Pe insula asta nu există niciun loc unde să poți fi singur. Mereu sunt mii de oameni peste tot. Şi-apoi, nici măcar nu putem vorbi unul cu altul... Vreau... Vreau doar să fiu cu el, atât cât pot.

Kirsten dădu uşor din cap.

— Să nu spui că nu te-am prevenit. Sper să nu-ți pară rău...

— Ştiu. Şi eu sper să nu-mi pară rău.

În următoarele zile, Sofia îşi petrecu fiecare clipă alături de Ludwig, în timp ce aşteptau ca Elin să se facă bine. Zilele trecură mult prea repede, fiecare lăsându-le un gust dulce-amărui. Acum că ştia că este îndrăgostită, Sofia înțelese brusc sensul tuturor cântecelor de dragoste pe care le cântase vreodată şi a poveştilor de dragoste pe care le citise. Sofia îşi vedea dragostea oglindită în ochii lui Ludwig şi o auzea în muzica pe care el o cânta pentru ea, o simțea în atingerea lui când el se întindea să-i mângâie părul auriu sau să-şi treacă degetele peste obrazul ei. Pe măsură ce se apropia momentul despărţirii, timpul lor împreună deveni din ce în ce mai preţios.

— Am o veste foarte bună, le spuse doamna Bjork lui Kirsten şi Sofiei într-o după-amiază. Sora voastră, Elin, va fi externată din spital mâine dimineaţă. Sunt convinsă că vă veţi bucura să plecaţi de pe insula aceasta şi să vă continuaţi drumul, *ja*?

Nej. Sofia simţi că o doare sufletul la gândul că trebuia să-l părăsească pe Ludwig. Dumnezeu îi ascultase rugăciunile şi Elin era acum sănătoasă – dar asta însemna că ea şi Ludwig trebuiau să-şi ia rămas bun. Cum să-i spună asta?

— Mâine voi fi în Biroul de Înregistrare să traduc pentru voi, le promise doamna Bjork.

În cele din urmă, Sofia nu trebuia să-i spună lui Ludwig că mâine va fi ultima lor zi împreună. Probabil că el şi-a dat seama de asta după expresia ei tristă, pentru că luă hârtia pe care desenase ea în prima lor zi împreună şi arătă cu degetul figura care o reprezenta pe Elin. Sofia încuviinţă din cap. Ea ştersese deja X-ul pe care-l trăsese peste figura lui Kirsten, iar acum luă creionul şi începu să şteargă şi X-ul lui Elin. Din ochii Sofiei se prelinseră lacrimi care udară hârtia.

Ludwig se întinse să-i ia mâna ca s-o oprească, ţinând-o strâns într-a lui, ca şi cum dacă ar împiedica-o să modifice desenul, ar putea-o împiedica să plece.

— Sofia…, şopti el. Oh, Sofia… În cele din urmă, Ludwig îi dădu drumul şi scoase Biblia pe care o răsfoi repede, ca să găsească ceea ce voia să-i spună. Se opri la Cântarea Cântărilor – o carte pe care Sofia nu o citise niciodată – şi aşteptă ca ea s-o găsească în Biblia ei. Apoi îi indică capitolul unu, versetul cincisprezece: *Ce frumoasă eşti, iubito, uite ce frumoasă eşti!*

Sofia îşi ridică din nou privirea spre el. Nimeni nu-i mai spusese până acum că era frumoasă.

Ludwig răsfoi mai departe câteva pagini şi îi arătă capitolul patru, versetul nouă: *Mi-ai răpit inima, soro, mireaso, mi-ai răpit inima…*

Sofia îşi duse mâna la piept pentru o clipă, apoi îşi odihni palma pe pieptul lui, ţinând-o acolo. Sofia simţi bătaia puternică a inimii lui, sub cămaşă, şi murmură:

— Inima mea îţi aparţine, Ludwig. Nu pot îndura gândul că s-ar putea să nu ne mai vedem niciodată. Te rog, spune-mi că nu ne luăm rămas bun pentru totdeauna... Sofia îşi dori să înţeleagă ce-i spunea el drept răspuns, în timp ce mâna lui o atinse pe a ei.

Ultima lor zi împreună fu scăldată în tristeţe. Kirsten îi lăsă singuri, iar Sofia şi Ludwig rămaseră unul lângă altul până ce veni vremea să se întoarcă fiecare la propriul dormitor, căci se dădea stingerea. Dimineaţa, Sofia şi Kirsten se îmbrăcară cu hainele de duminică şi îşi prinseră toate etichetele şi cardurile de rochii, pregătite pentru întâlnirea cu autorităţile americane. Sofia ştia că ar trebui să fie bucuroasă că pleca de pe Insula Ellis şi recunoscătoare că Elin era în sfârşit bine, dar tristeţea o copleşea la gândul că îl părăsea pe Ludwig.

La micul dejun, Ludwig stătu la masă cu Sofia şi cu Kirsten, însă Sofia nu avu poftă de mâncare. După ce mâncară, Kirsten îi privi şi spuse:

— Mă duc s-o aştept pe Elin singură. Când ajunge, venim să vă căutăm.

— Mulţumesc, zise Sofia.

De îndată ce fură singuri, Sofia nu-şi mai stăpâni lacrimile. Ea văzu durerea lui Ludwig în ochii lui înlăcrimaţi şi în felul în care i se ridicau umerii în timp ce ofta din greu. Ludwig căută în geanta Sofiei care se afla la picioarele ei, şi scoase Biblia pe care o deschise la un verset. Ludwig nu-şi deschise şi Biblia lui, iar Sofia ştiu că probabil stătuse noaptea trecută să caute versetul perfect pentru ea. Ludwig se opri din nou la Cântarea Cântărilor, iar Sofia citi cuvintele cu ochii înceţoşaţi de lacrimi: *Apele cele mari nu pot să stingă dragostea, şi râurile n-ar putea s-o înece; de ar da omul toate averile din casa lui pentru dragoste, tot n-ar avea decât dispreţ.*

Ludwig luă Biblia de la ea şi îi cuprinse amândouă mâinile într-ale lui, vorbind cu ardoare, ca şi cum ar ruga-o să înţeleagă ce îi spunea. Când termină, Ludwig luă vioara şi arcuşul din geantă, iar Sofia crezu că voia să cânte un ultim cântec pentru ea, însă el nu le desfăşură, ci arătă către vioară, apoi către ea, şi i le puse în braţe.

— Nu, Ludwig, nu se poate să mi le dai mie. Sofia încercă să i le înapoieze, dar el clătină din cap, ţinându-şi palmele în sus, refuzând să le ia. Ludwig arătă către New York şi mimă înotul în râu. Nu... oh, te rog, nu încerca să înoţi. Nu vei reuşi niciodată! Nimeni nu poate înota atâta distanţă! Nu există nicio altă cale?

Ludwig luă Biblia şi îi arătă un alt verset din Cântarea Cântărilor: *M-am sculat, atunci, şi am cutreierat cetatea, uliţele şi pieţele; şi am căutat pe iubitul inimii mele...* Ludwig arătă spre ea, spre el însuşi, spre verset.

— Şi vrei să păstrez eu vioara? Până ce mă vei găsi?

Ludwig încuviinţă din cap ca şi cum ar fi înţeles şi îi luă instrumentul din mână, îngenunche şi îl puse cu atenţie în geanta Sofiei, împreună cu Biblia lui în limba germană. Ludwig îi dădea vioara ca o promisiune a dragostei lui, o promisiune că o va căuta şi o va găsi. Sofia voia să creadă că el va putea să străbată râul înot, dar îi era foarte teamă pentru el.

Ludwig se ridică şi îi luă din nou mâinile într-ale lui, apoi îşi înclină capul pentru rugăciune. Sofia nu înţelegea rugăciunea, dar se rugă în tăcere alături de el, implorându-L pe Dumnezeu să-l aibă în paza Sa şi să-i aducă din nou împreună.

Când termină, Ludwig trase aer în piept ca şi cum s-ar pregăti să străbată râul înot, apoi arătă către numeroasele ei etichete şi mimă că scrie ceva. Bineînţeles, voia numele şi adresa unchiului ei din Chicago. Sofia i le scrise pe o bucăţică de hârtie.

Sofia nu era încă pregătită să-şi ia rămas bun de la el, dar când îşi ridică privirea, le văzu pe Elin şi pe Kirsten ieşind din clădire, uitându-se în jur după ea. Ea şi Ludwig nu mai aveau timp. Ludwig îi urmări privirea şi văzând-o pe Kirsten, se întinse către Sofia şi o strânse în braţe. Era atât de înalt, încât îşi putea odihni obrazul pe creştetul ei. Sofia se agăţă de el, nepăsându-i dacă era cuviincios sau nu, indiferentă la cine îi vedea. Îl iubea pe omul acesta şi nu voia să-i dea drumul.

— Promite-mi că ne vom revedea, îl rugă ea, plângând. Promite-mi că nu vei încerca să înoți atâta distanță, că vei găsi o altă cale...

— Sofia, murmură el. Oh, Sofia...

Când, în cele din urmă, îi dădu drumul, obrajii lui erau umezi. Ludwig îi strecură o bucată de hârtie în mână, apoi se întoarse şi plecă grăbit, nevrând s-o privească plecând. Sofia nu-şi luă ochii de la el până ce nu dispăru în mulțime. Se simțea pironită locului, voia să se prăbuşească la pământ şi să plângă, însă Elin şi Kirsten se apropiau. Sofia o trase pe Elin în brațele ei, prefăcându-se că lacrimile ei erau pentru ea.

— Mi-a fost atât de dor de tine, Sofia, îi spuse Elin. Simt că te-am dezamăgit – că nu am fost aici să am grijă de tine, aşa cum am promis că voi face.

— Nu e vina ta că te-ai îmbolnăvit, zise Sofia cu o voce răguşită. Şi-apoi, Dumnezeu a avut grijă de mine cât timp ai fost plecată.

— Într-adevăr, arăți minunat, Sofia.

— Iar tu arăți... ca şi cum ți-ar prinde bine o masă bună, zise Sofia, încercând să zâmbească. Era adevărat, sora ei arăta foarte slăbită şi palidă. Dar să-I mulțumim Domnului că ți-a cruțat viața.

— Haideți, le îndemnă Kirsten. Hai să trecem de experiența asta grea a imigrării şi să ne urcăm în trenul acela spre Chicago.

Sofia se simți goală pe dinăuntru în timp ce le urmă pe surorile ei în Biroul de Înregistrare şi se alăturară cozii nesfârşite de oameni care aşteptau. Ea şi surorile ei progresară încet de la un funcționar la altul, fiecare dintre ei verificându-le etichetele şi apoi direcționându-le către următorul funcționar. Ultimul le făcu semn să se aşeze pe una dintre băncile lungi de lemn şi să aştepte să fie strigate.

Sofia văzuse procedura de la distanță timp de aproape două săptămâni, şi ştia că ultimul pas era obținerea ştampilei de aprobare de la bărbații care stăteau în spatele birourilor înalte. Dar Sofia nu putea să se gândească la nimic altceva, decât la Ludwig. Dacă pleca de pe Insula Ellis, era posibil să nu-l mai vadă niciodată. Sofia îl căută cu privirea prin încăpere, apoi sus la balconul unde erau dormitoarele, disperată să-i mai arunce încă o ultimă privire.

— Ce faci? o întrebă Elin într-un târziu. După cine te uiți?

— După... după o persoană pe care am întâlnit-o în timp ce vă așteptam.

— Era suedeză? De ce nu m-ai prezentat?

— Nu era din Suedia, ci din Germania.

— Dar tu nu vorbești germana, Sofia. Ea înțelegea suedeza?

— Nu. Noi vorbeam fără cuvinte... Nu pot să-ți explic, dar a devenit prietenul meu. I-am spus că...

— *Prietenul?* Ai stat atâta timp singură, cu un bărbat străin? Ai înnebunit, Sofia?

Sofia se abținu să-i răspundă, pentru că știa că va izbucni în lacrimi și atunci autoritățile vor crede că era ceva în neregulă cu ea, și nu le vor mai lăsa să intre în America pe niciuna. În schimb, Kirsten sări s-o salveze.

— L-am întâlnit și eu, Elin, și e foarte drăguț, într-adevăr. Oricum, de acum înainte, îl avem pe unchiul Lars să aibă grijă de noi, nu-i așa?

— Bănuiesc că da. Elin încă avea expresia aceea de îndoială pe chip, dar din nou, Kirsten îi distrase atenția.

— Sofia mi-a spus că a văzut întreaga procedură în timp ce noi eram în spital, nu-i așa, Sofia? Și zice că e ca în Ziua Judecății din Biblie, când trebuie să stăm înaintea Sfântului Petru, iar el se uită în cartea sa și hotărăște dacă ne lasă să intrăm sau nu pe porțile de mărgăritare ale raiului. America e ca raiul, nu?

Kirsten continuă să pălăvrăgească, agitându-se atât de mult, încât Sofia se întrebă ce se întâmplase cu ea. Părea să-i fie frică, dintr-un motiv sau altul – iar asta nu-i stătea în caracter. În cele din urmă, Elin o făcu să tacă.

— Dacă nu taci, nu vom auzi când vom fi strigate şi vom rămânea aici pentru totdeauna.

Aşteptarea li se păru nesfârşită. Sofia încă ţinea strâns în palmă bucata de hârtie pe care i-o strecurase Ludwig, dar nu îndrăznea să-şi caute Biblia în geantă. Vioara şi Biblia în germană ale lui Ludwig erau deasupra şi îi era teamă s-o lase pe Elin să le vadă. Într-un final, sosi doamna Bjork de la Societatea de Ajutorare a Imigranţilor Suedezi, şi după ce vorbi cu unul dintre ofiţeri timp de câteva minute, le chemă la biroul acestuia, pe rând. Sofia fu prima. Bărbatul îi examină etichetele şi îşi răsfoi registrul până ce-i găsi numele, apoi puse nişte întrebări rapide, pe care doamna Bjork le traduse: „Unde v-aţi născut? Sunteţi căsătorită sau necăsătorită? Încotro vă îndreptaţi? Câţi bani aveţi? Aţi făcut vreodată închisoare? Sunteţi aptă pentru muncă?"

În cele din urmă, ofiţerul îi dădu Sofiei un cartonaş şi îi ceru să-l citească.

— Ca să dovediţi că ştiţi carte, îi explică doamna Bjork.

Sofia fu surprinsă să descopere că era un pasaj din Biblie, luat din Iov 1:19: *Şi deodată, a venit un vânt mare de dincolo de pustie, şi a izbit în cele patru colţuri ale casei: Casa s-a prăbuşit peste tineri, şi au murit. Şi am scăpat numai eu, ca să-ţi dau de ştire!*

Sofia se gândi că versetul era potrivit, dacă lua în considerare toate pierderile pe care le induraseră ea şi surorile ei. La fel ca Iov, şi ele pierduseră totul, şi cu toate acestea, supravieţuiseră.

Kirsten fu ultima chemată în faţa ofiţerului şi, chiar şi de la distanţă, Sofia observă că era tulburată şi se întrebă dacă avea vreo legătură cu Tor – dacă Kirsten ezita să facă acest ultim pas şi să rupă toate legăturile cu ţara lor natală. Însă ofiţerul o lăsă şi pe Kirsten să treacă, iar doamna Bjork le conduse la parter ca să-şi recupereze valiza, care stătuse tot acest timp în sala de bagaje. După aceea, doamna Bjork aşteptă împreună cu ele la ghişeul de bilete de tren şi le ajută să-şi rezerve trei locuri pentru următorul tren spre Chicago. Sofia îl căută în zadar cu privirea pe Ludwig.

— Vă voi ajuta să trimiteți o telegramă familiei dumneavoastră în Chicago, și apoi sunteți libere să plecați, le spuse doamna Bjork. Tot ce aveți de făcut este să luați feribotul de aici la Hoboken, New Jersey, apoi să le arătați biletele voastre de tren și vă vor ajuta să vă urcați în trenul spre Chicago.

— Mă simt ca o pasăre eliberată dintr-o colivie, zise Elin. Cum am putea vreodată să vă mulțumim?

— Este de datoria mea să vă ajut și sunt bucuroasă să o fac. Vă doresc numai bine, le ură ea îndepărtându-se și făcându-le cu mâna.

Sofia încă îl căuta pe Ludwig cu privirea în timp ce Elin o luă înainte pe debarcader. Surorile se alăturară șirului lung de oameni care așteptau să sosească feribotul.

— Încă o călătorie cu vaporul, spuse Elin, apoi încă una cu trenul și călătoria noastră va lua sfârșit.

— Mi-aș dori să mă trezesc acasă, la fermă, și să-mi dau seama că totul a fost doar un vis, zise Kirsten.

Elin se uită la ea mirată.

— M-aș fi așteptat la un asemenea comentariu de la Sofia, dar nu de la tine. Ce s-a întâmplat?

— Am auzit pe cineva spunând că de acum înainte vom fi americani, nu suedezi, și m-a făcut să mă simt... pierdută.

— Măcar suntem împreună, spuse Elin. Și vom avea din nou un cămin, vă promit. Odată ajunse în Chicago, vom putea în sfârșit să începem o nouă viață.

Sofia auzi cu câtă convingere vorbea Elin și o crezu, însă la vederea feribotului care se apropia, îi veniră lacrimi în ochi. Sofia se uitase peste tot după Ludwig, dar nu-l văzuse nicăieri. Marinarii coborâră pasarela și verificară biletele fiecăruia, apoi le îndemnară pe Sofia și pe surorile ei să urce pe vas.

— Deci, asta a fost, zise Elin. Uitați-vă pentru ultima dată la Doamna Libertății. De acum înainte nu vom mai vărsa nicio lacrimă – promiteți?

— Promit, spuse Kirsten încetişor. Sofia încuviinţă din cap, dar nu îşi dădea seama cum va putea să se ţină de o asemenea promisiune.

— Ne avem una pe cealaltă, zise Elin, şi nu avem nevoie de nimic mai mult.

De cum se îmbarcă pe feribot, Sofia îşi făcu loc ca să ajungă la parapet pentru o ultimă privire spre Insula Ellis – iar Ludwig era acolo, stând singur pe mal. El îi făcu cu mâna, iar Sofia îi răspunse la fel, abţinându-se să nu plângă, de teamă că lacrimile îi vor înceţoşa privirea şi nu-l va mai vedea. Sofia rămase cu ochii aţintiţi la el până ce insula se făcu atât de mică, încât nu-l mai văzu.

În cele din urmă, Sofia intră înăuntru şi găsi un loc unde se aşeză. Voia să fie singură când va citi bucata de hârtie pe care i-o dăduse Ludwig. Pe ea, era un verset din Geneza. Sofia îşi deschise geanta ca să scoată Biblia şi îşi strecură degetele sub pânza în care era înfăşurată vioara, ca să simtă lemnul fin şi cald. Ludwig o va regăsi. Vioara era promisiunea lui pentru ea.

Sofia deschise Biblia şi citi ultimul verset pe care i-l dăduse Ludwig: *Domnul să vegheze asupra mea şi asupra ta, când ne vom pierde din vedere unul pe altul.*

PARTEA A DOUA

Chicago

MAI 1897

Cea mai însemnată călătorie este aceea lăuntrică.

RAINER MARIA RILKE

CAPITOLUL 21

Pe măsură ce trenul încetinea, Elin avea din ce în ce mai mari emoţii. Ajungeau la capătul călătoriei lor. Lăsaseră în urmă fermele agricole şi de câteva minute intraseră în suburbia oraşului Chicago. Clădirile erau din ce în ce mai mari şi mai strânse una într-alta, iar drumurile gemeau de tramvaie, căruţe şi trăsuri. La trecerea la nivel cu calea ferată se adunară nişte copilaşi ca să se uite la trenul care trecea fumegând şi să le facă cu mâna călătorilor.

Kirsten îngenunche pe scaun şi deschise fereastra ca să se aplece în afară, la fel cum făcuse în Suedia când începuseră această călătorie.

— Ai grijă, o îndemnă Elin. N-ar trebui să te apleci atât de mult în afară.

Kirsten o ignoră, bineînţeles. Părul îi flutură necontrolat, eliberat din ace de viteza trenului.

Trenul trecu printr-o zonă părăsită, fără fabrici şi depozite. Pe şinele alăturate, nişte vagoane de marfă aşteptau să fie golite şi umplute. Mai era foarte puţin până în staţie.

— Cred că văd în faţă gara, zise Kirsten. Arată ca o balenă uriaşă cu gura deschisă. Suntem pe cale să fim înghiţiţi în orice clipă. În timp ce frânele şuierau şi trenul încetinea, unii dintre călători se ridicară în picioare pe culoare, strângându-şi lucrurile.

Elin îi aranjă fusta lui Kirsten.

— Te rog, stai jos şi comportă-te ca o domnişoară. Şi aranjează-ţi părul. Trebuie să-i facem o impresie bună unchiului Lars.

— De ce?

Elin nu răspunse imediat. Îşi dorea foarte mult ca unchiul şi mătuşa lor să le primească ca pe copiii lor, să le iubească şi să aibă grijă de ele. Însă acelaşi lucru şi-l dorise şi de la unchiul Sven –

şi uite unde dusese asta. Elin era hotărâtă să nu facă din nou aceeaşi greşeală.

— Pentru că suntem fiicele mamei noastre, răspunse ea, în cele din urmă. Unchiul Lars a fost fratele ei preferat. Felul în care ne purtăm are legătură cu ea şi cu modul în care ne-a crescut.

Kirsten se întoarse cu spatele şi se prăbuşi pe scaun oftând. O clipă mai târziu, trenul intră în gară, cufundându-le în semi-întuneric.

— Uitaţi-vă în jur şi asiguraţi-vă că am luat tot, le îndemnă Elin, chiar dacă ea şi surorile ei fuseseră pregătite să coboare cu o oră în urmă, iar lucrurile de mână şi cărţile le erau deja împachetate în genţi. Sofia stătea cu geanta în poală, legănând-o de parcă era un bebeluş adormit.

După experienţa grea de pe Insula Ellis, Sofia părea mai fericită şi mai puţin temătoare. Şi Kirsten fusese mai tăcută şi mai supusă decât de obicei. Schimbarea pe care o vedea în ele, îi amintea lui Elin de transformarea pe care o sufereau proaspetele mămici după ce treceau prin chinurile istovitoare ale facerii. Clipa în care îşi ţineau copilul în braţe, visele pentru viitor ştergeau durerile trecutului. Această călătorie le dăruise o viaţă nouă şi deşi viitorul nu se întrevedea încă, Elin spera că, încetul cu încetul, vieţile lor se vor transforma în ceva miraculos.

— Am ajuns, zise Kirsten în momentul când trenul opri.

Elin se ridică în picioare şi descoperi că îi tremurau genunchii. Parte a acestui tremur se datora slăbiciunii după criza de tifos, dar mare parte se datora emoţiilor pe care le avea. Ajunseseră în cele din urmă la destinaţie: Chicago, noua lor casă. Acum Elin putea să se odihnească şi să fie soră din nou, după ce încercase atâta timp să fie ca o mamă pentru Kirsten şi Sofia. Nu va mai trebui să fie puternică şi hotărâtă. Reuşise să-şi aducă surorile într-un loc sigur.

În timp ce coborau din tren, Elin îi văzu pe mulţi dintre cei cu care călătoriseră alergând să-şi salute familiile care îi aşteptau. Elin privi în jur plină de speranţă, studiind chipurile străinilor, în căutarea unchiului lor.

— Tu îți amintești cum arată unchiul Lars? o întrebă Kirsten.

— Nu chiar. Eram mică când a plecat. Dar cred că era înalt și slab și semăna mult cu Nils – sau, mai degrabă, Nils semăna cu el.

Surorile continuară să se plimbe, uitându-se peste tot în jur. Trecură minute bune, și nimeni nu veni să le întâmpine. Elin văzu dezamăgirea de pe chipurile surorilor ei și zâmbi ca să-și ascundă propria dezamăgire.

— Haideți, trebuie să ne găsim valiza.

Pe lângă ele treceau hamali care împingeau cărucioare încărcate peste măsură cu bagaje. Elin le făcu surorilor ei semn să o urmeze în zona de recuperare a bagajelor, unde o găsiră repede, însă Elin nu se îndură să plătească un cărăuș să o care în locul lor, așa cum făceau alți oameni. Kirsten și Sofia erau nevoite să o mai care încă puțin.

— Voi fi atât de fericită să scap de geamantanul ăsta uriaș, exclamă Kirsten, gâfâind în timp ce ridică de un capăt. E ca și cum ai târî după tine un trol mort cu mânere laterale.

Mulțimea de oameni se risipi, peronul se goli și totuși, nimeni nu veni să le întâmpine. Surorile intrară în gara enormă – mai adânc în burta balenei, cum o numise Kirsten – și se așezară pe o bancă ca să aștepte.

— Le-am trimis o telegramă, zise Kirsten. Cu siguranță unchiul Lars știe că ajungem azi.

— Ai răbdare, Kirsten. Nu putem face nimic, decât să așteptăm. Kirsten nu mai avea răbdare, bineînțeles. Și după ce trecu o oră, Elin trebui să recunoască că și ea își pierdea răbdarea, iar neliniștea ei începu să crească.

Kirsten se ridică în picioare și își așeză geanta pe bancă.

— Eu m-am săturat să stau jos. Mă duc să mă plimb.

Elin deschise gura ca să o avertizeze, apoi o închise la loc. Kirsten și Sofia dovediseră deja că puteau să se descurce foarte bine fără sfaturile și mustrările ei. Kirsten se plimbă în cerc prin încăpere, căutând prin gara cu tavan foarte înalt, ca și cum rudele lor s-ar fi ascuns și ar fi ieșit la iveală ca niște copii care se joacă de-a v-ați ascunselea.

— Cum ne vor recunoaşte? întrebă Kirsten când se întoarse la bancă şi se prăbuşi din nou cu un oftat.

— Uită-te la noi, zise Sofia, arătând către fusta ei de bumbac şi vesta brodată, amândouă uzate. Mai vezi pe cineva în gara asta îmbrăcat în haine din Suedia?

— Sofia are dreptate, fu de acord Elin, încercând să rămână veselă. Ieşim în evidență ca un măgar între oi.

— Aş prefera să cred că suntem ca un crin între mărăcini, o corectă Sofia..

— Nu, eu cred că Elin e mai aproape de adevăr, îşi dădu Kirsten cu părerea. Arătăm de parcă nu am fi de aici. Sper că unchiul Lars ne va lăsa să ne cumpărăm nişte haine de aici din America, spuse ea, sprijinindu-se înapoi de bancă, nerăbdarea citindu-i-se în degetele care băteau ritmul şi în picioarele care nu stăteau locului.

Mai trecu încă o oră. Oamenii continuau să vină şi să plece din gară, şi de câte ori se apropia cineva de ele, Elin îşi ridica privirea plină de speranță, pentru ca apoi să fie din nou dezamăgită.

— Noi avem adresa unchiului Lars. De ce nu mergem pur şi simplu acolo? întrebă Kirsten când aproape că trecuseră trei ore de când aşteptau.

— Cum să ajungem acolo? Pe jos? Nu ştim cât de departe stă de aici.

— Iar eu nu mai târăsc valiza asta niciun centimetru, adăugă Sofia.

Kirsten oftă plină de frustrare.

— Ei bine, suntem într-o situație foarte aiurea!

Elin era şi ea necăjită, dar convinsă că în cele din urmă, unchiul Lars va veni, dacă aveau răbdare. Aşteptară încă o jumătate de oră, iar sunetul pe care-l făcea Kirsten bătând cu degetele pe cotieră deveni atât de supărător, încât Elin îşi aşeză palma peste mâna lui Kirsten ca să o facă să înceteze.

— Vedeți şirul acela de trăsuri acolo, la curbă? le întrebă Kirsten. Pun pariu că îşi aşteaptă clienții. Vreți să mă duc să întreb?

Elin se înfioră.

— Nu cred că ar trebui să ne suim într-o trăsură cu un străin, pentru că nu cunoaştem oraşul, şi ne-ar putea duce oriunde. Am fi la mila lui.

— De ce trebuie să crezi întotdeauna ce e mai rău despre oameni? o întrebă Kirsten. Sunt sigură că în America există vizitii cinstiţi, cu frică de Dumnezeu.

Naivitatea ei o scoase din sărite pe Elin, însă îşi dădu seama că perfidia unchiului Sven o făcuse să-şi piardă încrederea în oameni, şi asta o înfurie şi mai tare.

— Sunt convinsă că ai dreptate, Kirsten, dar cum vom găsi noi un vizitiu cu frică de Dumnezeu? Nimeni nu vorbeşte suedeza, iar noi nu ştim engleză.

— Trebuie să putem face ceva, în afara faptului că stăm aici.

— Atunci ai face bine să te gândeşti ce anume, pentru că m-am săturat să rezolv eu orice problemă.

— M-am gândit la o soluţie – hai să închiriem o trăsură!

— Voi vă ascultaţi ce spuneţi? exclamă Sofia. În urmă cu câteva zile, am promis că vom lucra împreună de acum înainte, iar voi vă răstiţi deja una la alta.

Elin îşi aminti cât de fericite fuseseră toate trei după ce se reîntâlniseră, şi se hotărî să încerce să ajungă la un compromis cu surorile ei. Aşteptă până ce îi trecu mânia şi fu sigură că putea să vorbească cu calm, apoi spuse:

— Tu ce crezi că ar trebui să facem, Sofia?

— Eu cred că... că unchiul Lars ar fi fost aici, dacă ar fi venit după noi. Poate nu a primit telegrama noastră. Cred că Kirsten are dreptate. Ar trebui să vedem cât costă trăsura şi cât de departe locuieşte unchiul Lars.

— Şi cum să facem asta? întrebă Elin. Niciuna dintre noi nu ştie engleză.

— Păi... Cât timp am aşteptat pe Insula Ellis, am cam învăţat limbajul semnelor şi cred că aş putea încerca să vorbesc cu unul dintre vizitii, răspunse Sofia.

Kirsten fu în picioare într-o clipă şi ridică de un capăt al valizei, în timp ce Sofia apucă de celălalt capăt. Încă o dată, Elin fu surprinsă de schimbarea pe care o vedea în surorile ei.

Şirul de trăsuri era într-adevăr de închiriat şi mai mulţi vizitii se grăbiră să le ajute, vorbind tare în engleză şi arătând către trăsurile lor, de îndată ce surorile ieşiră pe uşă cu bagajul după ele. Sofia se opri şi păru să cântărească fiecare bărbat din priviri, alegând în cele din urmă un vizitiu de vârstă mijlocie, care arăta prietenos, care avea cele mai curate haine şi, după cum observă Elin, şi un zâmbet cald. Acesta fusese singurul care îşi scosese pălăria în semn de respect. Trăsura lui era de asemenea curată, calul vioi şi bine hrănit. Discernământul Sofiei o surprinse plăcut pe Elin.

Sofia făcu o mişcare cu braţul cuprinzându-le pe toate trei şi bagajul lor, apoi îi arătă vizitiului adresa unchiului Lars pe una dintre scrisorile pe care acesta le trimisese. Omul încuviinţă şi arătă în direcţia în care îi era orientată trăsura, vorbind pe un ton ferm, ca şi cum ar cunoaşte într-adevăr drumul.

Vizitiul scoase apoi un pumn de monede din buzunar şi le agită în mână.

— Vrea să negociem preţul, spuse Sofia. Noi câţi bani avem?

— Unchiul Lars mi-a trimis nişte bani americani, dar nu ştiu câţi sunt.

— Dă-mi câţiva mie – dar nu-l lăsa să vadă câţi avem.

Surorile se îngrămădiră una într-alta, iar Elin puse câteva monede în palma Sofiei, care se întoarse şi ţinu palma deschisă către vizitiu. Acesta se crispă şi clătină din cap, bolborosind de parcă ele îl puteau înţelege perfect, şi gesticulând că locul unde voiau să ajungă era la o distanţă destul de mare faţă de gară. Sofia îi întoarse spatele şi mai alese câteva monede, şi după două sau trei încercări, vizitiul şi surorile se puseră în sfârşit de acord la preţ.

— Haideţi, ne duce, spuse Sofia. Bărbatul ridică valiza peste umăr şi o aşeză în spatele trăsurii, apoi le ajută să urce pe locurile din spatele lui şi dădu bice calului.

— În sfârşit! exclamă Kirsten, în timp ce trăsura îşi făcu loc în trafic. N-a fost aşa de greu, nu?

— Detest să fiu la mila unui străin, spuse Elin. Ne-ar putea duce oriunde. *Şi să facă orice,* voia ea să adauge, dar se abţinu.

Cu cât se îndepărtau mai mult de gară, cu atât oraşul devenea din ce în ce mai fascinant şi mai captivant. Elin se lăsă pe marginea banchetei, încercând să vadă tot, şi observă că inima începu să-i bată tare din nou. De ambele părţi ale străzii erau aliniate clădiri înalte de cărămidă, ca şi cum trăsura s-ar plimba pe fundul unui canion. Multe dintre clădiri aveau acoperitoare din pânză cu dungi şi pancarte în culori vii, iar la ferestre şi uşi aveau sculpturi elaborate şi lucrări elegante în piatră. Era pentru prima oară când Elin vedea atâţia cai şi atâtea trăsuri laolaltă, iar pietonii erau îmbrăcaţi în cele mai neobişnuite haine pe care le văzuse vreodată. Tramvaiele alunecau pe şine şi transportau zeci de călători odată, fiind conduse exact pe mijlocul străzii. Ritmul vieţii părea să fie accelerat în Chicago, ca şi cum pământul s-ar învârti mai repede aici decât în Suedia.

— E incredibil, zise Kirsten.

Elin auzi în vocea ei aceeaşi admiraţie pe care o simţea şi ea.

— Nu mi-am imaginat niciodată că America va fi aşa.

— E foarte diferit de acasă, spuse Sofia. Abia vezi nişte copaci, iar cei pe care-i vezi, nu sunt foarte înalţi.

— Cred că e din cauză că mare parte din oraş a ars în urmă cu douăzeci şi cinci de ani, zise Elin. Unchiul Lars mi-a povestit despre incendiu în scrisorile lui. Copacii din Chicago nu au avut timp să crească la fel de înalţi ca cei din Suedia.

— Suntem aproape de ocean? întrebă Sofia.

— Nu, dar unchiul Lars zice că oraşul se află lângă un lac mare – atât de mare, încât nu-i poţi vedea celălalt mal.

— Sper că are peşti în el, şi că sunt buni de mâncat, spuse Kirsten. Mi-a fost dor să mănânc peşte proaspăt cum mâncam mereu acasă.

— Şi mie, fu de acord Sofia. Pe Insula Ellis mâncarea nu a fost foarte bună.

— Măcar a fost gratis, zise Kirsten.

Într-un final, trăsura le purtă departe de centrul aglomerat al oraşului. Surorile începură să vadă tot mai multe case şi din ce în ce mai puţine clădiri. Vizitiul coti de pe artera principală pe o stradă secundară, apoi mai viră de câteva ori până ce ajunseră pe o stradă plină cu case mari, cu câte două etaje. Casele erau aliniate în rând, una lângă alta, abia despărţite de o bucăţică de pământ. Elin se uită la adresa de pe plicul ce-l ţinea în mână şi compară numărul cu cele vopsite pe case. Când vizitiul opri trăsura, cele două numere corespundeau.

— Am ajuns? întrebă Kirsten.

— Cred că asta este, zise Elin arătând către casă. Numărul corespunde.

— Vai! exclamă Sofia. În casa asta ar încăpea lejer patru colibe de-ale noastre din Suedia.

— E mai mare decât şopronul nostru, adăugă Kirsten.

— Deja exageraţi, fu de părere Elin. Însă casa unchiului Lars chiar arăta foarte mare în comparaţie cu ce erau obişnuite ele acasă. Casa avea două etaje, un turn ca de castel, o verandă largă în faţă şi multe ferestre imense. La balustrada de la intrare atârna o pancartă în suedeză: *Pensiune. Camere de închiriat.*

— Eşti sigură că aici e? o întrebă Kirsten.

Elin verifică din nou numărul casei.

— Destul de sigură...

— Hai să mergem să vedem. Kirsten sări din trăsură şi o luă înainte pe scările din faţă, în timp ce vizitiul le descărcă bagajul pe care îl ridică apoi pe umăr.

Elin bătu la uşă. Niciun răspuns. Bătu şi a doua oară. Elin se pregătea să bată din nou, când o femeie deschise în sfârşit uşa. Femeia era transpirată, avea faţa roşie de căldură şi mânecile suflecate, iar părul în dezordine, scăpat din ace. Şi mai era şi foarte iritată pentru că fusese deranjată.

— Sunteţi Hilma Larson? întrebă Elin.

— Da, dar nu acceptăm decât bărbaţi în chirie, răspunse ea în suedeză. Fără femei. Îmi pare rău...

— Nu, aşteptaţi! zise Kirsten înainte ca femeia să apuce să închidă uşa. Suntem nepoatele dumneavoastră – surorile Carlson din Suedia.

Mătuşa Hilma se încruntă.

— Dar cum aţi ajuns voi aici?

— Am luat o trăsură din gară.

Speranţele lui Elin pentru o primire călduroasă păliră repede, căci mătuşa lor continua să le privească încruntată. Pentru un moment îndelung şi stânjenitor, mătuşa Hilma nu reuşi să-şi găsească glasul. Elin se întoarse către vizitiu, care ţinea încă valiza pe umăr, şi îi făcu semn din cap că adresa la care le adusese era corectă. Bărbatul lăsă geamantanul pe verandă, îşi atinse pălăria cu degetele în semn de salut şi se întoarse la trăsura lui.

— Fără îndoială, Lars va fi foarte surprins să vă vadă, zise Hilma. Ea rămase în pragul uşii, privind duşmănos la ele.

— Dar nu a primit telegrama noastră? întrebă Elin. Am trimis o telegramă în urmă cu două zile prin care ne anunţam sosirea.

— Ba sigur c-a primit-o. Numai că nu-şi poate lua liber de la lucru ori de câte ori are chef, să ştiţi.

— Da, bineînţeles, înţelegem. Elin se forţă să zâmbească, luptându-se să-şi ascundă dezamăgirea la această primire lipsită de amabilitate.

— Abia la ora cinei va veni acasă.

Kirsten se aşeză pe valiză cu braţele încrucişate.

— Şi până atunci ar trebui să aşteptăm aici pe terasă?

Din tonul ei, Elin îşi dădu seama că şi ea era deranjată – iar remarca ei făcea aluzie că aşteptau să fie invitate înăuntru.

— Trebuia să vă fi lăsat geamantanul la gară până mai târziu, zise Hilma. Şi probabil aţi scos mult prea mult din buzunar pentru trăsura aia. Oamenii ăştia te înşală de cum îşi dau seama că nu vorbeşti engleză. Dar lăsaţi asta. Haideţi înăuntru.

— În sfârşit, mormăi Kirsten, dezlipindu-se de geamantan. Elin o înghionti în coaste în semn de mustrare. Sofia şi Kirsten apucară valiza şi o urmară pe mătuşa lor în casă.

Înăuntru era foarte curat şi ordonat, cu podele din lemn lustruit în holul de la intrare şi o scară elegantă care ducea la etajul al doilea. În partea dreaptă, Elin zări un salon confortabil cu un şemineu şi scaune cu perne moi, iar în partea stângă era o sufragerie cu o masă lungă din lemn. Hilma le zori pe hol în jos spre dosul casei, aşa că Elin nu mai apucă să numere câte scaune erau în jurul mesei.

— Nu a venit nimic pentru noi în poştă? întrebă Kirsten când trecură pe lângă o măsuţă cu câteva scrisori pe ea. Aştept o scrisoare din Suedia zilele acestea, şi le-am dat adresa aceasta.

— Nu am primit scrisori, spuse Hilma. Bănuiesc că vă puteţi duce geamantanul sus. Vă voi arăta unde veţi dormi. Însă surorile trecură de scările largi din faţă şi Hilma le grăbi pe o uşă batantă, în bucătărie.

— Dar scările celelalte ce au? bombăni Kirsten chinuindu-se să târască valiza împreună cu Sofia.

— Şşşş… şopti Elin. Hai să nu începem cu stângul.

— Prea târziu, replică Kirsten.

Din clipa în care intrară în bucătărie, Elin înţelese de ce mătuşa Hilma fusese atât de asudată şi îmbujorată. În bucătărie era la fel de cald ca într-o baie cu aburi, ferestrele erau atât de aburite, că nu puteai vedea nimic afară. O fată transpirată, cam de aceeaşi vârstă cu Sofia frământa o bucată de aluat pe masa de bucătărie. Fata era atât de sleită de puteri, întocmai ca un bol cu unt în mijlocul lunii august. Pe soba de fontă fierbeau mai multe oale din care ieşeau aburi, iar Elin simţi miros de napi gătiţi şi stomacul ei urlă de foame.

— De acum înainte veţi folosi uşa asta din spate, le spuse mătuşa Hilma, arătând-o cu mâna. Uşa din faţă şi salonul sunt numai pentru chiriaşi. Urmaţi-mă pe scările astea, fetelor.

Treptele erau înguste şi abrupte, încadrate de pereţi lambrisaţi de ambele părţi. Mătuşa Hilma îşi strânse buzele pungă şi un rid adânc îi încreţi chipul în timp ce le privi pe cele trei surori cum se luptau să urce geamantanul pe scări.

— Fiți atente, fetelor! Încape oare? Să nu cumva să-mi zgâriați pereții!

Mătușa le duse într-o cameră care era mai mică decât dormitorul lor de acasă, de la mansardă – numai că acum trebuiau s-o împartă cu cele două fete ale mătușii Hilma.

— Știu că e cam înghesuită, recunoscu Hilma, dar la urma urmei, e doar pentru o perioadă scurtă de timp.

— O perioadă scurtă? întrebă Kirsten. Și apoi ce se va întmpla?

— Noi luăm chiriași ca să o scoatem la capăt, dar chiriașii sunt numai bărbați. Și noi avem cinci copii, știți.

— Da, știu, dar...

Elin îi dădu din nou lui Kirsten una în coaste ca s-o facă să tacă.

— Mulțumim că ne primiți, mătușă Hilma, spuse ea. Vă suntem foarte recunoscătoare.

— Este apă caldă în boilerul din bucătărie dacă vreți să vă împrospătați. Dar va trebui să coborâți după ea și să o cărați singure sus. Eu trebuie să pregătesc masa.

— Așa vom face. Mulțumim, zise Elin.

De cum se întoarse și plecă, Kirsten își deschise larg brațele către Sofia și mimă primirea pe care o așteptaseră toate trei, zâmbind și spunând:

— *Välkommen*, dragele mele! Mă bucur să vă văd! Vai, dar probabil sunteți obosite și însetate... N-ați vrea ceva răcoritor de băut? Poate o gustare?

— Kirsten, șșșșș. Dacă te aude?

— Foarte bine dacă mă aude. Poate își dă seama cât de nepoliticoasă a fost.

— La ce s-a referit când a spus că nu vom sta aici foarte mult?

— Habar nu am – dar bănuiesc că ne va spune când va fi pregătită. Hai să ne spălăm și să vedem dacă putem ajuta la pregătirea cinei.

— A, da! Hai s-o ajutăm! exclamă Kirsten. La urma urmei, ați văzut și voi cât a trudit să taie cel mai gras porc din curte pentru noi.

— Fii cuminte, Kirsten.

— De ce?

— Se numeşte să întorci celălalt obraz, spuse Sofia. Elin o privi surprinsă. Era ceva ce ar fi spus mama lor.

— Vrei să spui, aşa? întrebă Kirsten, mimând că întoarce obrazul. Uite-aici, mătuşă Hilma. Ne-ai dat o palmă zdravănă prima dată – acum îţi întoarcem şi celălalt obraz. Vezi dacă poţi să ne plesneşti mai tare de data asta. În cele din urmă, însă, Kirsten se alătură Sofiei şi lui Elin care se spălară în ligheanul de apă pe care-l transportară sus din bucătărie, apoi se schimbară în haine de lucru, ca să-şi ajute mătuşa cu masa de seară.

— Cu ce vă putem ajuta, mătuşă Hilma? o întrebă Elin.

— Ştiţi să frământaţi pâine? Ajutaţi-o pe Inge cu aluatul ăla până nu-l zăpăceşte de tot. Trebuie pusă masa şi trebuie curăţaţi cartofii. Vă descurcaţi?

— Da, sunt sigură că ne descurcăm.

— Du-te afară şi mai adu lemne pentru foc, îi spuse lui Inge. Fata nu le fusese prezentată, iar Elin presupuse că era o slujnică, şi nu fiica Hilmei – cel puţin aşa spera.

Mai târziu în după-amiaza aceea, copiii familiei Larson sosiră acasă de la şcoală: trei băieţi, Carl, Gustave şi Waldemar, şi două fete, Anna şi Dagmar. Mătuşa Hilma nu-şi făcu timp să le spună ce vârste aveau sau să-i prezinte foarte elaborat, dar Elin bănui că cel mai mare avea vreo paisprezece ani, iar cel mai mic, opt sau nouă.

— Ele sunt verişoarele voastre din Suedia, le spuse Hilma. Copiii dădură timid din cap şi se făcură nevăzuţi sus, ca să-şi schimbe hainele de şcoală. Când se întoarseră, se apucară imediat de lucru, fiecare cu sarcina lui.

Pe măsură ce se apropia ora cinei, Elin auzi uşa de la intrare deschizându-se şi închizându-se şi zgomotul cizmelor bărbaţilor ce tropăiau în sus şi în jos pe scări. Erau chiriaşii care soseau acasă de la muncă. Însă uşa de la bucătărie, care despărţea chiriaşii de membrii familiei rămase închisă. Tocmai când pregătirile pentru cină erau în toi, sosi şi unchiul Lars de la lucru, unde muncea ca zidar, obosit şi plin de praf. Unchiul Lars se opri în loc în momentul în care intră pe uşa din spate şi le văzu pe cele trei surori în bucătărie, surprins – dar zâmbitor.

— Pentru numele lui Dumnezeu! Voi trebuie să fiți fetele surorii mele.

— Da, unchiule Lars. Eu sunt Elin, iar ele sunt Kirsten şi Sofia. Elin nu merse în întâmpinarea lui. Era prea transpirat şi murdar ca să le îmbrățişeze – iar Elin ar fi ezitat să o facă, chiar dacă el ar fi vrut. Dar măcar unchiul lor le primise cu un zâmbet larg.

— Telegrama de la voi spunea că veți ajunge azi, zise Lars. Aveam de gând să mă duc să vă iau de la gară de cum mă spălam un pic. Ei bine, nu mai contează, sunteți aici. *Välkommen!*

Unchiul Lars semăna cu fratele lor, Nils, doar că avea părul mai negru şi o mustață de culoarea nisipului, ca o perie. Spre deosebire de soția lui, el părea foarte bucuros să le vadă – dar, dacă se gândea mai bine, şi unchiul Sven fusese prietenos. Elin îndepărtă valul de amintiri care o copleşiră.

— Mulțumim, unchiule Lars. Şi mulțumim că ne-ai plătit călătoria şi că ne laşi să stăm aici şi... Elin trebuia să se oprească, altfel risca s-o podidească plânsul.

— În mintea mea erați copilele pe care le ştiam de-acasă, din Suedia, spuse Lars, dar bineînțeles că ştiam că veți fi mari deja. Tu semeni cu mama ta, Elin. De fapt, când te-am văzut m-am şi speriat. Pentru o clipă, am crezut că este ea.

— Lasă vorbăria pentru mai târziu, îl îndemnă Hilma. Cina-i aproape gata şi trebuie să te speli, Lars. Şi să nu le laşi pe fete să mănânce împreună cu chiriaşii. Nu este destul loc, şi-apoi, unii dintre ei sunt chiar bădărani.

Elin reuşi să arunce o privire în sala de mese în momentul în care Hilma ieşi pe uşă cu boluri cu napi şi cartofi, şi îi văzu pe bărbați aşezându-se la masă şi auzi frânturi de conversație în suedeză. Elin nu-şi dăduse seama cât de mult îi lipsise mâncarea de acasă, până ce nu simți mirosul din bucătărie. Ea şi surorile ei se înghesuiră la masa din bucătărie să mănânce împreună cu verişorii lor mai mici, care erau toţi prea ruşinaţi ca să mai vorbească.

— La şcoală învăţaţi în engleză sau în suedeză? îl întrebă Kirsten pe băiatul cel mare.

— În amândouă limbile.

— Eu vreau să învăţ să vorbesc în engleză, îi spuse Sofia uneia dintre fetiţele care stătea lângă ea. Vrei să mă ajuţi să învăţ? Fetiţa încuviinţă sfioasă.

Elin încă încerca să se obişnuiască cu noua Sofia. Nu putea pricepe cum se întâmplase, dar era foarte recunoscătoare pentru asta.

După cină, surorile o ajutară pe Inge să strângă masa şi să spele toate vasele şi oalele în care se gătise, în timp ce mătuşa Hilma se ocupa de copii. Bucătăria începea să se răcorească şi după cum se părea, bucătăria era locul unde se aduna familia, ca să-i lase pe chiriaşi să ocupe celelalte camere. Unchiul Lars se aşeză oftând pe scaunul de lângă uşa din spate, şi îşi propti picioarele.

— Vă suntem foarte recunoscătoare pentru biletele pe care ni le-aţi trimis, unchiule Lars, începu Elin, în timp ce ştergea un morman de farfurii. Elin simţise deja tensiunea care exista între mătuşa Hilma şi unchiul Lars, şi bănui că ea nu fusese de acord să o ajute pe ea şi pe surorile ei să vină în America. Elin voia să le explice situaţia lor şi să-i spună că luase decizia corectă.

— După moartea mamei, nimic nu a mai fost la fel. Noi am încercat din răsputeri să ne descurcăm, dar ne-a fost foarte greu. În primul rând, tata nu mai era cu noi.

— V-a părăsit? Dar unde a plecat?

— Păi încă trăia în căsuţă alături de noi, dar era ca şi cum şi-ar fi îngropat sufletul în pământ, alături de mama. Pur şi simplu a încetat să mai trăiască. Dacă vacile erau hrănite şi mulse, era pentru că eu şi Kirsten ne ocupam de asta. Dacă aveam cartofi, era pentru că Nils hotărâse că era vremea să are pământul şi să planteze cartofi. Dacă Nils nu ar fi adus lemne din pădure şi nu le-ar fi tăiat, nu am fi avut destule lemne pentru foc să ne ajungă toată iarna. Tata vorbea atât de rar cu noi, încât uneori ne întrebam dacă îşi mai amintea cum să vorbească.

— Mama voastră a fost o femeie minunată, spuse Lars cu un oftat. Fără îndoială, tatălui vostru i-a lipsit mult.

— Ne-am descurcat aşa cum am putut mai bine, sperând şi rugându-ne că durerea tatei se va risipi odată cu venirea primăverii, dar nu s-a întâmplat aşa. Viaţa noastră s-a destrămat şi fiecare bucăţică a venit peste noi ca nişte bolovani la vale. Pentru fiecare pas în faţă pe care-l făceam – un sezon ploios bun, nişte purcei abia fătaţi – făceam trei paşi înapoi. Acoperişul era spart. Vulpile ne-au ucis jumătate din găini. Primăvara, un îngheţ târziu ne-a distrus mugurii de măr. Viaţa a devenit foarte grea şi n-am mai putut ţine pasul.

Mama se asigura întotdeauna că mergeam la biserică în fiecare duminică, însă tata nu mai venea cu noi, iar Nils nu voia să obosească caii, aşa că noi nu puteam să mergem în fiecare săptămână atâta distanţă până în sat şi înapoi. Iarna ne era prea frig, drumurile erau prea alunecoase primăvara, iar vara picioarele ne erau obosite după atâta muncă. Ştiu că toate astea par să fie o grămadă de pretexte, unchiule Lars, dar trebuie să înţelegeţi cât de greu ne-a fost după ce mama s-a dus. Lui Elin asta i se părea ca şi cum Dumnezeu le pedepsea pentru ceva, dar ea nu ştia cu ce greşiseră.

Apoi, tata s-a hotărât să i se alăture mamei, continuă Elin. Cred... cred că v-am spus în scrisorile mele ce a făcut.

— Da, da... Tatăl vostru a făcut un lucru îngrozitor. Îngrozitor.

— Tata încetase să trăiască cu mult înainte să se stingă, aşa că era inevitabil că va alege să-şi curme viaţa, dar eu nu eram pregătită pentru asta. Într-o dimineaţă, a ieşit din casă fără să-şi ia rămas bun şi s-a dus direct la lac, chiar dacă gheaţa era prea subţire. Toată lumea din oraş ştia că nu fusese un accident. Tata ştia cum să încerce gheaţa mai bine decât oricine. Ne-a învăţat pe toate trei cum să ascultăm exact sunetul care trebuie. Nu ar fi putut niciodată să se înşele. Doar că pur şi simplu nu a mai vrut să trăiască. Oamenii din oraş au spus că lucrul acesta a fost un păcat şi o ruşine, iar preotul nu ne-a lăsat să-l înmormântăm în cimitirul bisericii, alături de mama.

— Iar sătenii nu ne voiau de soţii pentru fiii lor, adăugă Kirsten. Elin se uită la ea mirată, întrebându-se dacă era ceva ce Kirsten nu îi spunea.

— Ascultaţi-mă, spuse unchiul Lars. Chiar nu aveţi de ce să le spuneţi oamenilor de aici din comunitate cum a murit tatăl vostru. Părinţii voştri nu mai sunt, şi asta-i tot ce trebuie să ştie.

— Înţeleg. Erau multe alte lucruri pe care nimeni nu trebuia să le afle niciodată. Elin îşi drese glasul, pregătindu-se să-şi continue povestea, şi având în acelaşi timp sentimentul că păşea pe un strat de gheaţă foarte subţire.

Cu toţii am sperat că situaţia se va îmbunătăţi odată ce unchiul Sven şi mătuşa Karin au venit să locuiască cu noi ca să ne ajute cu ferma, dar nu a fost aşa. Unchiul Sven şi Nils se certau tot timpul, până ce, în cele din urmă, Nils a plecat. El trebuia să moştenească ferma, dar ne-a spus că se săturase deja de ea şi nu avea de gând să se mai întoarcă. Nu ne-a scris nicio singură scrisoare să ne spună unde este. Mie îmi plăcea acasă şi nu mi-am imaginat niciodată că voi pleca, însă după ce unchiul Sven a preluat ferma, eu nu m-am mai simţit acasă. În primul rând, căsuţa noastră era prea neîncăpătoare pentru toată lumea.

— Şi în al doilea rând, adăugă Kirsten, mătuşa Karin ne punea să facem toată treaba, iar ea doar stătea şi comanda.

— Înainte să moară, i-am promis mamei că voi avea grijă de Kirsten şi de Sofia, şi intenţionez să-mi respect promisiunea. Trebuia să fac ceva... aşa că m-am hotărât să vă scriu. Cuvintele nu pot exprima recunoştinţa pe care v-o purtăm pentru că ne-aţi adus aici.

— Da... păi... să vedeţi...

— E vremea de culcare, întrerupse mătuşa Hilma. Ziua de lucru începe foarte devreme pe aici, iar copiii trebuie să se culce.

Sunt convinsă că şi voi sunteţi obosite, fetelor, după o călătorie aşa de lungă.

Elin simţi un fior de teamă, întrebându-se ce fusese pe cale să le spună unchiul Lars şi de ce intervenise mătuşa Hilma. Începea să devină evident că, dacă nu se făceau câteva schimbări, Elin şi surorile ei nu vor avea loc să trăiască aici, ca parte din familie.

— Vom vorbi mai multe duminică, promise unchiul Lars, când e ziua de odihnă. Îmi pare rău că dormitorul este atât de înghesuit...

— Le-am explicat deja că nu ne permitem să refuzăm niciun chiriaş ca să facem loc, se amestecă Hilma.

În timp ce-şi târa picioarele pe scări, Elin avu din nou sentimentul că era orfană şi se simţi încă şi mai rău când văzu că cele două verişoare, Anna şi Dagmar, renunţaseră la paturile lor ca să doarmă pe nişte saltele, pe podea.

— Nu e drept, le spuse ea. Poate putem dormi cu rândul în pat.

— Mama spune că e numai pentru o perioadă scurtă de timp, spuse Dagmar.

— Şi apoi, ce se întâmplă? întrebă Kirsten. Fata ridică din umeri.

— Am sentimentul că mătuşa Hilma nu ne vrea, îi şopti Kirsten lui Elin când se întinseră amândouă, una lângă alta, într-unul din paturi. Şi cred că o să-şi vrea şi banii de bilete înapoi.

— Păi, aşa ar fi corect, răspunse Elin, deşi nu ştia cum vor face să-i înapoieze.

— Ce vom face acum, Elin?

— Habar nu am.

CAPITOLUL 22

— Parcă suntem o familie de rațe în drum spre lac, zise Kirsten în timp ce ea și surorile ei mergeau la biserică în acea duminică, urmându-l pe unchiul Lars și droaia lui de copii. Mersul pe străzile aglomerate ale orașului era foarte diferit de mersul prin pădure, pe lângă fermele învecinate de acasă din Suedia. Orașul era fascinant, însă Kirsten ducea dorul pădurii tăcute, unde liniștea era atât de adâncă, încât aproape că auzea cum respiră copacii. Ea și Tor se opriseră adesea cuprinși de uimire, privind lung la pinii trufași și simțind că erau ființe vii, creațiile lui Dumnezeu.

Ca de obicei, gândul la Tor o făcu să se întristeze. Duminica fusese singura zi în care era sigură că-l va vedea, chiar dacă în timpul săptămânii nu puteau să se întâlnească.

— Nu rămâne în urmă, Kirsten, îi strigă Elin. O să întârziem din cauza ta.

Kirsten își ridică privirea și văzu că toată lumea mergea mai repede decât ea, care era încetinită de valul amintirilor.

Kirsten trecu pe lângă un șir de magazine cu vitrine imense din sticlă ce expuneau articole în toate culorile. Mătușa Hilma și unchiul Lars trecură în grabă pe lângă vitrine, de parcă ar fi fost un păcat chiar și să te gândești să cumperi sau să vinzi în ziua de duminică, și Kirsten rămase din nou în urmă, dorindu-și să intre în magazine. Abia după o clipă își dădu seama că putea să citească toate pancartele, chiar dacă se afla în America acum. Totul era scris în suedeză, de parcă cineva ar fi smuls din rădăcini un întreg oraș din Suedia și l-ar fi transplantat aici. Însă cartierul suedez din Chicago era mult mai vast și mai modern decât satul lor de acasă. Pe strada principală treceau tramvaie și oamenii bogați, îmbrăcați cu cele mai bune haine de duminică, se zoreau să ajungă la biserică, în trăsurile lor elegante.

Elin o luă pe Kirsten de braț, trăgând-o în față din nou.

— Haide. Hai să ținem pasul, altfel o să se supere mătuşa Hilma pe noi.

— Şi ce dacă? Oricum e iritată tot timpul, aşa că ce mai contează?

— Te rog, Kirsten. Nu poți să faci şi tu ca Sofia, şi să întorci celălalt obraz? Azi e duminică, ştii?

— Bine. Kirsten se grăbi, dar nu se abținu să nu se uite la vitrine.

— Magazinele astea sunt cu siguranță altfel decât magazinul lui Magnusson de acasă, nu? o întrebă ea pe Elin. În loc să aibă câte un pic din orice, există magazine numai pentru alimente, unele pentru haine, şi tocmai am văzut unul care nu avea decât bijuterii.

Elin încuviință din cap. Părea distrasă şi preocupată încă de când ajunseseră în Chicago. Şi Kirsten fusese îngrijorată, mai ales când îşi aminti că purta un copil în pântece. Ce va gândi Tor când îi va citi scrisoarea? Ce va face? Kirsten îşi dorea să primească răspuns de la el.

— Cât durează ca o scrisoare să ajungă în Suedia? o întrebă pe Elin.

— Păi cu vaporul am străbătut oceanul în două săptămâni, şi asta a fost din Anglia până în New York.

Kirsten oftă greu. Asta însemna că va dura cel puțin o lună până să primească vreun răspuns de la Tor! Era prea mult timp.

— Ce s-a întâmplat? o întrebă Elin.

— Mi-e dor de Nils. Mi-ar plăcea să avem veşti de la el, ție nu? Kirsten nu mințise, chiar îi lipsea fratele ei.

După colț era biserica; părea a fi sora mai mare şi mai bogată a bisericii din Suedia – mai grandioasă şi mai minuțios decorată. Înăuntru, oamenii care se adunaseră la slujbă arătau atât de familiar cu părul lor deschis la culoare şi pielea albă, încât Kirsten aproape că se aştepta să dea peste cineva cunoscut din sat. Preotul ținu slujba în suedeză. Cântecele şi imnurile erau şi ele în suedeză. Faptul că se afla printre atâția oameni care vorbeau cu toții limba ei, o făcu pe Kirsten să se simtă ca şi cum nici n-ar fi plecat de acasă.

— Am putea trăi aici şi am putea face totul în limba noastră şi nici n-ar mai trebui să învățăm engleza, îi şopti ea Sofiei.

— Dar eu chiar vreau s-o învăț, îi răspunse ea.

— Încă mai speri că bărbatul acela de pe Insula Ellis te va găsi?

— Nu sper, spuse Sofia. Eu ştiu că mă va găsi.

Sofia va avea inima zdrobită. Kirsten voia să-i spună să fie atentă, să-i explice că ceea ce părea a fi dragoste uneori putea să fie înşelător. Dar dacă cineva ar fi avertizat-o pe ea cu privire la Tor, Kirsten se îndoia că ar fi ascultat.

Pe drumul spre casă, Kirsten îl ajunse din urmă pe unchiul Lars şi merse alături de el.

— Ce-i cu mirosul ăsta îngrozitor? Aici în Chicago miroase întotdeauna aşa? Kirsten simțise mirosul din clipa în care ajunsese în oraş – şi mai observase că sarcina o făcea mult mai sensibilă la mirosuri, dându-i stări de greață.

— Vine de la parcurile cu animale, îi explică Lars. Aici sunt aduse vite şi porci din tot Vestul Mijlociu, ca să fie tăiate. Avem şi o companie mare care ambalează carnea, iar tăbăcirea pieilor contribuie şi ea la duhoare.

— Şi atunci mirosul nu dispare niciodată?

— O să te obişnuieşti cu el, îi răspunse el, dând din umeri. Eu m-am obişnuit.

Mătuşa Hilma începuse pregătirile pentru uriaşa masă de duminică încă de sâmbătă seara şi o lăsase pe slujnică să supravegheze masa pe durata slujbei. Hilma se năpusti asupra lui Inge din clipa în care păşi pe uşă, asaltând-o cu întrebări, ridicând capacele şi iscodind cuptorul.

— N-ai lăsat să se ardă cartofii, nu? Te-ai uitat la foc? Nu-i prea fiartă carnea? Dar untul l-ai bătut?

Kirsten şi surorile ei se grăbiră să-şi schimbe hainele ca să ajute în bucătărie. Mătuşa Hilma păru să le fie recunoscătoare, dar nu le adresă nicio mulțumire. Poate că socotea munca lor ca o plată pentru camera unde dormeau şi pentru mâncarea pe care o primeau.

Toată lumea se aşeză la masă. Kirsten şi surorile ei mâncară din nou în bucătărie, împreună cu copiii. Însă mâncarea era atât de bună şi îi amintea lui Kirsten atât de mult de acasă, încât nu-i mai păsa unde mâncau – deşi curiozitatea o împingea să arunce o privire în sufragerie ori de câte ori avea ocazia, ca să-i vadă pe misterioşii chiriaşi.

— De unde vă vin chiriaşii? îşi întrebă ea unchiul, când termină de mâncat. Sunt cu toții suedezi?

— *Ja*, toți. Unii sunt bărbați care au familii în Suedia şi încearcă să adune bani ca să şi le aducă aici. Alții sunt necăsătoriți. Pe majoritatea nu-i cunoaştem foarte bine, de aceea Hilma crede că e mai bine să rămâneți în bucătărie. Nu ştim cum sunt.

— Şi cum şi-au găsit de lucru aici? Adică... să zicem că ar veni şi Nils aici. Kirsten întrebă despre fratele ei, dar în realitate, se gândea la Tor. Ar putea să-şi găsească o slujbă?

— Cred că da...

— Dacă i-ar plăti cineva biletul, adăugă Hilma cu hotărâre.

Kirsten îi va scrie lui Tor îndată şi îi va povesti despre pensiune şi despre tinerii cu slujbe bune şi despre noua lor viață în America, unde toată lumea din cartier vorbea suedeza. Îl va ruga să vină şi el, scriindu-i scrisoare după scrisoare, în fiecare zi, până ce se va simți obligat să-i răspundă.

Duminica era zi de odihnă, când nu se lucra nimic. După-amiază, Kirsten se plimbă cu verişorii şi cu surorile ei într-un părculeț, ca să petreacă puțin timp în aer liber. Puținii copaci din parc, plantați în şiruri ordonate, îi păreau ca nişte câini domesticiți în comparație cu pădurile sălbatice şi neîmblânzite de acasă. Însă Kirsten se simți liniştită să ştie că măcar Chicago avea copaci.

Apoi se întoarseră acasă la cina uşoară compusă din resturile reci de la prânz. După privirile tensionate pe care şi le aruncau unchiul şi mătuşa ei, şi după faptul că trimiseseră copiii sus, în camerele lor, Kirsten îşi dădu seama că se întâmpla ceva. Nu ştia ce anume, dar era clar că Hilma voia ca Lars să-i vorbească ei şi surorilor ei. Kirsten aşteptă cu stomacul strâns de emoţie, convinsă că nu erau veşti bune.

— Fetelor, voiam să petrec câteva zile cu voi, vizitând oraşul, le spuse unchiul Lars, dar cred că mai bine aş lua mâine nişte bilete pentru voi trei, către Wisconsin.

— Bilete pentru... ce? întrebă Elin, afişând un zâmbet curajos, ca şi cum ar fi sperat că biletele erau pentru o piesă de teatru sau un concert sau pentru o distracţie. Primul lucru la care se gândi Kirsten era că va trebui să se pună din nou pe drum.

— Bilete de tren, o lămuri unchiul Lars, părându-i rău oarecum că trebuia s-o spună. Wisconsin este un stat la nord de aici, unde sunt pământuri şi ferme minunate, iar vremea e asemănătoare cu vremea de acasă.

— Nu înţeleg, spuse Elin. De ce să mergem acolo? Nu aici locuiţi dumneavoastră?

Obrajii unchiului Lars se înroşiră puţin, iar Kirsten îl văzu aruncându-i mătuşii Hilma o privire îngrijorată. Mătuşa Hilma stătea şi asculta cu braţele încrucişate.

— Trebuie să înţelegeţi, spuse el, că nu am avut bani pentru călătoria voastră în America – mai ales pentru trei bilete. Vedeţi şi cum trăieşte familia mea, cât de greu ne este s-o scoatem la capăt. Însă am un prieten care se stabileşte în Wisconsin cu un grup mai mare de suedezi. Fermele sunt deja construite, câteva case la fel, şi va fi o comunitate foarte drăguţă. Prietenul meu mi-a pomenit că sunt mai mulţi bărbaţi tineri decât femei şi m-a întrebat dacă nu ştiu nişte fete care ar putea să meargă acolo şi să devină soţiile lor.

— Nu... murmură Kirsten. Pentru o clipă, Kirsten crezu că inima încetase să-i mai bată. Se uită la surorile ei şi văzu că Elin se făcuse palidă ca varul. Sofia stătea încremenită, cu gura căscată.

— Le-am spus tinerilor aceştia despre voi trei şi despre dorinţa voastră arzătoare de a veni în America, iar ei au pus bani împreună şi v-au cumpărat biletele. Tinerii au plănuit să vină aici să vă cunoască, dar cum aţi întârziat, au fost nevoiţi să rămână acasă. Sunt în toiul semănării de primăvară şi bineînţeles că nu pot să vină. Va trebui să mergeţi voi acolo, să-i întâlniţi.

Kirsten îşi regăsi în sfârşit glasul.

— Vreţi să spuneţi că ei se aşteaptă să ne *căsătorim* cu ei – pentru că ne-au cumpărat *biletele*?

— Aţi spus că vreţi să începeţi o viaţă nouă. Şi ştiu că viaţa pe care o veţi avea acolo va semăna mult cu cea pe care aţi avut-o acasă.

— Ce aţi făcut, ne-aţi *vândut*? întrebă Elin.

— Haideţi acum, la ce vă aşteptaţi? întrebă Hilma. Ne-aţi implorat să vă ajutăm să ajungeţi în America. În caz că aţi uitat cum aţi stăruit pe lângă noi, am păstrat toate scrisorile voastre. Aţi spus că sunteţi disperate să plecaţi, că aţi face orice să veniţi în America. La ce vă aşteptaţi? După cum vedeţi, noi nu avem bani de dat pentru bilete.

— Ne-aţi vândut, repetă Elin.

— Ba deloc, o contrazise unchiul Lars. Tinerii aceştia încep o nouă viaţă. Au pământ – patruzeci, şaizeci, o sută de acri sau mai mult. Mai mult pământ decât am putea noi visa vreodată să avem acasă. Şi vor aceleaşi lucruri pe care le vreţi şi voi – o casă a voastră, o familie. Sunt nişte bărbaţi buni, cuviincioşi, cărora nu le e frică de muncă.

Kirsten văzu privirea panicată din ochii Sofiei – ca şi cum casa ar fi luat foc şi trebuia să fugă cât o ţineau picioarele. Kirsten se întrebă dacă avea şi ea aceeaşi privire. Sofia era îndrăgostită de bărbatul pe care-l întâlnise pe insulă, la fel cum Kirsten era îndrăgostită de Tor. Niciuna dintre ele nu voia să se mărite cu un străin.

— Putem să ne gândim o vreme la asta? întrebă Kirsten, ştiind că va dura un timp până ce scrisorile ei vor ajunge la Tor şi până ce el va face aranjamentele ca să vină în America. Trebuia să tragă de timp, până ce primea o veste de la el.

— Nu ne putem permite să vă hrănim pe toate trei, zise Hilma. Avem şi noi cinci copii.

— Dar nici măcar nu ştim cum sunt bărbații aceştia, spuse Elin. Dacă nu ne plac – sau dacă ei nu ne plac pe noi?

— Oh, păi aveți de unde alege, îi explică Lars. Vedeți, sunt cinci tineri, iar voi sunteți numai trei. Odată ce ajungeți acolo, veți avea timp să vă cunoaşteți, iar apoi puteți hotărî cu cine vă potriviți şi aşa mai departe. Cei trei flăcăi norocoşi au fost de acord să le dea banii înapoi celor doi care rămân pe dinafară.

Kirsten încremeni. Surorile ei erau şi ele şocate. Niciuna dintre ele nu fu în stare să se revolte cu voce tare. Şi-apoi, se părea că nu au de ales decât să accepte aranjamentul.

— Ziua începe înainte de răsăritul soarelui, anunță mătuşa Hilma, aşa că mai bine ne-am duce cu toții la culcare. Probabil că programase discuția asta astfel încât să nu trebuiască să le răspundă la toate întrebările.

— Da, hai să ne mai gândim la asta, propuse Lars, şi mai putem discuta şi mâine.

Kirsten se întrebă cum ar putea să adoarmă după toate acestea. Surorile le urară noapte bună şi urcară sus în camera lor, însă după ce stinseră lumina, se aşezară pe acelaşi pat, trăgându-şi pătura peste cap şi vorbind în şoaptă, ca verişoarele lor să nu le audă.

— Îmi pare rău, spuse Elin, care nu plânsese de față cu unchiul Lars şi acum nu-şi mai putu stăpâni lacrimile. Am făcut o greşeală imensă că i-am scris. Nu ştiu ce ne vom face, dar nu v-aş învinui dacă m-ați urî. Doar că am vrut atât de mult să plec de acasă din cauza...

Elin se opri. Kirsten nu-i ceru să-şi termine fraza pentru că îi ştia secretul, în schimb îi luă mâna într-a ei.

— Nu e vina ta, Elin. Unchiul Lars nu a fost sincer cu noi. Trebuia să ne spună adevărul de la bun început. Eu nu te învinuiesc pentru asta.

— Şi nici eu, adăugă Sofia. Trebuia să ne fi spus adevărul şi să ne lase pe noi să decidem.

Elin își șterse lacrimile cu marginea cămășii de noapte.

— Nu știu ce am putea să facem. E clar că nu putem sta aici – mătușa Hilma nu ne vrea și nici nu avem loc.

— E adevărat, aici nu suntem binevenite, spuse Sofia, și nici nu aș mai rămâne foarte mult aici.

— V-am promis că vom sta împreună și că vom avea din nou un cămin, și v-am dezamăgit pe amândouă.

Kirsten își îmbrățișă sora.

— Ascultă, noi nu te considerăm pe tine vinovată, nu e vina ta. Împreună ne vom gândi la o soluție pentru încurcătura asta.

— Dar nu știu ce să facem, repetă Elin. Nu putem rămâne aici. Credeți că ar trebui să mergem acolo și să vedem cum sunt bărbații aceia? Cum este satul? Poate că acolo e căminul pe care-l căutăm... Oh, pur și simplu nu știu! Și nu trebuie să decid numai eu, oricum. Eu sunt dispusă să facem cum vreți voi.

Kirsten știa că sarcina ei era un alt factor care influența decizia, și pe care Elin nu-l cunoștea, însă nu se simțea în stare să mărturisească. Ceea ce făcuse cu Tor era rușinos.

Dar dacă Tor nu se va căsători cu ea, chiar și după ce va afla despre copil? Dacă ar ști sigur că el nu va veni, atunci cel mai bine ar fi să meargă în Wisconsin și să se mărite imediat cu unul dintre bărbați, ca să-l facă să creadă că bebelușul era al lui. Însă Kirsten nu-și imagina cum va jura în fața lui Dumnezeu să trăiască cu un străin tot restul vieții ei, când inima ei bătea încă pentru Tor.

Tor merita să știe că va fi tată. Ea trebuia să-i dea șansa să facă ceea ce trebuia și să o ia de soție. Dacă i-ar da de veste odată! Dacă ar ști că putea să-i trimită o telegramă în siguranță! Kirsten se gândea ce răspuns să-i dea lui Elin, când Sofia deschise prima vorba.

— Eu nu vreau să mă căsătoresc acum. Nici măcar nu am împlinit șaptesprezece ani. Iar când va veni vremea să mă mărit, vreau să-mi aleg singură bărbatul. Vreau să mă mărit cu o persoană pe care o iubesc. Vă rog, nu mă obligați să mă duc cine știe pe unde, să mă căsătoresc cu un străin!

— E un dezastru total, zise Elin. Aveam atâtea speranțe când am plecat de acasă. În mintea mea, urma să începem o nouă viață într-o țară mare, unde străzile erau pavate cu aur.

— Iar eu am crezut că vom trăi ca nişte doamne, având propriii noştri servitori, spuse şi Kirsten, în încercarea de a înveseli atmosfera. Însă nici Elin, nici Sofia nu se amuzară deloc.

— Unchiul Lars nu mi-a spus adevărul, se plânse Elin. Dacă mi-ar fi spus... Îmi pare atât de rău. Vă voi lăsa pe voi două să hotărâți. Dacă voi nu vreți să mergem acolo...

— Eu nu vreau, spuse Sofia.

Kirsten trebuia să rămână în Chicago până ce primea vreo veste de la Tor. Cum aveau să ajungă scrisorile lui la ea, dacă ea se muta atât de departe? Dar oare cât putea să tragă de timp înainte ca cineva să-şi dea seama că era însărcinată?

— Nici eu nu vreau să merg, zise ea, în cele din urmă. Dar ce putem face acum? Aici nu avem loc destul. Şi le datorăm bani tinerilor acelora pentru biletele către America.

— Poate ar trebui să încercăm să ne găsim nişte slujbe aici în oraş, fu de părere Sofia, şi să le înapoiem banii în felul acesta. Mătuşa Hilma o plăteşte pe Inge să o ajute; poate găsim şi noi ceva asemănător.

— Inge doarme într-un pat în spatele sobei, spuse Kirsten, ca un câine, iar mătuşa Hilma o tratează exact ca pe un câine.

— Dar cum să ne găsim de lucru? întrebă Elin. Nu ştim engleză. Şi-apoi, mie nu-mi place la oraş, aş prefera mai degrabă să lucrez la o fermă, ca acasă.

— Eu cred că Sofia are dreptate, zise Kirsten. Dacă am găsi de lucru aici în Chicago şi am câştiga ceva bani, poate că pe când le-am da banii înapoi, ne-am mai obişnui cu America, şi am şti ce să facem în continuare.

— Eu ştiu ce trebuie să facem întâi de toate, spuse Sofia. Trebuie să ne rugăm, şi să-I cerem lui Dumnezeu să ne ajute. Atât Kirsten, cât şi Elin se holbară la ea. Vă amintiți că mama se ruga ori de câte ori avea nevoie de ajutor cu ceva? continuă Sofia. Cât am fost singură pe Insula Ellis, mi-era atât de teamă, încât nu am făcut decât să mă rog, şi iar să mă rog. L-am rugat pe Dumnezeu să mă ajute – şi m-a ajutat. Mi-a trimis un prieten care să-mi ţină companie şi să-mi arate promisiunile Domnului în Biblie. M-am rugat şi pentru ca voi două să vă faceţi bine, şi v-aţi însănătoşit.

— Ai dreptate, spuse Elin. Trebuie să ne rugăm.

— Cum? întrebă Kirsten. Cu voce tare... sau cum? Eu nu mă pricep foarte bine la rugăciuni.

— Nu trebuie să fie cu voce tare, zise Sofia. Putem să spunem fiecare rugăciuni, în mintea noastră, dar trebuie să-L întrebăm pe Dumnezeu ce să facem. El ne poate ajuta să ne găsim de lucru.

Kirsten se întoarse la patul ei şi se întinse sub pătură, închise ochii şi încercă să se roage. Dar cum în biserică preotul spunea toate rugăciunile, singura rugăciune pe care o ştia ea era Tatăl nostru. Kirsten se hotărî să o spună pe aceasta.

Kirsten ajunse la *Pâinea noastră cea de toate zilele, dă-ne-o nouă astăzi...* şi îşi dădu seama că era o rugăminte cât se poate de sinceră. Aveau nevoie ca Dumnezeu să aibă grijă de ele şi să le asigure cele necesare. Mătuşii Hilma îi părea rău după fiecare îmbucătură pe care o luau. Însă când ajunse la *Şi nu ne duce în ispită,* ochii lui Kirsten se umplură de lacrimi. Ea căzuse în ispită şi păcătuise. În ochii lui Dumnezeu, faptul că purta copilul lui Tor în pântece, era un păcat uriaş.

Kirsten se întoarse pe burtă şi îşi îngropă faţa în pernă. Nu putea să se roage, nu avea niciun drept să-I ceară Domnului nimic. Kirsten adormi plângând.

A doua zi dimineaţă, surorile o ajutară pe mătuşa Hilma la gătit şi la spălat. Odată ce chiriaşii plecară la lucru, Hilma le dădu voie să meargă în faţa casei să facă curat şi să măture şi acolo. Kirsten tocmai ştergea balustrada scării, când un bărbat în uniformă aduse scrisorile chiar la uşa de la intrare şi le împinse în deschizătura îngustă. Mătuşa Hilma înhăţă însă scrisorile, înainte ca Kirsten să apuce să coboare scările.

— Aştept o scrisoare din Suedia, îi spuse ea din nou mătuşii sale. Le-am dat adresa aceasta tuturor celor de acasă.

— Foarte bine, dar aici nu-i nimic pentru tine, îi răspunse ea în timp ce analiza fiecare plic în parte.

Când veni vremea prânzului, Kirsten îşi luă farfuria cu ea afară şi se aşeză ca să mănânce pe scările din spatele casei. Micuța curte era goală, cu excepția unui coteț pentru găini, câteva tufe noduroase şi sârmele pline de cearşafuri şi prosoape de bucătărie.

— Nu-mi vine să cred că am renunțat la casa noastră şi la pădurile pline de copaci pentru asta, spuse ea, când Sofia veni şi se aşeză lângă ea.

— Toate suntem dezamăgite, dar acum ne aflăm aici, şi trebuie să ne străduim să ne fie bine. Ai primit vreun răspuns la rugăciunile tale?

Kirsten clătină din cap.

O clipă mai târziu, Elin li se alătură.

— Ce-i vom spune unchiului Lars? le întrebă ea. Eu vă las pe voi să hotărâți ce vom face.

— Eu nu vreau să mă mărit cu niciunul din bărbații aceia, spuse Sofia. Cred că ar trebui să-L rugăm pe Domnul să ne ajute să ne găsim de lucru şi să le dăm banii înapoi.

— Tu ce crezi, Kirsten? o întrebă Elin.

— Ăă... eu... Poate că scrisoarea pentru ea va ajunge mâine. Poate că Tor o va cere de nevastă. Nici... nici eu nu vreau să merg în Wisconsin, răspunse ea în cele din urmă, sperând că nu se înşela.

Surorile trebuiau să aştepte până după cină ca să-i spună unchiului Lars ce hotărâseră. Kirsten îşi dori să poată să vorbească cu el fără mătuşa Hilma prin preajmă. El părea mult mai înțelegător față de situația în care se aflau ele. Însă Hilma ştia cât de bun era la suflet soțul ei, aşa că ascultă fiecare cuvințel.

— Ne pare foarte rău, începu Elin, dar am vorbit între noi şi ne-am hotărât că nu vrem să mergem în Wisconsin şi să ne măritâm cu nişte străini.

— Dar Lars le-a dat cuvântul lui acelor oameni, zise Hilma. Au avut încredere în noi cu toți banii ăia. Reputația noastră e în joc.

— Le vom explica totul, spuse Elin, şi le vom spune că nu este vina dumneavoastră.

— Şi vom munci din greu, adăugă Sofia, apoi le vom înapoia banii pe care vi i-au dat pentru biletele noastre. Poate îi vor putea folosi să-şi aducă alte mirese.

— Eu nu vreau să fiu vândută în felul acesta, şi nici surorile mele, spuse Elin. Nu cred că mama ar fi de acord. Noi vă mulțumim pentru tot ajutorul pe care ni l-ați dat şi îmi pare rău dacă v-am dezamăgit, dar ar fi trebuit să-mi spuneți adevărul.

— Dacă v-aş fi spus cum stau lucrurile, ați mai fi venit? o întrebă Lars încet.

— Cred... cred că am fi încercat să găsim o altă cale.

Kirsten se gândi la motivul care o determinase pe Elin să fugă, şi îşi dădu seama că dacă Lars i-ar fi spus adevărul, Elin ar fi fost pusă în fața unei alegeri imposibile.

— Dacă vă uitați în jur, spuse unchiul Lars, veți vedea că aici în oraş, condițiile de trai sunt foarte limitate, şi nu sunt foarte multe slujbe pentru nişte femei tinere, nemăritate ca voi, mai ales dacă nu vorbesc engleza. Oamenilor le va fi foarte uşor să profite de voi.

— Oamenii ca noi trebuie să muncească din greu ca să-şi ducă traiul, îl completă mătuşa Hilma.

— Probabil că aş putea să vă găsesc de lucru la o fabrică, continuă unchiul Lars, sau la spălătoria unui hotel, însă sunt convins că aş dezamăgi-o pe mama voastră. Fabricile şi atelierele sunt nişte locuri de muncă îngrozitoare, ziua de muncă este lungă şi se plăteşte foarte prost.

— Şi sunt foarte puține locuri decente unde să poată să locuiască nişte tinere nemăritate, adăugă mătuşa Hilma.

Soțul ei o aprobă în tăcere.

— Băieții ăştia din Wisconsin sunt nişte tineri cumsecade, cu frică de Dumnezeu. Mama voastră ar fi de acord cu ei, sunt convins. Iar ținutul de acolo e ca acasă. Viața voastră la fermele lor ar fi exact ca cea de acasă. Credeți-mă, ce vă oferă ei, e mult mai bine decât să munciți zece ore pe zi, şase zile pe săptămână, pentru câțiva dolari amărâți.

— Dar noi nu vrem să mergem, spuse Sofia.

Unchiul Lars oftă iritat.

— Nu înțeleg de ce nu vreți măcar să mergeți până acolo şi să-i întâlniți pe tinerii aceştia. Să vedeți cum e înainte să vă hotărâți. S-ar putea să vă placă.

— Dacă am merge acolo, ar avea mai multe aşteptări de la noi, zise Elin.

— Şi le-am datora şi mai mulți bani cu biletele noastre de tren, adăugă Kirsten.

Ajunseseră într-un punct mort. În intervalul de timp tensionat care urmă, era evident că niciunul dintre ei nu era mulțumit de situație. În mod surprinzător, mătuşa Hilma depăşi impasul, venind în apărarea lor.

— Însă ele ştiu să muncească din greu, spuse ea. Poate că şi-ar putea găsi de lucru ca servitoare. L-am putea întreba pe pastorul Johnson dacă nu ştie o familie de la biserică care are nevoie de servitoare.

— Ați prefera să lucrați din greu, toată ziua, pentru o doamnă bogată, în loc să aveți un soț şi o familie? întrebă Lars. Mai degrabă ați face curățenie în casa altuia, când v-ați putea ocupa de a voastră?

— Dacă suntem nevoite, zise Kirsten, atunci asta vom face.

Kirsten se întrebă cum se simțea Elin cu adevărat. Ea nu le spusese părerea ei, ci le lăsase pe ea şi pe Sofia să hotărască. Oare Elin ar vrea să meargă în Wisconsin?

— Vreau să ştiți, continuă Elin, că îmi pare tare rău pentru tinerii care ne-au plătit biletele. Aş vrea să le scriu şi să le spun că ne pare rău.

— Scuzele nu vor ține loc de bani, zise Hilma. Băieții au muncit din greu pentru dolarii ăia. O să vedeți cât s-au spetit când veți încerca să câştigați destul ca să le înapoiați banii.

— Chiar şi aşa, aş vrea să-mi daţi adresele lor, dacă nu vă supăraţi. Aş vrea să le explic decizia noastră şi să le spun că nu este vina dumneavoastră.

— Bănuiesc că n-ar strica, fu de acord Lars.

— Şi vrem să vă plătim şi dumneavoastră, mătuşă Hilma, continuă Elin. Odată ce ne vom găsi de lucru, vă vom plăti cât vă datorăm pentru cameră şi pentru mâncare.

Hilma dădu din mână, ca şi cum banii nu ar conta, însă Kirsten bănui că nu ar fi refuzat niciun ban, dacă i-ar fi fost oferit. De îndată ce Lars îi dădu lui Elin adresa din Wisconsin, Elin le îndemnă să urce în cameră.

— De ce ne trimiţi în cameră? o întrebă Kirsten, prăbuşindu-se pe pat. E prea devreme să ne culcăm.

— Ştiu, dar cred că unchiul Lars e dezamăgit de noi, şi cred că ar trebui să ne ferim din calea lui. Eu voi scrie o scrisoare în care le voi prezenta scuzele noastre aşa-zişilor noştri soţi. Elin scoase câteva foi de hârtie de scris, iar Sofia deschise Biblia mamei lor şi începu să citească în linişte.

Kirsten se hotărî să-i scrie o altă scrisoare lui Tor. Trebuia să vină în America şi să o ia de soţie, trebuia s-o salveze. Dar de unde va lua banii pentru bilet? Tatăl lui se opusese căsătoriei lor, astfel că se îndoia că-i va plăti lui Tor biletul. Bătrânul ăla zgârcit şi ursuz făcea un adevărat scandal dacă cineva fura o bomboană de un bănuţ din magazinul lui. Kirsten ar fi trebuit să-şi amintească lucrul acesta. Şi faptul că Tor alesese deja magazinul tatălui lui, în defavoarea ei.

Poate că se înşelase. Poate că ar fi trebuit să-i lase pe doctori să o deporteze înapoi în Suedia. Însă după ce citise jurnalul lui Elin, gândul întoarcerii la unchiul Sven o îngrozise. Dacă Tor nu venea, va trebui să se mărite foarte curând ca să-i poată da un nume copilului ei. Cine altcineva ar fi avut grijă de ele?

— Dacă mă hotăram să plec în Wisconsin, o întrebă ea pe Elin, ai fi venit şi tu?

Elin nu-şi ridică privirea de la scrisoare.

— Nu putem să ne tot răzgândim, Kirsten.

Ea oftă.

— Mă tot gândesc la toți oamenii aceia de pe vapor, şi de pe Insula Ellis. Erau atât de încrezători, atât de fericiți că vor începe o viață nouă, şi mă întreb dacă sunt la fel de dezamăgiți cum suntem noi.

Când fu timpul să stingă lampa, Sofia le reaminti să se roage. Kirsten şi-ar fi dorit să-L întrebe pe Dumnezeu ce să facă, iar El să-i trimită răspunsul într-un plic frumos, însă El părea departe, la fel de departe ca şi Tor, iar răspunsurile lor se lăsau amândouă aşteptate.

Dacă doctorii s-ar fi înşelat cu privire la sarcină! Kirsten îşi dori să se întâmple ceva, şi copilul să dispară. Oare dorința aceasta era un păcat şi mai greu?

Kirsten făcuse un talmeş-balmeş din viața ei. Nu era de mirare că Dumnezeu nu-i asculta rugăciunile.

CAPITOLUL 23

Sofia se gândi la Ludwig Schneider toată ziua în timp ce ea şi surorile ei trebăluiră prin pensiunea mătuşii lor. Ori de câte ori dorul de el ameninţa să o copleşească, Sofia se oprea din măturat sau din ştersul prafului şi închidea ochii. Şi-l imagina stând pe bancă lângă râu, aplecându-se şi legănându-se în ritmul muzicii pe care o cânta la vioară. Sofia auzea melodiile pe care le cântase el şi vedea zâmbetul cald cu care o privise la sfârşitul fiecărui cântec.

— Sofia? De ce zâmbeşti aşa? o întrebă Kirsten.

— Mă gândeam doar...

— Păi mai bine ai reveni cu picioarele pe pământ. Mătuşa Hilma e afară în curtea din spatele casei tăind pentru cină două găini care nu mai fac ouă şi vrea să le jumulim.

— Îmi place să lucrez afară, spuse Sofia în urma lui Kirsten, intrând pe uşa de la bucătărie. Mi-e dor să lucrez în grădină şi să am grijă de animale, ţie nu? Sora ei nu-i răspunse.

Găinile zăceau pe masa de lucru de afară, lângă oala cu apă fiartă.

— Să nu arunci penele, îi spuse Hilma Sofiei, întinzându-i un sac. Nu ne permitem să aruncăm nimic.

— Ce facem noi nu-i deloc diferit de munca de sclave pe care o făceam toată ziua pentru mătuşa Karin, bombăni Kirsten după ce mătuşa lor intră în casă, doar că aici nu sunt nici păduri frumoase în care să te plimbi, şi nici vaci care să ne dea lapte proaspăt. Ce bun ar fi un pahar cu lapte acum, nu-i aşa?

— Da, recunoscu Sofia, dar hai să nu mai pomenim de casă în faţa lui Elin. Şi-aşa se învinuieşte pentru că ne-a adus în situaţia asta.

— Ştiu. Dar Sofia? Îmi pare foarte rău că te-am făcut să pleci din Suedia. Dacă aş fi rămas, ai fi rămas şi tu, aşa că e vina mea că eşti aici.

Sofia își ridică privirea surprinsă spre Kirsten. Ochii surorii ei erau plini de lacrimi. Părea mult mai sensibilă decât de obicei, iar Sofia se întrebă care era motivul. Kirsten fusese mereu cea mai puțin sentimentală dintre ele trei.

— Ți-e dor de Tor, nu?

Kirsten dădu din cap că da.

— Și mie mi-e dor de prietenul meu, Ludwig, spuse Sofia. Mă rog în fiecare noapte să-l revăd. Mă voi ruga și pentru tine și pentru Tor.

— Mulțumesc, zise Kirsten trăgându-și nasul. Apoi, se strâmbă și își acoperi nasul și gura cu mâna. Mi-e rău de la mirosul acestor găini. Poți să le termini tu de jumulit?

— Cred că da. Așa era Kirsten pe care și-o amintea Sofia – aranjând mereu ca altcineva să-i facă treaba. Kirsten îi mulțumi și se grăbi să intre în casă. Câteva minute mai târziu, verișoara lor, Dagmar, se întoarse de la școală și se oferi să o ajute pe Sofia.

— Vrei te rog să mă înveți câteva cuvinte în engleză? o întrebă Sofia în timp ce munceau.

— Nu trebuie să înveți engleză, îi răspunse Dagmar. Nici mama nu vorbește engleză.

— Știu, dar eu aș vrea să învăț. Dacă și ea și Ludwig ar fi vorbit amândoi engleza, s-ar fi putut înțelege unul pe altul. Hai să începem cu câteva cuvinte pe care le folosim în fiecare zi: găină, copac, casă.

Era ca un joc pentru ele, iar Sofia făcu o listă cu toate cuvintele pe care i le spusese Dagmar, scriindu-le alături înțelesul în suedeză. Seara, când adunară ouăle, Dagmar o învăță să numere în engleză. Sofia se hotărî să exerseze vorbitul în engleză în fiecare zi.

După ce spălară și vasele de la cină, unchiul Lars merse cu Sofia și cu surorile ei la casa parohială să vorbească cu pastorul pentru niște slujbe pentru ele.

— Acestea sunt nepoatele mele, îi spuse el pastorului Johnson. Părinții lor au murit în mod tragic, iar ele au ajuns de curând în America să-și caute de lucru. Nu cunoașteți pe cineva care are nevoie de ajutoare?

Pastorul le cântări din privire cu o expresie rece.

— Sunt dispuse să lucreze ca slujnice? Din câte ştiu, majoritatea servitoarelor din Chicago sunt tinere suedeze nemăritate. Fetele noastre şi-au câştigat o reputaţie pentru că sunt curate, cinstite şi muncitoare.

— Suntem dispuse să acceptăm orice slujbă ni se oferă, spuse Elin.

— Nu se dau în lături de la munca grea, asta-i sigur, îi spuse Lars pastorului. Dacă auziţi de vreo familie respectabilă care ar vrea să le angajeze, vă rog să-mi spuneţi.

— Aşa am să fac.

— Sper că nu-şi imaginează altceva şi ne vinde pentru măritiş, îi şopti Sofia lui Kirsten pe drumul spre casă.

— Iar eu sper că nu vom ajunge să dormim în dosul cuptorului ca biata Inge, îi răspunse Kirsten, tot în şoaptă.

După două zile, mătuşa Hilma şi unchiul Lars primiră vorbă cum că pastorul şi soţia acestuia le vor face o vizită după cină. Sofia şi surorile ei aveau să primească oaspeţii în salonul din faţă. Mătuşa Hilma puse la fiert un ibric cu cafea şi chiar pregăti o porţie de *pepparkakor**.

— Dar fursecurile sunt pentru Pastor şi pentru doamna Johnson, le avertiză Hilma. N-am mai avut de unde să fac şi pentru voi trei.

— Oare ne-a găsit de lucru? o întrebă Sofia.

— N-a spus – dar nu fi băgăcioasă şi nici nu începe să pui întrebări nepoliticoase. Pastorul ne va spune motivul vizitei sale când va găsi de cuviinţă.

— Da, doamnă.

Sofia duse tava în salon şi o aşeză pe măsuţa de cafea. Doi chiriaşi stăteau şi citeau ziare în limba suedeză, la lumina

*Fursecuri de Crăciun, tradiţionale în Suedia, dar vândute în tot timpul anului, (n.ed.).

lămpilor cu gaz pe care ea le ştersese de praf în după-amiaza aceea. Alţi trei erau aşezaţi în jurul unei măsuţe, într-un capăt al salonului, vorbind încet între ei. Sofia nu văzu niciun chiriaş care să se potrivească descrierii mătuşii Hilma de „necuviincioşi şi bădărani", iar în clipa în care intră în încăpere, fiecare dintre bărbaţi o privi ca şi cum ar fi un cadou de *Yuletide**, împachetat în hârtie elegantă şi prins cu panglici. Nu era de mirare că mătuşa Hilma le ţinuse pe ea şi pe surorile ei închise în bucătărie.

Când ajunseră pastorul şi soţia sa, toţi chiriaşii cu excepţia unuia, părăsiră salonul în mod discret. Musafirii se aşezară pe canapea, ca şi cum nu veniseră decât pentru o simplă vizită şi nimic mai mult. Sofia observă că Kirsten începea să-şi piardă răbdarea văzându-i pe pastorul Johnson şi pe unchiul Lars sorbindu-şi cafeaua şi vorbind despre vreme, în timp ce doamna Johnson şi mătuşa Hilma gustară din fursecuri. Sofia speră că va rămâne măcar un *pepparkakor* cu ghimbir, ca ea şi surorile ei să poată gusta împreună din el, însă doamna Johnson înghiţea fursecurile de parcă era la concurs de mâncat tot din farfurie.

În cele din urmă, pastorul Johnson ajunse şi la subiectul vizitei sale.

— Am auzit de cineva care caută ajutor provizoriu pentru curăţenia de primăvară, zise el.

— Oh? Dar curăţenia de primăvară nu începe de obicei în martie? întrebă Hilma.

— *Ja,* dar familia vrea să pună casa în vânzare, şi ar vrea o curăţenie ca la carte. Au avut probleme cu slujnicele angajate în ultimul timp, astfel că au rămas în urmă cu munca.

— Noi cunoaştem familia aceasta? întrebă unchiul Lars.

— Sunt convins că da. Pastorul ezită o clipă, care Sofiei i se păru nesfârşită. Nepoatele dumneavoastră vor lucra pentru Silvia Anderson – văduva lui Gustav Anderson.

---

*În suedeză, *Crăciun* sau *sărbătoarea Crăciunului,* (n.ed.).

Sofia aşteptă, întrebându-se din nou ce era cu pauza aceea foarte lungă şi de ce unchiul şi mătuşa ei schimbară priviri între ei. Însă Hilma o avertizase să nu pună întrebări.

— Doamna Anderson le va plăti patru dolari pe săptămână plus pat şi mâncare. Mi-a spus că nu vrea decât două fete, dar n-ar strica s-o întrebați dacă nu le ia pe toate trei. Curățenia va fi gata mai repede în felul acesta, căci după cum ştiți, casa dânsei este destul de mare.

— Nu cred că am văzut-o pe Silvia Anderson la biserică în ultimele două luni, zise mătuşa Hilma, umplându-i doamnei Johnson ceaşca de cafea din nou.

— Nu s-a simțit bine, spuse doamna Johnson şi îşi adăugă frişcă şi trei lingurițe de zahăr. După expresia de pe chipul mătuşii sale, Sofia îşi dădu seama că şi ea observase cantitatea imensă de zahăr. Doamna Anderson este bolnavă şi de aceea, fiul dânsei şi soția acestuia vor să vândă casa, iar Silvia să se mute la ei. Deocamdată, doamna Anderson are o bucătăreasă şi o asistentă care are grijă de dânsa. Însă am înțeles că nu se prea face curățenie.

— Noi suntem dispuse să mergem s-o cunoaştem, spuse Kirsten.

— E mult mai important să vă cunoască dânsa pe voi, îi spuse mătuşa Hilma, încruntându-se la ea ca de obicei. Silvia Anderson va hotărî dacă vă angajează, nu invers.

Înainte de a pleca, pastorul le dădu o scrisoare de recomandare. Sofia duse tava înapoi în bucătărie, dezamăgită să vadă că nu rămăsese nici măcar un *pepparkakor*.

— Silvia Anderson, zise Hilma, mârâind numele. E atât de bogată, încât crede că i se cuvine totul.

— Dar chiar aşa şi este, Hilma, spuse unchiul Lars, zâmbind obosit.

— Ştii bine la ce mă refer. Şi nici nu mă miră că are nevoie de servitoare. Din ce-am auzit, le schimbă ca pe ciorapi.

— Nu bârfi, Hilma.

— Dar nu e o bârfă, e adevărul. E foarte greu să te înțelegi cu ea.

— Avem suficientă experiență în domeniul ăsta, îi șopti Kirsten Sofiei, arătând cu capul în direcția mătușii lor.

— Ce-ai spus? întrebă Hilma, fixând-o cu privirea.

— Am spus că avem suficientă experiență în curățenia caselor. Şi nici nu vă vom mai împovăra cu camera şi cu mâncarea noastră.

— Cât anume le datorăm tinerilor acelora pentru călătoria noastră? întrebă Elin în timp ce spăla ceştile de cafea.

— Păi, să vedem... începu Lars. A fost trenul cu care ați străbătut Suedia, feribotul, apoi alt tren în Anglia, apoi vaporul... În total, cred că a costat mai mult de treizeci şi cinci de dolari.

— Pentru *fiecare*? lăsă să-i scape Kirsten.

El încuviință.

— La asta se adaugă călătoria din New York spre Chicago, banii de călătorie şi apoi drumul către Wisconsin...

— Dar nu am mers în Wisconsin, zise Elin.

— *Ja*, e adevărat, dar cred că ar trebui să vă gândiți undeva la patruzeci de dolari de persoană.

— Asta înseamnă, spuse Kirsten, că va trebui să muncim cel puțin zece săptămâni cu patru dolari pe săptămână. Până atunci, va fi mijlocul lui august.

— Cel puțin, fu de acord Hilma. Şi nu le-aş purta pică băieților din Wisconsin dacă v-ar lua dobândă pe bani, având în vedere că s-a dovedit a fi un împrumut.

Patruzeci de dolari erau o avere. Sofia se gândi că n-aveau să iasă niciodată din datorii. Se gândi la Ludwig, care îşi cheltuise banii aceia pentru biletul către America, doar ca în final să fie trimis înapoi. Nici nu era de mirare că Ludwig plănuise să intre în America înot. Sofia se îngrijora de fiecare dată când şi-l imagina sărind în apa cenuşie şi rece şi încercând să străbată râul incredibil de larg. Însă de fiecare dată când începea să-şi facă griji, se hotărî să spună în gând o rugăciune pentru Ludwig, imaginându-şi mâinile lui Dumnezeu sub el, ținându-l la suprafață.

— Cred că mâine dimineață devreme, ar trebui să o vizităm pe Silvia Anderson și să o întrebăm de slujbă, le spuse Sofia surorilor ei în dormitor, în acea noapte.

— Așa o să vedem cât de rea este de fapt, adăugă Kirsten.

— Mătușa Hilma zice că doamna Anderson va hotărî dacă ne ia sau nu, zise Elin, dar dacă nu o plăcem, nu avem niciun motiv să rămânem la ea.

— Așa o să mai câștigăm niște timp, fu de acord Sofia, care avea speranța că între timp, Ludwig o va găsi și va veni în ajutorul ei.

Înainte să stingă lampa, Sofia citi în tăcere din Biblie, revenind la câteva din versetele pe care i le arătase Ludwig. Fiecare verset era o nouă promisiune că Dumnezeu era cu ele. El va veghea asupra lor și le va ajuta să iasă din situația aceasta dacă ele aveau încredere în El. Sofia găsi și niște versete noi în Psalmi, care spuneau: *Atunci, în strâmtorarea lor, au strigat către Domnul, și El i-a izbăvit din necazurile lor.*

Sofia încheia întotdeauna cu versetele din Cântarea Cântărilor, cele pe care Ludwig i le arătase în ultima lor zi împreună: *Apele cele mari nu pot să stingă dragostea, și râurile n-ar putea s-o înece; de ar da omul toate averile din casa lui pentru dragoste, tot n-ar avea decât dispreț.*

Citind ultima lui promisiune, Sofia se întinse după geanta ei, să simtă lemnul fin al viorii sale: *M-am sculat, atunci, și am cutreierat cetatea, ulițele și piețele; și am căutat pe iubitul inimii mele.* Ludwig o va regăsi. Sofia îl va aștepta, orice s-ar întâmpla.

A doua zi dimineață, Sofia și surorile ei se treziră devreme și își puseră hainele de duminică, ca să facă o impresie bună.

— Vă voi desena o hartă, ca să știți cum găsiți casa familiei Anderson, le spuse unchiul Lars. E departe ca să mergeți pe jos până acolo...

— Dar nu avem de unde să vă dăm bani pentru trei bilete de tramvai, îl completă Hilma.

Sofia nu mai întâlnise pe nimeni care să-și facă atâtea griji pentru bani ca mătușa lor.

— Acasă, când eram nevoite, obişnuiam să mergem pe jos tot drumul până în sat, îi spuse ea mătuşii sale. Suntem obişnuite să mergem pe jos.

— Să nu intraţi pe uşa din faţă, le avertiză Hilma. Slujnicele trebuie să folosească intrarea din spate.

A fost o plimbare lungă, dar numai un sfert din cât făceau de la ferma lor până în sat. Fetele respectară harta unchiului Lars de parcă le-ar duce spre o comoară îngropată şi, cu cât se apropiau mai mult de adresa dată, cu atât casele şi grădinile din jur erau din ce în ce mai mari. Însă toate trei se opriră brusc când văzură pentru prima oară vila imensă din piatră, cu trei etaje, a Silviei Anderson. Sofia se gândi că era la fel de impunătoare precum clădirea de pe Insula Ellis.

— N-am mai văzut niciodată o casă atât de mare, zise Elin.

— Trebuie să fie la fel de bogată ca regina! exclamă Kirsten.

— Cum vom reuşi să facem curat în toate camerele acelea? întrebă Sofia.

— Ascultaţi, cu cât va dura mai mult, le spuse Elin, cu atât vom câştiga mai mulţi bani, şi ne vom putea plăti datoria.

Surorile înconjurară până la uşa din spate, aşa cum fuseseră instruite, şi fură întâmpinate de o femeie care era atât de micuţă şi deformată de artrită, încât îi aminti Sofiei de un gnom; îi mai lipsea doar pălăria roşie. Femeia părea să aibă vreo şaizeci de ani şi îşi purta părul blond uşor grizonat în şuviţe împletite. Căldura din ochii ei cenuşii şi zâmbăreţi o asigură pe Sofia că le va fi prietenă.

— *God morgon*, spuse Elin. Ne-a trimis pastorul Johnson pentru nişte slujbe ca ajutoare în casă. Suntem surorile Carlson, nepoatele lui Lars şi Hilma Larson, continuă ea, întinzându-i femeii scrisoarea.

Femeia se prezentă ca fiind doamna Olafson şi le spuse că era bucătăreasa, însă o clipă mai târziu, sprâncenele ei albe se uniră, îngrijorate:

— Oh, dar păreţi nişte fete atât de drăguţe. Ascultaţi-mi sfatul şi căutaţi-vă de lucru în altă parte.

— Este într-adevăr atât de greu să lucrezi pentru doamna Anderson? întrebă Kirsten.

— E imposibilă. Şi este foarte multă treabă de făcut pe aici. Casa asta are peste douăzeci de camere. Doamna se joacă de-a războiul cu fiul ei. El vrea să vândă casa, iar ea nu vrea, aşa că dă afară pe oricine lucrează prea din greu. M-ar concedia şi pe mine dacă nu ar trebui să mănânce. Ea nu vrea să se mute la el, iar... adăugă ea în şoaptă, când o veţi întâlni pe nora ei, Bettina, veţi înţelege de ce. Ele sunt de acelaşi fel, şi se înţeleg ca pisica cu şoarecele.

— Noi chiar avem nevoie de bani, doamnă Olafson, zise Elin. Chiar dacă ne-ar lăsa să lucrăm aici o săptămână sau două, tot ar fi mai bine decât nimic.

— Da, da, înţeleg. Vedeţi, şi eu am nevoie de bani. Şi, credeţi-mă, ea plăteşte mai bine decât aş câştiga oriunde altundeva, pentru că nimeni altcineva nu se poate înţelege cu ea. După cum spuneam, trebuie să mai şi mănânce. Ei bine, intraţi. Vă voi arăta casa.

Doamna Olafson chiar şchiopăta ca un pitic, în timp ce le conducea pe Sofia şi pe surorile ei prin casă. Bucătăria era foarte mare, dar la fel de curată ca o bucătărie mică. Sofia simţi miros de budincă de peşte care fierbea pe sobă şi pâine de secară cocându-se în cuptor.

— Doamna Anderson este trează. I-am trimis deja sus tava cu micul dejun...

— Oh, păi atunci ar fi mai bine să n-o deranjăm, zise Elin.

— N-o veţi deranja. Şi-aşa nu are cu ce să-şi ocupe timpul. Acum, în cea mai mare parte a timpului veţi folosi scările astea din spate de la bucătărie, dar vă duc şi la scările de la intrare ca să vedeţi cât veţi avea de lucru.

Femeia deschise o uşă de serviciu care ducea într-o sufragerie imensă cu pereţi lambrisaţi. Sofia numără paisprezece scaune în jurul mesei, însă praful de pe ea era atât de gros, încât puteai face desene în el. Oglinda care atârna deasupra bufetului cu ornamente sculptate era atât de neagră de praf şi de funingine, încât Sofia abia putu să-şi vadă reflexia. Deasupra bufetului erau îngrămădite zeci de tacâmuri şi farfurii din argint, şi toate piesele din argint, incluzând perechea de sfeşnice de pe masă şi o a doua pereche de pe şemineu care era neagră şi lipsită de strălucire. Ipsosul sculptat al tavanului era acoperit de pânze de păianjen care se întindeau şi atârnau şi de candelabru.

— Vai de mine, şopti Sofia. Nici n-aş şti de unde să încep.

— Aceasta-i doar prima cameră, să ştiţi. Şi chiar a fost folosită de curând.

Din sala de mese se intra în salonul mare care avea un şemineu imens şi o scară sculptată în lemn de nuc, atât de largă, încât putea să cuprindă o întreagă cavalerie. Tavanul mai adăpostea încă două etaje deasupra capului Sofiei.

— Aici ar putea trăi o familie de uriaşi, zise Kirsten.

— Acela e salonul oficial, de dincolo de sala de mese, continuă doamna Olafson, arătând către o încăpere întunecoasă, plină de mobilă tapisată şi rafturi care gemeau de greutatea nenumăratelor statuete, ceşti decorate, vaze şi picturi în miniatură. A rămas închis de ceva vreme. Doamna Anderson preferă odaia mai mică dimineaţa, pe care vă voi arăta-o mai târziu.

De la fereastra primului palier, Sofia zări ceea ce trebuie să fi fost cândva o seră însorită, cu plante veştejite demult şi atât de multe ferestre acoperite de funingine, încât ar fi durat o lună să le spele pe toate. În capul scărilor, un balcon în formă de U dădea spre salon, şi un alt set de trepte duceau la al treilea etaj.

— Vă voi duce într-unul din cele mai curate apartamente cu dormitor, zise doamna Olafson, deschizând o uşă de pe coridor. Fiecare dormitor are propria sufragerie şi cameră de toaletă. Şi fiecare apartament are una din aceasta... Doamna Olafson arătă către o superbă *kakelugnar** – o sobă suedeză din plăci de porţelan. Chiar şi cu draperiile trase şi cu lămpile stinse, Sofia văzu că eleganta

*În suedeză, *sobă*, (n.ed.).

lucrare din ghips care acoperea tavanul, fusese atent pictată cu flori și viță de vie care se asortau cu plăcile sobei pictate manual.

— E incredibil, murmură Kirsten.

— Gustav Anderson a ridicat și a decorat casa pentru soția lui și pentru familia lui. Am înțeles că lucrările au durat doi ani. Iar acum, văduva lui trăiește aici, singură cuc.

— De ce nu se mută și fiul ei și soția lui aici, în loc să o vândă? întrebă Kirsten.

— Oh, nu o cunoașteți pe Bettina Anderson. Ea vrea ca totul să fie modern și construit după modelul american, iar locul acesta este prea suedez după gusturile ei.

Surorile nu văzuseră nici jumătate din casă, dar micul tur se încheie cu apartamentul doamnei Anderson. Bucătăreasa bătu la ușă și o femeie îmbrăcată într-o uniformă albă și o bonetă de asistentă le deschise. Dacă doamna Olafson semăna cu un gnom, asistenta arăta cu siguranță ca o vrăjitoare. Era slabă și ascuțită, avea părul negru strălucitor și un chip sever.

— Ce este? întrebă ea.

— Pastorul Johnson le-a trimis pe domnișoarele acestea drăguțe să le luăm ca slujnice.

— Poftește-le înăuntru, rosti cu glas tunător o voce din odaie.

— Noroc, le șopti doamna Olafson. Și aveți grijă, pentru că aude tot.

Silvia Anderson stătea sprijinită de perne într-un pat imens cu baldachin. Sofia se așteptase să vadă un căpcăun, dar bătrânica era mult prea fragilă și delicată ca să fie un căpcăun. De fapt, chiar semăna cu o regină din poveste, cu coroana ei de păr alb împletit și cămașa de noapte plisată de un albastru pal. Pe Sofia n-ar fi mirat-o să vadă niște aripi gingașe mijindu-i din umeri. Sofia se simțea ca și cum ar fi rătăcit într-un basm, cu un castel bântuit, un gnom, o vrăjitoare și acum, o regină.

— Nu vă îngrămădiți la ușă, urlă ea. Veniți mai aproape ca să vă văd. Vocea ei era de două ori mai puternică decât trupul ei și la fel de autoritară ca cea a unei împărătese. O pisică cenușie, enormă, care dormise până atunci în poala ei, își ridică capul ca să le examineze pe Sofia și pe surorile ei, dar și pe stăpâna ei. Pisica era mare cât un raton, cu blana cenușie-albăstrie și o față ciudat de turtită, ca și cum ar fi dat cu capul într-un zid de cărămidă.

— De ce sunteți trei? Am cerut doar două fete.

— Suntem surori, doamnă Anderson, zise Elin, făcând un pas înainte ca să-i explice. Sofia rămase în spatele ei, împreună cu Kirsten. Noi am ajuns în America de curând și avem nevoie de slujbe ca să le putem înapoia banii de bilete persoanelor care ni i-au împrumutat. Pastorul Johnson v-a trimis scrisoarea aceasta. Elin îi întinse scrisoarea, dar doamna Anderson nu o luă, așa că Elin își lăsă din nou brațul în jos. Părinții noștri au murit, și am venit să locuim cu unchiul nostru.

— Cine e unchiul vostru?

— Lars Larson.

— Oh, da. Și nevasta lui, Hilma. Cea mai mare bârfitoare din comunitate și o zgârcită din cale-afară.

Sofia se uită prin cameră în timp ce Elin vorbea, și văzu o altă sobă splendidă, din porțelan, pictată cu flori roz și albastre. Totul din cameră se potrivea cu plăcile de porțelan, de la marginea delicat pictată a tavanului, până la draperii și așternuturi – chiar și vaza cu flori proaspete de pe noptieră. Toată mobila arăta de parcă ar fi fost luată dintr-un castel din Suedia.

— Cum vă numiți?

— Eu sunt Elin Carlson. Ele sunt Kirsten și Sofia...

— Arătați ca niște copii. Nu vreau să angajez niște copii. Câți ani aveți? Și vreau adevărul.

— Eu am nouăsprezece ani, răspunse Elin. Kirsten are optsprezece, iar Sofia...

— Eu am șaisprezece ani, dar ziua mea de naștere este peste câteva săptămâni, și atunci voi împlini șaptesprezece ani. Elin era atât de puternică și de curajoasă, încât Sofia se hotărî brusc să facă un pas înainte și să fie alături de ea.

— Știu ce vine după șaisprezece, domnișoară Carlson, zise doamna Anderson, aruncându-i o privire care îi făcu inima să bată mai tare și cu care voia probabil, s-o reducă la tăcere. Pisica își aținti și ea privirea asupra Sofiei, clipind leneș din ochii ei galbeni.

— Ei bine, eu n-am nevoie decât de două fete, zise doamna Anderson.

Sofia o văzu pe Elin înghițind în sec, însă apoi își ridică bărbia și își ținu capul sus, cu tărie.

— Care sunt cele două pe care vreți să le angajați, doamnă? întrebă Elin.

Sofia așteptă, ținându-și respirația. La început, se întrebă de ce Elin nu o rugase să le ia pe toate trei, însă apoi își dădu seama de înțelepciunea răspunsului surorii ei. În loc să se umilească implorând-o, Elin îi lăsase bătrânei sarcina de a o respinge față în față pe una dintre ele.

— Ei bine, aia de acolo arată în stare să muncească, își dădu cu părerea doamna Anderson, arătând spre Kirsten, dar voi două sunteți niște copilițe sfrijite. Nu prea cred că o să faceți treabă.

Elin nu răspunse. Sofia știa că dacă doamna Anderson nu o lua fiindcă era cea mai mică, va ajunge probabil să lucreze pentru cineva ca mătușa Hilma și să doarmă în spatele sobei din bucătărie. Însă Elin era calmă și hotărâtă, astfel că Sofia se hotărî să fie și ea liniștită.

Te rog, Doamne, Te rog, se rugă ea.

— Păi... cred că o să vă iau pe toate trei – deocamdată. Dar veți fi în probă, să fie clar.

— Da, doamnă, înțelegem.

— Veți avea casă și masă și fiecare câte trei dolari pe săptămână.

— Scuzați-mă, zise Kirsten, dar pastorul Johnson ne-a pomenit de patru dolari.

— Asta a fost înainte să știu că sunteți trei.

— Atunci, nu putem accepta, zise Kirsten după un schimb de priviri cu Elin și cu Sofia. Am munci mai mult în comparație cu cât am fi plătite, iar asta nu-i drept.

Regina din poveste mângâie blana cenuşie a pisicii sale şi îşi ridică privirea ca să le cerceteze din cap până în picioare, silindu-le să aştepte. Pe degetele ei micuţe străluceau nenumărate inele. Din urechi îi atârnau cercei cu diamante şi smaralde. Sofia nu mai văzuse pe nimeni atât de gătit doar ca să lâncezească în pat.

— Prea bine, răspunse doamna Anderson în cele din urmă. Iată ce aştept de la voi în schimbul acoperişului deasupra capului, a mâncării şi a patru dolari pe săptămână pentru fiecare: dimineaţa vă veţi trezi şi veţi începe lucrul înainte ca eu să mă trezesc şi seara nu veţi merge la culcare până ce nu voi fi adormit. Veţi avea o dimineaţă, după-amiază sau seară liberă pe săptămână – eu voi decide ce anume, în funcţie de programul meu pentru săptămâna aceea. Acest timp liber va fi desigur, organizat, ca să nu dispăreţi toate deodată.

Doamna Anderson făcu o pauză, timp în care le cântări din priviri, cu ochii mijiţi.

— Veţi avea nevoie de nişte haine decente. Arătaţi ca o ceată de fete suedeze de la ţară, debarcate de curând de pe vapor.

— Scuzaţi-mă, doamnă, zise Kirsten, dar chiar asta suntem.

Doamna Anderson dădu drumul la un hohot de râs care semănă mai degrabă cu un lătrat şi care trezi pisica din amorţeală. Felina îşi întinse trupul umflat, îşi scoase ghearele, apoi se ridică, clipind către ele în semn de dezaprobare. Doamna Anderson nici nu începu bine să râdă, că râsul i se transformă într-o criză de tuse. Asistenta sări să-i dea un pahar cu apă, dar doamna Anderson îi dădu peste mână.

— Agne, nu mă mai trata ca pe o invalidă, şi du-te stai jos.

— Dar m-aţi angajat să am grijă de dumneavoastră.

— Nu, a fost ideea tontului de fiu-meu să te angajăm, nu a mea.

— El ţine la dumneavoastră.

— Hmmm. Adevărul e că, de îndată ce voi muri, harpia aia de nevastă-sa va alerga încoace să pună mâna pe banii mei. De unde ştiu că nu te plăteşte să mă otrăveşti?

Asistenta păru ofensată.

— Vai, doamnă Anderson, cum puteți...

— Oh, stai jos. De fapt, nici n-ar trebui să fii aici să asculți toate astea. Aranjamentele pe care le fac cu fetele astea nu te privesc. Cât îți dă Bettina în plus ca să-i raportezi tot ce fac?

— Dar eu nu sunt... adică... nu aş... eu...

— Nu te pricepi deloc să minți, Agne. Ascultă-mi sfatul, stai jos şi taci din gură.

Asistenta se prăbuşi la loc, pe scaunul ei de lângă fereastră. Sofia îşi dădu seama cât de înțelepte fuseseră Kirsten şi Elin să nu cedeze, şi să nu-i permită doamnei Anderson să le calce în picioare.

Regina din poveste îşi întoarse atenția din nou către Elin.

— Vă voi da trei uniforme *folosite* de servitoare – asta dacă nu cumva vreți haine noi, caz în care le voi scădea din ce câştigați.

— Nu, mulțumim, răspunse Elin. Nu ne deranjează să purtăm haine uzate.

— Veți dormi în sectorul servitorilor, la etajul trei. Nu veți avea niciun vizitator şi *absolut* niciun admirator. Să nu vă aşteptați să fiți libere de sărbători. Să nu luați nimic din cămara cu alimente. Vi se va da de mâncare, desigur, dar veți mânca ce mai rămâne în bucătărie, după ce eu şi oaspeții mei servim masa... Doamnă Olafson! strigă ea, deodată. Bucătăreasa intră şchiopătând în odaie. Arată-le surorilor Carlson unde este camera lor. Vor începe de azi, de îndată ce se instalează şi îşi schimbă hainele. Dă-le trei uniforme de la ultimele servitoare. Asta-i tot. Puteți pleca, spuse ea, fluturând din mână ca dintr-o baghetă magică, ca să le facă să dispară.

Sofia şi surorile ei o urmară pe doamna Olafson pe coridor, până la camerele din spatele casei.

–Văd că ați trecut de primul test, le spuse doamna Olafson, deschizând o uşă care arăta ca un dulap dar care ducea la nişte scări foarte înguste. Sper că nu vă pară rău că ați acceptat să lucrați aici.

Bucătăreasa le făcu semn să o urmeze la etajul trei.

— Dormitorul vostru este aici. Dar mai bine vă arăt şi asta dacă tot suntem aici...

Doamna Olafson deschise o altă uşă şi le introduse într-o sală imensă de bal.

— Vai! exclamă Sofia fără să respire. Parcă suntem într-un basm!

— Vrei să spui, într-un basm *vechi de când lumea,* o corectă Kirsten. În locul ăsta nu s-a mai făcut curățenie de când stăpâneau vikingii mările.

Într-un colț al camerei zăceau părăsite mai multe piese de mobilier, acoperite cu cearşafuri îngălbenite, iar din candelabrele aurite şi din policandrele de pe pereți atârnau pânze de păianjen. În celălalt capăt al sălii se afla o scenă din lemn, drapată cu nişte perdele de catifea castanie, mâncate de molii. Pe podea pluteau ghemuri de praf mânate de curentul uşii deschise şi, intrând în cameră, Kirsten lăsă urme de pantofi în praful de pe jos. Sofia îşi dădu seama de splendoarea care învăluise odată sala de bal şi îşi imagină femei în rochii de bal ce se învârteau pe podeaua lustruită împreună cu partenerii lor, pe o muzică magnifică.

— Uitați-vă la centrul tavanului! exclamă Kirsten, oprindu-se în mijlocul sălii de bal. E din sticlă!

Sofia îşi ridică privirea şi văzu nori albi ce se plimbau agale pe albastrul cerului.

— Aici se poate dansa sub stele, murmură ea, imaginându-se în brațele lui Ludwig, valsând la lumina lunii sub domul de sticlă.

— Ei bine, cu siguranță ne aşteaptă mult de lucru, zise Elin oftând. Haideți să ne apucăm de curățenie.

Încăperile servitorilor se aflau la capătul coridorului, înainte de sala de bal şi deasupra bucătăriei cu două etaje. Ele erau puțin mobilate, aveau podele de lemn goale, paturi înguste şi un dulap cu sertare. Aceste încăperi trebuiau să fie şi ele curățate temeinic. Sofia trase perdelele ca să arunce o privire pe fereastră, iar norul de praf pe care-l stârnise o făcu să strănute.

— E păcat să vezi casa aceasta atât de frumoasă în halul acesta, zise Elin. Cum a putut s-o lase să ajungă aşa?

— Adevărul este că doamna Anderson nu vrea să vândă casa şi să se mute, îi răspunse doamna Olafson. Vrea ca totul să fie în dezordine, murdar şi plin de praf, ca să alunge toţi cumpărătorii. Chiar dacă vă străduiţi să curăţaţi lună şi bec, va găsi ea un motiv să vă concedieze, iar dacă sunteţi leneşe şi nu munciţi, vă va concedia şi aşa. Sunteţi într-o situaţie dificilă, înţelegeţi?

— Dar ne va plăti pentru zilele muncite, nu-i aşa?

— Da... dar... Doamna Olafson îşi lăsă privirea în jos, frângându-şi mâinile mici, ca de gnom.

— Vă rog, spuneţi-ne, o rugă Elin.

— Păreţi nişte fete foarte drăguţe... aşa că trebuie să vă previn, să fiţi precaute. Doamna Anderson a acuzat-o pe ultima slujnică de furt. A făcut un scandal teribil şi bineînţeles că biata fată nu va mai putea niciodată să-şi găsească de lucru ca servitoare. Cu siguranţă o să se întoarcă în fabrică – sau într-un loc şi mai teribil. Şi la fel veţi păţi şi voi dacă bătrâna reuşeşte să vă distrugă reputaţia.

— Vă mulţumim că ne-aţi avertizat, spuse Elin.

— Dar de ce are nevoie de o asistentă? întrebă Kirsten. Ce s-a întâmplat cu ea?

— Din ce-am văzut eu – nimic. Este bolnavă când îi convine să fie bolnavă şi se simte bine când îi convine să fie bine. La fel, vorbeşte engleza perfect când situaţia îi convine şi nu ştie o boabă când nu-i convine... În fine, vă arăt unde sunt uniformele – deşi sunt nişte haine atât de sărăcăcioase, încât nu ştiu pe nimeni care ar vrea să le poarte. Apoi va trebui să mă întorc la bucătărie.

Sofia observă că surorile ei nu scoaseră o vorbă pe drumul spre pensiune, ca să-şi recupereze geamantanul. Înainte să intre în casă, Elin se opri.

— Ce credeţi, ar trebui să acceptăm slujba? le întrebă ea.

— Nu prea avem de ales, nu-i aşa? întrebă Kirsten. Toată lumea ne sfătuieşte să nu muncim în fabrică. Tu ce crezi, Sofia?

Sofia nu avea nicio îndoială.

— Cred că slujba asta e răspunsul la rugăciunile noastre. Dumnezeu ne-a găsit-o – şi El va fi cu noi.

Elin o mângâie delicat pe obraz.

— Parcă o aud pe mama vorbind.

Sofiei nu-i trebui mult până să-şi adune lucrurile, însă mai trebuia să facă ceva foarte important înainte să părăsească pensiunea definitiv. În timp ce surorile ei erau sus, Sofia îşi duse geanta jos şi ieşi afară ca să vorbească cu mătuşa Hilma, care prindea hainele pe sârmă. Sofia scoase Biblia lui Ludwig şi i-o arătă mătuşii sale.

— Mătuşă Hilma, va veni un prieten de-al meu pe aici, să ia Biblia aceasta. Mi-a dat-o mie s-o păstrez. Se numeşte Ludwig Schneider şi...

— Un bărbat din Germania?

— Da. Nu vorbeşte suedeza, dar va întreba de mine, rostindu-mi numele, aşa că dacă vă rog, puteți să-i spuneți unde sunt, ca să-i înapoiez Biblia? Sofia ținu Biblia în mână, apoi o îndesă repede în geantă. Surorile ei puteau să coboare în orice clipă. Este foarte important ca el să mă găsească şi să-i dau Biblia înapoi. Vă rog?

— Nu-mi place ideea ca un străin...

— Nu e un străin, este un prieten. Un bărbat cu frică de Dumnezeu. Uşa din spate se deschise larg, iar Elin şi Kirsten ieşiră, cărând valiza după ele.

— Vă mulțumim, mătuşă Hilma, îi spuse Sofia. Vă mulțumim pentru tot.

CAPITOLUL 24

— Îmi pare rău, dar trebuie să mă odihnesc puțin din nou.

Elin lăsă jos capătul ei de valiză şi se sprijini de ea, istovită. Boala o lăsase slăbită şi fără vlagă. Ea şi surorile ei hotărâră să care geamantanul cu rândul până la conac şi Elin se necăjea că nu putea să le ajute o parte din drum. Mi-aş dori să nu obosesc atât de repede.

— Pe mine nu mă deranjează să mă opresc, zise Sofia, încovoindu-şi degetele. Mâna mi se tot loveşte de mânerul de piele.

— Am crezut c-am terminat cu căratul ăstuia, zise Kirsten dând cu piciorul în geamantan. Păcat că n-a căzut peste bord în mijlocul oceanului. Chiar avem nevoie de toate lucrurile dinăuntru?

— Poate că nu, îi răspunse Elin, dar într-o zi vom avea propria noastră casă.

Elin se gândi la toate lucrurile pe care le adusese cu ea atâția kilometri. Ibricul din aramă pentru cafea îi amintea de mama lor, la fel ca şi cartea cu imnuri. Aşternuturile fuseseră brodate de degetele mamei şi fiecare împunsătură era o muncă făcută cu dragoste. Uneltele din lemn sculptat ale tatei îi aduseră în minte imaginea mâinilor lui călite de muncă. Sfeşnicele de argint fuseseră ale bunicii lor, iar Elin se certase cu mătuşa Karin care voia şi ea să le păstreze. Lucrurile din valiză nu valorau foarte mult, însă valoarea lor era în amintirile pe care le evocau.

Elin se opri să-şi tragă sufletul în fața unui magazin de pe una din arterele principale ale cartierului suedez, şi o văzu pe Kirsten uitându-se cu ardoare la lucrurile aranjate în vitrină.

— Nu ți-ar plăcea să intri şi să arunci o privire? murmură Kirsten.

— Intră tu, o îndemnă Elin. Eu rămân aici cu valiza.

Kirsten o privi mirată.

— Chiar?

— Da. Poți să intri și tu, Sofia.

Toate trei urmau să înceapă o viață de muncă grea, într-o situație dificilă, și Elin voia să le ofere surorilor ei câteva clipe de încântare. Sofia și Kirsten se schimbaseră de la începutul călătoriei, și poate că era timpul să se schimbe și ea. La urma urmei, nu era mama lor. Entuziasmul năucitor pe care-l văzu pe chipul surorilor ei în timp ce deschiseră ușa și dispărură în magazin, o făcu pe Elin să zâmbească.

Elin se așeză pe geamantan în așteptarea lor și privi la traficul nesfârșit. Încă o dată, fu copleșită de energia și vitalitatea orașului, ca și cum ar fi fost o ființă vie. Viața aici în Chicago era atât de diferită de viața pe care o lăsase în urmă – și atât de diferită față de cea pe care și-o imaginase.

— Ar trebui să vezi câte lucruri au de vânzare! exclamă Sofia când ea și Kirsten ieșiră din magazin câteva minute mai târziu. Și cât de diferite sunt! Numai într-o singură vitrină au o duzină de piepteni, toți diferiți.

— Și mai au o tejghea întreagă de lucruri care costă numai cinci cenți, zise Kirsten. Fata care servește spune că moneda de cinci cenți se numește bănuț. Și cum un dolar înseamnă o sută de cenți și noi câștigăm patru dolari pe săptămână, m-am gândit că putem cumpăra...

— Nu putem cheltui nimic până ce nu ne plătim datoria, îi spuse Elin.

— Nici măcar câțiva bănuți?

— Nu putem risca, Kirsten. Nu știm cât de mult vom putea păstra slujba asta.

— Dar vom avea nevoie de ceva bani de cheltuială, Elin, zise Sofia. Va trebui să ne cumpărăm săpun de exemplu și...

— Hârtie de scris și timbre, adăugă Kirsten.

— Aveți dreptate. Îmi pare rău. Nu vreau să ajung ca mătușa Hilma, să-mi fac tot timpul griji pentru bani. Elin ridică de un capăt al valizei şi aşteptă ca Sofia să ridice de celălalt, după care porniră din nou la drum.

— Femeile din America se îmbracă atât de frumos, nu-i aşa? spuse Sofia în timp ce-şi făceau loc prin mulţime. Toate arată ca doamnele acelea bogate de la noi de-acasă.

— Iar rochiile lor sunt care mai de care mai colorate, zise Kirsten. Ar trebui să le vezi pe cele care erau de vânzare în magazinul în care am intrat. Se pot cumpăra gata făcute, nimeni nu trebuie să le coasă pentru tine.

— Dar dacă nu sunt cusute pentru tine, cum ştii că-ţi vor fi bune? întrebă Elin. Oamenii au diferite măsuri - uite cât de diferite suntem noi trei.

— Mic... mediu... şi mare, zise Kirsten zâmbind în timp ce arătă spre Sofia, spre Elin şi apoi către sine.

— Tu nu eşti mare, spuse Elin râzând. Eşti... durdulie. Aş vrea şi eu nişte rotunjimi ca ale tale.

— Îmi plac pălăriile elegante pe care le poartă femeile, zise Sofia. Mi-aş dori să-mi cumpăr una cu flori.

— Eu detest să port pălărie, zise Kirsten, strâmbându-se. Dar tare-aş vrea să mă pot îmbrăca la fel ca femeile americane. Noi arătăm atât de învechite.

— Doamna Anderson a spus că ne dă haine cu care să ne îmbrăcăm, vă amintiţi? le întrebă Sofia.

— Nu-ţi face prea mari speranţe. Sunt convinsă că nu vor fi ca astea frumoase din vitrină.

Când ajunseră la vilă, Elin era extenuată, şi nu muncise nici măcar o oră, şi o îngrozea gândul că trebuia să târască valiza atâta distanţă, până la etajul trei. Însă tocmai când ajunseră la uşa din spate, un bărbat plin de noroi care smulgea buruieni dintr-unul din straturile cu flori, veni în grabă la ele.

— Daţi-mi voie să vă ajut cu ăsta. Pare greu. La fel ca aproape toată lumea pe care Elin o întâlnise în Chicago, bărbatul vorbea suedeza. Era dificil să-şi dea seama ce vârstă avea, cu hainele zdrenţăroase şi barba nerasă, însă Elin se gândi că avea vreo cincizeci de ani.

— Am avea nevoie de ajutor, îi răspunse ea, dar poate vă veți răzgândiți când veți afla că valiza aceasta trebuie să ajungă tocmai la etajul trei.

— Oh, asta nu e o problemă, zise el, ducându-şi mâna la pălărie şi salutându-le astfel pe toate trei. Şi nici nu fu. Bărbatul săltă geamantanul cu uşurință pe umăr şi urcă scările în urma lui Elin, către camera lor.

— Eu sunt domnul Lund, se prezentă el după ce puse geamantanul jos.

— Iar noi suntem noile servitoare. Eu sunt Kirsten Carlson iar ele sunt surorile mele, Elin şi Sofia. Vă suntem foarte recunoscătoare pentru ajutor.

— Îmi pare bine să vă cunosc. Tânărul Anderson m-a angajat să curăț curtea asta. După cum vedeți, buruienile au invadat totul, dar mi-am putut da seama că era o grădină frumoasă odată. Mă tem că va fi nevoie de mai mult de un om să o facă să arate la fel din nou, dar mă voi strădui. Mă întorc la treabă acum.

— Ar trebui să ne apucăm şi noi de lucru, zise Elin în timp ce domnul Lund cobora scările.

Kirsten se prăbuşi pe unul din paturile înguste şi îşi scoase pantofii.

— De ce? De ce atâta grabă? Cred că ar trebui s-o luăm mai încet, ca să stăm aici cât mai mult.

— Dar nu ar fi asta o viclenie din partea noastră? întrebă Sofia. Am înşela-o pe doamna Anderson dacă nu am munci cât putem în fiecare zi.

— Dar dacă nu vrea să se mute, atunci cu cât ne ia mai mult timp să terminăm, cu atât poate rămâne aici mai mult. În realitate, chiar am ajuta-o.

— Dar ne plăteşte ca să muncim, şi...

— Ascultați, le spuse Elin, intervenind între ele, casa aceasta e atât de mare şi avem atât de mult de lucru la ea, încât ne va lua o veşnicie, indiferent cât efort vom depune la curățenia ei. Haideți să ne schimbăm în uniforme şi să începem lucrul.

Dulapul pe care li-l arătase doamna Olafson mirosea puternic a camfor – la fel ca uniformele de femei şi de bărbaţi care atârnau pe umeraşe în interiorul lui.

— Cred că familia Anderson a avut foarte mulţi servitori cu ceva timp în urmă, zise Sofia. Uitaţi-vă câte haine sunt aici.

Kirsten scoase una dintre fustele lungi şi cenuşii din gabardină şi o ţinu în faţa ei ca să vadă cât de lungă îi venea, însă strâmbă din nas.

— Uhhh! Miroase a vechi. Nu vreau să miros aşa.

— Cu toată curăţenia pe care trebuie să o facem, spuse Elin, vom mirosi mai rău decât hainele acestea odată ce începem să lucrăm. Putem să le spălăm data viitoare, dar acum, hai să le îmbrăcăm, aşa cum ne-a spus doamna Anderson.

Le luară câteva minute ca să sorteze prin dulap căutând după fuste şi cămăşi care să fie pe măsura lor. Şorţurile şifonate care erau purtate deasupra probabil că fuseseră odată albe, însă acum erau nescrobite şi îngălbenite de vreme. Când Elin şi surorile ei îşi găsiră nişte uniforme care să li se potrivească, se întoarseră în camera lor să se schimbe.

Elin îşi luă geanta să caute o basma cu care să-şi strângă părul, însă când o deschise, găsi deasupra o carte pe care nu o mai văzuse niciodată. Elin o luă în mână şi sub ea descoperi o altă formă ciudată, înfăşurată într-o flanelă cenuşie. Elin scoase bucata de lemn şi, spre surprinderea ei, văzu că era o vioară cu un arcuş.

— Asta de unde a mai apărut? întrebă ea.

Sofia făcu ochii mari.

— Ai grijă! Sunt lucrurile mele! Aceea e geanta mea, spuse Sofia luându-i vioara şi arcuşul şi apoi înhăţând cartea.

— *Ale tale?* întrebă Elin, nevenindu-i să creadă. Dar... dar de unde au apărut? Elin ştia că Sofia nu adusese cu ea nicio vioară din Suedia.

Kirsten tocmai îşi încheia nasturii de la cămaşă şi veni să se uite şi ea.

— Sofia! Astea sunt ale bărbatului din Germania. De ce i-ai luat vioara?

— Care bărbat din Germania? întrebă Elin, cuprinsă de teamă.

— Nu i le-am luat, Kirsten. El mi le-a dat. M-a rugat să am grijă de ele pentru el. Felul blând în care Sofia atingea instrumentul o dădu pe Elin peste cap.

— Dar de ce ți le-a dat? o întrebă Kirsten. Nu înțeleg.

Elin se afla chiar lângă surorile ei, dar amândouă o ignorau.

— Sofia! A cui este vioara asta? o întrebă ea, ridicând tonul.

Sofia răspunse şovăitoare.

— E a unui prieten de-al meu care se numeşte Ludwig Schneider. L-am întâlnit pe Insula Ellis şi el... noi... ne-am împrietenit, îi explică Sofia, înfăşurând cu foarte mare grijă vioara în pânză, de parcă ar fi fost un bebeluş.

— Dar de ce e la tine?

Sofia ezită o clipă, iar când răspunse, bărbia îi tremura involuntar.

— Autoritățile de la imigrare nu voiau să-l lase să intre în țară pentru că e şchiop de un picior, astfel că el s-a hotărât să înoate...

— Oh, Sofia, murmură Kirsten. Nu se poate să vorbească serios. E prea mare distanța ca să înoate. În plus, sunt atâtea vase pe râul ăla, încât ar fi periculos...

— De asta m-a rugat să am grijă de ea în locul lui. I-am dat adresa unchiului Lars şi mă va găsi când va ajunge în Chicago, ca să i-o înapoiez.

— Ai avut încredere să-i dai adresa noastră unui străin?

— El a avut încredere în mine, Elin, doar mi-a lăsat vioara lui. Aş vrea să-l auzi cântând. E foarte talentat, însă America are regula asta stupidă cum că nu poți imigra dacă eşti şchiop, iar Ludwig are un picior rănit. Nu e drept, pentru că ar fi o mulțime de slujbe şi pentru el dacă i s-ar da o şansă. Eu sunt convinsă că ar câştiga bine cântând la vioară.

Elin se holbă la ea, întrebându-se ce să creadă. Sofia luă cartea ciudată în mână.

— M-a rugat să am grijă şi de asta. E Biblia lui. E un bărbat bun, Elin. Şi, în primul rând, nu aveai de ce să-mi cauţi în geantă.

— A fost din greşeală, am confundat-o cu a mea. Îmi pare rău.

Elin fu mirată să vadă lacrimi în ochii Sofiei în timp ce îşi băgă Biblia înapoi în geantă, pe care o aşeză pe patul ei.

Şi Elin avea un secret faţă de surorile ei, aşa că de ce o mira că şi surorile ei aveau secrete faţă de ea? Dar dacă bărbatul acesta din Germania plănuia să profite de inocenţa şi vulnerabilitatea Sofiei? Poate că, la urma urmei, ea şi surorile ei nici nu erau în siguranţă aici, în America. Elin speră că întâlnirea neprevăzută a Sofiei să nu fie un eşec.

— Cred că mai bine ne-am apuca de curăţenie, zise Elin, adunându-şi puterile. Doar n-am vrea să-i dăm doamnei Anderson vreun motiv să ne concedieze.

— Mai ales în prima noastră zi, adăugă Kirsten.

Surorile se îmbrăcară şi coborâră în bucătărie, unde doamna Olafson pregătea o tavă de mâncare pentru prânz.

— Nu-i aşa fetelor că arătaţi bine în noile voastre ţinute – sau ar trebui să zic *vechile* ţinute? Ar vrea vreuna dintre voi să urce până la doamna Anderson cu tava asta când este gata?

— Mă duc eu, se oferi Kirsten.

— Nici nu mi-am dat seama că e deja ora prânzului, zise Elin. N-am reuşit să facem nimic, decât să ne mutăm.

— Cât de mare spuneaţi că este casa aceasta? întrebă Kirsten.

— Are peste douăzeci de camere – nepunând la socoteală camerele servitorilor de la etajul trei.

— Să vedem... spuse Kirsten, numărând pe degete, dacă ne ia două zile să facem curat în fiecare cameră, în total vor fi doar patruzeci de zile – nu, nu e destul. Trebuie să lucrăm cel puţin zece săptămâni ca să înapoiem banii pe care-i datorăm.

— Şi mai mult, dacă ţii seama şi de banii de cheltuială, adăugă Elin.

— Voi aţi văzut toate sculpturile acelea din sala de mese? le întrebă Sofia. Nu vom reuşi niciodată să curăţăm şi să lustruim tot lemnul ăla în două zile – ca să nu mai vorbim de mobilă şi de argintărie şi...

— De unde credeţi că ar trebui să începem, doamnă Olafson? întrebă Elin.

— Ei bine, în primul rând ar trebui să luaţi prânzul. Am făcut destul pentru toate trei. După aceea, eu aş începe cu camerele pe care e mai mult ca sigur că le va folosi. Salonaşul de sub casa scărilor, unde vine soarele. Îi place să stea acolo. Apoi, sala de mese. Din când în când primeşte oaspeţi, dar acum argintăria e plină de murdărie, iar vasele trebuie spălate, covoarele atârnate afară şi bătute şi... Femeia se opri să-şi tragă răsuflarea, apoi le făcu semn să se aşeze la masă. Dar luaţi loc – mâncaţi, mâncaţi.

Budinca de peşte a doamnei Olafson era cea mai bună budincă de peşte pe care o mâncase Elin vreodată. Pâinea de secară era încă caldă din cuptor. Elin nu se mai simţise atât de plină sau atât de sătulă de când plecase de acasă.

— Eu aş vrea să începem cu sala de mese, zise Sofia după ce terminară de mâncat. Cred că va arăta minunat după ce o vom curăţa de tot praful acela. Doamnă Olafson, dacă-mi veţi arăta unde găsesc lichidul pentru lustruit argintăria, voi începe cu asta.

După prânz, Elin abia îşi trase picioarele până în sala de mese, în spatele Sofiei şi a lui Kirsten. Deasupra bufetului erau aşezate piese din argint veritabil – lămpi de spirt şi un set de cafea; recipiente pentru condimente, fructe şi unt; solniţă şi piperniţă, vas pentru murături, unul pentru muştar, şi chiar şi un recipient pentru scobitori – toate negre de funingine. Elin deschise uşile bufetului şi descoperi şi mai multe piese din argint, farfurii din porţelan şi tacâmuri cât pentru douăzeci de oameni. Elin acoperi un colţ al mesei cu o cârpă ca să o protejeze, şi o ajută pe Sofia să mute toate piesele într-un loc, ca să poată începe.

Kirsten aduse o găleată cu apă caldă şi săpun şi începu să spele pereţii îmbrăcaţi în lemn de mahon. În urma ei, Elin veni şi şterse cu o cârpă după care începu să lustruiască lemnul. În timpul acesta, Elin nu putea să nu se gândească la Sofia şi la misteriosul proprietar al viorii şi al Bibliei. Mereu timidă şi ruşinoasă, Sofiei nu-i stătea în fire să se împrietenească cu un străin. Oare ce o schimbase atât de mult? Sofia citea în fiecare seară din Biblia mamei lor, şi le amintea să se roage înainte să adoarmă. Oare acesta să fie motivul schimbării ei, sau rezultatul?

Deodată, Elin îşi dădu seama că Sofia fredona în timp ce lucra. Sofiei îi plăcuse foarte mult să cânte şi avea o voce foarte frumoasă, însă Elin n-o mai auzise cântând încă de când lucrurile începuseră să meargă prost la ei acasă.

Pe neaşteptate, fredonatul deveni cântec. Sofia alesese să cânte imnul preferat al mamei lor: *Tryggare kan ingen vara* [Copiii Tatălui ceresc]. Elin se opri din lustruit şi închise ochii ca să asculte.

— *Şi dacă ia, şi dacă dă / El rămâne acelaşi Tată / şi ţelul Lui este acela de a dori / adevăratul bine pentru copiii Săi.*

Frumuseţea vocii Sofiei aduse lacrimi în ochii lui Elin, căreia i se părea o minune faptul că Sofia începuse din nou să cânte. Lui Elin îi fu teamă să vorbească, ca să nu o întrerupă şi pe urmă să nu mai cânte, însă voia să audă mai mult.

— A fost minunat, Sofia, o lăudă Kirsten, după ce Sofia ajunse la finalul cântecului. E aşa de bine să te auzim cântând din nou.

Sofia zâmbi timid, toată îmbujorată.

— Când prietenul meu Ludwig cânta la vioară pentru mine, mă umpleam de curaj şi de speranţă.

Kirsten înmuie cârpa în găleată şi o stoarse.

— Nu ne-ar strica s-avem curaj sau speranţă, spuse ea încet. Viaţa noastră de aici din America nu este ceea ce am sperat şi aşteptat noi să fie, nu-i aşa?

— Dar în pofida a tot ce s-a întâmplat, zise Sofia, eu sunt fericită.

— Atunci mai cântă-ne, o convinse Kirsten. Poate cântăm şi noi cu tine.

Le luară patru zile ca să termine curăţenia în sala de mese. Au trebuit să ceară grădinarului o scară ca să ajungă la pânzele de păianjen din colțurile tavanului și să curețe candelabrul și policandrele de pe pereți. Domnul Lund le ajută, de asemenea, să mute masa și scaunele deoparte și să ducă covorul afară ca să-l bată, apoi puseră din nou toate la locul lor.

Când au terminat, serviciile, vasele și tacâmurile de argint luceau, iar Elin putea să-și vadă chipul în suprafața lustruită a mesei. Cu candelabrul și policandrele aprinse, încăperea strălucea de curățenie. Elin și surorile ei făcură un pas înapoi, ca să admire rezultatul.

— Știam eu că sub toată mizeria aceea se ascundea o încăpere frumoasă, zise Sofia.

— Iar acum nu ne-au mai rămas decât nouăsprezece camere în care să facem curățenie, adăugă Elin.

— Pe când vom ajunge la ultima, prima va fi murdară ca la început, zise Kirsten. Cel puțin vom avea o slujbă permanentă.

— Da, așa e, spuse Sofia. Fiul ei vrea să vândă casa, nu?

Pe hol răsună zgomotul soneriei de la ușa din față. Elin se zori să deschidă ușa, iar în clipa în care o deschise, femeia care aștepta în prag năvăli înăuntru vorbind tare și repede în engleză. Era frumos îmbrăcată și părea să aibă vreo patruzeci de ani, avea părul blond și pielea albă de suedeză, dar hainele colorate și pălăria elegantă erau cele ale unei femei din America.

Elin ridică mâna ca s-o întrerupă din sporovăială.

— Mă scuzați, doamnă, dar numai de curând am ajuns în America și nu am învățat încă engleza.

— Oh, înțeleg, zise femeia în suedeză. Era doar cu câțiva centimetri mai înaltă decât Elin, însă felul în care se uită la ea din cap până în picioare, cu ochii mijiți și nasul cârn, o făcu pe Elin să se simtă minusculă.

— Ei bine, eu sunt Bettina Anderson. După cum spuneam, am auzit că mama Anderson a angajat niște fete noi, foarte tinere – și se pare că am auzit bine.

Elin își dădu seama că bănuielile doamnei Anderson erau adevărate: asistenta, Agne, era o informatoare. Kirsten și Sofia, care se alăturară lui Elin în hol, fură supuse privirii scrutătoare a Bettinei Anderson.

— Sper că vă veți dovedi a fi mai demne de încredere decât ultima slujnică pe care am avut-o. Ce experiență aveți ca servitoare? Pentru cine ați mai lucrat?

— Pentru nimeni, doamnă. Experiența noastră vine din faptul că am crescut la fermă și ne-am ocupat de toate sarcinile obișnuite dintr-o gospodărie.

— Însă ne pricepem foarte bine la frecat, șters praful și spălat, zise Kirsten făcând un pas în față. Astea nu sunt niște lucruri greu de învățat.

Elin își dădea seama că tonul de superioritate al femeii o scotea din sărite pe Kirsten. Bettina Anderson le vorbea de parcă ar fi înapoiate mintal.

— Dacă doriți să aruncați o privire în sala de mese, veți vedea ce fel de muncă facem, zise Kirsten, arătând cu mâna spre intrare.

— Simt încă de aici mirosul de lichid pentru lustruit – și de amoniac, îi răspunse Bettina, strâmbând din nas. Să nu puneți nici prea mult, că miroase urât în toată casa.

Bettina traversă holul și se opri sub bolta care ducea în sala de mese. Elin se aștepta s-o vadă mulțumită de transformarea pe care o realizaseră. În schimb, Bettina se încruntă, apoi își îndreptă privirea spre salonul îngropat în praf din celălalt capăt al coridorului.

— Sunteți de o săptămână aici și doar atât ați reușit să faceți?

— Muncim doar de trei zile și jumătate, doamnă, zise Kirsten. Și au fost multe de făcut. Toată argintăria aceea a trebuit...

— Lăsați argintăria. Prioritățile voastre sunt greșite. Voi trebuie doar să faceți curățenie pe unde e mai murdar și să ascundeți serviciile de masă și argintăria. De fapt, ar fi trebuit să o împachetați pe toată, pentru că va fi mutată oricum.

— Ni s-a spus că uneori, doamna Anderson primește musafiri și...

— Prostii! Acum urmați-mă, le comandă ea traversând holul, ca să vă dau ordinele pentru restul săptămânii.

Elin nu făcu niciun pas.

— Nu vreau să fiu nepoliticoasă, doamnă, dar doamna Anderson este cea care ne-a angajat, şi cred că dumneaei ar trebui să ne dea ordine.

Bettina se întoarse cu viteza luminii ca s-o înfrunte.

— Nu eşti decât o biată fată de la ţară fără experienţă. Dacă ar fi după mine, te-aş concedia pe loc.

— Atunci mă bucur că nu e după tine, bubui o voce de la balconul de deasupra lor. Cea care le angajase, doamna Anderson, era acolo sus, îmbrăcată şi plutind pe scări în jos, cu pisica şi cu bastonul ei. Felina păşea maiestuoasă alături de ea, ca un însoţitor regesc. Era prima oară, din câte ştia Elin, când o vedea pe doamna Anderson părăsindu-şi dormitorul, de când fuseseră angajate.

Expresia încruntată a Bettinei se schimbă repede într-un zâmbet, şi Bettina traversă antreul ca s-o întâmpine.

— Arătaţi mult mai bine, mamă Anderson.

— Asta pentru că nu am avut absolut nimic. De fapt, când pleci poţi să o iei cu tine acasă pe aşa-zisa asistentă – şi sper să pleci cât mai curând.

— Va trebui să vorbiţi cu Gustav despre asistentă, nu cu mine. El a angajat-o pentru dumneavoastră, mamă Anderson.

— Aş fi bucuroasă să vorbesc cu prostuţul de fiu-meu dacă s-ar deranja vreodată să vină să mă viziteze, în loc să te trimită pe tine să mă sâcâi.

— Gustav este foarte ocupat. Are de condus un ziar.

— După părerea mea, e ocupat ca să-l conducă la faliment.

Doamna Anderson străbătu holul, silind-o pe Bettina să se dea deoparte, apoi se opri să se uite în sala de mese. Elin îşi ţinu respiraţia, întrebându-se ce reacţie va avea şi dacă va găsi vreun cusur în munca lor, ca apoi să le concedieze. Pisica cu capul turtit intră în sală, oprindu-se să adulmece picioarele scaunelor, iar Elin se gândi să nu cumva să-şi facă nevoile pe munca lor. După ce văzu tot ce voise să vadă, doamna Anderson se întoarse către nora ei.

— Ce credeai că faci criticându-mi servitoarele şi dându-le ordine? Eu cred că au făcut o treabă minunată cu sala mea de mese, şi mai cred că voi da o petrecere ca să mă laud cu asta.

— Când? întrebă Bettina.

— Nu te priveşte când. Tu nu vei fi invitată, hotărî doamna Anderson, după care o înghionti pe Kirsten cu bastonul. Du-te spune-i doamnei Olafson să-mi pregătească o cafea. Voi fi în salonaş, spuse ea, după care se întoarse către Elin. Fetelor, acum că aţi terminat cu sala de mese, aş vrea să faceţi curăţenie în salonul principal, ca să fie prezentabil pentru oaspeţii mei, zise ea, arătând cu bastonul către vastul salon, după care se îndepărtă şchiopătând.

— Are o voce foarte puternică pentru o femeie atât de delicată şi de micuţă, şopti Sofia.

— Şi eu am observat asta. Elin intră în salon să vadă cât vor avea de muncă aici, şi ceea ce văzu o îngrozi. Încăperea era mai mare şi mai murdară decât fusese sala de mese. Aici erau de două ori mai multe ferestre de spălat, şi deci de două ori mai multe perdele de luat jos, de spălat, de apretat şi de pus înapoi. Draperiile erau toate trase, ceea ce făcea ca încăperea întunecoasă să fie şi mai sinistră. Peste mobilă erau aruncate cearşafuri îngălbenite. Elin era bucuroasă că aproape îşi revenea după boala ei şi că îşi recăpăta puterile în sfârşit, pentru că va avea nevoie de ele.

— Uite... un pian mare, zise Sofia, ridicând un colţ de cearşaf şi dând la iveală minunatul instrument, negru ca abanosul. Sofia încercă două note dintr-o gamă, apoi îl acoperi înapoi cu cearşaful.

— Hai să aducem scara şi să dăm jos mai întâi draperiile astea, hotărî Elin. Cel puţin atunci vom putea vedea ce facem.

O oră mai târziu, când luaseră jos şi ultima draperie, surorile strănutau de la norii de praf din cameră. Elin văzu particulele de praf plutind în razele de soare care reuşiseră cumva să pătrundă prin ferestrele murdare.

— Ajutați-mă să duc astea la spălătorie, le rugă ea, arătând spre munții de perdele, după care eu voi începe să spăl geamurile.

Elin se aplecă să ia primul braț de draperii, când Bettina Anderson se năpusti în cameră. Femeia vorbi cu voce înceată, dar după expresia feței și după ton era foarte furioasă în timp ce își scutură degetul spre Elin.

— Ascultă-mă cu atenție. Sâmbăta viitoare va veni un potențial client să vadă casa, și până atunci, vreau să văd că ați progresat, înțelegi? Și nu o băgați în seamă pe soacra mea dacă încearcă să vă dea afară. Munciți în continuare! Vă voi plăti același salariu pe care vi-l plătește ea.

— Dar, doamnă, sunt douăzeci de camere în casa aceasta, iar noi nu suntem decât trei...

— Nu vreau să aud nicio scuză. Este vorba de un cumpărător foarte interesat și vreau să văd locul ăsta vândut!

Elin așteptă până ce ușa de la intrare se trânti în urma Bettinei, după care cele trei surori se adunară la un loc, să se sfătuiască.

— Ce credeți că ar trebui să facem? Eu nu mai știu de cine să ascult!

— Eu vreau să stau aici cât se poate de mult, zise Kirsten. Mâncarea e bună și avem un acoperiș foarte drăguț deasupra capului. Eu zic s-o ignorăm pe tânăra doamnă Anderson.

— Nici nu mă mir că doamna Anderson nu vrea să locuiască cu femeia aceea, își dădu Sofia cu părerea. Nu e chiar simpatică.

— Nu, dar nici bătrâna doamnă Anderson nu e foarte amabilă cu ea, spuse Elin. Atunci ne-am înțeles? O ajutăm să stea aici cât mai mult posibil?

Surorile încuviințară în unanimitate. Elin se aplecă a doua oară să ridice una dintre grămezile de perdele, când o auzi pe stăpâna lor urlând la etaj. Elin se grăbi să ajungă în foaier și o văzu pe doamna Anderson la balcon, aruncând grămezi de haine peste balustradă și strigând la asistentă, la Agne.

— Asta e casa mea, nu a Bettinei! Și acum ieși afară, până nu te arunc eu în stradă!

— Nici nu trebuie să mă concediați, îi răspunse Agne, pentru că demisionez! Agne coborî scările în grabă și își adună lucrurile de pe podeaua din antreu, apoi se strecură pe ușa de la intrare cu grămada în brațe.

— Bine c-am scăpat de tine! îi strigă doamna Anderson în urmă. Și nici să nu te mai văd pe aici!

Elin se uită încremenită la stăpâna ei.

— Era o spioană, zise doamna Anderson, mișcând în sus și în jos degetul spre Elin. Așa că, domnișorică, să ții bine minte pentru cine lucrezi!

CAPITOLUL 25

Kirsten îşi legă o batistă peste gură şi peste nas, şi lovi cu putere covorul atârnat pe sârma de haine care se lăsase în jos sub greutatea lui. Să baţi un covor ca să iasă câţiva ani de praf şi mizerie din el, era o sarcină nesuferită, dar Kirsten se oferise să o ducă la îndeplinire, sperând că-şi va elibera furia şi frustrarea prin muncă grea.

Tor nu-i trimisese nicio scrisoare. *Bum!* Nici măcar una. *Bum!* Kirsten începea să dispere. Trecuse suficient timp pentru ca prima ei scrisoare să ajungă în Suedia şi ca răspunsul lui să ajungă înapoi la ea, cu condiţia ca el să-i fi scris imediat. Kirsten îl rugase să-i vină în ajutor. De ce nu-i răspunsese? Kirsten era convinsă că Tor primise măcar una dintre numeroasele scrisori pe care i le scrisese de când aflase că era însărcinată.

Ori de câte ori Kirsten şi surorile ei aveau o după-amiază sau o seară liberă de la lucru, mergeau la pensiunea mătuşii Hilma ca să vadă dacă nu primiseră vreo scrisoare. Sofia încă mai aştepta ca prietenul ei din Germania să vină s-o caute, dar până acum, el o dezamăgise. Kirsten încercase s-o prevină pe Sofia despre pericolele care te pândeau când te îndrăgosteai. Acum va suferi şi ea din dragoste.

Cu ochii mijiţi, Kirsten mai dădu o lovitură covorului, dorindu-şi să închidă ochii în faţa realităţii că în pântecul ei creştea un copil, ca şi cum, dacă nu s-ar gândi la el, copilul ar dispărea de la sine. Kirsten încă arăta la fel, se simţea la fel, şi uneori chiar reuşea să uite – până în momentul în care îi ajungea la nări un miros groaznic care îi făcea greaţă.

Câteva picături de ploaie îi atinseră uşor braţele şi Kirsten îşi ridică privirea spre cerul ameninţător. Trebuia să bată covorul mai repede, până nu începea să toarne cu găleata. În timp ce muncea,

Kirsten purtă o conversație imaginară cu Tor, dorindu-şi să-i trimită prin telepatie, un mesaj peste ocean: *Te rog, Tor. Trebuie să facem ceva! Copilul tău se va naşte fără un nume, va fi un paria. Sarcina aceasta este atât din vina ta, cât şi din a mea, aşa că, te rog, nu lăsa să fiu eu singura pedepsită! Nu e drept! Şi-apoi, copilul tău – care nu are nicio vină pentru nimic – va suferi cel mai mult. Trebuie să mă ajuți!*

— Vreți să vă ajut?

Vocea din spatele ei o făcu să tresară. Kirsten se întoarse şi îl văzu grădinar alergând către ea, cu pălăria trasă pe față ca să nu-l plouă.

— Va începe să plouă în orice clipă, spuse el, aşa că mai bine am duce covorul înăuntru. Eu am terminat pe ziua de azi şi mă duceam acasă. Nu pot să lucrez pe ploaie, ştiți... Dar domnişoară, sunteți bine?

Kirsten trase de batistă în jos, ca să-şi descopere gura.

— Da, sunt bine. Însă grădinarul probabil văzuse că fața ei era udă de lacrimi, şi nu erau de la ploaie. Ați venit la timp, domnule Lund, nu m-aş fi descurcat singură.

Domnul Lund cără covorul în salon, unde Elin şi Sofia munceau de zor. Elin era în genunchi şi acoperea parchetul cu ultimul strat de ceară, iar Sofia lustruia pianul cu coadă care ocupa un colț întreg în imensa încăpere. Domnul Lund o ajută pe Kirsten să rostogolească covorul şi să mute mobila la loc, deasupra lui. Curățenia în camera aceasta era aproape terminată.

Bettina Anderson le trimisese un bilet prin care le amintea că, în ziua aceea la ora două, va aduce un posibil cumpărător să vadă casa. Kirsten şi surorile ei se treziseră înainte de răsăritul soarelui ca să-şi termine treaba în salon. Încăperea strălucea de curățenie, chiar şi într-o zi mohorâtă ca aceea. Însă, în afară de a face curățenie în foaier, în salonaş şi în dormitorul doamnei Anderson, surorile nu se ocupară de nicio altă încăpere din casă. Spălatul rufelor durase o zi întreagă şi pe lângă munca de zi cu zi, mai avuseseră de spălat şi apretat şi draperiile din sufragerie.

— Plouă cumva? întrebă Sofia.

Kirsten merse la fereastră. Norii se deschiseseră brusc şi vântul sufla ploaia în rafale asupra casei, biciuind pervazurile.

— Toarnă cu găleata! exclamă ea. Am adus covorul în casă exact la timp. Poate că misterioşii cumpărători se vor răzgândi şi vor alege să stea acasă într-o zi ca asta.

Elin se sprijini de canapea şi se ridică în picioare.

— Nu, cel mai probabil e că vor veni şi vor lăsa urme de noroi pe podelele noastre proaspăt spălate.

În fiecare zi, Kirsten şi surorile ei se sfătuiau cum să-şi echilibreze munca. Voiau să muncească din greu ca să-şi câştige banii, dar şi să se asigure că nu vor termina prea curând şi astfel să-şi piardă slujbele. Kirsten îşi făcea griji că va fi silită să se mute în Wisconsin dacă nu reuşeau să înapoieze banii pe care-i datorau. Dacă s-ar întâmpla să nu mai fie angajate în această casă, nu s-ar mai găsi nimeni care să vrea să le angajeze, şi n-ar mai avea niciun loc unde să meargă, decât în Wisconsin.

Kirsten auzi în hol paşii înăbuşiţi ai doamnei Anderson şi merse în întâmpinarea ei, să vadă ce dorea. Dintr-un motiv sau altul, stăpâna lor prefera mai mereu să fie servită de către Kirsten.

— Aveţi nevoie de ceva, doamnă? o întrebă ea.

— Ce-i chestia aia dezgustătoare de la gâtul tău?

Kirsten îşi dezlegă repede batista şi o ascunse la spate.

— Îmi cer scuze, doamnă. Băteam covorul şi mi-am legat pânza aceasta peste gură.

— Urc în camera mea, zise doamna Anderson. Fii drăguţă şi anunţ-o pe femeia cu care s-a însurat fiul meu că nu doresc să fiu deranjată. Şi nici nu apreciez prezenţa vreunui străin în dormitorul meu. Aş vrea ca Bettinei să-i intre bine în capul ăla sec că nu este binevenită aici. Cu asta, doamna Anderson se întoarse cu spatele şi se îndepărtă şchiopătând şi bolborosind.

Kirsten o privi urcând scările, îngrijorată că ar putea să cadă. Doamna Anderson părea atât de delicată şi de fragilă, încât Kirsten trebuia să se stăpânească să nu o ia în braţe şi s-o poarte aşa până în camera ei.

Sofia venise şi ea în hol şi se uită la ea împreună cu Kirsten.

— Înțeleg motivul pentru care familia ei este îngrijorată, şopti Sofia. O căzătură pe scările acelea ar putea-o ucide.

— Ştiu. Dar ea nu vrea să se mute din casa ei. Câteva clipe mai târziu, Kirsten auzi o muzică de vals venind de undeva de la distanță. Iarăşi muzica aceea. De unde crezi că vine?

Ea şi Sofia urcară scările pe vârfuri, oprindu-se în fața uşii de la dormitorul doamnei Anderson.

— Vine dinăuntru, şopti Sofia.

— Ştiu. Dar cum face muzică în dormitorul ei? întrebă Kirsten. Parcă ar fi o întreagă orchestră. Sofia îşi duse degetul la gură şi coborî scările la fel cum urcase, pe vârfuri.

— Trebuie să facem ceva ca să descurajăm oamenii să-i cumpere casa, îi spuse Kirsten pe scări în jos.

— Ce vrei să spui?

— Păi, dacă clienții ar crede că vila e un dezastru, de exemplu, poate ar ezita s-o cumpere şi... Stai! Am o idee. Sofia, vino să mă ajuți.

Kirsten alergă în salon şi adună toate prosoapele şi cârpele de făcut curat pe care le găsi.

— Sofia, du-te cu astea în bucătărie şi udă-le leoarcă. Să nu le storci. Le voi pune pe toate pervazurile de la ferestrele din fața casei şi vor arăta ca şi cum ar curge.

Sofia păru contrariată.

— Dar asta nu-i o înşelăciune?

— Ba da, sigur că da – şi ce? Uite, dacă nu vrei să mă ajuți, voi face chestia asta singură.

— Te ajut eu, zise Elin.

În timp ce surorile îndesau cârpele ude pe pervazuri, lui Kirsten îi mai veni o idee.

— Trebuie să-i cer doamnei Olafson nişte oale vechi. Elin, ia găleata şi umple-o cu apă. Sofia, voi avea nevoie de câteva mături.

Sofia rămase locului, holbându-se la ea.

— Acum ce-o să mai faci?

— Ți-am spus, încerc să-i împiedic pe oamenii aceştia să cumpere casa. Aduceți ce v-am spus la primele două dormitoare, în capul scărilor.

Micuța doamnă Olafson păru foarte îngrijorată pentru soarta oalelor sale de gătit, însă Kirsten adună un braț de oale, puse una peste alta – câte putu duce – şi le aşeză la întâmplare pe podeaua dormitoarelor.

— Toarnă puțină apă în fiecare, îi spuse ea lui Elin când aceasta aduse găleata. Vom face să pară că acoperişul e spart. Kirsten înmuie o cârpă în apă şi o aruncă spre tavan ca să lase o pată umedă, apoi împinse una dintre oale sub locul de unde picura.

— Ai o minte diabolică, Kirsten, zise Elin, zâmbind.

— Şi măturile pentru ce sunt? întrebă Sofia.

— Le vom folosi să alungăm şobolanii. Uite aşa... Kirsten luă una dintre mături şi făcu o demonstrație, urmărind un rozător imaginar prin cameră.

— Dar în casa asta nu sunt şobolani.

— Ştiu că nu sunt, Sofia, însă oamenii care vin nu ştiu lucrul acesta.

— Eu nu pot să mint.

— Nici nu trebuie. Doar aleargă prin cameră lovind podeaua cu mătura. Dacă te întreabă ce faci, spune ceva de genul „Urăsc şobolanii". Asta nu-i o minciună, nu-i aşa? Sofia păru nesigură. Te rog, Sofia. Doar nu vrei să pleci din casa asta, nu? Cum te va mai găsi prietenul tău din Germania?

În cele din urmă, Sofia fu de acord, şi cum se apropia ora două, Kirsten o trimise în al doilea dormitor să aştepte, în timp ce ea aşteptă la uşa primului dormitor, uitându-se şi ascultând de la balconul de la etaj, iar Elin primea vizitatorii. Bettina năvăli pe uşă, lovindu-se uşor de Elin în timp ce îşi conducea oaspeții, care erau tot suedezi, în turul camerelor de la parter.

— Sunt convinsă că veți fi de acord că este un antreu superb, zise Bettina cu o voce falsă şi servilă. Bineînțeles că ar mai trebui făcut una-alta, dar veți vedea ceea ce slujnicele au reușit deja să facă în sala de mese.

Bettina o luă înainte și dispărură toți sub boltă. Kirsten nu mai auzi ce vorbeau decât când ieșiră din sala de mese și o urmară pe Bettina în salonul mare, de-a lungul holului.

— Sub toate astea se ascunde o casă minunată, spuse Bettina. Din păcate, fetele sunt cam încete și fără experiență, nici nu știu de ce le-a angajat mama. Dacă ar fi avut mai mult timp la dispoziție și mai mult simț practic, potențialul acestei case ar fi fost mult mai evident.

Kirsten pândea de la balcon în timp ce Bettina le arăta camerele din partea din față a casei. Vizitatorii ieșiră din salonaș, iar Kirsten îl auzi pe bărbat spunând:

— Se pare că toate ferestrele vor trebui înlocuite.

Bettina păru îngrijorată.

— Ciudat, păreau în regulă ultima oară când am fost aici.

— Afară plouă cu găleata, Bettina, zise femeia, și ferestrele curg vizibil.

De îndată ce grupul se apropie de casa scării, Kirsten fugi în dormitor, lăsând ușa deschisă. Ea așteptă până ce auzi voci pe hol, apoi începu să alerge după șobolani imaginari prin încăpere, lovind podeaua cu mătura.

— Ce naiba faci? o întrebă Bettina. Kirsten își ridică privirea. Cei trei intruși stăteau în prag.

— Vai, îmi cer scuze, zise Kirsten. N-am știut că veți urca la etaj atât de curând. V-voiam să mut oalele astea înainte să... dar acum iată-vă aici și... Kirsten făcu o mică plecăciune. Bună ziua, doamnă, salută ea, cu privirea către colțul din spatele patului, ca și cum s-ar teme de ceva.

— Curge acoperișul cumva? întrebă bărbatul, cercetând tavanul și oalele împrăștiate pe podea.

— Oh! Ați vrea să lăsăm deoparte toate oalele astea cu apă, doamnă? Sau chiar să lăsăm podelele să se ude? M-am gândit că nu vreți să se distrugă lemnul sau covoarele, așa că...

— Nu mi s-a spus că avem o problemă cu acoperişul, zise Bettina, zâmbind feroce. Îi voi spune lui Gustav să se ocupe de asta. Dar nu mi-ai răspuns la întrebare. Ce faci cu mătura aceea?

— Nu vă faceţi griji, cred că am găsit mare parte din cuiburi şi ăsta e cel mai important lucru. Dacă distrugi cuiburile şobolanilor şi scapi de pui, problema este ca rezolvată.

— A spus *şobolani*? întrebă femeia, vizibil îngrozită.

— E dificil să-i împiedici să intre într-o casă atât de veche, le explică Kirsten.

— N-o ascultaţi, îi îndemnă Bettina. Sunt sigură că este o glumă. Haideţi înăuntru, să vă arăt minunatul salon şi camera de toaletă. Fiecare dormitor are atât un salon cât şi o cameră de toaletă. Bettina încercă să-i conducă înăuntru, dar femeia nu se clinti din pragul uşii.

Kirsten se uită din nou în colţul din spatele patului, apoi lovi iar podeaua cu mătura.

— Îmi cer scuze, voi încerca să-i ţin departe de dumneavoastră.

Când Kirsten îşi ridică din nou privirea, Bettina şi cumpărătorii dispăruseră. O clipă mai târziu, din cealaltă cameră se auziră lovituri înăbuşite. Era Sofia, care îşi juca şi ea rolul cu mătura.

— Nu-mi spune că şi în dormitorul acesta e o problemă! exclamă Bettina. Sofia mai cotonogi podeaua de vreo două ori.

— Cred că această casă are nevoie de mai multe lucrări decât am putea noi să acceptăm, zise bărbatul. După sunetul vocii lui, bărbatul cobora deja scările. Kirsten îşi puse mâna la gură ca să-şi înăbuşească hohotul de râs. Chiar atunci se auzi zgomotul uşii de la intrare, care se trânti în urma celor trei vizitatori.

Elin urcă scările în fugă.

— Au plecat!

Kirsten începu să râdă din toată inima, iar Sofia li se alătură.

— Ai făcut o treabă bună, Sofia. Ai fost foarte convingătoare.

Surorile alergară la fereastra dormitorului privind cum trăsura se îndepărta. Deodată, Kirsten simţi că ceva îi atinse piciorul şi i se tăie respiraţia. Dolofana pisică cenuşie era la picioarele ei.

Kirsten se întoarse cu fața spre ușă, și o văzu pe stăpâna lor, Silvia Anderson, stând în pragul ușii.

— Aoleu! Ce se întâmplă aici? întrebă ea, cu ochii la oalele cu apă, apoi în sus, la petele ude de pe tavan și, în cele din urmă, la ele trei. Ați fi atât de drăguțe să-mi explicați cum ar putea să fie spart acoperișul la etajul doi, când deasupra lui mai este un etaj întreg?

— Nu poate fi spart, doamnă, îi răspunse Kirsten, însă oamenii aceia n-au mai ajuns și la etajul trei, așa că nu cred că au realizat imposibilitatea.

— Și de ce vorbeați de șobolani? În casa mea *nu* sunt șobolani.

— Nu, doamnă, cu siguranță nu sunt. Însă, așa cum a spus și nora dumneavoastră, eu sunt doar o fată de la țară care nu știe nimic.

Doamna Anderson o aținti pe Kirsten cu privirea ei aspră, făcând-o să aștepte. Cu inima cât un purice, Kirsten se întrebă ce se va întâmpla.

— De ce ați făcut asta? întrebă doamna Anderson în cele din urmă, arătând spre oale.

— Pentru că nu vreau să vă vindeți casa, doamnă. Eu și surorile mele vrem să rămânem aici, pentru că avem nevoie de un acoperiș deasupra capului.

Doamna Anderson nu răspunse, părând să le studieze pe toate trei, în timp ce pisica ei inspecta oalele cu apă, mirosind-o pe fiecare în parte, pe fața ei turtită citindu-se dezaprobarea.

— Trebuie să lucrăm până ce reușim să ne plătim biletele cu care am venit în America, continuă Kirsten. Datorăm cam patruzeci de dolari fiecare. Iar după aceea, vom avea nevoie de niște bănuți din care să trăim până ce ne găsim altceva de lucru și un loc unde să stăm.

— Dar de ce ați plecat din Suedia dacă ați avut atât de slăbuțe perspective aici în America?

— Părinții noștri au murit amândoi, zise Elin.

— Și nu aveți nicio rudă?

— Rudele noastre din Suedia încercau să ne dea afară din casa noastră, zise Kirsten. Pe fratele nostru Nils l-au făcut să plece, şi au pus mâna pe ferma noastră. Aici în America, singurele rude pe care le avem sunt unchiul Lars şi mătuşa Hilma, iar ei nu au loc pentru noi în casa lor.

— Asta-i ridicol. Hilma are loc destul, v-ar putea lua la ea dacă nu ar fi atât de zgârcită.

— Noi am crezut că la ei vom sta, spuse Elin, având în vedere că ei ne-au trimis biletele. Dar când am ajuns, s-a dovedit că biletele noastre au fost plătite de nişte bărbaţi din Wisconsin pe care nu i-am văzut niciodată, iar noi trebuia să mergem acolo şi să ne căsătorim cu ei.

— Căsătoriile aranjate nu sunt chiar un lucru neobişnuit.

— Eu vreau să-mi aleg singură bărbatul care-mi va fi soţ, zise Sofia.

Kirsten aşteptă, sperând să audă nişte cuvinte de compătimire de la regina din poveste, însă acestea nu veniră. Kirsten nu-şi dădea seama ce gândea stăpâna lor, astfel că gesticulă spre una dintre oalele cu apă.

— Am făcut asta pentru că ştiu cum e să trebuiască să pleci din propria casă. Ştiu cum vă simţiţi...

— Tare mă îndoiesc că ştii! Această casă a fost un cadou de la soţul meu, care a proiectat-o şi a construit-o pentru mine. Împreună am gândit fiecare încăpere, împreună am ales fiecare culoare. A fost casa noastră timp de mai bine de treizeci de ani. Ne-am crescut fiul aici, am dat petreceri somptuoase, am primit aici crema societăţii din Chicago. Fiecare cameră este plină de amintiri.

Kirsten îşi lăsă privirea în podea.

— Atunci îmi pare foarte rău pentru că i-am făcut pe oamenii aceia să creadă că în casa dumneavoastră sunt şobolani. Îmi pare rău dacă s-a reflectat greşit asupra dumneavoastră şi a soţului dumneavoastră.

— Ha, strâmbă ea din nas şi se aplecă să-şi mângâie pisica ce-şi terminase rondul camerei şi se uita la ea ca şi cum i-ar fi spus că inspecția era finalizată. Știu că nu sunt o persoană plăcută, zise doamna Anderson, când se ridică înapoi. Și tu ai fi la fel, dacă ai avea o scorpie ca nora mea, care încearcă să-ți comande viața, face planuri în locul tău, îți spune unde să locuiești și cum să te simți. Oi fi eu bătrână, dar încă n-am murit!

Doamna Anderson lovi podeaua cu bastonul și motanul scoase un mieunat ascuțit, care sună mai degrabă ca mieunatul unui pisoiaș, și nu a unui motan obez ca acesta, de mărimea unei perne din dormitor. Vocea nu se potrivea cu corpul, la fel ca în cazul stăpânei lui.

Doamna Anderson și-a scuturat degetul la Kirsten.

— Ceea ce ai făcut a fost foarte înșelător, domnișorică. Cu toate acestea... apreciez gestul. Pe buzele ei se întrezări un zâmbet ușor. Dacă continuați să mă ajutați să rămân în casa mea, mă voi asigura că veți avea de lucru aici până ce vă veți plăti toată datoria pentru călătorie.

Kirsten zâmbi ușurată.

— S-a făcut, doamnă.

În seara aceea, sosi fiul doamnei Anderson, ud leoarcă și foarte iritat. Kirsten îi deschise ușa și privi necăjită cum își scutură umbrela de ploaie și lăsă urme de noroi pe podeaua curată. Era un bărbat scund, îngrijit, cu părul blond și pielea atât de albă, încât arăta de parcă soarele nu l-ar fi văzut niciodată. Kirsten se gândi că semăna cu un pui de șoricel.

— Aș vrea să vorbesc cu mama. E sus?

— Sunt aici, Gustav.

Kirsten se minună de auzul nemaipomenit al stăpânei ei și de felul în care reușea să se strecoare în liniște într-o cameră, fără să lovească cu bastonul ei când îi convenea. În timpul zilei, singurul semn al prezenței ei era uneori apariția bruscă a pisicii.

— Ce poveste e asta pe care am auzit-o, cu acoperișul care curge, mamă?

— De unde să știu eu ce-ai auzit tu?

— Bettina mi-a spus că erau găleți şi oale peste tot, zise el, uitându-se împrejur. Şi că apa curgea şuvoi pe lângă ferestre.

Silvia Anderson îşi privi fiul în ochi, fără ezitare.

— Eu am fost în dormitorul meu, tot timpul.

— Iar eu i-am spus Bettinei că sunt convins că în casa asta nu există şobolani. Tu ai văzut vreun şobolan, mamă?

— Doi încă: femeia cu care te-ai însurat şi asistenta aia pe care-ai trimis-o să mă sâcâie.

— Mamă... de ce ai ignorat-o pe Bettina astăzi?

— Mi-a adus străini în casă, Gustav. Nu am niciun motiv să fiu politicoasă cu străinii, de vreme ce, în primul rând, nu eu i-am invitat aici.

Fiul ei îşi dădu ochii peste cap şi se întoarse către Kirsten.

— Şi tu? Cum te numeşti?

— Kirsten Carlson, domnule, se prezentă ea, cu o mică plecăciune.

— Dacă ai văzut vreo urmă de şobolan pe aici, aş vrea să ştiu unde anume.

— N-am văzut niciun şobolan în casa aceasta, domnule.

El se întoarse către mama lui, din nou.

— Bettina a spus...

— Chiar nu vreau să ştiu nimic din ce a spus femeia aia. Ascultă, ai venit aici să picuri apă peste tot în casă, sau vrei să şi stăm de vorbă?

— Da, mamă.

— Da *ce*, Gustav – picuratul sau statul de vorbă?

— Am venit să te văd. Mergem în salonaş?

Kirsten aşteptă până ce dispărură pe uşă, apoi merse în hol în vârful picioarelor şi stătu afară să asculte. Ştia că nu era bine să tragă cu urechea, dar viața ei era oricum pecetluită de păcate, aşa că unul în plus nu mai conta.

— Mamă, te rog să fii rezonabilă, îl auzi pe Gustav spunând.

— Şi de ce aş fi? Ți-am spus de nenumărate ori că nu vreau să vând casa şi, cu toate acestea, asta e exact ceea ce încearcă să facă soția ta pe la spatele meu.

— Nu ne place ideea ca tu să locuieşti aici singură cuc. Casa asta e prea mare pentru tine. Şi sunt prea multe scări. Ne facem griji pentru tine.

— Acum am trei fete foarte capabile, care au grijă de mine.

— Asta este al doilea lucru despre care trebuie să vorbim. De ce ai dat-o afară pe Agne?

— Nu vreau o asistentă care să mă cocoloşească – mai ales una care face pe spioana pentru nevasta ta.

— Nu e o spioană. Iar doctorul a spus...

— Doctorul e un cretin.

— Dacă nu ai nevoie de o asistentă, de ce erai în pat azi când a venit Bettina?

— Pentru că nu pot s-o sufăr pe soția ta, Gustav. Ți-am spus asta *înainte* să te însori cu ea, ți-am spus asta în *ziua* în care te-ai însurat cu ea, şi ți-am repetat-o în fiecare zi *de atunci*. Se pare că nu-ți aminteşti nimic din ce spun, aşa că probabil tu ai nevoie de un medic, nu eu.

Kirsten îşi înăbuşi râsul cu mâna peste gură.

— Aş vrea ca voi două să vă înțelegeți...

— Iar eu aş vrea să mă asculți şi să ții cont de dorințele mele. Nu vreau să-mi vând casa. Punct. Nu vreau să trăiesc cu femeia aceea. Punct. Poate că dorința ți se va îndeplini când mi se va îndeplini şi a mea.

— Întreținerea casei costă foarte mult, mamă, iar țara trece printr-o criză economică.

— Atunci de ce nu-i ceri soției tale să-şi vândă casa? De ce vinzi casa mamei tale? Dacă tatăl tău ar trăi, care casă crezi că ți-ar spune s-o vinzi?

Kirsten auzi oftatul greu al lui Gustav.

— În felul acesta nu ajungem nicăieri.

— Ăsta este primul lucru înțelept pe care l-ai rostit de când ai venit.

— Deci, acum că te simți mai bine, să vin mâine să te duc la biserică? După aceea, poți să vii să iei prânzul cu mine şi cu Bettina.

— Nu, mulțumesc. N-am nevoie nici de prânz, nici să fiu dusă la biserică.

— Dar cum o să ajungi la biserică dacă nu venim după tine? Nu mai ai nici vizitiu şi nici cai.

— Ştiu foarte bine că nu mai am vizitiu sau cai. Dar întâmplarea face să nici nu am nevoie de ei. Nu mă interesează să merg la biserică.

— Dar... tu şi tata ați făcut parte din congregație atâta timp şi...

— De ce continui să-mi spui lucruri pe care le ştiu deja? „Nu mai ai nici vizitiu", îl imită ea. „Ai făcut parte din congregație." Nu sunt senilă, Gustav. Doar că nu vreau să mă duc la slujbă. Dacă vrei să ştii de ce, îți voi spune, chiar dacă nu te priveşte. Preotul Johnson e un imbecil.

— Într-adevăr, mamă?

— Da, într-adevăr.

Mama şi fiul rămaseră tăcuți atâta timp, încât Kirsten se îndepărtă de la uşă în vârful picioarelor, temându-se că vor ieşi din cameră şi o vor surprinde. Auzise destul ca să-şi dea seama cum era bărbatul, şi era de ajuns deocamdată. Kirsten era foarte uşurată să afle că Gustav Anderson nu o va da afară pentru înşelătoria ei. Şi bucuroasă că nu era destul de puternic să-şi intimideze mama.

Într-o după-amiază, la două zile după aceea, Kirsten intră în pensiune cu speranța că înăuntru o aştepta o scrisoare de la Tor. Ea ocoli pe la intrarea din spate şi o văzu pe mătuşa ei afară, agățând rufe la uscat. Din experiență, Kirsten ştia că spălatul rufelor la pensiune era o treabă care nu se sfârşea niciodată.

— *Hej**, mătuşă Hilma. A venit vreo scrisoare pentru noi?

— A venit o scrisoare pentru una dintre voi – nu-mi amintesc pentru care. E pe măsuța din hol, îi răspunse ea încruntată, de parcă faptul că dusese scrisoarea de la căsuța poştală pe măsuța din hol fusese un deranj foarte mare pentru ea.

---

*În suedeză, *Buna!* (salut), (n.ed.).

Kirsten alergă înăuntru şi împinse uşa batantă de la bucătărie, ajungând în holul de la intrare. Poate că scrisoarea era pentru ea. Poate că era de la Tor. Kirsten înhăţă plicul şi văzu că purta numele ei! Şi un timbru din Suedia! Însă scrisul de mână nu semăna cu al lui Tor, iar plicul era foarte subţire. Kirsten îl întoarse pe partea cealaltă şi citi adresa expeditorului.

Era de la tatăl lui Tor.

Kirsten îl deschise cu mâinile tremurânde. Înăuntru era doar o foaie de hârtie ieftină, împăturită în jumătate. Nicio dată, niciun salut, doar câteva rânduri aşternute cu cerneală neagră:

Încetează să-i mai scrii fiului meu. Eşti o mincinoasă şi o uşuratică. Dacă eşti însărcinată, cu siguranţă nu este copilul fiului meu. În consecinţă, nu văd absolut niciun motiv pentru care l-aş lăsa să-ţi citească scrisorile. Dacă continui să-i scrii, voi continua să arunc fiecare scrisoare în foc, nedeschisă.

Carl Magnusson

— Nu... Kirsten îşi simţi genunchii moi şi se sprijini de măsuţă, făcând-o să se balanseze. O scrumieră din metal căzu pe podea cu zgomot.

Tor nici măcar nu-i văzuse scrisorile. Nu ştia despre copilul lor. Nu venea s-o salveze. Aşteptase tot timpul acesta în zadar. Kirsten îşi duse mâinile la ochi şi începu să plângă.

— S-a întâmplat ceva? Pot să vă ajut?

Vocea bărbatului o sperie. Kirsten îşi ridică privirea şi-l văzu pe unul dintre chiriaşi stând în pragul uşii salonului cu un ziar în mână. Ea făcu eforturi să-şi stăpânească lacrimile.

— Îmi pare rău că v-am deranjat, spuse ea, aplecându-se să ridice scrumiera. Nu... nu ştiam că sunteţi aici. Îmi pare rău...

El continuă s-o privească, cu o sprânceană ridicată, vizibil îngrijorat.

— Vă simţiţi rău?

— Nu... Kirsten ridică plicul şi i-l flutură în faţă. Am primit nişte veşti îngrozitoare de acasă, şi...

Kirsten nu fu în stare să-şi termine fraza. Gândul că Carl Magnusson îi ardea scrisorile fără să i le arate lui Tor o făcu să izbucnească din nou în plâns. Copleşită de deznădejde, Kirsten nu se mai putu abţine, şi chiar uită de chiriaş, până în momentul în care el veni şi o luă uşor de braţ, ducând-o cu el.

— Poate că aveţi nevoie să staţi jos, ca să mai treacă din şoc, spuse el, conducând-o la un scaun din salon.

— Aşteptaţi – mătuşa mea nu-mi dă voie să stau aici.

— Vă rog, insist. Sunteţi destul de palidă.

Bărbatul o făcu să se aşeze, după care scoase o batistă din buzunar şi i-o vârî în palmă. Bunătatea lui, după cruzimea tatălui lui Tor, nu făcu decât s-o emoţioneze şi mai tare. Kirsten se aplecă în faţă, pe genunchi, cu faţa îngropată în palme.

— Sunteţi sigură că nu vă pot ajuta cu nimic, domnişoară? întrebă el după o vreme. Văd că sunteţi foarte afectată. Să o chem pe mătuşa dumneavoastră?

— Nu! Nu, vă rog, nu-i spuneţi mătuşii! Kirsten se forţă să-şi recapete controlul, îndreptându-se de spate şi ştergându-şi lacrimile. Sunt... sunt bine... sunt bine. Kirsten se ridică în picioare, sprijinindu-se de braţele scaunului. Bărbatul o întrecea în înălţime, iar stând în picioare era cu câţiva centimetri mai înalt decât ea. Fruntea înaltă şi lată, îl făcea să pară chiar şi mai înalt.

— Oare n-ar vrea doamna Larson să ştie dacă sunt veşti proaste de acasă?

— Nu... e...

Kirsten nu putea să permită ca mătuşa ei să afle adevărul. Întreaga familie ar fi fost aruncată în dizgraţie. Verişoarele ei, Dagmar şi Anna nu şi-ar mai fi găsit niciodată nişte soţi decenţi – ca să nu mai pomenească de ruşinea prin care ar trece Elin şi Sofia. Ah, ce harababură îngrozitoare reuşise să creeze. Ce putea să mai facă acum?

Tor nu ştie de copilul nostru. Kirsten izbucni din nou în lacrimi.

— Vă rog, domnişoară Larson. Insist să vă aşezaţi la loc. Ziarul lui foşni ca nişte frunze când îl puse jos. Bărbatul îşi aşeză mâinile pe umerii ei şi o sili să se aşeze.

— Numele meu este Carlson, nu Larson, îl corectă ea, când fu în stare să vorbească. Mătuşa Hilma nu e... adică, scrisoarea asta... nu are nimic de a face cu ea.

— Să vă aduc nişte apă?

— Nu! Adică nu, mulţumesc. Mătuşa Hilma s-ar plânge probabil de cheltuială.

Bărbatul zâmbi, dar zâmbetul lui dispăru repede.

— Înţeleg.

Kirsten trase adânc aer în piept. Trebuia să-şi stăpânească durerea pe care o simţea, înainte ca mătuşa ei să intre în casă şi să înceapă să pună întrebări. Şi-apoi, surorile ei îi vor vedea cu siguranţă ochii umflaţi şi chipul înroşit, dacă mergea acasă atât de supărată. Kirsten avusese de gând ca în drum spre casă, să treacă repede pe la toate magazinele şi să-şi găsească ceva frumos de cumpărat cu moneda ei de cinci cenţi, dar acum nu mai avea chef de cumpărături. Nimic nu-i mai putea lua gândul de la îngrozitorul adevăr al sarcinii ei - de care Tor nici măcar nu ştia.

— Nu ştiu ce să fac, murmură ea.

— Poftim?

— Îmi cer scuze. Nu voiam să vorbesc cu voce tare. Ascultaţi, domnule...

— Lindquist. Knute Lindquist.

— Vă mulţumesc pentru amabilitate, domnule Lindquist, dar e timpul să plec. Trebuia să plece de acolo de îndată. Kirsten se ridică în picioare şi ajunse până la uşa de la intrare sprijinindu-se de mobilă şi de cadrele uşilor, neavând încredere în genunchii care-i tremurau incontrolabil.

— Domnişoară Carlson, nu cred că ar trebui să...

— Îmi cer scuze pentru deranj, nu vă voi mai răpi din timp, zise Kirsten ieşind clătinându-se pe uşa de la intrare, fără să o închidă, şi alergă apoi orbeşte în josul străzii.

CAPITOLUL 26

— Asta este cu siguranță o mobilă foarte frumoasă, dar cum ar putea cineva să-și dea seama de asta? Sofia se uită descurajată la imensul birou din bibliotecă. Pe suprafața de mahon lustruit zăceau îngrămădite mormane de hârtii, cărți, registre și scrisori, ascunzând ce era dedesubt. Ce să fac cu toate lucrurile astea? le întrebă ea pe surorile ei.

— Nu cred că ar trebui să arunci nimic, zise Elin. Pot fi lucruri importante.

— Ai dreptate. Cred că voi încerca să le sortez pe grămezi... Sănătate, zise ea când Kirsten strănută. Sofia se aștepta la unul dintre comentariile lui Kirsten despre cum adunaseră suficient praf ca să-și facă propriul deșert, însă sora ei fusese foarte serioasă și abătută în ultimele zile. Sofiei chiar i se păru că o auzise plângând în toiul nopții, însă Kirsten insistase că avusese un coșmar.

Biblioteca era următoarea încăpere în care se hotărâseră să facă curat, iar Elin șterse de praf toate cărțile legate în piele, spălă rafturile și aranjă cărțile înapoi. Kirsten se decise să frece și să ceruiască lucrările sculptate în lemn. Un perete întreg avea dulăpioare înzidite cu uși căptușite cu ornamente sculptate. Ceea ce era înăuntrul dulăpioarelor încuiate rămânea un mister.

Sofia se ocupase de biroul imens care probabil fusese odată al domnului Anderson, cântând în timp ce muncea, aranjând frumos toate hârtiile și punând registrele și cărțile pe rafturi, unde se gândi ea că ar trebui să stea. Sofia ar fi ascuns și hârtiile într-unul din sertarele biroului, dar și acestea erau toate încuiate.

— Îți poți da ușor seama că asta a fost camera unui bărbat, zise ea, între versurile unui cântec. Miroase a trabuc. Și uite – o sticlă de coniac. Sofia ținu carafa sus, ca Elin să o poată vedea. Am găsit-o îngropată sub toate astea. Credeți că mai e bun?

— Nu ştiu. Ştie cineva cu cât timp în urmă a murit domnul Anderson? întrebă Elin.

— Doamna Olafson zice că s-a dus acum vreo doi ani. Poate o s-o întreb ce să fac cu ea.

Sofia aşeză carafa într-o parte şi îşi reluă cântecul. Deodată, ceva se atinse uşor de piciorul Sofiei, dându-i fiori. Sofia se uită în jos şi văzu pisica cenuşie, apoi se întoarse şi o văzu pe doamna Anderson stând în pragul uşii. Pisica se frecă de celălalt picior al Sofiei, iar Sofia se aplecă şi o luă în braţe. Animalul era greu ca un sac de grâne.

— Doamnă, nu cred că v-am întrebat vreodată care este numele pisicii dumneavoastră, zise Sofia.

— Îl cheamă Tomte.

Sofia zâmbi, amintindu-şi de basmele tradiţionale din copilărie, despre spiritele binevoitoare după care fusese numită pisica.

— N-am mai văzut niciodată o pisică atât de mare.

— Aş vrea să-ţi vorbesc în salonaş, te rog.

— Mie? întrebă Sofia cu o voce de şoricel. Doamna Anderson încuviinţă din cap şi se îndepărtă lovind podeaua cu bastonul ei. Pisica sări din braţele Sofiei şi o urmă.

— Ce crezi că vrea? şopti Elin.

— Nu ştiu. Te rog, vino cu mine, Kirsten. Mie mi-e frică de ea. Strigă la oameni, şi mie nu-mi place să se strige la mine. Dar pe tine te place.

— Nu trebuie să-ţi fie frică, o linişti Kirsten. Cred că ne place pe toate trei, acum că am făcut în aşa fel încât să nu-i fie vândută casa.

— Chiar şi aşa. Hai cu mine, te rog.

Însă când surorile intrară în salonaş, doamna Anderson îi făcu semn lui Kirsten să plece.

— Tu nu, doar cea mică – şi încetează cu afurisitele alea de plecăciuni, îi spuse lui Kirsten, că doar nu sunt regină. Hai şi stai jos, o îndemnă apoi pe Sofia. Mai spune-mi o dată cum te numeşti?

— Sofia, rosti ea, aşezându-se pe marginea scaunului şi frământându-şi mâinile.

Sofia înțelegea de ce prefera doamna Anderson camera aceasta însorită şi foarte luminoasă. Era cea mai obişnuită cameră din casă, mobilierul era cel mai simplu, iar ferestrele nu aveau perdele sau draperii. Spre deosebire de restul vilei, care avea parchet închis la culoare şi mobilier bogat ornamentat, salonaşul avea duşumea deschisă la culoare, acoperită cu covoraşe țesute şi dungate. Mesele şi scaunele albe arătau uzate cu tapițeria decolorată în albastru şi alb, culoarea cerului de iarnă din Suedia. Totul din camera aceasta îi amintea Sofiei de acasă.

Doamna Anderson stătea lângă fereastră pe un divan pictat în alb, cu gigantica pisică în poală. Sofia auzea torsul felinei încă din celălalt capăt al salonaşului.

— Te-am auzit cântând, îi spuse doamna Anderson. Ai o voce minunată.

— Mulțumesc, doamnă.

— Mă înveseleşte să te aud cântând.

Sofia zâmbi intimidată.

— Şi pe mine mă înveseleşte. Când eram singură pe Insula Ellis, am fost foarte speriată, până ce un domn cumsecade mi-a cântat la vioară. Muzica m-a liniştit.

— De ce cânți întotdeauna numai imnuri?

Sofia ezită, neştiind cum să-şi explice motivele. Cântecele ei erau de fapt rugăciuni, Sofia cerându-i lui Dumnezeu să nu-l lase pe Ludwig să se înece în râu sau să fie trimis înapoi în Germania. Imnurile i se păreau cele mai potrivite.

— Imnurile sunt cântecele care-mi plac cel mai mult, zise ea în cele din urmă.

— Dar nu ştii şi alte cântece populare sau folclorice?

— Ba da, ştiu şi nişte cântece din folclor.

— Şi cu toate acestea, nu le cânți. Eşti credincioasă, nu-i aşa?

— Nu ştiu la ce vă referiți. Mama era credincioasă, dar eu nu sunt nici pe departe ca ea. Însă mi-aş dori să fiu.

— Continuă.

— Mama obişnuia să ne citească mereu din Biblie şi să vorbească despre promisiunile lui Dumnezeu. Însă după ce a murit, eu nu am reuşit să găsesc promisiunile în Biblie. Apoi, bărbatul cu vioara m-a ajutat să-L regăsesc pe Dumnezeu.

Doamna Anderson se încruntă.

— Nu ştiam că Dumnezeu Se poate pierde.

— Nu S-a pierdut. Cred... cred că eram supărată pe El. Sofia realiză adevărul chiar în timp ce-l rostea. Ați fost vreodată supărată pe Dumnezeu, doamnă Anderson? Eu am fost supărată pe El pentru că ne-a făcut pe mine şi pe surorile mele să suferim.

— Tu eşti o copilă. Ce ştii tu despre suferință?

— Destule, cred. Când a murit mama, aveam doar doisprezece ani. N-am avut niciodată ocazia să o cunosc foarte bine sau să o întreb toate lucrurile pe care trebuie să le ştie o femeie. Nu am înțeles de ce a lăsat-o Dumnezeu să moară. Apoi, tata şi-a luat viața. Nu şi-a iubit propriii copii suficient încât să stea cu noi şi să aibă grijă de noi. Ne-a lăsat singuri pe lume. Iar Dumnezeu nu ne-a ajutat nici atunci.

Sofia îşi aminti, prea târziu însă, că nu trebuia să spună nimănui despre lucrul ruşinos pe care-l făcuse tatăl lor, şi îşi dori să-şi poată retrage cuvintele. Sofia continuă, sperând că doamna Anderson nu va gândi rău despre ele.

— Eu şi surorile mele suntem orfane, doamnă Anderson. Nu avem pe nimeni pe lumea aceasta căruia să-i pese de noi sau care să vrea să aibă grijă de noi – decât una pe alta. Şi nu avem un cămin. Dumneavoastră ne-ați spus cât de mult înseamnă casa aceasta pentru dumneavoastră şi că nu vreți să vă mutați din ea. Ei bine, şi noi am avut o casă, nici pe departe atât de mare sau de elegantă ca şi asta, dar era a noastră. Eu nu am vrut să plec şi să vin în America, dar nici nu am vrut să mă despart de surorile mele pentru că ele sunt singura familie care mi-a rămas. Aşa că am venit cu ele.

— Şi de asta erai supărată pe Dumnezeu, aşa cum ai spus?

— Da, doamnă. Am crezut că în Biblie ni s-a promis că vom fi mereu fericite şi că nu ni se va întâmpla niciun lucru rău, niciodată. Iar când Dumnezeu nu Şi-a ţinut promisiunile, m-am înfuriat pe El. Însă acum înţeleg că promisiunea lui Dumnezeu este de fapt că va fi întotdeauna cu noi, chiar şi la rău. El ne promite să ne iubească şi să facă întotdeauna ceea ce e mai bine pentru noi, chiar şi atunci când nu pare să fie aşa. Şi de aceea cânt – ca să mă ajute să-mi amintesc că nu sunt singură.

— Şi toate astea le găseşti citind Biblia?

— Da, doamnă. Nu am mai citit din Biblie de foarte mult timp, dar deja mi-am dat seama că mare parte din personajele din Biblie nu au avut nici ele o viaţă foarte uşoară. Dar Dumnezeu era întotdeauna cu ele, folosindu-se de situaţiile grele din vieţile lor ca să le schimbe. Nu cred că în Biblie trebuie să fie doar lucruri frumoase ca să mă liniştească. Biblia trebuie să-mi arate cum să trăiesc. Aşa că acum, o citesc ca să aflu cum trebuie să-mi trăiesc viaţa.

Brusc, doamna Anderson lăsă pisica să-i cadă din poală şi se ridică în picioare, începând să patruleze prin faţa ferestrei. Lovitura bastonului îi marca fiecare pas.

— Nu te-am chemat aici să-mi ţii o predică.

Sofia se simţi ca o bucată de ceară care se topea sub privirea mistuitoare a micuţei femei.

— Oh, îmi pare atât de rău, doamnă.

— Ţi-am cerut să vii aici pentru că vreau să dau o petrecere în Ajunul Solstiţiului de vară şi vreau să cânţi pentru musafirii mei.

— Eu? întrebă Sofia cu aceeaşi voce de şoricel.

— Mai vezi pe cineva în camera asta? întrebă doamna Anderson gesticulând cu o mişcare amplă a braţului. Sofia clătină din cap. Ştiţi să cântaţi la pian, tu sau surorile tale?

— Nu, doamnă, nu ştie niciuna dintre noi.

Doamna Anderson continuă s-o ţintuiască cu privirea, în aşteptare. Sofia îşi dădu seama că nu-i răspunsese la întrebare.

— Acasă cântam tot timpul în biserică. Şi pentru familia mea, bineînţeles. Însă, până acum nu… nu am mai cântat pentru oameni.

— Dar membrii familiei tale nu sunt *oameni*? Iar în biserica de acasă de la voi erau *pisici*, nu oameni?

— Nu, doamnă, sigur că nu. Dar pe oamenii aceia îi cunoşteam. Mie... mi-ar fi mult prea teamă să cânt pentru străini.

— Tocmai mi-ai spus că persoana care a cântat la vioară pentru tine te-a înveselit. N-ai vrea să ne înveseleşti şi pe mine şi pe oaspeţii mei?

— Eu nu... nu aş şti ce să cânt.

— Deci îmi refuzi rugămintea?

— Eu... eu... Sofia abia putea să-şi găsească cuvintele. Cum să cânte?

— Bine. Întoarce-te atunci la curăţenie, spuse regina din poveste, arătându-i uşa. Sofia se temu că o înfuriase.

— Îmi pare rău, nu am vrut să vă jignesc.

— Du-te. Şi ia şi tava aia cu tine.

— Da, doamnă.

Tava pentru micul dejun a doamnei Anderson era aşezată pe măsuţa de lângă scaunul ei. Sofia se zori să facă ce i se spusese, însă când ridică tava, zări lângă ea titlul dintr-un ziar în limba suedeză: *Scene de groază pe Insula Ellis.* Sofia aşeză cu zgomot tava înapoi pe măsuţă.

— Ce Dumnezeu faci?

— Scuzaţi-mă, doamnă. Nu am vrut să fac zgomot... doar că am văzut titlul acesta despre Insula Ellis, zise Sofia, punând ceaşca răsturnată înapoi pe farfurioara ei şi ştergând cu un şerveţel frişca vărsată. Puteţi, vă rog, să-mi spuneţi de ce au fost scene de groază pe Insula Ellis?

— Azi-noapte a luat totul foc, toate clădirile de pe insulă au ars în întregime.

— *Poftim?* Sofia se dădu înapoi şi se prăbuşi pe un scaun, temându-se că o vor lăsa genunchii. A fost... a fost cineva rănit?

— În ziar nu au spus. Povestea a ajuns în presă înainte să se lămurească toate detaliile. Dar pe tine de ce te interesează? De ce te supără atât?

— În urmă cu puţin timp am stat pe Insula Ellis. Eu şi surorile mele am fost nevoite să locuim acolo timp de două săptămâni, până când Elin s-a însănătoşit. Îmi fac griji pentru toţi oamenii care au lucrat acolo şi care au fost reţinuţi acolo...

— Domnul cu vioara?

— Da. Când am plecat, el era încă pe insulă. Nu-mi vine să cred că a luat foc! Aţi spus cumva că toate clădirile au ars în întregime?

— Aşa se pare. Ascultă, ce s-a întâmplat, s-a întâmplat, şi nu poţi să schimbi nimic acum. Cu ce te ajută să-ţi faci griji pentru un incendiu care s-a întâmplat azi-noapte?

— Trebuie să aflu dacă au fost victime.

— Vor scrie în ziarul de mâine.

— Mâine?

— S-ar putea ca ziarele în limba engleză să publice ceva în ediţiile de seară.

— Dar eu nu ştiu engleză.

— Atunci, va trebui să aştepţi. Te rog să pleci acum. Ia ziarul cu tine şi citeşte singură.

— Vă mulţumesc, zise Sofia, împăturind ziarul pe tavă şi grăbindu-se să iasă pe coridor. Sofia era atât de zăpăcită, încât îi luă o clipă să-şi dea seama ce trebuia să facă. Sofia duse tava în bucătărie unde o puse pe masă fără s-o salute sau să-i spună ceva doamnei Olafson, după care înhăţă ziarul şi plecă grăbită cu el. Surorile ei încă făceau curăţenie în bibliotecă.

— Elin! Kirsten! Trebuie să vedeţi asta! exclamă ea, fluturând ziarul în aer. Azi-noapte a fost un incendiu pe Insula Ellis şi a ars totul! Sofia se prăbuşi pe scaunul de la birou, iar surorile ei puseră cârpele deoparte şi veniră să se uite peste umărul ei.

— Un incendiu? Şi ce s-a întâmplat cu toţi oamenii aceia? întrebă Kirsten.

— Şi spitalul a ars? întrebă Elin. Şi pacienţii şi asistentele?

— Încă nu ştiu. Lăsaţi-mă să vă citesc. „Astăzi Insula Ellis este o adunătură de resturi fumegânde, după incendiul de azi-noapte, cu grămezi de lemne ici şi acolo, încă necuprinse de flăcări. Pe insula de aproximativ patruzeci şi patru de mii de metri pătraţi abia se mai văd nişte rămăşiţe de ziduri şi de clădiri care întrerup monotonia dezolantă a întinderii care a fost odată o bază de imigrare plină de oameni."

— Vă amintiţi pasajul acela din Biblie pe care a trebuit să-l citim ca să dovedim că ştim carte? le întrebă Kirsten. Ceva despre prăbuşirea celor patru colţuri ale casei, şi „numai eu am scăpat ca să-ţi dau de ştire?" În situaţia de faţă, pare profetic, nu-i aşa?

— Nu spune asta! o imploră Sofia. Încă nu ştiu dacă a murit cineva. Sofia continuă cu voce tare: „Supravieţuitorii descriu scenele de groază din miezul nopţii, când au fost treziţi din somn şi obligaţi să fugă din mijlocul flăcărilor mistuitoare şi a fumului dens. Imigranţii care au avut norocul să se salveze sunt recunoscători că se află în viaţă, chiar dacă toate lucrurile lor au pierit în incendiu. În această dimineaţă încă nu se ştia care este numărul supravieţuitorilor sau numărul victimelor."

— Îţi faci griji pentru prietenul tău, nu-i aşa? întrebă Kirsten.

Sofia nu putu decât să încuviinţeze din cap. Era încremenită de frică.

— Asta-i tot ce scrie despre foc? întrebă Elin. Lasă-mă să văd. Elin luă ziarul de la Sofia şi îşi trecu repede privirea peste articol, zicând: Cred că asta e tot.

— Doamna Anderson spune că probabil vor scrie mai multe despre incendiu în ziarul de mâine – sau poate în ziarele în engleză, dacă le-am putea citi.

— E greu să stai să aştepţi veştile, nu-i aşa? zise Kirsten.

— Haide, cel mai bun leac pentru veştile proaste este să munceşti din greu, spuse Elin. Diseară vei fi atât de obosită, încât vei adormi de cum îţi vei pune capul pe pernă.

Însă Sofia nu putu să doarmă în noaptea aceea. Când încercă să se roage, realiză adevărul dureros din vorbele doamnei Anderson: ce s-a întâmplat, s-a întâmplat. Era prea târziu ca rugăciunile să dea rezultate. Sofia se dădu jos din pat şi ieşi din cameră în vârful picioarelor, luând Biblia cu ea.

Casa avea conducte de gaz şi lămpi pe gaz în fiecare încăpere, însă Sofia nu era familiarizată cu amplasarea camerelor de la etajul trei, în afară de dormitorul lor. Sofia rătăci pe coridorul întunecos şi pipăi o uşă cu mâna, care o duse în sala de bal. Vastul centru al scenei de dans era îmbăiat în lumină, ca şi cum ar fi fost aprins un candelabru, şi Sofiei îi luă o clipă să-şi dea seama că lumina răzbătea prin fereastra din mijlocul tavanului. Sofia se opri sub ea şi îşi ridică privirea către luna plină şi către milioanele de stele de pe cer.

— E atât de frumos, murmură ea. Sofia îşi aminti momentul în care Elin îi arătase cerul plin de stele când erau pe mare, spunându-i că erau aceleaşi stele care străluceau deasupra căsuței lor din Suedia. Şi în clipa aceasta, stelele şi luna superbă îşi aruncau lumina asupra New Yorkului. Poate că şi Ludwig se uita la ele şi se gândea la ea.

Sofia încercă să se liniştească la gândul acesta, şi se aşeză pe podea cu picioarele încrucişate, şi deschise Biblia. Lumina lunii era suficient de tare ca să-i permită să citească. Însă în momentul în care din Biblie căzu o bucată de hârtie cu scrisul lui Ludwig şi desenul care-i reprezenta familia, Sofia începu să plângă.

Dumnezeu îi promisese că nu o va lăsa şi nu o va uita niciodată, dar ce avea să se facă dacă lui Ludwig i se întâmpla ceva? Dacă nu-l va mai vedea niciodată? Dacă Ludwig ar muri, şi ea ar suferi încă o pierdere, oare ar mai putea să se încreadă în Dumnezeu? Sofia realiză cât de fragilă îi era credința nu demult regăsită, în pofida „predicii" pline de încredere pe care i-o ținuse doamnei Anderson. Sofia se aplecă în față, până ce atinse cu fruntea podeaua prăfuită. *Nu mă lăsa, Doamne,* se rugă ea. *Te rog, Te rog, nu mă lăsa.*

A doua zi dimineață, Sofia era deja spălată şi îmbrăcată, aşteptând jos în bucătărie când sosi doamna Olafson. Pe drum spre conac, bucătăreasa cumpăra întotdeauna ziarul de dimineață pentru doamna Anderson. Sofia văzu că îl ținea îndoit sub braț.

— Aş putea vă rog să citesc ziarul înainte să-l duceți sus?

— Nu, draga mea, nu cere să faci asta. Doamna Anderson îşi va da seama că a fost deschis.

— Dar cum poate să-şi dea seama? întrebă Kirsten care tocmai cobora scările şi intră în bucătărie.

— Femeii ăsteia nu-i scapă nimic, zise doamna Olafson. Dacă ştii ce-i bine pentru tine, vei lăsa ziarul neatins, continuă ea în timp ce îl aşeză pe masă şi începu să zgândărească tăciunii din soba de fontă, adăugând vreascuri.

— Dar trebuie să aflu dacă...

— Nu face asta, Sofia, o sfătui Kirsten, înşfăcând ziarul înaintea Sofiei. Nu vrem s-o înfuriem.

— Atunci mă lăsaţi măcar să-i duc eu tava cu micul dejun ca s-o întreb dacă pot să citesc ziarul?

— Desigur, îi răspunse doamna Olafson, legându-şi şorţul. Mă scuteşti de un drum pe scările alea. Sofiei i se păru că durează o veşnicie până să se termine pregătirea micului dejun al doamnei Anderson, iar când fu în sfârşit gata, Sofia luă tava şi urcă până în dormitorul ei.

— Bănuiesc că vei vrea şi tu să vezi ce scrie în ziarul ăla, îi spuse regina din poveste în clipa în care Sofia îşi făcu apariţia în cameră.

— Da, doamnă. Dacă nu aveţi ceva împotrivă.

— Îţi spun eu cum facem. Dacă accepţi să cânţi pentru oaspeţii mei, te las să-l citeşti chiar acum.

Sofia fu copleşită de două temeri, dar în cele din urmă, teama pentru Ludwig fu mai puternică decât teama de a cânta în faţa unei încăperi plină de străini.

— Foarte bine. Voi cânta pentru oaspeţii dumneavoastră.

— Bine. Atunci ia ziarul şi ieşi, îi spuse ea, gonind-o pe Sofia. Adu-l înapoi când ai terminat.

Sofia începu să răsfoiască paginile în drum spre bucătărie. Farfuria ei cu micul dejun o aştepta pe masă, iar doamna Olafson, Elin şi Kirsten începuseră deja să mănânce.

— Nu pot să cred că ţi-a dat ziarul, zise doamna Olafson cu surprindere.

Sofia încuviinţă.

— Ascultaţi, titlul zice aşa: *Insula Ellis – o grămadă de scrum şi ruine înnegrite.* Sofia trecu în zbor peste paragrafe, până ce citi: *Toţi au scăpat cu viaţă. Nu s-a înregistrat nicio victimă.* Sofia se aşeză pe scaun uşurată. N-a murit nimeni, murmură ea.

— Citeşte-ne, Sofia, o îndemnă Elin.

Sofia înghiţi nodul pe care îl avea în gât şi începu:

Singura dovadă a existenţei unui centru de imigrare pe Insula Ellis este fumul care se ridică dintre ruine. Imigranţii care au fost salvaţi din incendiu sunt cu toţii recunoscători că au scăpat cu viaţă. „Din câte ştiu, nimeni nu a suferit răni grave", a spus doctorul Senner, reprezentantul centrului. „Toţi au scăpat cu viaţă. Nu s-a înregistrat nicio victimă." Cum toate registrele au fost distruse în incendiu, se va numi o comisie specială pentru a hotărî soarta străinilor care erau reţinuţi. Deocamdată, imigranţii care vor sosi vor fi examinaţi pe vaporul cu care au venit.

— Crezi că prietenul tău mai era încă pe insulă? o întrerupse Kirsten.

— Nu ştiu, dar când am plecat noi, aveau de gând să-l deporteze.

— Păi dacă s-au pierdut toate dosarele, zise Kirsten, poate că acum vor fi nevoiţi să-l lase să stea în ţară.

— Credeţi că cineva a pus focul intenţionat? întrebă Elin.

— Nu ştiu. Citesc şi restul articolului.

Autorităţile au ajuns la concluzia că incendiul a fost un accident şi nu o acţiune premeditată. Se crede că totul a început de la un fir electric din biroul statisticianului aflat într-un colţ al corpului principal al clădirii. „Am fost întotdeauna îngrijorat cu privire la construcţia clădirilor", a spus reprezentantul centrului. „Ar fi trebuit să fie ignifugate." O estimare modestă a pagubelor se ridică la un milion de dolari.

Doctorul Joseph H. White a fost cel care a direcționat salvarea pacienților care erau tratați în spitalul de pe insulă. Cei douăzeci de bărbați, cele douăzeci de femei și cei șaptesprezece copii au fost duși la Spitalul Bellevue de la țărm. Cel mai grav caz a fost o femeie cu febră tifoidă, care a fost purtată pe umeri de către asistente. Din spital nu a mai rămas decât un zid de mică înălțime. În total, în momentul incendiului, pe Insula Ellis se aflau două sute cincizeci de persoane, inclusiv treizeci și cinci de angajați. Două treimi dintre aceștia erau bărbați și o treime erau femei și copii. Majoritatea așteptau să fie deportați.

Sofia se opri din citit și închise ochii.

— Te gândești la prietenul tău, nu-i așa? o întrebă Kirsten.

Sofia dădu din cap că da.

— Mă întreb dacă mai era acolo. Cred că a fost îngrozitor.

— Păi, dacă încă mai voia să înoate până la mal, zise Kirsten, poate a reușit să fugă, cu toată harababura aceea. Cum pot ei să știe câți erau reținuți, dacă toate dosarele au fost distruse.

Presupunerea aceasta nu o consolă deloc pe Sofia, care își drese glasul și continuă să citească.

Focul a fost descoperit în momentul în care un paznic de noapte care își făcea rondul, a simțit fumul. Cercetând mai îndeaproape, a dat peste un fum și mai dens și peste flăcări, și i-a anunțat imediat pe ceilalți paznici, și împreună, s-au grăbit să-i scoată pe cei reținuți afară din clădire. Imigranții dormeau cu toții, iar când bărbații au strigat „Foc", ce a urmat a fost o confuzie care nu poate fi descrisă în cuvinte.

— Îmi imaginez! exclamă Kirsten. Cu atâtea limbi și nimeni care să traducă, bieții oameni nu aveau cum să știe ce se întâmpla.

Atât de mare a fost deruta și agitația, încât salvatorii au întâmpinat mari dificultăți în a-i scoate afară pe imigranți. Unii au fost dați afară cu forța. Un imigrant anonim a ajutat la salvarea a cinci copii, doi agățați de gâtul lui, unul la fiecare subraț și unul care s-a ținut de haina lui. Multe dintre femei au fost transportate pe brațe. Unele au devenit isterice. Toți au fost transportați în siguranță la bărcile care erau ancorate în apropriere. În graba lor de a fugi, imigranții și-au lăsat în urmă toate lucrurile și astfel, au fost acaparate de flăcări.

Sofia se opri din nou.

— Dacă Ludwig și-a pierdut toate lucrurile, poate că mi-a pierdut și adresa. Cum o să mă mai găsească, acum? Numele mi-l știe, numai că unchiul Lars are un alt nume de familie decât noi.

— Nu știu, zise Kirsten, dar e bine că ți-a dat ție vioara, altfel ar fi ars și ea în incendiu.

— *Ja*... e bine... murmură Sofia, și încercă să și-l imagineze pe Ludwig furișându-se în timpul agitației și ajungând la mal, dar nu reuși. Cel mai probabil, Ludwig fusese imigrantul anonim care îi salvase pe cei cinci copii sau cel care o transportase pe una dintre femeile isterice într-un loc sigur. Ludwig era genul de om care se gândea la ceilalți înainte să se preocupe de sine însuși.

— Sofia? Te simți bine? se îngrijoră Elin.

— Sunt bine, răspunse ea, împăturind ziarul într-un dreptunghi perfect. Trebuie să duc ziarul ăsta sus, la doamna Anderson.

— Sofia, așteaptă, zise Elin. Nu ne-ai spus de ce a vrut să te vadă ieri doamna Anderson.

— Ăă... mi-a cerut să cânt pentru invitații ei. Numai gândul acesta o făcea pe Sofia să se cutremure de teamă.

— Și ce i-ai răspuns?

— I-am spus că... că voi cânta.

CAPITOLUL 27

În acea zi după prânz, Kirsten puse înapoi în mâna lui Elin moneda pe care aceasta tocmai i-o dăduse.

— Nu, păstreaz-o, nu o vreau.

— Eşti sigură? o întrebă Elin. În fiecare zi de salariu, Elin le lăsa surorilor sale douăzeci şi cinci de cenți pentru ele însele, înainte să trimită restul de bani către tinerii din Wisconsin. Astăzi, refuzul lui Kirsten o îngrijoră. De mai multe zile deja, Kirsten nu mai era fata energică şi bătăioasă care fusese până atunci. Şi ea fusese cea care ceruse bani de buzunar, de la bun început.

— Nu am nevoie de nimic săptămâna asta. Trimite toți banii mei în Wisconsin.

— Cred că nici eu nu am nevoie de nimic, zise Sofia, lăsând monedele să cadă în palma lui Elin.

— Atunci niciuna dintre noi nu va avea bani de cheltuială, hotărî Elin. Îi trimit şi pe ai mei.

Unchiul Lars îi arătase lui Elin cum să transfere banii către Wisconsin la biroul Western Union, iar ea mergea la biroul acesta în fiecare săptămână, în după-amiaza ei liberă, ca să-i transfere. Ea şi surorile ei datorau 120 de dolari pentru bilete şi, după ce trimiseseră 11,25 dolari în prima săptămână şi doisprezece dolari în această săptămână, mai aveau de înapoiat 96,75 dolari. În aceste condiții, Elin calculă că vor trebui să mai lucreze pentru încă cel puțin opt săptămâni. Dar mai aveau cel puțin o duzină de camere de curățat în vilă, plus sala de bal de la etajul trei care era imensă, aşa că Elin ştia că vor fi ocupate pentru cel puțin opt săptămâni.

Era un drum lung, dar Elin nu se grăbi, bucurându-se în schimb de ziua caldă de iunie. Nici nu ştia ce să facă cu luxul de a avea o după-amiază liberă, doar pentru ea, însă îi plăcea să se plimbe în tihnă la aer curat după ce stătuse închisă toată săptămâna în casă, luptându-se cu praful şi cu pânzele de păianjen.

Elin transferă banii, apoi se duse la pensiune ca să vadă dacă nu sosise vreo scrisoare pentru ele.

— Să nu uiți s-o întrebi pe mătuşa Hilma despre prietenul meu din Germania, îi aminti Sofia înainte să plece. Era ciudat, deoarece Kirsten nu mai cerea deloc să tragă o fugă până la pensiune pentru a verifica corespondența.

— A sosit doar una, o anunță mătuşa Hilma pe Elin când aceasta ajunse. Mătuşa Hilma îi făcu semn din cap să meargă la măsuța din hol, fără să se oprească din curățatul cartofilor. Şi, îți spun de pe acum, n-a venit nimeni din Germania.

Elin împinse uşa batantă şi intră în hol, surprinsă să vadă că plicul îi era adresat ei. Timbrul din colț era din America. Pe cine cunoştea ea în America? Elin întoarse plicul să vadă adresa expeditorului şi văzu că plicul venea de la un anume Gunnar Pedersen din Wisconsin. Probabil era unul dintre bărbații care plătiseră pentru biletele lor. Elin deschise plicul cu atenție şi citi rândurile scrise în suedeză.

Dragă domnişoară Carlson,

Vă mulțumesc pentru scrisoarea dumneavoastră. Am fost cu toții foarte dezamăgiți să aflăm că dumneavoastră şi surorile dumneavoastră nu veți mai veni în satul nostru, aici în Wisconsin. Asta înseamnă că vom rămâne singuri în continuare. Ca să fiu sincer, cei patru prieteni ai mei au fost furioşi şi nu v-au primit scuzele atât de bine. Însă eu le accept, deoarece cred că înțeleg de ce dumneavoastră şi surorile dumneavoastră ați ezita să veniți atâta drum, ca să cunoaşteți cinci bărbați străini. Astfel că voi împărți banii pe care i-ați trimis săptămâna trecută celor mai supărați prima dată, ca să-şi poată căuta alte mirese de îndată.

Însă, vreau să ştiți că sunteți încă binevenite aici, să vedeți cu ochii dumneavoastră cum este comunitatea noastră. Poate veți fi încântate şi, poate vă va plăcea şi unul dintre noi. Dacă nu, ar fi frumos să ne scriem unul altuia din când în când. Nu pentru că aş aştepta ceva în schimb – ci doar pentru că sunt singur, şi ar fi foarte plăcut să vă citesc scrisorile.

Dacă nu vă deranjează, vă voi spune câte ceva despre mine, iar data viitoare când îmi scrieți, puteți să-mi spuneți şi dumneavoastră câte ceva despre cum sunteți. Eu am douăzeci şi unu de ani şi două surori, la fel ca dumneavoastră, însă ele sunt mai mari decât mine şi sunt deja căsătorite. În America am venit împreună cu familia mea când aveam zece ani, şi l-am ajutat pe tata să parceleze pământul. Eu şi tatăl meu avem şaizeci de acri, dar poate că vom mai cumpăra pământ, când vom putea. Vacilor noastre le merge foarte bine în climatul acesta, care seamănă mult cu cel de acasă. Pe o parte din pământul nostru se întinde o vale mică şi frumoasă, înconjurată de dealuri acoperite cu copaci. Aici îmi voi construi eu căsuța. Toată lumea din comunitate ajută la construirea caselor din lemn, dar pe măsură ce fermele noastre prosperă, putem să le facem mai mari şi să adăugăm alte camere, să le acoperim cu şindrilă şi să le vopsim într-o culoare frumoasă. Acesta este visul meu pentru casa mea. Aş vrea să fie mare şi călduroasă, şi plină de copii.

În timpul liber, îmi place să creez lucruri din lemn. Lumea spune că mă pricep destul de bine – deşi ştiu că sună ca şi cum m-aş lăuda, şi nu vreau să fac asta. Însă am făcut mobilă pentru familia mea, inclusiv un leagăn pentru primul copilaş al surorii mele. Oamenii m-au întrebat dacă nu pot să mai fac nişte leagăne pentru copiii lor. Aşa că, deşi nu veți veni în satul nostru, voi avea o grămadă de lucruri cu care să-mi ocup timpul în iarna aceasta. Spun asta ca să nu vă simțiți prost că nu ați venit.

Aş vrea să continui să vă scriu, dacă acceptați, pentru că în scrisoarea dumneavoastră ați părut o persoană foarte sufletistă. Aş vrea să ştiu ce vă place să faceți şi cum trăiți şi dacă vă place America la fel de mult cum îmi place mie. De asemenea, ce anume vă lipseşte de acasă şi ce vă place în America până acum.

Voi încheia acum, având în vedere că am şi umplut foaia aceasta, însă sper că nu vă va deranja să vă scriu. Şi sper că putem să devenim prieteni. Vă rog să credeţi că nu mă aştept la nimic altceva. Doar că e foarte plăcut să te mai aştepte o scrisoare în căsuţa poştală, din când în când.

Cu sinceritate,

Gunnar Pedersen

Dintr-un motiv anume, scrisoarea lui Gunnar Pedersen o făcu pe Elin să zâmbească. Îşi închipui casa lui Gunnar cuibărită la poalele dealurilor acoperite cu copaci şi îşi imagină cât de frumos ar fi să trăiască din nou la o fermă, lângă pădure, într-un loc unde era linişte şi pace, departe de zgomotul şi mirosul urât al oraşului.

Elin se gândi că nu i-ar fi deloc greu să-i scrie nişte rânduri în fiecare săptămână, când trimitea banii. Dar oare ce să-i spună despre ea? Nu avea mai nimic de spus. Poate că Sofia sau Kirsten ar trebui să-i scrie. Cine ştie? Poate că schimbul de scrisori va lega o poveste de dragoste pentru una dintre ele. Gunnar Pedersen îi ceruse lui Elin să-i scrie, spunându-i că părea o persoană foarte sufletistă, însă el nu ştia adevărul despre trecutul ei.

Elin împături scrisoarea la loc şi o puse în plic. Ajunse înapoi la vilă cu mult înainte ca după-amiaza să se fi scurs, dar nu avea unde să meargă altundeva. Elin îşi găsi surorile la etaj, făcând curat într-unul din numeroasele dormitoare. Sofia vâna ghemotoace de praf cu o cârpă de praf fixată pe un băţ, în timp ce Kirsten spăla ferestrele cu soluţie de oţet şi ziare mototolite. Mirosul de tartă îi lăsă gura apă lui Elin.

— *Hej*, m-am întors, le anunţă ea. Îmi pare rău, Sofia, dar prietenul tău german nu a venit nici acum. Şi a sosit o singură scrisoare de la unul dintre burlacii din Wisconsin. Vreţi să v-o citesc?

— Nu, mulţumesc, zise Kirsten, continuând să lucreze fără ca măcar să se întoarcă. Depresia tot mai adâncă în care intrase Kirsten o îngrijora pe Elin, care o văzuse înlăcrimată de mai multe ori când Kirsten credea că nu o vedea nimeni. În timp ce făceau curat, Kirsten nu mai scotea niciun cuvânt, şi părea la fel de deznădăjduită ca Sofia în timpul călătoriei spre America.

— S-a întâmplat ceva, Kirsten? Ea clătină din cap. Sper că mi-ai spune dacă s-a întâmplat ceva.

— Sunt bine, nu mă mai sâcâi, zise ea, adunându-şi grămada de ziare mototolite şi ieşind din cameră.

— Sofia, tu ştii ce e cu ea?

— Nu, nu chiar...

— Hai, Sofia, dacă ştii ceva, te rog să-mi spui. Încă de când am ajuns, Kirsten era atât de nerăbdătoare să primească o scrisoare, iar acum nici măcar nu mai întreabă dacă a primit ceva.

— Poate că a primit vreo scrisoare zilele trecute şi nu ne-a spus.

— Dar singura persoană de acasă care s-ar putea să-i scrie este Nils, iar el nu a scris nimănui. Sunt sigură că ne-ar fi spus dacă Nils ar fi dat de veste.

— Nu, Nils nu e singurul.

— Te rog, Sofia. Spune-mi ce se întâmplă. Cum aş putea s-o ajut dacă nu ştiu ce e în neregulă cu ea?

Sofia rămase cu privirea în podea, cu cârpa în mână. Când se hotărî în sfârşit să vorbească, aproape că şopti.

— În timp ce te aşteptam pe Insula Ellis, Kirsten mi-a spus că e îndrăgostită de Tor Magnusson.

— Fiul proprietarului magazinului? Dar el era prietenul lui Nils, nu al ei.

Sofia clătină din cap.

— Nu-ți aminteşti că Sofia vorbea mereu cu Tor duminica, după biserică? Şi el venea pe jos la fermă să o vadă, chiar şi după ce Nils a plecat de acasă? Kirsten mă convingea tot timpul să-i fac treaba, ca să poată să se întâlnească cu el.

— Cred că nu am observat niciodată, zise Elin. Fusese preocupată cu propriile-i probleme.

— Îți aminteşti când Kirsten te-a lăsat să aştepți în gară, în ultima zi petrecută în sat? continuă Sofia. Kirsten s-a dus la magazinul lui Magnusson să-şi ia rămas bun de la Tor.

— De ce nu mi-a spus că era îndrăgostită de el? Nu aş fi convins-o să vină...

— Nu, s-a întâmplat ceva. Nu mi-a spus ce, dar cred că are legătură cu felul în care a murit tata. Tor i-a frânt inima, Elin. De asta s-a hotărât să vină în America. Când şi-a luat rămas bun de la el în ultima zi, era foarte furioasă. I-a spus că pleacă şi că n-o va mai vedea niciodată, însă Tor a continuat să măture şi nu i-a dat nicio atenţie.

— O să vorbesc cu ea.

Sofia o luă de braţ ca s-o împiedice.

— Nu, Elin. Nu vorbi cu ea. Nu vreau să ştie că ţi-am povestit despre secretele ei. Şi-apoi, nu e treaba ta să ai grijă de noi.

— Dar i-am promis mamei...

— Ştiu, ştiu, zise Sofia dându-şi ochii peste cap. Ne spui asta tot timpul. Şi ai făcut o treabă bună, Elin, dar nu mai suntem copii. Nici mama, dacă ar trăi, nu ar putea face nimic pentru Kirsten. Mama nu l-ar fi putut face pe Tor s-o iubească sau să fie de acord să se însoare cu ea, şi nici tu nu poţi. Nu ai tu puterea să le rezolvi pe toate.

Cuvintele Sofiei o mirară pe Elin. Oare asta făcea? Încerca să rezolve totul? Dacă da, nu făcea o treabă foarte bună. Elin se aşeză năucă pe marginea patului, copleşită de sentimentul eşecului.

— Dar vreau atât de mult să le rezolv pe toate, zise ea. V-am promis ţie şi lui Kirsten o casă nouă. Şi eu vreau o casă nouă. V-am făcut să bateţi tot drumul ăsta şi acum, parcă totul e aiurea.

Elin îşi aminti că scrisese în jurnalul ei despre cât de pustiită se simţea, exact ca o oaie proaspăt tunsă, lipsită de tot ceea ce o încălzise şi o alinase vreodată. Elin fusese atât de hotărâtă să nu se mai simtă niciodată aşa, şi avusese atâtea speranţe că ceea ce pierduse îi va fi înapoiat pe o altă cale! Însă ea şi surorile ei nu aveau nici acum o casă care să fie a lor. Elin ştia că merita să fie pedepsită pentru ceea ce făcuse, dar de ce oare le pedepsea Dumnezeu pe Sofia şi pe Kirsten?

Nu depindea de ea să rezolve totul. Cu toate acestea, Elin avusese grijă de surorile ei atâta timp, încât acum nu mai ştia cum să se oprească. Ce alt scop mai avea în viaţă, în afară de acesta? Elin îşi dădu seama că îi era teamă să-şi trăiască propria viaţă, teamă că deja îşi distrusese viaţa fără putinţă de întoarcere.

— Nu eşti Dumnezeu, îi spuse Sofia încet. Nu depinde de tine să controlezi totul, Elin.

— Ştiu. Însă Dumnezeu nu a făcut o treabă foarte bună în a avea grijă de noi.

— Poate că doar aşa pare. Poate...

Uşa de la dormitor se deschise brusc şi doamna Olafson îşi făcu apariţia ţinând tava cu prânzul în mâini.

— Aici eraţi. Aruncaţi o privire la tava asta. Doamna Anderson nici nu s-a atins de mâncarea de prânz, vedeţi? Iar de dimineaţă i-am dus micul dejun şi mi l-a trimis înapoi tot neatins.

— Ştiţi ce s-a întâmplat cu ea? întrebă Elin.

— *Nej*. Mă tem să deschid gura neîntrebată. Şi iată, adăugă ea, uitându-se la picioare. Pisica doamnei Anderson mergea în cerc în jurul picioarelor bucătăresei, apoi se uită la Elin şi scoase un mieunat sfâşietor. Vedeţi? Nu se poartă niciodată aşa. Nu pleacă niciodată de lângă ea. Ceva nu e în regulă, vă spun eu.

— Poate ar trebui să merg la dânsa, zise Elin.

Lui Elin îi era groază să dea ochii cu stăpâna lor – regina din poveste, după cum îi spunea Sofia – de teamă că doamna Anderson s-ar putea înfuria şi le-ar da afară pe toate trei. Cu toate acestea, Elin traversă holul către dormitorul ei, cu pisica păşind legănat alături de ea. Uşa era întredeschisă şi Elin auzi loviturile bastonului doamnei Anderson, care se plimba prin faţa ferestrelor. Elin bătu la uşă.

— Cine e?

— Elin Carlson, doamnă.

— Nu am trimis după tine.

— Ştiu că n-aţi trimis după mine, doamnă, dar ne întrebam dacă sunteţi bine.

— Şi de ce nu aş fi?

— Doamna Olafson a spus că nu v-aţi atins de mâncare.

— Obiceiurile mele alimentare nu o privesc – şi de altfel, nu te privesc nici pe tine. Te-am angajat ca să faci curat, nu ca să te amesteci în treburile mele. Pleacă.

Doamna Anderson îşi continuă plimbarea, în timp ce Elin rămase locului, neştiind ce să facă. În cele din urmă, îngrijorarea ei pentru sănătatea micuţei femei fu mai puternică decât teama de a fi concediată. Elin deschise uşa şi intră.

— Ţi-am cerut eu să intri? Doamna Anderson era în capot, iar părul îi atârna liber în două cosiţe lungi.

— Nu… dar am vrut să văd dacă sunteţi bine.

— Ei bine?

— Cred că şi motanul dumneavoastră îşi face griji pentru dumneavoastră, pentru că a venit la noi şi a mieunat, cerând atenţie.

— Trădătorule! îi strigă ea pisicii. Tomte intrase în dormitor înaintea lui Elin şi stătea la picioarele stăpânei lui, mişcându-şi coada nervos.

— Dacă chiar vrei să ştii, am avut nişte dureri dimineaţa asta – dar să nu îndrăzneşti să le spui fiului meu sau soţiei lui!

— Să trimit după doctor?

— Nu, n-am nevoie de cretinul ăla. Doamna Anderson nu mai spuse nimic un timp, iar când vorbi din nou, vocea îi era îmblânzită. Am o inimă cu probleme, ştiu asta de mulţi ani. Tocmai de aceea m-au prevenit că nu ar mai trebui să am copii după naşterea lui Gustav. Am avut scarlatină când am fost mică.

— Nu luaţi niciun medicament?

— Doctorul mi-a dat nişte pastile pe care le-am luat. Durerea va trece peste puţin timp, numai că mi-e prea greaţă ca să mănânc, asta-i tot.

— Mama mea m-a învăţat să fac ceai cu puţină mentă, bun împotriva greţii. Nu vreţi să vă fac puţin ceai?

— Hmm. Am şi gleznele umflate – ai vreun leac şi pentru asta?

— Da, doamnă. O baie cu sare Epsom. Vi le pregătesc pe amândouă, dacă doriți. Doamna Anderson nu se împotrivi, aşa că Elin se puse pe treabă.

Doamna Olafson avea toate ingredientele pentru ceai, iar Sofia fugi până la cea mai apropiată farmacie să cumpere sare Epsom. Imediat ce doamna Anderson îşi cufundă picioarele în apa caldă cu sare, durerea îi trecu, şi după ce-şi sorbi şi ceaiul, putu să mănânce puțină pâine prăjită cu gem de merişoare.

— Ştii să umbli cu gramofonul? o întrebă ea pe Elin. Aş vrea să ascult nişte muzică în timp ce mănânc, zise ea, arătând spre un aparat aşezat pe o etajeră, lângă fereastră. Pe o margine avea o manivelă, iar pe cealaltă – o pâlnie imensă.

Doamna Anderson îi arătă lui Elin cum să introducă discul lăcuit în maşinărie şi să învârtă manivela, şi o clipă mai târziu, se auzi valsul „Dunărea Albastră". Elin abia aştepta să le spună Sofiei şi lui Kirsten că descoperise originea muzicii misterioase pe care o auziseră. Dar ce minune era mica maşinărie – o orchestră într-o cutie!

— Aşa e mult mai bine, zise doamna Anderson, luând ultima îmbucătură de pâine prăjită. Iar acum aş vrea să mă îmbrac şi să cobor în salonaş.

Elin vru s-o sfătuiască să rămână la etaj şi să se odihnească, dar se răzgândi. Salonaşul care era scăldat de lumina soarelui era mult mai tihnit şi vesel decât dormitorul ei imens. Elin o ajută pe doamna Anderson să se îmbrace şi să coboare scările. Regina din poveste se aşeză în spatele unui mic birou şi începu să-şi deschidă scrisorile primite, după care scoase la iveală o listă cu nume.

— Voi da o petrecere de Ajunul Solstițiului de vară, îi spuse ea lui Elin. Cu ani în urmă, acasă în Suedia, era sărbătoarea mea favorită. Apoi când ne-am mutat în America, soțul meu a insistat să stăm treji în cea mai scurtă noapte din an. Invitațiile sunt trimise deja.

— Credeți că e înțelept să dați o petrecere, dacă nu vă simțiți bine?

Doamna Anderson o țintui cu privirea, și își țuguie buzele nemulțumită, ca și cum s-ar fi abținut de la un comentariu acid.

— Îmi cer scuze, spuse Elin.

— Să nu începi să-mi spui ce ar trebui să fac, Elin. Am și așa destui care încearcă să facă asta.

— Am vrut doar să spun că având în vedere problemele cu inima, poate ar trebui s-o luați mai ușor câteva zile și să dați petrecerea altă dată.

— Nu mă aștept să înțelegi, ești tânără, însă într-o zi vei ajunge la vârsta mea... de fapt, mai devreme decât crezi. Zilele trec în zbor, tot mai repede cu fiecare an, ca niște cai ce galopează spre linia de sosire. Iar într-o zi te vei trezi și vei vedea o femeie bătrână uitându-se la tine în oglindă.

Elin nu îi răspunse. Doamna Anderson continuă, cu un ton neobișnuit de blând.

— Eu vreau să-mi trăiesc viața cât de mult pot, vreau să mă bucur de lucrurile care îmi fac plăcere – de exemplu, petrecerea asta. Dacă însă voi cădea lată și mă va lăsa inima, prefer să fac asta ținând în mână un pahar de vin bun și petrecând cu prietenii mei, mai degrabă decât zăcând într-un pat de suferință așteptând să mor.

Elin încuviință din cap, tăcută.

— Acum spune-mi, zise doamna Anderson cu vocea ei puternică și aspră ca de obicei, voi știți cum să serviți oaspeții la o petrecere formală?

— Nu, doamnă.

— Știți cum se pune masa? Cum să aranjați toate paharele și tacâmurile?

— Nu, îmi pare rău.

— Ei bine, atunci va trebui să vă arăt. Am invitat unsprezece persoane, plus eu. Vom începe seara în salon, cu aperitive și băuturi.

Elin habar nu avea ce erau acelea, dar nu vru s-o întrerupă.

— Felul principal se va servi în sala de mese, desigur, după care vom servi cafea și desert și ceva băuturi ușoare în salon. Mă aştept să fie o seară foarte plăcută. Am pregătit un meniu pentru doamna Olafson, zise ea, dându-i lui Elin o altă foaie de hârtie. Vreau să pregătească toate bunătățile specifice Solstițiului de vară – heringi marinați, cartofi noi cu mărar şi smântână, căpşuni şi frişcă. Una dintre voi va trebui s-o ajute la bucătărie, cu toate felurile de mâncare.

— Da, doamnă. O vom ajuta bucuroase.

— S-ar putea să trebuiască să mergeți la piață cu ea, şi s-o ajutați cu cumpărăturile. Tu şi Kirsten veți servi musafirii, însă Sofia nu trebuie să-şi pună uniforma de servitoare. Vreau să fie foarte elegantă. V-a spus că va cânta pentru noi?

— Ne-a spus. Dar cred că e îngrozită de gândul acesta.

— Treaba ei. Mi-a făcut o promisiune. Are ceva drăguț cu care să se îmbrace?

— Hainele ei de duminică sunt foarte... ei bine, foarte suedeze, doamnă. Sunt hainele pe care le-am purtat în ziua în care ne-ați angajat. Atunci ați spus că arătam ca nişte țărăncuțe.

— Nu, nu, nu. Hainele alea nu-i vor servi la nimic. Du-te mâine dimineață cu ea la magazinul lui Marshall Field şi cumpără-i ceva frumos de îmbrăcat. Îți voi da cartea mea de vizită şi o scrisoare de prezentare. Spune-le să treacă totul în contul meu... Şi apropo, de ce nu eşti îmbrăcată cu uniforma? De ce eşti în haine de stradă?

Elin nu-şi aminti imediat motivul.

— Pentru că... ei bine, e după-amiaza mea liberă şi...

— Şi ai făcut toate astea pentru mine în ziua ta liberă?

— Da, doamnă.

— Hmm... atunci cred că ar trebui să-ți dau liber jumătate de zi mâine.

— Nu e nevoie, doamnă. Am terminat azi tot ce aveam de făcut.

Doamna Anderson se forță să se ridice, iar Elin se aplecă s-o ajute, luându-i brațul. Regina din poveste nu se mai împotrivi, cum făcuse până atunci.

— Vom merge în sala de mese acum, şi vă voi învăța cum să puneți masa şi să serviți felurile de mâncare aşa cum se cuvine.

Doamna Anderson traversă holul şchiopătând, oprindu-se să se uite în bibliotecă. Stătu o vreme în pragul uşii, după care se întoarse şi intră în salon, uitându-se de jur împrejur. Apoi, traversă holul şi intră în sala de mese.

— Ați făcut o treabă minunată, zise ea. Vocea îi era foarte moale şi un pic emoționată. Casa mea arată frumos din nou. Vă mulțumesc.

CAPITOLUL 28

Clinchetul soneriei de la uşa de la intrare răsună în tot antreul. Kirsten deschise uşa enormă, iar în prag apăru un cuplu de suedezi de vreo treizeci de ani, îmbrăcaţi după modelul american.

— *God afton**, salută ea. *Välkommen.* Pot să vă iau hainele?

Doamna Anderson îi dăduse lui Kirsten sarcina de a deschide uşa musafirilor ei la cină şi de a le lua hainele şi pălăriile. Kirsten conduse tânărul cuplu în salon, unde Elin servea aperitive şi punci. Kirsten o trase deoparte.

— Credeam că toţi oaspeţii reginei din poveste vor fi în vârstă, ca şi ea, îi şopti Kirsten.

— Şşş. Nu uita că doamna Anderson aude foarte bine.

— Şi de ce crezi că şi-a invitat fiul şi pe nevasta lui? Am crezut că nu se înţeleg.

— Aşa e, dar cred că vrea să le demonstreze că e sănătoasă şi capabilă să trăiască singură.

— Aşa şi e? Adică e sănătoasă?

Elin dădu din umeri.

— Cine ştie?

— Cred că Sofia îşi roade unghiile de nervi, stând ascunsă în bucătărie şi aşteptând s-o cheme să cânte. Oare cum e?

— Ultima dată când am fost în bucătărie, era ocupată s-o ajute pe doamna Olafson cu cina. Acum hai să ne întoarcem la treabă.

Elin continuă să le servească noilor oaspeţi nişte punci, iar Kirsten se întoarse în grabă în antreu. Afară era încă lumină în ajunul celei mai lungi zi din an, chiar dacă Chicago nu era un oraş atât de nordic ca Suedia. Kirsten se întrebă dacă Tor sărbătorea festivalul acasă, şi dacă urmărea dansul fetelor din sat, în jurul

---

*În suedeză, *Bună ziua,* (n.ed.).

stâlpului decorat cu panglici. Ajunul Solstiţiului de vară era o noapte magică pentru dragoste. Conform tradiţiei, dacă culegeai şapte feluri diferite de flori sălbatice la întoarcerea acasă de la festivităţi şi le puneai sub pernă, îţi visai viitorul soţ. Kirsten ar fi putut să jure că îl visase pe Tor.

Clinchetul soneriei o trezi din reverie, iar când Kirsten deschise uşa, domnul neînsoţit care stătea în prag îi păru cunoscut. Abia în următoarea clipă realiză că era bărbatul care o auzise plângând la pensiune, cu o săptămână în urmă, şi îi împrumutase batista lui.

— Oh, dumneavoastră sunteţi! ... Hmm, domnul Lindquist, nu-i aşa?

— Da, zise el încruntându-se, ca şi cum ar încerca să-şi amintească unde o mai văzuse. Sprâncenele deschise la culoare se uniră gânditoare, cu câteva nuanţe mai deschise decât părul şi mustaţa de culoarea nisipului. În ziua în care se întâlniseră, Kirsten nu se uitase cu atenţie la el, dar acum, după ridurile fine din jurul ochilor, îşi dădu seama că bărbatul era cu cel puţin zece ani mai în vârstă decât ea.

— Ah, da, zise el într-un sfârşit. Sunteţi domnişoara de la... sunteţi nepoata doamnei Larson, nu-i aşa?

— Da, rosti Kirsten cu privirea în podea, stânjenită la gândul că îşi pierduse stăpânirea de sine în faţa lui. Intraţi, vă rog. Vă iau eu pălăria şi mantoul. Bărbatul şi le scoase, iar Kirsten le luă şi aşeză haina pe braţ. Pe aici, vă rog. Doamna Anderson şi musafirii dumneaei sunt în salon.

— Nu vă deranjaţi să mă conduceţi, găsesc eu salonul. Kirsten îl privi îndepărtându-se şi observă ce frumos era îmbrăcat. Bărbatul era zvelt şi asta îl făcea să pară încă şi mai înalt decât îşi amintea Kirsten. Se gândi că era ciudat că venise singur, apoi realiză că dacă ar fi avut o soţie, nu ar fi stat la pensiunea mătuşii Hilma.

În timp ce Kirsten ridică mantoul de pe braţ ca să-l pună pe umeraş în dulap, din buzunar căzu ceva pe podea. Kirsten se aplecă şi ridică un portvizit din piele, de mărimea unei palme.

Înăuntru era o fotografie cu domnul Lindquist împreună cu o femeie şi un copilaş. Femeia era foarte frumoasă, avea părul de un blond foarte deschis şi nişte trăsături delicate. Băiețelul, care avea vreo doi anişori, semăna foarte bine cu mama lui, inclusiv părul lui deschis la culoare. Probabil că domnul Lindquist stătea la pensiune în timp ce îşi aştepta familia să sosească din Suedia.

Privind fotografia, ochii lui Kirsten se umplură de lacrimi, amintindu-şi de Tor şi de copilul despre care nu ştia că există. Ei trebuiau să fie împreună, să formeze o familie ca cea din fotografie. Dar era imposibil. Visul ei, acela de a-şi trăi viața împreună cu Tor nu avea să se realizeze niciodată. Kirsten îşi şterse lacrimile în grabă şi puse fotografia înapoi în buzunarul hainei domnului Lindquist.

Faptul că-l întâlnise din nou, îi reînvie lui Kirsten durerea, o făcu să retrăiască ziua în care citise acea scrisoare îngrozitoare de la tatăl lui Tor. Kirsten închise ochii şi trase adânc aer în piept, ca să-şi recapete stăpânirea de sine. Trebuia să treacă de seara aceasta fără să cedeze, iar mai târziu, noaptea, singură în patul ei, va putea să-şi dea frâu liber lacrimilor. În momentele acelea se chinuia cu întrebarea la care nu avea încă nu răspuns: Ce va face cu copilul?

Mai târziu, petrecerea se mută în sala de mese, iar Kirsten se concentră să servească masa pentru doamna Anderson şi cei unsprezece oaspeți ai ei. Cel mai tare se temea să nu verse ceva pe unul dintre musafiri şi astfel să le strice seara. Minuțiosul festin progresa încet, luând câteva ore, iar Kirsten trase cu urechea la conversația de la masă în timp ce servea. Astfel află că domnul Lindquist lucra la ziarul suedez fondat de soțul doamnei Anderson, pe care îl conducea în prezent fiul acesteia. De fapt, majoritatea musafirilor aveau o legătură sau alta cu ziarul.

Când se ajunse la desert, pe Kirsten o dureau deja picioarele, dar cel puțin munca îi ținea gândul departe de supărarea ei.

— Acestea sunt ultimele farfurii cu desert, anunță ea, intrând în bucătărie pe uşa batantă. Cred că sunt gata să... Kirsten se opri brusc. Sofia îmbrăcase noua fustă şi noua cămaşă pe care ea şi

Elin le cumpăraseră de la magazinul american. Elin o ajutase să-şi prindă părul sus. Astăzi, Sofia împlinea şaptesprezece ani.

— Sofia, arăţi minunat, îi spuse Kirsten. Petrecerea asta ar fi trebuit să fie pentru tine.

— Am fost atât de prinse cu pregătirile pentru cină, zise Elin, încât nu am apucat să facem nimic ca să sărbătorim. Nici măcar nu ţi-am cumpărat un cadou.

— Nu-i nimic, răspunse Sofia.

— I-am promis că-şi va putea lua ceva dulce în următoarea zi pe care o va avea liberă, zise Elin.

— Dar n-am nevoie de nimic. Hainele astea noi sunt cel mai frumos cadou pe care l-am primit vreodată de ziua mea.

Fusta lungă, neagră, era simplă, dar elegantă, iar bluza din mătase albă avea nenumărate pliuri mici şi volănaşe delicate care o făceau pe Sofia să arate ca o prinţesă. Însă Sofia era la fel de albă precum cămaşa pe care o purta.

— Te simţi bine? o întrebă Kirsten. Arăţi de parcă o să leşini dintr-o clipă în alta. Poate mai bine te-ai întinde câteva minute.

— Nu se poate, zise Elin. Trebuie să meargă să cânte imediat.

— Simt că nu pot să respir. Nici nu ştiu cum voi reuşi să cânt.

— Nu te-am strâns prea tare, nu? o întrebă Elin.

Sofia clătină din cap. Era speriată de moarte.

— Nu-ţi face griji, încercă s-o liniştească Elin. Toţi musafirii sunt nişte oameni foarte cumsecade.

— Cu excepţia nurorii Bettina, adăugă Kirsten.

— Ei bine, da. Cu excepţia ei. Dar nu-i auziţi râzând? Toată lumea se simte foarte bine. Nu cred că ai motive să-ţi faci griji. Ai o voce foarte frumoasă, Sofia. Vor fi încântaţi să te asculte.

— Ce le vei cânta? o întrebă Kirsten.

Sofia ţinu sus cartea de cântece a mamei lor.

— Câteva cântece de aici. Am căutat în valiză după cartea mamei. Mâna îi tremura ca o ramură în bătaia unui viscol de iarnă. Kirsten nu ştiu ce să-i spună ca să-i înlăture teama, aşa că o trase spre ea şi o îmbrăţişă.

Când veni timpul ca Sofia să se alăture oaspeților din salon, Kirsten o luă de braț și o conduse spre ușă.

— Închide ochii și imaginează-ți că-i cânți bărbatului pe care îl iubești, îi șopti ea Sofiei.

Sofia dădu din cap, apoi inspiră adânc și își făcu apariția în cameră.

Kirsten și Elin ascultară la ușă cum doamna Anderson o prezentă pe Sofia, fără să menționeze că era de fapt, servitoarea ei, spunând doar că ajunsese de curând din Suedia și că le va cânta. Una dintre musafire fu de acord să o acompanieze la pian, și în clipa în care Sofia începu să cânte, în cameră se așternu liniștea. Avea o voce cu adevărat deosebită, și părea să cânte fără cel mai mic efort, astfel că nimeni nu își dădu seama câte emoții avea. Pe Kirsten o trecură fiorii, ascultând-o.

Sofia era atât de tânără, de nevinovată și de frumoasă. Avea toată viața înainte, plină de promisiuni, însă dacă se afla despre copilul lui Kirsten, viitorul îi va fi distrus.

— Kirsten, tu plângi, se îngrijoră Elin. Ce s-a întâmplat?

— Nimic. Kirsten își șterse obrajii și minți. Doar că sunt atât de mândră de mica noastră Sofia. Arată minunat, nu-i așa?

Kirsten se întrebă cât timp va mai reuși să-și ascundă disperarea. Zi după zi, se gândea neîncetat la copil și la Tor, precum și la situația fără ieșire în care se afla. Surorile ei începuseră să vadă că era tristă tot timpul și o auziseră plângând în toiul nopții. Deja începeau să pună prea multe întrebări și, în ciuda faptului că adevărul era o povară mult prea grea pentru umerii ei, nu suferea gândul de a se descărca în fața surorilor ei. După ce citise jurnalul lui Elin, Kirsten știa cât de mult suferise și ea, iar acum, odată ce adevărul va deveni evident, Elin și Sofia vor fi disprețuite și mai mult. Măcar dacă ar ști ce să facă.

În clipa în care Sofia termină de cântat, doamna Anderson și musafirii ei începură s-o aplaude. Ceruseră cântec după cântec, toate cântecele din folclor care se cântau în mod tradițional în Ajunul Solstițiului de vară. Kirsten aruncă o privire pe ușă şi văzu că Sofia începuse să se relaxeze, iar după zâmbetul timid de pe chipul ei, Kirsten îşi dădu seama că se simțea bine cântând.

— Silvia, e disponibilă fata? o întrebă una dintre musafire pe doamna Anderson. Mi-ar plăcea tare mult să cânte şi la una din petrecerile mele.

— E o altă Jenny Lind, Privighetoarea suedeză, zise altcineva.

La puțin timp după ce oaspeții începură să se retragă, Kirsten urcă în grabă la etajul trei şi luă batista domnului Lindquist, pe care o spălase, apretase şi călcase, şi i-o înapoie când îi dădu mantoul.

— Vă mulțumesc pentru amabilitatea dumneavoastră din ziua aceea, domnule Lindquist.

— Nu aveți de ce.

După ce îşi îmbrăcă haina, bărbatul îşi duse mâna stângă în buzunar şi se încruntă mirat. Căută apoi repede şi în celălalt buzunar, iar pe chip îi apăru o expresie de uşurare când scoase din buzunar portvizitul din piele. Kirsten îl pusese în buzunarul greşit. Bărbatul o privi oarecum ciudat şi îşi introduse portvizitul în buzunarul stâng. Kirsten se întoarse să ia din dulap paltonul unui alt musafir, iar domnul Lindquist îi spuse noapte bună.

Când Kirsten şi surorile ei terminară de strâns şi de spălat toate vasele, era deja miezul nopții. Kirsten era amorțită de oboseală şi pe punctul de a ceda supărării. În schimb, sus în dormitorul lor, Sofia strălucea de fericire în timp ce îşi îmbrăcă cămaşa de noapte.

— Ai fost grozavă, o lăudă Elin. Mi-aş fi dorit ca în seara asta să te fi putut asculta şi mama.

— Poate că m-a ascultat de acolo de sus, din rai, zise Sofia.

— Ar fi fost foarte mândră de tine, zise Kirsten. Eu cu siguranță am fost.

— Mâine este dimineața mea liberă, zise Elin, dar cred că ar trebui s-o ia Sofia. N-a fost corect să trebuiască să munceşti de ziua ta.

— Tu şi Kirsten aţi muncit mult mai mult decât mine. Şi-apoi, mai degrabă mi-aş lua liberă seara pe care mi-a dat-o doamna Anderson, ca să nu lipsesc de la ora de engleză.

Kirsten ştia că motivul pentru care Sofia încerca să înveţe engleza era ca să poată să comunice cu bărbatul pe care-l întâlnise pe Insula Ellis. Sofia încă mai credea că el va încerca s-o găsească, chiar dacă trecuseră trei săptămâni de atunci. Kirsten încercase să o prevină despre suferinţa unei inimi frânte, dar Sofia nu o ascultase. Kirsten începu să şi-l închipuie pe Tor dansând cu o altă fată în jurul stâlpului decorat, iar gândurile negre o aduseră iar în pragul disperării.

— Kirsten? Elin îi vorbise ei, dar Kirsten era pe altă lume.

— Îmi pare rău. Ce spuneai?

— Ziceam că ar trebui să-ţi iei mâine dimineaţă liber şi să mergi la biserică. Ai fost foarte tristă în ultimele zile.

— Nu sunt *tristă*, zise ea iritată. De ce încerci să faci pe toată lumea să meargă la biserică în locul tău? De ce nu mergi *tu*?

— Deoarece cred că doamna Anderson este extenuată după petrecere şi ar trebui să rămân acasă ca să am grijă de ea.

Kirsten îşi bătu perna de câteva ori ca să înlăture ghemotoacele – şi ca să-şi alunge nervii – apoi se sui în pat.

— Bine. Dacă eşti atât de nesăbuită încât să renunţi la timpul tău liber, atunci îl iau eu bucuroasă.

A doua zi, Kirsten nu simţi imboldul să meargă la biserică, şi totuşi se îmbrăcă cu hainele ei de duminică şi ieşi din casă. Pe drum spre biserică putea să-şi lase lacrimile să-i curgă în voie pe obraji, iar după aceea, va merge în părculeţul din apropiere şi va sta un timp pe o bancă. Trebuia să se gândească ce să facă.

Poate că ar trebui să ia toţi banii din următoarea leafă şi să fugă undeva până după naşterea copilului. Dar unde? Din ce să trăiască? Kirsten nu avea nicio idee.

Ajunsă la biserică, Kirsten urcă scările preocupată, cufundată în gândurile ei. Cineva îi deschise uşa.

— Bună dimineața, domnișoară Carlson. Kirsten își ridică privirea, surprinsă. Era domnul Lindquist. Mi-a plăcut foarte mult cum a cântat sora dumneavoastră aseară. Are o voce excepțională.

— Da... mulțumesc pentru apreciere, mormăi ea intrând repede în biserică. Kirsten își aminti fotografia domnului Lindquist și îl urî. De ce nu putea și Tor să o iubească cum își iubea el soția, purtându-i poza oriunde mergea? De ce nu putea și Tor să fie un tată iubitor?

Kirsten nu reuși să cânte niciun imn. Abia putu să fie atentă la slujbă. Când însă se concentră din nou la slujbă, văzu că pastorul se pregătea să boteze un copil. Kirsten văzu cât de fericiți erau părinții și nu-și mai putu stăpâni lacrimile. Făcuse o greșeală că venise aici.

Kirsten se ridică în picioare și ieși în grabă din strană, indiferentă la câți oameni călca pe picioare în timp ce fugea afară din biserică. Kirsten pășea orbește, cu lacrimile scăldându-i obrajii, nefiind atentă și nepăsându-i pe unde mergea. Fără un nume sau un tată, copilul ei nu va fi niciodată botezat în biserică. Când se va afla adevărul, va fi exclusă din comunitatea religioasă. Își distrusese viața – și distrusese și viețile surorilor ei.

Kirsten își târa picioarele înainte, ca și cum ar fi înfruntat nămeți de zăpadă purtați de un viscol hain, fără nicio speranță să ajungă la destinație. Acum înțelegea disperarea tatălui ei, cum se simțise atât de înnebunit de durere, încât nu mai voise să trăiască. Nici ea nu mai voia să trăiască.

Ar trebui să-și curme viața chiar acum, cât surorile ei nu erau acolo s-o oprească. Tot ce trebuia să facă era să pășească în fața unui tramvai și să termine odată cu toate. Ea și copilul ei ar muri împreună. Tor și familia lui nu voiseră să audă de niciunul dintre ei.

Va acționa repede, fără să se gândească. Tatăl ei încercase să facă să pară că fusese un accident, și așa ar trebui să facă și ea. Tramvaiul aluneca pe șine ca un tren, dar trecea chiar prin centrul străzii, pe lângă toate trăsurile acelea trase de cai, deci nu ar putea să vireze ca s-o evite. Kirsten văzu unul venind şi ieşi din curbă, închizând ochii în timp ce se îndreptă spre el.

Însă în loc de impactul nimicitor al vehiculului, Kirsten simţi nişte braţe care o apucară de talie, trăgând-o deoparte. Îşi pierdu echilibrul şi căzu cu faţa în jos, aterizând greu pe pavaj. Persoana care o salvase se prăbuşi peste ea.

Kirsten se simţi uimită şi rănită... şi foarte dezamăgită să fie în viaţă. Scuipă praful pe care-l înghiţise şi simţi gustul de sânge de la buza pe care şi-o muşcase. Faţa şi braţele îi erau zgâriate de la caldarâmul din cărămidă şi o usturau.

— Sunteţi bine? o întrebă salvatorul ei în suedeză. V-am lovit? Kirsten se uită în sus în timp ce el făcea eforturi să se ridice.

Domnul Lindquist.

— Oh, nu, murmură ea.

Bărbatul îi întinse mâna ca s-o ajute să se ridice, dar Kirsten îşi acoperi faţa. El se aplecă s-o ridice în picioare, după care o conduse înapoi pe trotuar, asigurând mulţimea de oameni care începuse să se adune, că era în regulă. Le vorbi în engleză.

Kirsten începu să plângă, vrând să rămână acolo jos, în mijlocul trotuarului, însă domnul Lindquist o cuprinse ferm cu braţul şi o sprijini, ţinând-o în picioare. Kirsten nu vedea încotro se îndreptau din cauza lacrimilor care nu încetau să-i curgă pe obraji. Din fericire, el nu-i adresă niciun cuvânt.

În cele din urmă, se opriră în părculeţul din apropierea pensiunii. Domnul Lindquist o conduse la o bancă şi o sili să se aşeze. Kirsten ştia că ar fi trebuit să-i mulţumească pentru că-i salvase viaţa, dar nu se simţea recunoscătoare. Dacă ar fi murit, ar fi pus capăt şi durerii pe care o simţea.

— De ce m-aţi urmărit de la biserică? întrebă ea când îşi recăpătă în sfârşit controlul asupra propriilor emoţii.

— Am văzut că eraţi supărată şi am presimţit că veţi... ei bine, că veţi încerca să vă faceţi rău. Se pare că nu m-am înşelat.

— Cum îndrăzniţi! exclamă ea furioasă. Nici măcar eu nu ştiam ce voi face, cum aţi putut şti dumneavoastră?

Pentru o clipă, el nu spuse nimic, apoi rosti încet:

— Pentru că şi eu am încercat odată să-mi iau viața. Domnul Lindquist îşi dădu la o parte mâneca paltonului şi manşeta cămăşii, dând la iveală o încheietură crestată, lucioasă. După ce ai trecut prin disperarea prin care am trecut eu, o recunoşti când o vezi la alții.

— Trebuia să mă lăsați să mor. Viața mea e distrusă. Surorile mele... Kirsten nu putu să-şi termine fraza, şi îşi acoperi din nou chipul cu mâinile.

El băgă mâna în buzunar, iar Kirsten crezu că îi va oferi batista lui, însă el scoase fotografia pe care ea o văzuse cu ocazia petrecerii din seara precedentă, şi i-o întinse.

— Aceasta este soția mea, Flora, şi fiul nostru, Torkel. El are patru ani acum. Domnul Lindquist se opri, ținându-şi pumnul la gură, în încercarea de a-şi stăpâni emoțiile. Flora a murit în urmă cu doi ani, în Suedia, la naşterea celui de-al doilea copil al nostru. Bebeluşul a murit şi el. Din acel moment nu am crezut că pot să trăiesc fără ea, şi nici nu am vrut să încerc.

— Îmi pare rău, murmură ea.

— După ce am încercat să-mi curm viața, prietenii şi familia m-au sfătuit să mă mut în America şi să încep o viață nouă aici, să mă îndepărtez de toate amintirile. Aici ar trebui să întâlnesc pe altcineva, apoi să-l aduc şi pe Torkel să locuiască cu mine, odată ce m-am stabilit undeva. Însă durerea mea e nesfârşită. Am încercat s-o uit pe Flora, dar nu am reuşit. Încă o iubesc, zise el, luând fotografia de la Kirsten şi punând-o înapoi în buzunar, fără să se uite la ea, dar nescoțându-şi mâna din buzunar.

Aş vrea să trimit după fiul meu în Suedia, continuă el. El e tot ce mi-a rămas de la Flora. Însă acum nu sunt în stare să am grijă de el aşa cum ar trebui – şi nu mă refer la mâncare, la haine sau la o casă. El are nevoie de dragoste, domnişoară Carlson, iar mie nu mi-a mai rămas nimic de dăruit. Domnul Lindquist oftă şi îşi plecă capul, ațintindu-şi privirea în pământ, aşteptând.

Kirsten era conştientă că era rândul ei să-şi spună povestea, dar îi era teamă. Un om care îşi iubea soţia şi copilul cu dragostea pe care o simţea domnul Lindquist, ar fi fost îngrozit să afle că ea alesese să-i curme viaţa copilului ei, odată cu a ei. Soţia şi copilul său ar fi dat orice să fie în viaţă. Cu toate acestea, Kirsten îi datora o explicaţie după ce îi salvase viaţa.

— Îmi pare rău pentru pierderea dumneavoastră, domnule Lindquist. Când vă voi spune de ce nu am mai vrut să trăiesc, veţi regreta că m-aţi salvat. El aşteptă în tăcere.

— Am fost îndrăgostită... nu, încă iubesc... un bărbat de acasă, din Suedia. Tor mi-a spus că şi el mă iubeşte, dar m-a minţit... astfel că... Kirsten nu reuşea să-şi adune curajul să-i spună domnului Lindquist despre copil. Secretul ei era mult prea ruşinos. Niciunul dintre ei nu mai spuse nimic. Kirsten auzi păsărele ciripind în copaci şi îi păru rău pe ele pentru veselia lor.

Am plecat din Suedia pentru că tatăl lui Tor nu ne lăsa să ne căsătorim. Tatăl lui este un om important în sat, iar tatăl meu... Kirsten se opri, incapabilă să rostească cuvintele cu voce tare, mai cu seamă că tocmai încercase să facă acelaşi lucru pe care îl făcuse el. Când Tor a fost silit să aleagă între dorinţele mele şi voinţa tatălui lui, i-a păsat mai mult de magazinul pe care îl va moşteni într-o zi de la el, decât de căsătoria cu mine.

— Înţeleg, zise el încet. Vă voi scuti de prelegerile conform cărora sunteţi foarte tânără şi veţi găsi cu siguranţă dragostea într-o zi. Le-am auzit şi eu şi nici eu nu cred niciun cuvânt din ele.

Kirsten trase adânc aer în piept, încă suspinând, apoi îl dădu afară.

— În ziua când ne-am întâlnit prima oară la pensiune, tocmai primisem o scrisoare de la tatăl lui Tor. De când am plecat din Suedia, am început să-i scriu lui Tor, însă tatăl lui i-a ars toate scrisorile, fără să-l lase să le citească. Mi-a spus să nu-i mai scriu.

Domnul Lindquist rămase tăcut pentru o clipă, apoi spuse:

— Cred că nu sunt în măsură să vă critic pentru faptul că v-ați aruncat în fața unui tramvai. Și nici nu vă voi amăgi spunându-vă că durerea pierderii omului pe care-l iubiți va trece curând. Însă e adevărat că acum regret faptul că am încercat să-mi iau viața. Fiul meu merită să aibă măcar un părinte. Și cred că și dumneavoastră, domnișoară Carlson, veți fi bucuroasă într-o zi pentru faptul că viața dumneavoastră nu s-a sfârșit azi.

— Nu aveți cum să știți asta sigur, zise ea cu amărăciune. Nu aveți cum să știți dacă viața mea va fi vreodată mai bună.

— E adevărat, nu am de unde să știu asta. Însă aseară v-am văzut pe dumneavoastră și pe surorile dumneavoastră și mi-am dat seama că vă iubiți foarte mult una pe alta. Cred că ele ar fi foarte îndurerate să vă piardă.

Kirsten știu că el avea dreptate. Ea, Elin și Sofia plânseseră la prea multe morminte deja. Ar fi foarte greu pentru ele să îndure încă o pierdere. Însă dacă ea trăia, dezonoarea ei se va răsfrânge și asupra lor.

— Sinuciderea este un păcat împotriva suveranității lui Dumnezeu, continuă domnul Lindquist. Sunt convins de asta acum. Prin faptul că am încercat să-mi curm viața, am dat de înțeles că știu mai multe despre viitor decât Dumnezeu. Mi-am luat viața în propriile mâini când de fapt, suveranitatea asupra vieții și morții mele Îi aparțin doar Lui.

— Dar cum poate să vă mai pese de ceea ce crede Dumnezeu, când El v-a luat soția și copilul? îl întrebă ea mânioasă. Și eu mi-am pierdut ambii părinți, și încă nu am putut să-L iert!

Până atunci, Kirsten nu își conștientizase mânia, însă își dădu seama de adevărul cuvintelor ei în momentul în care le rosti. Iar mânia pe care o simțea împotriva lui Dumnezeu era motivul pentru care se afla în acest necaz. Kirsten se simțise atât de nefericită, atât de neiubită după moartea părinților ei și după plecarea fratelui ei de acasă, încât căutase alinare la Tor. Nu voise decât să fie ținută în brațe și iubită, ca să mai simtă și altceva în afară de durere şi pustiire. Toată lumea din jurul ei murea şi ea voise să se simtă vie din nou. Dumnezeu o părăsise, dar Tor nu, astfel că ea Îi întorsese spatele şi se apropiase de Tor.

— Nu spun că mi-a fost uşor să-L înţeleg pe Atotputernicul, zise domnul Lindquist, sau că mi-a venit uşor să-I accept vrerea, însă am ştiut că trebuie să încerc. Viaţa cu Dumnezeu e adesea foarte grea, dar viaţa fără El e de neîndurat.

Minute întregi trecură în timp ce domnul Lindquist privea în gol, în depărtare. Când Kirsten îşi ridică privirea spre el, văzu că ochii-i erau plini de durere. Erau de un albastru atât de pal, încât s-ar fi părut că lacrimile le-ar fi spălat toată culoarea. Kirsten observă că îşi ţinea mâna în buzunarul de la haină – cel care adăpostea fotografia.

Acum, după ce îşi mărturisiseră secretele, Kirsten se gândi că va trebui să se evite unul pe altul. Ar fi fost prea stingheritor să se mai întâlnească din nou.

— Ar trebui să plec, zise ea. El îşi aşeză mâna pe braţul ei.

— Nu încă, spuse el încet. Mâna lui era caldă şi grea.

Oare cât trecuse de când nu mai simţise atingerea lui Tor? O lacrimă căzu la gândul că niciun bărbat nu o va mai ţine în braţe şi nu o va mai săruta de acum înainte. Kirsten aşteptă. Domnul Lindquist îşi retrase mâna şi îşi scoase în acelaşi timp cealaltă mână din buzunar, împreunându-le pe genunchi. Bărbatul trase adânc aer în piept.

— Aş vrea să vă ajut, domnişoară Carlson. Îmi dau seama că aveţi nevoie să vorbiţi cu cineva şi că nu puteţi să vă împărtăşiţi durerea cu surorile dumneavoastră. Nu pot să vă dau răspunsuri, însă pot să vă ascult.

— Dar de ce? Nici măcar nu mă cunoaşteţi. Lucrez ca servitoare, sunt un nimeni. De ce aţi vrea dumneavoastră să-mi ascultaţi mie durerea?

— Pentru că aş vrea să plec azi de aici fără să-mi fac griji că veţi încerca acelaşi lucru în zilele care urmează. După ce am încercat să fac şi eu asta, Dumnezeu mi-a trimis un prieten care m-a ascultat, zise el, arătând către încheietura sa, şi de atunci nu am mai simţit nevoia să încerc din nou.

— Nu... nu ştiu ce să spun, domnule Lindquist.

— Poate că ar trebui să începeţi să-mi spuneţi pe nume - Knute.

— Şi dumneavoastră puteţi să-mi spuneţi Kirsten.

— Ne vom întâlni aici de câte ori ai timp liber, Kirsten. Poţi să-L iei pe Dumnezeu la rost şi să spui orice, şi te asigur că nimic nu mă va şoca. Probabil că am spus şi eu aceleaşi lucruri - sau mai rău. Dar te va ajuta să le rosteşti cu voce tare. Pe mine m-a ajutat. Măcar nu mai sunt furios, deşi durerea a rămas. Când mai ai liber?

— Joi după-amiază.

— Bine, atunci joi, la ora prânzului voi fi aici, dacă vremea îmi va permite.

Kirsten nu ştia ce rost are să vorbească cu el, mai ales că nu putea să-i împărtăşească care era de fapt problema ei, însă fu de acord, ştiind că putea oricând să-i trimită un bilet prin care să anuleze întâlnirea, dacă se răzgândea.

— Dacă eşti gata, te conduc acasă, zise el.

— Dar dacă mă conduci până la vilă, nu vei mai prinde masa de duminică la pensiune.

El zâmbi abia vizibil.

— Nu-i aşa o pierdere. Şi sunt încă destul de sătul de la masa de aseară.

Kirsten şi Knute mai stătură pe bancă încă un timp, în tăcere. Kirsten aşteptă până ce fu convinsă că nu mai avea lacrimi să verse şi îşi putea controla emoţiile, după care îl lăsă pe domnul Lindquist să o conducă acasă. De îndată ce casa se văzu în depărtare, Kirsten se opri locului.

— Nu vreau ca surorile mele să ne vadă împreună. Vor pune prea multe întrebări.

— Înţeleg. Pe joi, atunci. Şi între timp, promite-mi că nu vei face nicio nebunie.

— Promit.

Knute o salută ducându-şi degetele la pălărie.

— O zi bună, atunci.

În noaptea aceea, în pat, Kirsten se gândi la oferta domnului Lindquist. El îi promisese să-i asculte necazurile, dar ea nu credea că va fi vreodată în stare să-i spună întregul adevăr. Şi-apoi, şi el recunoscuse că era posibil să nu aibă răspunsuri la toate.

În celălalt capăt al camerei, Sofia citea din Biblie, iar Elin scria în jurnal. Kirsten îşi întoarse degrabă privirea, ruşinată că-i citise jurnalul. Se gândi la curajul şi hotărârea de care dăduse dovadă Elin pentru a le salva pe toate trei de unchiul Sven, şi ştiu că domnul Lindquist avea dreptate despre dragostea pe care şi-o purtau una alteia. Dragostea nu se dovedea cu vorbe goale, ca acelea pe care i le spusese Tor. Dragostea se demonstra prin sacrificiu, aşa cum făcuse Elin.

Kirsten se bucură că domnul Lindquist o împiedicase să-şi ia viața. Sinuciderea tatălui ei nu păcălise pe nimeni, şi nici a ei nu ar fi făcut-o. Dacă ar fi murit, Kirsten le-ar fi distrus noua viață din America, la fel cum sinuciderea tatălui lor le distrusese viața acasă, în Suedia. Însă trebuia să găsească o soluție pentru sarcină, şi asta cât de curând, înainte ca păcatul pe care-l comisese să le distrugă viețile.

CAPITOLUL 29

Joi, Sofia veni în grabă în salonaş, întrebându-se de ce trimisese doamna Anderson după ea, şi nu după Elin sau Kirsten.

— M-aţi chemat, doamnă? o întrebă ea.

Regina din poveste coborî ziarul pe care începuse să-l citească şi sorbi o înghiţitură de cafea.

— Aici este un articol care te-ar putea interesa, îi răspunse doamna Anderson, împingându-i peste masă o altă secţiune a ziarului. Sofia se întrebă dacă era vorba despre alte veşti cu privire la Insula Ellis, însă ziarul era deschis la pagina socială.

— Dă-i drumul şi citeşte, o îndemnă doamna Anderson, bătând uşor unul dintre articole cu degetul ei împodobit cu inele.

Sofia scană articolul cu privirea. Povestea despre petrecerea pe care o găzduise doamna Anderson şi îi pomenea pe toţi invitaţii. Apoi, Sofia citi: *Distracţia serii a fost o tânără privighetoare din Suedia, pe numele său, Sofia Carlson, a cărei voce extraordinară semăna neobişnuit de mult cu vocea legendarei Jenny Lind. Cu siguranţă vom auzi mai multe despre acest tânăr talent fenomenal în lunile care vor urma.*

Sofia îşi ridică privirea, neştiind ce să spună.

— Autoarea acestui articol îmi este prietenă, şi s-a numărat printre musafirii din seara aceea. Mi-a trimis şi acest bilet de mulţumire, zise doamna Anderson, ţinând sus un plic mic, alb. Ar vrea să cânţi la petrecerea de logodnă a fiului ei, de marţea viitoare.

— Nu... n-aş putea!

— Oh, nu fi atât de prostuţă, zise doamna Anderson, pierzându-şi răbdarea. Ea intenţionează să te plătească, desigur. Am înţeles că preţul pentru un concert de genul ăsta este de obicei vreo cinci dolari.

— Cinci dolari?

— Da. E mai mult decât câştigi într-o săptămână, doar pentru faptul că accepţi să cânţi câteva cântece. Asta nu te face să te răzgândeşti?

— Eu... eu... Sofia nu-şi putea imagina să câştige atât de mulţi bani, doar din cântat.

— Sper că n-o să-ncepi să-mi îndrugi o grămadă de prostii despre tracul de pe scenă, nu? Mi-am dat seama că te-ai simţit şi tu bine cântând, odată ce te-ai pus în mişcare.

— Nu, doamnă... adică, da, doamnă. Mi-a făcut plăcere să cânt pentru musafirii dumneavoastră. Nervozitatea Sofiei dispăruse odată ce văzu că publicul răspundea favorabil, şi câştigase treptat încredere în sine. Publicul o apreciase la fel cum oamenii îl apreciaseră pe Ludwig, pe Insula Ellis, când cântase la vioară. Gândul că trebuia să intre într-o casă străină o speria, dar cum să fi refuzat şansa de a câştiga într-o singură seară, mai mult decât făcea într-o săptămână?

— Desigur, în acea seară îţi voi da liber, zise doamna Anderson. De fapt, sunt şi eu invitată la petrecere, aşa că poţi merge cu mine.

— Eu... nu ştiu ce să spun.

— Un mulţumesc ar fi de ajuns.

— Da, bineînţeles. Vă mulţumesc. Sofiei nu-i plăcea gândul că va lipsi de la ora de engleză de marţi seara, însă ocazia de a câştiga atât de mulţi bani era prea minunată ca să o rateze. Înainte să mai poată spune ceva, clopoţelul de la uşa de la intrare răsună în tot antreul.

— Trebuie să fie avocatul meu, John Olson, zise doamna Anderson. Fii drăguţă şi pofteşte-l înăuntru. Şi spune-i doamnei Olafson să ne mai aducă cafea.

Sofia făcu ce i se spuse, apoi se grăbi să ajungă la spălătorie, să le dea surorilor ei vestea cea bună. Kirsten şi Elin pregăteau albiile cu apă fierbinte necesare pentru spălatul rufăriei din acea săptămână, inclusiv pentru feţele de masă şi şervetele din pânză folosite la petrecere.

— N-o să ghiciți niciodată de ce m-a chemat doamna Anderson! O prietenă de-a ei m-a auzit cântând sâmbăta trecută şi vrea să cânt şi la petrecerea ei.

Elin răsturnă un braț de rufărie încinsă în albia de lemn. Pe fața ei se citea îngrijorarea.

— Nu sunt convinsă că e o idee bună, Sofia. Trebuie să fim atente dacă mergem singure în casele unor străini.

Sofia încercă să-şi ascundă dezamăgirea. De ce oare nu putea Elin să se bucure pentru ea?

— Femeia este prietena doamnei Anderson, nu o străină. Şi voi merge acolo împreună cu doamna Anderson. Dar nici nu m-ai lăsat să-ți spun partea cea mai bună.

Kirsten puse coşul cu rufe jos, şi o luă pe Sofia pe după umeri.

— Spune-ne care e partea cea mai bună.

— Femeia mă va *plăti* ca să cânt. Cinci dolari!

— Asta-i o veste minunată, se bucură Kirsten, îmbrățişând-o. Suntem tare fericite pentru tine, nu-i aşa, Elin?

Sora ei încuviință, dar Sofia îşi dădu seama că nu era aşa. De ce trebuia Elin să-şi facă mereu griji? Sofia luă coşul cu rufe ude şi îl duse afară, la sârma pentru haine. Îi plăcea foarte mult să lucreze afară, în soarele cald, în timp ce agăța rufăria la uscat.

— Unde mergi în după-amiaza asta pe care o ai liberă? o întrebă ea pe Kirsten, care venise s-o ajute.

Kirsten şovăi o clipă, apoi dădu din cap.

— Nicăieri. M-am hotărât să stau acasă şi să mă odihnesc. Kirsten le ajută pe surorile ei să termine de spălat şi agățat rufele la uscat, şi după ce luară prânzul împreună, urcă în camera ei.

— Ştiu că ceva nu e în regulă cu Kirsten, zise Elin în după-amiaza aceea, în timp ce ea şi Sofia făceau curat într-unul din nenumăratele dormitoare neocupate. Dacă ai idee despre ce e vorba, te rog să-mi spui.

— Nu ştiu nimic. Şi cu cât o sâcâi mai mult cu asta, cu atât mai tare o să se înfurie. Ne va spune ce e cu ea când va fi pregătită.

Sofia auzi paşi pe hol şi îşi ridică privirea. În prag stătea doamna Olafson, cu respiraţia tăiată, după ce urcase scările.

— La uşa din spate aşteaptă un domn, care cere s-o vadă pe domnişoara Carlson. El...

— E Ludwig!

Sofia coborî scările aproape în zbor până la uşa de la bucătărie, fără să mai aştepte ca doamna Olafson să termine ce avea de spus. Ludwig ajunsese la ea, în sfârşit! Sofia deschise uşa de perete, cu lacrimi de bucurie în ochi – şi îşi dădu seama din prima clipă că bărbatul din faţa ei, care se uita la gazonul nemărginit, nu era Ludwig. Bărbatul era mult prea zvelt, iar părul îi era blond, nu negru şi ondulat ca al lui Ludwig. În momentul în care se întoarse cu faţa, bărbatul păru la fel de surprins s-o vadă pe Sofia, aşa cum era şi ea să-l vadă pe el.

— Eu... eu am cerut să vorbesc cu Kirsten. S-a întâmplat ceva? Nu este acasă?

— Nu... adică da, e acasă..., zise Sofia cu vocea înecată, părându-i-se că-l recunoaşte pe unul dintre oaspeţii la cină ai doamnei Anderson. Dar de ce venise la uşa din spate? Şi de ce voia s-o vadă pe Kirsten?

— S-a întâmplat ceva? întrebă el din nou.

Sofia văzu expresia de îngrijorare de pe chipul lui, şi îşi şterse repede lacrimile.

— Îmi pare rău. Cred că nu am înţeles bine. Mă duc să-i spun lui Kirsten că sunteţi aici, domnule...?

— Lindquist. Knute Lindquist.

Dar Sofia nu avu mult de mers, căci dădu peste Kirsten de îndată ce făcu stânga-mprejur. Elin şi doamna Olafson aşteptau în bucătărie.

— Ce se întâmplă? Cine a venit?

— Zice că se numeşte Knute Lindquist. L-am văzut la petrecerea doamnei Anderson de acum câteva seri.

— Şi ce treabă are cu Kirsten?

— N-a spus.

Sofia se prăbuşi pe un scaun din bucătărie, copleşită de dezamăgire. Kirsten lăsase uşa din spate deschisă, iar Sofia îi auzi pe cei doi vorbind în şoaptă, pe scări, însă nu înțelese ce ziceau. Câteva momente mai târziu, Kirsten se întoarse înăuntru, iritată să le vadă pe surorile ei aşteptând-o în bucătărie.

— Ce făceați? Ați ascultat ce vorbeam?

— Nu am auzit nimic, spuse Elin. Dar cine e bărbatul? De ce a venit?

— Nu te priveşte. Şi nici pe tine, Sofia.

— Îmi pare rău, se scuză Sofia. Dar când doamna Olafson ne-a spus că a venit un bărbat care întreabă de domnişoara Carlson, m-am gândit că e Ludwig. M-am rugat întruna ca el să mă găsească, şi nu înțeleg de ce durează atât. Ar fi trebuit să vină până acum, şi...

— Trebuie să accepți faptul că nu-l vei mai vedea niciodată, îi spuse Kirsten. Dacă nu, o să te alegi cu inima zdrobită, continuă Kirsten, după care fugi în camera ei, scările răsunând de paşii ei.

Elin oftă din greu.

— Aş vrea să ştiu ce e cu ea.

Sofia parcă nici nu o auzi.

— Chiar dacă Ludwig nu se întoarce pentru mine, murmură ea, cu siguranță va veni să-şi recupereze măcar vioara.

În următoarea seară de marți, în timp ce Sofia se îmbrăca pentru a cânta la petrecerea de logodnă, doamna Anderson intră în dormitorul ei.

— Voiam să văd cum arăți, îi spuse ea Sofiei. Astea-s singurele haine decente pe care le ai?

Sofia se uită descurajată la noile haine în stil american.

— Da, doamnă. Adică... m-aş putea schimba în rochia de duminică de acasă, dacă...

— Nu, nu, nu. Vino aici. Doamna Anderson îi făcu semn Sofiei să o urmeze în camera ei de toaletă, unde deschise o cutie imensă cu bijuterii de pe un raft de lângă masa de toaletă, şi începu să scoată broşe şi coliere strălucitoare, unul după altul, ţinându-le în faţa cămăşii Sofiei.

— Uite. Prinde-ţi asta pe guler, zise ea, întinzându-i Sofiei o broşă din camee, încadrată de perluţe rotunde. Va trebui să o strângi tu. Eu cu degetele mele bătrâne nu mă mai descurc cu încheietoarea.

— Oh, dar nu... nu pot purta asta! Mi-ar fi frică să n-o pierd.

— „Mi-e frică, mi-e frică", o imită doamna Anderson. Mereu ţi-e frică. Când o să începi să-ţi trăieşti viaţa? Pune-ţi odată broşa aia stupidă!

Sofia făcu ce i se spuse, şi acceptă şi un şal foarte frumos brodat, care părea să fi provenit dintr-un ţinut exotic, foarte îndepărtat, şi care probabil costase o grămadă de bani, iar de data aceasta, ştiu că era în zadar să protesteze.

Doamna Anderson făcuse cumva şi comandase o trăsură cu cal pentru acea seară, iar vizitiul le aştepta afară, la uşa din faţă. La petrecere, Sofia fu surprinsă să vadă că era tratată ca un oaspete. Gazda ei o invită să se amestece printre ceilalţi şi să servească din mâncărurile de pe bufet. Mulţi dintre invitaţi discutau în engleză, sau într-un amestec de engleză şi suedeză, iar Sofia reuşi să înţeleagă câte ceva din ceea ce se spunea, chiar dacă i se părea obositor să traducă totul.

Cuplurile dansau pe muzica unei mici orchestre, care includea câţiva violonişti. În timp ce Sofia stătea privindu-i cum cântă, dorindu-şi ca unul dintre ei să fie Ludwig, un domn veni să stea lângă ea.

— Cântă foarte frumos, nu-i aşa? comentă el. Sofia nu reuşi decât să încuviinţeze. Nu cred că am fost prezentaţi. Eu sunt Eric Wallstrom.

— Sofia Carlson, rosti ea aproape şoptit.

— Pot să vă invit la dans, domnişoară Carlson?

— Nu, mulţumesc. Nu ştiu să dansez. Kirsten ar fi trebuit să fie aici. I-ar fi plăcut atât de mult la petrecere. Dintre ele trei, ea era cea căreia îi plăcea distracţia – sau cel puţin aşa fusese până atunci.

— Dar e foarte simplu, îi spuse domnul Wallstrom. Se cântă un vals. V-aş putea arăta.

— Nu, mulţumesc. Vă rog să mă scuzaţi.

Sofia se îndepărtă în grabă, căutând un loc unde să se ascundă până ce venea vremea să cânte, şi aproape că se ciocni de Bettina Anderson. Femeia o apucă pe Sofia de braţ ca s-o oprească, apoi o cercetă din cap până în picioare.

— Ce naiba cauţi tu aici? Nu eşti servitoarea mamei Anderson? Însă înainte ca Sofia să apuce să-i răspundă, ochii Bettinei căzură pe broşa din camee, şi se făcură mari de uimire. De unde ai broşa asta? Nu e a ta!

Sofia îşi duse mâna la gât, acoperind broşa cu degetele.

— E... e... adică... Doamna Anderson mi-a spus s-o port.

— Eşti o mincinoasă! Ia-o jos în clipa asta, hoaţă mică ce eşti!

Bettina o strânse şi mai tare de braţ şi o târî afară din mulţime, în hol. Sofia făcea eforturi să-şi deschidă broşa cu mâna liberă, îngrozită să nu provoace o scenă. Dar tocmai când fu pe cale să-i dea broşa, cineva o prinse de celălalt braţ. Era regina din poveste.

— Prinde-ţi broşa aia imediat înapoi, îi ordonă bătrâna doamnă Anderson. Ce ai impresia că faci, Bettina?

— Servitoarea ta ţi-a furat cameea.

— Ba sigur că nu a furat-o. I-am împrumutat-o eu. Ai face bine să-ţi vezi de treabă de acum înainte. Vino, Sofia. Cred că te aşteaptă să cânţi.

Sofia nu-şi închipuia cum va putea să cânte după confruntarea cu Bettina. Încă tremura din cap până în picioare şi abia reuşi să-şi prindă broşa înapoi la guler. Însă gazda o prezenta deja publicului, iar Sofia traversă încăperea şi se opri lângă orchestră, apoi spuse în şoaptă o rugăciune de ajutor, în timp ce muzicienii cântau bucata de deschidere a primului ei cântec, trase aer în piept şi începu să cânte.

Primele note îi ieşiră tremurate, însă Sofia îşi recăpătă repede stăpânirea de sine. Viitoarea mireasă ceruse un cântec de dragoste tradiţional, de acasă din Suedia, iar cuvintele o făcură pe Sofia să se gândească la Ludwig. Sofia închise ochii şi cântă versurile pentru el, punând în ele toată dragostea şi dorul pe care le simţea. Când ajunse la sfârşit, invitaţii nu mai conteneau să aplaude.

După alte câteva cântece, Sofia îşi făcu cu greu drum prin mulţimea de oameni care aşteptau s-o felicite, în timp ce se îndreptă spre masa cu punci ca să-şi potolească setea. Un bărbat îmbrăcat cu un costum din trei piese o urmă, sporovăind în engleză, însă Sofia era mult prea istovită ca să înţeleagă ce-i spunea.

— Îmi cer scuze, îl întrerupse ea într-un final, dar încă nu vorbesc foarte bine engleza.

— Oh, îmi pare rău. Mă numesc Carl Lund, zise el, schimbând pe suedeză. Voiam să vorbesc cu dumneavoastră despre concertul pe care l-aţi dat, domnişoară Carlson. Eu sunt proprietarul Teatrului Viking, care se află la câteva străzi de aici. Noi ne ocupăm de producţii mici, spectacole de varietăţi, puţină operetă – tot felul de lucruri. Aş vrea să vă ofer un contract ca să cântaţi într-unul din spectacolele mele de varietăţi.

Sofia îl privi, incapabilă să scoată un cuvânt. Omul probabil glumea.

— Spectacolele noastre sunt mai mult pentru comunitatea vorbitoare de limba suedeză, continuă el, când ea nu-i răspunse, şi cred că publicul nostru va fi încântat să vă asculte. V-a mai spus cineva că vocea dumneavoastră seamănă cu cea a lui Jenny Lind?

— Eu... eu am ajuns în America de puţin timp, domnule Lund. Astăzi am cântat ca o favoare pentru gazda noastră. Chiar nu m-am gândit niciodată să cânt pe scenă.

— Ei bine, poate ar trebui să vă gândiţi. Sunteţi o tânără minunată, domnişoară Carlson, şi aveţi o voce foarte frumoasă. Oamenii ar plăti o grămadă de bani ca să vă audă cântând. Dacă mi-aţi permite să vă conduc acasă, probabil am putea discuta despre asta mai în detaliu. Aş putea chiar să vă arăt teatrul, dacă aţi dori.

— Nu, mulţumesc. Am venit cu doamna Anderson – Silvia Anderson. Eu şi surorile mele suntem servitoarele dumneaei.

— Cred că glumiți. Servitoare? Ați putea face mult mai mulți bani dacă ați cânta într-unul din spectacolele mele, vă asigur.

— Nu... nu cred că mă interesează, domnule Lund. Dar vă mulțumesc.

— Iată cartea mea de vizită, zise el, împingându-i-o în mână. Gândiți-vă la ceea ce v-am spus. Mi-ar plăcea să-mi dați de veste dacă vă răzgândiți.

Sofia îndesă cartea de vizită în buzunar, convinsă că nu se va răzgândi. Şi nici nu-i va povesti lui Elin despre oferta domnului Lund. Elin îşi făcea şi aşa prea multe griji. Şi-apoi, Sofia nu voia să cânte în niciun teatru. Ludwig ar putea sosi în orice zi de-acum înainte.

— Ai făcut o impresie foarte bună în această seară, îi spuse doamna Anderson în trăsură, pe drum spre casă. Ar trebui să te gândeşti să-ți dezvolți talentul. În urmă cu doi ani, aici în Chicago, s-a deschis un conservator excelent de muzică. Este condus de William Hall Sherwood, un protejat al marelui compozitor Franz Liszt. I-ai auzit compozițiile?

— Nu, doamnă, îmi pare rău.

— Păi, să nu-ți pară rău – fă ceva în privința asta. Eu cred foarte mult în educație, mai ales pentru tineri, cum eşti tu şi surorile tale. Femeile ar trebui să aibă mereu un mijloc de a se întreține – şi nu mă refer la slujba de servitoare. Dacă mi-aş lua viața de la început, aş urma o facultate.

Sofia îşi pipăi bancnota de cinci dolari din buzunar, încă uluită de suma uriaşă pe care o câştigase.

— Eu şi surorile mele nu ne permitem să mergem la şcoală, doamnă Anderson. Eu iau ore de engleză seara, dar sunt gratuite.

— Trebuie să vă gândiți la viitorul vostru, pentru că nu veți lucra pentru mine o veşnicie, înțelegi?

— Ştiu. Odată ce facem curățenie în toată casa...

— Nu la asta mă refer. Sunt pe moarte, Sofia... Nu, nu fi sentimentală cu mine, îi spuse ea când Sofia începu să protesteze. Asta e realitatea. Am optzeci şi şase de ani, nu mai am mult timp la dispoziție. Moartea e o certitudine pe care nimeni nu o poate evita. Însă am două sfaturi pentru voi, pentru când îmi va veni vremea și nu veți mai lucra pentru mine. În primul rând, folosește-te de talentul pe care îl ai ca să te întreții. Și în al doilea rând, să nu lucrați pentru Bettina. Vă va otrăvi pe toate trei.

— Ne va *otrăvi*?

— Nu la propriu, prostuțo. Cu amăreala și lăcomia ei. Vă va distruge inocența aceasta fermecătoare a voastră cât ai zice pește. Ai văzut cum a reacționat azi, când mi-a recunoscut broșa. Ce femeie egoistă! De ce crezi că n-a avut niciodată copii? N-a vrut să împartă averea fiului meu cu ei, de aceea.

Încă o dată, Sofia nu știu ce să răspundă.

— Realitatea este că voi muri în curând, continuă doamna Anderson, și Bettina abia așteaptă să pună mâna pe toate proprietățile mele. Să știi că în trecut, am făcut lucruri de care nu sunt foarte mândră, la fel ca ea. Nu sunt convinsă că Sfântul Petru mă va lăsa să intru pe porțile de mărgăritare ale raiului, când îmi va veni vremea.

— La sfârșit nu mai contează ce ați făcut, doamnă Anderson. Contează ce a făcut Isus pentru dumneavoastră. Biblia spune...

— Ia oprește-te! exclamă doamna Anderson ținându-și mâna ridicată. Doar n-ai de gând să-mi ții o altă predică, nu-i așa?

— Numai dacă îmi permiteți.

Doamna Anderson râse din toată inima.

— Prea bine atunci, zise ea, dând din mână. Ține-mi cea mai bună predică de care ești în stare, dar trebuie să te avertizez că o bătrână necioplită ca mine a auzit nenumărate predici la viața ei și nu mi-au făcut niciun bine. Tot atee am rămas.

— Nu cred că sunteți atee, doamnă Anderson. Gânsacul mătușii Karin de acasă mă speria de moarte tot timpul, gâgâind și dând din aripi. Nu doream să fac nici măcar un pas afară din căsuță când el era lăsat liber în curte. Însă el nu făcea decât zgomot. Încerca doar să apere ce era a lui – familia, cuibul, casa.

— Hmm. Deci acum sunt o gâscă bătrână, nu-i așa?

— Ba deloc. Aveți un suflet bun, doamnă Anderson. Ați fost atât de bună cu mine și cu surorile mele!

— Deci ai văzut dincolo de aripile mele şi de gâgâitul meu – asta vrei să spui?

— Omul se uită la aspectul exterior, însă Dumnezeu se uită la inimă.

— Ei, a mea este întunecată, zise ea, sprijinindu-se înapoi pe banchetă și uitându-se drept înainte. Sofia nu ştia dacă să continue discuția sau nu, dar după o pauză lungă, doamna Anderson începu să vorbească din nou.

— Înainte să ne căsătorim, soțul meu, Gustav, era logodit cu o altă femeie. Era îndrăgostit nebuneşte de ea şi ea de el. Însă eu îi voiam banii, aşa că l-am păcălit pe Gustav să se însoare cu mine – asta pe scurt, fără să-ți dau toate detaliile sordide. Gustav a trebuit să plece din Suedia ca să evite scandalul care l-ar fi distrus pe el şi pe familia lui. Am început o viață nouă aici în America, iar ziarul lui mergea foarte bine. Mi-a construit o casă minunată şi m-a scăldat în bijuterii. Însă eu m-am folosit de el, când ar fi trebuit de fapt, să-l iubesc. Eram prea plină de lăcomie şi de silă față de mine ca să-l pot iubi, pe el sau pe oricine altcineva. Poate că ție asta nu ți se pare o crimă, dar pentru mine asta este. Gustav o iubea pe fata aceea, iar eu am furat ceva foarte prețios de la amândoi – pentru bani, mai presus de orice. Dragostea nu poate fi etichetată cu un preț.

Sofia rămase tăcută, gândindu-se la dragostea ei pentru Ludwig.

— Poate că acesta e motivul pentru care o detest atât de mult pe Bettina, zise doamna Anderson, vorbind parcă cu sine însăşi. Şi ea s-a căsătorit cu fiul meu pentru bani. În situația dată, nu aş putea s-o condamn, însă ori de câte ori o văd, mă văd pe mine. Va realiza – mă tem că mult prea târziu – că nimeni de pe lumea asta nu o iubeşte nici pe ea.

Sofia şi doamna Anderson priviră casele, magazinele şi străduțele lăturalnice, ascultând tropăitul copitelor cailor pe caldarâm.

Sofia îşi înveli şi mai strâns umerii cu şalul împrumutat, însă fiorii pe care îi simţea nu erau de la aerul nopţii.

— Hai să-ţi auzim predica acum.

Comanda bruscă o luă prin surprindere pe Sofia pentru a doua oară în seara aceea, însă făcu efortul de a se concentra:

— Ăă... Am citit din Biblia mamei şi... acolo se spune că toţi am făcut lucruri rele. Însă dacă recunoaştem că am greşit şi Îi cerem iertare lui Isus pentru asta şi începem să-I respectăm cuvântul, atunci moartea Sa ne va mântui. El ne va lua toate păcatele, iar atunci când vom ajunge în rai, porţile de mărgăritare se vor deschide larg în faţa noastră.

— Chiar dacă am făcut rău toată viaţa?

— Dacă ne încredem în Domnul – da.

O vreme, doamna Anderson rămase din nou tăcută.

— Cred că asta-i cea mai scurtă predică pe care am auzit-o vreodată, zise ea în cele din urmă. De ce le trebuie pastorilor atât de mult timp ca să spună acelaşi lucru?

— Cred că vor să aibă sentimentul că-şi câştigă cu adevărat salariul.

Doamna Anderson râse din nou, iar râsul ei semănă cu un lătrat.

— Vezi? Totul se reduce întotdeauna la bani, nu-i aşa? Spune-mi, cum e să mori, după părerea ta?

— Păi, mama mea a fost bolnavă mult timp, dar nu-i era teamă. Avea credinţa că Isus o va chema acasă când va avea un loc pregătit...

— Te-am întrebat ce crezi tu, nu mama ta.

— Oh. Păi eu cred că va semăna foarte mult cu călătoria noastră spre America.

— Cum aşa?

— La început nu am vrut să plec din Suedia, pentru că mi se părea că lăsam foarte multe lucruri bune în urmă – şi majoritatea dintre noi nu vrem să lăsăm viaţa asta în urmă. Însă în America e atât de bine, din atâtea puncte de vedere, aşa cum va fi şi în rai.

Aşa că acum, mă bucur că am venit. Am învăţat atât de multe şi am crescut atât de mult, şi m-am îndrăgostit şi... şi acum nu aş mai vrea să mă întorc niciodată.

— Chiar dacă lucrezi ca servitoare?

— Şi acasă am muncit din greu, zise Sofia, dând din umeri. Dar acolo Dumnezeu era departe şi rece. Aici însă, Îl simt lângă mine în fiecare zi. Cred că ne dă necazuri ca să ne întoarcem spre El pentru ajutor. Aşa, învăţăm să fim mai buni.

— Te invidiez, îi spuse încet, doamna Anderson.

Sofia mai avea atâtea lucruri să-i spună, însă ajunseră acasă, şi conversaţia lor se opri odată cu trăsura. Sofia o ajută pe doamna Anderson să coboare şi nu o lăsă de braţ până ce nu urcară scările către dormitorul ei.

— Vă mulţumesc pentru că mi-aţi împrumutat broşa, zise Sofia, aşezându-i-o în palmă. Iar dacă vreţi vreodată să vorbiţi...

— Noapte bună, Sofia, i-o tăie scurt doamna Anderson. Şi ia-ţi liber mâine după-amiază. E un ordin.

— Da, doamnă. Vă mulţumesc... *God natt.*

Sofia nu ştia ce să facă în după-amiaza liberă pe care o avea, mai ales că în ziua aceea nu se ţinea nici ora de engleză. Însă ziua se dovedi a fi însorită şi caldă, aşa că se hotărî să facă o plimbare. Sofia exploră cartierul suedez şi se uită în câteva magazine, după care se opri pe la pensiune în drum spre casă.

— *Hej*, mătuşă Hilma, salută ea, după ce bătu la uşa din spate. Am venit să văd dacă nu am primit vreo scrisoare.

— Pe măsuţa din hol, îi răspunse mătuşa ei, neridicându-şi privirea de la napii pe care îi zdrobea.

— A venit cumva domnul german după Biblie?

Hilma scutură din cap. Sofia oftă şi intră pe uşa batantă. Pe măsuţa din hol era o scrisoare pentru Elin, de la unul dintre fermierii din Wisconsin. Sofia spera că Elin nu le va face pe toate trei să se mute acolo, însă atunci, de ce continua să-i scrie acestui bărbat?

Sofia băgă scrisoarea în buzunar şi traversă din nou bucătăria.

— La revedere, mătuşă Hilma. Şi mulţumesc. Sofia nici nu apucă să iasă bine afară, că servitoarea mătuşii sale apăru de nicăieri, blocându-i calea.

— Oh, Inge! M-ai speriat! exclamă Sofia. Nu te-am văzut...

— Şşş! Nu vreau să mă audă doamna. Inge se uită în toate părţile, după care o trase pe Sofia în toaletă după ea, şoptindu-i precipitat: Te rog, nu-i spune că ţi-am spus, dar cred că te minte. V-am auzit pe tine şi pe surorile tale întrebând de un bărbat străin de fiecare dată când aţi venit şi...

— A fost Ludwig pe aici? A venit? întrebă Sofia cu inima bătându-i să-i iasă din piept.

— Nu ştiu cum îl chema sau dacă era cel pe care îl aştepţi, dar săptămâna trecută a fost pe aici un bărbat. Nu vorbea suedeză, aşa că nu am înţeles ce spunea. Iar doamna Larson nu a înţeles nici ea nicio boabă, aşa că i-a închis uşa în nas.

— Dar a întrebat de mine?

— De unde să ştiu? Cum spuneam, niciuna dintre noi nu a înţeles ce tot zicea acolo.

— Vorbea în germană?

— Suna ca o vorbire păsărească.

— Cum arăta?

— Dar nu l-am văzut! Inge părea să fie tot mai iritată de toate întrebările Sofiei. Eu ştergeam praful în salonul din faţă, şi ştii bine că doamna ţine perdelele trase tot timpul. Ştiam că s-ar fi înfuriat dacă mi-aş fi vârât capul să mă uit la el. Nu permite să mă vadă nimeni. Însă oricine ar fi fost, doamna nu i-a dat nicio şansă şi i-a închis uşa în nas.

— Oh, nu! Dacă a fost Ludwig? Cum o să mă mai găsească acum? Mai bine m-aş duce să vorbesc cu mătuşa şi să mă asigur...

— Nu, domnişoară! Inge se aşeză în faţa uşii de la toaletă, cu o privire de panică pe chip. Te rog, nu-i spune că am vorbit cu tine. Dacă mă prinde făcând aşa ceva pe la spatele ei, mă dă afară – asta după ce mă învineţeşte în bătaie.

Sofia nu ştiu ce să facă. Dorea tare mult s-o confrunte pe mătuşa ei şi să afle mai multe despre străinul care venise, însă nu voia să-i creeze probleme lui Inge. În plus, dacă se dovedea să fie o altă alarmă falsă, aşa cum i se întâmplase cu bărbatul care venise s-o vadă pe Kirsten, ar fi pricinuit o mutime de probleme degeaba.

— Ascultă, Inge, dacă bărbatul se întoarce, ai putea te rog să-i spui unde sunt? Îți voi scrie adresa...

— Nu pot să-ți promit asta, domnişoară. În ziua aceea, s-a întâmplat să-i aud fiindcă făceam curat în salon. Dar, de obicei, doamna Larson mă obligă să stau în spate şi niciodată nu apuc să văd cine vine la uşă.

Sofia era disperată, dar avea şi speranțe. Dacă bărbatul fusese Ludwig, însemna că ajunsese teafăr în Chicago, însă dacă mătuşa Hilma îi închisese uşa în nas, cum avea s-o mai găsească?

— Trebuie să plec, şopti Inge, înainte să mă descopere doamna.

— Înțeleg. Mulțumesc că mi-ai spus.

Dacă fusese Ludwig? Unde s-ar duce de aici? Poate că-şi imagina că Sofia îi furase vioara şi că nu-şi va mai vedea nici instrumentul, nici pe Sofia. Dar el trebuia să ştie care erau sentimentele ei pentru el. Oare nu-i spusese el că simțea la fel?

De n-ar fi Chicago un oraş atât de mare! Cum se vor mai găsi unul pe altul?

CAPITOLUL 30

Elin stătea pe vârfuri pe o scară într-unul din dormitoarele de la etaj, şi se întindea să scoată perdelele grele de pe vergea. Kirsten era jos, lângă ea, ţinând în braţe grămada de draperii prăfoase. Sofia intră în cameră ca o furtună, speriindu-le pe amândouă.

— Mătuşa Hilma mă minte!

Elin scăpă draperia din mâini şi se ţinu de scară ca să nu cadă. Îi luă o clipă ca să-şi recapete echilibrul, după care coborî ca s-o asculte pe Sofia. Însă Sofia abia putea vorbi printre hohotele de plâns.

— Inge mi-a spus că a venit un bărbat la pensiune într-una din zilele trecute... şi că vorbea într-o altă limbă şi... şi eu ştiu că a fost Ludwig – dar mătuşa Hilma l-a izgonit!

— Inge ţi-a spus cum arăta?

— Inge nu l-a văzut. Dar cine altcineva putea să fie?

— Ai întrebat-o pe mătuşa Hilma despre el?

— Inge n-a vrut s-o întreb. Nu voia să-i fac probleme, fiindcă mi-a spus fără ca mătuşa Hilma să ştie. Dar cu cât m-am gândit mai mult la asta după ce am plecat, cu atât m-am înfuriat mai mult. Te rog, vino cu mine, Elin. Trebuie să mergem la pensiune s-o confruntăm pe mătuşa Hilma chiar acum!

— Nu putem face asta, îi spuse Elin. Nu ştim sigur dacă l-a respins pe prietenul tău. Nu putem s-o acuzăm pe Hilma dacă nu ştim adevărul.

— Şi-apoi, chiar tu ai spus că i-am crea probleme lui Inge, adăugă Kirsten.

— Poate că bărbatul căuta o cameră de închiriat şi nu vorbea suedeza.

Surorile reuşiră s-o facă pe Sofia să se liniştească şi să-şi usuce lacrimile. Însă cum Kirsten începu să adune perdelele ca să le ducă la spălătorie, se opri în pragul uşii şi îi spuse:

— Să nu crezi tot ce ți-a spus prietenul tău de pe Insula Ellis, Sofia. Nu-l lăsa să-ți frângă inima. Mai sunt o grămadă de alți bărbați în America.

— Dar eu nu vreau pe altcineva! Sofia izbucni din nou în plâns.

Elin o mângâie pe spate ca s-o aline.

— Kirsten încearcă doar să te protejeze pentru că ea are inima frântă.

— Ludwig nu-mi va frânge inima. Ludwig mă va găsi. Sunt convinsă de asta!

Într-un sfârşit, Sofia îşi suflă nasul şi îşi şterse lacrimile.

— Eşti bine acum? o întrebă Elin. Sofia dădu din cap şi scoase scrisoarea din buzunar.

— Am uitat. Ai primit scrisoarea asta. De la bărbatul acela din Wisconsin.

— Aşteaptă, zise Elin. Unde mergi?

— În sala de bal.

Elin se hotărî s-o lase pe Sofia să plece. Nu era treaba ei să rezolve totul. Elin se aşeză pe podea să citească scrisoarea, pe acordurile slabe ale muzicii care venea de la gramofonul doamnei Anderson.

Dragă Elin,

În ultima scrisoare mi-ai cerut să-ți spun pe nume, aşa că îți voi respecta dorința. Sper că îmi vei spune şi tu Gunnar, de acum înainte. Voiam să îți spun că banii pe care i-ai trimis în fiecare săptămână au ajuns la noi. Prietenii mei nu mai sunt atât de supărați acum că ştiu că intenționați să ne înapoiați banii. Au de gând să-şi caute din nou soții şi s-ar putea să meargă până în Chicago sau Minneapolis când vor avea timp liber. Mica noastră comunitate a sărbătorit Ajunul Solstițiului de vară şi a fost clar pentru toată lumea că era nevoie de mai multe fete care să facă cununile şi să decoreze stâlpul, dar cu toate acestea, ne-am simțit bine.

A venit vara acum, iar aceasta este una dintre cele mai ocupate perioade ale anului la ferma noastră. Mi-ai spus că ai crescut la o fermă în Suedia, aşa că sunt convins că ştii cât de multă muncă avem de făcut. Aici, în America, ferma mea este mult mai mare şi mai prosperă decât fermele din Suedia. Recoltele mele se pare că cresc singure, iar pământul este foarte bogat şi nu atât de bolovănos ca acasă. Totuşi, mi-e dor să mănânc peşte proaspăt, pentru că ferma noastră din Suedia era aproape de mare. Însă, lângă ferma mea se află un lac mic unde pot să pescuiesc de câte ori am timp. Dar aş avea nevoie de cineva care să gătească peştele. Eu nu sunt un bucătar foarte bun şi mi se întâmplă adesea să ard mâncarea.

Recoltele de ovăz şi cartofi se dezvoltă destul de bine, iar porumbul este înalt de un braţ deja. Noi sperăm că vremea va fi frumoasă în continuare ca să terminăm strânsul fânului. Cred că anul acesta vom avea şi o recoltă bună de mere. Una dintre vacile noastre, pe care o cheamă Maisie, îmi face probleme. Cumva, reuşeşte să iasă de pe pajişte şi se duce mereu la ferma vecinului meu. Poate că îl place mai mult pe el decât pe mine, nu ştiu, dar să ştii că irosesc o grămadă de timp urmărind-o. Niciunul dintre noi n-a reuşit să-şi dea seama cum scapă.

Mie îmi place foarte mult ceea ce fac. Îmi place să fiu afară toată ziua, să simt căldura soarelui pe obraji. Munca la fermă este grea, dar răsplata este mare. Beau lapte proaspăt şi mănânc brânză de la vacile mele, şi am legume din propria grădină. Dumnezeu ne dă destulă ploaie şi suficient soare, aşa că viaţa este frumoasă. Cu atâtea de făcut, zilele trec foarte repede vara, iar serile nu sunt atât de singuratice ca pe timpul iernii. Ţi-am spus că am ridicat o bisericuţă în sat? În curând vom avea şi un preot.

Când am ajuns în America prima oară, am locuit câteva luni în Chicago, aşa că ştiu că străzile sunt aglomerate şi zgomotul e asurzitor. Mie nu mi-a plăcut deloc viaţa la oraş. Îmi amintesc şi mirosul, care era îngrozitor. Însă m-am bucurat atât de mult să-ţi citesc scrisoarea şi să aflu despre vila imensă unde tu şi surorile tale faceţi curăţenie. Nici nu-mi pot imagina o casă cu atâtea camere. Nu te-ai rătăcit niciodată în ea?

Îmi pare rău să aflu că doamna pentru care lucrați nu se simte bine. Nu spun asta pentru că îmi fac griji că nu vă va plăti dacă moare, ci pentru că mi se pare că ai prins drag de ea. Ai mai spus şi că după ce va muri, nu veți avea unde să stați. În următoarea scrisoare, aş vrea să-mi povesteşti despre marea petrecere pe care a dat-o de Ajunul Solstițiului de vară. Vreau să ştiu în mod special, ce feluri de mâncare s-au servit.

Mă opresc aici. Am ajuns din nou la capătul foii. Poate că data viitoare când voi merge în oraş, voi cumpăra nişte foi mai mari, ca să-ți scriu mai mult. Sper că vei avea timp să-mi scrii curând.

Prietenul tău,
Gunnar

Pe măsură ce îi citea scrisoarea, Elin îşi dădu seama cu surprindere, că îi era dor de ferma pe care o lăsase în urmă, în Suedia. Îi lipsea apropierea de pământ, îi era dor să urmărească cum creştea totul şi înțelegea foarte bine motivul pentru care Gunnar îşi iubea munca atât de mult. Dacă ar fi avut de ales, Elin ar fi preferat să trăiască la o fermă, şi nu aici, în oraş. Dar, la fel ca şi cu multe alte lucruri din viața ei, Elin nu avea de ales.

Când Elin termină de citit scrisoarea, Kirsten se întorsese deja de la spălătorie.

— Am primit o scrisoare din Wisconsin azi, îi spuse Elin. Vrei s-o citeşti?

— Nu, mulțumesc. E prietenul tău, ție îți scrie. Kirsten adusese o găleată cu soluție de oțet şi o grămadă de ziare ca să spele ferestrele.

— Singurul motiv pentru care îi scriu e pentru că tu şi Sofia nu ați vrut, zise Elin. Mi-a părut rău pentru el şi pentru ceilalți tineri, ție nu?

— Nu chiar, doar le dăm banii înapoi.

— Chiar şi aşa, ei se bazau că noi vom merge acolo, aşa că ştiu că au fost dezamăgiți. Putem măcar să le scriem, dacă nu altceva. Elin luă o găleată goală în care puneau cenuşa şi îngenunche să adune resturile de pe soba din plăci de ceramică. Funinginea o făcu să strănute.

— Crezi că Sofia s-a supărat pe mine pentru ce am spus despre inima frântă? o întrebă Kirsten după un moment.

— Ai făcut-o să se simtă prost. De ce trebuie să-i spui lucruri din astea? Până acum nu ai fost niciodată atât de rea, Kirsten. Acasă erai mereu veselă. Ce s-a întâmplat?

— Situația e diferită aici în America. De ce nu aş fi şi eu altfel?

Elin se ridică în picioare şi se apropie de ea.

— Te rog spune-mi ce s-a întâmplat. Ştiu că ai ceva pe suflet şi...

— Da, am ceva pe suflet – pe tine! De ce nu mă poți lăsa în pace?

— Pentru că sunt îngrijorată pentru tine. Erai atât de plină de viață, totul era o aventură pentru tine. Să ştii că te invidiam când fugeai în pădure fără nicio grijă, văzând spiriduşi, zâne şi pitici în spatele fiecărui copac. Râdeai mereu, Kirsten. Chiar şi pe drum spre America, tu erai cea aventuroasă, împrietenindu-te cu băieții aceia – şi certându-te cu mine! Acum abia ieşi din cameră în zilele tale libere.

— Asta pentru că nu am unde să mă duc.

— De ce nu vrei să mergi la orele de engleză, ca Sofia?

— Dar tu de ce nu mergi? o întrebă Kirsten, continuând să şteargă fereastra cu ziarul mototolit. Elin i-l luă din mână şi o sili să se uite la ea.

— Ascultă-mă. Suntem surori. Nu ne avem decât una pe cealaltă. De ce nu vrei să vorbeşti cu mine? Înainte vorbeam despre orice.

— Ah, da? Sunt sigură că există lucruri pe care nu mi le-ai spus. Privirea acuzatoare a lui Kirsten o făcu pe Elin să-i treacă fiori pe şira spinării. Kirsten nu avea de unde să ştie despre unchiul Sven, nu?

— Te rog, hai să nu ne certăm.

— Atunci nu mă mai sâcâi!

— Şşş... nu vreau să ne audă doamna Anderson.

— Eu am terminat aici. Kirsten adună ziarele mototolite şi ieşi din încăpere. În liniştea care urmă, Elin auzi zgomotul bastonului doamnei Anderson care se plimba prin dormitorul ei, în celălalt capăt al holului. Muzica de la gramofon nu se mai auzea. Elin aşteptă câteva momente să se calmeze după cearta cu Kirsten, apoi traversă coridorul şi bătu la uşa doamnei Anderson.

— Cine e? întrebă ea răstită.

— Elin, doamnă. Pot să intru?

— Dacă chiar trebuie, da.

În clipa în care o văzu, Elin ştiu că doamna Anderson nu se simţea bine. Deşi făcea eforturi să nu lase să se vadă, Elin îşi dădu seama din felul în care îşi strângea buzele, că avea dureri. Respiraţia îi era greoaie, de parcă în loc să se fi plimbat în sus şi în jos prin cameră, ar fi coborât şi urcat scările în fugă.

— Să chem doctorul?

— Nu. Şi nu mă mai bate la cap cu asta. Când o să vreau un doctor voi trimite după el. Pisica doamnei Anderson se odihnea pe un scaun sub fereastră, privindu-şi stăpâna mărşăluind de colo-colo.

— Pot să vă ajut cu ceva, atunci?

— Stai jos şi vorbeşte cu mine. Conversaţia îmi distrage atenţia.

— Foarte bine. Elin se aşeză, dar nu ştia despre ce să vorbească. Era greu să conversezi la comandă.

— Poţi începe prin a-mi spune ce se întâmplă cu tine şi cu surorile tale. Să ştii că am auzit cum vă certaţi, zise ea dând apoi din mână iritată. Nu, nu începe cu scuzele. Nu asta-i ideea. Numai că în prima zi aţi venit aici de parcă eraţi triplete, iar acum văd că nu vă mai înţelegeţi una cu alta.

— E vorba despre Kirsten. În ultimul timp e foarte tristă şi nu vrea să ne spună de ce. Ea zice că n-are nimic...

— Şi tu nu o crezi?

— Nu. Iar într-una din zilele trecute a venit un bărbat să o vadă, şi nu ne-a spus de ce. Nu ne-a spus nimic despre el. Îl cunoaşteţi, a fost invitat la petrecerea dumneavoastră. Cred că se numeşte Lindgren sau Lindblad...

— Vrei să spui Knute Lindquist?

— Cred că el a fost. Lucrează la ziarul dumneavoastră.

— Nu e ziarul meu, e al fiului meu. Însă nu trebuie să-ţi faci griji pentru caracterul lui Knute. Este un tânăr extraordinar.

— Îmi fac griji din cauza surorii mele. Acasă, Kirsten era îndrăgostită de un tânăr din sat. Ea nu vrea să vorbească despre el, dar Sofia zice că i-a frânt inima. Iar acum se întâlneşte cu bărbatul acesta pe care abia îl cunoaşte şi... şi nu mi-ar plăcea să sufere din nou.

— Soţia lui Knute Lindquist a murit în urmă cu doi ani, şi de atunci, e deznădăjduit. Poate că aşa s-au apropiat, de vreme ce sora ta pare să fie la fel, suferind pentru tânărul acela din Suedia.

— Dar e o idee bună? Dacă amândoi suferă şi iubesc pe altcineva – credeţi că acesta e un mod de a începe o relaţie?

— Ce contează părerea mea? De ce m-ar privi pe mine sau pe tine ce fac ei?

Cuvintele ei o treziră pe Elin la realitate, amintindu-i încă o dată că ea nu putea să rezolve totul.

— Dar e sora mea. Îmi pasă ce se întâmplă cu ea. Mă tem să nu sufere şi mai mult decât până acum.

— Tu eşti foarte bănuitoare cu oamenii, nu-i aşa? Care e motivul?

Elin tăcu.

— Vezi? Ai secrete, hotărî doamna Anderson, îndreptându-şi bastonul către ea. Atunci sora ta de ce n-ar avea? O fixă pe Elin cu privirea pentru un moment, înainte de a-şi relua plimbarea. Knute este un om bun, dar mă îndoiesc că intenţionează altceva decât să se împrietenească cu sora ta. Probabil că nu va trece niciodată peste moartea soţiei sale. Însă profunzimea suferinţei lui ar trebui să-ţi spună multe despre firea lui bună şi capacitatea lui de a iubi.

— Dar ce vrea de la Kirsten dacă nu îşi caută o nevastă?

— Ce treabă ai tu? Dacă te cerți pe tema asta crezi că o ajuți pe Kirsten? Las-o în pace. Ea trebuie să trăiască cu deciziile ei, nu tu.

— Dar mă simt responsabilă pentru ea. Eu...

— Ascultă-mă, Elin, o îndemnă doamna Anderson, oprindu-se pe loc. După o anumită vârstă nici măcar părinții nu mai sunt responsabili pentru deciziile copiilor lor, cu atât mai puțin surorile. Crede-mă, eu l-am implorat pe cretinul de fiu-meu să nu se însoare cu femeia aia. Dar m-a ascultat? Nu. Acum trăieşte cu greşeala lui. Şi ce pot eu face în privința asta? Nimic. Asta înseamnă să fii adult – să trăieşti cu greşelile pe care le faci.

— Ultimul lucru pe care l-aş vrea ar fi ca surorile mele să-şi distrugă viețile. Sunt îngrijorată şi pentru Sofia. Ea se agață de un străin pe care l-a întâlnit pe Insula Ellis, un bărbat pe care abia îl cunoaşte. Am început o viață nouă aici, în America. Am lăsat trecutul în urmă...

— Eşti convinsă de asta? Doamna Anderson se oprise în fața ferestrei, privind afară, cu spatele la Elin. Şi eu am crezut că las trecutul în urmă când am venit în America. Însă ce s-a schimbat a fost doar peisajul. În interior, eram aceeaşi persoană. Am secrete din trecut, aşa că ştiu cât de tare pot să te apese, cum îți corup judecata şi îți macină caracterul.

Doamna Anderson se întoarse încet către Elin.

— Sofia mi-a vorbit despre iertare aseară. Cred că ar trebui să vorbeşti şi cu ea, Elin. Şi Kirsten ar trebui să vorbească cu ea. Nu face prostia pe care am făcut-o eu: nu ține secretele în tine toată viața. Ştiu mai bine ca oricine cum te pot distruge. Nu aştepta până la bătrânețe, ca mine, ca să ceri iertare.

Elin privea țintă în podea. Nu înțelegea la ce le va ajuta pe surorile ei să ştie adevărul despre unchiul Sven. O clipă mai târziu, doamna Anderson îşi începu din nou rondul. Loială, felina sări de pe scaun şi i se alătură. Doamna Anderson se aplecă s-o mângâie pe cap.

— Promite-mi că veți avea grijă de Tomte când nu voi mai fi, zise ea încet.

— Dacă nu vă simțiți bine, aș vrea să mă lăsați să trimit după doctor.

Doamna Anderson o săgetă cu privirea.

— Ai fost aici în ziua când am dat-o afară pe asistentă, nu-i așa?

— Da, doamnă. Dar...

— Atunci ia-o ca pe o lecție. Acum, fii drăguță și coboară să-mi aduci scrisorile. Cred că tocmai a sosit poștașul.

Elin se întoarse cu o singură scrisoare, cu respirația tăiată după ce coborâse și urcase înapoi scările abrupte.

— Pot să mă întorc la curățenie acum? o întrebă ea, întinzându-i plicul doamnei Anderson.

— Nu. Stai jos și așteaptă să citesc asta. E de la Bettina. Doamna Anderson se așeză și ea, încruntată și cu buzele strânse, în timp ce citea bilețelul. Ei bine, se pare că e hotărâtă să mă scoată afară din casa mea. Mă anunță că va aduce un alt cumpărător să vadă locul, zise ea, îndesând foaia de hârtie înapoi în plic.

— Când?

— Mâine. Și nu pot să fac nimic în privința asta. Casa e a fiului meu, așa cum mi-a amintit, plină de bunăvoință, Bettina. Are tot dreptul să o vândă.

— Dar încă nu am terminat curățenia în toate camerele. Iar sala de bal este încă...

— Nu are importanță. Apreciez ce ați încercat să faceți ultima dată, dar cred că a venit timpul să plec. Nu mai pot să urc și să cobor scările astea mult timp de acum încolo.

— Putem muta un pat în salonaș, dacă doriți.

— Vom vedea. Acum poți să te întorci la treaba ta, Elin.

A doua zi după-amiază, Bettina Anderson sosi cu o oră înaintea cumpărătorului ei, luând-o pe Elin cu ea prin toată casa și inspectând fiecare cameră ca să se asigure că totul era în ordine.

— De data asta nu mai vreau nicio prostie din partea voastră, le spuse celor trei surori. Tu stai în dormitor cu mama, îi ordonă lui Elin, iar voi două rămâneți în bucătărie. Dacă încercați să puneți cumva bețe în roate, voi avea grijă să fiți aspru pedepsite. Ca să nu mai vorbim că nu veți mai lucra niciodată ca servitoare în această comunitate.

Elin puse cântec după cântec la gramofon pentru doamna Anderson, în timp ce străinii făceau turul casei. După aceea, Bettina bătu la ușa dormitorului.

— Oamenilor le-a plăcut, anunță ea, cu un rânjet mare pe chip. Au fost de acord să o cumpere.

— Când? întrebă doamna Anderson.

— Pregătirea şi semnarea documentelor va dura câteva săptămâni, însă voi trimite oameni care să vă mute lucrurile de îndată.

— Oh, nu. Voi sta aici până la semnarea actelor. Nu plec cu nicio zi mai curând decât sunt nevoită. Iar fetele astea vor rămâne şi ele aici.

— Bine. Aşa vor termina toată curățenia care trebuie făcută. Mai este o jumătate de duzină de camere de curățat, ca să nu mai pomenim de întreg etajul trei.

— Mi-ar fi plăcut să mai dansez un ultim vals în sala mea de bal, zise doamna Anderson cu nostalgie.

Bettina se strâmbă.

— Nu fiți absurdă. Ați fost să vedeți ce-i acolo? O întreagă harababură.

— Ce se va întâmpla cu toate lucrurile mele? Mobila, vasele...?

— Nu veți avea nevoie de ele odată ce vă mutați la noi.

— Dar dacă vreau să le duc cu mine?

— Fiți rezonabilă, mamă Anderson. În casa noastră nu este loc pentru toate lucrurile astea. Majoritatea sunt de modă veche... Nu înțeleg de ce le-ați vrea când puteți avea un mobilier nou-nouț.

— Dar ce se va întâmpla cu lucrurile mele?

— Chiar nu ştiu. Depinde de Gustav. Probabil le va scoate la licitație.

— Şi Tomte?

— V-am mai spus deja, mamă Anderson, eu nu vreau animalul ăla în casa mea.

— Şi eu ţi-am mai spus că nu mă duc acolo unde Tomte nu este binevenit.

— Păi atunci... Nu ştiu ce să mai spun. Trebuie să plec acum. *God dag**.

După plecarea Bettinei, care scuipase foc şi pară, ca de obicei, doamna Anderson păru demoralizată. Se plimbă din cameră în cameră sprijinită de braţul lui Elin, ajutată şi de bastonul ei, şi cercetă cu privirea toate lucrurile, ca şi cum ar fi încercat să-şi dea seama ce să facă cu ele.

— A fost o vreme când îmi doream casa asta şi toate lucrurile acestea elegante mai mult decât orice pe lume, zise ea. Mi se păreau atât de importante. Dar acum am mai multă minte. Nu contează casa, ci dragostea din ea. Dacă iubeşti pe cineva, şi o colibă în pădure e un cămin, continuă doamna Anderson, întorcându-se s-o privească pe Elin. De aceea, voi fetelor nu veţi fi niciodată fără un cămin. Vă veţi avea mereu una pe alta. Vă invidiez pentru asta.

Mai târziu, în acea seară, sosi şi Gustav, fiul doamnei Anderson. Elin îi citea doamnei Anderson cu voce tare, când Kirsten îl conduse până la uşa dormitorului. Ea şi Elin porniră să iasă din încăpere, însă doamna Anderson le opri.

— Nu, fetelor, aşteptaţi un moment. Ce te aduce aici, Gustav? Nu vii să mă vezi decât când ai nevoie de ceva.

Gustav le privi pe surori, evident iritat că erau prezente la discuţie.

— Nu vreau nimic, mamă. Am venit să te întreb de ce îi faci probleme Bettinei cu vânzarea casei şi mutatul la noi. Ea nu vrea decât ce e mai bine pentru tine.

---

*În suedeză, *Bună ziua*, dar în acest context, mai degrabă *La revedere!*, (n.ed.).

— Prostii, ea îmi vrea doar banii.

— Amândoi vrem să fii mai aproape de noi. Aş crede că te vei bucura să ai puţină companie, după ce ai trăit atâta timp singură.

— Dar nu sunt singură. Am pisica – care, din câte am înţeles, nu e binevenită în casa voastră. Tomte mieună ascuţit, a revoltă.

— Ştii foarte bine că o face pe Bettina să strănute, mamă.

Elin se simţi stingherită în timp ce Gustav continuă să vorbească, explicându-i toate aranjamentele pe care le făcuse pentru ea. Doamna Anderson ascultă fără să-l întrerupă, până ce Gustav se opri, în sfârşit.

— Înainte să pleci, Gustav, aş vrea să urci în sala de bal cu mine.

— Pentru ce?

— Şi să aduci şi gramofonul cu tine, te rog. Vreau să veniţi şi voi, fetelor. Kirsten, ia şi cutia aia cu discuri.

Doamna Anderson nu putu să urce scările decât cu ajutorul lui Elin. Respira greu, şi se opri de câteva ori. Fiul ei o luase înainte cu gramofonul şi nu observase cât de delicată devenise mama sa.

— Scările acestea sunt prea mult pentru dumneavoastră, zise Elin pe la jumătatea lor. Ar trebui să vă aşezaţi şi...

— Lasă-mă în pace! Doamna Anderson gâfâi şi se încordă, însă ajunse în capul scărilor şi intră în sala de bal, uitându-se de jur împrejur.

Pe podeaua sălii de bal, ghemotoace de praf pluteau ca nişte balerine. Din colţurile tavanului şi din candelabre atârnau fâşii rupte de pânze de păianjen, însă în centrul scenei de dans, luna aruncase o lumină argintie superbă. Sofia coborî din dormitorul lor să vadă ce se întâmpla şi o ajută pe Kirsten să aprindă policandrele de pe pereţi. Gustav stătea cu mâinile în şolduri şi supraveghea camera, strâmbând din nas în silă.

— Ce ai vrut să-mi arăţi, mamă?

— Nu vreau să-ţi arăt nimic, vreau să dansezi cu mine. Un ultim vals în minunata mea sală de bal. Te rog!

— Serios, mamă! Locul ăsta e murdar.

Regina din poveste se îndreptă spre fiul ei, îi luă mâna şi îşi aşeză celălalt braţ pe talia lui.

— Tatăl tău dansa minunat – ştiai asta? Pune valsul „Dunărea Albastră", Kirsten, dacă îl găseşti.

Elin ştia că era una dintre melodiile preferate ale doamnei Anderson. Muzica hârşâită care răsuna în sală suna de parcă muzicienii o înregistraseră într-un cuptor cu flăcări mistuitoare, însă mărunţica doamnă Anderson se învârtea pe scenă ca şi cum orchestra ar fi cântat chiar lângă ea. Plutea atât de uşor ca în anii tinereţii. Doamna Anderson îşi ridică privirea spre cerul înstelat, apoi închise ochii şi se lăsă condusă în ultimul ei vals de către fiul ei.

— Îţi mulţumesc, îi zise ea când melodia ajunse la final. Eşti un bărbat cumsecade, Gustav. Păcat că te-ai căsătorit cu o imbecilă.

— Ai putea să încerci să te înţelegi cu ea, mamă.

— Poţi să te întorci acasă acum, îi spuse ea, ridicându-se pe vârfuri să-l sărute pe obraz. Îţi mulţumesc că mi-ai făcut hatârul.

După ce Gustav plecă, doamna Anderson mai rămase o vreme în sala de bal, ascultând cântec după cântec, aşezată pe un scaun, aproape de mica scenă unde urcau de obicei muzicienii. Chipul ei ridat oglindea o tristeţe profundă. Apoi, lui Elin îi trebui ceva timp ca s-o ajute să coboare scările până la dormitorul ei.

A doua zi dimineaţă, Elin nu se miră că doamna Anderson fu prea slăbită ca să coboare din pat, şi o trimise pe Sofia să-i dea de veste fiului ei să vină de îndată. În schimb, veni Bettina Anderson.

— Se comportă aşa ori de câte ori ne pregătim să o mutăm, se plânse Bettina în timp ce intra pe uşa din faţă. S-a prefăcut de atâtea ori că e bolnavă, încât nimeni nu o mai crede acum.

— Nu cred că se preface, zise Elin.

Bettina o ţintui cu privirea.

— Atunci ar fi trebuit să trimiţi după doctor, nu după Gustav.

— Nu vrea s-o vadă niciun doctor.

— Nu-mi pasă ce spune ea. Trimit vizitiul după el.

Când sosi doctorul, doamna Anderson ceru ca toată lumea să părăsească încăperea în timpul consultului. Bettina aşteptă la parter, în salonaş, bând cafea şi uitându-se din clipă în clipă la ceas. Elin tocmai intrase să-i reumple ceaşca Bettinei, când intră şi doctorul.

— Inima ei cedează, zise acesta grav.

— Cu cât te-a plătit ca să spui asta?

— Fii drăguţă cu ea, Bettina. Nu mai are mult de trăit.

Elin spera că doctorul se înşela. În următoarele câteva nopţi, Elin dormi pe un fotoliu în dormitorul doamnei Anderson, ca să-i fie aproape dacă ar fi avut nevoie de ceva. Când doamna Anderson intră în comă, cei care stătură la căpătâiul ei fură Elin şi Tomte, nu familia ei.

La o săptămână după ultimul ei vals în sala de bal, Silvia Anderson se stinse din viaţă.

CAPITOLUL 31

În ziua înmormântării doamnei Anderson, ploua. Kirsten nu-şi amintea nicio înmormântare la care fusese – şi fusese la prea multe – la care să nu fi plouat. Majoritatea celor care veniseră s-o plângă aveau umbrele, însă Kirsten şi surorile ei stăteau în ploaia măruntă, întrebându-se dacă obrajii le erau uzi de burniță sau de lacrimi. Probabil de amândouă.

Lui Kirsten i se părea că singurul lucru constant din viața ei fusese pierderea, căci unul câte unul, oamenii pe care îi iubea, erau luați de lângă ea. Kirsten se apropie şi mai mult de Elin şi o luă de braț.

Rămăseseră iarăşi fără casă. Însă tristețea care o copleşi pe Kirsten în timp ce-l asculta pe preot rostind *căci țărână eşti, şi în țărână te vei întoarce*, nu se datora numai acestui fapt. Kirsten ajunsese să se ataşeze de regina din poveste.

După aceea, cei prezenți la înmormântare veniră la vilă. Kirsten îl zări pe domnul Lindquist vorbind cu Gustav Anderson, dar nu merse să vorbească cu el, ci îşi ajută surorile să servească prânzul generos, pregătit de doamna Olafson, iar munca o ajută să-şi ia gândul de la durerea pe care o simțea. Era foarte uşor să-şi imagineze vremea când soțul Silviei Anderson era în viață şi această casă uriaşă, în care răsuna totul, era plină de oameni, la fel cum era acum. Kirsten nu înțelegea de ce Bettina Anderson nu voia să trăiască aici – doar dacă nu era vorba de invidie, sau poate voia o casă şi mai mare, şi mai elegantă.

Când plecă şi ultimul invitat, Bettina se făcu nevăzută la etaj. Kirsten îşi ajută surorile să strângă masa din sala de mese şi să adune farfuriile şi paharele împrăştiate care pe unde. După aceea, umplu chiuveta din bucătărie cu apă şi săpun şi începu să spele vasele, iar surorile ei le şterseră cu prosopul.

— Credeți că nouă ni se va da vreodată voie să fim fericite? le întrebă Kirsten.

— Bineînțeles că vom fi fericite, zise Sofia. Vorbeşti de parcă am fi pedepsite pentru ceva.

— Mie aşa mi se pare, că suntem pedepsite, spuse Elin.

Sofia se întoarse către ea, surprinsă.

— Dar noi nu am făcut nimic rău.

Kirsten îşi lăsă privirea în jos, la apa în care spăla vasele, ştiind că ea făcuse ceva îngrozitor. Era doar o chestiune de timp până ce păcatul îi va fi descoperit. Elin nu spuse nici ea nimic, şi Kirsten îşi aminti momentul în care îi citise jurnalul din care răzbătea puternic sentimentul de vină pe care îl simțea. Poate că ea şi Elin meritau să fie pedepsite, dar oare de ce era şi Sofia pedepsită împreună cu ele?

— Trebuie să ne gândim ce vom face, acum că doamna Anderson nu mai este, zise Elin. În primul rând, trebuie să ne găsim de lucru. Încă mai avem de plătit din datoria pentru bilete. Şi avem nevoie de un loc unde să stăm.

— De ce nu îl întrebăm pe fiul ei dacă nu putem să mai stăm aici o vreme şi să ajutăm la împachetatul lucrurilor doamnei Anderson? propuse Kirsten. Încă nu am terminat curățenia în toate camerele.

— E o idee bună, zise Sofia, dar hai să n-o întrebăm pe Bettina. Nu cred că ne are la suflet.

— Unde e Gustav? A plecat deja? întrebă Elin.

— Nu, e în biroul tatălui său, îi răspunse Kirsten. Am intrat acolo să văd dacă nu sunt farfurii sau pahare murdare şi l-am văzut căutând în sertarele de la birou. Cred că tu ar trebui să vorbeşti cu el, Sofia. Nu ai spus că i-a plăcut cum ai cântat?

— Nu vreau să mă duc singură. Hai să mergem toate trei.

Surorile fură de acord, iar Kirsten apucă un prosop ca să se şteargă pe mâini. Însă înainte ca ele să apuce să iasă din bucătărie, Bettina Anderson păşi mândră pe uşă. După expresia chipului ei, era furioasă.

— Stați jos toate trei şi nu faceți nicio mişcare!

Surorile se priviră una pe alta, apoi îşi traseră nişte scaune de sub masa de bucătărie şi se aşezară. Inima lui Kirsten începu să bată ca nebuna când, o clipă mai târziu, îl văzu şi pe Gustav Anderson intrând pe uşă, negru de mânie. Pisica uriaşă era chiar în spatele lui, ca şi cum ar fi ştiut că Gustav era fiul iubitei sale stăpâne. Tomte se plimbase din încăpere în încăpere, urlând sinistru încă din noaptea în care murise stăpâna lui.

— Nu poți să faci animalul ăla să tacă? întrebă Bettina, fără să se adreseze cuiva în mod deosebit. Kirsten dădu să se ridice, aplecându-se la pisică. Stai jos! îi ordonă Bettina.

— Nu pot să fac două lucruri deodată, doamnă.

— Atunci fă ce ți se spune şi stai jos!

Gustav îşi drese glasul.

— Am descoperit că lipsesc câteva din bijuteriile mamei.

Kirsten îşi simți stomacul întors pe dos. Până acum crezuse că viața ei nu putea să se înrăutățească mai mult de atât, însă iată că se întâmplase. Doamna Olafson le avertizase din prima zi, că servitoarea care lucrase în casă înaintea lor fusese acuzată pe nedrept de furt, iar acum era rândul lor. Lui Kirsten îi fu teamă să-şi întoarcă privirea către surorile ei, ştiind că ar fi izbucnit pe loc în lacrimi.

Gustav o arătă cu degetul pe Elin.

— Tu eşti cea care a început s-o îngrijească şi a petrecut atâta timp în dormitorul ei?

— Da, domnule. Dar nu am luat nimic. Nu aş fura de la ea. Niciuna dintre noi nu ar fura.

— Se întâmplă să ştiu cât de mare nevoie aveți de bani, zise Bettina. Ați fost chiar idioate să credeți că nu vom observa lipsa bijuteriilor.

— Ne-ați face să ne fie mult mai uşor, continuă Gustav, dacă ați înmâna pur şi simplu toate bijuteriile înainte de venirea poliției.

— Am chemat poliția, şi trebuie să ajungă din clipă în clipă, zise Bettina.

Inima lui Kirsten bătu şi mai tare la pomenirea poliţiei, astfel că îndrăzni să arunce o privire la Sofia şi văzu cât era de îngrozită.

— Nu-mi pasă dacă chemaţi poliţia, spuse Kirsten. Vor descoperi că suntem nevinovate.

Elin îşi aşeză palma pe braţul ei.

— Taci, Kirsten. Nu ne cred oricum.

— Ai dreptate, confirmă Bettina. Nu uitaţi, că am avut eu însămi de-a face cu şiretlicurile voastre.

Deci despre asta era vorba, se gândi Kirsten imediat. Bettina le mai purta încă pică pentru că îi speriaseră primii cumpărători.

— Mama vă aprecia foarte mult pe toate trei, zise Gustav cu gravitate. Încă o dată, de dragul ei, vă cer să înapoiaţi ceea ce aţi furat.

— Noi nu am furat nimic, zise Kirsten.

— Bine. Să nu spuneţi că nu v-am avertizat. Gustav se întoarse cu spatele şi ieşi din bucătărie urmat îndeaproape de felina care plângea. Bettina rămase cu ele, ca şi cum le-ar fi păzit, stând în picioare lângă sobă, cu braţele încrucişate.

Multă vreme mai târziu, Kirsten auzi soneria de la uşa de la intrare, şi apoi voci în antreu. Gustav intră în bucătărie urmat de doi poliţişti. Unul dintre ei vorbea suedeză, dar celălalt nu, aşa că discuţia care urmă fu un amestec confuz de limbi. Bettina era din ce în ce mai furioasă

— Mama Anderson purta întotdeauna un inel mare cu diamant şi smarald combinat cu o pereche de cercei, zise ea în suedeză, iar acum nu sunt nicăieri. Mai purta inele cu diamant şi pe alte degete, însă când a murit, nu le avea nici pe degete şi nu sunt nici în cutia ei cu bijuterii.

Kirsten îşi aminti cât de tare strălucise regina din poveste încărcată cu bijuterii în prima zi când ajunseseră la ea, cerându-i de lucru. Atunci i se păruse ciudat să vadă pe cineva purtând bijuterii extravagante chiar şi când stătea în pat. Însă acum că se gândea la asta, Kirsten nu-şi aminti s-o fi văzut pe doamna Anderson purtând vreo bijuterie în săptămânile de dinainte de moarte.

— Ce ați făcut cu smaraldele ei? ceru Bettina să știe.

— Noi nu ne-am atins de bijuteriile doamnei, zise Elin calmă.

— Minți! Am văzut-o pe fata aia cu una dintre broșele ei în urmă cu câteva săptămâni, zise ea, arătând-o pe Sofia. A fost foarte obraznică. Și am și martori. Toată lumea de la petrecere a văzut-o purtând broșa din camee a mamei în seara aceea.

— Doamna mi-a împrumutat-o, zise Sofia. I-am înapoiat-o...

— Ați putea, vă rog, s-o descrieți? ceru polițistul.

Bettina se înroși.

— Păi... cameea nu lipsește, însă celelalte piese pe care le-am descris nu mai sunt. Nu le puteți lăsa pe aceste hoațe să scape nevinovate!

— Vă rog să-mi permiteți să vorbesc cu ele singur, ceru polițistul suedez. Kirsten aruncă o privire către surorile ei în timp ce Bettina ieșea din bucătărie, și se întrebă dacă și ea era la fel de palidă și de speriată cum erau ele. Însă, în ciuda fricii, mânia lui Kirsten fierbea la suprafață, așteptând să dea pe de lături. Elin își așeză mâna peste a ei, ca și cum ar fi simțit starea în care se afla.

Polițistul își puse mâinile în șolduri, din ce în ce mai iritat.

— Cred că erați conștiente că veți fi prinse, fetelor. Cel mai bine pentru voi ar fi să înapoiați piesele imediat. Dacă colaborați, judecătorul va ține seama de asta când vă va hotărî sentința.

— Elin nu ar fura niciodată nimic, zise Kirsten. Sofia nici atât. Iar eu știu foarte bine că nu am luat nimic.

Însă Kirsten știa că dacă s-ar apăra împotriva cuvântului Bettinei, nu ar avea nicio șansă. Din nou, Kirsten își puse aceeași întrebare: oare Bettina se răzbuna pe ele pentru farsa aceea? Dacă da, harababura asta era din vina ei. Ea trebuia să fie pedepsită, nu surorile ei.

— Iată datele pe care le avem, le spuse polițistul. Nu sunt semne că s-ar fi intrat cu forța în casă. Bijuteriile lipsesc, iar voi trei aveați acces în dormitorul doamnei Anderson în fiecare zi de când era bolnavă, corect? Acest lucru vă dă ocazia.

— Noi nu i-am luat bijuteriile, zise Elin cu o voce tremurândă.

— Şi mai ştiu şi că aveţi o datorie destul de mare. Asta ar fi motivul.

— Dar noi nu am fura, zise Sofia. Furatul este un păcat.

— Ridicaţi-vă în picioare. Toate trei.

Kirsten se ridică cu genunchii tremurânzi.

— Unde este camera voastră? Trebuie s-o percheziţionăm.

În dormitorul lor, cei doi poliţişti le spuseră să stea deoparte şi se apucară să răstoarne totul cu susul în jos. Sofia lăcrimă când puseră mâna pe vioara prietenului ei, pe care începură să o scuture. Furia lui Kirsten creştea cu fiecare minut, dar se stăpâni, fiindcă ştia că poliţia nu va găsi nicio piesă de bijuterie. Bettina păru dezamăgită când poliţiştii se întoarseră la parter cu mâinile goale.

— V-am spus că nu i-am luat lucrurile, spuse Kirsten.

Bettina pufni de furie.

— Casa asta are două duzini de camere. Sunt mii de locuri în care ar fi putut ascunde o mână de inele. Vă spun eu, fetele astea sunt nişte prefăcute.

— Aceasta este ultima voastră şansă, le avertiză poliţistul. Dacă nu ne spuneţi unde aţi ascuns bijuteriile, mergeţi la închisoare.

— Nu, vă rugăm, imploră Elin. Trebuie să ne credeţi. Noi nu ne-am atins de bijuteriile doamnei.

— Poate că o noapte la închisoare vă va face să vă răzgândiţi. Haideţi să mergem. Unul dintre bărbaţi o apucă pe Kirsten de braţ, mai strâns decât ar fi fost nevoie, şi o împinse către uşă. Celălalt poliţist le înşfăcă pe Sofia şi pe Elin. Kirsten se întoarse către Bettina.

— Vă rog, lăsaţi-mi surorile în pace, zise ea. Ştiţi că nu am furat nimic de la dumneavoastră. Dacă încă sunteţi supărată pe noi pentru farsa aceea, eu sunt de vină, nu ele. Vă rog, nu vă răzbunaţi pe surorile mele. Vă rog, nu le pedepsiţi.

— Asta a fost o mărturisire? o întrebă poliţistul. Sunteţi pregătite să înapoiaţi ceea ce aţi furat?

— Nu am furat nimic. Doamna Anderson este supărată pe mine pentru că am păcălit-o că acoperişul este spart şi…

Polițistul o trase după el pe ușă.

— Spuneți-i asta judecătorului, domnișoară.

Trăsura poliției care aștepta la curbă avea gratii la geamuri și la ușa din spate. Polițiștii le împinseră în spatele trăsurii și trăsura se îndepărtă de conac.

— E vina mea, plânse Kirsten uitându-se la străzile întunecate. N-ar fi trebuit s-o înfurii pe Bettina.

— Nu e vina ta, zise Elin, care stătea pe bancheta din fața lui Kirsten, legănând-o pe Sofia în brațe. Nimeni nu e atât de rău încât să facă asta din cauza unei farse – nici măcar Bettina Anderson. Probabil că e cu adevărat convinsă că am furat de la ea.

— Dar cine ar fi putut să-i fure inelele? întrebă Sofia.

Kirsten se sprijini încet cu spatele de peretele compartimentului, ținându-se de banchetă, în timp ce trăsura sălta și se lovea de hârtoape prin oraș. Kirsten închise ochii.

— Vreau doar să mă trezesc în patul meu de-acasă din Suedia și să-mi dau seama că totul nu a fost decât un coșmar.

Prea târziu însă, Kirsten își aminti motivul pentru care Elin făcuse atâtea eforturi ca să le scoată din casa lor din Suedia – și că viața ei acolo fusese un coșmar. Kirsten deschise ochii și o privi.

— Îmi pare rău. Nu... nu am vrut să spun asta.

Nimeni nu mai scoase un cuvânt pe tot parcursul drumului. Când ajunseră la sediul poliției, polițistul care vorbea suedeză îi dădu căpitanului raportul și plecă. Kirsten așteptă împreună cu surorile ei în secția agitată, ascultând strigătele, râsetele și fluierăturile, neînțelegând niciun cuvânt din ce se întâmpla. Puținele cunoștințe de engleză ale Sofiei nu le erau de folos, iar când toate eforturile lor de a-și proclama nevinovăția se dovediră zadarnice, Kirsten și surorile ei fură conduse pe un coridor murdar, în spatele secției. Acolo, gardianul le închise într-o celulă.

— De ce ni se întâmplă asta? plânse Sofia, prăbușindu-se pe un pat. Elin se așeză lângă ea și încercă să o liniștească, însă Kirsten era prea supărată ca să stea jos. Celula îi amintea de camera de detenție de pe Insula Ellis – doar că aceasta avea gratii, iar ușa era încuiată. Paturile, care erau atârnate de perete cu lanțuri, nu aveau saltele sau perne, doar o pătură amărâtă și soioasă pentru fiecare dintre ele. În colț le aștepta o găleată dacă aveau nevoie la toaletă. Măcar erau singure în celulă.

Cum ajunseseră oare aici, neavând nimic decât una pe alta și hainele de pe ele? Kirsten încercă să rememoreze totul, familia lor care fusese fericită odată, ferma, viața lor din Suedia de care fuseseră mulțumiți. Dar apoi, când părinții lor muriră unul după altul și începură înmormântările, viețile lor deveniră din ce în ce mai grele, cu fiecare schimbare. De câte ori i se întâmplase ceva bun – iubirea pentru Tor, slujba de la vilă – trebuia să urmeze o lovitură devastatoare. Acum era însărcinată, doamna Anderson murise, și ele erau la închisoare. Lui Kirsten îi venea să urle.

— Nu înțeleg de ce ni se întâmplă asta, repetă Sofia.

— Eu sunt de acord cu ce a spus Kirsten în trăsură, zise Elin. Îmi pare rău că am plecat de acasă. Am crezut că America va fi un tărâm de vise frumoase și noi începuturi, dar nu e așa. Totul e din vina mea. N-ar fi trebuit niciodată să venim în țara asta.

— Nu vorbi așa, îi spuse Kirsten. Nu e vina ta. Și eu am vrut să vin în America, nu-ți amintești?

— Da, dar Sofia nu a vrut să vină. Îmi pare rău că te-am adus aici, Sofia. Îmi pare atât de rău.

— Încetează, Elin, zise Kirsten. Nu am făcut nimic greșit. Vor descoperi că s-au înșelat și ne vor elibera. Vei vedea.

Kirsten se duse la ușa celulei și apucă gratiile cu mâinile, uitându-se pe coridorul întunecos și dorindu-și să-și creadă propriile cuvinte.

CAPITOLUL 32

— Mama ne-ar spune să ne rugăm, zise Sofia, care încetase să-şi mai plângă de milă şi îşi amintise: Dumnezeu a promis că nu ne va lăsa şi nu ne va părăsi niciodată. Dacă ne rugăm, ne va trimite ajutoare.

— Rugăciunile vor fi în zadar, zise Kirsten, care stătea cu spatele la Sofia şi la Elin, cu mâinile încleştate pe gratiile de la uşa celulei. Rugăciunea nu-i ca şi când mergi la magazin şi alegi ce vrei să cumperi. Dumnezeu n-o să fluture o baghetă magică şi *puf*, trăim cu toții fericiți, până la adânci bătrâneți.

— Dumnezeu mi-a răspuns la toate celelalte rugăciuni, spuse Sofia. L-am rugat să vă facă bine pe tine şi pe Kirsten şi v-ați însănătoşit. I-am cerut ajutorul când eram singură pe Insula Ellis, şi El mi l-a trimis pe Ludwig.

— Înseamnă că n-am făcut eu ceva bine, zise Elin. Cred că Dumnezeu nu mi-a răspuns la niciuna dintre rugăciuni.

— Oh, Elin. Nu cred asta.

— M-am rugat ca mama să se facă bine, şi a murit. M-am rugat ca tata să nu mai fie trist şi s-a sinucis. M-am rugat ca unchiul Sven să nu mai... Elin se opri, împiedicându-se în propriile cuvinte. Să... să nu se mai certe cu Nils, dar nici asta nu s-a întâmplat.

— Ştiu că Biblia spune să ceri şi ți se va da, zise Kirsten, dar sunt de acord cu Elin. Am cerut, dar nu mi s-a dat.

— Poate că ceea ce ceri tu, nu e cel mai bun lucru pentru tine. Poate...

— Poate că suntem pedepsite, spuse Kirsten.

Sofia clătină din cap.

— Pentru ce?

Kirsten nu răspunse. Nici Elin.

–Ei bine, eu cred că Dumnezeu ne răspunde la rugăciuni, insistă Sofia, numai că noi nu ne dăm seama încă.

— Să trimiţi nişte oameni nevinovaţi la închisoare mi se pare un mod stupid de a le răspunde la rugăciuni, mormăi Kirsten.

— Mă îngrijoraţi, amândouă, le spuse Sofia. Vă îndepărtaţi de Dumnezeu şi nu vreţi să-mi spuneţi de ce. Dumnezeu e aici, cu noi, să ştiţi. El ne iubeşte şi...

— Şi uşa asta a celulei e încă încuiată, zise Kirsten, smucind-o cu zgomot.

Sofia se întrebă cum ar putea să le redea încrederea, mai ales că Dumnezeu nu părea să-i răspundă la rugăciunile ei de a-l găsi pe Ludwig. Sofia nu voia să-şi piardă din nou credinţa, însă celula asta de închisoare era cel mai îngrozitor loc în care fusese vreodată. Sofia făcu efortul de a-şi aminti alte promisiuni pe care le citise în Biblie, în încercarea de a-şi alina surorile, numai că nu avea Biblia cu ea.

— Şi Isus a fost acuzat pe nedrept, zise ea în cele din urmă. El înţelege ce simţim.

Kirsten râse scurt.

— Nu mă faci să mă simt mai bine, Sofia. Cei care l-au acuzat pe Isus l-au şi ucis, ştii?

— Da, dar El Şi-a dat viaţa pentru toate lucrurile rele pe care le-am făcut *noi*. El nu trebuia să moară. Amândouă spuneţi că suntem pedepsite pentru ceva, dar chiar dacă ar fi adevărat, Dumnezeu nu ar vrea să ne pedepsească. El vrea să ne ierte.

Sofia aşteptă ca surorile ei să-i răspundă, dar amândouă păstrară tăcerea. Kirsten încă stătea cu spatele, iar Elin îşi ştergea pe furiş o lacrimă.

— Dar dacă nu merităm să fim iertate? întrebă Elin.

— Nimeni nu merită iertarea. Dumnezeu ne-o dă doar aşa, ca pe un dar, chiar şi când nu e ziua noastră.

Uşa care ducea spre secţia de poliţie se deschise şi gardianul îşi făcu apariţia. Sofia spuse repede o rugăciune în şoaptă. *Te rog, Doamne. Te rog, dă să vină să ne deschidă uşa şi să ne elibereze.* Însă gardianul le strigă ceva în engleză, ceva ce ea nu înțelese, şi după un minut, lumina se stinse. Sofia se chinui să ajungă la unul dintre paturi şi îşi trase pătura subţire peste umeri, însă nu adormi decât după foarte multă vreme.

A doua zi dimineaţă, niciuna dintre ele nu avu poftă de micul dejun. Terciul era prea lichid, pâinea prăjită era uscată, iar prunele fierte tari şi aţoase.

— Ce ne vom face? întrebă din nou Kirsten. Niciuna dintre ele nu avea un răspuns. Sofia vru să le sfătuiască din nou să se roage, dar în seara anterioară propunerea ei fusese întâmpinată cu neîncredere.

— Într-un final, vor fi nevoiţi să ne lase să plecăm, spuse ea. Nu au cum să dovedească că am furat de la doamna Anderson.

— Păi nu putem dovedi că nu am furat, zise Elin. Cine a mai intrat în dormitorul ei, în afară de noi?

— Doamna Olafson i-a dus tava cu micul dejun în fiecare dimineaţă, spuse Kirsten.

— Crezi că doamna Olafson e hoţul? o întrebă Sofia. Cred că glumeşti.

— Acuzarea ei nu e cu nimic mai nedreaptă decât acuzarea noastră.

Dimineaţa parcă nu mai trecea. Sofia încercă să se roage în loc să-şi facă griji – o sarcină imposibilă. Se întrebă dacă îl va mai vedea vreodată pe Ludwig Schneider.

Cu puţin înainte de prânz, gardianul se opri în faţa celulei lor şi introduse cheia în uşă, apoi le făcu semn să iasă, în timp ce el ţinea uşa deschisă. Sofia se strecură afară din pat şi fu pe cale să le spună surorilor ei că poate acesta era răspunsul la rugăciunile ei, dar se hotărî să aştepte şi să vadă ce se va întâmpla.

Te rog, Isuse...

Gardianul le conduse în zona principală a secţiei, unde le aştepta un bărbat cu părul cenuşiu, care purta un costum din trei piese. Sofiei i se păru că-l recunoaşte de undeva – oare venise în vizită la doamna Anderson? Sau îl văzuse la biserică sau la petrecerea de logodnă unde cântase? Apoi, își aminti.

— Sunteți avocatul doamnei Anderson, nu-i așa? Îmi amintesc că ați venit s-o vizitați acasă.

— Aveți dreptate. Numele meu este John Olson.

— Domnule Olson, noi nu am furat nimic. Vă rugăm, trebuie să ne credeți.

Avocatul ridică mâna.

— Lăsați-mă un moment vă rog, zise el, după care se adresă căpitanului în engleză, vorbind prea repede ca Sofia să poată înțelege. Sofia își strecură mâna în mâna lui Elin, încercând să nu-și facă griji în timp ce așteptau. Domnul Olson îi dădu o hârtie căpitanului, apoi se aplecă să semneze o alta, pe care i-o întinsese acesta. Când se îndreptă din nou, le zâmbi ușor celor trei surori.

— Veniți cu mine, vă rog.

În mod miraculos, li se permitea să părăsească secția. Sofia fu surprinsă să vadă că afară era însorit și cald, după celula mohorâtă și ploaia deasă din ziua înmormântării. Sofia sări peste câteva băltoace în drum spre trăsura domnului Olson, iar acesta le deschise ușa.

— După dumneavoastră, domnișoarelor, le spuse el, făcându-le semn să urce.

În mod surprinzător, Elin nu protestă, ea care era de obicei atât de bănuitoare cu străinii. Însă acum părea prea amorțită ca să comenteze, și urcă în trăsura acoperită ca prin somn.

— Chiar suntem libere să plecăm? întrebă Kirsten. Nu ne eliberează pe cauțiune, sau așa ceva, nu-i așa?

— S-a renunțat la toate acuzațiile, le anunță domnul Olson. Îmi pare foarte rău pentru încurcătură – și pentru faptul că a trebuit să îndurați o noapte în închisoare.

— Au găsit bijuteriile care lipseau?

— Într-un fel. Domnul Olson urcă în trăsură ultimul și îi făcu semn vizitiului. Trăsura săltă înainte și se amestecă în trafic.

— Înainte de a muri, Silvia Anderson mi-a încredințat câteva din bijuteriile dânsei, le spuse domnul Olson, pe care mi-a cerut să le vând. I-am arătat fiului dânsei şi poliției o copie a chitanțelor. Fiecare dintre piese a fost evaluată, iar banii sunt în contul bancar al dânsei.

— Slavă Domnului, răsuflă uşurată Sofia.

— De asemenea, doamna Anderson mi-a dictat clauzele testamentului dânsei, şi mi-a precizat câteva cerințe în legătură cu fondurile. În dimineața aceasta voi citi testamentul în fața familiei – şi aşa am aflat că ați fost acuzate de furt.

— Ne datorează scuze, zise Kirsten. Elin îi făcu semn să tacă.

— Nora doamnei Anderson intenționează, totuşi, să conteste testamentul. Ea consideră că bijuteriile îi aparțineau de drept şi în consecință şi banii, însă toate astea le va hotărî un judecător.

— Deci suntem libere să plecăm? întrebă Elin.

— Da. Repet, îmi pare foarte rău pentru neînțelegere.

— Unde ne duceți acum? îl întrebă Kirsten.

— Înapoi la vilă. Mi s-a cerut să vă supraveghez cât timp vă strângeți lucrurile.

— Sper ca Bettina Anderson să fie acolo, zise Kirsten. Ne datorează cel puțin scuze după ce ne-a acuzat de hoție şi ne-a făcut să ne petrecem noaptea în închisoare.

— E improbabil să se întâmple asta. Domnul Olson zâmbi uşor, din nou. Însă domnul Anderson m-a rugat să vă dau salariul pe ultima săptămână, zise el, întinzându-i lui Elin un plic cu doisprezece dolari în el.

Când ajunseră la vilă, domnul Olson descuie uşa de la intrare cu cheia şi urcă scările în urma lor, până la etajul trei. Sofia uitase ce dezordine făcuse poliția în camera lor după ce o scotociră toată. Valiza fusese golită şi toate lucrurile din ea percheziționate şi lăsate grămadă unele peste altele. Sofia se uită repede la vioara lui Ludwig, recunoscătoare să descopere că nu avea nimic, apoi îşi ajută surorile să-şi strângă aşternuturile de pat. Când totul fu strâns şi împachetat, Sofia apucă unul dintre mânerele geamantanului, ca s-o ajute pe Kirsten să-l târască până la parter.

— Nu, hai să folosim scările principale, zise Kirsten, când Sofia o porni spre scările servitorilor. Ne va fi mai uşor. Şi merităm şi noi un pic de respect.

Când trecură prin faţa sălii de bal, Sofia se opri să schimbe mâna şi îşi aminti de noaptea în care doamna Anderson dansase cu fiul ei. Chiar arătase ca o regină din poveste în seara aceea, plutind pe ringul de dans, în lumina lunii. Sofia îşi aminti cu câtă bunăvoinţă îi împrumutase broşa din camee, şi apoi ultima conversaţie pe care o avuseseră în trăsură. *Deci ai văzut dincolo de aripile mele şi de gâgâitul meu – asta vrei să spui?* Sofia îşi şterse o lacrimă.

— Îmi va fi dor de ea, oftă Sofia.

— De ce trebuie să fie viaţa atât de grea? întrebă Kirsten.

Vizitiul le ajută să ridice geamantanul şi să-l pună în spatele trăsurii.

— Unde aţi vrea să mergeţi? le întrebă domnul Olson.

— La pensiunea mătuşii noastre, bănuiesc, zise Elin.

— Aşteptaţi! strigă deodată Sofia, când trăsura începu să se urnească. Ce s-a întâmplat cu pisica doamnei Anderson? Nu am văzut-o cât am fost sus, voi? Am promis să avem grijă de ea.

— Nu ştiu, răspunse domnul Olson. Tot ce e în casa aceea îi aparţine fiului dânsei acum.

Sofia era distrusă la gândul că nu-şi ţinuseră promisiunea, şi făcu eforturi să-şi stăpânească lacrimile.

— Ea chiar îl iubea pe motanul acela...

— Poate că ştie doamna Olafson ce s-a întâmplat cu el, zise Elin. Ne vom duce la ea acasă mâine şi o vom întreba. Ştiu eu unde locuieşte.

— De ce-ţi faci atâtea griji pentru o pisică? o întrebă Kirsten. Nici noi nu avem unde să stăm.

Mătuşa Hilma fu chiar şi mai nemulţumită să le vadă de data aceasta, decât prima oară când bătuseră la uşa ei.

— Ce faceți aici? le întrebă ea. Toată comunitatea știe că ați fost la închisoare.

— Au aflat ce s-a întâmplat cu bijuteriile, îi răspunse Elin. Se știe că nu noi le-am furat, așa că ne-au lăsat să plecăm.

— Dezgustător, bombăni Hilma.

— Am fost achitate de orice vină, zise Kirsten furioasă. Nu am furat nimic!

— Ei bine, îmi pare rău, dar nu puteți să stați aici.

— Și unde să mergem? întrebă Elin.

— Ar fi trebuit să acceptați oferta tinerilor din Wisconsin de la bun început și să mergeți acolo. Acum ați fi avut propriile case. Cred că puteți sta aici noaptea asta, dar vreau să vă găsiți o altă locuință cât mai repede posibil și să plecați.

Sofia târî valiza la etaj împreună cu Kirsten și fu copleșită de oboseală. Surorile se așezară și se uitară una la alta.

— Și acum? întrebă Kirsten.

Elin clătină din cap.

— Îmi pare atât de rău, zise ea încet. N-ar fi trebuit să plecăm de acasă niciodată.

PARTEA A TREIA

Acasă

IULIE 1897

Drept răspuns, Isus i-a zis:
„Dacă Mă iubeşte cineva, va păzi cuvântul Meu,
şi Tatăl Meu îl va iubi. Noi vom veni la el,
şi vom locui împreună cu el".

IOAN 14:23

CAPITOLUL 33

Pastorul Johnson fu de acord să le primească pe Elin şi pe surorile ei în biroul lui, a doua zi dimineaţă. Stând din nou în faţa pastorului şi cerându-i un loc muncă, Elin avea impresia că era o credincioasă penitentă în Ziua Judecăţii. Preotul stătea la biroul său cu mâinile împreunate, şi îşi ridică privirea către ele. Cum în încăpere nu existau decât două scaune pentru vizitatori, Elin şi surorile rămaseră în picioare. Elin îşi dorea ca unchiul Lars să fie cu ele şi de data aceasta, însă el părea să le evite, de parcă ar fi la fel de nerăbdător să scape de ele, cum era şi mătuşa Hilma.

— Ne-aţi mai ajutat să ne găsim de lucru şi înainte, pastore Johnson, şi vă suntem recunoscătoare, începu Elin. Însă acum, că doamna Anderson nu mai este, ne întrebam dacă ştiţi pe altcineva care are nevoie de servitoare.

— Nu ştiu să aibă nimeni nevoie. Pastorul păru surprins că-l întrebau pe el, ca şi cum nu şi-ar fi amintit că le ajutase înainte.

— Nu trebuie să muncim toate trei în acelaşi loc, zise ea repede, deşi am prefera asta.

— Iar eu ştiu puţină engleză acum, adăugă Sofia. Nu ar trebui să fie neapărat o familie suedeză.

— Şi ar fi bine dacă ne-ar oferi şi masă şi casă, zise Kirsten. Mătuşa Hilma nu ne vrea, deşi suntem rudele ei de sânge.

Elin îşi aşeză mâna pe braţul lui Kirsten ca s-o facă să tacă, temându-se că preotul le va desconsidera dacă le vedea că se plâng de mătuşa lor. Pastorul le privi cu milă. Ochii săi aveau aceeaşi nuanţă cenuşie ca părul său ciufulit.

— Aş vrea să vă ajut... credeţi-mă că aş vrea, dar mă tem că va fi foarte greu, dacă nu imposibil, să vă găsesc de lucru. Servitorii se angajează de obicei prin recomandarea oamenilor, la fel cum se răspândeşte şi bârfa. Din nefericire, toată lumea din comunitatea religioasă a auzit zvonul despre bijuteriile Silviei Anderson, iar stigmatul furtului vă va urmări cu siguranță.

— Dar suntem nevinovate! zise Kirsten. Noi nu am furat nimic!

— Ştiu. Însă Bettina Anderson nu este de aceeaşi părere. Soacra ei v-a numit pe toate trei beneficiare ale testamentului ei...

— Într-adevăr? se miră Elin. Chiar ne-a numit pe *noi*? Avocatul ei nu ne-a spus asta.

— Ei bine, se pare că aşa a făcut, iar Bettina crede că, într-un fel, ați furat de la ea. Mă tem că vă va face viața foarte dificilă.

— Ăsta nu este un comportament foarte creştinesc, zise Sofia. Cum poate să vină la biserică în fiecare duminică, şi apoi să amenințe oamenii în felul acesta?

— Puțini dintre noi se comportă aşa cum ar vrea Domnul să ne purtăm, domnişoară Carlson. Eu pot doar să predic adevărul, nu şi să-l impun. Dumnezeu ne-a înzestrat pe toți cu liberul arbitru.

— Spuneți-i că poate lua toți banii, îi zise Elin. Noi nu-i vrem, dacă aşa crede. Noi avem nevoie doar de nişte slujbe şi un loc unde să stăm.

— Nu ştiu ce-aş mai putea face pentru voi, spuse el, ridicând din mâini. Chicago e plin de imigranți care-şi caută de lucru. Şi unui bărbat îi e greu să-şi găsească o slujbă bine plătită şi un acoperiş deasupra capului, însă unor femei tinere, necăsătorite, le e cu atât mai greu să-şi găsească o casă şi mijloacele de a se întreține.

Ceva din felul în care rostise *nemăritate* o făcu pe Elin să se întrebe dacă nu cumva ştia de refuzul lor de a se căsători cu tinerii din Wisconsin. Elin şi-o putea imagina foarte bine pe mătuşa Hilma spunându-i soției pastorului şi oricui altcuiva cum ea şi Lars făcuseră tot posibilul pentru nepoatele lor nerecunoscătoare, iar ele le dispretuiseră ajutorul.

— S-ar putea să fiți nevoite să căutați de lucru în afara comunității suedeze, continuă pastorul Johnson. Chicago e un oraş mare, şi cu siguranță vă va ajuta dacă ştiți puțină engleză.

— Nu ştim cum să ne căutăm de lucru, zise Kirsten. De aceea am venit la dumneavoastră.

— Îmi pare rău, dar eu nu mă ocup să-i ajut pe oameni să-şi găsească de lucru. Îmi ajunge păstoritul turmei mele, zise preotul ridicându-se în picioare şi începând să meargă spre uşă în timp ce vorbea, parcă nerăbdător să le vadă ieşite din biroul său. Însă voi încerca să mă gândesc la altcineva care să vă poată sfătui.

— Nu cred nicio clipă ce spune, zise Kirsten afară, în lumina soarelui. Nu are de gând să găsească pe nimeni care să ne ajute. Cu siguranţă îi e loial Bettinei Anderson, care probabil donează bani pentru biserică.

— Propria noastră familie nu ne ajută, spuse Elin, el de ce ne-ar ajuta?

— Şi acum ce facem? întrebă Sofia.

În dimineaţa aceea, Elin se trezise cu mult înainte de răsăritul soarelui, şi stătuse în întuneric, cu aceeaşi întrebare în minte. Elin nu se putea gândi decât la o singură persoană care le-ar putea ajuta.

— Haideţi să vorbim cu doamna Olafson. Şi ea trebuie să-şi găsească de lucru. Poate că ne va putea ajuta.

— Ha! Nu m-aş mira dacă ne-ar întoarce şi ea spatele, bombăni Kirsten, în timp ce se îndepărtau de biserică. Comunitatea de aici e exact ca satul nostru – ia partea unuia sau altuia, împrăştie bârfe şi minciuni...

— Atunci hai să nu facem şi noi acelaşi lucru, propuse Sofia. Hai să încercăm de acum înainte să vedem oamenii aşa cum sunt, nu influenţate de ceea ce spun alţii despre ei. Vă amintiţi toate lucrurile rele pe care le spunea lumea despre doamna Anderson? Însă odată ce am apucat s-o cunoaştem, n-a mai fost atât de îngrozitoare.

Cele trei surori se opriră la colţul străzii, aşteptând să treacă strada.

— Chiar credeţi că ne-a lăsat nişte bani în testament? întrebă Kirsten. Mă întreb de ce avocatul nu ne-a spus lucrul ăsta.

— Poate pentru că n-a vrut să ne entuziasmăm prea tare, zise Elin, şi uite că s-a dovedit că a avut dreptate să nu ne pomenească de asta.

— Şi câţi bani credeţi că ne-a lăsat? întrebă Kirsten. Surorile tocmai treceau prin faţa unui magazin care avea rochii şi pălării în vitrină, iar Elin observă că Kirsten încetinise pasul, admirând hainele.

Sofia o trase de braţ, făcând-o să înainteze.

— Nici nu contează, pentru că n-o să vedem niciun bănuţ, zise ea.

Surorile mai merseră încă o stradă în soarele fierbinte încălzindu-le ca un cuptor într-o zi de iarnă.

— Unde stă doamna Olafson? întrebă Kirsten în timp ce-şi ştergea fruntea cu o batistă.

— Are un apartament deasupra brutăriei suedeze.

Elin găsi cu uşurinţă brutăria, însă îi luă câteva minute să găsească intrarea în apartament prin spatele clădirii. Pe scară se simţea mireasma pâinii abia coapte şi lui Elin i se umplură ochii de lacrimi. Nu de pâinea de casă îi era dor, ci de un cămin al ei.

— Eu n-aş putea să locuiesc aici, zise Kirsten, trăgând adânc aer în piept. De la mirosul ăsta mi-ar fi foame încontinuu.

— Poate că te-ai obişnui cu el, zise Sofia.

Elin bătu la uşa apartamentului, şi când se deschise, motanul doamnei Anderson se învârtea în jurul picioarelor doamnei Olafson, frecându-şi capul turtit de gambele ei.

— Tomte! strigă Sofia.

— Ne-am făcut atâtea griji pentru tine, zise Elin, aplecându-se să-l mângâie. Felina uriaşă începu să toarcă, înconjurată de atâta atenţie, huruind ca o avalanşă. Nu am ştiut ce s-a întâmplat cu el.

— *Ja,* bietul de el a plâns îngrozitor după ce ea a murit, zise doamna Olafson. Cealaltă doamnă Anderson a dat ordin grădinarului să-l bage într-un sac de pânză şi să-l arunce în râu. Eu n-am putut să las să i se întâmple asta, aşa că iată-l aici.

— I-am promis doamnei Anderson că voi avea grijă de el, zise Elin, şi m-am simţit teribil pentru că mi-am încălcat promisiunea.

— Luați-l cu voi, dacă îl vreți. Dar haideți, intrați, le invită ea, făcându-le semn cu mâna.

— Îl voi lua de îndată ce ne vom găsi un loc unde să stăm, spuse Elin, căci acum nu avem nici de lucru, nici casă. Dumneavoastră ați reușit să vă găsiți o altă slujbă?

— Oh, am primit o ofertă imediat. Câștig mai puțin decât câștigam la doamna Anderson și e mai departe de casă, dar sunt mulțumită, la vârsta mea. Încep chiar de mâine.

Apartamentul micuț și curat al doamnei Olafson era la fel de mic ca sufrageria lor de acasă, din Suedia, și înăuntru era foarte cald, chiar și cu toate ferestrele deschise. Ibricul de aramă de pe soba din fontă, albiturile și fețele de pernă brodate de pe mobila vopsită în alb, toate îi aminteau lui Elin de Suedia. Cea mai mare dorință a ei era să le găsească surorilor ei o casă, chiar și așa simplă precum apartamentul doamnei Olafson.

Micuța femeie le făcu semn să se așeze la masă și aduse cafea și o farfurie cu *lefse**, presărate cu scorțișoară și zahăr. În timp ce vorbea, trebăluia prin casă.

— Am auzit despre necazul cu bijuteriile care lipseau. I-am spus soțului meu că nu cred că voi le-ați furat, că nu ați putea să faceți niciodată așa ceva.

— Așa e. Însă Bettina Anderson are multă influență în comunitate și acum nimeni nu va vrea să ne angajeze, chiar dacă s-a aflat adevărul despre bijuterii.

— Bietele de voi. Dacă aud că cineva are nevoie de servitoare vă anunț - deși va fi greu să găsiți o familie care să vă ia pe toate trei.

— Nu trebuie neapărat să lucrăm în același loc, zise Sofia.

— Și între timp, voi avea eu grijă de biata pisică.

— Mulțumim, doamnă Olafson. Dumnezeu să vă binecuvânteze.

---

*Lipie tradițională norvegiană, făcută din cartofi, lapte sau smântână și făină, coaptă pe o tavă specială. Se servește adesea la cafea, ca prăjitură, (n.ed.).

Surorile îşi continuară drumul pe jos până la pensiune, zăpăcite de căldură.

— Cred că va trebui să ne căutăm de lucru într-o fabrică, zise Elin. Trebuie să facem ceva ca să plătim şi restul din datorie.

— Care fabrică? Unde? întrebă Kirsten, dând din mâini, neputincioasă. Cum procedăm?

— Şi unde vom locui? adăugă Sofia.

Elin nu avea răspunsurile la întrebările acestea. Era şi aşa destul de grav că situaţia ei era una foarte dificilă, însă faptul că era responsabilă şi pentru surorile ei – şi pentru că le adusese în America în primul rând – nu făcea decât să înrăutăţească lucrurile. Elin nu putea să le lase de izbelişte, fără un acoperiş deasupra capului.

— O să găsesc eu o soluţie, murmură ea.

În acea după-amiază, surorile făcură una-alta în pensiune, ca să-şi câştige măcar casa şi masa, iar noaptea dormiră pe podea, în dormitorul înghesuit al verişoarelor lor. Camera se afla deasupra bucătăriei, şi aerul era la fel de sufocant ca într-o baie cu aburi.

Poştaşul aduse încă o scrisoare de la Gunnar Pedersen, însă Elin aşteptă să termine ce aveau de făcut, cu gândul să-i savureze cuvintele şi imaginile pe care i le descria mereu despre viaţa lui la fermă. Gunnar zugrăvea totul în culori atât de frumoase – bineînţeles că muncea foarte mult – dar măcar nu era silit să trăiască în oraşul acesta teribil, în care nimeni nu le voia pe ea şi pe surorile ei. Scrisoarea lui Gunnar îi trezi încă o dată dorul de ferma lor din Suedia.

Poate că mutatul în Wisconsin era într-adevăr, cea mai bună soluţie pentru ele. Elin nu vedea nicio altă soluţie. În timpul călătoriei spre America, Sofia spusese că voia să trăiască din nou la o fermă, iar Kirsten – că îi era dor de copaci şi de liniştea pădurii. Elin nu voise decât să fie departe de unchiul Sven. Poate că dacă accepta să se mărite cu unul dintre burlaci, aceasta era cea mai bună modalitate de a le oferi surorilor ei un cămin.

Elin luă o foaie de hârtie şi începu să scrie:

Dragă Gunnar,

S-au întâmplat atâtea de când ți-am scris ultima scrisoare! Cu părere de rău îți spun că angajatoarea noastră, doamna Anderson s-a stins din viață. De atunci, zilele au fost foarte triste pentru mine, pentru că mă atașasem foarte mult de ea. Însă sunt cu atât mai tristă, cu cât eu și surorile mele suntem fără loc de muncă și fără un acoperiș deasupra capului. Azi am petrecut mai toată ziua încercând să ne găsim de lucru ca să vă înapoiem ție și prietenilor tăi restul de bani. Din nefericire, fără succes.

Seara asta sunt foarte dezamăgită de viața în America. Nu reușim nicicum să o luăm de la început, așa cum ne-am hotărât să facem când am plecat din Suedia. Așa că, dacă nu e prea târziu, aș vrea să fac ceea ce trebuia să fac la sfârșitul lunii mai. Aș vrea să-ți accept oferta și să vin să locuiesc în Wisconsin. Voi fi de acord să mă mărit cu oricare dintre voi, dacă mă veți vrea.

Totuși, te rog spune-le prietenilor tăi că eu sunt singura care vă acceptă oferta. Am speranța că îmi veți considera anulată datoria dacă într-adevăr devin soția unuia dintre voi, și că veți socoti banii pe care vi i-am plătit deja în contul biletelor surorilor mele. De asemenea, voi găsi o cale de a plăti și restul de bani pentru biletele lor, ca să nu trebuiască să se mărite. Surorile mele au nevoie de o casă acum. Când am plecat din Suedia, le-am promis că într-o zi vor avea din nou un cămin, iar tu vorbești așa de frumos de viața ta în Wisconsin. Sper că viitorul meu soț le va primi pe surorile mele în casa noastră atât cât vor avea nevoie să stea. Nu pot să promit că vor sta în casa voastră și că se vor căsători cu unul dintre voi, însă eu da. Promit să mă mărit cu oricare dintre voi mă va vrea de soție. Și voi rămâne în Wisconsin.

Îmi pare foarte rău că nu v-am acceptat oferta de la început, însă surorile mele au fost obosite după lunga călătorie la Chicago și nu au mai vrut să pornească din nou la drum, iar eu nu am vrut să le oblig să meargă. Sper că îmi vei răspunde cât mai repede și îmi vei da de știre dacă sunt încă binevenită, și dacă oferta de căsătorie mai este valabilă. Dacă da, voi cumpăra bilete de tren pentru toate trei din salariul pe ultima săptămână de la vilă, şi vom veni de îndată.

Cu consideraţie,
Elin Carlson

Elin reciti scrisoarea, apoi împături foaia în jumătate şi o puse într-un plic. Când îşi ridică privirea şi o văzu pe Sofia citind din Biblie, Elin îşi aminti un verset în care Isus spunea: *Eu Mă duc să vă pregătesc un loc.* Asta făcea şi ea: le pregătea surorilor ei un loc, o casă în care putea să aibă grijă de ele. Elin se îndoia că ele vor crede că aceasta era cea mai bună soluţie pentru ele trei, însă după ce citise scrisorile lui Gunnar, Elin ştia că aşa era. În timp, Kirsten şi Sofia îşi vor găsi soţi şi se vor instala fericite în propriile case.

Elin închise plicul şi scrise adresa lui Gunnar Pedersen pe partea din faţă. Speră că somnul îi va veni mai uşor în noaptea aceea, după ce luase această decizie, dar nu se întâmplă aşa.

— Ies să pun o scrisoare la poştă, anunţă ea a doua zi, după ce o ajutase pe mătuşa Hilma cu pregătirile pentru micul dejun. Însă înainte să pună scrisoarea în cutia poştală de la colţ, Elin trecu pe la biroul Western Union, unde făcuse până atunci transferul banilor către Wisconsin. Funcţionarul o cunoştea deja, şi vorbea suedeză.

— Dacă într-o zi aş vrea să iau trenul până în locul acesta din Wisconsin, aţi putea să-mi spuneţi cum să fac? Nu cunosc atât de bine oraşul, şi nu vorbesc engleza.

— Ar trebui să mergeţi în oraş, la gara Union. Vă lasă să cumpăraţi biletul în avans şi puteţi să-l folosiţi oricând doriţi să mergeţi.

Elin ajunse cu uşurinţă la gară, urmând instrucţiunile funcţionarului şi, cum era prea departe ca să meargă pe jos, luă pentru prima oară tramvaiul. Odată ajunsă, stătu la coadă la ghişeul de bilete, iar când îi veni rândul, Elin îi arătă vânzătorului adresa din Wisconsin a lui Gunnar.

— Cât costă să iau biletul până aici? întrebă ea în suedeză, arătând către adresă şi ţinând palma cu mărunţiş întinsă.

Vânzătorul de bilete spuse ceva în engleză. Elin dădu din umeri şi clătină din cap, dorindu-şi să fi fost la fel de înţeleaptă ca Sofia şi să fi învăţat puţină engleză. Vânzătorul căută ceva într-un registru gros, apoi mai spuse ceva.

— Îmi pare rău, nu înţeleg. Aţi putea să-mi scrieţi suma pe ceva? întrebă ea, imitând gestul de a ţine un creion în mână şi a scrie. Vânzătorul păru să înţeleagă în sfârşit, şi rupse o bucată de hârtie, pe care scrise 1,50$.

Elin făcu repede calculul în minte. Trei bilete ar fi ajuns la suma de 4,50$ – tot salariul ei pe ultima săptămână lucrată la vilă, plus alţi cincizeci de cenţi din puţinii ei bani de cheltuială. Vânzătorul de bilete o mai întrebă ceva – probabil dacă voia să cumpere biletul. Elin încuviinţă şi îi arătă trei degete.

Trebuia să-şi convingă surorile să meargă cu ea. Le va face să înţeleagă că asta trebuiau să facă. Ea trebuia să-şi fi dat seama de asta când ajunseseră în Chicago şi astfel ar fi scutit pe toată lumea de multe probleme. Dacă nu ar fi fost atât de bănuitoare cu toată lumea, aşa cum îi spusese doamna Anderson, probabil aşa ar fi făcut.

Elin se cutremură la gândul de a se căsători cu un străin, însă avea de gând să facă acest sacrificiu pentru surorile ei. Măcar aşa, vor avea o casă unde să locuiască de acum înainte, până ce vor fi destul de mari ca să hotărască singure pentru ele. Poate că într-o zi, vor vrea să plece din Wisconsin, dar Elin va rămâne. Îşi va ţine promisiunea şi se va mărita cu cine o va lua.

CAPITOLUL 34

Kirsten trebălui în pensiunea mătuşii toată ziua, cu un ochi pe ceas, aşteptând ora cinei. Veni şi timpul când chiriaşii se întorceau acasă, şi atunci Kirsten îşi scoase şorţul şi îl agăţă într-un cui.

— Mă întorc imediat, îi spuse ea lui Elin.

Kirsten se strecură pe uşa din spate dând impresia că dă o fugă la latrină, însă o luă în schimb spre colţul străzii. Kirsten ştia unde oprea tramvaiul în apropiere de pensiune, însă nu ştia la ce oră după-amiază venea Knute Lindquist acasă. Ultima dată când îl văzuse fusese în casa doamnei Anderson, după înmormântarea acesteia, dar Kirsten nu îndrăznise să vorbească cu el. Kirsten detesta faptul că era neputincioasă, că profita de firea lui binevoitoare cerându-i ajutorul, însă el era singurul prieten pe care îl avea în Chicago, pe lângă surorile ei. Dacă Dumnezeu le pedepsea trimiţându-le tot ghinionul ăsta, Kirsten bănuia că era din cauza ei, nu a lui Elin sau a Sofiei. Ea îşi iubea surorile şi trebuia să găsească o cale de a le ajuta.

Lui Kirsten i se păru că trecu multă vreme de când îl aştepta pe domnul Lindquist, timp în care privise la oamenii care urcau şi coborau din tramvaie. Oamenii aceştia trebuiau să ajungă undeva, trebuiau să facă ceva. Ei cunoşteau oraşul şi ştiau engleza. Kirsten le invidia libertatea.

Într-un sfârşit, tocmai când Kirsten se pregătea să renunţe, domnul Lindquist se dădu jos dintr-un tramvai, cu acelaşi chip lipsit de expresie ca a celorlalţi călători, cu privirea în pământ, neobservând pe nimeni şi nimic în jurul lui. Dacă nu l-ar fi strigat pe nume, ar fi trecut exact pe lângă ea.

— Domnule Lindquist!

— Domnişoară Carlson? Ce faci aici?

— Te-am aşteptat. Sper că nu te superi, dar trebuie să vorbesc cu tine.

— Vrei să o luăm spre parc?

— Nu aş vrea să pierzi cina la pensiune. Ştiu că mătuşa mea nu pune niciodată mâncare deoparte pentru nimeni.

— Nu are importanţă. Hai să mergem. El avea pasul mai mare decât ea şi Kirsten trebui să se grăbească ca să ţină pasul cu el.

— Ai auzit ce s-a întâmplat? Că am fost acuzate de furt? îl întrebă ea, în timp ce se plimbau.

— Bineînţeles. Toată lumea din birou, de la ziar, vorbea de asta, dar eu nu am vrut să cred că e adevărat.

— Nici nu e! Ai auzit şi că au aflat că suntem nevinovate?

— Da, am auzit.

— Ei bine, am tot căutat un alt loc de muncă şi nu am reuşit să găsim nimic. Nimeni nu vrea să ne angajeze, chiar dacă acum ştiu că nu suntem hoaţe. Pastorul Johnson ne-a spus că Bettina Anderson ne poartă pică. Nu mai ştiu ce să fac, aşa că voiam să te întreb dacă... nu vrei să mă angajezi.

— Să te angajez? Ca să ce?

— Ai spus că vrei să-l aduci şi pe fiul tău aici, şi m-am gândit că dacă faci asta, aş putea să am eu grijă de el. Aş putea să mă ocup de casă şi să vă gătesc şi...

— Sunt sigur că ai putea găsi o slujbă mai bună decât asta. Eu nu aş putea să te plătesc cu foarte mulţi bani. Cu siguranţă există slujbe mai bune.

— Dar eu nu am nevoie de foarte mulţi bani. Doar cât să-mi permit o cameră în care să stau cu surorile mele.

— Nu ai vrea să întreb de vreo slujbă la alte familii suedeze?

Kirsten nu răspunse. Văzu o bancă goală în parc şi ajunsă în dreptul ei, se prăbuşi pe ea, hotărâtă să nu izbucnească în plâns. Chiar dacă domnul Lindquist i-ar găsi de lucru altundeva, Kirsten ar fi concediată imediat ce sarcina va începe să se vadă, iar surorile sale la fel. Kirsten îşi dori ca el să nu-i fi salvat viaţa.

O clipă mai târziu, domnul Lindquist se aşeză lângă ea.

— Ce s-a întâmplat, Kirsten?

Trebuia să-i spună adevărul. Nu avea de ales.

— Nu pot să lucrez pentru altcineva pentru că... pentru că atunci când adevărul va ieşi la iveală...

— Care adevăr?

— Sunt însărcinată, zise ea, privindu-l, deloc surprinsă de şocul care se citea pe faţa lui. Kirsten îl lăsă un timp să absoarbă vestea. Acum ştii de ce am încercat să-mi iau viaţa. Când oamenii vor afla, surorile mele vor fi dezonorate şi ele. Nu ştiu ce altceva aş putea să fac, decât să lucrez pentru cineva ca tine, cineva care ştie adevărul. Zi şi noapte am încercat să găsesc o soluţie, dar în zadar.

— Unde este tatăl copilului?

— În Suedia. Tor nici măcar nu ştie. Îţi aminteşti că ţi-am spus că tatăl lui îi aruncă toate scrisorile mele? Mi-e imposibil să iau legătura cu el şi să-i spun.

Domnul Lindquist nu răspunse. Rămase tăcut atâta vreme, încât Kirsten nu mai putu suporta.

— Eu ştiu să fac diferenţa între bine şi rău, domnule Lindquist. Nu sunt o persoană imorală, doar una foarte nesăbuită şi singură, care a făcut o greşeală îngrozitoare. După moartea părinţilor mei, aveam atâta nevoie să fiu consolată – iar Tor mi-a spus că mă iubeşte. Mi-a promis că se va căsători cu mine.

Domnul Lindquist nu spuse nimic, nici de această dată. Kirsten nu mai văzuse pe nimeni care să poată să stea nemişcat, abia respirând, ca şi cum ar fi fost cioplit în piatră.

— Probabil că îţi aminteşti cât de pustiu era totul în jurul tău când sufereai, continuă ea, cât de mult ai fi vrut să vorbeşti cu cineva care să te înţeleagă, care să te ţină la piept şi să te lase să plângi în voie.

Când Knute tot nu-i răspunse, Kirsten adăugă:

— Te-am şocat. Înţeleg dacă nu vei mai vrea să ai nimic de-a face cu mine. Kirsten dădu să se ridice.

— Aşteaptă. Knute îi puse mâna pe braţ ca s-o oprească, întocmai cum făcuse ultima oară. Greutatea atingerii lui îi aminti lui Kirsten încă o dată, că Tor nu o va mai ține la piept niciodată. De fapt, probabil că niciun bărbat nu va mai face asta.

— Îmi amintesc cum este, recunoscu el, în cele din urmă, iar dacă ceva mă şochează, e faptul că tânărul acela a profitat de suferința ta într-un mod atât de josnic. Ce vârstă ai?

— Peste câteva zile împlinesc nouăsprezece ani.

— Şi în Suedia nu ai un membru de familie sau un pastor care să te ajute? Eu aş fi dispus să te ajut să scrieți o scrisoare în care să îți explici situația. Tânărul acela trebuie să-şi asume responsabilitatea.

Kirsten înghiți greu, ştiind că va trebui să dea la iveală şi mai multă ruşine.

— În Suedia nu am pe nimeni care să mă ajute. Tatăl lui Tor este un om important în sat, iar el se îndoieşte că e copilul lui Tor. Nu mă va crede nimeni din oraş, nici măcar pastorul, pentru că tatăl meu s-a sinucis. Eu şi surorile mele am părăsit Suedia dezonorate.

— Înțeleg.

— Nu te-aş fi deranjat niciodată, domnule Lindquist, doar că sunt disperată. M-am gândit că m-ai putea angaja să am grijă de fiul tău şi să vă gătesc. Nu am nevoie decât de atât cât este nevoie să închiriez undeva o cameră, împreună cu surorile mele. Şi ele îşi caută de lucru, şi nu mai ştiu unde să mergem sau ce să facem.

— Când se va naşte copilul?

— Cred că în preajma Ajunului Anului Nou.

— Surorile dumneata ştiu?

Kirsten îşi lăsă privirea în pământ.

— Mi-e prea ruşine să le spun. Însă începe să mi se vadă burta şi... Vocea îi tremură la gândul că va fi făcută de ruşine ieşind în public în acea stare. Dacă aş avea un loc unde să mă ascund, zise ea în şoaptă.

— Înțeleg.

Din nou, Kirsten observă tăcerea lui cumplită. Niciun muşchi nu-i tresărea, iar pieptul abia i se ridica cu fiecare respirație. Într-un sfârşit, domnul Lindquist vorbi din nou.

— Trebuie să mă gândesc serios la problema aceasta, zise el în cele din urmă. Poate voi întreba cu discreție dacă cineva de la ziar nu ştie un loc de muncă pentru tine şi pentru surorile tale. Poate se găseşte chiar o familie dispusă să adopte copilul.

— Vă mulțumesc, zise ea încet. Însă Kirsten ştia că îşi dezvăluise ruşinea degeaba. Nici domnul Lindquist nu va putea s-o ajute. Kirsten oftă. Ne putem întoarce acum.

El se ridică în picioare şi o ajută şi pe ea să se ridice, după care porni cu pasul lui vioi, pe cel mai scurt drum spre pensiune. Kirsten trebui din nou să se grăbească ca să țină pasul cu el.

— Nu-i aşa că nu vrei pe cineva ca mine să aibă grijă de fiul tău? îl întrebă ea.

— Nu, sunt sigur că te-ai purta foarte frumos cu Torkel. Însă eu sunt văduv şi nu ar fi cuviincios pentru o tânără nemăritată să lucreze pentru mine. Îmi pare rău.

— Înțeleg, zise ea. Dar Kirsten nu înțelegea. Abia se putea stăpâni să nu plângă. Parcă numai asta făcea când era cu el. Cu siguranță el o vedea ca pe o femeie isterică, care juca teatru ca să-i câştige compasiunea, şi ea detesta asta mai mult decât orice.

— Voi găsi o cale să te ajut, Kirsten, doar că trebuie să mă mai gândesc. După cină ne întâlnim din nou aici.

În seara aceea, Kirsten nu prea avu poftă de mâncare. Surorile ei erau la fel de serioase ca şi ea. Pe chipurile lor se citea frica şi disperarea – la fel ca pe chipul ei. Mătuşa Hilma le va da afară dacă nu găseau ceva de lucru curând.

— Ies să mă plimb, zise Kirsten după ce terminară de spălat şi uscat farfuriile de la cină.

— Vrei să vin cu tine? se oferi Sofia.

— Nu, mulțumesc. Kirsten se făcu nevăzută înainte să poată s-o oprească cineva.

Serile de vară erau calde încă, şi plimbarea fu plăcută, chiar dacă lui Kirsten îi era groază de rezultat. Knute Lindquist nu va găsi o soluție, pentru că pur şi simplu nu exista una. Kirsten îşi încetini mersul şi închise ochii ca să-şi împiedice lacrimile să-i curgă pe obraji, păşind aşa în neştire, cu o rugăciune pe buze.

Doamne, îmi pare atât de rău pentru ceea ce am făcut cu Tor. Te rog, iartă-mă. Te rog, ajută-mă să găsesc o soluție.

Kirsten îl văzu pe domnul Lindquist înainte ca el s-o vadă pe ea, stând lângă bancă cu mâinile în buzunare şi cu spatele la ea. Lumina slabă a asfințitului strălucea în părul lui bălai. Lui Kirsten îi era teamă să spere că găsise un răspuns la dilema ei, teamă că el nu va mai vrea să aibă de-a face cu ea. Kirsten păşi pe iarbă ca să ajungă lângă el, temându-se să se uite la el, să-i vorbească.

— Ne vom căsători, zise el pur şi simplu. Adică, dacă vrei.

Kirsten se holbă la el, surprinsă să-i audă cuvintele.

— Să ne căsătorim? întrebă ea, cu respirația tăiată. Chiar şi faptul că el lua asta în considerare, era de neconceput.

— Eu voi fi tată pentru copilul tău, iar tu vei fi mamă pentru copilul meu.

— Dar... nu m-aş fi aşteptat niciodată... De ce ai face asta?

— Ajutorul pe care îl dau unei persoane care are nevoie de el poate fi singura bucurie la care pot spera după tot ce mi s-a întâmplat.

Kirsten nu avea cuvinte. Nu-l cunoştea pe bărbatul acesta. Cum s-ar putea căsători cu el? Apoi îi trecu prin minte că lucrul acesta nu ar fi mai neobişnuit decât căsătoria cu unul dintre străinii din Wisconsin, şi măcar nu l-ar înşela pe domnul Lindquist făcându-l să creadă că bebeluşul era al lui. Aşa, va putea să-şi ajute surorile, iar ele nu ar trebui să ştie niciodată adevărul despre copilul ei.

— Îmi oferi mai mult decât primeşti, îi zise ea în cele din urmă. Eu eram dispusă să muncesc pentru mâncarea şi acoperişul deasupra capului... Nu mă aşteptam la căsătorie. De ce mi-ai face o ofertă atât de extravagantă?

— Ştiu că sună ciudat, dar timp îndelungat, am fost singur cu durerea mea, iar faptul că şi tu ai suferit o pierdere mă face să mă simt ca şi cum am avea ceva în comun. Dacă atunci când sufeream m-ar fi putut ajuta cineva, i-aş fi fost recunoscător. Acum am eu ocazia de a te ajuta pe tine şi cred că e vremea să încep să mă gândesc şi la alţii, nu numai la mine.

Kirsten se prăbuşi înapoi pe bancă, încercând să cuprindă cu mintea oferta pe care el i-o făcuse. Domnul Lindquist se aşeză lângă ea.

— Căsătoria e pentru o viaţă, domnule Lindquist, şi...

— Te înşeli. Nimic în viaţa aceasta nu e pentru totdeauna, aşa cum am vrea noi să credem.

— Îmi cer scuze, nu am vrut...

— Nu aştept un răspuns de îndată, Kirsten. Trebuie să te gândeşti cu atenţie la oferta mea. Nu pot să-ţi promit că va fi uşor să trăieşti cu mine, şi trebuie să înţelegi că nu mă aştept să-mi fii soţie în toate sensurile cuvântului. Nu aş putea iubi pe nimeni aşa cum am iubit-o pe Flora. Mi-ar fi prea teamă să risc să mă îndrăgostesc din nou. De aceea nu m-am mai căsătorit.

— Înţeleg. Iar tu trebuie să ştii că eu nu aş face acest pas numai pentru copil şi pentru mine. Trebuie să le ajut şi pe surorile mele. Încă datorăm bani pentru călătoria noastră spre America şi de aceea lucram pentru doamna Anderson. Însă nu aştept să ne plăteşti tu datoria.

— Putem găsi o soluţie pentru asta. Dacă l-aş aduce pe fiul meu aici, ar trebui să plătesc o bonă care să aibă grijă de el, şi deci dacă v-aş plăti călătoria ar fi acelaşi lucru.

— Eşti foarte generos.

— Iar surorile dumitale vor locui cu noi atât cât vor avea nevoie.

Kirsten trase adânc aer în piept, de parcă s-ar fi pregătit să sară într-o apă rece.

— În cazul acesta, nu mai trebuie să mă gândesc. Îţi accept oferta. Elin şi Sofia vor avea un cămin. Şi un viitor.

— Cu puţin noroc, surorile dumitale vor crede că bebeluşul e al meu, zise el, ridicându-se de pe bancă. Toată lumea va crede asta. Iar copilul îmi va purta numele.

Pe drum spre pensiune, Kirsten se chinuia să înțeleagă enormitatea propunerii domnului Lindquist. Voia să-l întrebe din nou de ce ar face atât de mult pentru ea, mai ales știind adevărul despre trecutul ei. Îi dăruia un cadou pe care nu avea niciun drept să-l aștepte, oferindu-i mult mai mult decât îi dădea ea. Kirsten își aminti cuvintele Sofiei despre iertarea lui Dumnezeu, pe care o asemănase cu un dar neașteptat, primit chiar fără a fi ziua ei. Oare Dumnezeu îi răspunsese la rugăciunile de iertare atât de repede? Kirsten nu voi să plângă, dar îi fu foarte greu să-și stăpânească lacrimile.

— Nu știu cum aș putea vreodată să-ți mulțumesc, îi spuse ea, cu vocea tremurătoare.

— Știu că vei fi o mamă bună pentru fiul meu. Din compasiunea și grija pe care le arăți față de surorile dumitale, mi-am dat seama că ești o persoană foarte iubitoare.

— Îți sunt foarte recunoscătoare. Mai mult decât vei ști vreodată.

Când ajunseră aproape de pensiune, el se opri din nou.

— Nu vreau să te grăbesc, Kirsten, însă oamenii pot foarte ușor să numere lunile până se va naște copilul. Odată ce ești sigură că vrei să-mi accepți oferta, nu ar mai trebui să pierdem timpul.

— Sunt sigură. Voi face cum spui tu.

— Putem să ne întâlnim aici mâine, la ora prânzului? După noaptea aceasta, în care vei putea să te mai gândești, dacă încă vei fi convinsă că ai luat o decizie bună, putem merge la primărie, să cerem un permis de căsătorie. Apoi vom vorbi cu pastorul Johnson să organizeze o ceremonie secretă în biroul său – asta dacă nu vrei să o facem așa cum se cade și să anunțăm public în biserică. În acest caz, căsătoria va avea loc peste trei săptămâni.

— Nu vreau să aștept. Mătușa Hilma nu ne va lăsa să rămânem în pensiune atâta timp. Ne-ar da afară chiar mâine, dacă am avea unde să mergem. Dar *tu* ești convins că vrei să faci asta? Eu tot nu înțeleg de ce ai fi de acord să te căsătorești cu cineva ca mine. Dacă se află adevărul despre sarcina mea, ţi-ar putea distruge reputaţia – şi viaţa.

El îşi lăsă privirea în pământ.

— Ceea ce trăiesc acum nu se poate numi „viaţă". Nu vreau să continui aşa la nesfârşit, dar nici nu mă pot căsători cu o femeie care ar avea tot dreptul să se aştepte s-o iubesc şi eu, la rândul meu. Şi chiar vreau să-mi văd fiul, zise el, ridicându-şi în sfârşit privirea. Eu sunt sigur, Kirsten. Tu eşti?

— Da.

— Atunci mâine mergem la primărie.

CAPITOLUL 35

Unul dintre puținele lucruri bune din viața Sofiei erau orele de engleză, iar acum că nu lucra nicăieri, putea să meargă la școală trei seri pe săptămână, în loc de una. În seara aceea, după ce ajutase la spălatul vaselor, Sofia se grăbea să ajungă la școală, când observă un afiș colorat lipit pe un gard, în apropierea clădirii. Afișul anunța un spectacol de varietăți la Teatrul Viking. Oare unde mai auzise de teatrul acesta înainte?

Sofia mai avea puțin și intra în clasă, când deodată își aminti. Bărbatul pe care îl întâlnise la petrecerea de logodnă era proprietarul Teatrului Viking. În seara aceea o auzise cântând – și îi oferise o slujbă. Dar bineînțeles! Acesta era răspunsul la rugăciunile ei.

Sofia se foi pe tot parcursul orei, și abia auzi un cuvânt din ce le spunea profesorul, cu gândul la teatru. Oare proprietarul teatrului mai voia s-o angajeze? Oare unde-i pusese cartea de vizită? De îndată ce se întoarse acasă de la școală, Sofia căută în buzunarele fustei pe care o purtase în seara petrecerii și o găsi. Pe cartea de vizită apăreau numele lui – Dl. Carl Lund – și adresa teatrului.

Sofia răsuflă ușurată, dar nicio clipă mai târziu, o cuprinse panica. Dacă avusese stomacul strâns de emoție când cântase în fața celor cincizeci de oameni de la petrecere, cum ar putea oare să urce pe scenă în lumina unui reflector și să cânte pentru sute de persoane? Frica o urmărise pe Sofia toată viața ei, iar acum bestia urla atât de aproape în spatele ei, încât abia reușea să gândească limpede. Apoi, de nicăieri, îi veni în minte versetul pe care Dumnezeu i-l dăruise în prima ei zi pe Insula Ellis: *Cântați slavă Numelui Său...*

Sofia scoase Biblia și reciti toate versetele pe care i le arătase Ludwig. Când ajunse la cel care promitea *De altă parte, știm că toate lucrurile lucrează împreună spre binele celor ce iubesc pe Dumnezeu, şi anume, spre binele celor ce sunt chemaţi după planul Său,* Sofia fu convinsă că Dumnezeu aranjase ca ea să-l întâlnească pe proprietarul teatrului, aşa că trebuia să lase frica deoparte şi să meargă să vorbească cu el a doua zi.

Sofia continuă să citească din Biblie şi, încetul cu încetul, găsi puterea de a se încrede în Dumnezeu, că El o va ajuta să cânte pe scenă. El îi va înlătura teama, la fel cum făcuse în ultimele două rânduri când cântase în faţa unui public. Cu ajutorul Lui putea să facă asta, şi o *va* face. Destul o lăsase pe Elin să se preocupe de toate trei; acum era vremea să-şi ajute şi ea surorile, în loc să se lase ajutată de ele. Sofia stinse lumina şi se rugă până ce adormi.

A doua zi dimineaţă, Sofia se întrebă cum va reuşi să se furişeze de-acasă ca să ajungă la teatru. Nu voia să mintă, dar ştia că dacă îi spunea unde avea de gând să meargă, Elin va încerca s-o oprească. Însă atât Elin cât şi Kirsten avură fiecare de mers undeva, căci plecară de acasă înaintea ei. Sofia începu să se îmbrace cu hainele ei noi, rugându-se în acelaşi timp lui Dumnezeu, pentru ajutor.

Sofia merse pe jos la adresa imprimată pe cartea de vizită. Era prea devreme ca să se fi ţinut un spectacol, însă în hol, Sofia vorbi cu un bărbat care ştergea duşumeaua şi care o direcţionă către biroul domnului Lund aflat în spatele scenei. Uşa biroului era deschisă.

— Îmi cer scuze... domnul Lund?

— Domnişoară Carlson! exclamă el când o văzu.

— Vă amintiţi de mine?

— Da, bineînţeles, spuse el, ridicându-se de pe scaunul dinapoia mesei de birou şi grăbindu-se s-o poftească înăuntru. Sunt încântat să vă văd – şi surprins totodată. Vă rog, intraţi... luaţi loc. Pot să vă servesc cu ceva?

Sofia clătină din cap simţindu-se amuţită şi slăbită în timp ce se aşeză pe scaunul pe care i-l oferi el. Domnul Lund îşi trecu degetele prin păr şi se întoarse la locul lui din spatele biroului, ca şi cum el era cel care trebuia să facă o impresie bună.

— Ce vă aduce aici, domnişoară Carlson? V-aţi mai gândit la oferta mea?

— Da. Sunt sigură că aţi auzit de moartea doamnei Anderson, cea pentru care lucram.

— Da. Mi-a părut foarte rău când am auzit vestea. Dânsa şi soţul dânsei au fost foarte activi în comunitatea suedeză. Eu colaborez foarte mult cu ziarul pe care l-a fondat soţul dânsei.

— Ei bine, acum că doamna nu mai este, am nevoie de o altă slujbă, aşa că m-am hotărât să vorbesc cu dumneavoastră despre oferta de a cânta aici în teatru – asta dacă mai e valabilă.

— Da! Absolut! Aş fi încântat. De unde să începem?

— Voi fi sinceră cu dumneavoastră; nu ştiu nimic despre cum funcţionează un teatru. Nu am fost în niciunul, nici măcar în Suedia. Aşa că aş vrea să-mi spuneţi exact ce ar trebui să fac – înainte să fiu de acord cu orice altceva.

— Înţeleg. Ascultaţi, nu aţi vrea să vedeţi teatrul? o întrebă el, ridicându-se în picioare şi ocolind din nou biroul. Sofia se ridică şi ea, iar genunchii nu-i mai tremurau la fel de tare ca la început. Pe aici, vă rog.

Domnul Lund o conduse afară din biroul lui, prin spatele scenei, printr-un labirint de coridoare prăfoase şi pline de lucruri în neorânduială, vorbind în timp ce mergea.

— Publicului nostru pare să-i placă cel mai mult spectacolele de varietăţi. Acestea sunt o combinaţie din mai multe acte, inclusiv numere muzicale, un actor de comedie, poate un jongler sau un magician. Ceea ce aş vrea de la dumneavoastră ar fi să cântaţi singură într-un act, probabil în deschiderea unui interpret mult mai cunoscut.

Domnul Lund se opri în spatele scenei, lângă un cuier încărcat de haine.

— Aţi purta un costum – ca unul dintre acestea. Probabil ceva specific suedez. Şi aţi sta în picioare, având în spate un decor cu o scenă suedeză pictată, zise el, arătând spre un morman de picturi imense, sprijinite de peretele de cărămidă. Cea de deasupra reprezenta o scenă de la o fermă.

— Şi ce anume aş cânta?

Domnul Lund o studie o clipă, după care spuse:

— Cred că aş vrea să începeţi cu cântecul de dragoste suedez pe care l-aţi cântat primul la petrecere. Ţin minte că toată lumea avea lacrimi în ochi. În timp, va trebui să vă măriţi repertoriul, odată ce publicul se satură de el. Însă vă voi anunţa ca pe propria noastră Privighetoare din Suedia – făcând aluzie desigur la Jenny Lind, Privighetoarea Suedeză.

— N-aş putea niciodată să cânt ca şi ea.

— Eu cred că aveţi potenţial pentru asta, zise el încet.

Domnul Lund dădu la o parte o perdea maro din catifea şi îi făcu semn să înainteze. Dintr-odată, Sofia era pe scenă. În sală era întuneric, însă uşile de la holul din spate erau deschise, permiţând luminii zilei să răzbată înăuntru. Sofia se uită la fiecare rând de scaune îmbrăcate în catifea roşie. Mai erau locuri şi în balcoanele aurite, aflate deasupra lor. Sofia înţepeni locului, copleşită de panică. Era ca şi cum pe pieptul ei ar fi stat un uriaş, făcând-o incapabilă să respire şi să vorbească. Sofia se legănă şi aproape că-şi pierdu echilibrul. Domnul Lund nu păru să observe niciuna dintre emoţiile ei.

— În viitorul apropiat plănuiesc să-mi extind producţiile, continuă el, adăugând recenzii muzicale şi piese de teatru. Dacă aţi învăţa rolurile şi aţi lucra cu ceilalţi cântăreţi şi actori, aţi putea să câştigaţi şi mai mulţi bani. Depinde de dumneavoastră cât de mult şi de des aţi vrea să cântaţi. Însă deocamdată, pot să vă ofer şapte dolari pe săptămână pentru cinci spectacole de seară şi două matinee sâmbăta – un dolar pe reprezentaţie.

— Vai de mine! Era cu trei dolari pe săptămână mai mult decât câştigase ca servitoare – şi asta doar pentru cântat. Sofia se întrebă dacă existau nişte condiţii, dacă era ceva ce domnul Lund nu-i spunea. Părea atât de amabil şi de sincer… şi foarte nerăbdător s-o angajeze.

— Cred că ați putea să ajungeți foarte cunoscută odată ce câștigați experiență și vă lărgiți repertoriul. Numele dumneavoastră va apărea în capul afișelor.

Sofia își aminti de posterul pe care îl văzuse pe gardul din apropierea școlii.

— Vreți să spuneți că... vor fi postere peste tot? Cu numele meu pe ele?

— Exact. La început, mă tem că numele dumneavoastră va apărea în josul afișului, cu litere mici, însă nu văd de ce n-ar apărea într-o zi, în capul afișului, domnișoară Carlson.

Sofia știa că slujba aceasta era răspunsul la rugăciunile ei. Nu numai că va câștiga șapte dolari pe săptămână și că își va ajuta astfel surorile, dar numele ei va apărea pe afișe în tot orașul. Ludwig ar putea vedea unul dintre afișe și ar veni în sfârșit s-o caute.

— Aveți cumva și violoniști în spectacolele dumneavoastră? întrebă ea.

— Sigur că da. Locul orchestrei e chiar acolo, zise el, arătând spre o învălmășeală de scaune și suporturi pentru partituri, într-un loc întunecos sub scenă. În timp ce se întorceau la biroul domnului Lund, Sofia se gândi că și Ludwig ar putea lucra acolo.

— Nu vreau să vă grăbesc, zise el când se așezară din nou față în față, însă de îndată ce semnați contractul, puteți începe să lucrați – iar eu pot să încep să vă plătesc.

— Eu... trebuie să găsesc și un loc unde să stăm, înainte să accept să lucrez pentru dumneavoastră. Eu și surorile mele am ajuns în America în urmă cu doar două luni, iar acum, că doamna Anderson nu mai este, nu avem unde să stăm.

— Surorile dumneavoastră cântă și ele?

— Ele nu au arătat niciodată interes pentru asta, așa că nu pot să vorbesc în numele lor. Însă dacă vă accept oferta, vreau să știu dacă șapte dolari ajung pentru chiria unei locuințe. Altfel, ar trebui să găsesc un loc de muncă în care să fie incluse și camera și masa.

— Ei bine... dacă nu vă deranjează ideea unei pensiuni, ştiu un loc pe care vi l-ați permite. De câte ori contractez trupe care nu locuiesc în oraş, le recomand să stea la o pensiune de aici din apropiere. E o combinație între un hotel şi o pensiune. Nu e luxoasă, dar chiria e decentă, v-o puteți permite din salariul pe care vi-l ofer. Sunt sigur că vă va plăcea. Dacă doriți, pot să vă spun cum ajungeți acolo.

— Da, mulțumesc. Totul părea să se aranjeze cum nu se putea mai bine. Slujba asta era răspunsul la rugăciunile ei. Sofia inspiră adânc şi spuse: Aş fi foarte bucuroasă să semnez un contract cu dumneavoastră, domnule Lund.

— Minunat! exclamă el, după care luă un formular imprimat şi începu să completeze spațiile goale cu datale şi numele Sofiei şi salariul pe care avea să i-l plătească. Sofia citi contractul cuvânt cu cuvânt şi numai după aceea semnă, în josul paginii.

— Mulțumesc, zise ea, întinzându-i-l.

— Nu, eu vă mulțumesc, domnişoară Carlson, spuse el. Vă aştept mâine la ora zece la repetiții.

În timp ce o conducea afară din clădire, domnul Lund îl strigă pe unul dintre angajați care lucra în spatele teatrului.

— Tura, te rog să o însoțeşti pe domnişoara Carlson la hotelul unde stau de obicei colaboratorii noştri, îl ştii? Domnişoara vrea să întrebe de o cameră.

— Bineînțeles, domnule Lund.

Tura era un bărbat cu o reputație proastă, cu părul vâlvoi şi neîngrijit şi o barbă la fel de zburlită. Purta o cămaşă descheiată, văzându-i-se pieptul gol. Elin ar fi fost îngrozită să o vadă pe Sofia alături de bărbatul ăsta, însă ea îl urmă pe Tura pe uşa din spate, printr-un labirint de alei şi străduțe lăturalnice, rugându-se ca Isus s-o aibă în paza Lui. Sofiei nu-i venea să creadă că era şi ea, o dată, atât de curajoasă. Dumnezeu îi ascultase rugăciunile.

— Vă duc pe o scurtătură pe care o ştiu, îi spuse Tura. Dar vedeți? Încolo e strada principală, la o stradă distanță. Acum ştiți unde sunteți?

— Da, ştiu. Nu era foarte departe de pensiunea mătuşii Hilma dar totuşi, la adăpostul cartierului suedez. Însă hotelul improvizat se dovedi a fi foarte sărăcăcios şi amărât. Înăuntru semăna cu un hotel, cu un birou foarte mare la recepție, cu câteva fotolii alături, cu holuri şi scări lungi şi misterioase care te duceau în întuneric. Mirosea a mucegai şi a picioare nespălate. O pancartă mare, în suedeză, anunța că hotelul închiria camere cu ziua sau cu săptămâna.

— Cât costă chiria pe o săptămână? îl întrebă Sofia pe bărbatul pitit dincolo de tejghea.

— Cu mâncare sau fără?

— Ăă... cu mâncare.

— Trei dolari camera, douăzeci şi cinci de cenți pe zi pentru trei mese. Adică 4,75 dolari pe săptămână cu trei mese.

— Oh. E mult. Sofia adună în minte cât ar mai trebui să plătească şi pentru mâncarea surorilor ei şi îi dădu 8,25 dolari în total – mai mult decât avea să câştige ea. Dar măcar puteau să rămână împreună, chiar dacă erau silite să-şi cumpere mâncarea. Puteți vă rog, să-mi arătați una dintre camerele libere? Aş vrea una cu pat mare, pentru că voi împărți camera cu surorile mele, dacă ne este permis.

Bărbatul se ridică greoi în picioare.

— Din partea mea, poate să doarmă şi un circ întreg în cameră.

Sofia îl urmă pe nişte scări care scârțâiră sub pasul lor, apoi pe un coridor, până la camera 23. Bărbatul descuie uşa cu cheia şi se dădu deoparte, aşteptând pe hol, şi lăsând-o să intre înăuntru. Nimeni nu ar fi putut să numească asta o casă. Încăperea avea un pat mare cu tăblie din fier, un scaun simplu de lemn şi un dulap cu oglindă şi trei sertare. Duşumeaua era goală, fără niciun covor, iar singura fereastră dădea spre grajdul de cai de dincolo de aleea de pământ. Cu toate acestea, se gândi Sofia, camera va fi mai puțin înghesuită decât cea pe care o împărțea acum cu surorile şi cele două verişoare ale ei.

— Toaletele sunt pe coridor, zise bărbatul când Sofia termină de cercetat camera. Sunt comune.

— Patul nu are aşternuturi, observă Sofia.

— Mai plătiţi douăzeci şi cinci de cenţi şi aveţi aşternuturi spălate.

— Oh. Păi noi avem propria lenjerie de pat.

Coborând scările în urma bărbatului, Sofia se gândi că va munci din greu şi va câştiga nişte bani peste salariu, şi în cele din urmă, ea şi surorile ei vor putea să se mute de aici şi să găsească altceva mai convenabil. Însă deocamdată, Sofia îi lua lui Elin grijile de pe umeri şi poate că Kirsten nu va mai fi atât de tristă tot timpul.

Sofia îi plăti omului trei dolari, chiria pe o săptămână, din salariul ei pe care i-l dăduse Gustav Anderson, pentru ultima săptămână muncită la vilă, apoi se grăbi să ajungă înapoi la pensiune, să le dea surorilor ei vestea cea bună.

CAPITOLUL 36

Aşteptarea răspunsului lui Gunnar Pederson şi a celorlalţi tineri din Wisconsin era agonizantă. Elin ardea de nerăbdare să le spună surorilor ei că găsise o soluţie salvatoare, să le arate biletele de tren pe care le cumpărase şi să le redea speranţa de a-şi găsi un cămin al lor. Şi era la fel de nerăbdătoare s-o anunţe pe urâcioasa mătuşă Hilma că nu vor mai sta pe capul ei prea mult timp şi că nu vor mai fi o povară pentru ea. Cu toate acestea, Elin se hotărî să aştepte până ce avea un răspuns de la Gunnar şi ştia că totul era aşa cum plănuise, întocmai cum aşteptase răspunsul unchiului Lars, acasă, în Suedia. Între timp, o va ajuta pe mătuşa Hilma cu treburile casei cât îi va sta în putinţă şi va merge cu ea la piaţă în dimineaţa aceea.

— Uitaţi-vă ce frumoase sunt fructele astea, zise Elin. N-aţi vrea să vă ajutăm, eu şi Kirsten, să faceţi nişte gem din ele?

— Sigur ştiţi să faceţi gem? o întrebă Hilma. Elin dădu din cap că da, stăpânindu-şi o remarcă iritată. Da, păi bănuiesc că le-ar plăcea chiriaşilor mei, zise Hilma.

În loc să aleagă cele mai frumoase piersici şi fructe de pădure, Hilma îşi umplu coşul cu fructe lovite sau prea coapte, după care se târgui pentru un preţ mai bun.

— Va trebui să faceţi gemul azi după-amiază, îi comandă ea lui Elin.

După ce terminară cu cumpărăturile şi se întoarseră la pensiune, nici Kirsten şi nici Sofia nu mai erau acasă. Primul imbold al lui Elin fu să se îngrijoreze pentru ele, însă apoi îşi aminti că surorile ei cunoşteau cartierul şi vor fi în siguranţă fără ea.

Când Sofia se întoarse acasă, Elin era în toiul pregătirii gemului, asudând de la aburii ce veneau de la soba clocotitoare şi cu ochii pe oala cu fructe care fierbeau.

— Unde ai fost? Şi de ce eşti îmbrăcată cu hainele bune? Unde e Kirsten? Trebuie să mă ajutaţi.

— Kirsten nu a fost cu mine. Lasă-mă să-mi schimb hainele şi te ajut eu. Sofia se puse serios pe treabă imediat ce se schimbă în hainele de lucru, mai puse lemne pe foc şi începu să dizolve parafina care se punea deasupra în borcane.

— Unde ai fost? o întrebă Elin, când putu să-şi ia un răgaz.

Sofia aruncă o privire spre mătuşa lor, şi apoi şopti:

— Îţi spun mai târziu.

Când terminară în sfârşit gemul, Elin şi Sofia ieşiră afară şi se aşezară pe scările din spate, să se răcorească.

— Îţi aminteşti când o ajutam pe mama să facă gemul? o întrebă Elin, făcându-şi vânt cu batista.

— Îmi amintesc cum mergeam împreună la cules de fructe de pădure şi îmi amintesc cum mă uitam la voi două făcând gem. Dar cel mai bine îmi amintesc cât de bolnavă era mama. Şi cum a suferit atâta timp.

— Mi-e atât de dor de ea, oftă Elin.

Sofia se întoarse cu faţa la ea.

— Ascultă, Elin, am nişte veşti foarte bune. În dimineaţa asta am... Înainte să-şi termine fraza însă, Kirsten îşi făcu apariţia în curte.

— Ce puneţi voi două la cale aici? le întrebă ea. Kirsten era îmbujorată, fericită, cu zâmbetul pe buze. Era vechea Kirsten, cea pe care Elin şi-o amintea din Suedia, cea care se întorcea cu paşi mărunţi din pădure, cu coşul plin cu fructe de pădure.

— Tocmai am terminat de făcut gem pentru mătuşa Hilma, zise Sofia. De asta suntem transpirate. Am ieşit să ne răcorim.

— Iar Sofia era pe cale să-mi dea o veste bună.

Kirsten zâmbi şi mai larg.

— Şi eu am să vă dau o veste bună. Dar o las pe Sofia întâi.

Sofia semăna cu una dintre piersicile prea coapte ale mătuşii Hilma, pe cale să explodeze.

— Ei bine, vestea mea este că ne putem muta de aici, zise ea cu un entuziasm reţinut. Mi-am găsit o slujbă! Şi am găsit şi un loc unde să stăm, iar eu voi câştiga suficienţi bani din care să trăim, dacă suntem cumpătate.

Elin se holbă la ea, nevenindu-i să creadă.

— Cum? Unde? Cunosc familia respectivă?

— Nu voi lucra pentru o familie. Voi cânta într-un spectacol de varietăţi la Teatrul Viking şi voi fi plătită cu şapte dolari pe săptămână.

Elin se simţi de parcă Sofia i-ar fi dat un pumn în stomac.

— *La teatru?* Sofia, cum ai putut să iei în considerare o idee atât de scandaloasă? Să cânţi la un teatru? Se va alege praful de reputaţia noastră!

— Care reputaţie? Tata ne-a făcut de ruşine în Suedia, oamenii de aici ne cred hoaţe, nici măcar unchiul şi mătuşa noastră nu ne vor. Şi-apoi, ar trebui să vezi teatrul, Elin. E respectabil. Îţi aminteşti că am cântat la petrecerea de logodnă pentru prietena doamnei Anderson? Ei bine, proprietarul teatrului m-a auzit cântând în seara aceea. Îl cheamă Carl Lund, iar spectacolele sale de varietăţi sunt pentru familiile de aici, din comunitatea suedeză. Tot el mi-a spus despre pensiunea unde putem să stăm toate trei pentru trei dolari pe săptămână, şi nu-i atât de diferită de asta, numai că...

— Sofia, opreşte-te! Vorbeşti întruna şi... şi nici măcar nu pricep ce zici! Nu cred că vorbeşti serios. Noi suntem doar nişte fete de la fermă, din Suedia. Nu poţi să cânţi într-un teatru!

— Elin are dreptate, zise Kirsten. Şi-apoi, nici nu va trebui să lucrezi acolo, Sofia. Asta-i vestea mea cea bună – şi eu am găsit o casă pentru toate trei. În câteva zile totul va fi pregătit. Kirsten tăcu o clipă, şi zâmbi cu gura până la urechi. Elin era uşurată s-o vadă din nou fericită, şi era convinsă că vestea ei era minunată.

— Prietenul meu, domnul Lindquist, m-a cerut de soţie – şi am acceptat. Zice că puteţi să staţi amândouă cu noi, şi...

— *Poftim?* Elin se simţi ca şi cum ar fi primit încă o lovitură, şi era incapabilă să respire. Nici nu-l cunoşti pe bărbatul ăsta. Nu te poţi căsători cu un străin, pe care abia l-ai întâlnit!

— Îmi pare tare rău că nu l-ați întâlnit încă, dar pentru mine nu este un străin.

— Kirsten, nu. Te rog, nu face asta. În urmă cu câteva luni aproape că erai gata să fugi cu unul din băieții de pe vapor. Nu fi prostuță. Ai răbdare să-l cunoşti cât de cât pe omul ăsta înainte să vorbeşti de căsătorie. Nu suntem atât de disperate să ne găsim o casă.

— Eu am ales deja. Eu şi Knute am înaintat azi o cerere pentru un permis de căsătorie.

— Iar eu am semnat contractul cu domnul Lund.

Elin se aplecă înainte, ținându-se de stomac şi gemând de durere.

— Ce se întâmplă aici? întrebă mătuşa Hilma din pragul uşii. Vreți să v-audă tot cartierul cum vă certați?

— Ne pare rău, se scuză Sofia. Vom merge altundeva, zise ea, ridicându-se în picioare şi întinzându-i mâna lui Elin ca s-o ajute să se ridice şi ea. Hai se ne plimbăm puțin prin zonă şi să discutăm cu calm.

Elin mergea pe drum împreună cu surorile ei, de o parte şi de alta, ținând-o de braț, dar simțea că nu mai are nicio putere. Elin îşi căuta cuvintele potrivite, vrând cu disperare să le țină aproape de ea şi să le împiedice să facă asemenea alegeri dezastruoase.

— Vă rog pe amândouă să vă gândiți foarte bine la ceea ce vreți să faceți. Ştiu că încercați să mă ajutați şi să faceți ce e mai bine, dar nu pot să vă las să mergeți până la capăt cu planurile voastre revoltătoare! Vă veți distruge viețile – în zadar.

— Eu nu-mi distrug...

— Lasă-mă să termin, Kirsten. M-am gândit deja la ceva ca să am grijă de voi, şi am şi făcut ceva în privința asta. Dacă-mi reuşeşte, vom sta toate trei într-o casă, la fel ca cea din Suedia. Niciuna dintre voi nu va trebui să se mărite, decât dacă doreşte, şi nici nu va trebui să munciți ca să vă întrețineți.

— Imposibil, zise Kirsten. Şi care-i minunatul tău plan?

Elin aşteptă până ce luară colțul şi o apucară pe stradă.

— I-am scris lui Gunnar Pedersen în Wisconsin şi i-am spus că sunt de acord să mă mut acolo şi să mă mărit cu cel care mă va lua, dacă veţi putea să veniţi şi voi cu mine, să locuim împreună.

— Nu! exclamă Kirsten, oprindu-se pe loc.

Elin o trase de braţ şi continuară să meargă.

— Ascultă-mă, i-am spus lui Gunnar că le vom plăti şi restul de bani pentru biletele voastre şi că astfel, voi nu veţi fi obligate să vă căsătoriţi sau să rămâneţi acolo.

— Ăsta-i un plan şi mai nesăbuit decât ale noastre, zise Sofia. Nici eu nu vreau să mă mut în Wisconsin şi să mă mărit cu un străin.

— Gunnar nu e tocmai un străin. Ne-am scris unul altuia şi pare foarte de treabă. Iar după felul în care şi-a descris ferma, va fi exact ca la ferma noastră de acasă.

— Mi se pare cea mai mare prostie, zise Kirsten. Mie îmi spui că fac o greşeală măritându-mă cu Knute ca să avem toate un cămin şi, cu toate acestea, tu vrei să faci acelaşi lucru! Şi pe deasupra într-un loc străin. Mi se pare mult mai rezonabil să rămânem aici toate trei.

— Mi-am dat cuvântul deja în faţa lui Gunnar. I-am scris o scrisoare şi am cumpărat bilete de tren pentru toate trei.

— Iar eu am semnat deja contractul la teatru, şi am plătit chiria pe o săptămână.

— Eu şi Knute am obţinut permisul de căsătorie, iar Knute va găsi o casă unde să stăm. Nu trebuie să pleci, Elin. Poţi să stai cu mine şi cu Knute.

— Sau cu mine, la pensiune, spuse Sofia.

Elin se opri, prea obosită ca să mai facă un pas, şi clătină încet din cap.

— I-am făcut o promisiune lui Gunnar. Nu aş putea să-l dezamăgesc a doua oară. Nu ar fi corect.

Surorile se uitară una la alta.

— E îngrozitor, murmură Sofia. Acum ce ne facem?

— De ce v-aţi făcut planuri fără să vorbiţi întâi cu mine? întrebă Elin.

— Tu ai făcut acelaşi lucru, spuse Kirsten. Nu ne-ai consultat pentru plecarea în Wisconsin.

— E îngrozitor! repetă Sofia.

— Nu vă faceţi griji, zise Elin. Însă inima îi bătea atât de tare, încât îi fu teamă că îi va ceda. Toată încurcătura asta e din vina mea, şi voi găsi o soluţie. Sofia, voi vorbi cu bărbatul de la teatru şi îi voi spune că ai doar şaptesprezece ani, că nu ştiai ce făceai când ai semnat contractul acela. Iar prietenului lui Kirsten îi voi explica că ea are nevoie de mai mult timp ca să ajungă să-l cunoască. Sunt sigură că mătuşa Hilma nu ne va arunca în stradă dacă nu avem unde să mergem. Vă rog, harababura asta e din vina mea, dar o voi descâlci cumva.

— Cum adică e din vina ta? o întrebă Sofia.

— E vina mea că am plecat din Suedia, e vina mea că v-am făcut să veniţi aici. Ar fi trebuit să mă gândesc mai bine. Ar fi trebuit...

Kirsten o apucă de umeri.

— Nu te mai pedepsi atât, Elin. Nu trebuie să te simţi vinovată că ne-ai salvat. Faptul că ne-ai scăpat de unchiul Sven a fost cel mai curajos lucru pe care l-ai făcut vreodată!

Elin paraliză de groază şi i se tăie respiraţia.

— De unde ştii asta? reuşi ea să şoptească.

Kirsten îşi feri privirea.

— Ţi-am... ţi-am citit jurnalul... când erai în spital.

Elin le întoarse spatele şi începu să fugă orbeşte pe stradă în jos. Durerea cumplită pe care o simţea în stomac îi făcu greaţă. Elin se simţea rănită, umilită. Nu voia decât să moară.

— Elin, opreşte-te! îi strigă Kirsten în urmă. Ascultă-mă! Kirsten o ajunse din urmă şi o opri locului. Tu nu eşti vinovată pentru ceea ce ţi-a făcut unchiul Sven. Elin se smuci din mâinile ei.

— Ce se întâmplă? întrebă Sofia. Elin, ce s-a întâmplat? Sofia încercă să o îmbrăţişeze, dar Elin o îndepărtă şi pe ea.

Elin era copleşită de ruşine şi de vinovăţie. Crezuse că îşi lăsase trecutul în urmă când plecase din Suedia, însă aşa cum o avertizase doamna Anderson, numai peisajul se schimbase. Elin voia să fugă cât vedea cu ochii şi să nu se mai oprească niciodată, însă surorile ei o ţineau pe lângă ele, blocându-i scăparea.

— Ascultă-mă, zise Kirsten. Ştiu că am greşit citindu-ţi jurnalul, şi îmi pare rău, Elin. Dar în momentul acela, am avut de luat o decizie imposibilă, şi nu am ştiut cui să cer ajutorul. Tu erai în spital atunci şi nu puteam să mă rog pentru tine, aşa că m-am gândit că dacă îţi citesc jurnalul, voi şti de ce ai hotărât să venim în America, şi dacă să-i las sau nu să mă deporteze.

— De ce să te deporteze? o întrebă Sofia.

Kirsten închise ochii şi începu să plângă, copleşită de durere.

— Pentru că sunt însărcinată, şopti ea.

— Nu... Oh, nu, gemu Elin. Nu putea fi adevărat. Elin se îngrozi la gândul că copilul era al unchiului Sven, că el dusese lucrurile mult mai departe cu Kirsten, decât reuşise cu ea. Dacă era copilul lui, atunci era vina ei pentru că o atacase pe Kirsten. În ultimele luni petrecute în Suedia, Elin îl evitase pe Sven.

Ar fi trebuit să-l ucidă.

— Îmi pare rău, zise Kirsten cu lacrimile curgându-i pe obraji. Şi mi-e atât de ruşine de ce am făcut. De sarcină am aflat când eram în spital, pe Insula Ellis, şi nu am ştiut ce să fac. Aveau de gând să mă deporteze – şi poate că i-aş fi lăsat dacă nu ţi-aş fi citit jurnalul şi nu aş fi aflat despre unchiul Sven. Aşa că am minţit şi le-am spus că eu şi Tor eram căsătoriţi în secret, şi că urma să vină şi el în America.

— Tor? Adică Tor Magnusson e tatăl?

— Mi-e atât de ruşine, plânse Kirsten. Ştiu că am greşit, dar Tor mi-a spus că mă iubeşte. Şi după ce ne-am pierdut familia, nu voiam decât ca cineva să mă ţină în braţe şi să-mi aline durerea. Nu încerc să mă scuz, dar... s-a întâmplat pur şi simplu. Şi nu am ştiut că sunt însărcinată decât după ce am ajuns în America.

— Tor este cel căruia ar trebui să-i fie ruşine, zise Elin. Uşurarea pe care o simţise când auzise că tatăl copilului nu era unchiul Sven, se transformă în mânie asupra lui Tor Magnusson. Dacă ştiam asta înainte să plecăm, l-aş fi silit să te ia de soţie.

— Tatăl lui Tor nu ne-ar fi lăsat să ne căsătorim din cauza tatei. I-am scris lui Tor şi i-am spus despre copil, însă domnul Magnusson mi-a ars toate scrisorile. Tor nici măcar nu ştie.

— Ce încurcătură, murmură Elin.

— Era o încurcătură, Elin, dar Knute Lindquist este răspunsul la rugăciunile mele. El m-a văzut plângând şi am fost atât de disperată, încât în cele din urmă, i-am spus totul. El e văduv, are un copil mic şi s-a oferit să mă ia de soţie şi să mă salveze pe mine şi pe copilul meu, din dezonoare. Vă salvează şi pe voi. Nu era nevoit să facă asta, dar e un om bun şi mă voi căsători cu el.

Nimeni nu spuse nimic. Lui Elin i se păru că aerul ce le înconjura era prea dens ca să-l poată respira. O durea sufletul pentru Kirsten.

Sofia îşi aşeză mâna pe umărul lui Elin.

— Îmi spune şi mie cineva despre ce vorbiţi, vă rog? Ce a făcut unchiul Sven?

Elin simţi din nou un val de uşurare. Dacă Sofia nu ştia, asta însemna că el nu se atinsese de ea. Însă uşurarea ei fu repede urmată de un ocean de ruşine.

— A fost un om rău, zise Kirsten.

— Dar eu sunt vinovată, spuse Elin. După moartea tatei am căutat alinare la el...

— Nu a fost vina ta, zise Kirsten. Ai avut încredere în el, iar el a profitat de tine.

— Aşa cum Tor a profitat de tine, continuă Elin. Din aceleaşi motive. Am fost atât de năucită după moartea mamei şi a tatei, încât am avut încredere în el. Îmi pare atât de rău.

Surorile se agăţară una de alta, cu lacrimile în ochi, se îmbrăţişară pe trotuar, uitând de ceea ce le înconjura. Când, în cele din urmă, se uitară una la alta şi îşi uscară lacrimile, Elin fu mirată să descopere că în jurul lor, viaţa continua ca înainte.

— Deci, zise Sofia cu un oftat. De azi vom începe o nouă viaţă. Trecutul ne este iertat dacă i-l încredinţăm lui Dumnezeu, iar de acum înainte, nu ne vom mai ruşina de nimic. Crezi asta, Kirsten?

— Da.

— Tu crezi asta, Elin?

— Da... dar tot nu ştiu ce vom face...

— Ne vom pune credinţa în Dumnezeu, cum a făcut mama. Chiar şi când era pe moarte, ea a avut încredere în Dumnezeu şi nu s-a îndoit niciodată de dragostea Sa, vă amintiţi? Poate că acum totul pare fără ieşire, dar Dumnezeu va descurca totul. Deja a început să descurce totul. Am crezut că toată lumea din familia noastră ne-a părăsit şi că am rămas doar noi trei, dar familia noastră începe să crească acum. Bebeluşul lui Kirsten face parte din noua noastră familie. La fel şi domnul Lindquist. Ne va fi bine, veţi vedea.

Elin nu se putu abţine să nu zâmbească când o văzu pe Sofia şi când îi auzi optimismul care o însufleţea. Sofia se schimbase cu adevărat de când plecaseră de acasă.

— Dar tu nu trebuie să lucrezi în teatrul acela, Sofia. Vei veni în Wisconsin cu mine, nu-i aşa? Acolo vei avea o casă întocmai ca cea pe care am lăsat-o în urmă. Când eram pe vapor, asta ai spus că-ţi doreşti.

— M-am răzgândit de atunci. L-am întâlnit pe Ludwig şi...

— Oh, Sofia. Te rog, nu-ţi mai face speranţe că va veni, o sfătui Kirsten. Nu crezi că ar fi ajuns deja, dacă ar fi avut de gând să vină?

— Eu nu renunţ. Ludwig mă va găsi. Ştiu asta. Şi între timp, slujba de la teatru este răspunsul la rugăciunile mele. Am semnat un contract şi am de gând să-mi respect angajamentul. Vă iubesc pe amândouă, dar cred că e timpul să mă maturizez.

Elin nu era încă convinsă că Sofia şi Kirsten luaseră deciziile potrivite, însă amândouă păreau hotărâte să-şi ducă planurile la îndeplinire, cu sau fără aprobarea ei. Surorile o porniră din nou pe stradă, cu paşi molcomi. Elin nu voia încă să se întoarcă la pensiune, după şocul emoţional prin care trecuse azi, iar surorile ei păreau la fel de vulnerabile ca şi ea, dar continuară să meargă.

Kirsten era însărcinată. Elin încă nu putea concepe asta, şi nici nu putea scăpa de sentimentul că era oarecum din vina ei. Îi promisese mamei ei că va avea grijă de surorile ei... însă Sofia îi spusese că nu trebuia să fie ea cea care rezolva totul. Iar doamna Anderson îi spusese că nici măcar părinții nu erau responsabili pentru deciziile luate de copiii lor, cu atât mai puțin surorile. A fi adult însemna să trăiești cu greșelile pe care le faci.

Kirsten și Sofia trebuiau să-și trăiască propriile vieți – iar Elin pe a ei. Gândul acesta o îngrozea. Ce alt scop ar avea ea oare fără surorile ei de care să aibă grijă? Surorile ajunseră la colțul străzii și la parc.

— Nu te duce în Wisconsin, Elin, o rugă Kirsten. Hai să locuiești cu mine.

— Sau cu mine, zise Sofia. Chiria e plătită deja. De fapt, ne putem muta de îndată.

— Nu, haideți să mai obținem o masă gratuită de la mătușa Hilma, zise Kirsten zâmbind.

— Azi am făcut atâta gem pentru ea, adăugă Sofia. Credeți că ne va da și nouă un borcan?

— Ha! râse ironic Kirsten.

Era așa de bine să-și vadă surorile râzând după toate lacrimile pe care le vărsaseră. Însă Elin își dădu seama că nu le răspunsese la întrebarea despre mutatul în Wisconsin.

— Nu știu dacă pot să rămân cu voi sau nu, zise ea în cele din urmă. I-am spus lui Gunnar să-mi scrie și să-mi spună dacă oferta de căsătorie mai este valabilă – și dacă sunt încă binevenită acolo. Dacă el și ceilalți vor vrea să mă duc la ei, nu pot să-i refuz a doua oară.

În seara aceea, după cină, surorile se mutară din pensiune în camera închiriată de Sofia, târând din nou geamantanul după ele pe stradă. Kirsten avea să locuiască acolo până ce Knute va găsi o casă și va stabili ceremonia de nuntă cu pastorul Johnson, iar Elin avea să rămână până ce primea de veste de la Gunnar.

— Poate că fermierii ăia s-au săturat deja de noi până peste cap, zise Kirsten. Poate că nu vor decât să-și recupereze banii, nu și pe tine.

— Poate, răspunse Elin. Însă ea ştia din tonul prietenos din scrisorile lui Gunnar că era foarte probabil ca el să-i accepte oferta, chiar dacă ceilalţi fermieri ar fi refuzat. Elin nu putea să-l refuze şi să-i spulbere din nou speranţele, chiar dacă asta însemna să-şi lase surorile în urmă.

Pe drum, Kirsten se opri să-şi tragă sufletul, şi lăsă jos capătul ei de geamantan.

— Voi fi tare fericită când vom avea în sfârşit o casă a noastră, ca să nu mai fim nevoite să cărăm valiza asta după noi. Ne-ar fi fost mult mai uşor să târâm un trol mort tot drumul din Suedia până aici, decât prostia asta. Măcar un trol ar fi fost destul de moale ca să ne aşezăm pe el.

Surorile se opriseră să se odihnească în faţa unui magazin cu rochii, iar Sofia se uită la ele în vitrină.

— Ştiţi ce? zise ea. Eu cred că Kirsten ar trebui să-şi cumpere o rochie americană pentru nuntă. Mâine e ziua ei, iar mie mi-a rămas un dolar după ce am plătit chiria. Ţie ţi-a mai rămas ceva, Elin?

— I-am cheltuit pe toţi pe biletele de tren către Wisconsin. S-ar putea să-mi dea banii înapoi pe ele, dar nu ştiu sigur.

— Tu mai ai bani, Kirsten?

— Da, dar cum rămâne cu mâncarea? Nu trebuie să şi mâncăm?

— Nu, cred că e mult mai important să ai o rochie nouă, zise Sofia. Tu ce zici, Elin?

Elin se uită la surorile ei, la chipurile lor pline de speranţă, şi nu vru să fie zgârcită ca mătuşa Hilma. În plus, se săturase să-şi mai facă griji.

— Da, aşa e, spuse ea. Cred că mâine dimineaţă, de cum se deschid magazinele, ar trebui să mergem toate la cumpărături.

CAPITOLUL 37

— La mulți ani, Kirsten! îi ură Elin în clipa în care Kirsten deschise ochii.

Ea se ridică în capul oaselor și se uită somnoroasă în jur, și recunoscu camera de hotel pe care o închiriase Sofia. Pereții îi erau goi, iar mirosul vechi de mucegai devenise mai stăruitor peste noapte. Patul pe care îl împărțeau era prea mic pentru toate trei, așa că fură nevoite să doarmă de-a curmezișul, cu picioarele atârnându-le pe margine. Nu era confortabil să doarmă așa multe nopți, dar Kirsten știa că va pleca curând. Ea și Knute se căsătoreau peste trei zile, iar ea voia să profite cât mai mult de ultimele zile împreună cu surorile ei.

— Da, la mulți ani! zise și Sofia. Te așteaptă un an minunat, sunt convinsă de asta.

Astăzi, Kirsten împlinea nouăsprezece ani. Când ea și Knute ceruseră permisul de căsătorie, Kirsten aflase că el avea douăzeci și nouă, însă tristețea care îl însoțea pretutindeni îl făcea să pară mult mai bătrân.

— Mi-e foame, zise ea încheindu-și nasturii fustei și simțind mirosul de pâine prăjită ce se ridica din sala de mese de la parter până la camera lor. Nu-mi vine să cred că mătușa Hilma nu ne-a dat nici măcar niște coji de pâine seara trecută când am plecat de la ea.

— Eu speram la un borcan din gemul pe care l-am făcut împreună cu Sofia, zise Elin.

— Ne vom cumpăra de mâncare când ieșim, hotărî Sofia. În dimineața asta mergem la cumpărături ca să-i luăm lui Kirsten câteva haine noi, așa cum am stabilit.

Surorile erau îmbrăcate și încercau să se hotărască la care magazin să meargă prima dată, când cineva bătu la ușă. Kirsten, care era cea mai aproape de ușă, o descuie și o întredeschise.

— Knute! Ce faci aici?

— Mă duc la lucru, dar voiam să-ți spun că ieri am găsit o căsuță de închiriat. Proprietarul va fi acolo dimineața asta la ora unsprezece dacă vrei să mergi s-o vezi. Dacă crezi că e potrivită pentru noi, poți să-i dai banii ăştia pentru chirie şi el îți va da cheile, zise el dându-i un plic.

— Bineînțeles că va fi potrivită, zise ea râzând. Orice e mai bun decât locul ăsta care-ți dă fiori – sau celula de închisoare unde am petrecut o noapte. Knute nu zâmbi la încercările ei de a fi veselă şi fără griji, iar ea încercă să-şi amintească dacă îl văzuse vreodată zâmbind. Ascultă, Knute, chiar nu-mi permit să fiu pretențioasă, aşa că...

— Eu nu mă prea pricep la dotările din bucătărie, şi îmi făceam griji că poate nu sunt cum ar trebui să fie.

Knute era atât de serios şi profund, încât o întristă şi pe Kirsten.

— Înțeleg. În cazul ăsta voi merge bucuroasă până acolo să văd casa.

— Am notat adresa pe plic. Casa e aproape de linia de tramvai cu care mă duc la lucru şi doar la câteva case distanță de piață. Uite nişte bani pentru tramvai. E departe de aici.

Knute îi puse câțiva bănuți în palmă, iar Kirsten se gândi că va merge pe jos până la casă şi, cu banii primiți, le va cumpăra surorilor ei ceva de mâncare pentru micul-dejun. Şi-apoi, nu voia ca el să ştie că ea nu mai fusese niciodată cu tramvaiul. Kirsten închise uşa în urma lui şi se întoarse către surorile ei, să le spună vestea cea bună.

— Uitați-vă! exclamă ea, fluturând plicul. Knute a găsit...

— Am auzit totul, zise Elin. Îmi pare rău, era imposibil să nu auzim.

— Nu-i nimic. Vreți să mergeți cu mine la unsprezece, să vedem casa?

— Eu nu pot, spuse Sofia. Am repetiție la teatru la zece.

— Mă duc eu cu tine, se oferi Elin. Unde trebuie să ajungem?

Kirsten se uită pe plic.

— Knute a zis că e mult de mers pe jos. A zis să luăm tramvaiul, dar mişcarea îmi va prinde bine. Nu vreau să mă fac prea grasă. Vă amintiţi ce imensă se făcea doamna Jansson de acasă, de câte ori aştepta un copil?

— Tu n-o să te faci aşa de mare, o asigură Elin, cu gura până la urechi. Doamna Jansson era imensă chiar şi când nu era însărcinată.

— Cum îţi dădeai seama că nu era însărcinată? întrebă Sofia. Întotdeauna era însărcinată! N-a avut cam două duzini de copii?

— Cu siguranţă aşa a părut, zise Elin. Doar că niciunul dintre ei nu stătea locului, ca să poată să-i numere cineva.

Kirsten avu lacrimi în ochi ascultându-le pe surorile ei glumind şi râzând.

— O să-mi lipsiţi foarte mult, zise ea încet.

— Nu vorbi aşa încă, o certă Elin. Mai sunt trei zile până la nuntă, şi nu vreau să rămân fără lacrimi până atunci.

— Hai să mergem la cumpărături. Sofia se ridică în picioare şi le împinse pe Kirsten şi pe Elin către uşă. Să vedeţi ce frumos e să ai ceva nou. Odată ce sunteţi îmbrăcate ca nişte americance adevărate, vă veţi şi simţi ca nişte americance. În clipa în care mi-am pus hainele noi, am simţit că am lăsat cu adevărat Suedia în urmă.

Surorile nu-şi permiteau să cumpere de la Marshall Field, de unde îşi luase Sofia hainele, însă intrară într-un magazin din cartierul suedez care avea de toate, de la rochii pentru femei şi pălării pentru bărbaţi, la vase şi articole pentru gospodărie. Kirsten alese o fustă neagră, simplă, făcută din briliantină cu model, pentru suma de 1,35 dolari şi o cămaşă albă din tafta pentru 1,65 dolari, rămânându-i doar un dolar din salariu.

— Ne putem descurca cu un dolar până la salariul Sofiei, zise Elin. Putem cumpăra pâine veche de la brutărie şi ne putem târgui în piaţă pentru fructe şi legume lovite, aşa cum face mătuşa Hilma.

Vânzătoarea împături noile haine ale lui Kirsten şi le împachetă într-o hârtie maro, legată cu aţă.

— O să le păstrez până la nuntă, zise Kirsten.

Elin şi Kirsten merseră pe jos o jumătate de oră până ajunseră la casa pe care o închiriase Knute. Pe drum, Sofia le arătă Teatrul Viking unde şi rămase pentru repetiţii.

— Eu tot nu pot să mi-o închipui pe mica noastră Sofia cântând pe o scenă, în faţa a sute de oameni, îi zise Kirsten lui Elin pe drum. Cine s-ar fi gândit?

— Eu încă nu sunt convinsă că-mi place ideea, îi răspunse Elin. Sper că e în siguranţă acolo şi că nu i se va întâmpla...

— Sofia va fi bine. S-a maturizat foarte mult de când am plecat de acasă, nu-i aşa? Obişnuia să fie atât de liniştită, de timidă şi de pedantă; acum citeşte din Biblie tot timpul şi ne spune să ne rugăm pentru orice.

— Îmi aminteşte de mama.

— Da... Mama ar fi foarte mândră de ea.

Casa cu şindrilă albă era pe o străduţă liniştită, la câteva minute de mers de intersecţia principală. Era mică şi pătrată, cu acoperiş ascuţit şi o verandă micuţă, cocoţată pe un petic de iarbă ca un bolovan în mijlocul unui râu. Proprietarul le aştepta pe scările verandei, cu cheile în mână. Kirsten recunoscu primul cuvânt pe care li-l adresă – salutul american *hello*, dar doar atât din toată sporovăiala lui prietenoasă.

— Nu vorbesc engleza, zise ea, clătinând din cap. Îmi pare rău. Putem intra? întrebă Kirsten, arătând spre uşă. Înăuntru...? Proprietarul păru să înţeleagă într-un final, şi le descuie uşa, apoi se dădu la o parte, lăsându-le pe Kirsten şi pe Elin să vadă casa.

Cele trei camere de la parter – sufrageria, sala de mese şi bucătăria – erau aliniate una lângă alta de la uşa de la intrare, la uşa din spate. Casa avea podele din lemn şi multe ferestre prin care îşi făcea loc soarele şi aerul proaspăt. O scară ducea la dormitoarele mici de la etaj.

— Ce bucătărie drăguță, zise Elin uitându-se în jur. Bucătăria avea o chiuvetă cu toate cele trebuincioase instalate, o sobă micuță din fontă şi un dulap pentru vase agățat pe perete. E numai bună pentru voi doi.

— Vom fi trei în curând, spuse Kirsten. Knute îl va aduce pe fiul lui din Suedia. Şi cu bebeluşul vom fi patru, desigur. Lui Kirsten încă îi venea greu să creadă că în burta ei creştea un bebeluş adevărat, iar când se gândea la asta, ideea de a da naştere şi a avea grijă de un nou-născut o înspăimânta.

— E o căsuță foarte drăguță, zise Elin. Sper că o vei lua, nu?

Kirsten se trezi din reverie. Proprietarul stătea în picioare cu cheile în mână, aşteptându-i răspunsul.

— Yes, îi spuse ea, rostind unul din puținele cuvinte pe care le ştia în engleză. Yes... yes.

Kirsten îi dădu banii pe care îi primise de la Knute şi păstră plicul pe care era notată adresa. Proprietarul îi întinse cheia, şi mai scoase o cheie din buzunar, întinzându-i-o şi pe aceea, şi continuând să vorbească în engleză. Kirsten speră că nu-i dădea instrucțiuni importante despre cum să aibă grijă de casă, pentru că nu înțelegea o boabă din ce-i spunea.

— Vă mulțumesc, îi răspunse ea în suedeză. Vă mulțumesc foarte mult. După ce proprietarul plecă, Kirsten se întoarse către Elin şi îi spuse: Ar trebui să fim deştepte ca Sofia, şi să ne apucăm să învățăm engleza.

— Cred că tu ar trebui să te apuci, zise Elin. Cel mai probabil, eu nu voi avea nevoie, acolo în Wisconsin.

Kirsten oftă.

— Mi-aş dori să te răzgândeşti, şi să nu te mai duci acolo. Am nevoie de tine, Elin. Mai ales cu bebeluşul care e pe drum şi...

— Ştiu, ştiu. Dar hai să nu ne mai gândim la asta până ce nu primesc un răspuns de la Gunnar Pedersen. Nu vrei să aruncăm o privire şi în curte?

Mica întindere de iarbă avea într-un colț un stejar pricăjit, iar în celălalt colț un pătrat de buruieni care probabil fusese cândva o grădină de legume. De la marginea din spate a verandei se întindea o sârmă pentru uscat hainele până la stâlpul din cealaltă parte a curții. Kirsten își imagină un șir de scutece fluturând în vânt și se simți brusc singură. Și speriată.

— Ăsta va fi un loc frumos de joacă pentru băiețelul lui Knute, zise Elin.

Kirsten încuviință, dar adevărul era că ei i se părea o curte pustie și tristă. Își aminti cum obișnuia să hoinărească în pădurile de lângă ferma lor, împreună cu surorile ei, căutând zâne de munte și imaginându-și că o grămadă de bolovani era de fapt castelul unui uriaș. Kirsten își lăsă gândurile deoparte și se întoarse în casă.

— De unde vă luați mobilă? întrebă Elin în timp ce făceau un alt tur al camerelor care erau nemobilate.

— Knute se va uita pe anunțurile de la ziarul lui. Zice că oamenii cumpără mereu mobilă nouă și își vând lucrurile vechi.

— Chiar? Americanii nu-și lasă lucrurile copiilor și nepoților cum facem noi acasă? E așa de frumos când știi că scaunele și mesele sunt în familia ta de ani întregi, nu-i așa?

— Da, dar mulți dintre americani au imigrat aici din alte părți, știi? Așa că au fost nevoiți să-și lase mobila în urmă, la fel ca noi.

— Cred că ai dreptate. Lucrurile se schimbă... și viața merge înainte.

Kirsten nu voia să se gândească la schimbare – deja trecuse printr-o grămadă de schimbări în viața ei – însă era conștientă că trebuia să facă asta. Elin avea dreptate. Viața mergea înainte.

— E o căsuță foarte drăguță, zise Elin din nou. Va fi căminul vostru.

În seara dinaintea nunții, Elin despachetă lucrurile din valiză și puse deoparte lucrurile pe care le aduseseră cu ele din Suedia, lăsând-o pe Kirsten să-și aleagă prima cadoul de nuntă. Kirsten se hotărî să ia sfeșnicele de argint lăsate de bunica lor, Elin își alese ibricul din aramă pentru cafea, iar Sofia – cartea cu cântece a mamei lor şi vaza pictată cu *rosemaling*. Apoi, surorile împărţiră între ele prosoapele şi şorţurile din pânză şi feţele de masă brodate de mama lor, şi uneltele din lemn sculptate de tatăl lor.

— Gândiţi-vă că mama a pus suflet în fiecare împunsătură, zise Elin, mângâind firul colorat.

Sofia îşi şterse o lacrimă.

— Sunt convinsă că nu şi-a imaginat vreodată că lucrurile noastre vor călători atâţia kilometri departe de casă.

— Ce s-a întâmplat, Sofia? o întrebă Elin.

— Faptul că facem împărţeala asta... Cred că realizez în sfârşit că nu vom fi împreună întotdeauna.

Kirsten îşi stăpânea şi ea cu greu lacrimile.

— Ar trebui să vă mutaţi amândouă cu mine şi cu Knute. Hotelul ăsta nu-i un loc foarte drăguţ.

Sofia clătină din cap.

— Pentru mine ar fi prea departe de teatru. O să-mi caut ceva mai frumos când o să am nişte bani puşi deoparte.

— Şi-apoi, zise Elin, casa ta nu e foarte mare, Kirsten. Iar tu trebuie să fii singură cu soţul tău.

Kirsten nu se mai putu stăpâni.

— Urăsc să fim despărţite! Până acum nu am mai fost despărţite. Toată viaţa mea, de când mă ştiu, v-am avut pe amândouă lângă mine.

— Ştiu, spuse Elin, îmbrăţişând-o. Ştiu. Iar eu, de când mă ştiu, am avut grijă de voi două. Însă chiar dacă am fi rămas în Suedia, într-o bună zi ne-am fi căsătorit fiecare dintre noi şi ne-am fi mutat fiecare la casa ei. Doar că îmi pare rău că se întâmplă aşa curând.

Kirsten nu dormi deloc bine în noaptea aceea. Iar după felul în care surorile ei se suciră şi se întoarseră, nici ele nu dormiră bine. Kirsten nu putea să nu se gândească la Tor, şi-ar fi dorit atât de mult să se mărite cu el, în biserica lor, de acasă. Kirsten se gândi că trebuia să fie foarte diferit să te căsătoreşti cu cineva pe care îl iubeşti şi cu care să aştepţi plin de speranţă să-ţi petreci toată viața. O speria gândul la toți anii care o așteptau în calitate de a doua soție a lui Knute Lindquist. Kirsten și-ar fi dorit să se ridice și să fugă departe, departe.

Însă, apoi se gândi la copilul care îi creștea în pântece și știu că trebuia să meargă înainte cu nunta. Kirsten închise ochii și Îi mulțumi Domnului pentru că i-l adusese în cale pe Knute Lindquist.

— N-ar fi trebuit să irosesc bani pe hainele astea, zise ea cu regret a doua zi în timp ce se îmbrăca pentru propria nuntă. Oricum, nu-mi vor mai fi bune prea mult timp. Kirsten țopăi încoace și încolo în fața măsuței de toaletă, încercând să se vadă în oglindă.

— Ce tot faci? o întrebă Elin.

— Vreau să văd cum arăt.

— Arăți minunat, îi spuse Sofia. Nu-i așa, Elin?

— Așa e. Acum stai jos și lasă-mă să-ți prind părul sus. Și nu mai sări, altfel o să-ți cadă înapoi pe umeri.

— Nu i-l întinde prea tare, zise Sofia zâmbind. Dacă i-l întinzi prea tare, n-o să mai semene cu Kirsten pe care o știm noi, cu părul zburlit în toate părțile.

Când fu timpul să plece, Elin și Sofia puseră toate lucrurile lui Kirsten în cele trei genți ale lor și le cărară pentru ea. Pe drum spre biserică, lui Kirsten îi tremurau genunchii. Knute era deja acolo, o aștepta. Kirsten se întrebă dacă era la fel de emoționat ca și ea, și dacă se gândea la Flora, dacă rememora ziua căsătoriei lor, dar se hotărî să nu-l întrebe. Kirsten nu voia să-i învârtă cuțitul în rană.

Lui Kirsten i se păru că pastorul Johnson ezita să oficieze simpla ceremonie, deși Knute discutase cu el despre nuntă cu câteva zile înainte.

— Eu v-aș sfătui totuși să nu vă căsătoriți, zise el, poftind pe toată lumea în biroul său. Cuvintele lui erau pentru Knute, nu pentru Kirsten. De ce nu mai așteptați, să faceți asta cum se cuvine? Măcar să anunțați pe toată lumea în biserică.

— Fiul meu va ajunge din Suedia în curând, şi vrem să fie totul pregătit pe când ajunge el.

— Eşti sigur că vrei să faci asta, Knute? îl întrebă din nou pastorul. Abia o cunoşti pe domnişoara Carlson. Şi între voi sunt nişte ani buni.

— Eu şi domnişoara Carlson suntem amândoi foarte siguri, zise Knute, întorcându-se către ea, ca şi cum ar fi vrut să se asigure de asta. Kirsten încuviinţă şi zâmbi, cu toate că era copleşită de teamă.

Soţia pastorului îi întinse lui Kirsten un buchețel de flori culese din grădina ei. Elin, Sofia şi un prieten de-al lui Knute de la serviciu se adunară în jur, ca să le fie martori. Lui Kirsten îi bătea inima atât de tare în timp ce pastorul citea jurămintele, încât abia pricepu un cuvânt din ele. Kirsten rosti „Da" când i se ceru, închise ochii în timp ce pastorul se ruga pentru ei şi, înainte să-şi dea seama, ea şi Knute erau soţ şi soţie. Părea ridicol într-un fel, cum câteva cuvinte şi o foaie de hârtie aveau puterea de a o lega pentru tot restul vieţii, de bărbatul acesta pe care abia îl cunoştea. Dar era un fapt împlinit. Kirsten era acum doamna Knute Lindquist.

Soţia pastorului bătu din palme în clipa în care Knute o sărută din vârful buzelor. Nu avea să fie nicio recepţie. Niciunul dintre ei nu avea prea mulţi prieteni sau membri de familie în Chicago.

Knute dădu mâna cu pastorul şi cu prietenul său, după care toată lumea îi urmă afară, la trăsura pe care o închiriase să-i ducă la noua lor casă. Kirsten şi surorile ei se îmbrăţişară cu lacrimi în ochi, de rămas bun, iar Knute puse genţile lui Kirsten în trăsură.

— Ah, tocmai mi-am amintit, zise el, întorcându-se spre ea. Când i-am cerut domnului Anderson să-mi dea liber după-amiaza aceasta, mi-a spus că vrea să vorbească cu tine şi cu surorile tale mâine, în biroul său.

— De ce? Ce doreşte? întrebă Kirsten.

— Nu mi-a spus. Dar vrea să vă întâlniţi cu el, în biroul lui, la ora două.

— Aş vrea să-ţi fi spus despre ce e vorba, zise Elin.

— Nu ai de ce să-ți faci griji, zise Sofia, oftând. Vom merge la dânsul cu conştiinţa curată.

Kirsten zâmbi, încercând să fie curajoasă în timp ce urca în trăsură cu Knute.

— La revedere! Ne vedem mâine la sediul ziarului, zise ea, făcându-le cu mâna până ce nu le mai văzu.

De la vizita lui Kirsten, Knute cumpărase câteva lucruri pentru casă – o masă şi două scaune pentru sufragerie, un birou şi o canapea mică din păr de cal pentru salon, câteva oale şi ustensile pentru bucătărie, însă casa arăta pustie încă. Kirsten se uită în jur, încercând să scape de sentimentul că făcuse o greşeală imensă, însă îşi aminti singură că greşeala ei fusese aceea de a se încrede în Tor. Knute era un om bun.

— Îți mulțumesc că m-ai luat de soție, îi spuse ea. Nu trebuia...

— Ascultă, Kirsten. E un fapt împlinit acum, aşa că te rog să nu mai pomeneşti de asta.

El duse genţile la etaj şi le puse pe unul dintre paturile pe care le cumpărase. Kirsten îl urmă, şi văzu că patul era prea îngust pentru două persoane.

— M-am gândit să te las pe tine şi pe Torkel să dormiți în dormitorul ăsta mai mare, zise el. Vreau să mai aduc un pat aici pentru el – şi un leagăn pentru copil. Eu voi dormi în camera mai mică.

Kirsten îl privi surprinsă. Înainte să se căsătorească, Knute îi spusese că nu se aştepta ca ea să-i fie soție în toate sensurile cuvântului, însă realitatea o surprinse.

— Dar... adică... nu mi-am dat seama că vom dormi separat.

— Nu cred că ar fi bine dacă... începu el, fără să mai termine. Te las să despachetezi.

Kirsten se prăbuşi pe pat, ascultându-i paşii grăbiţi pe scări în jos. Nu putea să nege că se simțea rănită şi respinsă. Dar oare la ce se aşteptase? La urma urmei, era o căsătorie de conveniență, pentru amândoi. Kirsten acceptase ştiind că el nu o iubea, ştiind că soția lui va fi întotdeauna pe primul loc în sufletul lui. Iar dacă era şi ea sinceră cu ea însăşi, Kirsten ştia că nici ea nu îl iubea. Însă, chiar şi aşa, Kirsten nu-şi putu stăpâni dezamăgirea că el nu voia să fie cu ea, că nu vor fi niciodată soţ şi soţie cu adevărat.

Gândeşte-te la copil, îşi zise ea. Făcuse asta pentru copilul şi pentru surorile ei. Kirsten îşi şterse lacrimile şi se ridică în picioare să-şi facă patul, folosind aşternuturile pe care le adusese cu ea din Suedia. După ce termină de despachetat şi îşi puse hainele în sertarele din dulap şi lenjeria de corp deasupra, Kirsten coborî. Knute lucra la biroul lui, în salon, birou pe care îl umpluse deja cu hârtiile şi cărţile lui. Pe podea, lângă birou, Kirsten observă o cutie cu alte cărţi.

— Am făcut toate aranjamentele pentru venirea lui Torkel, zise el, neridicându-şi privirea.

Kirsten se aşeză pe canapeaua rigidă, chiar pe margine.

— Şi cum va ajunge aici? Nu poate să călătorească singur atâta drum.

— Familia Florei, cu care a stat până acum, îl va însoţi până în Gothenburg. Întâmplarea face că prietenul meu care a fost azi la nuntă, vrea să-şi aducă mama în America, şi ea va avea grijă de el restul drumului.

— Nu le va fi greu când vor ajunge pe Insula Ellis? Eu şi surorile mele am fost ţinute acolo aproape două săptămâni, şi a fost atât de aglomerat şi derutant şi... Kirsten se opri, amintindu-şi brusc că staţia de imigrare arsese din temelii.

— Vor călători la clasa întâi, nu la clasa a treia, zise Knute. Nu vor avea nicio problemă.

Kirsten îşi trecu degetele peste o porţiune mai uzată de pe braţul canapelei, gândindu-se că ar trebui să croşeteze o bucăţică de material ca s-o acopere. Kirsten simţea tensiunea care plutea în aer, în timp ce încercau să vorbească unul cu altul, şi se gândi că probabil le va fi mai uşor odată ce vor începe să se cunoască unul pe altul.

— Cred că eşti foarte bucuros că-ţi vei revedea fiul, îi spuse ea. Când va ajunge?

— Dacă totul merge conform planului, în aproximativ trei săptămâni.

Kirsten nu ştiu ce să mai spună. După cum se părea, nici Knute.

— Ei bine, zise ea, ridicându-se. Cred că ar trebui să mă apuc de treabă dacă vrem să cinăm la timp. Sunt ceva alimente în dulap? Kirsten se simți ca un copil care se joacă de-a gospodăria, pregătindu-se să gătească plăcinte din noroi. Până acum nu mai avusese o bucătărie a ei.

— N-am ştiut ce să cumpăr, dar pot să-ți dau nişte bani, zise el, ridicându-se în picioare şi scoțându-şi portofelul. Ştii unde sunt magazinele?

— Da. Cred că am trecut pe lângă câteva pe drum încoace. Ce ai vrea să mănânci?

— Orice. Nu sunt pretențios.

— Bine, atunci... mă întorc imediat.

Kirsten luă o sacoşă goală în care să-şi pună cumpărăturile şi merse pe jos vreo două străzi până la băcănie, abia abținându-se să nu plângă. Afară era soare. Kirsten avea tot ce îi trebuia pentru o viață fericită: un acoperiş deasupra capului, mâncare şi un om bun care avea grijă de ea. Dumnezeu îi răspunsese la rugăciuni. Copilul ei va avea un tată şi un nume. Şi ce era şi mai important, Kirsten avea din nou un cămin. Da, pentru prima oară de când plecase din Suedia, avea în sfârşit, un cămin adevărat.

Şi atunci de ce se simțea atât de pustiită? De ce simțea că voia mai mult?

CAPITOLUL 38

Zgomotul asurzitor pe care îl făceau presele cutremura podeaua. Sofia simțea vibrațiile până în suflet în timp ce aştepta împreună cu surorile ei, să vorbească cu domnul Gustav Anderson. Sediul ziarului era plin de birouri înțesate cu hârtii, în spatele cărora reporterii băteau neobosiți la maşinile de scris. Presele ocupau încăperea imensă de sub zona birourilor, şi aici ziarele se cerneau cu zgomot neobosit.

— Cât credeți că durează până să te obişnuieşti cu tămbălăul ăsta? întrebă Sofia. Elin dădu din umeri.

— Eu n-aş putea suporta să lucrez aici, îi răspunse Kirsten.

— Dar... dar Knute nu lucrează aici? întrebă Sofia, lungindu-şi gâtul şi căutându-l cu privirea în jur. Nu-l văd nicăieri.

— Nu ştiu unde e sau ce anume face aici. Kirsten şi Elin păreau foarte agitate, nerăbdătoare să afle ce voia să le spună domnul Anderson. Sofia se aplecă spre surorile ei ca să nu fie nevoită să strige.

— Nu trebuie să ne fie frică de el, să ştiți. Nu am făcut nimic rău.

— Nici ultima dată când am vorbit nu eram vinovate de nimic, zise Kirsten, şi cu toate acestea, am sfârşit în închisoare, vă amintiți?

— Poate că vrea să ne ceară scuze.

— Ha! exclamă Kirsten. Atunci şi zânele există cu adevărat.

Sofia renunță să mai încerce să le liniştească şi se aşeză înapoi ca să aştepte, privind la haosul din redacție. În cele din urmă, uşa de la biroul domnului Anderson se deschise şi Sofia îl auzi cum îşi drese glasul.

— Vă mulțumesc că ați venit, domnişoarelor. Intrați, vă rog.

— În cuşca leului, murmură Kirsten, ridicându-se în picioare. Elin îi făcu semn să tacă.

Dar Gustav Anderson nu semăna absolut deloc cu un leu. De fapt, era atât de scund şi de îngrijit şi avea nişte trăsături atât de ascuțite, încât îi amintea Sofiei de o cârtiță. Biroul lui nu avea ferestre şi probabil de aceea avea tenul atât de palid. Interiorul întunecos îl făcea să semene şi mai mult cu o cârtiță.

— Vă rog, ocupați loc, le zise el.

Surorile îl ascultară, şi se aşezară pe cele trei scaune pregătite în fața biroului său. Domnul Anderson se aşeză şi el la birou. Elin şi Kirsten erau la fel de țepene ca nişte vreascuri, aşteptând ca el să spună ce avea de spus. Domnul Anderson se uită în gol, parcă evitându-le privirea.

— Vă datorez nişte scuze pentru acuzația de furt, zise el încet.

Sofia rămase cu gura căscată şi abia se stăpâni să n-o înghiontească pe Kirsten.

— Dată fiind situația, sper că veți înțelege cât de uşor a fost să ajungem la concluzia că ați luat bijuteriile mamei. Nimeni altcineva nu mai avea acces la dormitorul ei, şi era evident că bijuteriile nu erau acolo. Cu toate acestea, îmi cer scuze pentru greşeala făcută.

Niciuna dintre ele nu spuse nimic, prea şocate ca să răspundă. În cele din urmă, Sofia vorbi pentru toate trei:

— Aveți iertarea noastră, domnule Anderson.

— Vă mulțumesc, spuse el în timp ce îşi drese glasul din nou. Odată cu testamentul, mama i-a încredințat avocatului ei şi o scrisoare adresată mie. Conținutul scrisorii mă priveşte în mare parte, dar mama mi-a scris şi despre voi trei. Ştiu că mama părea dură şi că probabil nu ar fi recunoscut asta niciodată, dar în scurta perioadă de timp în care ați lucrat pentru ea, s-a ataşat foarte mult de voi trei.

— Şi noi am îndrăgit-o, zise Elin încet. Ne lipseşte foarte mult.

Gustav căută printre nişte hârtii aflate pe biroul său. Se încruntă ca şi cum ar încerca să-şi ascundă emoția, uitându-se la orice în afară de ele trei. Sofiei i se păru că purtarea lui era surprinzătoare pentru un om de afaceri bogat, aflat în intimitatea propriului birou. Domnul Anderson îşi drese din nou glasul.

— În scrisoarea ei, mama mi-a spus că v-a invidiat. Mi-a spus că voi aveți două lucruri pe care nu le-ar fi putut cumpăra niciodată, nici cu toată averea ei: dragoste una pentru alta şi credință în iertarea lui Dumnezeu. A mai spus că a învățat multe de la voi, astfel că voia să facă şi ea ceva pentru voi, motiv pentru care şi-a vândut bijuteriile şi v-a lăsat banii prin testament.

Inima Sofiei începu să bată din ce în ce mai tare şi Sofia se mută pe marginea scaunului, curioasă ce vor fi gândit surorile ei.

— După cum probabil ați auzit, soția mea intenționează să conteste testamentul mamei. Gustav se uită la ele, privindu-le în ochi pentru prima oară. I-am cerut să oprească procesul. Vă veți primi banii pe care mama mea a dorit să vi-i dea.

Sofia se rezemă înapoi de scaun. Nu ştia ce o mira mai mult: faptul că va primi banii sau faptul că Gustav o înfruntase pe Bettina. Nici ea, nici surorile ei nu-şi găseau cuvintele, aşa că rămaseră tăcute, în aşteptare. Gustav luă o foaie de hârtie şi se uită pe ea.

— Care dintre voi este Elin?

— Eu... eu sunt.

— Mama mi-a spus că dintre toate asistentele care au îngrijit-o de-a lungul anilor, dumneata ai fost cea mai bună. Spunea că ai un dar intuitiv pentru vindecare. Înainte de a muri, a vorbit cu cineva de la Spitalul Augustana. Această instituție există de mai bine de zece ani, şi în urmă cu trei ani, au înființat o şcoală pentru asistente. Mama te-a înscris la cursul de doi ani pentru asistente, care începe în toamna aceasta. Toate costurile implicate sunt asigurate prin testament.

Sofia îi luă mâna lui Elin, şi ochii i se umplură de lacrimi.

— Dacă aş fi ştiut... murmură Elin.

— Nu te mai muți în Wisconsin, îi şopti Kirsten. Vei rămâne aici şi vei fi asistentă. Elin clătină uşor din cap.

— Dumneata trebuie să fii Kirsten, continuă Gustav, arătând cu capul în direcția ei.

— Da, domnule.

— Mama te-a descris ca fiind inteligentă şi spirituală. Ea a crezut mereu cu tărie în educaţia femeilor, chiar dacă ea nu a fost educată. Aşa că s-a ocupat să te înscrie la Colegiul North Park de pe bulevardul Foster. Şcoala este înfiinţată doar de şase ani, dar oferă o varietate de cursuri pentru tinerii din comunitatea suedeză, inclusiv cursuri de limba engleză.

Pe obrazul lui Kirsten se prelinse o lacrimă. Domnul Anderson trebuia să ştie că era prea târziu, că se măritase deja cu Knute Lindquist.

— Mi-aş dori să pot să-i mulţumesc, zise Kirsten.

— Bursa este valabilă oricând te hotărăşti să profiţi de ea. Gustav se întoarse brusc spre Sofia. Dumneata eşti Sofia, cea care a cântat la petrecerea ei.

— Da, şopti Sofia.

— Mama avea o admiraţie profundă pentru talentul muzical al dumitale şi a aranjat să fii înscrisă la Conservatorul de Muzică Sherwood de pe bulevardul Michigan. V-a lăsat bani pentru toate cheltuielile, inclusiv cele de întreţinere.

— Oh! Sofia voia să spună atât de multe, dar nu putu să scoată niciun alt cuvânt.

— De asemenea, mama şi-a exprimat dorinţa ca datoria pentru biletele de călătorie să fie plătită integral.

Sofia nu ştia dacă să râdă sau să plângă. Datoria odată plătită, Elin putea să rămână fără griji în Chicago.

Kirsten fu prima care reuşi să-şi revină din uimire.

— Cred... cred că vorbesc şi în numele surorilor mele când spun că... că nu ştim ce să spunem!

— Dar nu trebuie să spuneţi nimic. Aceasta a fost dorinţa mamei, nu a mea, zise el, ridicându-se în picioare, ca şi cum ar fi vrut să le vadă plecate, acum că-şi liniştise conştiinţa. Surorile se ridicară şi ele. Avocatul mamei mele, pe care cred că l-aţi cunoscut deja, se va ocupa de toate detaliile testamentului ei de acum înainte. Va trebui să vă consultaţi cu dânsul, pentru tot ce va urma, nu cu mine.

— Vă mulțumim, domnule Anderson, zise Elin. Vă suntem foarte recunoscătoare dumneavoastră şi mamei dumneavoastră. Surorile ieşiră din birou, iar el închise uşa în urma lor. Surorile ieşiră în stradă fără un cuvânt şi se opriră în fața clădirii, prea uimite ca să mai facă vreun pas, prea surprinse ca să ştie încotro s-o apuce.

— Dacă am fi ştiut toate astea mai devreme, zise Kirsten în cele din urmă. Ar fi schimbat totul.

— Măcar tu poți să renunți la slujba aia de la teatru, îi spuse Elin Sofiei.

Ea clătină din cap.

— Dar nu vreau să renunț. În primul rând, am semnat deja un contract. Şi în al doilea rând... Sofia se opri, hotărând să nu le spună surorilor ei că voia ca numele să-i apară pe afişe, ca Ludwig să poată s-o găsească. Kirsten ar fi spus că era nesăbuită să-l tot aştepte, că ar fi ajuns deja la ea dacă ar fi vrut. Însă Sofia ştia că Ludwig avea s-o găsească. *Şi am căutat pe iubitul inimii mele,* îi promisese el. Şi în al doilea rând, continuă ea, dacă vorbesc cu domnul Lund, poate va fi de acord să studiez la conservatorul de muzică şi să cânt în spectacolele sale în acelaşi timp.

Elin oftă.

— Dar promite-mi că vei căuta un alt loc unde să stai. Trebuie să existe vreo pensiune respectabilă pentru femei, ca cea a mătuşii Hilma, pentru bărbați. Domnul Anderson a spus că toate cheltuielile îți vor fi plătite.

— Asta înseamnă că Sofia va avea şi de mâncare, zise Kirsten cu un zâmbet. Şi nu vor fi fructe putrezite.

— Promit să găsesc un loc mai bun, zise Sofia, iar eu şi cu tine vom sta acolo împreună, Elin, cât timp vei merge la şcoala de asistente. Doamna Anderson are dreptate – vei fi o asistentă minunată. Sunt atât de uşurată că poți să rămâi aici cu noi, acum că biletele ne vor fi plătite.

Însă Elin se întristă şi se întoarse cu spatele la Sofia, şi începu să meargă pe stradă, îndepărtându-se de ele.

— Ce s-a întâmplat? o întrebă Sofia când o ajunse din urmă.

— E prea târziu. I-am promis lui Gunnar şi celorlalţi că voi merge în Wisconsin dacă încă mai vor să merg acolo. Mi-am dat cuvântul, întocmai cum ai semnat tu contractul acela, iar Kirsten şi-a rostit jurămintele la nuntă. Voi trebuie să vă respectaţi angajamentele, iar dacă primesc şi eu de veste de la Gunnar, va trebui să mi-l respect şi eu pe al meu.

— Dar tu voiai să te muţi acolo numai ca să ne plăteşti datoria, zise Kirsten. Ei nu vor decât să-şi recupereze banii, nu-i aşa?

— Nu, asta nu e tot. Gunnar şi ceilalţi se simt singuri. Vor să se căsătorească şi să-şi întemeieze propriile familii, vor nişte cămine adevărate, la fel ca noi.

— Dar noi avem nevoie de tine, aici, spuse Sofia.

Elin se opri şi îşi aşeză mâinile pe umerii Sofiei.

— Nu. Adevărul este că tu şi Kirsten sunteţi nişte femei în toată firea acum. Nu mai aveţi nevoie de mine, să vă cocoloşesc toată ziua, să-mi fac griji pentru voi şi să vă spun să fiţi prudente. Uite câte lucruri aţi reuşit tu şi Kirsten să faceţi singure.

— Dar asta nu înseamnă că vrem să pleci!

— Ştiu. Dar hai să nu ne grăbim, Sofia. Vom aştepta răspunsul tinerilor din Wisconsin şi nu ne vom gândi la rămas bun până atunci, bine?

— Cred că ar trebui să ne oprim pe la pensiune în drum spre hotel, să vedem dacă nu a venit vreo scrisoare, propuse Kirsten.

— E prea curând să fi primit vreun răspuns, zise Elin. Va dura o vreme până să ajungă scrisoarea mea acolo şi până să-mi răspundă Gunnar.

— Hai totuşi să ne oprim, insistă Kirsten. Vreau s-o anunţ pe mătuşa Hilma că suntem bogate acum, şi să-i facem în ciudă.

— Fii cuminte, Kirsten.

— De ce? râse ea. Acum nu mai avem nevoie de ea.

Mătuşa Hilma era în bucătărie, ca de obicei, pregătind o oală de budincă de peşte pentru cina chiriaşilor.

— Oh, ce bine, zise ea când le văzu pe toate trei. Iată-vă. Mă temeam că după cină va trebui să-i trimit pe Carl şi pe Waldemar la hotelul în care stați, dar m-ați scutit de drum.

— De ce voiai să ne vezi? întrebă Elin.

— Nu voiam să vă văd, dar azi a venit o telegramă pentru voi şi m-am gândit că trebuie să fie ceva important. E pe măsuța din hol.

Sofia şi Kirsten aşteptară în bucătărie, iar Elin merse să ia telegrama, dar nu o deschise până ce nu rămaseră singure, departe de bârfa mătuşii Hilma.

— De la cine e? întrebă Kirsten. Ce zice?

Elin deschise plicul şi se făcu palidă.

— E de la Gunnar Pedersen. „Oferta este valabilă. Abia aşteptăm să te întâlnim. Te rog, vino degrabă."

— Oh, nu, oftă Kirsten.

Sofiei îi veni să se aşeze în mijlocul trotuarului şi să plângă. Ştia foarte bine că Elin se va ține de cuvânt şi în consecință, îşi vor pierde sora.

— E numai vina noastră, suspină Sofia. Am luat situația în propriile mâini, când trebuia să aşteptăm ca Dumnezeu să ne răspundă la rugăciuni.

— Da, păi Dumnezeu a cam întârziat cu asta, zise Kirsten.

— Nu poți să-i scrii lui Gunnar şi să-i explici despre şcoala de asistente? o întrebă Sofia.

— Nu, nu ar fi corect din partea mea. Elin îşi ridică bărbia în aer, iar Sofia ştiu că încerca să fie curajoasă. Mă voi duce să-i întâlnesc – şi cu puțin noroc, niciunul dintre ei nu va vrea să se însoare cu o fată comună şi pricăjită ca mine.

CAPITOLUL 39

Surorile aşteptau în gară, pe peron, iar Elin încerca să-şi stăpânească lacrimile – dar în zadar. Locomotiva pufăi aburi şi fum negru, nerăbdătoare s-o ia din loc. Elin în schimb, nu era deloc dornică să plece.

— E aşa de greu să te vedem plecând! suspină Sofia.

— Ştiu, îi spuse Elin. Ştiu. Şi mi-ar fi imposibil să vă las, dacă nu aţi fi femei în toată firea, capabile să decideţi pentru voi însevă.

— Noi avem încredere în Dumnezeu, zise Sofia.

Elin încuviinţă, muşcându-şi buza.

— Asta-i cea mai înţeleaptă decizie dintre toate.

Kirsten îi dădu o lovitură geamantanului lor deteriorat. Soţul ei plătise o trăsură cu care să-l aducă la gară.

— Nu mai e atât de greu ca de obicei, dar tot te-ai pricopsit cu el. Promite-mi că-l vei tăia bucăţi şi-l vei folosi ca lemne pentru foc în iarna asta – şi din cenuşa lui să faci săpun.

— N-o să-l fac bucăţi, zise Elin zâmbind printre lacrimi. Îl voi păstra să-mi amintească de voi...

— Promiţi să ne scrii în fiecare zi? o întrebă Sofia.

— Poate nu în fiecare zi. Altfel, cum o să mai reuşesc să-mi termin treaba?

— Uite, vreau să iei tu asta. Sofia scoase din buzunarul fustei Biblia mamei lor şi i-o întinse lui Elin.

— Dar tu ai nevoie de ea, tu citeşti din ea tot timpul.

— Vreau să-mi cumpăr una în engleză. Mă va ajuta să învăţ limba mai repede.

Elin îi întinse Biblia lui Kirsten.

— Nu o vrei tu? Nu m-aş simţi bine s-o iau eu. A fost a mamei.

Kirsten îi împinse mâna.

— Nu, păstrează-o tu. Knute are o Biblie din care pot să citesc. Am văzut-o între celelalte cărți ale lui.

Sofia îi întinse lui Elin o bucată mică de hârtie, împăturită în jumătate.

— Şi mai vreau să-ți dau asta. E ultimul verset din Biblie pe care mi l-a dat Ludwig înainte să ne despărțim.

Elin despături foaia şi ochii i se umplură de lacrimi când citi: *Domnul să vegheze asupra mea şi asupra ta, când ne vom pierde din vedere unul pe altul. Geneza 31:49.*

În clipa aceea, se auzi fluierul trenului.

Dintre toate despărțirile prin care trecuse Elin, aceasta era cea mai grea. Nu-şi putea aminti nicio perioadă de timp în care Kirsten şi Sofia să nu fi fost alături de ea. Elin se urcă în tren cu sufletul îndurerat, şi privi de la fereastră până ce nu-şi mai văzu surorile. Avea sentimentul că se îndrepta spre capătul pământului.

Lacrimile o însoțiră pe Elin pe tot parcursul drumului prin oraş, pe lângă fabrici cu coşuri fumegânde, blocuri mici şi depozite, şi curând, trenul ajunse la marginea oraşului, iar peisajul de la fereastra ei se schimbă, descoperindu-i vederii încețoşate case cu hambare risipite ici-acolo şi acri întregi de prerie şi pământ de fermă. Era pentru prima oară când ieşea din Chicago de când ajunsese în primăvară, şi Elin aproape că uitase cum arătau copacii şi cerul albastru.

Orele treceau, iar trenul se oprea din când în când într-un orăşel fără nume, cu o gară mică, din lemn. Elin îşi aminti cum privise peisajul din tren, acasă în Suedia, şi încercase să-şi întipărească în minte ținuturile natale, temându-se că va uita cum arătau. Şi pentru o vreme, cât timp locuise în Chicago, chiar uitase. Dar acum, pe măsură ce se apropia de sătucul lui Gunnar Pedersen, Elin vedea dealuri blânde îmbrăcate în verde, pătrate perfecte de pământ cultivat, hambare ordonate şi vaci păscând, şi îşi aminti cum era acasă.

Acasă era exact ca aici.

Într-un sfârşit, conductorul îşi făcu apariția pe culoar şi îi luă biletul. Elin nu înțelese ce îi spunea în engleză, dar, după ce îi observase pe călători de-a lungul drumului, ştia că atunci când conductorul le lua călătorilor biletele, aceştia coborau întotdeauna la următoarea stație. Elin încercă să-şi aranjeze şuvițele de păr şi să-şi netezească cutele fustei, neliniştită la gândul întâlnirii cu Gunnar Pedersen şi cu ceilalți tineri pentru prima oară. Elin se întrebă cum arătau – şi ce părere îşi vor face despre ea.

Când trenul opri în stație, pe peron aştepta o singură persoană. Elin ştiu că era Gunnar. Era mult mai tânăr decât se aşteptase ea, dar mult mai mare, un uriaş de bărbat cu umeri zdraveni şi brațe ca nişte buşteni. La vederea lui Elin care coborî din tren, pe chipul delicat şi rotund al lui Gunnar îşi făcu loc un zâmbet, iar Gunnar îşi scoase pălăria ca s-o salute, dând la iveală urme de pieptene prin părul jilav de culoarea nisipului. Gunnar avea ochii ca albastrul cerului.

— *Hej*, eu sunt Elin Carlson. Tu trebuie să fii Gunnar, zise Elin întinzându-i mâna, care se pierdu în palma lui.

— Nu mi-ai spus că eşti atât de frumoasă. Şi micuță ca o vrăbiuță.

Elin avu sentimentul că Gunnar ar fi stat acolo toată ziua, cu mâna ei într-a lui, cu ochii în ochii ei, însă în acelaşi timp, observă că omul de la bagaje îi scosese deja geamantanul din vagonul de bagaje şi i-l aşeză pe peron.

— Ăsta e bagajul meu, zise ea. Sper că va încăpea în trăsura ta.

Gunnar nici nu-şi luă privirea de la ea, şi zâmbi şi mai larg.

— Va încăpea. Am venit cu căruța de la fermă, sper că nu te deranjează.

Elin se gândi că drumul spre America începuse la fel, tot într-o căruță, şi clătină din cap.

— Nu mă deranjează. Va fi întocmai ca acasă, spuse ea, retrăgându-şi încet mâna din mâna lui, rupând astfel vraja.

Gunnar ridică valiza de parcă ar fi fost umplută cu pene, iar Elin zâmbi, închipuindu-şi ce ar fi zis Kirsten dacă l-ar fi văzut.

Gunnar aşeză geamantanul în spatele căruţei şi o ajută pe Elin să urce, după care îşi luă locul lângă ea. Băncuţa era mică, iar el era foarte mare, aşa că tot drumul merseră foarte aproape unul de altul, atingându-se din când în când. Elin fu surprinsă să descopere că nu îi era deloc teamă de el şi nici nu îi trezea suspiciuni. Gunnar mirosea bine, a soare, a aer curat şi a pământ proaspăt lucrat.

— Am hotărât că deocamdată vei sta cu părinţii mei, la ferma lor, zise Gunnar. Eu stau cu alţi trei tineri, aşa că nu ar fi potrivit să locuieşti cu noi. Mama mea abia aşteaptă să te cunoască şi să aibă pe cineva cu care să vorbească prin bucătărie. Cred că ţi-am spus că amândouă surorile mele sunt căsătorite şi stau la casa lor. Mama s-a dat peste cap să gătească o grămadă de feluri de mâncare pentru tine. Aşteaptă şi-ai să vezi! Cu toate că nu arăţi foarte mâncăcioasă, sper că ţi-e foame. Când vom avea un pic de timp liber, te voi duce la pământul meu şi-ţi voi arăta unde vreau să-mi construiesc casa. Într-o bună zi, vreau să ridic un conac mare de ţară, ca acela de acolo. Per Wallstrom locuieşte în el împreună cu familia sa. Ei au fost printre primii imigranţi care au ajuns aici şi... îmi cer scuze, vorbesc prea mult, nu-i aşa?

Elin îşi ridică privirea spre el şi îi zâmbi.

— E în regulă. Surorile mele îmi spun că eu sunt prea tăcută. Dintre noi, Kirsten e cea mai vorbăreaţă şi... Elin se opri şi îi veni să plângă, amintindu-şi de Sofia şi de Kirsten. Îmi pare rău.

— Nu-i nimic. Ţi-e dor de surorile tale, şi e de înţeles.

— Am avut grijă de ele toată viaţa mea.

— Poate că atunci când le vei spune cât de frumos e aici, se vor hotărî să vină şi ele.

— E minunat aici, seamănă atât de mult cu ce aveam acasă... Dar nu cred că Sofia şi Kirsten vor veni, pentru că au vieţile lor în Chicago. Dar continuă, te rog. Mi-ar plăcea să-mi povesteşti despre tot ce vedem pe drum.

— Eşti sigură? Îmi spui dacă te plictisesc, nu?

Elin râse.

— Scrisorile tale au fost mereu foarte interesante, aşa că sunt sigură că nu mă vei plictisi.

Căruţa trecu pe lângă câteva ferme şi întinderi de pământ împădurit până ce se opri în faţa mai multor căsuţe din buşteni cuibărite într-o vale mică. Dealurile acoperite de copaci care străjuiau ferma erau atât de bogate, de verzi şi de frumoase, încât pe Elin o duru sufletul. Doamna Pedersen apăru în pragul uşii cu şorţul pus, să-i întâmpine, şi pentru o clipă, Elin parcă o văzu pe mama ei.

— *Välkommen!* Suntem foarte bucuroşi să te primim în casa noastră, Elin Carlson. Gunnar a umblat ca pe spini azi, în aşteptarea ta. Pun pariu că nu şi-a imaginat niciodată că vei fi atât de frumoasă, nu-i aşa, Gunnar? zise ea făcându-i cu ochiul fiului ei.

Deşi nu fusese deloc o decizie uşoară, Elin ştia că venirea ei în Wisconsin era cel mai bun lucru pe care-l făcuse. Cei din familia Pedersen erau nişte oameni veseli, plini de viaţă, mâncarea era din belşug şi atât de bună, încât Elin îşi dădu repede seama cum crescuse Gunnar aşa de înalt şi de puternic. Lui Elin îi făcea plăcere să trebăluiască prin bucătărie alături de mama lui, zi de zi. Încăperea era spaţioasă şi bine organizată, cu o covată de spălat vase şi o sobă din fier şi o masă de bucătărie care era potrivit de înaltă pentru frământatul pâinii. Lângă dulăpiorul din colţ, atârna o broderie cu textul *Dumnezeu să ne binecuvânteze casa.*

Când venea seara, Elin stătea pe verandă împreună cu Gunnar, ascultându-l vorbind despre una-alta, sau scriindu-le scrisori surorilor ei. După numai câteva zile, Elin se simţea ca şi cum ar fi fost acasă în Suedia – în afara faptului că le ducea lipsa Sofiei şi lui Kirsten. Elin şi-ar fi dorit să fi mers toate trei în Wisconsin de la bun început, de când sosiseră în America. Acesta era noul început pe care-l căutaseră neîncetat, noul cămin pe care ea li-l promisese.

Şi oricât ar fi părut de improbabil, Gunnar Pedersen îşi făcu loc, încetul cu încetul, în inima lui Elin. Ea începu să-şi dea seama că inima începea să-i bată mai tare ori de câte ori Gunnar ajungea acasă, pentru cină. Elin se pomenea aranjându-şi repede părul în oglindă, când îi auzea paşii grei pe treptele verandei, iar când îşi vedea reflexia în oglindă, era surprinsă să vadă că era toată un zâmbet.

La trei săptămâni după sosirea lui Elin, Gunnar şi tatăl lui se întoarseră acasă după un drum în oraş şi aduseră cu ei un plic de la Western Union, pentru Elin. Ea îl deschise şi înăuntru era o scrisoare de la avocatul doamnei Anderson.

— Totul e în regulă, Elin? o întrebă Gunnar. Sper că nu sunt prea curios, dar mi-am făcut griji pe tot drumul către casă, că ar putea fi veşti proaste.

— Nu, sunt veşti bune, zise ea, întinzându-i plicul. E restul de bani pe care vi-l datoram eu şi surorile mele, pentru călătoria spre America. Tu şi prietenii tăi puteţi să-i împărţiţi între voi. Ne-am achitat de datorie acum.

Gunnar se uită la plic şi îi evită privirea, şi nici măcar nu zâmbi.

— Da... Aşa voi face.

În timpul cinei, Gunnar fu foarte tăcut. Când Elin termină s-o ajute pe mama lui cu vasele, ieşi afară să-l caute şi îl găsi în cămara pentru alimente, stând pe marginea puţului.

— E bine şi răcoare aici, zise ea.

— *Ja*, întotdeauna e.

Elin se aşeză lângă el, cu spatele la perete.

— Credeam că te vei bucura să-ţi primeşti banii înapoi.

— Nu şi dacă asta înseamnă că vei pleca.

— Dar nu vreau să plec, Gunnar. Aici mă simt ca acasă, zise Elin la fel de surprinsă ca şi el să-şi dea seama că ceea ce spusese era adevărat.

Pentru prima oară, el îşi ridică privirea către ea.

— Dar... dacă totul este plătit... şi de unde au venit banii ăştia?

Elin îi povesti despre testamentul doamnei Anderson şi cum le lăsase bani pentru facultatea lui Kirsten, şi pentru Sofia pentru conservatorul de muzică, precum şi pentru bilete.

— Şi ţie ce ţi-a lăsat? o întrebă Gunnar. Elin îşi feri privirea. Nu voia să-i spună. Haide, sigur ţi-a lăsat şi ţie ceva. Tu ai fost cea care a avut grijă de ea, nu?

— Da.

Elin îşi netezi tivul şorţului. În ultimele câteva săptămâni descoperise ce bărbat răbdător era Gunnar. Elin ştia că ar fi în stare să stea cu ea în cămară până în zori dacă trebuia, aşteptând ca ea să-i spună să plece.

— Mie mi-a plătit bursa la o şcoală de asistente. Cursurile durează doi ani.

— Asta îţi doreşti tu să faci?

— Nu ştiu... Acasă, mama era moaşă şi, înainte de a muri, obişnuia să mă ia uneori cu ea, s-o ajut cu bebeluşii nou-născuţi. Mi-a plăcut tare mult să lucrez cu ea şi mi-a promis că mă va învăţa şi să moşesc copii. Însă apoi s-a stins. Elin tăcu, ascultând ţârâitul greierilor din iarba de afară. Când eram în spital, pe Insula Ellis, continuă ea, asistentele mă fascinau pur şi simplu. Mi se părea că pot să aline durerea oamenilor şi să le liniştească temerile numai prin faptul că vegheau la căpătâiul lor. Şi apoi am avut grijă de doamna Anderson... Vocea i se pierdu din nou, amintindu-şi cu tristeţe de regina din poveste şi nu reuşi să-şi termine fraza.

— Atunci de ce nu ai rămas în Chicago, să devii asistentă? întrebă Gunnar. De ce ai mai venit aici, dacă biletele erau deja plătite?

— Pentru că ţi-am promis că voi veni şi abia după aceea am aflat despre testament. Nu am vrut să-mi calc cuvântul a doua oară. M-am gândit că nu ar fi corect faţă de tine.

— Elin, zise el, clătinând din cap. Mi se pare că te gândeşti mereu la ceilalţi – la surorile tale, la prietenii mei, la mine. Cum rămâne cu sentimentele tale, cu visele tale? Elin dădu din umeri. Ai tot dreptul să ţi le îndeplineşti.

— Nu... zise ea cu voce tare, după care se opri. Elin nu credea că avea dreptul la propriile vise. Încă de când venise unchiul Sven să locuiască cu ea şi cu surorile ei, Elin fusese încredinţată că îşi pierduse dreptul de a fi fericită prin alegerile proaste pe care le făcuse.

Dar dacă Sofia avea dreptate şi Dumnezeu voia într-adevăr s-o ierte? Dacă viaţa ei nu se sfârşise – ci abia acum începea?

— În adâncul sufletului meu, eu sunt fermier, zise Gunnar. Aşa a vrut Dumnezeu pentru sufletul şi pentru mâinile mele. Dacă ţie ţi-a dat har ca să fii asistentă, atunci asta ar trebui să faci.

— Dar ţi-am promis. Erai atât de drăguţ în scrisorile tale şi ai fost atât de amabil să mă ierţi şi să ne aştepţi să-ţi dăm banii... Şi sunt fericită aici, crede-mă. Mă simt ca acasă.

Gunnar îi luă mâna, iar Elin nu se feri. Se simţea bine, cu mâna adăpostită în mâinile lui aspre şi mari.

— Cred că avem sentimente unul pentru altul, Elin. Eu am simţit lucrul ăsta încă de când ne scriam scrisori, tu nu?

— Ba da. Iar când m-ai aşteptat la gară, m-am simţit de parcă te cunoşteam deja.

— Atunci aşa vom face, zise el, strângându-i uşor mâna. Tu te vei întoarce în Chicago şi vei merge la şcoala de asistente, iar eu te voi aştepta. E vorba de doar doi ani. Şi chiar am avea nevoie de o asistentă bună aici, să ştii. Cred că într-o bună zi se vor naşte o grămadă de bebeluşi.

— Dar nu e corect faţă de tine.

— Tu meriţi aşteptarea, Elin.

Elin nu-şi găsi cuvintele. Pentru prima oară după mulţi ani, Elin îndrăzni să creadă că merita să fie preţuită şi iubită. Elin se uită în jos, la mâinile lui aspre şi pline de cicatrice şi simţi imboldul de a-i săruta degetele bătătorite. Elin îşi ridică colţul şorţului şi îşi şterse lacrimile.

— Mulţumesc, îi şopti ea.

— Şi când începe şcoala? o întrebă el.

— În septembrie.

— Şi cursurile durează numai doi ani? Ea încuviinţă. Nu e aşa de mult. Două sezoane întregi. Până în septembrie eşti binevenită să stai aici cu familia mea, dar apoi cred că ar trebui să te întorci în Chicago. Când vei termina şcoala, vei avea un cămin aici împreună cu mine – dacă vrei asta, bineînțeles.

— Eşti un om atât de bun, Gunnar Pedersen. Îmi vei scrie cât timp voi fi plecată?

— *Ja*, sigur că da. De fapt, dacă avem o recoltă bună anul ăsta, poate voi veni să te vizitez în Chicago, după cules.

Elin zâmbi.

— Aşa, le vei putea cunoaşte şi pe surorile mele. Îmi sunt foarte dragi... Şi tu la fel.

CAPITOLUL 40

Lui Kirsten îi era dor de surorile ei. Zilele i se păreau lungi, nesfârşite, iar casa prea liniştită. Kirsten nu făcea decât să meargă la cumpărături, să gătească şi să spele rufele – şi toate acestea singură, fără nimeni cu care să vorbească. Ori de câte ori se uita la sfeşnicele de argint ale bunicii ei, Kirsten îşi amintea de Sofia şi de Elin. Şi de casa lor.

În fiecare zi, Kirsten îl aştepta nerăbdătoare pe Knute să se întoarcă acasă, cu ochii la uşa de la intrare în timp ce pregătea cina. Dar apoi, când el sosea, lui Kirsten îi era greu să înceapă o conversaţie cu el. Stăteau amândoi aşezaţi la măsuţă, ca nişte manechini, neştiind ce să-şi spună unul altuia. De cum terminau de mâncat, Knute se aşeza la biroul lui sau îşi îngropa nasul într-una din cărţile lui.

Într-o seară, Kirsten stătea în sufragerie împreună cu el, încercând să croşeteze şi încurcându-se în ochiuri – dorindu-şi ca Elin să fie acolo şi să i le descurce – când deodată întrebă:

— Te-ar deranja dacă ne-am lua o pisică?

Knute îşi ridică privirea din cartea pe care o citea.

— Ce ai spus?... O pisică?

— Păi, nu orice pisică. A fost a doamnei Anderson, iar eu şi surorile mele i-am promis că vom avea grijă de motan după moartea ei, însă niciuna dintre noi nu a putut, fiindcă nu am avut unde să stăm, dar acum că eu am...

— Nu mă deranjează, Kirsten. Poţi să aduci pisica la noi, zise el, şi se întoarse la cartea lui.

În următoarea seară, după cină, Kirsten se duse la doamna Olafson ca să-l ia pe Tomte.

— Da, ia-l, îi spuse doamna Olafson. Bietul animal stă aici singur toată ziua, cât timp eu şi soţul meu suntem la muncă. Vecinii spun că plânge tot timpul.

— Dar cum l-ați adus aici de la conac?

— L-am îndesat într-un coş de picnic şi am pus capacul. Şi când zic „îndesat" vreau să spun că într-adevăr l-am îndesat. E aşa de grăsan că abia a încăput înăuntru – şi nu i-a plăcut deloc, fii sigură de asta!

Kirsten îşi acoperi gura cu mâna ca să-şi ascundă zâmbetul la imaginea slăbuței doamne Olafson şchiopătând pe stradă cu gigantul motan înghesuit în coş. Probabil că Tomte protestase mieunând tot drumul.

— Însă să ştii că a slăbit de când a murit doamna, continuă doamna Olafson. Acum o să încapă în coş – dar tot nu-i va plăcea şi tot va fi greu de cărat.

Tomte era la fel de greu ca un coş plin cu pepeni verzi. Kirsten fu nevoită să se oprească şi să-şi tragă sufletul de mai multe ori, însă reuşi să-l care până acasă. Ea şi Tomte deveniră o alinare unul pentru altul. Motanul o urma prin casă toată ziua în timp ce ea trebăluia, şi dormea toată noaptea lângă ea, în patul îngust şi singuratic.

La trei săptămâni după nunta lui Kirsten, Torkel, băiețelul lui Knute, sosi din Suedia. Knute merse singur la gară să-l aştepte. Torkel era mic pentru vârsta de patru ani, şi la fel de slăbuț ca tatăl lui. Nu păru să-şi amintească deloc de Knute şi plânse tot drumul spre casă după bunica lui.

— *Hej*, Torkel, îl întâmpină Kirsten, aplecându-se în fața lui. Mă bucur tare mult să te cunosc, în sfârşit. Copilul se dădu în spate, speriat. Kirsten se ridică în picioare. Cum să-i spun să mă strige? îl întrebă ea în şoaptă, pe Knute.

— Nu ştiu. Hai să-l lăsăm pe el să hotărască.

Deodată, motanul sări de pe canapeaua pe care lenevise până atunci şi mieună în semn de salut. Torkel țipă şi se agăță de pantalonii tatălui său, continuând să țipe – ceea ce îl făcu pe motan să miaune şi mai tare. Knute îşi ridică băiețelul în brațe, iar Kirsten luă pisica.

— Torkel, încetează, zise ea. Ce s-a întâmplat?

— Are dinți și o să mă muște!

— Tomte nu te-ar mușca niciodată.

— Va trebui să scapi de pisică, îi spuse Knute.

— Nu fi prostuț. Tomte nu i-ar face rău. Uite, Torkel, și lui îi este frică de tine. Vezi cum și-a pleoștit urechiușele? Nu înțelege ce-i cu tot tărăboiul ăsta.

— Lui Torkel nu ar trebui să-i fie teamă de nimic în propria lui casă, zise Knute.

— Păi asta e și casa lui Tomte. Torkel trebuie să-și învingă frica. Pisica nu i-ar face rău niciodată. Te rog, Knute, lasă-i să se acomodeze unul cu altul.

— Le dau două zile și apoi vedem. Acum te rog să duci pisica afară până ce se liniștește Torkel.

Însă Torkel era un copil atât de agitat, încât Kirsten se gândi că nu se va liniști niciodată, chiar și fără motan. Și cum pisica voia să fie aproape de Kirsten, când ea o închise afară, mieună neconsolată. Knute îi ceru lui Kirsten niște vată să-și pună în urechi.

— Nu putem continua așa, zise el.

— Nu va fi așa tot timpul, ai să vezi.

A doua zi, de cum plecă Knute la lucru, Kirsten închise toate ferestrele ca vecinii să nu audă țipetele lui Torkel, și îl lăsă pe Tomte să intre în casă. Torkel mânca la masă, însă în clipa în care zări pisica, se adăposti în brațele lui Kirsten, pentru prima oară.

— Șșș... șșș... îl liniști ea. E în regulă, Torkel, n-o să-ți facă rău.

Pentru Kirsten fu minunat să-i țină în brațe trupușorul cald și să-l sărute pe obrajii uzi de lacrimi. Și cum el nu avea la cine să fugă să-l liniștească, se obișnui repede cu Kirsten. La rândul ei, până la ora prânzului, Kirsten ajunse să-l îndrăgească ca pe copilul ei.

Iar până ce Knute ajunse acasă în seara aceea, băiețelul și motanul ajunseseră la un fel de compromis: Torkel nu mai țipa când Tomte era în cameră atâta timp cât Kirsten îl ținea în brațe. Kirsten îl închise pe motan din nou afară, ca să pregătească cina, însă apoi, după ce spălă şi vasele, îl luă pe Torkel în braţe şi lăsă pisica înăuntru.

— Vezi cât am progresat? îl întrebă ea pe Knute. El se încruntă şi îşi întoarse nasul în carte. Kirsten se aşeză pe canapea cu Torkel. Stai acolo, îi spuse apoi lui Tomte, ţinând mâna întinsă. Motanul se ghemui la picioarele ei, uitându-se la ea şi mieunând de ţi se rupea sufletul.

— Ştii de ce plânge aşa? îl întrebă ea pe Torkel. Pentru că şi el a pierdut pe cineva foarte, foarte drag lui, la fel ca tine.

Knute lăsă cartea şi îşi ridică privirea spre ea, neliniştit.

— Aşteaptă, Kirsten. Crezi că e înţelept să...

— Tomte a fost foarte trist, continuă ea, la fel cum ai fost şi tu. De asta plânge. El ştie foarte bine cum te simţi.

— Şi mămica lui a murit? întrebă Torkel.

— *Ja*, zise ea îmbrăţişându-l strâns. Doamna Anderson a fost mămica lui. Nu-i aşa că e bine când te strâng aşa la piept? Ei bine, şi Tomte vrea să-l ţin în braţe. Crezi că l-am putea lăsa să vină aici sus şi să stea cu noi?

— N-o să mă muşte?

— N-o să te muşte, promit.

Kirsten îl lăsă pe motan să sară pe canapea şi încetul cu încetul, îi convinse pe amândoi să se împrietenească. Knute îi privea îngrijorat. Torkel se temea încă să mângâie pisica, dar când Kirsten îi scărpină bărbia, Tomte începu să toarcă.

— De ce face aşa? o întrebă Torkel.

— Pentru că aşa face el când e fericit.

— De ce e fericit?

— Pentru că te-ai împrietenit cu el. Şi mai ştii ceva? De acum înainte, ori de câte ori tu şi Tomte vreţi să ţineţi în braţe pe cineva, iar eu sunt ocupată cu gătitul, puteţi să vă ţineţi în braţe unul pe altul.

Chiar dacă se împrietenise cu motanul, Torkel era încă un copil plângăcios şi fricos, urmărind-o pe Kirsten oriunde mergea.

Kirsten duse albiile pentru rufe în curtea din spate ca să spele hainele, dar Torkel nu se despărţi nicio clipă de ea în timp ce freca rufele şi le punea pe sârmă la uscat. Lui Torkel îi era teamă să stea jos pe iarbă şi să-şi murdărească hainele şi se părea că nici nu ştia să se joace.

— E clar că bunica ta te-a cocoloşit până peste cap, zise ea oftând exasperată. Probabil că se purta cu tine ca şi cum ai fi făcut din sticlă.

Mai târziu în acea după-amiază, după ce-şi termină treaba, Kirsten luă din bucătărie cea mai mare lingură pe care o găsi şi săpă o groapă în grădina plină de buruieni, apoi goli albia de apa de la rufe.

— Hai să facem nişte plăcinte de noroi, îi spuse ea cufundându-şi mâinile în nămolul lipicios, şi lăsându-l să i se prelingă printre degete. Încearcă şi tu, Torkel. Noroiul e moale şi fin.

— Nu, îi răspunse el, făcând câţiva paşi în spate. O să mă murdăresc.

— Eşti doar un băieţel, e normal să te murdăreşti, îi spuse ea întinzându-se spre el, însă Torkel se dădu în lături. Hai aici! Kirsten se ridică în picioare şi îl urmări prin grădină, prinzându-l într-un final cu mâinile pline de noroi şi ducându-l la groapa cu nămol. Torkel dădea din mâini şi din picioare şi plângea. Hei, eu ar trebui să plâng, nu tu. Eu va trebui să spăl toate hainele astea pline de noroi. Kirsten îi cufundă mâinile în nămol, împotriva voinţei lui, ţinându-l strâns, până ce Torkel se linişti. Într-un final, Torkel se opri din plâns şi se jucă atent cu degetele în noroi. Aşa. Nu-i aşa că-i bine? Şi uite ce am găsit, zise Kirsten trăgând afară o râmă durdulie, care se zbătea agitată, şi o ţinu în sus. Torkel se uită la ea şi scoase un ţipăt ascuţit.

— Un şarpe!

Torkel se ridică în picioare cu efort şi fugi până în casă, pe uşa din spate, înainte ca ea să apuce să se ridice. Kirsten alergă după el cu râma în mână, râzând şi strigându-l pe nume.

— Torkel, întoarce-te. Nu-i un şarpe, e doar o râmă.

Kirsten intră pe uşa din spate şi, în acelaşi timp, Knute intră pe uşa din faţă. Torkel fugi ţipând la Knute şi se ţinu de picioarele lui cu mâinile pline de noroi.

— Ce... ce naiba...? reuşi să îngaime Knute.

Kirsten se uită la tată şi la fiu plini de noroi şi nu se putu abţine să nu râdă.

— Kirsten, mă murdăreşte tot! Amândoi sunteţi murdari şi... De ce râzi?

— E doar noroi, iese la spălat. Când reuşi în sfârşit să se oprească din râs, Kirsten îl luă pe Torkel de la tatăl lui şi îl ţinu strâns. Ascultă-mă, Torkel. Chiar crezi că ţi-aş face vreun rău? Aşa crezi?

Torkel îşi trase nasul şi clătină din cap.

— Bine, atunci. O să deschid palma şi o să-ţi arăt ceva. Nu e un şarpe, e o râmă mică, care nu-ţi face nimic. Râmele trăiesc în pământ şi ajută plantele să crească.

— Dar muşcă?

— Nu, nu muşcă. Nici măcar nu au dinţi. Torkel se agăţă de ea speriat, în timp ce Kirsten îşi deschise încet palma.

— Dar cum mănâncă dacă nu au dinţi?

— Păi... nu ştiu. Poate ştie tăticul tău, îi răspunse ea, uitându-se în sus, la Knute, care nu ştia nici acum cum să reacţioneze. Torkel îi căută şi el privirea.

— Bănuiesc că mănâncă lucruri pentru care nu au nevoie de dinţi, zise Knute într-un sfârşit. Spre deosebire de oameni, care au nevoie de dinţi ca să mănânce. Apropo, când e gata cina? Sau mâncăm plăcinte de noroi în seara asta?

Lui Kirsten i se păru că vede o sclipire de râs în ochii lui fără culoare. Knute aproape că zâmbea.

— Fără plăcinte de noroi, zise ea râzând. Eu şi Torkel vom pune râma la locul ei şi ne vom spăla pe mâini, iar cina va fi gata cât ai zice peşte.

Kirsten se întoarse fredonând la groapa cu noroi, împreună cu Torkel, ca să pună râma înapoi în pământ. Fusese o zi foarte frumoasă.

— Acum că Torkel nu mai e aşa de fricos, îi spuse ea lui Knute, câteva zile mai târziu, aş vrea să-l duc la grădina zoologică din Parcul Lincoln. Poate că va veni şi Sofia cu noi.

— Crezi că e pregătit pentru asta?

— Bineînțeles că este pregătit. Ne vom distra amândoi.

— Atunci nu ai nevoie de permisiunea mea ca să mergeți.

— Dar, Knute... Mă simt ridicol că te întreb asta, dar... Nu ştiu cum să ajung la zoo. Adică, ştiu unde e şi ştiu că va trebui să luăm tramvaiul, dar nu ştiu să merg cu tramvaiul. Acasă, în sat, nu aveam tramvaie. Şi nu ştiu destulă engleză ca să întreb oamenii.

— Dar e chiar simplu.

Knute îi explică tot ce trebuia să ştie, şi chiar îi desenă o hartă cu numele străzilor, după care îi dădu bani de bilete, chiar şi pentru Sofia.

La început, Torkel fu circumspect, agățându-se de Kirsten de parcă erau una şi aceeaşi persoană.

— Are dinți? întreba el când de apropiau de cuşca fiecărui animal.

— Da, unele dintre animalele astea au dinți, dar toate sunt închise în cuşti, aşa că nu pot să iasă afară. Şi uite – ursul ăsta doarme buştean.

— De ce doarme?

— Pentru că afară e cald şi nu are altceva mai bun de făcut.

Când Torkel se aventură într-un final la câțiva paşi de Kirsten, Sofia îi şopti la ureche.

— Crezi că va înceta vreodată să-i mai fie frică?

— Sigur că da. Deja e mult mai bine decât când a venit la noi. Dar ştii ce, Sofia? Tu erai exact ca el.

— Ba nu!

— Ba da, zise ea, râzând. Căsuța noastră putea foarte bine să ia foc şi tu tot n-ai fi ieşit din ea câtă vreme gânsacul mătuşii Karin era liber prin curte. Şi uită-te acum la tine – cânți pe scenă în fața a sute de oameni.

— Am fost tare speriată când am cântat pentru prima oară, dar îmi este tot mai uşor de fiecare dată. Când se întoarce Elin în septembrie, vreau să vă iau bilete la unul dintre spectacole, ca să mă auziți cântând.

— Mi-ar plăcea să te aud. Un porumbel zbură aterizând în fața lui Torkel, însă el alergă înapoi în brațele lui Kirsten. Mai bine ai lua un bilet şi pentru Torkel, zise ea, râzând.

Sofia zâmbi.

— Ați putea să vă angajați la circ în rolul omului cu două capete.

Torkel îl aşteptă în acea seară pe Knute la uşă şi îi povesti ce frumos fusese la grădina zoologică.

— Data viitoare, trebuie să vii cu noi, tată. Animalele aveau dinți, dar nu ne-au muşcat.

— Nu pot să vin, fiule. Trebuie să merg la lucru.

— Grădina zoologică e deschisă şi la sfârşit de săptămână, zise Kirsten.

Knute nu-i răspunse. Îl desprinse pe Torkel de piciorul lui şi urcă sus să-şi schimbe hainele. Kirsten se întrebă cât timp va mai trece până ce se va apropia de fiul lui.

În acea seară, Kirsten stătu pe canapea împreună cu Torkel şi cu Tomte, spunându-le povestea pe care o inventase şi care devenise repede preferata lui Torkel. Era despre o regină din poveste care trăia într-un castel uriaş cu un pitic care îi gătea, doi spiriduşi care aveau grijă de ea şi unul care îi cânta. Regina avea o pisică fermecată pe care o chema Tomte şi care putea să vorbească.

— Mai spune-mi despre regina din poveste, o rugă Torkel când termină povestea. Te rog!

— Păi... hai să vedem... ți-am spus că reginei îi plăcea foarte mult să danseze?

— Chiar?

— Da. Avea o cutie vrăjită cu o orchestră mică înăuntrul ei, pe care o ducea cu ea în sala fermecată de bal şi dansa pe muzică în fiecare seară. Tavanul sălii de bal era făcut din sticlă, iar reginei îi plăcea să admire luna şi stelele în timp ce dansa.

— Dar cu cine dansa?

— Regina se folosea de darul ei de zână şi transforma un şoricel maro într-un prinţ frumos, şi dansa cu el până ce răsărea soarele şi îl transforma din nou în şoricel. Gata. Acum eşti fericit?

— *Ja*. Dar eu de ce nu pot să fac aşa cum face Tomte când e fericit?

— Pentru că tu eşti un băieţel, nu o pisică. Tu scoţi alte sunete când eşti fericit.

— Ce sunete scot băieţeii?

— Sunete din astea! exclamă Kirsten, ridicându-i cămaşa de pijama şi gâdilindu-l până când Torkel nu mai putu de râs. Lui Kirsten însă, i se umeziră ochii de lacrimi.

După ce îl înveli şi îl culcă pe Torkel, Kirsten coborî din nou în sufragerie, iar Knute îşi ridică privirea din cartea lui şi îi spuse:

— Mulţumesc, Kirsten. Îi faci bine, îi dai dragostea pe care eu nu pot să i-o ofer.

— Dar el are nevoie şi de dragostea ta, Knute.

Şi eu la fel, ar fi vrut ea să-i spună. Însă el se întoarse la cartea lui, fără să-i răspundă.

Kirsten îşi privi soţul din celălalt capăt al camerei, dorindu-şi ca el s-o ţină în braţe şi să vorbească cu ea. Kirsten nu credea că putea să suporte să nu fie iubită tot restul vieţii ei. Însă el îi spusese înainte să se căsătorească, că aşa va fi. Dar dacă micuţul Torkel începea în sfârşit să se vindece, cu siguranţă Dumnezeu putea să-i vindece şi sufletul lui Knute – nu-i aşa?

Acum că Torkel începea să se obişnuiască cu jocul în noroi, Kirsten îşi dorea să aibă şi o pădure în apropiere în care să poată să se aventureze, ca cea pe care o avusese acasă. Într-o după-amiază, Kirsten stătea pe terasa din spatele casei, uitându-se frustrată la curtea de dimensiunea unei cămăruţe. Nu avea o pădure, dar măcar avea un stejar.

— Haide, Torkel, zise ea. Hai să ne urcăm în copac.

— Dar aş putea să cad!

— Da, s-ar putea să cazi, dar asta face parte din distracție. Kirsten îl cără pe Torkel, dând din picioare și protestând, la copacul sfrijit. Acum uită-te la mine. Și eu pot să mă urc în el, iar eu sunt fată. Băiețeii ca tine ar trebui să fie în vârf cât ai zice pește.

Kirsten își suflecă mânecile și începu să urce în copac, cu toate că purta fustă, arătându-i cum să facă. Bătrânul și grăsunul Tomte se urcă și el în copac în urma ei, urlând de parcă ar fi implorat-o să se dea jos. Când Kirsten ajunse până unde îndrăzni să urce fără să rupă ramurile lungi și subțiri, îi strigă lui Torkel:

— Vezi? Uită-te la mine! Asta da distracție! Nici lui Tomte nu-i e frică. Hai și tu sus, Torkel! Însă Torkel întoarse spatele și fugi spre casă. Kirsten se dădu jos și fugi după el.

Încetul cu încetul, Kirsten îl convinse să urce.

— Imaginează-ți că ești un explorator, îl îndupleca ea. Acesta este catargul vasului tău și de la înălțimea lui poți să vezi la kilometri și kilometri depărtare și să te uiți după pirați. Cu fiecare zi, Torkel căpăta și mai mult curaj și urca un pic și mai sus. În cele din urmă, Torkel își învinse teama și putea să urce aproape la fel de repede ca și Kirsten.

— Hai să-i facem o surpriză tatălui tău pe când ajunge acasă, și să-i arătăm cât de sus poți să urci, îi spuse ea, când consideră că era pregătit. Kirsten îl lăsă în vârful copacului și merse la ușă, să-l aștepte pe Knute.

— Hai în curte cu mine, îi spuse ea, când Knute ajunse acasă. Torkel vrea să-ți arate ceva.

Knute abia apucă să-l zărească pe Torkel, care se legăna printre ramurile din vârful copacului, că se făcu palid, și alergă către copac, îngrozit.

— Torkel! Coboară de acolo în clipa asta! Knute îl luă în brațe de îndată ce ajunse la el. Kirsten, cum ai putut să-l lași? Ar fi putut să cadă!

— Dar n-a căzut, îi răspunse Kirsten. Poate că tu vrei să-ți trăiești toată viața temându-te, dar ar fi greșit să facem același lucru cu Torkel! zise ea, întorcându-se cu spatele și intrând mândră, în casă.

Mai târziu, după ce Torkel adormi şi Kirsten se calmă, intră în sufragerie ca să vorbească cu Knute.

— Ai putea, te rog, să laşi cartea o clipă? îl rugă ea. El o închise şi o aşeză pe birou. Îmi pare rău dacă eu şi Torkel te-am speriat azi, dar nu-mi pare rău că l-am învăţat cum să urce într-un copac.

— Ar fi putut să cadă. Ar fi putut să se lovească.

— Dar nu a căzut şi nici nu s-a lovit. S-a distrat.

Knute se ridică de pe scaun, iar Kirsten se gândi că probabil pleca de lângă ea. În schimb, el începu să se plimbe în dreptul ferestrei.

— Oricând iubim pe cineva, zise Kirsten, ne asumăm un risc. Există întotdeauna posibilitatea că vom fi răniţi sau că îi vom pierde pe cei dragi. Dar oare ai fi refuzat să te îndrăgosteşti de Flora dacă ai fi ştiut că vei suferi?

— Bineînţeles că nu, răspunse el, neluându-şi privirea de la fereastră. Au fost nişte ani minunaţi.

— Atunci de unde ştii că nu ratezi multe bucurii pe care le-ai putea trăi împreună cu Torkel? Sau cu mine? Când Knute nu spuse nimic, Kirsten făcu câţiva paşi către el.

— Knute... mă vei ţine vreodată strâns în braţele tale?

— Nu aş putea, murmură el.

— Asta nu ar însemna că-i eşti infidel Florei. Nu crezi că ea ar vrea să fii din nou fericit, la fel ca Torkel? Jurământul pe care i l-ai făcut a fost până ce moartea vă va despărţi.

În cele din urmă, Knute se întoarse şi o privi.

— Asta mă îngrozeşte, Kirsten. Eşti însărcinată. Dacă mori la naştere, la fel ca Flora? Nu pot să risc să te iubesc dacă ţi se întâmplă acelaşi lucru şi te pierd.

— Viaţa înseamnă şi pierderi. Şi eu am pierdut oameni pe care i-am iubit. Însă Dumnezeu ne va înapoia dragostea dacă ne deschidem inimile către El. Pe Torkel îl iubesc ca pe propriul meu fiu. Şi vreau să te iubesc şi pe tine. Eu nu pot trăi fără dragoste, Knute.

— Eu nici nu mai ştiu ce e dragostea, tu ştii? întrebă el, întorcându-se din nou cu spatele.

— Păi, ştiu că dragostea nu înseamnă o grămadă de vorbe frumoase pe care oamenii şi le spun unii altora. Şi nici nu e un sentiment întotdeauna. Eu am sorbit cuvintele lui Tor şi am avut sentimente foarte puternice pentru el, dar s-a dovedit a nu fi dragoste. Eu cred că dragostea este o acţiune. Dragostea e ceea ce facem pentru ceilalţi. Tu m-ai ajutat când mi-ai descoperit necazul şi m-ai salvat din faţa tramvaiului. Mi-ai demonstrat dragostea ta şi când m-ai luat de soţie. Cred că acest fel de dragoste este o fundaţie mult mai puternică pe care să începi să construieşti, decât vorbele goale şi sentimentele înşelătoare. Tu mi-ai demonstrat dragostea ta, iar eu nu pot să nu te iubesc pentru asta.

Knute oftă şi îşi mută privirea în podea.

— Nu mă aştept să mă iubeşti la fel cum ai iubit-o pe Flora. Însă tu mi-ai arătat deja dragostea ta, iar eu vreau să te răsplătesc şi să-ţi fiu soţie, în toate sensurile. Vreau să-ţi alin suferinţa cu braţele mele şi cu sufletul meu, la fel cum l-am alinat pe Torkel. Nu greşeşti dacă laşi să fii vindecat, Knute. Nu înseamnă că ai iubit-o mai puţin pe Flora.

Kirsten merse la el şi îl sili să o privească, apoi îl îmbrăţişă uşor. La început, el rămase cu braţele pe lângă corp, ca şi cum ar fi fost de piatră. Însă când ea îşi sprijini capul de pieptul lui, Knute îi răspunse şi o îmbrăţişă şi el. Nu o ţinea strâns, dar măcar o ţinea cumva. Era un început.

Ea se ridică pe vârfuri, şi îl sărută pe obraz.

— Îţi mulţumesc, Knute.

CAPITOLUL 41

Prima oară când Sofia păşi pe scenă să cânte în fața unui public, picioarele îi tremurară atât de tare, încât era convinsă că avea să se prăbuşească. Cel care o acompania, fu nevoit să cânte de trei ori introducerea la cântecul ei, înainte ca ea să reuşească să-şi deschidă gura şi să tragă destul aer în piept ca să poată să cânte. Când reuşi în sfârşit, vocea ei tremurândă suna de parcă ar fi cântat în spatele unei căruțe, pe un drum plin de hârtoape.

— Ştiu că a fost groaznic, îi spuse ea după aceea, domnului Lund. Îmi pare foarte rău, dar am fost îngrozită.

— Nu-i nimic, Sofia. Asta a fost prima dată. Te vei obişnui.

— Cum o să reuşesc asta? Când m-am uitat în sală şi am văzut toți oamenii aceia...

— Data viitoare să închizi ochii şi să uiți de ei. Prefă-te că îi cânți persoanei iubite.

A doua oară pe scenă fusese la fel de înfricoşătoare ca prima. Costumul îi era transpirat de la lumina fierbinte a reflectoarelor, iar genunchii amenințau să o lase, dar Sofia închise ochii şi se gândi la Ludwig. Îşi aminti cum o alinase şi cum o linişise muzica lui la vioară, şi îşi închipui că el era singurul om din public. Sofia cântă doar pentru el.

— Încă mi se face rău de emoție de câte ori păşesc pe scenă, îi spuse Sofia lui Kirsten, în sufrageria acesteia. Torkel se juca cu motanul la picioarele lor. Însă cântatul e mult mai uşor decât curățenia zilnică în casa doamnei Anderson – iar salariul e mai bun.

Sofia şi Kirsten se întâlneau cel puțin o dată pe săptămână ca să povestească despre scrisorile lui Elin.

— Se pare că a început să-i placă acolo în Wisconsin, zise Sofia.

Kirsten păru sceptică.

— Poate că doar ne spune lucruri drăguțe despre locul ăla ca să nu ne facem griji pentru ea.

— Nu cred... Şi ai observat că îl pomeneşte pe Gunnar Pedersen aproape în fiecare aliniat?

— Doar nu crezi că se îndrăgosteşte, nu?

Sofia începu să râdă.

— De ce nu, la urma urmei?

Când surorile aflară că Elin se va întoarce în Chicago ca să meargă la cursurile de la şcoala de asistente, se îmbrățişară de bucurie.

— Te voi ajuta să găseşti un loc unde să stai împreună cu Elin, îi spuse Kirsten. Acum că ştii engleză, iar eu ştiu să merg cu tramvaiul, ar trebui să putem găsi o pensiune drăguță pe când se întoarce ea acasă.

Oriunde ar fi mers cu Sofia, Kirsten îl aducea şi pe Torkel cu ea. Băiețelul nu se mai lipea de ea la fel de mult ca la început, însă Sofiei îi plăcea şi acum să-i tachineze în legătură cu reprezentația omului cu două capete. Împreună, cei trei găsiră o pensiune numai pentru femei, aproape de spitalul Augustana, de unde Sofia putea lua tramvaiul ca să ajungă la teatru şi la conservatorul de muzică, unde începuse să ia lecții. Sofia începu să numere zilele până la întoarcerea lui Elin.

Ziua aceea sosi în sfârşit, iar Kirsten şi Torkel o însoțiră pe Sofia la gară, s-o întâmpine pe Elin. Sofia plânse de bucurie când îşi îmbrățişă sora, iar Kirsten râse din toată inima când îi căzură din nou ochii pe geamantanul lor mult prea umblat şi uzat.

— Am crezut că am scăpat o dată de chestia aia – şi uite-o din nou!

— O să-l cărăm eu şi Elin, zise Sofia zâmbind. Tu nu mai ai voie să ridici greutăți.

— Da, uită-te la tine, spuse şi Elin. Începe să ți se vadă burtica.

— Da, cred că n-o să mă mai pot urca prea mult prin copaci.

— Să urci în copaci? întrebă Elin. Dar de ce ai vrea să faci asta?

— Cineva trebuia să-l învețe şi pe Torkel să se suie în copaci.

— Oh, Kirsten. Ce mult mă bucur că nu te-ai schimbat!

Sofia prinse de un capăt şi aşteptă ca Elin să ridice de celălalt.

— Mi-aş fi dorit să-l fi văzut pe Gunnar Pedersen ridicând chestia asta pentru mine, zise Elin în timp ce ieşeau din gară abia târându-l după ele. Ați fi crezut că era uşor ca o pană.

Sofia îi aruncă o privire lui Kirsten şi zâmbi.

— Abia aşteptăm să ne povesteşti despre prietenul tău, zise ea.

— E un om bun, începu Elin. Iubeşte pământul şi munceşte din greu, dar e foarte blând şi calm. Abia aştept să-l cunoaşteți. Vrea să vină în vizită după recoltare. Elin vorbea cu tonul ei serios, obişnuit, dar Sofia nu-şi putu reține zâmbetul când auzi tandrețea din vocea ei.

— Se pare că simți ceva pentru Gunnar Pedersen.

Elin nu răspunse până ce nu ajunseră în stradă şi lăsară valiza jos din nou.

— Aşa este, zise ea încet. Vom continua să ne scriem şi cred că vreau să mă întorc în Wisconsin după ce termin şcoala. Gunnar spune că vor avea nevoie de asistente acolo.

Sofia se întristă la gândul că Elin va pleca din nou.

— Dar între timp, zise ea repede, eu şi Kirsten am găsit un loc unde să stăm, eu şi cu tine, şi vom lua o trăsură până acolo.

— Iar eu îi voi da vizitiului un bacşiş frumos, spuse Kirsten, ca să ne ajute cu geamantanul până în camera voastră.

Surorile urcară în spatele trăsurii, iar Torkel se cuibări repede în poala lui Kirsten şi în câteva minute adormi de la balansul trăsurii.

— Ar trebui să vezi ce mamă minunată a devenit Kirsten a noastră, zise Sofia.

— Am văzut deja, îi răspunse Elin.

— Alaltăieri mi-a spus pentru prima oară mamă, le şopti Kirsten. M-am gândit că poate îl va deranja pe Knute, dar nu a fost aşa. Mi-a spus că se bucură, pentru că Torkel are nevoie de o mamă.

— Iar Kirsten și-a transformat căsuța într-un adevărat cămin, adăugă Sofia.

Kirsten se uită la Torkel și îi dădu ușor la o parte părul mătăsos de pe frunte.

— Pentru mine e un cămin adevărat, mai ales acum că devenim o familie.

Elin luă mâna Sofiei într-a ei.

— Sper că nu te superi, dar cred că și eu am găsit un cămin – în Wisconsin.

— Nu mă supăr, îi răspunse ea încet.

— Asta am vrut de la bun început, nu-i așa? întrebă Kirsten. Să avem din nou un cămin.

— Da, de asta am lăsat Suedia în urmă, spuse Elin. Dar tu, Sofia? Cum rămâne cu căminul tău?

Sofia rămase tăcută o clipă, adunându-și sentimentele în cuvinte.

— Nu am găsit un cămin în același fel în care ați găsit voi – dar nu sunt tristă din cauza asta. Pentru mine, scopul acestei aventuri nu a fost ajungerea la destinație și găsirea unui cămin – ci parcurgerea călătoriei în sine. Gândiți-vă la cât de multe am învățat, cât de mult ne-am schimbat toate trei și cât am crescut de când am plecat din Suedia. Și toate cele prin care am trecut, ne-au adus mai aproape de Dumnezeu.

— Și mai aproape una de alta, adăugă Elin, strângându-i încet mâna.

— Da, și asta – chiar dacă trebuie să ne despărțim. Vă amintiți ce a spus Kirsten – că odată ajunse în America ne vom găsi toate trei niște soți bogați și vom sta la soare toată ziua, mâncând căpșuni și frișcă?

— Îmi amintesc, zise Kirsten cu zâmbetul pe buze.

— Ei bine, dacă Dumnezeu ne-ar fi dat un asemenea cămin de cum am fi ajuns, continuă Sofia, nu ne-am fi întors niciodată către El. Nu am fi avut nevoie de El și nu am fi știut că noile cămine și noile familii pe care le-am găsit au fost darurile Lui.

Sofia se opri, stăpânindu-şi lacrimile care o podidiră gândindu-se la Ludwig.

— Când va veni vremea, Dumnezeu îmi va dărui şi mie un cămin. Dar până atunci, îmi continui cu bucurie călătoria, pentru că ştiu că Dumnezeu e cu mine. Când eram singură pe Insula Ellis, El mi-a arătat Psalmul 66, care spune să-I înălţăm strigăte de bucurie lui Dumnezeu şi asta am încercat eu să fac. Psalmul mai vorbeşte şi despre testele la care ne supune Dumnezeu. Spune aşa: *Ne-ai adus în laţ...*

— Nu-mi aminti! exclamă Elin.

— *Şi ne-ai pus o grea povară pe coapse...*

— Te referi la o povară ca geamantanul ăsta pe care l-am cărat peste tot? o tachină Kirsten.

— Da, zise Sofia râzând, ca geamantanul nostru credincios. Şi mai spune: *Am trecut prin foc şi prin apă: dar Tu ne-ai scos şi ne-ai dat belşug.* Eu cred că în sfârşit am ajuns în acest punct.

— Amin, murmură Elin. Amin.

Trăsura înaintă cu greu pe străzile aglomerate ale oraşului. În cele din urmă, traficul începu să se subţieze, iar Sofia nu mai putea de nerăbdare pe scaunul ei, din ce în ce mai agitată pe măsură ce se apropiau de cartierul suedez.

— I-am spus vizitiului să ocolească puţin, zise ea, pentru că vreau să vă arăt ceva. Când zări afişierul pe care-l căuta, lipit pe latura unei clădiri, Sofia îi ceru vizitiului să oprească. Kirsten şi Elin văzură cu uimire că numele ei era pe afişier: *Sofia Carlson, Privighetoarea din Suedia.*

— Şi mai am o surpriză pentru voi. Domnul Lund mi-a dat bilete gratuite pentru voi amândouă, la matineul de mâine.

— Eu n-am fost încă la niciun spectacol de-al ei. De-abia aştept, zise Kirsten.

Elin o îmbrăţişă strâns.

— Şi eu.

Sofia fu surprinzător de emoționată a doua zi, în timp ce se pregătea să cânte pentru surorile ei. Sofia se străduia mereu să cânte cel mai bine, şi mai ales acum, pentru spectacolul acesta, cu oameni pe care-i iubea în public. Sofia trase adânc aer în piept, cortina se dădu la o parte şi ea păşi până în mijlocul scenei. Cu reflectorul pe ea, Sofia nu putea să le vadă pe Elin şi pe Kirsten în sala întunecată, însă ştia că erau acolo şi că o aplaudau. Pianistul cântă preludiul la balada suedeză de dragoste care devenise cântecul ei de referință. Sofia închise ochii şi se gândi la Ludwig, cântând cuvintele doar pentru el.

Pe măsură ce se apropia de sfârşitul cântecului, Sofiei i se păru că vede o umbră venind spre scenă pe unul dintre culoare. Sofia încercă să nu-şi lase atenția distrasă în timp ce îşi punea tot sufletul în finalul cutremurător al corului. Apoi, în intervalul scurt de tăcere până să înceapă aplauzele, umbra de pe culoar o strigă.

— Sofia!... Sofia Carlson!

Inima începu să-i bată cu putere. Sofia îşi duse mâna la ochi şi fugi spre marginea scenei ca să se uite în jos. Un plasator încerca să-l tragă pe bărbat de lângă scenă, departe de ea.

— Sofia! strigă el din nou.

Ludwig.

Era el! Era Ludwig! *Oh, slavă Domnului că a venit în sfârşit!* Însă un al doilea plasator alerga pe culoar să ajute la îndepărtarea lui Ludwig din sala de spectacol.

— Lăsați-l în pace! le strigă ea. E Ludwig!

Sofia alergă spre o latură a scenei, apoi coborî scările în auditoriu, lăudându-L pe Dumnezeu pentru că i-l adusese pe Ludwig înapoi la ea. Oamenii continuau să aplaude şi Sofia realiză că publicul credea probabil că ceea ce se întâmpla făcea parte din spectacol – doi îndrăgostiți care se reîntâlneau, la fel ca în cântec.

Sofia abia mai putea vedea printre lacrimile de bucurie care îi împânzeau ochii şi, fără să ezite, alergă direct în brațele lui. Sofia uitase cât era de înalt şi de frumos. El o ridică în aer şi se îmbrățişară.

— Ludwig! zise ea printre suspine. Eşti chiar tu, Ludwig!

— Te-am găsit! În cele din urmă, te-am găsit. Sofiei îi luă o clipă să-şi dea seama că el vorbise în engleză, iar ea îl înţelesese.

Publicul era în picioare, aclamând şi aplaudând, încredinţat că acesta era punctul culminant al spectacolului ei. Sofia îl luă pe Ludwig de mână şi făcu din nou o plecăciune, după care îl duse după ea pe scări, exact pe unde coborâse şi apoi după cortină, în spatele scenei.

— Un final nemaipomenit pentru numărul tău! exclamă domnul Lund, venind către ea şi strângându-i mâna. Publicului i-a plăcut la nebunie! Cum ţi-a venit ideea?

Sofia clătină din cap, încă prea emoţionată ca să poată să vorbească.

Domnul Lund făcu ochii mari.

— Vrei să spui că a fost *real*?

— Da, reuşi ea să spună. El e Ludwig. Nu ne-am văzut de... de... credeam că n-am să-l mai văd niciodată.

Domnul Lund zâmbi şi o mângâie pe umăr.

— De ce nu mergeţi în spate să vorbiţi?

Sofia şi Ludwig se îmbrăţişară din nou, în intimitatea camerei de toaletă şi Sofia îşi şterse lacrimile.

— Ştiu puţină engleză, zise ea.

— Şi eu, dar mai am încă multe de învăţat. Dar am învăţat să spun ceva şi în suedeză. Ludwig îi luă chipul în mâini şi o privi în ochi: *Jag älskar dig**. Te iubesc, Sofia.

— Şi eu te iubesc, Ludwig.

Sofia îl luă din nou în braţe, iar el o ţinu strâns.

— Mulţumesc Domnului că te găsesc, zise el în engleză. De mult, de foarte mult timp te caut. Pierd tot în incendiu. Ştiu numele tău, dar nu şi casa din Chicago. Mă duc peste tot, caut şi caut, cu gând să bat la toate uşile din Chicago dacă sunt nevoit. Cer ajutor lui Dumnezeu şi apoi văd afişul cu „Sofia Carlson". Şi mă întreb dacă eşti tu – şi eşti tu!

---

*În suedeză, *Te iubesc,* (n.ed.).

— Ziarul spune despre incendiul de pe Insula Ellis, zise ea ridicându-şi privirea spre el. Mă tem că eşti acolo.

— Vaporul porneşte să mă ducă înapoi în ţara mea şi mă gândesc să înot, dar înainte să fac asta, izbucneşte focul. Ajut nişte copilaşi să se salveze şi autorităţile văd asta şi spun că dacă sunt aşa de puternic să salvez copiii, sunt destul de puternic să trăiesc în America. Mă lasă să rămân, dar nu am niciun ban. Banii au ars în incendiu. Câţiva oameni din ţara mea care sunt în New York găsesc o vioară pentru mine şi o slujbă să cânt şi am bani să vin în Chicago. Le spun că trebuie s-o găsesc pe Sofia mea, că nu pot s-o uit.

— Ştiam că mă vei găsi.

— Te iubesc, Sofia. În tot timpul acesta sper că mă iubeşti şi tu.

— Te iubesc! exclamă ea cu lacrimi în ochi. Te iubesc!

Sofia şi Ludwig continuară să vorbească până la finalul spectacolului, după care ea îl conduse pe Ludwig în holul teatrului, unde le promisese surorilor ei că se vor întâlni.

— Ea este sora mea, Elin, iar pe Kirsten ai cunoscut-o deja, îi spuse Sofia în engleză. El este prietenul meu, Ludwig Schneider, zise ea apoi, în suedeză. A venit să-şi recupereze vioara şi Biblia.

Ludwig se întinse să-i ia mâna, pe care i-o ţinu sus, ca să le arate.

— Vin după Sofia mea, zise el, şi nu o mai las niciodată. Şi chiar dacă le vorbise în engleză, Sofia ştiu că surorile ei înţeleseseră fiecare vorbă.

— Vedeţi? Ştiam că mă va găsi, se bucură Sofia. Eram convinsă că mă va găsi.

Glosar de cuvinte în limba suedeză

God morgon În suedeză, *Bună dimineața.*

God natt În suedeză, *Noapte bună.*

Hej În suedeză, *Buna!* (salut).

knäckebröd Pâine crocantă folosită în Suedia şi în țările nordice, conținând în special făină de secară. Este populară în unități militare, în şcoli şi în călătorii lungi pentru că este uşoară şi poate fi depozitată în locuri uscate, păstrându-se proaspătă şi bună de mâncat pentru mai mult timp. Este o mâncare de bază şi a fost considerată multă vreme dieta săracului.

Ja În suedeză, *da.*

Nej În suedeză, *nu.*

pepparkakor Fursecuri de Crăciun, tradiționale în Suedia, dar vândute în tot timpul anului.

rosemaling Denumirea unui model specific de pictură decorativă care ilustrează flori şi care îşi are originea în zonele de câmpie din estul Norvegiei, în preajma anului 1750.

Walpurgis Un festival tradițional de primăvară sărbătorit pe data de 30 aprilie sau 1 mai în multe părți ale Europei Centrale şi de Nord. Celebrarea acestui festival este asociată cu dans şi focuri în aer liber. Numele festivalului este dat după Sfântul Walpurga (cca 710–777 / 779). În suedeză, *Valborgsmässoafton* sau simplu, *Valborg.*

Välkommen În suedeză, *Bine ați venit!.*

Alte cărți de Lynn Austin apărute
la editura Casa Cărții:

Tărâmuri ascunse
Locul femeii
Fiicele Evei
Tot ce ea își dorește

Seria FOCUL TOPITORULUI
Lumina din întuneric
Sfâlpul de foc
O lumină pe cărarea mea

* * *

În curs de apariție:

A Proper Pursuit
Seria CHRONICLES OF THE KINGS [Cronicile regilor]